Un pâtissier à croquer

---

Surprises à Sugar Springs

LOUISA
EDWARDS

# Un pâtissier à croquer

*Traduit de l'anglais (États-Unis)*
*par Romane Brun*

J'AI LU

*Titre original*
SOME LIKE IT HOT

*Éditeur original :*
St. Martin's Paperbacks, published by St. Martin's Press, New York

*Pour Deirdre Knight,*
*agent au flair redoutable,*
*amie inégalable et*
*grande sœur honorifique hors pair.*
*Je serais perdue sans toi !*

# Remerciements

D'abord, un grand merci à Deirdre et à mon éditrice, Rose, qui est aussi fan d'Eva Jansen que moi. Vous me permettez de raconter les histoires qui me plaisent et de faire évoluer mes personnages avec une telle liberté que l'écriture est devenue un plaisir plus qu'un métier. Merci !

Mes meilleures amies Roxanne St. Claire et Kristen Painter, vous aussi, vous vous y entendez pour transformer le travail en divertissement ! Comment les autres auteurs parviennent à boucler leurs premiers jets sans votre complicité, ça me dépasse.

Le premier jet d'*Un pâtissier à croquer* serait resté à jamais à l'état de brouillon contrefait sans les talents de relecteur de Kate Pearce, de Bria Quinlan, et surtout de Nic Montreuil. Kate, merci de ne jamais mâcher tes mots. Bria, merci pour ta rapidité et ton *input* inestimables ! Quant à toi, Nic, chouchou, il me semble parfois que tu connais mes personnages mieux que moi. Merci de m'avoir aidé à leur rester fidèle. Winslow t'en est particulièrement reconnaissant !

Merci aux demoiselles Peener – vous vous reconnaîtrez, coquines ! – pour vos conseils précieux, vos coups de gueule et vos blagues salaces.

Merci à tous les lecteurs et critiques qui m'ont dit, après *Toqué de toi* : « On veut plus de Danny ! Et de Beck… Oh, oui, Beck !! » Voilà la suite.

Enfin, je n'achève jamais un roman sans remercier mes parents. Merci pour tout ce que vous avez fait et continuez de faire pour moi. Merci de me mitonner de bons petits plats, de me rapporter des légumes bio du marché, de promener les chiens et de me conseiller de super restos mexicains, de m'arracher à mon bureau pour que j'aille piquer une tête dans la piscine de temps en temps… Comment ai-je fait pour vivre si loin de vous aussi longtemps ?

Enfin, *last but not least*, merci à toi, Nick, mon sublime mari. Ton soutien et tes encouragements valent de l'or. Après plus de dix ans passés ensemble, tu arrives encore à me faire rire aux larmes. Dans ces conditions, comment ne pas croire au grand amour ?

# 1

C'était donc ça qu'on ressentait quand on quittait la maison.

Tout à sa rêverie, Danny faillit se faire écraser les pieds par la grosse valise que traînait une passagère tête en l'air.

L'aéroport de La Guardia était plein à craquer. Sur chaque banc de la salle d'attente, au moins deux personnes somnolaient en attendant un avion retardé ; le chaos et la confusion régnaient dans tout le terminal. On annonçait des numéros de vols, des décollages imminents et la foule se ruait dans tous les sens à la recherche de portes d'embarquement.

Danny Lunden, qui n'avait jamais quitté New York de sa vie, absorbait fasciné toute cette activité en tentant de calmer les frissons d'excitation qui lui parcouraient l'échine. C'était le grand départ !

Une voix affolée fendit le brouhaha pour rappeler aux voyageurs de ne jamais laisser leurs bagages sans surveillance.

— Mon billet ! J'ai perdu mon billet ! glapit soudain Winslow. Pitié, dites-moi que c'est vous qui… Ah, ouf ! Le voilà. Merci, Danny.

Danny laissa retomber une bourrade amicale sur l'épaule de l'excité, avant de retirer sa main : il lui sembla qu'il venait d'empoigner un fouet électrique en marche.

— Winslow, du calme ! Tout va bien. On est en avance et il ne nous reste plus qu'à embarquer.

Ce qui tenait du miracle, après les péripéties qu'ils venaient de vivre : il avait fallu parcourir la moitié du réseau de transport en commun new-yorkais en trimballant sacs et valises, puis se frayer un chemin à travers les meutes de voyageurs qui semblaient se déplacer encore plus lentement que des touristes à Times Square.

Danny compta rapidement ses coéquipiers pour s'assurer qu'il n'en avait pas perdu en cours de route, sous un tourniquet du métro ou encore aux douanes.

Beck, le poissonnier de l'équipe, se repérait facilement, même dans une salle bondée : il dominait le commun des mortels de dix bons centimètres. Le colosse avisa Danny et lui adressa un hochement de tête muet. Comme toujours, il respirait le calme, tel un chêne solidement planté dans la terre. Pour tout bagage, il avait emporté un sac de sport, qu'il portait à l'épaule.

Non loin de lui, Danny aperçut la queue de cheval blond foncé et un peu lâche de Jo Cavanaugh, sa plus vieille amie. Ses yeux pétillaient d'excitation : tous bouillaient d'impatience depuis qu'ils s'étaient qualifiés pour participer au grand concours culinaire de la Toque d'Or. La joie qui irradiait de son joli visage semblait inonder son voisin, qui s'en imbibait comme un baba se gorge de rhum. Ce voisin, c'était Max Lunden, le frère aîné de Danny. Qui, pendant des années, avait taquiné Jo à son sujet : elle en pinçait pour lui. Jusqu'au jour où la fixette adolescente unilatérale avait fait place au grand amour passionnel, éternel, et complètement mutuel.

Sur le moment, Danny en avait ressenti comme un grand coup de rouleau à pâtisserie. Il ne pensait pas voir un jour son bourlingueur de frangin poser ses valises. Pourtant, ce dernier venait de prendre un triple engagement : envers sa famille, envers ses coéquipiers et envers la femme qu'il aimait. Trois en un.

Si Danny s'attendait à ça !

Il observa les tourtereaux. Ils tendaient le cou l'un vers l'autre, comme aimantés, leurs valises à roulettes s'entrechoquant et les faisant trébucher sans arrêt.

Danny tenta de se réjouir d'avoir au sein de son équipe deux chefs aussi passionnés. Pourtant, il ne parvenait pas à chasser cette drôle de boule qui lui nouait le ventre.

Il ne s'agissait pas de jalousie. Danny avait toujours su que Jo craquait pour son grand frère (lequel ne se doutait de rien), aussi Danny n'avait-il jamais vu en elle autre chose qu'une amie. Mieux : pendant des années, jusqu'au retour de Max, le fils prodigue, Jo lui avait tenu lieu de sœur. Bientôt, elle ferait officiellement partie de la famille Lunden, et le fait que cela soit Max qui l'y intègre ne posait pas de problème à Danny.

Qu'est-ce qui le chiffonnait, alors ? Il n'en savait trop rien. Aussi ravala-t-il sa mauvaise humeur pour se tourner vers son voisin : Winslow Jones, qui maniait comme personne le couteau à découper. Au moment de passer les contrôles de sécurité, il avait pratiquement fallu le plaquer à terre pour qu'il renonce à emporter en cabine ses chères lames. Il tressaillait à côté de Danny.

Danny, le chef pâtissier. La brigade de cuisine était au complet.

Il se détendit… en partie : un coin de son épaule droite se dénoua. Tout allait bien, il ne manquait personne.

Un haut-parleur cracha une voix nasillarde, interrompant ses réflexions : « Vol 1422 à destination de Chicago O'Hare International, embarquement immédiat. Les passagers voyageant en première classe sont priés de se présenter. »

— Ce n'est pas pour nous, lâcha Beck, campé sur ses talons dans l'attitude d'un homme accoutumé aux longues attentes.

— Tu as déjà voyagé en première ? demanda Jo en levant vers Max des yeux énamourés.

Max éclata de rire.

— Tu rigoles ? Un moyen de transport doté de toilettes, ça représente un luxe – pour moi. En Asie, je ne me déplaçais qu'à bord de bus pleins à craquer, ou à l'arrière de pick-up au milieu des chèvres.

— Ça devait méchamment cocotter ! commenta Winslow en fronçant le nez, faisant ressortir les taches de rousseur qui constellaient sa peau chocolat.

— Tu m'étonnes. Ça, c'est autre chose ! renchérit Max en embrassant du regard l'aéroport grouillant d'activité.

Danny le contempla, lui aussi : cloisons de verre et de métal, sols presque immaculés, groupes de passagers s'acheminant en papotant le long des tapis roulants… Son frère avait raison.

C'était une expérience inédite pour toute l'équipe. Parce qu'ils ne partaient pas simplement jouer les touristes dans la ville d'Al Capone : ils partaient rencontrer leurs concurrents au titre de la Toque d'Or. D'autres chefs qui, comme eux, allaient tout donner aux fourneaux dans l'espoir de décrocher la première place…

… et le prix qui allait avec, bien entendu.

Les membres de « l'équipe de la Côte Est », ainsi qu'ils s'étaient rebaptisés pour l'occasion, s'étaient plus ou moins regroupés. Ils trépignaient et échangeaient des regards nerveux.

« Quelqu'un devrait dire quelque chose », songea Danny.

Si seulement il avait hérité de son père ses dons d'orateur inspiré, ou de sa mère son inébranlable flegme face aux situations de crise !

— Gus et Nina devraient être là, déclara Jo, lisant dans ses pensées aussi aisément que dans un livre de recettes.

Elle lui faisait le coup régulièrement depuis l'école primaire ; pourtant, Danny ne s'y faisait pas : chaque fois, cela lui donnait la chair de poule.

Il s'ébroua pour chasser sa nervosité comme on agite un fouet pour en ôter la Chantilly, et se réfugia dans son registre de prédilection :

— Mes parents auraient voulu nous accompagner, répondit-il d'une voix douce. Mais il faut bien que quelqu'un fasse tourner la boutique en notre absence. À nous de remporter ce concours pour couvrir de gloire le restaurant ! Je sais que la situation est stressante, et on est tous un peu à cran, mais il ne faut pas qu'on perde de vue notre objectif : gagner ! Pour le restau. Pour mes parents. Pour chacun d'entre nous.

Danny fit un tour d'horizon, veillant à croiser le regard de tous ses coéquipiers. Ils se relaxaient un peu, se redressaient légèrement. L'épaule gauche de Danny se dénoua à son tour : tant que la troupe restait motivée et concentrée sur son but, tout irait bien.

Restait à appliquer ses propres recommandations. Ce qui ne serait pas de la tarte.

« Allez, reste concentré. Tu fais ça pour ta famille. Pour le restau. Pour l'avenir ! »

Trois termes qui, pour Danny, se fondaient en une seule et même idée.

Quand vint leur tour d'embarquer, chacun se munit de son bagage à main et Danny les guida jusqu'à l'hôtesse au sol puis lui tendit leurs cinq billets avant de s'engouffrer dans la passerelle qui menait à l'appareil.

On perdit un peu de temps au moment de répartir les places : Max et Jo ne se trouvaient pas côte à côte, or, à ce stade précoce de leur relation, ils ne supportaient pas l'idée d'être séparés de plus de quelques mètres pendant une heure et demie, le temps qu'il faudrait pour quitter New York, leur QG, et rallier la terra incognita de Chicago. On s'arrangea, et Danny refit un point.

Max, Jo et Winslow partageaient une rangée, tandis que Beck et Danny avaient hérité de sièges un peu plus spacieux de l'autre côté de l'allée.

Beck demanda le fauteuil près du hublot, que Danny lui céda volontiers. Aussitôt, Beck attacha sa ceinture, fourra sous le siège devant lui la besace contenant ses précieux instruments de travail et voilà, il était prêt. L'embarquement n'était même pas terminé.

Quand ce fut le cas, toutefois, l'attente se prolongea. L'avion ne bougeait pas d'un pouce. Les passagers patientaient, encore et encore…

Danny se pencha dans l'allée pour voir ce qu'il se passait à l'avant de l'appareil. S'agissait-il de difficultés techniques ?

Enfin, un jeune steward maigrichon affublé d'une boucle d'oreille et de cheveux jaune poussin prit le micro et se dressa face aux rangées pour faire son annonce.

— Mesdames et messieurs, au nom du personnel de bord, je vous présente toutes nos excuses pour ce retard. Nous n'attendons plus qu'un passager. Ensuite, nous pourrons décoller.

Sans se soucier le moins du monde des grognements et soupirs exaspérés qu'il venait de provoquer, il raccrocha son micro et entreprit de distribuer couvertures et oreillers.

— Quelle plaie, gémit Danny, qui bouillait d'impatience. On ne va pas rester au sol cent sept ans !

— Peut-être qu'ils ont inventé cette histoire de passager alors qu'en fait ils réparent une panne, dit Beck. Dans ce cas, j'aime autant qu'ils prennent leur temps et qu'ils fassent ça bien.

Danny cligna des yeux et se tourna vers son voisin : il était crispé et des gouttes de transpiration perlaient sur son front.

Comment quelque chose d'aussi énorme avait-il pu lui échapper ?

— Tu as peur de l'avion ! s'exclama brusquement Danny, tombant des nues.

Beck se raidit encore plus et, l'espace d'un instant, Danny craignit qu'il n'explose soudain, tel Hulk, et n'arrache l'accoudoir qui les séparait.

— L'avion, ça ne me fait rien, grogna Beck. Je n'ai même pas peur des crashs. À mon avis, ça doit être une mort rapide et assez peu douloureuse.

Danny adopta son ton le plus doux.

— Je ne voulais pas t'offenser, Beck. Personne ne met en doute ton courage.

Mais l'autre secoua la tête, et de longues mèches sombres, échappées de son catogan, dérobèrent brièvement à la vue son visage.

— Mais non, tu ne... Écoute. Tout le monde a peur de quelque chose. Je ne fais pas exception à la règle. Il n'y a pas de honte à ça : la peur est un réflexe de survie qui peut te sauver la peau. Mais ce n'est pas l'avion qui me...

Il s'arrêta net ; sur son cou massif, sa pomme d'Adam fit un bond.

— Disons que je me sens un peu à l'étroit, ici. L'air ne circule pas bien. Je ne raffole pas des espaces confinés.

Danny digéra rapidement l'information. On ignorait bien des choses au sujet de Beck, le cuistot taciturne qui avait rejoint l'équipe d'*Au plaisir des sens* quelques mois à peine avant le retour de Max. Les rumeurs ne manquaient pas, alimentées notamment par l'imagination débordante de Winslow : tantôt il faisait de Beck un criminel évadé de prison, tantôt un prince en exil... Danny n'écoutait que d'une oreille ses élucubrations. Tant que Beck continuait de mitonner avec art ses poissons et qu'il ne faisait pas de vagues au sein de l'équipe, ses origines et son passé, on s'en moquait.

Ainsi, Beck souffrait de claustrophobie. S'il avait été un puzzle, ce scoop aurait constitué une nouvelle pièce.

Chassant provisoirement cette pensée, Danny suggéra :

— Tu veux qu'on échange nos places ? Tu pourrais étendre tes jambes dans l'allée...

Une lueur de reconnaissance scintilla sous les lourdes paupières de Beck : sans doute appréciait-il la discrétion de Danny, qui ne le bombardait pas de questions. Mais il déclina :

— Merci, j'aime autant éviter la vision du long tube de métal sans issue. Au moins, ici, je vois le ciel, même si je ne peux pas le toucher. Ne t'en fais pas pour moi. Dès qu'on aura décollé, je pourrai entamer le décompte des minutes jusqu'à notre arrivée.

Il eut un sourire forcé, et Danny se composa un air rassurant. Danny n'avait pas son pareil pour rassurer et réconforter. En général, il commençait par quelques mots de soutien mais, en l'occurrence, Beck rongeait manifestement son frein : il avait besoin d'actes, et non de grands discours.

Danny défit sa ceinture et se leva. Il avait de nouveau un but, et cette sensation le requinqua et le remplit de détermination.

— Tu vas où ? lui demanda Beck.

— Exiger des explications, répondit Danny en s'engageant dans l'allée, raide comme la justice.

Le steward blond à l'oreille percée triturait la machine à café à l'avant de l'appareil quand il vit Danny foncer droit sur lui. Il écarquilla les yeux.

— Monsieur, veuillez regagner votre siège.

Danny dépassait le gamin de près d'une tête mais s'efforça de ne pas paraître menaçant en pénétrant dans la petite cabine.

— Dites, mon collègue est mal à l'aise en avion et il commence à s'agiter. Le décollage est prévu pour quand, exactement ? Je lui ai dit que j'allais me renseigner.

— Le processus d'embarquement est presque terminé, mais on ne peut pas décoller tant que tous les passagers ne sont pas assis et attachés, récita par cœur le gamin.

— J'entends bien, mais ça fait vingt minutes qu'on patiente, assis et attachés, et l'avion n'a pas bougé pour autant. On attend quoi, au juste ? Vous avez déjà préparé huit litres de café, vous devez en avoir ras le bol, vous aussi !

Le gamin se troublait. Danny s'engouffra dans la brèche et lui décocha un sourire.

— Moi, je ne suis au courant de rien, dit enfin le steward. L'équipe au sol m'a appelé pour me dire d'attendre une dernière personne. Elle est en route, à ce qu'on m'a dit.

Danny se figea.

— Sans rire ? Ce n'était pas un bobard inventé pour nous faire patienter pendant que vous dégagiez un pigeon du réacteur, ou que sais-je ?

— Je vous assure qu'il n'y a pas de pigeon dans nos réacteurs.

Le pauvre steward n'y était pour rien. Néanmoins, Danny commençait à s'échauffer. Un de ses gars venait d'écoper d'une demi-heure de souffrances supplémentaires et ce, sans raison valable, pour autant que Danny pût en juger.

— C'est la politique de la compagnie de faire poireauter tout un avion pour un seul retardataire ?

Le gamin secoua la tête, impuissant, sa boucle d'oreille scintillant.

— C'est leur politique quand la retardataire, c'est moi ! ronronna derrière eux une voix de velours.

Danny pivota, manquant de s'assommer au passage contre le minifrigo qui saillait du mur, et tomba nez à nez avec une jeune femme svelte. Une création sophistiquée drapait ses formes discrètes, un peu comme les bandelettes d'une momie, en plus chic. Et en bleu électrique.

Couleur qui mettait en valeur sa peau nacrée. Et servait d'écrin au rubis de sa moue moqueuse, qu'encadraient les pans bruns de son carré plongeant. La jeune femme semblait apprêtée pour une soirée à l'opéra et non pour un vol interne à destination de Chicago.

Danny éprouva pour elle un élan de désir. Puis, il la reconnut. En proie à des sentiments contradictoires, la tête lui tourna. Il se ressaisit et, serrant les dents, toisa la fille du restaurateur millionnaire qui avait fondé vingt ans auparavant le concours de la Toque d'Or.

— C'est gentil de m'avoir attendue, disait-elle au steward. Une chance que papa siège au conseil d'administration de cette compagnie aérienne ! Ce matin, j'ai enchaîné les galères : d'abord, une crise professionnelle à gérer, ensuite mon service de voiturier qui se plante d'horaire, du coup il a fallu que je trouve un taxi… Je vais virer mon assistant ! Enfin, non, je serais perdue sans lui, mais je vais le priver de chocolat jusqu'à ce qu'il trouve le moyen de me faire arriver à l'heure à l'aéroport. Ça lui apprendra !

Elle sourit, dévoilant deux rangées de dents diamantines. Le steward tourneboulé essayait en vain de reprendre ses esprits quand Danny s'interposa.

Une sensation viscérale au creux de l'estomac :

« Je la veux. »

Suivie de près par cette autre intuition…

« Sauve qui peut ! »

# 2

— Votre présence nous honore, ironisa le plus canon des chefs pâtissiers qu'avait jamais vu Eva.

Et elle en avait vu un rayon.

Mais celui-ci les battait tous à plate couture.

— Où êtes-vous assise ? En première, évidemment.

Avec mépris, il retroussa les lèvres. Qu'il avait fort sensuelles, d'ailleurs. Un courant électrisa les sens d'Eva.

Elle se retint de coincer ses cheveux derrière ses oreilles et tâcha de ne pas laisser voir qu'elle était hors d'haleine après sa course folle à travers le terminal.

Priant pour que sa paume soit sèche, elle tendit la main, arbora son plus beau sourire et décréta :

— Daniel Lunden, n'est-ce pas ? Nous nous sommes vus à New York lors des qualifications. Toute l'équipe est là ? Quelle coïncidence !

L'autre plissa ses beaux yeux bleu-gris et sa bouche, habituellement ferme et appétissante, se réduisit à un mince trait.

Oups. Il avait l'air sacrément en pétard.

— Pardon mais ces chaleureuses retrouvailles pourraient-elles attendre que nous ayons décollé ?

Le blondinet avait posé sa question de l'air de ceux qui ont l'habitude d'être négligés. Eva dirigea vers lui son sourire ravageur qui, de toute façon, laissait de marbre le beau cuistot.

— Bien sûr, où avais-je la tête ! Mille excuses, euh...

Elle lorgna son badge.

— ... Patrick. Pour me faire pardonner, je paie ma tournée de Mimosas à tous les passagers.

— Mais ça va vous coûter cinq dollars par personne ! Même en déduisant les mineurs, ça vous reviendra à près de cinq cents dollars !

Eva sentait déjà sa gêne se dissiper. Et, pour ça, elle aurait été prête à payer le double.

— Pas de problème. Je vous règle maintenant ou plus tard ?

Patrick, que la perspective de devoir déboucher cinquante bouteilles de mauvais mousseux n'effrayait nullement, se dérida.

Lunden, par contre, ne décolérait pas ; Eva le sentait qui fulminait, très digne, dans son dos.

À moins que ce ne fût sa température corporelle qu'elle percevait. Ce type dégageait une chaleur phénoménale. Une vraie fournaise !

Eva n'était pas particulièrement petite, surtout juchée sur sa paire de Louboutin préférées (des compensées en cuir verni couleur bronze avec talon de douze) ; pourtant, Daniel la dépassait de dix bons centimètres. Il était mince et musclé, constata-t-elle en jaugeant d'un œil expert la façon dont son jean tombait sur ses hanches étroites et dont le tissu de son polo noir se tendait au niveau du torse et des épaules. Elles étaient carrées et entre ses clavicules robustes se découpait un alléchant triangle de peau nue et hâlée. Eva le fixa.

« Miam ! »

— Pour ma part, je me serais contenté d'excuses, cingla Lunden. Votre temps n'est pas plus précieux que celui des autres.

« Zut. »

— Je vous ai dit que j'étais désolée ! se défenditelle, paumes vers le ciel. Et je suis toute disposée à racheter mes fautes. Je suis une femme d'affaires, moi ! Estimons la valeur monétaire du temps que je vous ai fait perdre. Vous attendez depuis moins d'une heure, c'est bien cela ?

— Ça va faire trente minutes, dit Patrick.

— Le Smic horaire, c'est sept dollars cinquante, avança Eva.

Elle fronça les sourcils et fit mine de compter sur ses doigts.

— Alors, disons cinq dollars par personne… Servis sous la forme d'un délicieux cocktail à base de champagne et de jus d'orange. Vous voyez bien que c'est raisonnable, comme dédommagement !

— Oh, ça, oui ! approuva Patrick, pressé d'en finir avec les négociations.

Lunden tendit le menton. Même sous l'impitoyable éclairage aux néons, il avait le teint doré et tout en lui resplendissait, des pointes de ses mèches châtains jusqu'à cette ombre de fossette sur son joli menton. Il n'y avait pas de justice !

Lunden n'avait clairement pas la fibre vénale. Il se tourna vers Patrick et déclara :

— Mon équipe et moi occupons la rangée quatorze. Pas de Mimosas pour nous, merci.

Il adressa à Eva un dernier regard austère et le coin de sa bouche indécente se rehaussa en un rictus.

— Amusez-vous bien en première, lâcha-t-il.

Et de s'éloigner dans l'allée.

Baissant les paupières pour dissimuler la concupiscence qui la dévorait, Eva le suivit des yeux.

Le spectacle était si charmant qu'elle faillit ne pas remarquer son amie Claire, au deuxième rang, côté hublot. Elle avait suivi la scène avec cette mine amusée dont elle avait le secret.

Comme souvent, Eva lui envia son mélange harmonieux d'élégance et de maturité. Il n'y avait que les quadragénaires françaises pour dégager une telle classe.

Classe dont elle poursuivit la démonstration en se contentant d'arquer un sourcil lorsque Eva s'achemina vers elle en trottinant.

— Ça y est ? Tu as fini de manger des yeux les candidats ? la salua Claire, laconique.

— *Le* candidat, s'empressa de la corriger Eva. Et le tien, pas le mien ! Je ne fais pas partie du jury, moi, madame. Je n'en suis que la pauvre animatrice, chargée de donner du rythme à l'émission et d'y insuffler un peu d'action. Un peu comme la blonde dans La Roue de la Fortune ! Et, en tant que telle, j'ai le droit de reluquer qui je veux, et plus si affinités. Je le sais, j'étais là quand papa a rédigé le règlement !

Claire renâcla. Décidément, il fallait être française pour émettre ce genre de bruit avec distinction.

— Je n'en doute pas. Ton père ne s'interdirait jamais l'accès à une portion de la population féminine, si infime fût-elle.

Lançant à Eva une œillade acérée comme un pic à glace, elle poursuivit :

— Ne te sens pas obligée pour autant de prendre exemple sur lui.

Eva battit des cils dans l'espoir d'amadouer son amie. Elle ne pouvait pas s'en empêcher, bien que cette manœuvre ait cessé de fonctionner sur Claire depuis son dix-neuvième anniversaire. Malgré leur différence d'âge, il y avait bien longtemps que Claire ne traitait plus Eva comme une enfant.

— Merci, Patrick, dit Eva au steward qui s'empressait pour l'aider à ranger son cabas Vuitton préféré dans le compartiment à bagages.

Eva s'enfonça dans son fauteuil en cuir en repensant au pli réprobateur qui avait tordu les lèvres charnues de Daniel Lunden, à sa mâchoire contractée…

Patrick remonta l'allée pour se livrer au numéro d'usage sur les consignes de sécurité, l'avion commença à rouler et dans l'appareil s'éleva une clameur joyeuse. Qui redoubla lorsque le jeune steward, entre deux démonstrations de port de masque à oxygène, promit à tout le monde des cocktails de dédommagement.

Ravie d'avoir réussi à radoucir certains passagers, sinon tous, mais toujours résolue à passer un savon à Drew, son assistant, Eva se tourna de nouveau vers Claire et reprit :

— Tu comprends, les pâtissiers sont irrésistibles, tenta-t-elle de se justifier.

— Je ne vois pas ce qu'ils ont de plus que les autres cuisiniers, lâcha Claire.

En tant que rédactrice en chef de *Délices*, le magazine culinaire à succès, les cuisiniers, ça la connaissait.

— Ceux qui réussissent à percer sont des bourreaux de travail tyranniques à l'ego boursouflé. Ne te fourvoie pas dans cette voie. Je t'ai toujours jugée maligne, j'espère que tu ne me décevras pas.

Digne fille de son père, Eva avait fait ses premiers pas dans l'industrie de la restauration en couche-culotte et à quatre pattes : elle avait vu défiler suffisamment de cuisiniers pour s'en former sa propre idée.

— D'après mon expérience personnelle, quand on maîtrise la chimie délicate de la pâtisserie, on est avant tout perfectionniste. Les cuistots ont tous leur charme, bien sûr : ils sont inventifs, passionnés… Mais les pâtissiers…

Eva eut un sourire rêveur.

— Ils savent prendre leur temps. Ils ont le sens du détail. Ils sont attentionnés et tout à ce qu'ils font.

Autant de qualités qu'ils ne se contentaient pas d'exploiter en cuisine !

Eva frissonna de plaisir en se remémorant l'instant électrisant où Daniel Lunden l'avait frôlée dans la cabine étriquée. Elle essaya de se rappeler la dernière fois qu'un pâtissier lui avait dédié tout son doigté. Cela faisait un bail.

Il était grand temps d'y remédier !

— Je connais cette étincelle gourmande dans ton regard, l'avertit Claire en pianotant sur l'accoudoir du bout de ses ongles vernis. Tu as la même au rayon chaussures chez Bergdorf Goodman. Jeune écervelée ! Tu n'as pas assez de préoccupations et de responsabilités comme ça ? Ça ne te suffit pas de diriger seule et pour la première fois le prestigieux concours culinaire national de la Toque d'Or ?

— Oh, ça va, râla Eva en balayant de la main les propos de Claire. C'est bien connu : un zeste de séduction, ça fait retomber la pression. La drague, la chasse, l'excitation, ça vous stimule une femme ! Quant aux réticences de Daniel Lunden, elles ne font que pimenter la chose. Or tu sais que j'aime le piment.

— Effectivement. Je sais aussi que quand tu veux quelque chose, ça vire rapidement à l'idée fixe. Crois-tu que ta proie aura le bon goût de se laisser ferrer dans les plus brefs délais ?

Eva soupira.

— Ça m'étonnerait : il me hait ! Il me prend pour une princesse gâtée qui a fait retenir tout un avion sur un caprice.

— À propos, pourquoi étais-tu en retard ?

Eva s'affala contre son dossier, saisie de vertige en repensant à l'appel affolé que lui avait passé un des juges du concours plus tôt dans la matinée.

— Lilah, la femme de Devon Sparks, est enceinte. Ils l'ont appris il y a quelques jours et Devon panique complètement à l'idée de quitter la ville pour le concours. Alors que le terme est dans plus de six mois ! Ah, les hommes… Il voulait quitter le jury ! Tu te rends compte ?

À la satisfaction d'Eva, Claire blêmit, proprement horrifiée.

— Rassure-moi, tu l'en as dissuadé ? Tu imagines le désastre si notre star des fourneaux nous faisait faux bond ?

— Détends-toi, je l'ai convaincu de rester. Ça n'a pas été une mince affaire, crois-moi ! J'ai dû mobiliser tous mes dons de persuasion pour le rassurer. Quelle mauviette, ce Devon ! Bref, j'ai réussi à lui rappeler que des femmes accouchaient partout sans arrêt et que tout se passerait super bien ces prochains mois. Heureusement pour moi, j'entendais Lilah se payer sa tête à l'arrière-plan.

Elle avait également dû promettre à Devon de lui accorder plusieurs longs week-ends pour qu'il puisse rentrer voir sa chérie à New York. Il allait falloir jongler avec les emplois du temps et peut-être même gonfler un peu le budget de la production télé, mais ça irait.

Elle se débrouillerait. De toute manière, elle n'avait pas le choix. Pas question de perdre l'intérêt de la chaîne culinaire Cooking Channel ; les producteurs télé risqueraient de renoncer à filmer le concours ou à le diffuser. Or son père s'était montré très clair en lui remettant les rênes du concours :

il comptait sur elle pour accroître la visibilité de La Toque d'Or, et cela passait par une diffusion sous forme d'émission télévisée.

Eva serra le poing sur le pied de sa coupe. Elle refusait de le décevoir. Elle ferait n'importe quoi pour convaincre Cooking Channel de diffuser le concours.

— Dieu soit loué, dit Claire avec ferveur.

— Tu l'as dit. On a eu chaud !

Claire plissa les paupières :

— Pourquoi n'as-tu pas présenté ces circonstances atténuantes à ton beau pâtissier ? En tant que candidat, il a tout intérêt à ce que tu assures le confort et la tranquillité des membres du jury.

Eva grimaça.

— Je ne sais pas. Je n'en avais pas envie ! J'aurais eu l'impression de me justifier.

— Tu aurais peut-être dû.

Eva croisa les bras et releva le menton. Son père ne supportait pas qu'on se cherche des excuses et Eva avait appris très jeune que la meilleure façon de se faire pardonner ses infractions, c'était de les confesser.

Claire secoua la tête. Les néons au plafond éclairèrent les fils d'argent qui commençaient à émailler sa belle crinière auburn.

— Ton attirance pour les hommes qui désapprouvent ton comportement m'inquiète, dit-elle.

— Qu'est-ce que j'y peux ? J'aime le défi.

Et celui que représentait Daniel Lunden lui donnait plus d'énergie qu'elle n'en avait ressentie depuis les deux derniers mois. Deux mois qu'elle avait passés à sillonner le pays, de New York à Atlanta en passant par San Francisco, Austin et enfin Chicago pour superviser les qualifications régionales au concours de la Toque d'Or.

Cela avait été éprouvant, plus qu'elle ne s'y attendait. Tous ces déplacements… Pourtant, Eva avait l'habitude, elle s'attardait rarement en un même lieu pendant plus de temps qu'il ne lui en fallait pour défaire et refaire sa valise. Peut-être étaient-ce les éliminations qu'elle avait eu du mal à encaisser. Elle avait dû annoncer à des centaines de chefs que, pour eux, l'aventure était terminée, ce qu'elle avait trouvé étonnamment pénible.

Pas si facile de briser des rêves…

Puis, il y avait eu ses doutes. Avait-elle choisi les bons juges ? Et eux, sélectionnaient-ils les bons cuisiniers ? Comment apaiser les tensions qui régnaient entre Claire et les autres membres du jury, comment prévenir la zizanie ? Et si les producteurs changeaient d'avis et renonçaient à filmer le concours ? Tenaillée par toutes ces questions, Eva se sentait torturée et secouée comme un bikini dans une essoreuse. Et dire que le concours n'avait même pas encore commencé !

Pourtant, quand elle avait vu Daniel Lunden se dresser dans le cadre de la porte, les poings sur les hanches tel un guerrier vengeur, toute sa fatigue, ses affres et sa nervosité s'étaient volatilisées, balayées par un ouragan de désir et d'excitation.

Il émanait de lui une réprobation glaçante, mais une flamme avide, bleu vif, reconnaissable entre toutes, avait embrasé son regard l'espace d'une seconde. Le mélange de ces deux ingrédients réveillait la chasseresse qui sommeillait en Eva. Elle brûlait de raviver cette flamme, de jeter habilement, discrètement de l'huile sur ce feu jusqu'à ce qu'il se change en incendie ravageur et réduise en cendres toute réprobation. Et que Lunden, à bout de résistance, renonce à la condamner pour mieux prendre son plaisir avec elle.

La voix mesurée de Claire fit voler en éclats son fantasme.

— Le défi… Je croirais entendre ton père. Tu as bien des points communs avec lui. Fais attention à toi.

La belle robe d'Eva ne lui fit pas rempart contre l'insinuation de Claire. Étant son mentor et sa plus vieille amie, elle avait toujours su la percer à jour et trouver son talon d'Achille.

Orpheline de mère, Eva vouait à son père, Theo Jansen, une adoration sans bornes. Elle l'avait sciemment pris pour modèle dans la vie. Mais ses qualités parentales laissaient à désirer, ainsi que Claire l'avait régulièrement déploré au fil des années.

— Je ressemble à papa, et alors ? regimba Eva en sortant de son sac à main en cuir blanc le dernier numéro de *Restaurant USA*.

Ses gestes étaient plus brusques qu'elle ne l'aurait souhaité.

— Je ne vois pas de mal à ça, s'obstina-t-elle. Mon père a parfaitement réussi sa vie, sur le plan personnel et professionnel. Pourquoi est-ce que je ne le prendrais pas pour modèle ?

— Hum, voyons… Parce qu'il est malheureux ?

Eva s'apprêta à sauter à la gorge de Claire mais se ravisa : elle ne lisait dans son regard ni sarcasme ni moquerie.

— Qu'est-ce qui te fait croire ça ? l'interrogea-t-elle, pendant que son abruti de cœur faisait des bonds dans sa poitrine.

Les yeux de Claire se chargèrent de douceur ; elle paraissait lasse et un peu triste.

— J'ai connu bien des hommes de la trempe de ton père. Ils ne sont jamais heureux. Quand je suis arrivée aux États-Unis, j'avais vingt ans. Je travaillais pour un homme comme Theo : puissant, sûr de lui.

Plus âgé. Il a été ma première passion. Et il a bien failli être la dernière.

En voyant se plisser la bouche de son amie, Eva comprit. Si Claire avait failli renoncer à l'amour, ce n'était pas parce qu'aucun homme après lui ne lui était arrivé à la cheville. Mais plutôt parce que…

— Ça s'est mal fini ?

— Ça s'est fini comme ça devait se finir. Il était marié, je n'étais pour lui qu'un passe-temps, une pièce de plus à son tableau de chasse. Un trophée pour éblouir ses collègues de la rédaction.

Sa voix se fit plus dure, comme s'il fallait à tout prix qu'Eva comprenne le message qu'elle tentait de lui faire passer.

— C'est pour cela, ma chère Eva, que je te déconseille de fricoter avec ce pâtissier. L'amour, au mieux, ça vous met la tête à l'envers. Et au pire, ça vous brise le cœur en piétinant au passage votre dignité.

Eva se tenait comme pétrifiée et dévisageait son amie. Des milliers de questions fusaient dans son esprit ; elle ne savait pas par où commencer.

— Tu ne m'avais jamais raconté…

— … cette histoire sordide ? Non, je ne m'en suis pas vantée. Je ne t'en parle aujourd'hui que dans l'espoir de t'éviter de commettre les mêmes erreurs que moi.

— Et quand tu es sortie avec mon père, c'était une erreur, ça aussi ?

Eva pinça les lèvres : elle regrettait cette pique gratuite.

Mais Claire n'en prit pas ombrage.

— Je ne regretterai jamais ma relation avec Theo, ne serait-ce que parce qu'elle m'a permis de te rencontrer. Même s'il est vrai que, par bien des aspects, ton père me rappelle mon premier amour. Comme lui, il recherche le frisson de la passion et non le confort d'une relation stable.

La phrase de Claire aurait aisément pu être interprétée comme une critique à l'égard du comportement récent – et sans doute à venir – d'Eva. Cependant, la jeune femme ne vit dans l'expression de son amie que de la sympathie, voilée d'un peu d'inquiétude, peut-être, et cette affection sincère qu'elle lui portait depuis qu'elles se connaissaient.

— Je suis désolée que ton grand amour ait tourné en eau de boudin, marmonna Eva en s'efforçant de contrôler l'émotion qui troublait sa voix. Et encore plus désolée que ça n'ait pas marché entre toi et papa.

Claire venait de lui confier un secret et Eva avait envie de lui rendre la pareille.

— Tu sais, ajouta-t-elle, je lui en ai longtemps voulu d'avoir fait capoter votre histoire. Je crois que je ne le lui ai toujours pas pardonné.

Elle entreprit de feuilleter nerveusement le magazine posé sur ses genoux, regardant sans les voir les articles sur l'actualité du monde de la restauration, les tendances culinaires du moment et les ragots d'initiés imprimés sur papier glacé.

Claire lui tapota la main pour l'immobiliser.

— Tu devrais lui pardonner. Pour moi, c'est du passé. Il n'était pas l'homme qu'il me fallait, voilà tout. Par contre, quand il ne se montre pas à la hauteur en tant que père, là, je me fâche !

Eva prit le temps de ravaler ses trémolos avant de répondre :

— La mort de maman nous a bouleversés. Tu le sais. C'était dur pour moi, mais pour lui aussi. À la maison, tout lui rappelait maman. Moi y compris. Je l'ai bien compris.

Le ton de Claire se fit aussi doux que ses traits.

— Que tu es gentille sous tes dehors de diva ! Tout ce que je te souhaite, c'est d'être heureuse.

Eva prit son courage à deux mains et affronta le regard pénétrant de son amie. Puisant dans des années d'entraînement, elle se composa un sourire enjôleur et décréta :

— Heureuse et gentille, c'est tout moi ! En tout cas, ça le sera une fois que j'aurai mordu à belles dents dans ce joli pâtissier…

Claire reprit sa mine sévère et, l'espace d'un instant, Eva craignit de se faire réprimander. Mais son amie se borna à répliquer :

— Tu es impossible. J'abandonne ! Promets-moi seulement d'être prudente et de ne pas agir à la légère. Tu risquerais de le regretter.

Le poids de ces derniers mots frappa Eva de plein fouet.

— Ne t'en fais pas, dit-elle gravement. Je ne ferai rien qui risque de compromettre le concours. La Toque d'Or, c'est ma priorité. Daniel Lunden est à croquer, mais ce n'est qu'un petit à-côté. Comme un supplément Chantilly : gourmand et léger et diablement tentant !

— C'est bien beau, la crème Chantilly, mais attention à l'indigestion. On ne sait pas toujours s'arrêter à temps.

Eva n'était pas aveugle. Elle avait remarqué la façon dont le plus jeune membre du jury, Kane Slater, rockeur féru de gastronomie, dévorait Claire des yeux. Qui avait quinze ans de plus que lui. Il fallait surveiller de près cette affaire. Un rebondissement aurait-il échappé à Eva ?

Elle choisit soigneusement ses mots avant de se lancer :

— Tu es bien sombre… Tu as quelque chose sur le cœur ?

Claire haussa brusquement les épaules, sans rien de sa grâce française habituelle. C'était mauvais signe.

— Rien qui soit susceptible de t'alarmer. Seulement un petit différend entre Kane Slater et moi.

— Un différend ? répéta Eva prudemment ; il ne fallait pas que Claire se braque.

Son amie se passa la main dans les cheveux, ébouriffant ses boucles de feu.

— J'en suis seule responsable. Il n'y est pour rien. Oh, ne me regarde pas comme ça ! Ce n'est pas la fin du monde. Disons que… j'ai un peu abusé de la crème Chantilly et que je frise la crise de foie.

Décidément, Claire lui faisait des cachotteries. Il faudrait attendre pour lui tirer les vers du nez. Toutefois, vu ses lèvres pincées, elle ne prononcerait pas un mot de plus sur le sujet dans l'immédiat. De fait, alors qu'elle excellait d'ordinaire dans l'art des transitions subtiles, elle changea abruptement de sujet :

— En parlant de ton père, il ne cesse de me téléphoner.

— Ah ? fit Eva, intriguée.

— Oui. Il s'inquiète de toi et du concours. Tu savais qu'il avait l'intention de passer nous voir à Chicago ?

La gorge d'Eva se noua. Cela n'avait certainement aucun rapport avec cette très nette impression que son père doutait de ses capacités. Aucun !

— J'espère que tu lui as dit qu'on n'avait pas besoin qu'on nous tienne la main.

— Bien entendu, fit Claire en croisant les jambes. Mais tu le connais : qui sait s'il m'a écoutée ? Il a peur qu'on perde Cooking Channel…

— On ne va rien perdre du tout, rétorqua Eva aussi calmement que possible. Je lui ai promis que le concours serait filmé, et il le sera. Je lui ai promis que Cooking Channel diffuserait La Toque d'Or, et elle le fera !

— Bon, en ce cas, tout va bien.

Eva leva les yeux au ciel. La confiance régnait !

— Tout baigne, oui ! Je sais que tu n'es pas emballée par cette idée, mais à mon avis, papa a raison. Si on veut faire connaître le concours à grande échelle, il faut passer par la télé. Ma mère voyait les choses en grand pour la Toque d'Or, et je vais enfin pouvoir réaliser son ambition.

— En optant pour la vulgarité et la prétention d'une émission de téléréalité, plus axée sur la vie privée des candidats que sur leurs plats ? Voilà qui promet d'être charmant.

Claire renâcla de nouveau, mais même son dédain respirait l'élégance. Eva monta au créneau illico :

— Tu n'y es pas du tout ! On en fera quelque chose de très classe. L'émission mettra en avant le talent des jeunes cuisiniers du pays. Et plus l'émission aura de succès, mieux on pourra soutenir ces stars montantes !

Claire observa un long silence. Les réacteurs se mirent à vrombir. Les tempes d'Eva bourdonnaient.

— Espérons que tu aies raison, laissa enfin tomber Claire en dardant sur Eva un regard scrutateur.

Eva, qui espérait avoir raison, elle aussi, afficha son sourire le plus confiant, celui qu'elle brandissait pour anéantir les hésitations d'investisseurs potentiels et faire rougir jusqu'aux oreilles les inspecteurs sanitaires.

— Tu sais bien que j'y arriverai. On parle de la Toque d'Or ! De mon héritage familial ! Papa me laisse enfin m'en occuper. Tu ne crois quand même pas que je vais mettre en péril le concours ou le dénaturer ?

Soudain, Patrick le steward apparut dans l'allée comme un génie surgi d'une lampe. Il tenait un plateau chargé de flûtes à champagne.

Eva lui adressa un clin d'œil complice, prit un second Mimosa et en tendit un à sa voisine.

— Tiens, ma chérie, lui dit-elle en français : son accent américain à couper au couteau ne manquait jamais d'horrifier et d'amuser Claire. Il faut qu'on prenne des forces pour le concours !

Elles trinquèrent avec les flûtes en plastique et Claire s'égaya quelque peu.

— Buvons aux défis que nous allons relever.

— Sur le plan professionnel… et privé ! gloussa Eva.

Sur ce, elle porta son verre à ses lèvres et avala une gorgée du breuvage pétillant et acidulé. Le jus d'orange et le champagne se mariaient à ravir. Et, comme il était encore tôt, le sucre et l'alcool lui firent beaucoup d'effet, plus encore que la sensation du vent qui les portait.

Quelque part derrière elle, en classe éco, Daniel Lunden sirotait un Coca, alors qu'autour de lui les passagers dégustaient, un peu éméchés, leurs Mimosas. Sans doute les fusillait-il du regard, ces vendus qui se laissaient corrompre pour un cocktail bon marché. Ses sourcils bruns devaient presque se toucher au-dessus de ses beaux yeux bleu-gris luisant de fureur.

Eva vida son verre et se lécha les lèvres. Elles avaient un petit goût d'impatience.

— Rien ne va plus, faites vos jeux !

## 3

Chicago n'avait rien à voir avec l'idée qu'il s'en faisait.

Collé à la portière du taxi, Danny levait la tête vers les immeubles trapus et courtauds qui l'entouraient. Ils ne méritaient pas le nom de gratte-ciel, ceux-là ; à peine s'ils chatouillaient les nuages d'octobre couleur d'acier.

Pourquoi Danny se sentait-il aussi déboussolé ?

Sa confusion devait sauter aux yeux, car son frère lui donna une grande claque dans le dos et il faillit s'écraser le nez contre la vitre. Heureusement qu'il se tenait sur ses gardes, fasciné par les vastes étendues de ciel dégagé au-dessus de lui.

— Du nerf, Danny ! l'enjoignit Max. Chicago est une ville extra. Tu vas adorer !

Danny haussa les épaules et le cuir de sa veste crissa contre la banquette de vinyle craquelé du taxi. Un taxi gris, et non jaune vif comme ceux de New York. Quelle excentricité !

— On n'est pas là pour faire du tourisme, mais pour cuisiner, le tança Danny. Qu'on soit ici ou ailleurs, ça ne changera rien une fois qu'on se trouvera aux fourneaux. Quant aux monuments et autres attractions, tu peux les oublier. Je ne veux voir qu'une seule chose : ma planche de travail en marbre, propre et intacte.

À la profonde irritation de Danny, Max arqua les sourcils : depuis tout petit, c'était sa réaction quand il jugeait que son frérot se comportait comme un idiot. Ce qui, selon ses critères, se produisait fréquemment.

— Relax, Dan ! Tu ne vas pas jouer les casaniers. Ça fait du bien de sortir un peu de son patelin !

Danny se raidit.

— Tout le monde n'a pas besoin de passer un demi-siècle à ouvrir ses chakras et à se livrer à des singeries hippies à l'autre bout de la terre pour se trouver.

Max écarquilla les yeux et eut un mouvement de recul, levant les mains comme si Danny avait braqué une arme sur lui.

— Calmez-vous, les garçons, intervint Jo, qui était assise de l'autre côté de Max.

Elle ne haussa pas la voix : elle n'en avait pas besoin. Elle était sincèrement peinée de voir son meilleur ami et son chéri se disputer, et cela suffit à faire retomber l'irritation de Danny.

Bien sûr, entre frangins, il était normal de se chamailler. Mais entre Max et Danny, il ne s'agissait pas de simples querelles fraternelles. Les deux frères s'étaient efforcés de régler leurs problèmes afin de pouvoir collaborer, mais il arrivait que de vieilles rancœurs refassent surface et troublent la paix de leurs rapports prudents et courtois.

Assailli par un sentiment de culpabilité, Danny voulut s'excuser mais il n'en eut pas le temps : le drôle de taxi gris se garait. Brutalement. Au moins, les chauffeurs de Chicago conduisaient comme les New-Yorkais !

Ils étaient parvenus à l'hôtel qui les hébergerait pendant la première manche du concours de la Toque d'Or.

On crut un moment que des bagages avaient disparu, ce qui permit aux deux frères de combler le silence épais qui s'était installé, puis on paya la course. Ces derniers temps, chaque fois que le ton montait, Max et Danny finissaient par se murer dans le mutisme.

Le second taxi arriva, avec à son bord Beck, Winslow et les valises manquantes. On entassa les sacs sur un chariot et, dans la joyeuse bousculade, l'inquiétude de Danny s'envola, chassée par l'excitation de ce qui les attendait.

Excitation que Winslow ne manquait pas d'entretenir.

— C'est là qu'on va crécher ? La classe !

Dans le hall, le plus jeune chef de l'équipe contemplait bouche bée les voûtes du plafond.

— Alors là, je valide ! Des dalles de marbre, des trucs qui brillent… *Au plaisir des sens* devrait en prendre de la graine !

Danny frotta le crâne rasé de son ami et répondit, pince-sans-rire :

— Ça roule. Tant que c'est toi qui cires le sol.

Win gloussa, et Danny gagna joyeusement la réception.

Le *Gold Coast Arms* était un hôtel quatre étoiles du quartier le plus huppé de Chicago. Il comptait notamment l'un des meilleurs restaurants de la ville, le *Limestone*, qui appartenait au grand groupe de restauration Jansen Hospitality. On racontait que c'était Eva Jansen qui avait persuadé le palace d'accueillir la première étape du concours, en usant de menaces… ou de ses charmes, c'était selon. Les années précédentes, les épreuves se déroulaient dans un quelconque centre de congrès dépourvu de tout intérêt.

Danny inspecta d'un œil critique le cadre somptueux : même les murs, ornés de dorures, scintillaient. Il secoua la tête. Personnellement, il aurait préféré un environnement plus sobre et plus pragmatique. Ce luxe était inutile et risquait de détourner les chefs de leur but. Or il fallait à tout prix rester concentré.

Il y avait du remue-ménage au bout du hall. Sous une majestueuse porte de verre et d'acier dont les voûtes montaient presque jusqu'au plafond, Winslow, parti explorer son nouvel environnement, s'était débrouillé pour bousculer un chevalet de chrome et en faire tomber le panneau. Il le replaçait désormais sur son socle. À l'envers. Le retourna. Sans cesser de se répandre en excuses. En gros, il se donnait en spectacle.

Danny trouvait la scène plutôt amusante jusqu'à ce qu'il remarque l'inscription que portait le panneau. On y lisait que le *Limestone* était fermé de façon provisoire pour cause de préparatifs du concours de la Toque d'Or. Danny retrouva d'un coup son sérieux.

Ce signe… Le coût que cela représentait, pour un restaurant, de fermer ses portes aux clients pendant plusieurs jours… Danny eut comme une révélation : l'aventure était bien réelle.

Une demi-heure plus tard, ils étaient installés dans leurs chambres. Max et Jo s'étaient aussitôt enfermés dans la leur, que les autres avaient rebaptisée « la suite nuptiale », bien qu'il se soit agi d'une chambre double classique. Danny, Beck et Win faisaient chambrée commune. Également dans une chambre double. Visiblement, l'hôtel avait accepté de loger les candidats, mais dans des conditions toutes particulières !

— Punaise, heureusement qu'on a une nana dans l'équipe, s'exclama Winslow en balançant sa valise démesurée sur l'un des petits lits. Sans Jo, je te parie qu'ils nous auraient tous collés dans une seule piaule, deux par lit et un dans la baignoire !

— Au moins, on a vue sur la Water Tower[1], constata Danny en écartant le rideau rayé d'or pour dévoiler dans un coin de la fenêtre le sommet du célèbre monument.

Win lui lança une moue dubitative mais Beck, ayant fini de répartir le contenu de son sac de sport dans les trois minuscules tiroirs d'une des tables de nuit, se leva et déclara :

— On est très bien, ici. J'ai connu beaucoup moins spacieux.

Au moins, la claustrophobie de Beck ne l'empêchait pas de dormir dans des chambres d'hôtel exiguës.

— Bon, OK, la vue est sympa, admit Winslow à contrecœur en s'approchant de la fenêtre.

— La Water Tower est l'un des rares édifices à avoir survécu au grand incendie de 1871, et c'est le seul qui existe encore aujourd'hui. On dit que c'est parce qu'il est en calcaire. Ce qui se dit « *limestone* », en anglais, comme...

— Oh ! Comme le restaurant ! le coupa Winslow.

— Quelle coïncidence, commenta Beck.

Rien dans son ton ni dans son expression ne le trahissait, pourtant, sa réplique était clairement ironique. Danny éprouva soudain une profonde affection pour ses coéquipiers.

— Allez, on ne va pas rester enfermés dans notre chambre toute la journée. Allons voir la salle où se dérouleront les épreuves. J'ai hâte de découvrir les cuisines du *Limestone* !

— Bonne idée, approuva Winslow.

Il s'assit sur son lit pour enfiler les baskets blanches immaculées qu'il avait retirées à la seconde

1. La Chicago Water Tower, château d'eau de style néogothique, compte parmi les monuments historiques de Chicago. *(N.d.T.)*

où ils avaient pénétré dans la chambre, et faillit rester coincé entre les coussins tendus de damas.

— Qui sait ? Peut-être qu'on y trouvera de quoi faire des Mimosas, ajouta-t-il, taquin.

— Pitié, on ne va pas revenir là-dessus, geignit Danny, rejetant la tête en arrière comme pour prendre le ciel à témoin.

— Je ne vois pas où était le mal à accepter, c'est tout, bougonna Win. Tous les autres passagers y ont eu droit, sauf nous !

— Tous les autres passagers ont laissé Eva Jansen les acheter. Pour cinq dollars ! Je ne sais pas pour toi, mais mon temps à moi vaut plus que ça.

— T'as raison ! J'ai bien fait de prendre un jus de tomate : elle ne s'en relèvera jamais ! On ne lui a pas envoyé dire !

En général, les pitreries de Win arrachaient toujours un sourire à Danny. Mais pas cette fois.

Bien sûr, c'était ridicule de camper ainsi sur ses principes. Eva Jansen était une princesse gâtée qui voyait dans l'argent la clé de tous les maux. Et alors ? Qu'est-ce que cela pouvait bien lui faire ? Il aurait mieux fait de lui serrer la main, d'aller se rasseoir, d'accepter son fichu cocktail, et de tourner la page.

Mais il n'arrivait pas à se sortir cette fille de la tête. Ce qui ne l'arrangeait vraiment pas.

Ce n'était pas sa faute s'il s'était emporté, se justifia-t-il : il se tracassait pour Beck. Danny jeta un coup d'œil discret à son coéquipier. Il avait recouvré son légendaire stoïcisme. La mine renfrognée, les muscles saillants, nul n'aurait pu se douter qu'il avait passé la première heure du vol à imprimer la marque de ses doigts crispés dans les accoudoirs de son siège.

Mais Danny l'avait vu, lui, et ne parvenait pas à l'oublier. Pendant l'interminable attente au sol, Beck n'en menait pas large. En quittant la chambre, Danny allongea sa liste de responsabilités : en plus de tout le reste, il lui faudrait veiller sur Beck.

Ils foulèrent tous trois le tapis moelleux qui conduisait à l'ascenseur.

— Alors, elle portait quoi, Eva la Diva ? s'enquit Winslow en appuyant sur le bouton d'appel.

Danny cligna des yeux.

— Pardon ? Euh, je ne sais pas. Du bleu, je crois. Une robe.

Winslow soupira.

— Ah, les hétéros, je te jure ! Des détails ! Eva Jansen est une icône de la mode dans le monde de la restauration. Tous mes potes vont me tanner pour savoir ce qu'elle portait. De quoi je vais avoir l'air, moi, si je leur réponds « du bleu » ?

— C'était peut-être du violet, se reprit Danny, désemparé. Qu'est-ce que j'en sais ? Je suis pâtissier, pas couturier. Je ne lui ai pas demandé le nom du créateur ! J'avais autre chose en tête.

Winslow fondit sur cet indice comme la misère sur le pauvre monde :

— Alors, c'était une pièce de créateur ? Bon, c'est un début ! Quant à savoir ce que tu avais en tête, facile. Si je ne préférais pas les mecs, elle me donnerait des idées, à moi aussi : elle est sacrément bien roulée !

— Me donner des idées ? N'importe quoi ! protesta Danny. Winslow, je ne te permets pas !

Mais Win se mit à claquer des doigts en chantonnant « Ouh, la menteuse, elle est amoureuse », et même Beck pouffa.

— C'est malin ! gronda Danny avec plus de hargne que prévu.

Bah ! Au moins, il avait fait taire Winslow, ce qui n'était pas chose aisée.

— Elle est mignonne, je te l'accorde, reconnut Danny, radouci. Mais les petites princesses qui se servent de l'argent et de la réputation de leur père pour jouer avec la vie de vrais travailleurs, ce n'est pas mon genre.

— Cassée ! fit Win. T'es dur, mec. Moi, je l'ai trouvée plutôt cool pendant les qualifs.

Danny prit à partie Beck, qui se taisait toujours.

— Enfin, dis quelque chose !

Les bras croisés sur son large poitrail, le colosse cligna lentement des yeux, comme s'il pesait le pour et le contre. Pour la énième fois, Danny se demanda quand il pouvait bien trouver le temps d'entretenir sa musculature. Il devait soulever de la fonte pour être bâti comme ça. Ce n'était pas Schwarzenegger, mais pas loin !

— Winslow a raison. Il vaut mieux se méfier des rumeurs et éviter de coller des étiquettes sur la base de simples préjugés. Ce n'est pas stratégique. On risque de sous-estimer les gens.

Winslow se déhancha triomphalement :

— T'entends ça, Lunden ? J'ai gagné ! Les doigts dans l'nez !

Danny éclata de rire malgré lui et lui accorda le point. De toute façon, le débat avait assez duré.

— OK, Eva Jansen est peut-être la femme la plus sexy, la plus futée et la plus bosseuse de toute l'industrie de la restauration. Là, vous êtes contents ? N'empêche qu'il faut qu'on reste tous concentrés, en ce moment. La seule chose qui importe, c'est le concours.

— Dis ça à Max et à Jo, marmonna Winslow. S'ils arrivent à se concentrer sur autre chose que leurs mamours pendant dix minutes d'affilée, j'arrête les mecs !

Danny soupira.

— Tu n'as pas tort. Mais bon, ils s'aiment, ils sont heureux, tant mieux pour eux. Au fond, ils restent pro. Quand les épreuves commenceront, ils se ressaisiront. Et d'ici là, on va mettre les bouchées doubles pour compenser leur relâchement. Tout ira bien.

Danny refusait de songer à ce qui les attendait si Jo et Max ne s'arrachaient pas à leur univers de Bisounours et de Cupidons à temps pour les aider à écraser leurs concurrents.

Fronçant les sourcils, Beck fit un pas et appuya de nouveau sur le bouton d'appel. Où donc était l'ascenseur ? Winslow, lui, se faufila jusqu'à Danny et darda sur lui ses yeux vert vif.

— Ils sont agaçants, hein, Max et Jo. Il ne s'agit ni de mon frangin, ni de ma meilleure copine mais ça n'empêche : quand je les vois gazouiller comme ça, j'ai parfois envie de leur aboyer de se trouver une chambre et d'arrêter de nous narguer, nous autres célibataires !

— Je suis très content pour eux, affirma Danny.

À sa grande fierté, il avait réussi à desserrer les dents pour articuler ces mots.

Win haussa les épaules :

— Bien sûr, moi aussi, là n'est pas la question. Mais toi et Jo, vous étiez comme les deux doigts de la main et maintenant elle ne lâche plus son Maxounet. Ça doit te faire bizarre.

Danny eut un rire forcé.

— Tu n'as pas bientôt fini de te triturer les méninges ? Tu vas te faire un nœud au cerveau !

Win plissa les yeux.

— J'en connais une que tu triturerais bien. La belle Eva !

— Tu es complètement à côté de la plaque, riposta Danny tandis que retentissait le carillon de l'ascenseur. Tout ce que je veux, c'est gagner ce concours.

Il poussa un soupir de soulagement : la conversation approchait dangereusement de certains sujets qu'il s'efforçait d'éviter, voire de refouler.

Certes, la responsable du concours de la Toque d'Or, l'une des restauratrices les plus brillantes de l'industrie, se trouvait être accessoirement aussi appétissante qu'un éclair au café. Pour autant, il aurait été inconscient de s'acoquiner avec elle juste pour oublier la boule qu'il avait au ventre en voyant son frère bécoter son amie d'enfance.

« Comme les deux doigts de la main », avait dit Win. Inutile de se voiler la face : Danny regrettait parfois de ne plus être l'homme de la vie de Jo. Elle lui manquait, aussi. Mais elle méritait quelqu'un qui puisse l'aimer passionnément et pas seulement comme un ami. Danny se réjouissait vraiment pour elle. Et pour Max aussi.

Et il ne se sentait pas esseulé au point de s'adonner à des fantasmes grotesques et déplacés au sujet d'Eva Jansen. Ce serait pitoyable !

— Si tu le dis, fit Win.

Les portes de l'ascenseur s'ouvrirent sans bruit et Win entraîna Danny dans la cabine de bois vernis.

— Mais rappelle-toi le proverbe, ajouta-t-il en prenant Danny par les épaules. : « Qui ne veut pas devenir un vieux schnock grincheux veille à s'accorder un écart ou deux... »

Danny gloussa malgré lui, tituba et repoussa Winslow qui alla s'écraser contre l'inébranlable Beck ; Beck empoigna Winslow et l'aida à se redresser.

— Vous refaites un sketch des Marx Brothers ? ironisa une voix suave non loin de là.

Danny sursauta : ils n'étaient pas seuls. Derrière eux, délicieusement désirable dans ses bandelettes bleues (ou violettes), arborant son éternel sourire, Eva Jansen assistait à la scène.

Danny comprenait mieux désormais pourquoi l'ascenseur avait tant tardé : la princesse avait dû le retenir à son étage, portes ouvertes, pour achever de se poudrer le nez.

— Vous ici ! minauda-t-elle en plissant ses yeux gris comme un chat devant une assiette de crème. C'est mon jour de chance.

## 4

Contre son gré, le corps de Danny réagit à ces inflexions graves et enjôleuses. Il passa d'un pied sur l'autre, mal à l'aise. Pourquoi fallait-il qu'elle ait cette voix sexy que n'ont les autres filles qu'au saut du lit ?

— Bonjour, mademoiselle Jansen ! piailla Winslow en lui tendant une main assurée, tout guilleret, des étoiles plein les yeux. Sublime, votre robe ! Pour moi, Michael Kors est le maître incontesté de l'art du drapé.

Sur ce, il décocha à Danny un regard dédaigneux.

Eva lui serra la main et haussa un sourcil à l'arc parfait.

— Ah, oui, vous trouvez ? Merci. J'aime beaucoup votre T-shirt, il vient d'où ? Si vous me dites que vous l'avez acheté à un concert, je vais mourir de jalousie.

Danny inspecta le vêtement en question : Win portait un vieux T-shirt des Rolling Stones qui avait dû être noir dans une vie antérieure mais grisonnait désormais à force de lavages répétés.

— Vous aimez les Stones ? pépia Winslow, radieux.

Pour un peu, il se serait mis à sautiller en battant des mains.

— J'aime surtout Mick Jagger : il est canon !

Voilà qui prouvait une fois pour toutes qu'Eva Jansen n'avait rien de la femme idéale : elle était superficielle. Exactement comme Danny le soupçonnait.

Seulement, cela ne changeait rien à l'effet que produisait sur lui son corps ô combien féminin dont les courbes délicates tendaient le tissu de sa robe ajustée, à deux pas de là.

Comme quoi, Danny aussi était un peu superficiel, à ses heures.

Win répondit, songeur :

— Pour ma part, j'ai toujours préféré Keith Richards. Il porte le bandeau comme personne.

Beck s'éclaircit la gorge et Danny détacha son regard du mini-fan-club qui s'improvisait dans le coin de la cabine. Le teint de Beck, habituellement olivâtre, virait au gris, et Danny s'aperçut que si les portes de l'ascenseur s'étaient bien refermées, la cabine ne bougeait toujours pas.

— Bon, les groupies, on choisit un étage ? intervint-il sèchement.

Win paraissait vexé, mais Danny étouffa le sentiment de culpabilité qu'il sentait poindre. Il se tourna vers Beck. Il commençait à transpirer. Il fallait le faire parler, histoire de lui occuper l'esprit.

— La cuisine est à quel étage ?

D'après ceux de ses amis qui étaient employés dans des restaurants d'hôtels, la cuisine et la salle ne se situaient pas forcément au même étage. Au pire, ils pourraient toujours aller se renseigner à la réception.

— Vous allez inspecter le *Limestone* ? J'y vais justement. Permettez ?

Et Eva d'appuyer vivement sur le bouton du deuxième.

— Le monde est petit, grommela Danny.

— Petit et cosy, renchérit Eva en plissant à son attention ses beaux yeux en amande.

Il fallut environ quinze secondes pour parvenir au deuxième ; pourtant, le trajet parut interminable à Danny. La tension lui semblait palpable.

Beck, manifestement à la torture, prenait son mal en patience. Winslow, une fois n'est pas coutume, se taisait. Et Danny se sentait responsable.

Si seulement il arrivait à se concentrer, à faire quelque chose pour détendre l'atmosphère... Peine perdue : avec Eva dans la cabine, il n'y arrivait pas. Il tenta de ne pas trop s'en vouloir.

Seule Eva semblait à son aise. Chaque fois que Danny prenait une inspiration, son parfum envoûtant et sophistiqué lui chatouillait les narines et lui titillait les nerfs.

Enfin, doucement, l'ascenseur s'arrêta. Beck sortit le premier, Winslow sur les talons.

Non sans maudire les règles de galanterie que lui avait inculquées sa mère, Danny bloqua du bras la porte le temps qu'Eva les imite.

Mais elle n'en fit rien. Au bout de deux secondes, Danny se retourna pour voir ce qu'elle attendait, cette fois.

Elle ne se recoiffait pas. Elle ne pianotait pas sur son téléphone. Elle ne s'adonnait à aucune des manies énervantes auxquelles il s'attendait.

Eva Jansen faisait bien pire que ça. Alanguie contre le mur du fond de la cabine, les bras étendus de part et d'autre de son corps parfait, elle enroulait ses doigts aux ongles carmin autour de la rambarde de cuivre et tendait devant elle ses jambes interminables, nonchalamment croisées à la cheville.

Ses cheveux sombres contrastaient avec son teint de lait, une mèche caressait le coin de sa joue… Les portes de l'ascenseur se mirent à vrombir et Danny tressaillit, arraché à sa contemplation.

Quand elle le vit sursauter, Eva releva le coin de sa bouche couleur pomme-d'amour. Lâchant la rambarde, elle s'avança vers lui à pas lents. Danny se prépara psychologiquement : lorsqu'elle sortirait, elle risquait de l'effleurer ; en tout cas, son corps serait tout proche, et pourtant intouchable, comme à des lieues de là…

Cependant, Eva semblait avoir longuement étudié l'art de déjouer les attentes de Danny, car, juste avant d'atteindre la porte, elle pila, leva une main et la posa sur le biceps qui gonflait la manche de Danny. La maille épaisse de son T-Shirt n'atténua en rien la décharge électrique qu'il éprouva à ce contact. Puis Eva promena ses doigts fins le long de son bras et vainquit enfin les résistances de ce membre rebelle qui refusait de lâcher la porte.

Le vrombissement cessa et les portes se refermèrent dans un coulissement muet, mais le sang battait si fort aux tempes de Danny qu'il s'en rendit à peine compte. Ils se retrouvèrent seuls dans l'élégante petite cabine. Qui, avec un sifflement discret, commença son ascension, appelée dans les étages par un client, certainement.

Sans le quitter des yeux, Eva se pencha. Le cœur de Danny se mit à tambouriner et son souffle s'accéléra. Mais Eva se contenta d'appuyer sur un bouton qui immobilisa soudain l'ascenseur entre deux étages.

Cette manœuvre éhontée dissipa la transe hypnotique dans laquelle la robe, le parfum et le sourire diaboliquement sensuel d'Eva avaient plongé Danny.

— Qu'est-ce que vous fabriquez ?

Son ton évoquait davantage la sidération que l'autorité. Tant pis !

— Je voulais un tête-à-tête avec vous, dit-elle sans rien perdre de son sang-froid ni de son détachement amusé.

Comme à bord de l'avion, cela suffit à mettre Danny hors de lui.

— Et vous ne pouviez pas le demander, comme tout le monde ?

— Vous auriez refusé, lui retourna posément Eva.

Dans ses yeux gris dansait une étincelle d'argent. Elle s'amusait comme une petite folle.

Certes, Danny aurait préféré échapper à toute entrevue avec cette créature qui lui faisait perdre contenance et oublier son propre nom, mais :

— Vous êtes l'une des personnalités les plus puissantes de l'industrie de la restauration, et vous tenez entre vos blanches mains le sort du concours de la Toque d'Or. Il faudrait être idiot pour vous envoyer balader.

Zut. Il avait fait preuve d'un peu trop d'agressivité.

Le sourcil à l'arc impeccable se souleva de nouveau.

— Je ne vous croyais pas aussi calculateur, répondit-elle d'un ton plutôt doux, comparé à celui qu'il venait d'employer. Oh, je sais bien que je ne vous inspire guère d'estime, quel que soit mon prétendu pouvoir.

Danny prit une profonde inspiration afin de réduire la pression qui bombait sa poitrine et de reconquérir une once de maîtrise de soi.

— Si je vous ai offensée, je vous présente mes excuses.

Il lui en coûtait, mais Eva ne devait pas concevoir de rancœur à l'égard de son équipe : cela risquerait de les pénaliser.

Eva, toutefois, n'avait que faire de ses excuses. La peste eut le culot de lui rire au nez.

— Mais oui, bien sûr ! Vous ne regrettez pas du tout vos propos, vous redoutez seulement que je les retienne contre vous. Je me trompe ? Pas de panique, M. Poli. Je ne suis pas en sucre. J'ai été méprisée par des hommes plus importants que vous, et j'ai toujours fini par les dominer.

Il s'agissait d'un manifeste féministe et non d'une allusion grivoise ; pourtant, prononcée de sa voix suave et un peu rauque, la tirade évoquait à Danny la vision d'Eva assise à califourchon sur lui.

Il dit avec peine :

— Et vous m'avez piégé ici pour discuter de quoi, au juste ?

En serrant les mâchoires de toutes ses forces, il parvenait à peu près à dissimuler son appétit sexuel digne d'un ado boutonneux.

Elle sourit à demi, comme à une plaisanterie qu'elle seule aurait entendue.

— À vrai dire, je voulais vous renouveler mes excuses pour le coup du vol retardé. Votre ami, le poissonnier, avait l'air stressé tout à l'heure, dans l'ascenseur. Du coup, je me suis demandé s'il avait eu le même souci dans l'avion et si c'était la raison de votre colère. Parce que vous vous sentez responsable de vos coéquipiers. Enfin, c'est ce qu'il me semble. Je parie que si c'était vous qui souffriez de claustrophobie, vous ne seriez jamais venu vous plaindre au steward. Bref ! Je voulais vous dire que j'étais désolée d'avoir troublé la sérénité de votre équipe. Sauf qu'au final on a dévié, et c'est vous qui vous êtes excusé ! Enfin, voilà. Pardon.

Danny se tendit malgré lui. Eva Jansen faisait preuve d'un sens de l'observation et d'une empathie inattendus, et il se sentait mis à nu.

— Bon, je suis désolé, vous êtes désolée : un point partout, la balle au centre.

Eva lui lança un regard entendu par-dessous ses longs cils.

— Je peux peut-être… me faire pardonner ?

Les pieds de Danny se mirent à bouger de leur propre initiative : il s'avançait vers elle.

Eva ne broncha pas. Elle se borna à incliner la tête sur le côté, et à le regarder sans ciller, imperturbable.

Cette femme savait ce qu'elle voulait et n'hésitait pas à aller le chercher.

Ils se tenaient si proches désormais qu'ils partageaient le même air. Pendant une minute torride, le temps se figea et leurs deux respirations se fondirent en une seule. Danny sentait son parfum sucré et, dessous, une substance plus dangereuse encore : une odeur chaude et terreuse de peau propre et de femme. Ce mélange lui monta à la tête comme un gaz toxique et lui fit perdre tous ses repères, tous ses moyens et, surtout, toute sa volonté.

Le désir qu'il refoulait éclata à la surface de sa conscience, vorace comme un loup et deux fois plus indomptable. Eva se tenait immobile, le menton relevé, dans une posture qui, chez d'autres, aurait suggéré la soumission, ou du moins une certaine réceptivité, mais se colorait chez elle d'une note de défi. À cause de son regard flegmatique, peut-être, ou de sa moue amusée.

Danny n'avait plus ni l'envie ni la faculté de résister : faisant fi du peu de bon sens qu'il lui restait, il l'empoigna des deux mains.

Ses lèvres sous les siennes étaient douces et dociles mais il avait vu s'allumer dans ses yeux une étincelle de triomphe. Elle gémissait, à présent, les yeux clos, s'abandonnant à ce baiser. Son corps se coulait naturellement contre celui de Danny, il en sentait la chaleur sur toute sa longueur. Ses jolis doigts blancs retrouvèrent le chemin de ses bras, poursuivirent leur route jusqu'à ses épaules, les palpèrent avidement avant de se nouer autour de son cou.

Il fallait absolument mettre un terme à ce baiser. Hélas, pour une raison obscure, Danny ne parvenait pas à relâcher la délicieuse rondeur de ces hanches. Il ne pensait plus qu'à la jointure de leurs deux bouches, qu'à l'entrelacs de leurs deux langues, qu'à l'insatiable appétit que ce baiser éveillait en lui.

Sans pudeur ni retenue, elle émit une plainte gutturale et Danny fut aussitôt submergé par une vague de désir brut et non raffiné. Il était en érection depuis qu'il l'avait vue alanguie contre le mur du fond mais, quand il l'entendait gémir ainsi, le sang palpitait dans ses veines avec une force redoublée et tendait son sexe avec tant de vigueur que Danny craignit de défaillir.

Le cœur battant plus fort que sur les montagnes russes de Coney Island, Danny réussit enfin à s'arracher à cette étreinte. Il recula d'un pas et prit une inspiration saccadée ; il était complètement hors d'haleine.

Eva ne tenta pas de le retenir. Elle le regardait par en dessous, la bouche rougie et gonflée par ses morsures. Incroyable mais vrai, elle affichait toujours une ombre de sourire narquois !

— Pas mal, miaula-t-elle en lissant son brushing irréprochable.

— Pas malin, marmonna Danny entre ses dents.

Inondé d'adrénaline, étourdi par la sensation de flirter avec le danger, Danny brûlait déjà de se presser de nouveau de tout son poids contre les formes d'Eva.

— Et pas prudent, ajouta-t-il. Quelqu'un va finir par signaler à la réception que l'ascenseur est bloqué.

— Le risque, c'est le piment de la vie, affirma Eva en se penchant pour ramasser son sac à main, qu'elle avait lâché dans un coin de la cabine avant d'appuyer sur le fameux bouton d'arrêt.

Elle en sortit un miroir de poche et lança à Danny un regard malicieux.

— Oh, je vous en prie, ne jouez pas les vierges effarouchées ! Ça vous a plu et vous le savez très bien.

Il la regardait se remettre du rouge à lèvres et quelque chose se noua dans sa poitrine. C'était un geste tellement intime.

Danny se détourna, repéra le bouton « Arrêt d'urgence » et y enfonça le doigt. L'ascenseur repartit. Danny appuya sur le bouton du deuxième étage.

Sans la regarder, il admit :

— Bon, et alors ? Je ne suis pas de bois. Bien sûr que j'apprécie les baisers torrides. Ce n'est pas un crime, vous n'allez pas me faire un procès.

Pourvu qu'elle ne le prenne pas au mot ! Elle avait les moyens de se payer dix avocats mangeurs d'homme, et la famille Lunden ne pouvait pas en dire autant.

Mais Eva eut un rire indéfinissable :

— Je ne parlais pas du baiser.

Surtout, ne pas lui demander de quoi elle parlait !

L'ascenseur s'arrêta au neuvième étage, mais le client avait dû se lasser d'attendre et se rabattre sur l'escalier. Danny pressa le bouton de fermeture des portes et la cabine plongea enfin vers les cuisines.

Pendant la descente, il fixa la colonne de numéros qui s'allumaient les uns après les autres. Quand le numéro deux s'illumina et que la cabine ralentit, une vague de chaleur l'avertit soudain de la présence d'Eva à ses côtés.

Son souffle lui chatouillait l'oreille, hérissait les poils de sa nuque et diffusa le long de son dos une déflagration de désir.

Mais ce furent ses mots qui l'achevèrent.

— Ce n'est pas le baiser qui vous a excité, lui susurra-t-elle. C'était la transgression. Vous avez enfreint vos propres règles pour vous aventurer sur mon terrain de jeu. C'est ça qui vous met dans tous vos états. Si l'envie vous prend de remettre ça, vous savez où me trouver.

Danny n'avait plus d'air dans les poumons, il restait comme paralysé tandis que les portes s'ouvraient et qu'Eva le devançait sur le palier baigné de lumière dorée.

— Vous venez ? lui lança-t-elle par-dessus son épaule, l'air détaché.

Mais, tout transi qu'il était, Danny remarqua tout de même la raideur qui guindait son élégante silhouette.

Elle n'était pas aussi désinvolte qu'elle voulait bien le faire croire. Réconforté par cette idée, Danny respira librement et la rejoignit dans le couloir à grandes enjambées.

Quand ils furent parvenus à l'immense porte à double battant qui marquait l'entrée des cuisines du restaurant de l'hôtel, il fit halte et déclara :

— Je suis pâtissier. Les règles, ça me connaît. Je les comprends et je sais les appliquer. Mais je sais aussi les assouplir et les contourner. Voire les enfreindre, à l'occasion.

Elle hésitait, la main sur la poignée. Pour la première fois, l'incertitude troublait sa belle assurance.

— Juste une mise en garde, poursuivit Danny en lui ouvrant la porte d'autorité. Vous avez parlé de jeu, tout à l'heure. Sachez que quand je joue, c'est pour gagner. Et je ne fais pas de quartier.

# 5

Mais qu'est-ce que c'était que cette banquise battue par le blizzard ? On n'était qu'au mois d'octobre et déjà Chicago ressemblait au pôle Nord !

Kane Slater remonta jusqu'au menton la fermeture éclair de son sweat à capuche noir élimé. Si seulement il avait eu la présence d'esprit d'apporter un manteau !

Les températures ne descendaient jamais aussi bas à Austin, pas même au cœur de l'hiver. Quant à Los Angeles, où il habitait désormais, n'en parlons pas : dès que le thermomètre affichait moins de vingt-deux degrés, les Californiens enfilaient leurs après-ski.

N'empêche. Il aurait dû se douter qu'il ferait froid, dans le Nord.

Il chantonna un extrait de sa dernière composition, encore inachevée ; elle lui trottait dans la tête. Puis il rehaussa ses épaules, s'assura que ses lunettes noires cachaient bien le bleu perçant de ses yeux, et resserra sa capuche autour de son visage – d'après son expérience, lorsqu'il dissimulait ses yeux et la blondeur de ses cheveux, on risquait moins de le reconnaître.

Ce jour-là, en tout cas, pas un fan ne l'accosta. Kane rendit grâces au dieu des rockeurs qui se payait le luxe d'un après-midi de liberté, incognito.

Depuis deux ans, cela n'arrêtait pas : les Grammy Awards et autres prix pleuvaient sur ses tubes et ses clips ; en tournée, des hordes de filles hystériques jetaient sur la scène leurs dessous... De temps en temps, Kane avait besoin de souffler. Il savait que les gardes du corps et les paparazzi épiant ses moindres faits et gestes étaient la rançon de la gloire et, en général, il s'en accommodait. Pour pouvoir vivre de musique, jour après jour, ce n'était pas cher payé !

Mais l'attention écrasante, dévorante et incessante qu'il s'attirait l'empêchait parfois de réfléchir.

Or Kane avait des problèmes à résoudre.

« Ressaisis-toi ! s'exhorta-t-il en martelant le trottoir de ses Converse trempées de neige fondue. Tu t'es engagé envers La Toque d'Or, envers Eva et envers toi-même. T'as le moral dans les chaussettes à cause de cette nana, et alors ? Ça ne doit pas t'empêcher de rester pro et de faire ton boulot. »

Une bourrasque s'engouffra entre les buildings, menaçant de scalper le rockeur. Décidément, il fallait qu'il ait l'âme d'un ado gothique pour traîner son désespoir dans les rues par un temps pareil. Il risquait de contracter une pneumonie, ou pire !

Le climat cataclysmique de Chicago avait gagné : Kane se frictionna les bras et se réfugia dans le premier café.

La chaleur le frappa comme une impression d'édredon, tiède, douce et inattendue, au point qu'elle lui meurtrissait la peau. Il fallut quelques secondes à ses poumons pour se remettre du choc thermique. Mais le carillon de la porte derrière lui et les clients en manque de caféine qui le bousculaient eurent tôt fait de le revigorer.

Le café n'avait rien des grands espaces modernes et tapageurs de L.A., avec leurs panneaux de verre, leurs lignes épurées, leur mobilier ostensiblement design. Il ne ressemblait pas non plus à ses chers vieux bars bohèmes et décatis du centre-ville d'Austin. Encore moins au café d'inspiration parisienne de l'Upper East Side de Manhattan où Kane avait déclaré à Claire Durand qu'il se moquait des mauvaises langues et de leur différence d'âge : il avait envie d'être avec elle.

Évacuant ce souvenir, Kane examina le plâtre craquelé des murs et leurs affiches vantant telle marque de hot-dogs surgelés ou telle confiserie industrielle. La pièce était étroite et oblongue. À gauche s'alignaient des banquettes en vinyle rouge ; à droite, les consommateurs faisaient la queue au bar, que tenait une jeune femme souriante aux bras couverts de tatouages multicolores. Elle, au moins, elle ne se faisait sans doute pas pompeusement appeler « *barista* » comme les serveuses des cafés de New York et L.A., songea Kane, amusé. Sans doute qu'ici on ne déclinait pas le café en tailles *tall*, *grande* et *venti*. Kane s'en réjouit.

En fait, ce café lui rappelait un *diner* de Texas Hill Country, là où il avait grandi, et il se sentait plus à l'aise, plus dans son élément que depuis des mois. Il se risqua à repousser sur son front ses lunettes de soleil afin de déchiffrer la carte. Comme prévu, les options étaient limitées : expresso, allongé ou café au lait. Pas de supplément caramel ou sirop de noisette.

Il lui sembla que la serveuse l'avait reconnu ; derrière les verres de ses lunettes rétro, ses yeux s'étaient arrondis ; mais elle eut l'obligeance de lui tendre sans commentaire sa tasse de café goût café, supplément café. Reconnaissant, Kane fourra dans la boîte à pourboires un billet de vingt dollars et se mit en quête de sucre.

Au lieu de quoi, il trouva la femme qu'il essayait en vain de cerner.

Elle était là, sur sa banquette, derrière l'écran de son ordinateur, un café au lait à la main. Claire Durand.

Kane pensait si souvent à elle ces derniers temps qu'il marqua un temps d'arrêt et cligna plusieurs fois des yeux pour s'assurer qu'il ne s'agissait pas d'un produit de son imagination.

Elle paraissait bien réelle, avec son twin-set bordeaux, son beau foulard imprimé négligemment noué autour du cou – une vraie gravure de mode ! À sa vue, Kane se remémora les magazines qu'achetait sa mère, ceux qui parlaient des destinations en vogue tel ou tel été, ou de l'intérieur de la princesse Grace.

C'était bien Claire, il ne rêvait pas. Parce que, s'il avait été en train de rêver, il se la serait représentée telle qu'elle lui était apparue pour la première fois dans sa chambre d'hôtel, à New York, entre ses draps, ses cuisses roses et ses bras fermes tendus vers lui, sa bouche rosie à force de se mordre la lèvre, sa cascade de cheveux d'or répandue sur l'oreiller comme un tapis de feuilles d'automne.

Un peu sonné, Kane porta sa tasse à sa bouche. L'amertume du café le dégrisa d'un coup : il en avait oublié le sucre.

Seulement, maintenant qu'il avait vu Claire, il était comme happé par sa force de gravité, tel un satellite en orbite autour de sa planète. Il s'avança et se tint à deux pas de sa table. Elle leva le nez de son travail, les sourcils froncés, encore concentrée.

Quand elle le reconnut, son expression se métamorphosa : sa mâchoire se décrocha. Kane savoura ce tableau avant de s'attabler en face d'elle avec son café.

— Tous ces rendez-vous clandestins, il faut que ça cesse, décréta-t-il d'un ton badin.

Le souvenir de leur entrevue, des semaines auparavant, dans ce petit café parisien de l'Upper East Side, vacilla comme une flamme dans les grands yeux de Claire avant de se volatiliser.

Elle ne répondit pas tout de suite, et Kane craignit l'espace d'une seconde qu'elle ne l'appelle monsieur Slater. Si elle osait, il lui faudrait recourir aux grands moyens et lui rappeler qu'ils s'étaient déjà vus nus et que, dans ces conditions, ils pouvaient se passer de tant de formalités. Par chance, elle dit :

— Kane. Quelle joie de te revoir.

L'accueil était un peu tiède, mais on lisait dans ses yeux une réelle chaleur.

— Sympa, ton bureau, blagua Kane en désignant sa petite table surplombée d'une affiche vantant une certaine marque de donuts.

— Comment ? Oh. Tu comprends, ma chambre d'hôtel est très correcte, mais on n'y trouve ni bureau, ni stocks inépuisables de café. Or *Délices* a mentionné cet établissement, le *Blue Smoke*, dans un article sur le revival des petits bars de quartiers, il y a quelques numéros…

— Je me souviens, je l'ai lu ! J'ai même épinglé l'article au mur du bus pendant ma dernière tournée : je voulais tester tous les bars qui y étaient listés. C'est fou que je tombe par hasard sur l'un d'eux aujourd'hui !

— C'est fou, répéta Claire, les yeux plissés : elle se méfiait du hasard.

— Ma maman m'a toujours dit que j'étais né sous une bonne étoile.

Kane arbora son sourire le plus désarmant et s'inclina contre son dossier, les bras derrière la tête. C'était le seul moyen de se retenir de les tendre vers Claire pour la toucher.

Elle était si entière, si parfaite. Elle respirait la sérénité des êtres qui savent ce qu'ils veulent et qui ils sont. Parfois, Claire Durand semblait tenir davantage de la statue de marbre que de la femme de chair et de sang…

Mais Kane avait goûté à sa chair soyeuse et lisse, et elle avait le sang chaud, ainsi qu'il avait eu l'occasion de le constater. Il avait caressé à pleines mains sa peau ferme et onctueuse, l'avait dévorée à belle bouche…

Le contraste entre la Claire de ses souvenirs et celle qui lui faisait front à présent, distante et droite comme un I, lui donnait le tournis. Plus encore que le café non sucré qu'il venait d'avaler à jeun. Il décida de foncer.

— Je ne pensais pas que ça te dérangerait qu'on se croise ici. On est loin de l'hôtel. On ne risque pas de tomber sur des connaissances communes.

Il étendit les bras le long de son dossier.

— Ici, je peux me comporter de façon déplacée : personne ne viendra nous le reprocher.

Kane agita les sourcils de manière suggestive afin d'alléger son propos. Peine perdue, Claire ne se déridait pas.

— Kane. Je voulais simplement qu'on se montre un peu plus… circonspects. Eu égard à notre environnement professionnel. Mon travail de juge ne représente pas une parenthèse pour moi, il s'agit de ma carrière. D'une part capitale et très médiatisée de ma carrière, pour être exacte. Il est hors de question qu'on me prenne pour l'une de tes… comment dit-on déjà ? Pour l'une de tes groupies.

Piqué au vif, Kane abandonna sa pose et planta les deux coudes sur la table.

— Primo, tu n'as rien d'une groupie, et il faudrait être fou pour penser le contraire. Et deuzio, tu exagères.

Elle ferma brièvement les yeux.

— Je te demande pardon. Je ne voulais pas insinuer que tu prends tes responsabilités de juge à la légère. Mais il ne s'agit pas de ta carrière…

Il grimaça.

— Euh, non, là-dessus, tu n'avais pas tort. Même si je prends mes responsabilités très au sérieux ! Par contre, tu ne m'as pas seulement demandé de faire preuve de « circonspection ». Tu as voulu qu'on « prenne du recul ». En clair : qu'on fasse un break. C'est dur pour moi.

Claire dut être sensible à l'accent de sincérité qui éraillait sa voix, car elle se radoucit du fond des yeux jusqu'à la ligne de ses épaules. Elle tendit la main et caressa du bout de ses doigts fins le poignet du jeune homme.

— Ce n'est pas facile pour moi non plus. Tu me manques.

Kane ne voyait que trop bien ce qu'elle ressentait. Après leur première nuit ensemble à New York, ils avaient sillonné le pays avec les autres juges afin de sélectionner les finalistes. Pendant des semaines, ils s'étaient retrouvés la nuit pour bavarder, s'embrasser et s'aimer. Mais, à l'approche du concours à proprement parler, Claire avait voulu faire une pause. Pour Kane, cela avait été une sacrée claque.

Avec le recul, il repérait les indices. Elle n'acceptait de le voir que tard, après le travail, en cachette des autres juges ; elle se contractait sitôt qu'il la touchait en public...

Certes, leur relation était compliquée. Mais de là à rompre ? En étaient-ils vraiment réduits à cette extrémité ?

Kane arbora un sourire insolent et retourna vivement son poignet pour emprisonner dans la sienne la main de Claire.

— Tu me manques, je te manque : parfait ! Je connais le remède.

Claire expira fortement, faisant frémir une boucle auburn sur son front.

— Tu ne m'écoutes pas ! Ou alors tu fais la sourde oreille. Kane, je vais être directe. Ce qu'il y a entre nous, c'est... incongru. Et déraisonnable.

Kane, en incorrigible optimiste, sentit son cœur bondir dans sa poitrine :

— Je te fais perdre la raison ? Je trouve que c'est plutôt une bonne chose !

Les lèvres de Claire tremblaient comme si elle réprimait un rire.

— Voilà qui ne m'étonne pas de toi. Tu fais partie de ces hommes assoiffés de vitesse et de frisson, toujours à la recherche de sensations fortes…

Pour le coup, elle l'avait bien cerné. Il haussa les épaules.

— Je fais du saut à l'élastique et je mange du fugu, oui, et alors ? J'aime me sentir en vie !

Les yeux de Claire se réduisirent à deux pointes de couteau.

— C'est là toute la différence entre nous. Moi, je n'ai pas besoin de mettre ma santé en péril, voire de frôler la mort, pour me « sentir en vie », comme tu dis. Tu as le goût du risque, des émotions violentes. Moi…

À son tour, elle haussa les épaules, avec une élégance qui lui vrilla les tripes. Bon sang, ce qu'elle était désirable !

Comme elle laissait sa phrase en suspens, il la relança :

— Toi ?

Un ombre passa sur les traits de Claire comme un rideau retombe sur une scène vivement éclairée.

— Vous autres Américains, vous maîtrisez le corps et ses pulsions et traitez votre cœur comme un animal sauvage qu'il s'agit de dompter. Du coup, quand votre cœur ou vos pulsions se rebiffent, ils ont la puissance de lions affamés échappés de leur cage après des années de captivité.

L'image parlait à Kane ; de fait, elle lui inspira des paroles de chanson en parfaite harmonie avec l'air inachevé qui lui trottait dans la tête depuis plus de vingt-quatre heures. Vite ! Il plongea la main dans la poche arrière de son jean, en extirpa son crayon, se pencha sur la table pour dérober à Claire sa serviette immaculée, et se mit à écrire frénétiquement ; c'était une course contre la montre : il fallait coucher les mots sur le papier avant qu'ils ne s'effacent de sa mémoire.

— Continue, dit-il d'une voix tendue, la main meurtrie tant il crispait les doigts sur son crayon. Je t'écoute. Des lions affamés. Poursuis.

La voix de Claire se teinta d'une note d'amusement aussi chaude que son cachemire.

— Tu vois ? Tu es constamment exalté. Pour ma part, j'ai appris alors que j'étais plus jeune que toi aujourd'hui que le bonheur réside dans la modération. Dans l'équilibre. Nul ne peut nier les appétits du corps, mais ils ne doivent en aucun cas régir l'existence. Cueillons les roses de la vie, savourons l'instant présent, mais gardons la tête froide. Contrôlons nos plaisirs, ne les laissons pas nous contrôler. Telle est ma philosophie, Kane. J'y crois comme d'autres croient au ciel et à l'enfer.

Cette voix ! Cette éloquence ! Avant de devenir rédactrice en chef du magazine *Délices*, Claire en avait été la journaliste phare. Quand on l'entendait parler, Kane comprenait pourquoi.

Hélas ! Chacune de ses phrases lui transperçait les côtes et le touchait au cœur. Il ne voulait pas en rester là. Cependant, si c'était bien la fin, il aurait un dernier souvenir à chérir : Claire rendait ce moment poignant et beau. Et si Kane croyait en quelque chose, comme d'autres croyaient au ciel et à l'enfer, c'était en la beauté.

— Si je comprends bien, tu as pris du bon temps avec moi, mais tu as fait le tour de la question et tu veux passer à autre chose. C'est aussi simple que ça.

Sa belle voix de baryton s'étranglait mais, pour une fois, il n'y prêta pas attention.

Claire remua sur sa banquette, le cuir grinçait sous ses hanches. Elle semblait en proie à une lutte interne. Enfin, elle répondit :

— C'est tout sauf simple. Et tu te méprends sur mes motivations. Ce n'est pas ce que tu imagines…

En la voyant se trémousser, Kane avait basculé dans un mode de pensée viscéral et instinctif. L'enjeu de la conversation était de taille : c'était quitte ou double, il le savait. Mais il n'en était pas moins homme.

— Crois-moi, tu n'as pas la moindre idée de ce que je suis en train d'imaginer, répliqua-t-il d'un ton lourd de sous-entendus.

Devant ses yeux défilait comme sur un écran géant le souvenir de leurs ébats. Aussitôt, le regard sombre de Claire fondit comme du chocolat.

— Écoute, Kane, j'ai besoin de prendre mes distances parce que…

Elle eut un geste langoureux pour les désigner, tous les deux.

— Quand je suis avec toi, je perds mon équilibre. Mon calme, mon bonheur sont compromis.

Elle inclina le buste et Kane résista à la tentation de lui sauter dessus pour écraser ses lèvres contre les siennes.

— Quand je suis avec toi, répéta Claire, avec son accent français qui grondait comme un orage lointain, je suis moi-même un lion affamé en captivité.

Elle s'appuya à nouveau contre son dossier et les flammes dans ses yeux retombèrent. Elle rassembla son ordinateur et ses affaires puis partit. Mais Kane avait compris deux choses.

D'une, il n'avait jamais eu autant envie de se fourrer dans la gueule du lion.

De deux, si Claire le regardait encore de cette façon, tout restait possible. La partie n'était pas finie.

## 6

Eva se félicita d'avoir passé le plus clair de sa vie juchée sur des talons vertigineux. Sans entraînement, sur ses échasses signées Louboutin, elle aurait chancelé à coup sûr : le baiser qu'elle et Danny venaient d'échanger lui avait laissé les joues en feu et les genoux en compote.

Il faut dire qu'il était intense et sans retenue, et qu'elle avait senti le courant passer entre eux. C'était nouveau pour elle. Et ça la désarçonnait.

Mais c'était la remarque finale de Daniel Lunden qui lui avait porté le coup de grâce. L'idée qu'il puisse réinventer les règles du jeu alors que la partie ne faisait que commencer… Une partie qui, Eva l'espérait de tout cœur, durerait longtemps… Elle en avait des frissons partout.

Était-ce bon signe ? Mauvais signe ? Il était trop tôt pour en juger. Eva ne savait qu'une seule chose : elle éprouvait un sentiment inhabituel et intéressant, qui valait la peine qu'on l'explore de plus près.

Mais cela attendrait, songea-t-elle en découvrant avec effroi la scène qui se jouait devant ses yeux.

Il lui avait fallu quelques instants, trente secondes au plus, pour reprendre son souffle et retrouver l'usage de ses jambes. Danny l'avait précédée de moins d'une minute dans la cuisine.

Où des candidats étaient en train de se bastonner.

Le massif poissonnier de l'équipe de la Côte Est se débattait comme un diable contre une mêlée furibarde de cuistots du *Limestone.* Leur chef, qui dirigeait l'équipe du Midwest dans le cadre du concours, gisait aux pieds du géant sur le dallage caoutchouté ; se tenant la mâchoire, il crachait des jurons. Le petit Black de l'équipe adverse, plutôt mignon d'ailleurs avec ses yeux vert pomme et ses taches de rousseur, avait la joue tuméfiée, ce qui ne l'empêchait pas de se battre vaillamment contre le saucier du *Limestone*, à la périphérie de la mêlée.

Non loin d'Eva, Danny rugit :

— Ça suffit ! Arrêtez !

Ce qui, bien sûr, ne produisit aucun effet, hormis celui d'ajouter aux bruits mats de corps chutant, des souffles échauffés et des insultes en tous genres, accroissant d'autant le vacarme ambiant. Comprenant qu'à ce stade les mots ne servaient plus à rien, il retroussa ses manches et empoigna le candidat le plus proche de lui.

Eva eut tôt fait de jauger la situation. Elle posa en lieu sûr son sac Chanel et s'apprêta à s'aventurer au cœur de la rixe.

— Vous n'y pensez pas ! protesta Lunden en ôtant sa proie remuante du chemin de la jeune femme. Restez à l'écart.

— Et puis quoi, encore ? fit Eva en se baissant pour éviter un poing qui volait dans sa direction. Vous croyez que c'est ma première baston de cuisine ? OK, les garçons, la récré est terminée !

Enfonçant ses index dans sa bouche, elle émit un sifflement strident. Avec un tel talent, elle ne devait jamais peiner à trouver de taxi, même à New York ! Estomaqués, les cuistots du *Limestone* se figèrent et remarquèrent la présence de la patronne.

Le colosse, en revanche, continuait de cogner, soit qu'il ne l'avait pas vue, soit qu'il s'en fichait. Eva s'était suffisamment rapprochée du cœur de l'action pour voir la rage aveugle qui le défigurait, ainsi que cette autre émotion, plus aiguë, qui voilait ses yeux sombres. De la peur, ou de la peine, peut-être. Avec sa carrure et ses cheveux longs qui lui fouettaient le visage, il avait tout du guerrier barbare ou du taureau sous l'estocade du matador.

Eva n'hésita pas une seule seconde.

Lorsqu'il recula le coude pour asséner à sa victime un nouveau crochet de son énorme poing droit, elle alla se placer pile dans sa trajectoire et, levant la tête, le regarda droit dans les yeux.

— Assez, ordonna-t-elle d'un ton sans réplique, tout en s'efforçant de dégager assurance et sérénité.

Alors qu'en réalité elle n'en menait pas large.

Vibrant de colère, les muscles bandés, le poing toujours brandi, prêt à s'abattre, l'autre baissa les yeux sur Eva.

Lunden rompit le silence électrique qui s'installait.

— Du calme, Beck. J'ignore ce qui s'est passé mais lâche l'affaire pour le moment. Si tu veux qu'on t'aide à régler le problème, il faut commencer par te calmer.

Convulsant comme un ours blessé, Beck (puisque apparemment c'était ainsi qu'il s'appelait) laissa mollement retomber son poing. Ses épaules monumentales s'affaissèrent et, discrètement, Eva soupira, soulagée. L'adrénaline courait dans ses veines. On avait frôlé la catastrophe. Un rapide tour d'horizon lui apprit que les cuistots n'avaient détruit ni four, ni gril, ni cellule de refroidissement. Par chance, ils n'avaient pas non plus renversé la bonbonne d'azote liquide : ça n'aurait pas été beau à voir. Sans compter que pour faire jouer l'assurance...

— Ce psychopathe m'a agressé ! mugit une voix au ras du plancher.

Eva baissa les yeux : par terre, Ryan Larousse, jeune cuistot prodige de Chicago et trublion notoire, massait sa lèvre inférieure qui triplait de volume. Un de ses collègues l'aida à se relever.

— J'exige qu'on le fasse virer ! Je vais engager des poursuites ! Je vais le faire coffrer, ce taré !

Voilà qu'il refaisait des vagues. Avant qu'Eva ait pu intervenir, Daniel bondit, et la vague vira au tsunami :

— Dans tes rêves ! Et je t'interdis de parler comme ça de mes coéquipiers !

Eva s'efforçait de calmer les esprits et cet abruti de Lunden lui mettait des bâtons dans les roues ! Heureusement pour lui qu'il était craquant dans son rôle de caïd, ses bras ciselés croisés sur sa poitrine. La jeune femme se surprit à penser à tout ce qu'elle pourrait faire avec ces bras et une paire de menottes en fourrure...

— Je connais mes hommes, poursuivit l'autre. Beck a la tête froide, il n'est pas du genre à chercher la bagarre pour un oui ou pour un non, comme un gamin en mal de rébellion.

Larousse était visé par sa remarque. Pour que ce soit bien clair, Lunden le toisa de la tête aux pieds, et le jeune chef se colora du même rouge sang qui perlait de sa lèvre fendue.

— Si Beck a agressé cet homme, c'est qu'il a dû bien le chercher, conclut le pâtissier.

Eva, qui n'avait pas affaire à Larousse pour la première fois, le croyait volontiers. Il fallait cependant se montrer juste.

— Je t'écoute, Ryan. C'est vrai ?

— Bien sûr que non ! On discutait, tranquille… Il délire ! grommela le cuistot.

Mais son regard fuyant en disait long.

Beck se tenait coi et muet comme un bloc de granit. Seule sa cage thoracique se soulevait et retombait à un rythme élevé. Eva se dévissa la nuque pour mieux le considérer.

— Beck, tu as quelque chose à ajouter ?

La hargne qui ravageait ses traits un instant auparavant s'était dissipée et il se contenta de poser sur Eva un regard impavide.

Mais Lunden ne s'estimait pas satisfait.

— Allez, Beck, dis-lui ce qu'il s'est passé, il faut qu'on règle cette histoire.

Pas de réponse. Il se tourna vers le petit Black.

— Win, tu étais là. Que s'est-il passé ?

Win se redressa, l'air malheureux comme les pierres. Chaque fibre de son petit corps noueux semblait chargée de culpabilité.

— J'en sais rien, avoua-t-il à contrecœur. On est entrés, on s'est présentés, on s'est demandé où vous étiez passé, tous les deux, puis on a entamé les échanges d'usage : vous venez d'où, vous avez fait quelle formation, tout ça, quoi ! Comme d'hab.

Il piétinait d'un pied sur l'autre, dans ses petits souliers.

Eva connaissait bien ces « échanges » : sitôt que deux cuistots se rencontraient, ils comparaient d'abord leurs CV ; c'était à qui pisserait le plus loin. Ensuite, inévitablement, on passait aux ragots.

Dans la restauration, tout le monde se connaissait, au moins de nom, même d'un État à l'autre. En effet, beaucoup de cuisiniers se déplaçaient de ville en ville au gré des opportunités, tels des nomades, et l'industrie fonctionnait plus ou moins en vase clos.

L'adorable Winslow avait le rose aux joues. Il n'en fallut pas plus à Eva pour deviner la nature du ragot qui avait déclenché l'échauffourée.

Surprendre une conversation privée entre deux cuisiniers, c'était comme infiltrer les locaux de *Voici*. Les seules histoires jugées dignes d'intérêt concernaient le sexe. Qui avait couché avec qui, quand, et dans quelle position. Or l'équipe de la Côte Est n'était pas la seule à compter une femme parmi ses membres.

— Il s'agit d'une femme, je parie ! affirma Eva en guettant attentivement la réaction de Beck.

Il ne broncha pas. Ne cilla même pas. Rien en lui ne trahissait la moindre émotion. Pourtant, Eva savait qu'elle avait vu juste.

Win, pour sa part, commençait tout juste à comprendre : il dévisageait son collègue, l'air ahuri. Sa mine valait son pesant d'olives à Martini !

— Bon, j'ai l'impression que tout ça n'était qu'un grossier malentendu, dit Lunden.

Il tendait les mains et son sourire semblait dire : « On fait la paix, les copains ? »

— Je regrette que la situation ait dérapé, continua-t-il. C'est sans doute à cause du concours. On est tous sous pression, on réagit au quart de tour...

Il eut un coup d'œil furtif en direction de Beck, et poursuivit :

— Mais les épreuves n'ont même pas encore commencé. Imaginez ce que ça fera quand on sera vingt-cinq et qu'on aura les caméras braquées sur nous ! Aujourd'hui, ce n'était qu'un avant-goût du stress auquel on va être soumis. D'ici là, autant se ménager, vous ne trouvez pas ?

Eva observa les cuisiniers : ceux qui se coltinaient Ryan Larousse au quotidien opinaient. Grâce au charisme de Lunden, la tension s'était évaporée comme de l'eau de cuisson.

Il faisait très fort. D'abord, il lui roulait une pelle à lui décoiffer le brushing, puis il défendait son coéquipier et calmait les esprits.

À une exception près.

— Non, mais pour qui tu te prends ? cingla Ryan. Je ne vais pas passer l'éponge aussi facilement !

Eva s'interposa aussi sec :

— Ne t'occupe pas de lui ! Moi, ta supérieure hiérarchique et la responsable de ce concours, je t'ordonne de te calmer. Ryan, tu as voulu remuer la merde : félicitations, tu nous as tous foutus dedans. Si tu n'es pas content du résultat, tu n'as à t'en prendre qu'à toi.

Du coin de l'œil, Eva vit plusieurs mâchoires se décrocher, celle de Ryan y compris.

Une femme ne pouvait donc pas jurer comme un charretier sans qu'on la dévisage comme une bête de foire ?

— C'est carrément fair-play de votre part, mademoiselle Jansen, lui dit Win avec un sourire timoré.

Elle fut tentée de s'attendrir, mais non. Ils n'allaient pas s'en tirer à si bon compte.

— Ouais, merci, ajouta à son tour Lunden.

Mais il serrait les dents, comme s'il prenait sur lui pour prononcer ces mots.

— Bon, on y va ? demanda-t-il à ses coéquipiers. À demain, tout le monde.

Tiens, tiens. Monsieur le pâtissier n'aimait pas qu'on marche sur ses plates-bandes : le défenseur de son équipe, c'était lui, et personne d'autre. Question d'habitude, sans doute. L'espace d'une divine seconde, un frisson d'excitation parcourut Eva comme une onde et tout son corps se contracta.

Que de facettes présentait ce spécimen ! Daniel – un prénom vieillot qui ne lui allait pas – Lunden… Dix minutes plus tôt, dans la même pièce, on tentait de s'entretuer et voilà qu'il se retirait dignement, ses hommes sur les talons. Quelle diplomatie ! Oui, il était plein d'épaisseurs alléchantes et juteuses. Comme un artichaut.

Et il tardait à Eva de les savourer, une par une, pour parvenir jusqu'à son cœur.

Ils y étaient presque. Encore quelques pas et ils auraient quitté ce guet-apens, dignement et presque indemnes. Mais quand sa main se posa sur la poignée, une voix féminine roucoula :

— Pas si vite !

Lunden prit le temps de se composer un air amène, lissant le pli qui lui barrait le front, ouvrant de grands yeux innocents et souriant tant bien que mal, puis il fit demi-tour.

Qu'est-ce qu'elle lui voulait encore, bon sang ?

Plantée au milieu de la cuisine, entourée d'hommes qui la dominaient tous d'une tête et pesaient deux fois son poids, Eva le regardait.

Il devait émaner d'elle une sacrée force de caractère, car Lunden n'avait aucun scrupule à la laisser seule au milieu de cette meute, même après la violente altercation qui venait de s'y dérouler. Ryan Larousse, la petite teigne hargneuse et réfractaire à l'autorité, ne faisait pas le poids face à Eva.

La jeune femme tendit en l'air l'un de ses doigts vernis pour leur intimer l'ordre d'attendre, puis elle se détourna un instant : c'était au tour de l'équipe du *Limestone* de se trouver dans sa ligne de mire.

— Quant à vous, vous n'avez rien de mieux à faire que de vous bagarrer dans ma cuisine ? Vous connaissez les lieux, ça vous favorise par rapport à vos concurrents. Alors, à moins que vous ne soyez en train de saboter les grille-pain, je ne vois pas ce que vous glandez là. Oui, Larkin, j'ai dit « glander », essaie de te contrôler, tu n'as plus douze ans. Montez plutôt vous reposer dans les chambres qu'on a eu la largesse de vous fournir. Je compte sur vous pour demain. Rompez !

Ils s'exécutèrent.

Danny observa le défilé de cuistots rebelles, tatoués et balafrés, envieux de leur liberté.

Ryan Larousse, en bon cabotin, massait avec ostentation son menton plein de bleus. Avant de vider les lieux, il décocha un regard assassin à Beck. Ce dernier, qui avait repris son passe-temps favori, à savoir imiter le chêne, ne sembla pas l'intercepter. Une fois de plus, Danny admira son stoïcisme en béton armé.

— Bon, fit Eva quand les autres furent partis, je devine de quoi il était question. Quand on connaît Ryan, ce n'est pas sorcier. Puisque techniquement, il travaille sous mes ordres, je vous présente à tous mes excuses en son nom.

Même en temps normal, Beck tenait du roc : il fallait un certain cran pour l'aborder. Aussi, pour l'aborder après une baston, alors qu'il était en nage, échevelé et à cran, il fallait de la témérité. En voyant Eva s'approcher de lui d'un pas vif et assuré, Danny conçut pour elle une certaine estime.

Elle lui tendit la main, la tête en arrière afin d'établir avec le géant un contact visuel.

— J'ignore ce qu'il a dit d'elle mais je me doute qu'il lui a manqué de respect. J'en suis désolée.

Pourquoi et comment Eva était-elle parvenue à la conclusion que la bagarre avait à voir avec une femme ? Danny n'en avait pas la moindre idée. D'ailleurs, on imaginait mal Beck, cet ours bourru et mal léché, se mettre à jouer les preux chevaliers. Cependant, au lieu de détromper Eva, Beck prit sa main et la serra.

— Merci. Je n'aurais pas dû perdre mon sang-froid.

Eva acquiesça et lâcha sa main sans le quitter des yeux.

— Personnellement, je n'insisterai pas, mais vous devriez vous confier à vos coéquipiers. Ainsi, ils seront plus à même de vous épauler, et on évitera ce genre de désagrément à l'avenir. Ryan n'est pas du genre à renoncer. Une fois qu'il a trouvé le point faible de quelqu'un… bref.

Son ton se durcit.

— Je me fiche de savoir de quoi il retourne. Par contre, je veux être certaine que ce genre d'incident ne se reproduira pas. Pas tant que je dirigerai les opérations. C'est bien compris ?

Danny retint son souffle. Qu'allait répondre Beck ? Depuis le début de la journée, il n'avait pas cessé de le prendre de court. Mais il se cantonna à secouer la tête, les épaules en arrière, raide comme un prisonnier lors d'une audience de libération conditionnelle.

— Compris, grogna-t-il. J'assume la pleine responsabilité de ce qui s'est passé. Ça ne se reproduira pas.

— Il n'y a pas intérêt, dit Eva, déjà radoucie.

Quand elle se baissa pour ramasser son grand sac à main en cuir vernis, avec ses breloques en forme de C entrecroisés, elle souriait. Elle lança à Danny un regard oblique.

— Je vous aurai à l'œil. Pour plus de sûreté.

— Bon, ben, à plus, mademoiselle Jansen ! couina Winslow, promenant de l'un à l'autre son regard affûté.

Il attrapa Beck par la manche et le hala jusqu'à la porte, non sans ajouter :

— Prends ton temps, Danny, y a pas le feu au lac !

Danny grimaça. Winslow était incorrigible. À tous les coups, il avait lu un roman à l'eau de rose dans l'avion.

Ainsi donc, pour la deuxième fois en moins d'une heure, Danny se retrouvait en tête à tête avec Eva Jansen, et il doutait que son cœur supporte un tel stress.

— C'est mignon, dit-elle en passant la pointe de sa langue rose sur sa lèvre inférieure divinement bombée. Ça vous va bien.

Hébété, déconcentré par les possibilités que lui inspirait cette langue, Danny crut qu'il avait raté un élément crucial de la conversation.

— Quoi donc ? demanda-t-il.

— Ce surnom. « Danny ».

On l'appelait ainsi depuis la maternelle mais, dans la bouche d'Eva Jansen, son nom devenait crûment sexuel. Comment s'y prenait-elle ?

Danny chassa sans pitié toute pensée intrusive et tenta de s'éclaircir les idées.

— Merci d'avoir fermé les yeux sur la baston, dit-il. On est là pour le concours, point barre. Je ne laisserai plus rien se mettre en travers de notre chemin.

Eva leva un sourcil dubitatif.

— Ce n'est pas la première fois que Ryan Larousse fait des siennes. Mais il est très doué, alors on lui pardonne… jusqu'à un certain point.

Elle enfila la bandoulière de son sac à main et s'éloigna d'un pas chaloupé. Ses hanches ondulaient diaboliquement sous sa petite jupe moulante.

Avec indolence, elle tourna la tête.

— Vous voulez quelques conseils ? Méfiez-vous de lui comme de la peste. Ce n'est pas seulement un emmerdeur de première, c'est aussi votre rival. Et, vu les événements de tout à l'heure, il va redoubler d'efforts pour vous écraser, vous et vos petits copains.

— Je m'en doutais. Je l'aurai à l'œil. Autre chose ?

Eva lui décocha un sourire aguicheur et le cœur de Danny bondit dans sa poitrine.

— Parfois, il fait bon se laisser détourner du droit chemin…

Et elle disparut, laissant derrière elle un nuage de parfum et un pâtissier tout chamboulé.

# 7

— C'est lequel, déjà, Ryan Larousse ? se renseigna Max discrètement en tripotant le micro-cravate que le type de la télé remettait à tous les candidats à l'entrée de la cuisine.

L'équipe était enfin au grand complet.

— Une baston ! répéta-t-il, rêveur, pour la énième fois. Je n'en reviens pas. Vous auriez pu attendre que je sois là !

— Ce n'était pas une partie de plaisir, gronda Danny. C'était idiot, inutile et on a bien risqué de se faire disqualifier.

En plus, se retint-il d'ajouter, Max était gonflé de se plaindre : s'il avait accompagné ses coéquipiers au lieu de faire des folies de son corps avec sa chère et tendre, il n'aurait pas raté l'événement. Après tout, c'était lui, le chef d'équipe !

À moins que ce ne soit Jo ? Danny avait perdu le fil. Le premier prix de La Toque d'Or, le restaurant de ses parents, l'héritage de son père, tout semblait lui glisser entre les doigts comme du sable. Et, tandis que lui se démenait pour tout retenir, Max et Jo roucoulaient et gloussaient tels des tourtereaux en pleine parade nuptiale.

Enfin, en gros.

Une fois le concours derrière lui, Danny devrait sans doute opérer quelques ajustements dans sa vie. Mais, en attendant, il ne manquait pas de professionnalisme, lui ! Il mettait de côté sa vie privée pour faire de la cuisine sa priorité. C'était ça, être cuisinier. Dire qu'il se trouvait des gens pour croire le métier de pâtissier efféminé… S'ils savaient !

— Disqualifier ? Avec Super-Danny à la barre ? Ça m'étonnerait. Tu n'aurais pas laissé faire une chose pareille.

Comme toujours, Max se reposait entièrement sur les prétendus pouvoirs de son frère sans s'interroger une seule seconde sur leurs éventuelles limites. Jo lui adressa un sourire de compassion et allait intervenir, mais Danny ne lui en laissa pas le temps.

— Bon, on fait un point ? suggéra-t-il avec un sourire contraint. Les juges ne vont pas tarder à arriver pour nous briefer sur la première épreuve.

— Bonne idée, renchérit Jo en se redressant. Les gars, approchez !

Winslow accourut comme un basketteur miniature en plein dribble sur le terrain. Beck lui emboîta le pas, plus lentement. Depuis la bagarre de la veille, il semblait fonctionner au ralenti. Ce qui ne laissait pas d'inquiéter Danny. Le poissonnier ne présentait pourtant pas de blessures : Danny n'avait pas assisté à toute la scène mais, à son arrivée, Beck mettait une bonne raclée à ces petits morveux aux faux airs de loubards.

Depuis, toutefois, sa concentration, d'ordinaire tranchante comme un rayon laser, laissait à désirer. La forteresse imprenable de son calme avait été ébranlée.

Max se lança dans un discours inspiré sur cette incroyable opportunité qui s'offrait à eux, sur le talent de l'équipe et le plaisir qu'il avait à y travailler, etc. Danny, pendant ce temps, passait au crible les concurrents réunis aux quatre coins de la pièce.

Au fond, les cuisiniers du *Limestone,* qui représentaient la région du Midwest, se tenaient adossés à leur comptoir en acier inoxydable. Avec leurs cocards, leurs hématomes et leurs lèvres fendues, ils ressemblaient à une bande de voyous rôdant dans quelque ruelle sombre. Mais ils jouaient sur leur propre terrain, ce qui les avantageait. Et ils le savaient.

De fait, cela les avantageait énormément. Danny mesura du regard l'immense cuisine ; la veille, entre la bagarre et le reste, il n'en avait pas eu le temps. Décidément, ils auraient dû se familiariser avec leur nouvel environnement.

Les voyous du *Limestone* cuisinaient là chaque jour depuis des années ; ils en connaissaient tous les recoins mieux que leurs propres appartements. L'équipe de Danny ne pouvait pas en dire autant.

Alors, tout en guettant d'une oreille les pauses dans le discours de son frère (elles signalaient en général le moment d'opiner ou d'applaudir), Danny étudia la vaste salle rectangulaire. On l'avait aménagée pour accueillir cinq rangées de tables de préparation, une par équipe. Cinq fois cinq planches à découper blanches en zébraient l'acier rutilant.

Derrière les voyous, tout le long du mur du fond couraient des fours à convection noirs à la pointe de la technologie. Une falaise de réfrigérateurs se dressait à la gauche de Danny et, à sa droite, sous de gigantesques hottes aspirantes, des gazinières s'alignaient en bancs serrés. Une porte au fond à droite menait sans doute à la réserve où l'on stockait le sucre, la farine, le miel, le riz et les autres aliments secs, ainsi qu'aux armoires réfrigérées contenant le lait, les œufs, les viandes et les légumes frais.

Rien que dans la pièce principale, on aurait pu loger trois fois sans peine la cuisine d'*Au plaisir des sens*. Quatre, en comptant la réserve.

L'équipe de Danny avait l'habitude de cuisiner dans un espace réduit, en se contorsionnant pour ne pas se bousculer. Ils allaient être complètement perdus avec toute cette place pour manœuvrer. Et s'ils n'arrivaient pas à s'adapter ? Et si leur concentration, leur réactivité, leur dynamisme se disloquaient dans cette vaste salle, sous ce haut plafond ?

Mais c'était surtout l'œil intraitable de la caméra dont Danny se méfiait. Bien en évidence, juste sous leur nez. S'ils se laissaient troubler, ils allaient courir au carnage.

Tant de risques à maîtriser ! Danny pinça les lèvres et fit craquer sa nuque afin de se décontracter. Il lui faudrait veiller à ce que son équipe reste alerte et coordonnée. Comme tous les soirs à New York, en somme. Sauf que, cette fois, il le ferait devant un jury de célébrités, une équipe de cameramen, et la femme dont les yeux gris et le parfum fleuri le hantaient.

Son parfum… C'était bien la seule chose chez elle qu'on pût qualifier de délicat !

Pour la première fois depuis qu'il était entré, Danny s'autorisa à la regarder.

À l'avant de la salle, Eva Jansen se tenait en grande conversation avec un moustachu débraillé vêtu d'une chemisette et coiffé d'un casque. Quand les équipes étaient entrées, elle était déjà là, occupée à donner ses instructions à Drew, son assistant, un grand maigrichon aux cheveux encore plus noirs que les verres de ses Ray-Ban. Danny se souvenait de lui, notamment parce que, pendant les qualifications régionales, Winslow et lui s'étaient liés d'amitié. Voire plus que ça ! Mais, interrogé sur la nature exacte de leur relation, Win haussait les épaules d'un air détaché : ils s'étaient « bien éclatés », mais « en mode tranquille, sans se prendre la tête ».

Lâchant des yeux l'assistant, Danny observa sa patronne. La détermination et l'autorité animaient chacun des mouvements d'Eva, qui portait une robe assez rouge et collante pour stopper net la circulation sur Michigan Avenue[1] en pleine heure de pointe.

Dans l'esprit de Danny défilait en boucle le film de leur baiser. Comment vivre une scène aussi torride « sans se prendre la tête » ? Pour « s'éclater », il s'était éclaté ! Mais ça l'avait plongé dans un état de manque impossible à rassasier. Il était en manque de caresses, de baisers, de peau, de soupirs gémis à son oreille. En manque d'Eva.

Donc, à moins que la définition du terme n'ait radicalement changé, question « tranquillité », il repasserait. C'était fâcheux. Car, tandis que Danny se prenait la tête, Eva la Diva était la tranquillité

1. L'une des principales artères de Chicago.

incarnée, en chambre comme en cuisine. Il en aurait mis sa main à couper.

Pour l'heure, cependant, la jeune animatrice semblait tout sauf tranquille. Avec sa robe fourreau, sa ceinture vernie, ses escarpins pointus assortis, ses cheveux lisses et brillants et son maquillage impeccable, elle était sur le qui-vive, prête à démarrer le tournage d'un instant à l'autre.

Il lui faudrait juste songer à troquer sa moue renfrognée contre un des sourires ultrabrillant dont elle avait le secret et dont la télé raffolait. Elle avait de belles dents : Danny les avait vues de près…

Il n'eut pas le temps de s'interroger sur l'origine du pli qui assombrissait son joli front : Max venait d'achever son discours d'encouragement. Danny lui donna une claque amicale dans le dos et serra la main de ses coéquipiers.

— Max a raison, dit-il, le visage éclairé par un large sourire. On déchire. On va cartonner. On va leur montrer que personne ne cuisine comme les New-Yorkais !

Max cligna des yeux.

— Merci, Danny. Bien résumé. Tu aurais pu commencer par là, j'aurais économisé ma salive !

— Attention, tout de même, ce n'est pas encore gagné, tempéra Jo.

Cette chère Jo, toujours à s'inquiéter ! songea tendrement Danny. Mais Max passa un bras autour des épaules de la jeune femme : elle était sa chère Jo à lui, désormais. Non qu'elle n'ait jamais été celle de Danny.

— Jo ! Je suis gonflé à bloc, là ! s'exclama Winslow qui, de fait, menaçait de décoller de ses baskets tant il était excité. On stressera plus tard, OK ? D'abord, on leur botte les fesses !

Danny lui lança aussitôt un regard sévère et Win leva les mains en gage d'innocence :

— Métaphoriquement parlant, bien sûr ! Aux fourneaux uniquement ! Pas pour de vrai ! Promis ! La violence, c'est mal, ça ne mène rien, sauf à l'escalade, et tout ça !

Danny se détendit, satisfait de constater que Winslow avait retenu l'essentiel de ses remontrances de la veille. C'était une chose de défendre ses hommes face aux agressions extérieures, c'en était une autre de tolérer de leur part le genre de comportement qui risquait de les faire disqualifier. C'était inacceptable, et il s'était assuré que Win et Beck le comprenaient.

— Désolée, poursuivit Jo, dont le corps athlétique palpitait d'impatience, mais la réalité n'attend pas. C'est le grand jour et on joue dans la cour des grands. Alors, pour commencer, essayons de cerner nos adversaires. Qu'est-ce qu'on sait d'eux, au juste ?

En toute autre circonstance, Jo Cavanaugh aurait explicitement chargé ses coéquipiers de lui fournir sur leurs concurrents des fiches de renseignements à faire pâlir d'envie le FBI. D'après elle, le savoir, c'était le pouvoir. Elle mettait un point d'honneur à être constamment informée, engrangeait sans cesse de nouvelles connaissances et dégainait sa culture à la première occasion. Seulement, ces derniers temps, son sujet d'étude de prédilection, c'était les mille et une façons de rendre Max encore plus fou d'elle qu'il ne l'était déjà.

Depuis l'annonce des noms des finalistes, Danny avait cherché un moment pour établir leur profil ; chacun savait pour quels restaurants ils avaient travaillé par le passé, mais cela ne suffirait pas. Malheureusement, il avait fallu embaucher du personnel temporaire pour remplacer l'équipe au restau le temps du concours, se préparer pour le départ et, dans la course, les recherches de Danny étaient passées à la trappe.

Chez les Lunden, on disait souvent que Max avait hérité de son père sa passion et son énergie, tandis que Danny ressemblait à sa mère : dotée d'un flair infaillible en ce qui concernait les individus, Nina était de facto préposée aux embauches d'*Au plaisir des sens*.

Du moins, en temps normal. Avant le départ, comme Gus se remettait d'une opération de chirurgie cardiaque, Nina passait beaucoup de temps à le soigner (dans la mesure où le vieux bougon l'y autorisait). Quant à Max et Jo, ils avaient la tête ailleurs : ainsi, comme par hasard, c'était Danny qui avait écopé du gros des préparatifs.

N'empêche. Il se cherchait des excuses, mais le fait était qu'il n'avait pas fait ses devoirs. Il ignorait tout des cuisiniers que son équipe s'apprêtait à affronter.

Penaud, Danny scruta les visages des chefs assemblés autour des plans de travail voisins.

— Ceux-là, ils doivent représenter le Sud-Ouest, chuchota Winslow en lorgnant une grappe de cuisiniers bronzés, leurs trousses à matériel bariolées de motifs psychédéliques.

Danny hocha la tête.

— Tout ce que je sais d'eux, c'est qu'ils sont de Santa Fe. Leur restaurant s'appelle *Le Maize* et leur chef, Paulina Santiago, est une femme.

Le seul élément féminin de l'équipe en question alignait ses couteaux d'un geste compétent le long de sa planche à découper. C'était une petite femme dodue au visage rond, au regard bienveillant et aux doigts recouverts de cicatrices.

Une pensée fulgurante traversa l'esprit de Danny. Et s'il s'agissait de cette mystérieuse inconnue que Ryan Larousse avait dénigrée, mettant Beck hors de lui ? Danny scruta son coéquipier : il restait de marbre. Non, ce n'était pas pour Paulina Santiago que Beck s'était battu. Mais à mieux y regarder, fermement campé sur ses pieds légèrement écartés, il semblait se préparer à encaisser un coup…

— Ça alors ! Le chef de l'équipe du Sud, je le connais ! s'écria Max en saluant de la tête un grand type maigre, au crâne rasé à blanc et aux yeux bleus perçants, deux rangées plus loin. Il s'appelle Ike Bryar. Il est bon. On s'est affrontés en duel lors de la foire gastronomique d'Édimbourg. C'est une fine lame. Un chic type, aussi.

Deux affirmations qui, dans le milieu de la restauration, revenaient pratiquement au même.

Danny considéra les équipiers d'Ike Bryar. La femme mystère ne s'y trouvait pas : l'équipe ne comptait que des hommes.

La quatrième table, juste avant celle qu'occupaient les cuistots blasés du *Limestone*, restait vide. Les candidats avaient été convoqués pour huit heures.

— La Côte Ouest est en retard, observa Jo.

Les yeux rivés à l'horloge, elle ne vit pas l'ombre qui passa sur les traits de Beck.

Mais Danny, lui, la vit. Il surveillait du coin de l'œil le poissonnier avec tant de concentration qu'il tressaillit comme un lardon dans une poêle chaude quand cela se produisit.

Pas de panique, se raisonna-t-il. Il n'y avait pas de quoi s'affoler. Après tout, mieux valait savoir d'où venait le vent.

Danny risqua un regard en direction d'Eva Jansen. Elle consultait sa montre d'un air boudeur ; sa bouche charnue et ourlée n'en était que plus alléchante.

Puis elle gagna le centre du no man's land qui séparait les plans de travail de la caméra. Le sol de liège assourdissait le claquement de ses talons.

— Quelqu'un sait-il ce qui retient l'équipe de la Côte Ouest ?

Au fond, des rires fusèrent. Danny, Winslow et Beck se raidirent.

— Ça doit être leur chef. Elle n'a pas dû beaucoup dormir cette nuit ! siffla une voix goguenarde.

Danny n'eut pas besoin de se retourner pour savoir qu'elle appartenait à Ryan Larousse. Ne serait-ce que parce que son élocution hasardeuse suggérait une coupure à la lèvre.

En plus, il n'y avait que lui pour inspirer à Eva cet air exaspéré.

Au lieu de répliquer, toutefois, elle plaça ses mains sur ses hanches et fit un tour d'horizon.

— Personne n'a d'information plus pertinente à m'apporter ?

Du bruit retentit à la porte et tous les yeux ainsi que la caméra se tournèrent pour assister à l'entrée de la brigade de cuisine la plus farfelue que Danny n'ait jamais vue.

Dans le métier, on rencontrait pas mal de durs à cuire. Des marginaux, des cas sociaux, des gens qui n'auraient pas tenu trois heures dans un bureau et se moquaient éperdument des normes et des conventions. Dans la salle, quatre-vingt-dix pour cent des candidats étaient piercés et/ou tatoués.

Mais les nouveaux venus remportaient la palme, et de loin.

Non seulement ils formaient un hommage vivant au *body art*, mais il se dégageait aussi d'eux quelque chose d'éminemment... différent.

Un Asiatique noueux arborait des dreadlocks orange qui lui pendaient jusqu'à la taille. Une blonde vénitienne en jupe ethnique, des bracelets autour des chevilles, remplissait de ses formes généreuses un T-shirt orné d'un soleil stylisé aux yeux baignés de larmes et légendé du mot « sublime ».

Danny n'avait jamais vu ça. Et il venait de New York, c'était dire !

— Pardon pour le retard, dit la blonde au soleil en se ruant vers Eva, les mains tendues. C'est ma faute, je n'ai pas entendu mon réveil, j'étais épuisée.

Un rire gras éclata au fond de la salle et, par mesure de précaution, Danny posa la main sur l'avant-bras de Beck.

— J'en déduis que c'est elle, lui souffla-t-il.

Pas de réponse. Mais, sous la paume de Danny, les muscles contractés de Beck parlaient pour lui.

La blonde se décomposa et chercha des yeux la source du ricanement. Eva la rassura :

— Aucun problème, on ne commence officiellement qu'à huit heures et les juges ne sont même pas encore arrivés.

La blonde retrouva le sourire.

Adressant à Danny un regard d'avertissement, Eva la prit par le bras et mena les retardataires au look improbable jusqu'à leur plan de travail.

« Je contrôle la situation », lui signifia Danny du regard, ravi de cet instant de complicité télépathique.

Sauf qu'il ne contrôlait rien du tout. À la seconde où la jolie hippie passa devant leur table et aperçut Beck, tous les efforts de Danny furent réduits à néant : ce fut la débandade.

# 8

« Jusqu'ici, tout va bien ! » songeait Eva en menant par le bras la chef du *Queenie Pie Café* tout en évitant soigneusement le regard du cameraman, dans le coin de la salle.

Les candidats étaient enfin au complet et semblaient prêts à commencer. Restait à prier pour que les juges se dépêchent d'arriver avant que cet abruti de Ryan Larousse ne refasse des siennes.

Pourquoi en voulait-il aux New-Yorkais ? En était-il jaloux ? Eva l'ignorait et s'en contrefichait. Tout ce qu'il lui importait, c'était de lancer le concours sans qu'un nouvel accroc vienne troubler la paix.

Mais… où était passée la blonde ? Eva fit volte-face : Skye Gladwell, la dernière venue, était tombée en arrêt devant l'équipe d'*Au plaisir des sens* et dévisageait bouche bée l'un de ses cuisiniers.

— Henry ?

Toute l'équipe de la Côte Est pivota vers le poissonnier.

— C'est qui, Henry ? piailla Winslow, mais personne ne prêta attention à lui.

Skye Gladwell leva vers Beck une main tremblante mais s'arrêta avant de le toucher.

— C'est bien toi ? lui demanda-t-elle, éberluée.

Elle n'en croyait pas ses yeux.

Eva renifla : elle flairait une odeur suspecte. Le second de Skye portait une blouse d'artiste ainsi qu'un parfum étrange dont la note de tête n'était autre que la marijuana. Eva le fusilla du regard. Si Skye fumait autant de substances que lui, pas étonnant qu'elle se croie frappée d'hallucinations !

Mais elle ne rêvait pas. Le cuistot baraqué qu'elle fixait, ahurie, était bien là. Et, comme par hasard, c'était celui qui s'était fait remarquer en se bagarrant avec un concurrent pas plus tard que la veille. Une lueur vacillait dans ses yeux noirs : il la reconnaissait. Et, sous son masque d'indifférence, Eva distinguait autre chose. Beck était bouleversé. Ce qui n'était pas fait pour rassurer Eva.

— Skye, dit-il en la saluant du menton.

— J'ignorais que tu participais au concours, bredouilla la jeune femme.

— Surprise.

Eva regarda Skye et s'aperçut que tout le monde suivait la scène avec la même attention qu'un fan de tennis accorde à une balle de match à Wimbledon.

À propos, la caméra tournait-elle déjà ?

— Oh là là..., balbutia Skye, qui s'empourprait jusqu'aux oreilles. Je n'en reviens pas. C'est énorme !

Du fond de la salle monta une voix railleuse :

— Je parie que tu ne lui disais pas ça hier soir !

Eva avait eu la veille un aperçu de la fureur de Beck mais n'avait pas vu de ses yeux la rage fondre sur lui. C'était un spectacle terrifiant.

— Petit merdeux, grogna-t-il.

Il fit volte-face et bondit, déchaîné ; pour un peu il aurait enjambé les unes après les autres les tables qui le séparaient de sa proie comme de vulgaires haies d'athlétisme.

Ryan Larousse éclata d'un rire mauvais, aussitôt imité par ses hommes, tandis que Danny et compagnie se démenaient pour contenir Beck. Quant aux autres équipes, excitées par l'action, elles contribuaient au brouhaha général. Et ainsi, en un clin d'œil, la cuisine se trouva en proie au chaos le plus total.

— Laisse tomber, Beck. Du calme, lui intima Danny en nouant un bras autour de son torse pour le maîtriser.

Bras qu'il avait viril et musclé, nota au passage Eva avant de se secouer et de siffler entre ses doigts. Malheureusement, même ce son strident perça à peine le vacarme environnant.

Elle hésitait à sortir de son sac la corne de brume qu'elle y conservait depuis ses années de fac sur les recommandations de son père, quand les juges firent leur entrée. Le silence retomba comme un morceau de viande sous le couperet.

Skye Gladwell courut jusqu'à sa table, ses hommes sur les talons, et Eva envoya par transmission de pensée un avertissement à Danny Lunden : « Contrôlez votre colosse ! »

Le cameraman, qui traînait jusque-là au fond de la salle, l'air blasé, filmait avidement la scène, l'œil collé à sa machine. Consciente de son attention, Eva revêtit son sourire spécial télé, vérifia que son micro était allumé et s'avança pour saluer les membres du jury.

Si elle ne voulait pas que le concours de la Toque d'Or vire à la foire d'empoigne, elle allait devoir reprendre les choses en main, et vite !

Danny croisa le regard d'Eva et, pendant une fraction de seconde, il sut qu'ils étaient exactement sur la même longueur d'ondes.

Il était temps d'arrêter les bêtises et de passer aux choses sérieuses.

Visiblement, les juges partageaient leur point de vue.

— Bienvenue à cette dix-septième édition du concours national de la Toque d'Or, lança Devon

Sparks, le célébrissime chef cuisinier qui siégeait au jury.

Salve d'applaudissements. Sparks dévoila une rangée de dents scintillantes et ses joues se fendirent de fossettes : il faisait du charme à la caméra. Bien qu'ayant récemment démissionné de son émission culinaire à succès, séduire le public restait chez lui une seconde nature. Et il s'échauffait à peine !

— Vous avez tous travaillé dur pour arriver jusqu'ici, reprit-il. Des centaines de chefs ont été éliminés à travers les États-Unis mais vous, vous avez l'honneur de disputer ce concours aujourd'hui. C'est la chance de votre vie. L'occasion unique de prouver votre talent. Car, ne vous y trompez pas, le vrai prix, c'est ça !

— Mais pas de panique, blagua Kane Slater, le deuxième juge, les vrais prix ne sont pas mal non plus !

Kane n'était pas cuisinier, il ne travaillait pas non plus dans la restauration, mais c'était un fin gourmet et un amateur éclairé. La star du rock était connue pour organiser des banquets à thème pantagruéliques et des fêtes gastronomiques légendaires. Quand on lançait Winslow sur le sujet, il n'y avait plus moyen de l'arrêter.

La nomination au jury de Kane Slater avait divisé l'opinion mais Danny, pour sa part, l'approuvait. Lors des demi-finales, le rockeur blond aux yeux bleus avait fait montre de solides connaissances dans le domaine culinaire.

En revanche, le clin d'œil et le coucou qu'Eva venait de lui lancer, hors champ, Danny les désapprouvaient fortement !

Il dut fournir un tel effort pour masquer son irritation qu'il entendit à peine l'énumération des prix. Il n'aurait pas craché sur la récompense des sponsors, un sacré pactole, ni sur la voiture neuve, d'ailleurs, bien que trouver une place où se garer à Manhattan relevât du casse-tête chinois… Mais ce que Danny convoitait, c'était l'article que *Délices*, le magazine gastronomique de renommée internationale, consacrerait au restaurant des vainqueurs. Danny tendit l'oreille dès que retentit le léger accent français de Claire Durand, sa rédactrice en chef.

— Bonjour à tous. J'espère que vous avez bien dormi la nuit dernière parce que vous n'allez plus en avoir l'occasion de sitôt.

À cette nouvelle évocation de la nuit passée, Danny craignit que les rebelles du dernier rang se remettent à persifler, mais il s'inquiétait pour rien. Apparemment, même Ryan Larousse avait suffisamment de jugeote pour fermer son clapet en présence de Claire Durand.

— Les prochaines semaines vont être éprouvantes. Les épreuves sont toutes éliminatoires. Il va donc falloir tout donner pour relever les défis qui vous seront proposés, parce que, si vous n'êtes pas au niveau, l'aventure s'arrêtera pour vous. Seuls les meilleurs parviendront en finale et à l'ultime… comment dit-on, déjà ?

Elle fronça son joli nez.

— Tête-à-tête ? lui souffla Kane Slater.

Claire lui décocha un regard que Danny ne sut pas interpréter.

— L'ultime face-à-face, rectifia Devon en croisant les bras d'un air grave. En effet, la finale verra s'affronter en duel le chef des deux équipes restantes.

L'excitation se propagea dans la salle comme une traînée de poudre. Un face-à-face ! C'était une première. Lors des éditions précédentes du concours, la finale était une épreuve collective.

Claire reprit la parole :

— Pour l'heure, cependant, l'esprit d'équipe doit primer. Il vous sera nécessaire pour réussir les épreuves que nous vous avons concoctées. Votre coordination nous en dira long sur vos qualités de cuisiniers. C'est bien clair ? Bonne chance !

Du regard, elle invita Eva à prendre la relève. Coinçant derrière son oreille une mèche de ses cheveux sombres et scintillants, la jeune animatrice se tourna vers les candidats :

— Les États-Unis sont un vaste pays au patrimoine culturel riche et diversifié, et la gastronomie américaine est, elle aussi, très variée. Dans cette discipline, certaines villes se distinguent particulièrement. On ne présente plus notamment la rivalité qui oppose les chefs de New York et ceux de San Francisco ! Alors pourquoi avoir choisi Chicago ? Pour deux raisons.

Elle marqua une pause, ménageant ses effets, et Danny en profita pour admirer la façon dont sa petite robe rouge moulait ses courbes. Le vêtement n'en était pas spécialement provocant : décolleté pudique, manches trois quarts, jupe au genou. Pourtant, dès qu'Eva apparaissait dans son champ de vision, le désir lui coupait le souffle : le peu de peau que sa tenue dévoilait était à croquer.

Comme si elle lisait dans ses pensées, Eva plongea ses yeux dans ceux de Danny. Ils pétillaient d'une étincelle que le pâtissier savait déjà décrypter : « Je te tiens », lui susurraient-ils.

— Nous avons choisi Chicago pour rendre hommage aux vainqueurs des qualifications régionales, l'équipe du restaurant *Limestone,* situé ici même, à l'hôtel *Gold Coast Arms*.

Un murmure parcourut l'assistance : c'était une révélation, et les candidats se retournèrent pour jauger les favoris.

Danny assimilait la nouvelle, lui aussi, mais sans quitter des yeux Eva. Il lui semblait qu'elle le narguait. Bien sûr, il n'en était rien. Les organisateurs avaient dû prévoir ce mini-coup de théâtre longtemps avant qu'Eva, pour une raison qui lui échappait, jette son dévolu sur Danny. D'un point de vue stratégique, c'était habile : pour convaincre Cooking Channel de diffuser l'émission, Eva avait tout intérêt à favoriser le suspense et l'action.

En tout cas, la jeune femme paraissait enchantée de la réaction qu'elle venait de provoquer. On aurait dit un chat en train de jouer avec une souris.

— Deuxièmement, poursuivit-elle, nous avons voulu promouvoir la richesse et l'inventivité de la cuisine de Chicago. La ville est célèbre pour de nombreux mets et techniques gastronomiques. Ainsi, pour la première épreuve, nous vous invitons à concocter un repas avec entrée, plat et dessert, afin de mettre en vitrine vos talents… accommodés à la mode locale ! Vous avez deux heures pour composer votre menu et acheter vos ingrédients, suivis de quatre cet après-midi pour préparer vos plats. Demain, vous aurez deux heures supplémentaires pour terminer le tout, puis vous soumettrez vos créations aux juges pour la dégustation. Oh, et n'oubliez pas…

Il y avait de l'électricité dans l'air, et le cœur de Danny frappait si fort qu'il en ébranlait sa poitrine. Quelle surprise leur réservait-elle cette fois ?

— L'épreuve est éliminatoire, conclut-elle de sa voix de miel. L'équipe perdante repartira chez elle demain soir. Il ne restera plus que quatre équipes en lice. C'est bien compris ? Vous êtes prêts ?

Un chœur de voix lui répondit par l'affirmative ; la pièce sentait l'adrénaline, les candidats étaient dans les starting-blocks. Les muscles de Danny tressaillaient, ses mains palpitaient presque tant il lui brûlait de doser, de hacher, de fouetter, de glacer.

Eva tendit son bras gainé de rouge vers le chronomètre mural et déclara :

— C'est parti !

Des chiffres écarlates s'y allumèrent et le compte à rebours commença, de sorte que Danny avait l'impression d'être déjà à la traîne.

Dans la salle, les chefs se concertaient frénétiquement. Les juges se retirèrent. Il ne resta plus, outre les candidats, qu'Eva et le cameraman.

Danny peinait à rassembler ses facultés de concentration : il suivait des yeux la jeune femme, comme hypnotisé. Passant la main à l'arrière de la ceinture vernie qui soulignait sa taille de guêpe, elle ôta son micro d'un geste exercé et partit à l'assaut du cameraman débraillé. Son air soucieux réapparut.

— Ça ne t'intéresse pas, ce qu'on raconte ? railla Max, coupant court à sa rêverie.

Les joues en feu, il s'éclaircit la gorge et prit la résolution d'oublier Eva Jansen, aussi désirable soit-elle.

— Désolé. On en était où ?

— On liste les spécialités culinaires de Chicago, dit Jo, armée d'un crayon et du carnet à menus qu'elle gardait en permanence dans la poche arrière de son jean. Pour l'instant, on en a trouvé deux : le steak, et les hot-dogs.

— Pas les hot-dogs, la corrigea Beck. Les saucisses de manière générale. Comme le disait le poète Carl Sandburg, Chicago est le boucher de porc pour le monde.

Quelle culture ! Danny inspecta son coéquipier. Ainsi, on pouvait être taillé comme une armoire à glace et toucher sa bille en poésie.

Win ajouta son grain de sel :

— N'oublions pas la pizza ! Vous savez, ils la font super épaisse, ici.

Les pizzas du coin étaient connues pour leur pâte moelleuse et leur garniture généreuse. Rien à voir avec les pizzas new-yorkaises fines comme des galettes et huileuses à souhait. On peinait à croire qu'à l'origine il s'agissait d'un seul et même plat !

— C'est trop risqué. Maîtriser l'art local de la pizza en une journée, ça me paraît un peu ambitieux, commenta Danny. Quelles sont nos autres options ?

— Il y a quelques bons restaus de cuisine moléculaire à Chicago, avança Beck. Le *Limestone* en fait partie.

Son regard restait enfiévré mais il se concentrait sur le carnet de Jo. Quel que soit son passif avec cette Skye Gladwell, Beck prenait sur lui et gérait la situation.

Danny aurait aimé pouvoir en dire autant. Son attirance pour Eva Jansen tombait franchement mal. « Un peu de sérieux, que diable ! » s'invectiva-t-il.

— En toute logique, l'équipe locale va jouer la carte des plats expérimentaux, avec mousse d'ail, granité de basilic et Chantilly de tomates confites, réfléchit Max à voix haute.

Il avait toujours été fin stratège, ce qui exaspérait Danny lorsqu'ils jouaient, enfants, à des jeux de société. À présent, il s'en félicitait. D'autant que Danny aussi avait sa botte secrète : il était bien documenté.

— Je me suis renseigné sur la ville de Chicago, annonça-t-il en évitant le regard de son frère.

À tous les coups, Max allait encore le traiter de rat de bibliothèque. Pourtant, ses recherches leur avaient déjà sauvé la mise plus d'une fois, à lui et à son équipe.

— La tendance actuelle est au brunch ainsi qu'aux plats simples et classiques, voire régressifs. Dans les quartiers branchés de Bucktown et de Wicker Park, on fait la queue sur le trottoir des cafés pour déguster des gaufres au sucre ou une omelette baveuse, et il n'y a pas un restau en ville qui ne serve de traditionnelle tourte au poulet ou d'écrasé de pommes de terre.

— Génial ! s'écria Jo en noircissant les pages de son carnet, des étoiles plein les yeux, comme toujours quand son imagination s'emballait. D'autres idées ?

— Oh ! glapit soudain Winslow comme si on venait de lui pincer les fesses. Oui, moi ! Je sais ! Le jazz ! Chicago, c'est la ville du jazz. Et de la prohibition ! Et des gangs, et des mafiosos ! Et… et de la *soul food*[1] !

Comme souvent, Winslow semblait ébahi de constater que les convulsions erratiques de son cerveau survolté aient accouché d'une bonne idée. Danny, lui, ne s'en étonnait plus.

— Bien joué ! lui dit-il, bourrade fraternelle à l'appui.

1. Nom d'une cuisine traditionnelle afro-américaine.

— Ouais, mais l'équipe du Sud va sûrement y penser aussi, dit Win. En plus, même si ma mère est black, j'ai grandi à New York, et elle aussi. Chez moi, on bouffait des nems et des plats thaïs à emporter. La soul food, j'y connais que dalle !

Danny médita en contemplant le plafond et ses multiples hottes.

— Il est trop tôt pour tenter de battre nos adversaires sur leur propre terrain. On ferait mieux de s'en tenir à ce qu'on fait de mieux, à savoir le steak.

*Au plaisir des sens*, le restaurant des Lunden, était connu pour son steak depuis des décennies. Il avait conquis, entre autres, Ronald Reagan, Luciano Pavarotti et Frank Sinatra. Jusqu'à la mort de ce dernier, les Lunden avaient toujours en stock une certaine marque de sardines italiennes en conserve dont il était friand, au cas où.

— On a déjà servi du steak lors des qualifs, protesta Jo. On ne va pas remettre ça ! Même sans répliquer à l'identique le bœuf laqué au soja de Max, le jury va trouver qu'on peine à se renouveler.

Winslow semblait de son avis :

— Mlle Jansen a dit que cette épreuve devait nous représenter en tant que cuisiniers et en tant qu'équipe, alors il faut leur montrer qu'on a de l'imagination. Si on ne fait pas preuve d'audace, autant rendre tout de suite notre tablier !

Danny se sentait toujours un peu nerveux à l'idée de sortir des sentiers battus, mais il opina vigoureusement. De toute façon, les autres étaient unanimes : mieux valait se ranger à l'opinion de la majorité.

— Accordé, on oublie le steak pour cette fois. Mais alors on fait quoi ? Qu'est-ce qu'il reste sur la liste ?

Un ange passa. Chacun de son côté passait en revue des idées déjà évoquées et rejetées. Les neurones de Danny s'activaient à mesure qu'il envisageait différentes possibilités, différentes combinaisons d'ingrédients. Mais il n'était pas facile de concevoir un dessert sans connaître le plat qui le précéderait : il fallait que le repas dans son ensemble forme une expérience gustative cohérente et harmonieuse.

À la surprise générale, ce fut Beck qui rompit le silence. Il prenait rarement les devants. Bien sûr, il lui arrivait d'émettre des suggestions mais, le plus souvent, sa nature taciturne l'emportait.

— J'ai une idée, dit-il lentement.

Sa voix grave et rocailleuse roulait comme des pneus sur du gravier.

Décidément, il se comportait de façon étrange, ce jour-là. Il semblait plus présent. Danny l'examina attentivement, cherchant à déterminer à quoi cela tenait.

— Le brunch, ça me parle, reprit l'autre. Je pourrais mitonner une saucisse de fruits de mer.

Il n'en fallut pas davantage pour inspirer l'équipe. Les possibilités fusaient, Danny s'en trouvait tout étourdi. Ses coéquipiers, animés par la flamme de leur passion commune, échafaudaient des plans en noircissant les pages du calepin de Jo. Danny s'humecta les lèvres.

Ils tenaient le bon bout. Avec un peu de chance, ils gagneraient. C'était possible, il le sentait.

Les minutes filaient. Danny se risqua à lever la tête et rencontra le regard d'Eva.

Cela ne dura qu'une seconde, mais la vision de sa bouche rouge et provocante suffit à lui donner des frissons. Ainsi qu'un début d'érection.

Oui, la victoire était possible… s'il parvenait à contrôler sa libido et à se concentrer sur son boulot.

L'animatrice passait à présent de table en table pour s'assurer que les candidats ne manquaient de rien.

Rester concentré… Plus facile à dire qu'à faire, songea Danny en admirant son déhanché.

# 9

Sitôt sortie de la cuisine, Claire rendit son micro et dévala le hall sans se retourner.

Kane serra les poings et se résigna à écouter ce que lui racontait Devon Sparks.

— Vous êtes le chanteur préféré de ma femme. Elle m'en veut à mort de sillonner le pays en votre compagnie ces prochaines semaines. Plus encore que de l'abandonner à ses envies de fraises et à ses nausées !

Son sourire ne ressemblait pas à celui qu'il réservait aux caméras. Ses yeux bleu vif pétillaient.

Kane marqua une pause et respira profondément : à l'évidence, son interlocuteur lui parlait de quelqu'un qui lui tenait à cœur. Or Kane avait fait le vœu longtemps auparavant de ne jamais devenir égoïste ni méprisant. Un vœu difficile à respecter quand on divisait sa vie entre l'univers superficiel de Los Angeles, avec ses fêtes et ses paillettes, et l'existence irréelle qu'on menait sur la longue route des tournées. Mais il faisait de son mieux.

Claire attendait l'ascenseur. Elle allait lui filer entre les doigts. Tant pis ! Kane rendit son sourire au futur papa :

— Toutes mes félicitations pour le bébé. Et merci pour le compliment, on ne s'en lasse pas ! Elle s'appelle comment, votre femme ?

À cette seule mention, les traits trop lisses du chef cuisinier se plissèrent d'une joie sincère.

— Lilah. Lilah Jane Sparks. Elle écoute vos chansons non-stop. Si je ne la savais pas amoureuse de moi, il y a longtemps que j'aurais piétiné tous vos CD.

Cet homme ne doutait pas de l'amour de sa femme. Rien que d'y penser, il revêtait une expression confiante et posée qui piqua la curiosité de Kane.

Qu'est-ce que cela faisait de se savoir aimé, complètement et absolument, par quelqu'un d'autre que ses parents ? Kane s'interrogeait. Ouvert de nature, il passait sa vie à se poser ce genre de questions ; il n'y avait donc rien d'étonnant à ce qu'il s'intéresse à ce sujet en particulier. Par contre, la notion de couple suscitait en lui des réactions contradictoires : elle le séduisait et l'horrifiait à la fois. Bizarre.

Être aimé, qui n'en rêvait pas ? Mais être casé, rangé… Brrr ! Kane réprima un frisson d'effroi. Très peu pour lui ! Il avait trop de choses à découvrir, trop d'expériences à vivre, trop de projets à réaliser pour rentrer au bercail, poser sa valise et s'encroûter.

Cette réflexion lui inspirait des paroles de chanson et troublait son attention.

— Merci de ne pas avoir détruit mes CD, balbutia-t-il en reprenant ses esprits. Vous voulez un autographe pour Lilah ?

— À vrai dire, j'ai un service à vous demander.

L'air contrit, Devon sortit de la poche de son blazer beige immaculé un téléphone portable.

— C'est son anniversaire aujourd'hui. Vous pourriez… ?

Kane respira. Fastoche !

— Pas de problème ! Appelez-la, je m'occupe du reste.

Devon appuya sur un raccourci et tendit l'appareil à Kane. Une voix endormie, un peu pâteuse et suave comme du miel, ronronna à son oreille :

— Bonjour, toi ! Tu devances mes moindres désirs.

Kane lança à Devon un regard complice et se mit à chanter. Au silence stupéfait succédèrent un piaillement ravi et des cascades de rire. Quand il entonna le dernier « Joyeux anniversaire », Devon jubilait, Lilah frisait l'hystérie… et Claire avait disparu.

Étouffant un soupir, Kane dit au revoir à Lilah et rendit son portable à Devon.

— Merci, Kane, vous êtes chic ! J'ai une dette envers vous. À plus tard !

Kane balaya de la main ses remerciements et le chef s'éclipsa pour bavarder en privé avec sa dulcinée. Après cette plongée au cœur de l'intimité du couple, Kane fut ravi de se retrouver seul, lui aussi. Il salua Devon et, les mains dans les poches, s'élança dans le couloir.

Pouvait-il se servir de sa célébrité pour extorquer à la réceptionniste le numéro de chambre de Claire ? Il se tâtait quand Eva franchit les portes de la cuisine et le rejoignit.

— Salut, ma belle ! Tout se passe bien, là-dedans ? lui lança Kane.

Cette diversion tombait à pic : il tournait en rond et commençait à déprimer.

Eva fit mine de se mordiller un ongle mais, à la vue de son vernis carmin, elle se ravisa et croisa les mains dans son dos.

— Ça va. Enfin, je crois. Je ne sais pas. Oh, crotte ! Dans quelle galère me suis-je fourrée ?

— Hé, relax !

Eva ne manquait jamais de réveiller le grand frère bienveillant qui sommeillait en Kane. Il suffisait qu'elle tombe un instant son masque de requin, qu'elle révèle une faille pour le faire fondre.

— Tu paniques pour rien. Quand je suis sorti, les cuistots m'avaient l'air au top et impatients de se mettre au boulot. Tu assures ! Viens là.

Il lui passa le bras autour des épaules et la serra contre lui. Perchée sur ses échasses vernies, elle mesurait presque la même taille que lui, et Kane regretta soudain ses bottes de cow-boy à talonnettes, mais il y avait renoncé en quittant le Texas.

— « Au top » ? Ils pètent tous les plombs ! La compétition commence à peine qu'ils se bastonnent déjà ! gémit la jeune femme en se blottissant contre son épaule.

Et en la tartinant de mascara, selon toute vraisemblance.

— En plus, le cameraman me rend marteau. D'après lui, les producteurs redoutent que l'émission manque d'action. Ils hésitent à filmer la finale en direct. Non, mais ils s'attendaient à quoi ?

— Ils veulent plus d'action ? Avec la mêlée d'hier, je ne sais pas ce qu'il leur faut !

— Je n'ai aucune envie de montrer ce genre de dérapage à l'écran ! se récria Eva. Ça compromettrait l'image de La Toque d'Or.

Kane prit la jeune femme par les épaules et recula d'un pas pour la regarder en face.

— Crache le morceau. Vas-y, ma belle. Dis-moi ce qui te tracasse vraiment.

Nerveuse, Eva lui parut soudain toute jeune. Kane se la remémora telle qu'il l'avait rencontrée, cinq ans auparavant, lors d'une fête chez un producteur pervers : immature et provocante, ses longs cheveux bruns luisants comme du vison, elle se démenait pour attirer l'attention de tous les hommes qui l'entouraient. Non pas qu'elle voulût coucher avec eux. Non, Kane avait vu au premier coup d'œil que son manège répondait à un besoin plus profond, bien caché derrière son jean moulant et sa brassière à sequins.

Il s'était reconnu en elle. Cette gamine était comme lui, toujours en vadrouille, toujours en quête de quelque chose. Il l'avait tout de suite compris, lors d'un de ses éclairs de lucidité foudroyante. Au cours de la soirée, la jeune Eva avait perdu pied, elle avait abusé des gin tonics, des types friqués aux mains baladeuses avaient tenté d'en profiter et Kane l'avait secourue. Depuis, il la considérait comme son alter ego. En cinq ans, lui s'était vu décerner deux disques de platine et elle avait grimpé les échelons du monde de la restauration. Cinq ans qu'il la fréquentait, et pourtant, elle continuait de le décontenancer. C'était là tout son charme, d'ailleurs.

— C'est à cause d'un mec, marmonna Eva.

— Sans blague ?

Kane pouffa et elle lui asséna une petite tape sur le bras, vexée. Il se radoucit :

— Ma belle, avec toi, c'est toujours à cause d'un mec. Donc ça, je m'en doutais déjà. Mais qu'est-ce qui te chiffonne ? Dis-moi tout.

Eva grimaça, le regard vague.

— Il n'est pas comme les autres… Je ne sais pas comment te l'expliquer. Mais… je le veux.

Kane haussa les épaules.

— Alors, va le chercher !

En général, pour Eva, c'était aussi simple que ça. Une chance que Kane lui enviait. Mais il n'en laissa rien paraître.

Eva ne semblait pas convaincue. Elle secoua la tête et ses cheveux lui caressèrent le menton.

— C'est compliqué. C'est l'un des candidats.

« Tel père, telle fille ! » songea Kane.

Mais il se garda bien de formuler à voix haute cette pensée : Eva lui aurait fait une scène !

— Et… ça te pose un cas de conscience ?

— D'habitude, non, admit-elle sans ambages. Il ne s'agit que de sexe, après tout ! C'est la nature. On accumule toutes sortes de stress et de tensions au quotidien, alors il faut bien décompresser sous peine d'exploser comme une cocotte-minute. Tant qu'on n'y met pas de sentiments, que ça reste naturel et décomplexé. Une fonction corporelle, quoi ! Comme le fait d'éternuer.

— Tu as parfaitement raison, opina Kane, pince-sans-rire. D'ailleurs, c'est la dernière tendance dans le monde du porno : l'éternuement. À poil, bien sûr.

— Oh, ça va ! Tu vois très bien ce que je veux dire, et d'ailleurs je sais que tu partages mon point de vue. Alors ne me la joue pas rockeur sentimental, ça ne prend pas. Je t'ai vu à l'œuvre avec les femmes : tu les prends et tu les jettes comme des kleenex !

— Berk ! C'est une manie, chez toi, les métaphores grippales ! Qu'est-ce qui ne tourne pas rond ?

Les yeux d'Eva s'agrandirent.

— Je n'en sais rien ! C'est ce mec. Je crois que j'ai perdu le coup de main. Je me suis débrouillée pour qu'il m'embrasse dans l'ascenseur, et c'était génial ! J'en avais des fourmis partout. Mais après… il m'a… troublée. Et il est parti. Juste comme ça ! Comme s'il ne s'était rien passé !

De plus en plus intéressant. La Diva aurait-elle trouvé adversaire à sa mesure ? Kane prit un air compatissant :

— Allons, tu aurais préféré qu'il t'arrache tes vêtements dans un lieu public ?

— Évidemment ! affirma Eva en levant le menton. Je veux dire, ça aurait été la moindre des choses ! Alors que là… je suis paumée.

Une fois de plus, Kane et son alter ego vivaient une situation similaire. Pour un peu, il s'en serait amusé. Mais il était trop abattu pour ça. Kane soupira.

— À qui le dis-tu, ma belle. Moi aussi, je suis dans une impasse.

Oubliant instantanément ses mimiques éplorées, Eva plissa des yeux rusés et déclara :

— Mais assez parlé de moi. À ton tour ! Je sens que tu brûles de t'épancher, toi aussi. Raconte-moi tout, je peux peut-être t'aider.

— À moins que tu ne parviennes à convaincre une femme brillante et bornée de me donner une chance, alors que j'incarne tout ce qu'elle fuit, j'en doute.

— Tu mérites cette chance, décréta sa loyale Eva. Et Claire a intérêt à te la donner. Je ne peux pas l'en persuader, mais je peux te filer un coup de pouce…

Le rythme cardiaque de Kane s'accéléra et il saisit les mains d'Eva.

— Si tu fais ça pour moi, ma belle, je te dédicace mon prochain single.

— Bah ! Je tourne en rond de mon côté, autant t'éviter le même sort. Claire est dans la suite 3218. Son ancienne chambre ne contenait pas de bureau alors je me suis arrangée pour la faire transférer. Je te parie qu'elle s'y trouve en ce moment… toute seule… avec la bouteille de champagne que j'ai fait livrer à chacun des juges…

Oubliant aussitôt ses bonnes résolutions (il s'était promis de garder ses distances), Kane agita les sourcils, l'air grivois :

— La pauvre, elle a sûrement besoin d'un peu de compagnie.

— Bonne chance ! lui souhaita Eva en le poussant vers l'ascenseur. Et n'oublie pas qu'elle est française : par définition, elle a l'esprit de contradiction. Si elle se braque et qu'elle te sort son fameux air sévère, c'est que tu es en bonne voie. Merde à toi !

Kane lui envoya un baiser et s'engouffra dans l'ascenseur. À mesure que la cabine grimpait dans les étages, le rapprochant de Claire Durand, il lui semblait que son cœur, lui aussi, s'envolait.

« Bonne chance »…

De la chance, il allait lui en falloir une sacrée dose.

Eva suivit des yeux son complice qui filait faire la cour à sa meilleure amie. Elle se sentait un peu abandonnée.

Mais elle n'était pas le centre du monde.

Un détail qu'on tendait à oublier quand on était la fille unique et choyée d'un homme riche à millions. En perdant sa femme, Theo Jansen avait aussi perdu ses repères et sa raison d'être. Du coup, Eva avait passé ses jeunes années livrée à elle-même dans leur grand manoir de Long Island. Plus tard, son père, rongé par la culpabilité, l'avait couverte de cadeaux. Aussi Eva se figurait-elle parfois que le monde gravitait autour de sa personne.

Elle consulta sa montre. L'aiguille des minutes, sertie d'un saphir, n'avait pratiquement pas bougé.

L'attente n'en finissait pas.

Elle avait quitté la cuisine pour échapper un moment à la frénésie des cuisiniers. Une demi-heure plus tard, il faudrait les entasser dans des voitures et les emmener faire les courses chez *Fresh Foods*.

À cette idée, Eva se fendit d'un sourire. Elle avait réussi à convaincre Lincoln de sponsoriser l'événement, et n'en était pas peu fière. La célèbre marque de voitures leur offrait non seulement en guise de prix un superbe 4 × 4 flambant neuf, mais elle mettait également des berlines à la disposition des organisateurs le temps de l'émission.

Eva dégaina son portable et passa quelques coups de fil pour s'assurer que les voitures et leurs chauffeurs se tenaient prêts devant l'entrée de l'hôtel et qu'ils connaissaient l'itinéraire le plus direct pour se rendre au magasin.

Un nouveau coup d'œil à sa montre la décida à regagner la salle afin de hâter les préparatifs : il ne restait plus que quelques minutes. Avec un peu de ruse et de manipulation, elle ferait en sorte de se retrouver seule avec Danny Lunden à bord d'une des Lincoln.

Assez larmoyé ! Elle était Eva Jansen, restauratrice à succès, it-girl, millionnaire. Une sorte de star, en somme ! Ce pâtissier lui faisait de l'effet, soit. Ce n'était pas une raison pour virer fleur bleue et cucul la praline.

Elle, son truc, c'était la conquête, se rappela-t-elle en arrêtant le chrono et en guidant les cuistots jusqu'aux véhicules. Ni une, ni deux, elle harponna Danny, l'attira dans sa voiture privée et ferma les portières à clé.

— Roulez ! ordonna-t-elle à son chauffeur en livrée.

Puis elle se tourna sur la banquette de cuir moelleuse pour faire face à Danny. En un clin d'œil, sa stupéfaction se mua en suspicion :

— Encore vous ! C'est du harcèlement.

L'adrénaline courait dans les veines d'Eva, lui échauffait le sang et l'emplissait d'une folle insouciance. Elle exultait. La chasse était ouverte !

— Ça vous déplaît ? susurra-t-elle en s'adossant et en croisant lentement les jambes.

Sa jupe se retroussa, dévoilant ses cuisses. Eva frissonna à cause de l'air conditionné mais il n'était pas question de tirer sur son ourlet.

Bingo ! Danny baissait ses jolis yeux bleu-gris sur ses bas de soie. Furtivement, presque imperceptiblement. Si Eva n'avait pas guetté ce regard, il lui aurait échappé. Mais rien de ce que faisait Danny n'échappait à Eva.

— Dois-je me sentir flatté ou porter plainte ? maugréa-t-il en pivotant vers elle.

L'habitacle était spacieux mais Danny avait de bonnes épaules et de longues jambes.

Qu'il étendit machinalement. La toile rêche de son jean frôla le genou d'Eva. Une sensation divine ! Le regard de Danny se fit sombre et intense. Un frisson parcourut l'échine d'Eva.

— Vous pouvez vous sentir flatté, répliqua-t-elle crânement pour masquer son propre trouble. Figurez-vous qu'en matière d'hommes j'ai beaucoup de goût.

Là, elle exagérait. Elle avait fréquenté son lot de minables. Mais, en l'occurrence...

Elle déshabilla Danny du regard. Il se tenait sur sa banquette comme un roi sur son trône. Sa barbe de trois jours et sa moue renfrognée ne faisaient qu'ajouter au charme de ses traits réguliers et de sa bouche gourmande.

En l'occurrence, décidément, Eva n'aurait pas de regrets !

— Vous n'êtes peut-être pas au courant, mais je suis en plein concours culinaire. Je joue ma carrière et la réputation du restaurant de mes parents. Ce n'est pas le moment de m'envoyer en l'air.

Danny s'exprimait avec une politesse extrême mais dans ses yeux dansait un éclair ardent et dangereux. Et son argumentation ne tenait pas la route.

— Foutaises ! C'est le moment ou jamais, au contraire ! Vous êtes stressé, crispé... Il faut vous décontracter si vous voulez gagner.

— Il faut surtout que je reste concentré sur mes priorités.

Eva décroisa les jambes avec ostentation, effleurant de son mollet gauche le tibia de Danny. Une pluie d'étincelles envahit l'habitacle et l'atmosphère se chargea d'électricité. La respiration d'Eva s'accéléra et, à en juger par les mouvements du torse de Danny, il avait le souffle court, lui aussi. Fixant ses yeux assombris, elle ôta ses escarpins et s'agenouilla sur la banquette, face à lui, les jambes repliées sous ses fesses. Sa robe lui remontait sur les hanches de sorte qu'elle lui dévoilait presque ses dessous.

— Mais, Danny, lui dit-elle dans un souffle. Ceci *est* une priorité.

Sur ce, elle se pencha, enveloppa de la main son biceps saillant, et l'embrassa.

Pendant une seconde qui lui en parut cent, il ne réagit pas. Puis, grondant comme un loup dans un piège, il l'empoigna et la hissa sur ses genoux.

Ouvrant la bouche, il mordit dans la sienne. Sa langue se fit caressante et Eva soupira d'aise. C'était délicieux, plus encore que dans l'ascenseur parce que, cette fois, elle anticipait l'explosion : un appétit insatiable s'empara d'elle, comme une envie irrépressible de le goûter, en entier, là, tout de suite, maintenant. Oh ! pourvu que ça ne s'arrête jamais !

La robe retroussée jusqu'aux hanches, elle s'assit à califourchon sur lui, nouant ses jambes autour de sa taille. Plaquant les mains de part de d'autre de ses joues rugueuses, elle pressa son bassin contre le sien et tous deux frémirent de désir.

Elle dut mobiliser tout son sang-froid pour se retenir de se frotter contre sa braguette tendue à craquer. C'était si bon, cette sensation de dureté tout contre son intimité, qu'Eva peinait à se contrôler.

Au moins, elle avait désormais la preuve concrète que Danny avait autant envie d'elle qu'elle de lui. Rassurée, elle prit une profonde inspiration et reprit le contrôle. Elle se mit à onduler du bassin, trouvant d'instinct le rythme qui le faisait vibrer. Il l'embrassa avec une ardeur redoublée. Le satin délicat des dessous d'Eva faisait un piètre rempart contre cet assaut de sensations.

Des frissons parcouraient sa colonne vertébrale comme autant de divines déflagrations. Heureusement que sa limousine n'était pas équipée de caméras : il ne manquerait plus qu'une vidéo de leurs ébats échoue sur Internet.

Pantelante, Eva plongea les mains dans les cheveux châtains de Danny et l'embrassa fougueusement. Elle continuait d'ondoyer, ferme, précise, prit ses mains dans les siennes et les fit remonter de son bassin jusqu'à ses côtes avant de les placer enfin sur le renflement de ses seins.

Eva se cambra pour reprendre son souffle et le regarda. La voracité déformait ses traits, durcissant sa bouche et faisant ressortir ses pommettes.

La jeune femme savoura le spectacle : il avait le regard ardent, un voile luisait sur ses lèvres ciselées. Son désir flagrant alimentait le sien, l'embrasait comme du petit bois et, quand Danny passa les pouces sur ses tétons turgescents, elle s'abandonna au plaisir qui montait en elle inexorablement.

— Qu'est-ce que tu es belle, murmura-t-il, les yeux brillants, tandis qu'elle succombait à l'extase, et ces mots déclenchèrent chez elle une nouvelle vague de jouissance, comme un écho de la première.

— Mmm, fit-elle en se lovant contre lui, vidée, liquéfiée.

Sa posture évoquait dangereusement une étreinte amoureuse, mais Eva était tellement comblée qu'elle s'en fichait.

— Tu n'es pas mal non plus, ajouta-t-elle.

L'érection de Danny frottait toujours contre son entrejambe humide et sensible, et Eva se remit à soupirer et à se tortiller. Elle glissa la main entre ses cuisses pour le caresser.

Danny prit une inspiration heurtée et son ventre plat se tendit comme un arc.

Eva buvait du petit-lait.

Pour plus d'effet, elle posa le front contre son épaule et enroula ses doigts autour de son membre, à travers ce satané jean qui lui faisait obstacle. La nuque de Danny sentait le sel et la fumée, ainsi qu'une note plus douce, comme si sa peau avait été finement saupoudrée de sucre glace.

— Non, attends… Arrête, bredouilla-t-il.

Eva leva la tête, les sourcils froncés, bien décidée à lui expliquer qu'elle n'avait aucune intention d'attendre ou d'arrêter, qu'avec Eva Jansen, c'était donnant-donnant, quand son téléphone se mit à rugir les notes sinistres de l'air de Dark Vador dans *La Guerre des étoiles*.

Dans le véhicule, la température chuta aussitôt de plusieurs degrés.

C'était la sonnerie du seul individu capable de casser l'ambiance à trois États de distance : son père.

# 10

— Il faut que je décroche, dit Eva en se dégageant brusquement.

Mais sans lui broyer les parties au passage, nota Danny à son grand soulagement. Même en fondant sur son sac à main, elle semblait consciente de la douleur qu'elle risquait d'infliger à un homme dans sa position si elle ne faisait pas un peu attention.

Le petit air sinistre se répétait en boucle. Eva mit la main sur son téléphone et le porta à son oreille.

— Salut, papa, dit-elle.

Il n'en fallut pas plus à Danny : son excitation était retombée comme un soufflé.

Mais s'il voulait profiter de ce répit, mieux valait éviter de regarder Eva. En effet, agenouillée sur la banquette à côté de lui, sa jupe collée en haut des cuisses, la jeune femme lui dévoilait ses dessous en satin noir et en dentelle rouge. Des dessous délicats, hors de prix, qui contrastaient délicieusement avec sa peau couleur de crème. Et puis, ce rose sur sa nuque et ses joues, vestige de son plaisir, ces lèvres toutes gonflées de baisers...

Danny remua et pressa sa paume contre l'érection lancinante qui le reprenait.

Restait à écouter la conversation de la jeune femme : avec un peu de chance, l'effet produit serait le même que lorsqu'elle avait décroché.

— Oui, oui, tout va bien, affirmait-elle gaiement en injectant de l'assurance dans chaque syllabe de sa phrase.

Mais sa main se crispait sur l'appareil, elle en avait les articulations toutes blanches.

— Papa, je te dis que je maîtrise la situation. La Toque d'Or va prendre de l'envergure et gagner en visibilité, cette année, crois-moi. La télé ? C'est dans la poche. Alors déstresse, tu veux ?

Elle se tut un instant et ses yeux s'agrandirent, pleins d'effroi.

— Surtout pas ! Je veux dire... Je sais combien tu es occupé. Bien sûr que ça me ferait plaisir de te voir mais ne te dérange pas. On se verra après le concours, OK ? Comment ? Tu tiens à assister à la finale. D'accord. Mais non, je n'essaie pas de t'exclure ! Simplement, je n'ai pas besoin que mon père joue les chaperons !

Sa bouche, où flottait toujours d'ordinaire l'ombre d'un sourire goguenard, perdait de sa superbe. De fait, elle frémissait presque ; Eva luttait pour la contrôler. Quant à sa voix, elle trahissait son désarroi. La jeune femme se détourna et chuchota, face à la vitre :

— Tu as dit que tu me faisais confiance. C'est toi qui m'as confié cette responsabilité. Tu veux me la retirer ?

Un long silence s'étira comme un élastique. Enfin, les épaules de la jeune femme se détendirent, et Eva baissa les paupières.

Danny soupira. Sans s'en rendre compte, il retenait son souffle. Ce qui était absurde ; rien de tout cela ne le concernait. D'ailleurs, il n'aurait pas dû écouter cette conversation.

Malgré tout, il tendit l'oreille pour intercepter une dernière phrase, prononcée d'un ton calme et plein d'une gratitude sincère :

— Merci, papa chéri ! Promis, je ne te décevrai pas.

Danny avait l'impression qu'il venait de recevoir un sac de farine de dix kilos sur le crâne. Combien de fois avait-il fait la même promesse à ses propres parents ? Certes, il n'appelait pas Gus « papa chéri » mais, à ce détail près, il s'identifiait sacrément à Eva.

Laquelle dit au revoir à son père puis appuya sur la touche « off » de son portable. Son dos s'affaissait : elle respirait de nouveau. Sous l'œil attentif de Danny, elle prit une profonde inspiration et se retourna face à lui. Elle avait reconstitué son expression habituelle : insouciante, aguicheuse et magnifique. Soigneusement étudiée… et parfaitement factice.

— Bon, dit-elle en rangeant machinalement son téléphone et en se glissant vers Danny. Où en était-on ?

— Range tes appas, créature démoniaque ! plaisanta Danny. Tout va bien. Je n'ai pas besoin que tu me rendes la pareille.

Elle semblait déboussolée. Ce qui ne faisait qu'augmenter son charme.

— Mais… ce n'est pas comme ça que ça marche !

Danny en ressentit comme un pincement au cœur et il se radoucit ; il peinait moins à se montrer gentil envers Eva Jansen depuis cet échange avec son père et son propre élan de compassion involontaire qui avait écrasé son envie de lui faire l'amour sauvagement.

— Écoute, j'ignore comment tu procèdes d'habitude avec tes copains, conquêtes, ou que sais-je encore, mais le sexe ne se limite pas toujours à un troc équitable d'orgasmes. Il s'agit de plaisir, pas d'une économie de marché. Et rassure-toi, le plaisir, j'en ai pris énormément à te regarder perdre le contrôle. On est quitte, ma puce. Tu ne me dois rien.

— Je le sais bien ! riposta-t-elle, irritée.

Elle rajusta sa jupe et se rassit normalement.

Danny tenta de rester insensible à sa bouderie. Peine perdue : elle le faisait craquer.

— Vraiment ? insista-t-il.

Appuyé contre son dossier, il la considéra. C'était jubilatoire de parvenir à la déstabiliser. Cela ne devait pas arriver tous les quatre matins.

Eva se mit à fourrager dans son énorme sac – comment diable parvenait-elle à y localiser quoi que ce soit ? – et en sortit un bâton de rouge à lèvres.

— Je ne suis pas une oie blanche, dit-elle. Tu n'as pas de leçons à me donner en matière de sexe ou de plaisir. Je connais toutes les possibilités qui s'offrent à deux adultes consentants.

Et de rectifier d'un geste compétent son maquillage, effaçant toute trace de leurs baisers voraces. Danny chassa cette pensée et s'efforça de maintenir son calme.

— Tu sais ce que tu fais, c'est évident rien qu'à ta façon d'embrasser, dit-il d'une voix un peu plus bourrue que prévu. Mais, sans rire, tu es toujours d'humeur à batifoler ? Même après ce coup de fil de ton père ?

Elle se raidit sensiblement, mais il eut le tact de faire comme si de rien n'était.

— Moi, la seule mention de mes parents a tendance à, euh, me couper les moyens, précisa-t-il.

Ainsi qu'il l'espérait, Eva se dérida et se relaxa légèrement.

— Tu as entendu notre conversation.

— Eva, cette voiture est super ; c'est la première fois que je vois une vitre de séparation pour le chauffeur, comme dans les films. Mais ça reste une voiture, pas un hall de gare. Je ne vais pas te mentir : oui, j'ai suivi votre échange dans les grandes lignes.

— Mon père a fondé le concours de la Toque d'Or il y a près de vingt ans. Jusque-là, je ne t'apprends rien. Sauf qu'en réalité ce n'était pas son idée, mais celle de ma mère.

Ça, c'était un scoop ! Danny se creusa les méninges : que savait-il des parents d'Eva ?

Theo Jansen était une légende vivante dans le monde de la restauration. Son empire s'étendait des meilleures tables françaises de New York aux trois étoiles les plus branchés de Las Vegas. Tout ce qu'il touchait se changeait en champagne ou en caviar.

Et, d'après la légende, en dehors de la cuisine, il faisait aussi parler de lui. Theo Jansen était un vrai Casanova. À chaque ouverture de boîte ou de restau, il se présentait avec une nouvelle fille à son bras. Vedettes de Broadway, héritières, top models : il les collectionnait. Quant aux activités auxquelles il se livrait avec ces créatures... Danny se demandait ce que cela faisait d'entendre autant de ragots salaces sur le compte de son propre père. Cela ne pouvait pas manquer de perturber un enfant.

Il était donc normal, tout compte fait, qu'Eva Jansen s'applique à marcher dans les pas de son père, en chambre comme en cuisine. Car elle avait une sacrée réputation, elle aussi, dans le milieu !

En revanche, Danny avait beau se creuser, il ne se rappelait pas avoir lu un seul potin à propos de la mère d'Eva. Il ne connaissait même pas son prénom. Sans doute s'agissait-il d'une ancienne starlette vivant dans quelque riche villa italienne de la pension que lui versait son ex-mari plein aux as.

Du moins Danny l'aurait-il parié avant de vivre ces instants intimes avec Eva Jansen. Elle rayonnait toujours de plaisir et dégageait un délicieux parfum de femme comblée. Mais elle se repliait sur elle-même, d'une manière qui tranchait radicalement avec l'insolence de son port coutumier : cela cachait quelque chose.

— Ah, vraiment ? la relança-t-il, prudent.

— Ma mère adorait la cuisine, sa chimie, sa technique, son art. Elle trouvait dommage qu'il n'existe pas de rencontre permettant aux chefs de se mesurer les uns aux autres, de perfectionner leurs talents et de les faire connaître à l'échelle nationale.

Eva s'exprimait au passé. Danny en avait la gorge nouée.

— Ta mère avait raison. Il y a tant de chefs qui travaillent d'arrache-pied et cuisinent comme des dieux… Seule La Toque d'Or leur apporte la reconnaissance qu'ils méritent et leur donne l'occasion de se démarquer.

— Ainsi qu'une chance de décrocher des financements, ajouta Eva, le regard illuminé comme par une vision. C'est ça, mon but : faire du rêve de ma mère une réalité.

Danny savait déjà Eva pétrie de contradictions, mais il ne s'attendait pas à trouver tant de ferveur sous sa poudre, ses paillettes, et ses ruses de Sioux.

— Mon compliment vaut ce qu'il vaut mais, moi, je te trouve super douée, dit-il.

Oups. Pourvu qu'elle ne voie pas dans ses propos une allusion à leurs ébats !

Elle eut un faible sourire.

— Ça me touche beaucoup, vraiment. Je sais que si tu me le dis, c'est que tu le penses.

Comment Eva avait-elle deviné l'importance que Danny attachait à la franchise ? Il n'eut pas le temps d'élucider ce mystère : la voiture freinait et se garait au pied de *Fresh Foods*, l'immense magasin d'alimentation.

— On est arrivés, remarqua-t-il de façon superflue.

Une certaine gêne s'était installée dans l'habitacle. Entre ça, la faim, et les relents de désir torride, le cerveau de Danny tournait un peu au ralenti.

Raison de plus pour éviter les filets d'Eva Jansen, ennemi public numéro un de la concentration.

Dépité, Danny secoua la tête, ouvrit le loquet de sa portière et s'apprêtait à sortir quand de longs doigts graciles se refermèrent sur son coude.

— Minute ! Avant de partir…

Eva baissa les yeux et lui jeta un regard par en dessous, entre ses cils charbonneux. Elle était jolie comme un cœur ; il ne l'avait jamais vue si sage et vulnérable.

— Je voulais te dire… Merci. Pour tout. Et j'espère que tu garderas ça pour toi.

Danny était estomaqué. Elle le traitait comme un sex-toy et le jetait sans autre forme de procès. Il en avait la nausée.

— Sois tranquille, répondit-il sèchement. Je suis un gentleman. Ce que je fais avec les filles, je ne le crie pas sur tous les toits.

Eva releva vivement la tête, écarquillant ses yeux de chat.

— Oh ! Je ne parlais pas de ça. Tu peux raconter nos ébats à la terre entière, si ça te chante ! Je parlais du coup de fil de mon père…

Le regard fuyant, elle se mit à tripoter l'attache de sa montre en argent.

— … et de ses doutes concernant ma capacité à diriger l'événement. J'aimerais autant que ça ne s'ébruite pas. C'est ma vie privée.

Jamais Danny n'avait rencontré un être plus déconcertant qu'Eva Jansen. Il lui sembla soudain évoluer dans la quatrième dimension.

Sa « vie privée »… Et sa vie sexuelle, alors, elle ne relevait donc pas du domaine privé ?!

Abasourdi, il opina et fuit le véhicule sans se retourner. Sa nausée était passée, chassée par une autre sensation, bien plus inquiétante : il avait l'impression de tomber dans le vide et de voir le sol se rapprocher à grande vitesse.

Sur la route du magasin, Danny avait égaré quelque chose d'essentiel : sa résistance aux charmes d'Eva Jansen.

L'approvisionnement des équipes tourna rapidement à la campagne militaire. Le stand du boucher fut pris d'assaut sur trois fronts à la fois, par trois équipes concurrentes, et Danny se réjouit d'avoir renoncé à l'option steak : Beck n'eut même pas besoin de jouer de sa masse considérable pour se frayer un chemin jusqu'au comptoir du poissonnier ; c'était toujours un peu de temps de gagné. Pendant que Jo et Winslow s'approvisionnaient en fruits et légumes, Max et Danny dévalisaient le rayon pâtisserie. Ils n'avaient pas eu le temps d'inspecter la réserve du *Limestone* mais elle comptait forcément de la farine et de la levure. Manquait le babeurre, le sucre brun, et d'autres aliments moins courants.

Par intermittence, lorsque sa course folle parmi la foule et les rayons le rapprochait des caisses, il entrapercevait Eva. Le brushing impeccable, le rouge à lèvres nickel : personne ne se serait douté que moins d'une heure auparavant, elle chavirait dans ses bras sur la banquette arrière de sa voiture, en proie à un orgasme ébouriffant.

Mais Danny, lui, savait. Cette vision superbe était gravée dans son esprit comme dans du marbre. De même que celle d'Eva le regardant, incertaine et timide, ses cils noirs se découpant comme des demi-lunes sur son teint d'albâtre.

Danny avait vu le vrai visage d'Eva Jansen, celui que cachait son masque de diva aux dents longues. Et il ne parvenait pas à l'oublier.

Rien ni personne ne l'avait autant fasciné depuis qu'il avait appris qu'en combinant du beurre, de la farine et du sucre, on obtenait des cookies.

Il voulait Eva Jansen. Et une petite voix innocente et parfaitement raisonnable lui soufflait sans relâche : est-ce un crime de vouloir quelque chose pour soi, pour une fois ?

# 11

Le plaisir pulsait encore dans les veines de Kane comme le tempo d'une chanson : puissant et obstiné, il battait au rythme intense et lent de la joie qui l'animait. À grand renfort de cymbales.

Le jeune homme s'était écroulé sur le flanc, en faisant attention à ne pas écraser le corps menu de Claire : bien que de taille moyenne, Kane était « compact » et « pourvu d'une musculature fine et dense », à en croire la journaliste qui l'avait interviewé pour *Cosmo* récemment.

Ainsi, Claire reposait paisiblement à ses côtés, la peau voilée d'une pellicule de transpiration. Sa respiration encore haletante soulevait par à-coups sa poitrine, et ses seins haut perchés frôlaient le bras dont Kane, rechignant à la lâcher déjà, l'avait entourée.

— Mon Dieu ! souffla-t-elle en français, que sommes-nous en train de faire ?

C'étaient les premiers mots qu'ils échangeaient depuis que Kane avait toqué à sa porte. Claire l'avait attiré à l'intérieur, plaqué contre un mur et embrassé à perdre haleine… Mais voici qu'elle rompait le charme avec ses scrupules.

— On se fait du bien, répondit Kane fermement. Pour moi, c'était même mieux que bien. À moins que… Tu n'as pas, euh… tu sais ?

Claire ouvrit les yeux et contempla le plafond.

— Seigneur ! Tu es bien jeune. Ne t'affole pas, Kane. J'ai bien « euh, tu sais ». Je te remercie.

Quelle douche froide ! Il n'en fallut pas davantage pour réduire le tombeur irrésistible à l'état d'adolescent gauche le soir de son premier rencard.

Confus, un peu blessé, il sentait lentement s'évaporer la douce torpeur de son orgasme. Kane frissonna et dégagea son bras.

— De rien, dit-il sèchement. Donc, je suis prié de disposer, c'est bien ça ? Maintenant que le lion est rassasié ?

Il fit mine de se relever comme pour chercher son pantalon. Quitte à avoir une conversation déplaisante, autant ne pas le faire tout nu. Il espérait secrètement que Claire le retiendrait, l'attirerait à elle… Mais elle n'en fit rien.

— Je t'ai fâché. Tu préfères que je ne fasse pas allusion à ton âge ? C'est pourtant vrai que tu es jeune.

— La valeur n'attend pas le nombre des années, se défendit Kane en tendant le bras vers la commode où traînait son jean. En plus, j'ai de l'expérience à revendre.

Il était sorti avec un mannequin hyperlaxe qui maîtrisait l'intégralité des positions du *Kama Sutra* sur le bout des doigts. Hélas, cette fois, ce souvenir ne suffit pas à regonfler son ego malmené.

Claire s'insinuait dans chaque recoin de sa vie. À cause d'elle, il se prenait à réviser les paroles de toutes les chansons qu'il avait composées. Il se découvrait des traits de caractère insoupçonnés.

Ce qui n'était pas désagréable en soi ; Kane n'avait pas froid aux yeux. Sinon, il serait resté au Texas, à jouer dans les bars pour quelques bières entre deux barbecues. Au lieu de quoi, il suivait des stages de parachutisme, faisait la tournée des grands-ducs, à San Sebastian, avec des héritières cinglées cocaïnomanes, et enchaînait les concerts à un rythme toujours plus dément. Et, gage ultime de courage, à chaque fois qu'il changeait de téléphone portable, il donnait son nouveau numéro à sa maman.

À d'autres le calme et la sérénité !

— Repose ce pantalon et reviens te coucher.

La voix lente de Claire et son accent charmant rappelèrent Kane à l'instant présent : il se tenait immobile, nu comme un ver, au milieu de la suite de Claire Durand, une chaussette dans une main, un jean retourné dans l'autre.

Il lâcha le tout et lui fit face. Elle rayonnait de désir, et Kane s'émerveilla une nouvelle fois du pouvoir de la beauté. Qu'il se sentait fort, nu et fier, devant elle ! Sûr de lui et de son corps dur et musclé… Kane était tout à fait à son avantage sans ses vêtements, et il le savait.

Pourtant, s'il n'avait lu que du désir dans les joues roses et les traits épanouis de Claire, il aurait pris ses jambes à son cou, pantalon au poing : personne n'avait le droit de le traiter comme une vulgaire poupée gonflable.

Jouer les sex-symbols pour ses groupies, c'était une chose. Mais il commençait à se rendre compte qu'aux yeux de Claire il avait envie de représenter davantage. Quoi, au juste ? Difficile à dire. Mais c'était en rapport avec ce frémissement de la bouche de Claire, toute mordue de baisers, et ce tremblement incertain de ses longs cils cuivrés pudiquement baissés.

Cependant, Kane avait toujours envie de bouder. Il contrôlait mal son souffle et ses cordes vocales, et ce fut au prix d'un effort qu'il déclara :

— Je suis monté te voir alors que tu m'avais demandé de garder mes distances. Je ne regrette rien. J'ai envie d'être avec toi, et je suis à peu près sûr que c'est réciproque. Alors, qu'est-ce que tu en dis ? Je reste ?

Il pencha la tête de côté et retint sa respiration.

Quand elle ouvrit la bouche, sa voix lui parut aussi douce et pure que les notes d'ouverture de son solo de piano préféré.

— Oui, reste. Mais, Kane, cela ne veut pas dire que je sois prête à divulguer notre… ce qu'il y a entre nous, comme tu dis.

Kane n'entendit que « oui ».

Une explosion de chaleur inonda sa poitrine comme s'il venait d'avaler une étoile. Ou un grand verre de tequila.

Les draps étaient frais quand il s'y glissa mais il se réchauffa rapidement en se couchant sur le dos et en hissant Claire sur lui.

— Ma petite couverture !

Elle était douce et légère et, sous la pression de son corps, il écarta les jambes et leurs bassins se rapprochèrent.

Elle se trémoussait, radieuse. Pour Kane, chacun de ses rares sourires constituait un trophée. Comme s'il avait accompli un exploit.

— Tu comprends, n'est-ce pas ? poursuivit-elle dans un murmure.

Sa cuisse fine frottait l'intérieur de celle de Kane. Le visage enfoui dans le creux de son cou, elle parlait d'une voix légèrement étouffée.

— L'idée qu'on puisse jaser… commenter ma vie privée, mon intimité… Ce qu'il y a entre nous ne regarde que nous.

— Tout à fait.

Il lissa ses boucles soyeuses et réprima de justesse un énorme bâillement. Sur le matelas moelleux, ses muscles lui semblaient fondre.

— Ne t'en fais pas, ajouta-t-il.

La dernière chose qu'il perçut avant de basculer dans le sommeil fut l'haleine paisible de Claire contre son épaule.

Ah ! L'agitation frénétique qui animait les cuisines en période de compétition ! Rien de tel pour vous donner un bon coup de fouet, songeait Eva. Même sans faire partie des cuistots qui se démenaient aux fourneaux en maudissant sur sept générations une plaque chauffante capricieuse ou une flaque d'huile d'olive glissante.

Eva se faisait toute petite, afin de ne pas gêner les candidats et d'éviter la caméra de Bernard Cheney, le cameraman, posté dans un coin à l'avant de la salle.

Dans sa poitrine, son cœur cognait comme un sourd. Elle respirait avec difficulté. Ce devait être la chaleur. Quand son père avait fait équiper la cuisine du *Limestone*, il avait dû rogner sur la ventilation.

Cela dit, une heure avant le premier service, même la mieux aérée des cuisines ressemblait inévitablement à un volcan en activité ; Eva le savait.

En l'occurrence, entre les rôtisseries et les grils vomissant une chaleur de fournaise, les friteuses crachant des giclées d'huile bouillante, les flammes des chalumeaux et la frénésie d'une foule de cuisiniers surmenés, la température avoisinait les mille degrés.

Eva était passée entre les tables, le cameraman bougon sur les talons, pour découvrir les mets que concoctaient les différentes équipes.

L'équipe du Sud-Ouest préparait des hot dogs maison et farcissait des saucisses à tout-va. L'équipe du Sud avait choisi de jouer la carte de la soul food. L'équipe de Danny – non, « l'équipe de la Côte Est », se reprit mentalement Eva, en espérant ne pas se tromper plus tard devant la caméra – revisitait le brunch si cher aux habitants de Chicago. Leur menu était intéressant et, si les plats tenaient leurs promesses, ils en mettraient à coup sûr plein la vue aux juges.

Tant que les plats étaient réussis, l'émission le serait aussi. Et Eva avait bien l'intention de réussir, dans la classe et la dignité.

Ce qui s'annonçait compliqué : on aurait dit que les équipes de la Côte Ouest et celle du Midwest faisaient tout pour lui mettre des bâtons dans les roues. Eva assista ainsi à une collision entre Skye Gladwell et Ryan Larousse devant la réserve, et se mordilla la lèvre. C'était la cinquième fois qu'ils se bousculaient : tous deux cherchaient les ingrédients de la pâte à pizza.

Oui, leurs équipes préparaient le même plat. Et, déjà, cela faisait des étincelles.

— Hors de mon chemin ! cracha Ryan en retrouvant l'équilibre, et de s'accrocher au chambranle pour se ruer le premier dans la réserve.

— Je pense qu'il y a assez de levure pour tout le monde, grinça Skye dans son sillage. À moins que vous ne soyez du genre à négliger vos stocks, au *Limestone* ?

Venant de Miss Peace & Love, c'était rude. Au début de la phase de préparation, chaque fois que Ryan heurtait Skye pour attraper un ingrédient ou simplement la dégager de son passage, elle se contentait de lui adresser un sourire un peu crispé et de fermer les yeux. Mais il ne restait plus que trois heures aux cuisiniers et, excédée par le comportement de son concurrent, même la très zen Skye Gladwell commençait à montrer les crocs. L'agressivité haineuse de Ryan avait dû finir par l'atteindre. De notoriété publique, Ryan était revanchard comme pas deux. On murmurait qu'il s'était cruellement vengé d'un ancien professeur ayant osé le critiquer, des années auparavant... Après l'humiliation que Ryan avait subie la veille avec les New-Yorkais, il devait bouillir de rage.

Mais Ryan Larousse n'était pas un imbécile. Ce qui ne le rendait que plus dangereux, d'ailleurs. On avait mis en garde Eva lorsqu'elle lui avait confié la direction du *Limestone* : il savait se montrer rusé comme un renard et doux comme un agneau lorsqu'il convoitait quelque chose. La guerre franche et ouverte, ce n'était pas son style de prédilection.

Ryan Larousse était un calculateur. Un manipulateur. Ainsi, en l'occurrence, torturait-il Skye Gladwell dans le seul but de faire sortir Beck de ses gonds.

Sauf qu'il faisait d'une pierre deux coups : les nuages noirs qui s'amassaient au-dessus de la tête de Beck troublaient à l'évidence la concentration de Danny. Sans cesser de peler ses prunes de Damas, le pâtissier promenait un regard inquiet de Skye à son coéquipier, en passant par l'infâme Ryan.

À côté d'Eva, Bernard Cheney cala son crayon derrière son oreille et se pencha sur sa caméra pour zoomer sur le colosse pile au moment où il serrait les dents et lançait à son concurrent une œillade assassine.

— Ça, c'est du bon matos ! marmonna-t-il en se redressant.

Eva pinça les lèvres avant de lui répondre :

— Écoutez, je sais que vous êtes payé pour tirer le maximum d'action de cette compétition. Je sais que c'est comme ça qu'on fait grimper l'audimat et qu'on appâte les publicitaires, mais...

Elle marqua une pause. Elle ignorait au juste où elle voulait en venir. Elle savait seulement que si elle se taisait, elle finirait par craquer.

— ... vous êtes obligé de mettre autant l'accent sur la vie privée des candidats ? La gastronomie devrait se suffire à elle-même, non ?

Cheney ricana. Quel sale bonhomme !

— Vous êtes complètement à côté de la plaque ! La bouffe, c'est rien qu'un prétexte. Les téléspectateurs, ils veulent de l'intrigue ; tout le reste, c'est indigeste... « Indigeste », ha ! Elle est bonne ! Bref, ce qui compte, c'est le rire, les larmes, les conflits, les jalousies, et les affaires de fesses. C'est ça qui est vendeur.

— Le sexe fait vendre ? Quelle révélation !

Fronçant ses sourcils broussailleux, Cheney lui lança un regard mauvais.

— C'est pas pour rien que c'est un lieu commun. En tout cas, je vous garantis que sans une bonne dose de rivalité ou un scandale bien croustillant, mes chefs ne diffuseront jamais votre petit concours de marmitons.

Les tripes d'Eva se vrillèrent et ses poumons se contractèrent.

Elle avait promis de promouvoir La Toque d'Or et de séduire une certaine tranche de marché, à savoir celle des abonnés à Cooking Channel. Il fallait impérativement filmer l'émission, et donc ses candidats. Son père s'était montré très explicite à ce sujet.

Pour autant, était-il nécessaire d'insister sur la vie privée des cuisiniers ? Eva trouvait cela vulgaire et grossier.

Mais tant pis ! Elle n'avait pas le choix.

— Faites ce que vous avez à faire, ordonna-t-elle à Cheney.

Il eut un grognement triomphal, qu'elle ignora.

Voilà donc ce qu'on éprouvait en passant dans le camp des vendus ? Brrr ! Abattue, Eva scruta la salle en quête de son complice dans cette sinistre campagne de conquête des masses. Il entrait, justement. Décoiffé, à moitié endormi et l'air très content de lui. Kane Slater : plus qu'une star, une comète.

Claire le talonnait. Elle était un peu moins débraillée (elle, au moins, avait pris la peine de se passer un coup de brosse et de reboutonner correctement son chemisier), mais elle était nimbée de la même aura de bien-être. Intéressant !

— Nous ne sommes pas en retard, j'espère ? s'enquit-elle en rejoignant Eva dans un cliquetis de talons. Non, je vois que Devon n'est pas encore là. Ouf !

On devait filmer les juges en train de constater l'avancée des travaux avant de libérer les candidats pour la soirée. Eva ne se rappelait plus qui avait eu cette idée. Mais elle était mauvaise. Les cuisiniers étaient déjà suffisamment sur les dents comme ça. En présence du jury, la tension monta encore de quelques crans.

Eva avait bien besoin de ça.

À quelques minutes de la fin du temps imparti, le fracas prit des proportions assourdissantes : casseroles abattues bruyamment sur les plaques, mixeurs vrombissant à plein volume, ordres et instructions proférés à tue-tête d'un bout à l'autre de la pièce – chacun se dépêchait de finir ce qu'il faisait.

Ryan Larousse alimentait un immense brasier en vue des grillades qu'il préparait. Même lui semblait à deux doigts de flancher, et il en oubliait ses manigances. Au grand soulagement de Danny, las de surveiller ses moindres faits et gestes.

En général, les pâtissiers coupaient à l'hystérie qui précédait toujours le premier service. Dans les grands restaurants, ils confectionnaient leurs œuvres aux heures creuses, entre sept et dix-sept heures, environ.

Danny coupait à cette règle. Au fil des ans, son père, le propriétaire d'*Au plaisir des sens*, s'était reposé de plus en plus sur ses épaules. Danny n'était donc pas de ces bienheureux pâtissiers qui travaillaient au calme et à leur rythme. L'avantage, c'était qu'il était rompu au vent de panique qui soufflait sur les cuisines peu avant le dîner. Il avait l'habitude de superviser les préparatifs de ses coéquipiers tout en minutant à la seconde près la caramélisation de ses crèmes brûlées.

Pourtant, même les soirs de grande affluence au *Plaisir des sens* ne l'avaient pas préparé à cette tornade de fébrilité.

Si encore il avait pu se fier aux autres cuisiniers ! Danny savait qu'en cas de pépin il pouvait compter sur le soutien de ses collègues : il régnait au sein de l'équipe un climat de confiance et de respect absolus. Mais pour réaliser un repas sans fautes dans un temps extrêmement limité, cela ne suffisait pas. Sans compter que la concurrence était très rude, et qu'elle partageait leur cuisine. Pauvre Danny ! Lui qui aimait tant l'ordre et le contrôle, il était bien malheureux.

Il y avait trop de choses à surveiller en même temps. La consistance de la compote de prunes. Les va-et-vient de Winslow. Max et Jo, qui exécutaient aux fourneaux une espèce de tango. Et Beck, qui menaçait d'exploser chaque fois que ce petit merdeux de Ryan Larousse lançait un regard de travers à Skye Gladwell, la hippie blonde de la Côte Ouest.

Sans oublier Eva.

En gros, Danny n'arrivait pas à se concentrer, et le chrono n'allait pas tarder à sonner. Il y jeta un regard oblique : il restait un quart d'heure et les minutes filaient. Quand le minuteur afficherait zéro, tout devrait être prêt, emballé et mis au frais pour la nuit.

Danny se résignait à oublier Larousse quand il vit la hippie contourner une des tables du fond, les bras chargés d'une énorme marmite. Elle semblait lourde et, à en juger par les volutes de vapeur qui s'en échappaient, remplie d'un liquide en ébullition. Elle lança le traditionnel « Chaud devant ! » aux concurrents qui se penchaient au-dessus du gril, afin qu'ils ne reculent pas soudainement.

Et soudain, Danny sentit s'abattre sur lui une chape de plomb : parmi ces concurrents se trouvait Larousse.

Il avait l'impression d'assister à l'une de ces émissions japonaises déjantées dans lesquelles les candidats doivent gravir en courant les marches de châteaux gonflables, esquiver des coups de marteaux géants ou encore franchir des bassins en sautillant de rondin en rondin. Sauf qu'en l'occurrence personne ne tomberait à l'eau en pouffant.

Ce qui se produisit dans les cuisines de l'hôtel *Gold Coast Arms* fut tout aussi prévisible mais bien moins divertissant que le bain forcé de ces imbéciles.

Devant Skye surgit un couteau. La jeune femme écarta de justesse son écumante cargaison, sans ébouillanter le cuistot qui se baissait pour prendre sur l'étagère une bouteille d'huile. Elle progressait rapidement jusqu'à son but, l'œil rivé au chrono, sa jolie bouche pincée en une moue décidée.

Elle touchait au but. Alors, Larousse passa à l'action.

## 12

Juste avant le drame, Danny surprit le rictus qui tordait la lèvre de Larousse. Il était blanc de rage. Avant même d'en tirer ses conclusions, Danny avait bondi.

Il fonçait droit sur Larousse, ses chaussures couinaient sur le revêtement de caoutchouc.

L'autre s'était discrètement mais délibérément placé en travers du chemin de Skye, l'obligeant à le contourner. Or elle commençait à fatiguer.

— Attention ! lui cria la jeune femme.

Elle agrippait de toutes ses forces les poignées, ses doigts étaient tout contractés mais la marmite menaçait de lui glisser des mains.

Un rugissement bestial retentit : Beck avait repéré le manège de Larousse. L'instant d'après, il dépassait Danny au pas de course et chargeait l'importun comme un taureau au triple galop.

Beck plaqua Larousse pile au moment où Skye lâcha sa marmite. Danny eut à peine le temps de noter l'effroi qui figeait ses jolis traits, et il plongea pour rattraper le récipient.

La douleur enflamma ses doigts comme s'il avait posé les mains sur une plaque chauffante. La marmite manqua de lui échapper mais Danny serra les dents et tint bon.

Un bouillon de poulet encore frémissant gicla sur les parois du faitout, lui éclaboussant les poignets.

— Saloperie ! lâcha-t-il en s'agenouillant pour poser sur le sol le récipient.

— Pardon ! Je suis désolée ! balbutia Skye, accroupie à ses côtés.

Elle examina l'une de ses mains rougie et cloquée.

— Oh, regardez vos doigts ! Sans vous, je me serais ébouillantée de la tête aux pieds, je serais brûlée au troisième degré… Merci, merci !

Avant que Danny réagisse à cette effusion de gratitude, il entendit derrière lui le bruit caractéristique d'un poing qui s'écrase sur du cartilage.

Il se releva tant bien que mal. Skye, elle, se décomposait.

— Henry ! Non, je t'en prie, arrête ! gémissait-elle, horrifiée.

Danny n'eut pas le temps de l'en empêcher : dans un cliquetis de bracelets, elle courut, bras tendus, vers l'endroit où les deux hommes se battaient.

Beck était repassé en mode Hulk. Son visage exprimait un calme déroutant. Il ne semblait pas avoir entendu la supplique de Skye : il était tout à la proie qu'il épinglait au plancher.

Flûte, la caméra tournait ! Elle n'en perdait pas une miette ! Soudain pris de panique, Danny fondit sur Beck et empoigna son épaule solide comme le roc.

— Beck ! Assez, le pressa-t-il. Laisse-le se relever.

— Il aurait pu la blesser, dit Beck d'un ton étrangement détaché. Il a tenté de la blesser, Danny.

— Mais je n'ai rien, Henry. Alors laisse-le, dit Skye.

Danny sursauta et la considéra. Sous sa voix douce perçait une sacrée autorité. La belle cachait bien son jeu !

Beck n'avait prêté aucune attention à la main de Danny sur son épaule malgré les secousses répétées qu'il y imprimait. En désespoir de cause, le pâtissier envisageait de le hisser sur ses pieds, quitte à aggraver l'état de ses mains. C'est à ce moment-là que Skye s'était interposée.

Elle effleura à peine le dos du colosse.

Il frémit de toute sa large carcasse. Sa voix s'éleva, semblable à un éboulement de roche montagneuse.

— Tu n'as vraiment rien ?

— Pas une égratignure, le rassura-t-elle. Mais, Henry, même dans le cas contraire, tu n'aurais pas dû faire ça.

Dans sa voix, l'autorité affleurait de nouveau.

— Je refuse de servir de prétexte à la violence. Tu m'entends ? Ne me compromets plus jamais comme ça.

Beck leva vers elle des yeux si tristes que la gorge de Danny se serra. Lentement, le poissonnier relâcha sa victime. Danny respira. Ses épaules retombèrent et l'adrénaline qui saturait son organisme commença de se dissiper.

Du coup, il prit conscience de la torture qu'enduraient ses pauvres mains.

— Bon, ça suffit comme ça, tout le monde debout, commanda Eva.

Danny tressaillit et darda sur elle un regard hébété.

Max et Win les avaient rejoints et aidaient Beck à se relever. Ils l'entraînèrent hors de la cuisine, sans doute dans l'intention de lui passer la tête sous l'eau froide afin de le rendre à la raison. Skye les suivit des yeux, l'air pensif, touchant du bout des doigts ses lèvres blêmes.

Enfin, elle se tourna vers son sauveur pour se répandre à nouveau en remerciements. Mais Eva y coupa court :

— Hugo, raccompagne Ryan jusqu'à sa chambre et bon sang, tâchez de vous tenir à carreau jusqu'à demain ! J'en ai par-dessus la tête de vos conneries !

— Mais je ne l'ai pas fait exprès ! se défendit Ryan, ses traits poupins tordus en une mimique contrite. C'était un accident !

Il semblait si désolé que Danny faillit y croire. Après tout, Ryan n'était qu'un gamin irréfléchi. Peut-être n'avait-il pas prévu les conséquences de ses actes.

Sauf que Ryan ne s'en tint pas là.

— Comme si c'était moi qui enfreignais le règlement ! C'est lui qui m'a agressé, pour la deuxième fois. Ce mec, c'est un chien enragé ! Faut l'enfermer ou bien le piquer !

Déjà Danny fulminait mais il n'eut pas l'occasion de rabattre son caquet au petit merdeux : Skye l'avait devancé.

— Toi, ta gueule ! Henry Beck est un homme bien, tu ne lui arrives pas à la cheville. Tu n'es qu'un minable.

Ryan s'empressa évidemment de lui cracher des insultes, mais la jeune femme ne l'écoutait pas ; elle avait tourné les talons pour déposer un baiser sur la joue de Danny. Il ouvrit des yeux ronds.

— Je vous aurais volontiers serré la main, se justifia-t-elle en souriant, mais je craignais de vous faire mal.

— Oh ! Merci. Je commence à souffrir, en effet.

Inquiète, rongée par la culpabilité, Skye se rembrunit.

— Faites voir.

Eva s'intercala brusquement entre eux ; ses yeux verts lançaient des éclairs.

— Je m'occupe de lui. Vous, rassemblez vos hommes et regagnez vos chambres. C'est fini pour aujourd'hui. Vous aurez droit à dix minutes supplémentaires demain matin pour compenser.

Les autres équipes firent entendre quelques protestations mais Eva n'y prêta aucune attention et bientôt tous emballaient leurs plats et nettoyaient leurs plans de travail. L'animatrice se retourna vers Danny.

— Les mains en l'air, dit-elle, impérieuse. Voyons l'étendue des dégâts.

— Ce n'est rien, mentit Danny, et de serrer les poings pour dissimuler sa peau rougie.

Geste qui, bien sûr, fit pression sur ses cloques et lui arracha une grimace.

— Pas la peine de jouer les durs, cingla Eva, j'ai fait couper la caméra quand Beck a menacé d'étrangler l'autre abruti.

Et de lui saisir les poignets avec une délicatesse inattendue.

— Je ne joue pas les durs, s'agaça Danny. Mais merci pour les caméras. Avec des preuves vidéo, Beck aurait eu du mal à plaider non coupable si Larousse y était resté.

— Un homicide, voilà qui aurait plu aux producteurs, marmonna Eva, sardonique. Mais il me reste un vague fond d'intégrité.

Elle caressait du bout des doigts la peau vive et frémissante de Danny.

— Tant de scrupules, ça fait chaud au cœur. Beck serait touché, débita Danny.

Il chancelait. La tête lui tournait comme le crochet de son batteur-mixeur en mode pétrissage. Il cligna des yeux et secoua la tête afin de s'éclaircir les idées.

— Danny, ne me les brise pas. Je veux bien organiser un festival, un téléthon et un gala de charité en l'honneur de ton petit copain tant que vous arrêtez de saborder mon concours. Sans rire, il va falloir vous calmer ! Mais d'abord, il va nous falloir un médecin.

Elle dégaina son portable et pianota sur l'écran tactile à la vitesse de l'éclair, de sorte que Danny ne vit même pas ce qu'elle tapait. Mais cela importait peu. Il devait y aller, on l'attendait.

— Non, merci. Tout va bien. Je dois retourner auprès de mes collègues, m'assurer qu'ils vont bien…

— Minute, papillon ! gronda Eva, rempochant aussi sec son portable et dardant sur lui deux grands yeux sévères. On ne bouge plus, et on oublie son équipe cinq minutes. Beck n'avait pas une égratignure et tu as trois autres collègues pour prendre soin de lui. Ils peuvent très bien se passer de toi.

Un pincement indéfinissable transperça la douleur qui embrumait l'esprit de Danny.

— Sympa, grogna-t-il.

Eva se reprit, adoucie :

— Ce n'est pas ce que je voulais dire. Seulement, tu leur seras plus utile avec deux mains valides et en bon état de marche. Tu arrives encore à manier le fouet ?

Les mains de Danny étaient agitées de spasmes convulsifs ; ses brûlures jetaient des langues de feu jusque dans ses avant-bras. La douleur se brouillait, il ne savait plus où elle commençait et où elle s'arrêtait.

Quelle plaie !

— Je pourrais mettre un peu de pommade, concéda-t-il en tâchant de contrôler ses soubresauts.

— À la bonne heure.

Eva le prit par le coude et l'emmena dans le hall de l'hôtel, où les attendait un petit homme en blouse blanche.

L'hôtel ne lésinait pas sur l'air conditionné et Danny, qui sortait d'une fournaise, se mit à grelotter. Après la frénésie des cuisines, il peinait à s'ajuster à tant d'espace et de silence.

— Asseyez-vous, lui dit l'homme en blouse, repérant son malaise.

Il guida le blessé jusqu'à la banquette près de l'ascenseur. Danny sentait ses genoux fléchir sous lui. Embarrassé, il résista lorsque le médecin voulut lui faire placer la tête entre les genoux.

— Vous êtes en état de choc, lui expliqua ce dernier en revenant à la charge. Une brûlure de cette ampleur, c'est éprouvant pour tout l'organisme.

Il céda. Le sang lui monta à la tête et se mit à y tourbillonner comme des paillettes dans une boule à neige. Sonné, il n'écoutait ni les questions de l'urgentiste, ni les réponses d'Eva, et remarquait à peine l'examen minutieux auquel on le soumettait.

Quand enfin on l'aida à se remettre en position verticale et que le sang reflua, Danny constata qu'il avait les mains pansées dans de la gaze et qu'il ne restait plus de la douleur aiguë qui le torturait quelques instants auparavant qu'une faible palpitation. Danny inspecta ses pansements.

— Je ressemble à un boxeur sur le ring.

— Ou à un gosse avant une bonne bataille de boules de neige, suggéra Eva en signant les papiers que lui tendait le médecin.

— On ne pouvait pas me bander les doigts individuellement ?

Danny n'était pas fan du look moufles.

— Ce soir, ne touchez pas aux bandages. Ne les mouillez pas. Demain, on verra comment ça évolue et, selon la cicatrisation de vos brûlures, on vous fera un pansement plus léger.

Danny n'insista pas.

— Merci, docteur, dit-il en appuyant sa tête contre le mur.

Cicatrisation ou pas, demain, il se débarrasserait de ces pansements. Il avait besoin de ses mains !

Eva le toisait, sourire en coin et sourcils arqués, comme si elle lisait dans ses pensées, mais elle ne le dénonça pas au médecin. Danny lui sourit. Eva prit le petit flacon d'antidouleur que lui remettait le médecin avant de l'imiter.

— Tu en veux un ? demanda-t-elle en faisant tinter les pilules dans leur flacon.

Danny se déliait la nuque et évaluait son propre état. Il avait mal aux mains mais cela restait supportable.

— Ça va, pas tout de suite, merci. Cette pommade fait des miracles.

— Bon, dis-moi si tu changes d'avis, dit-elle en glissant le flacon dans son sac à main.

— Euh, au risque de passer pour une petite nature, j'en prendrai peut-être un avant de me coucher…

— Pas de problème, répondit Eva sans se troubler.

Elle enfila la bretelle de son sac et prit Danny par le coude pour l'aider à se relever.

— Et bonne idée, ajouta-t-elle. Le repos, c'est essentiel à la cicatrisation. En plus, il faut que tu sois en forme pour l'épreuve de demain.

— Tout à fait. Du coup, tu peux me passer le flacon ?

— Non, décréta Eva en appelant l'ascenseur. Oh, je ne t'ai pas dit ? Tu es mon prisonnier pour la nuit.

Danny cligna des yeux et une vision lui apparut. Il était étendu sur le dos, pieds et poings liés, et Eva se penchait sur lui. Puis la vision se brouilla et à son tour Eva lui apparut, les jambes écartées, ligotée avec des foulards en soie, sa peau laiteuse et nue luisant au milieu des draps. Les fantasmes se succédaient dans sa tête à la vitesse de l'éclair, de sorte que ce n'étaient plus seulement ses mains qui le brûlaient à présent.

Danny se secoua.

— Il vaut mieux que je regagne ma chambre. Je dois faire le point avec les copains.

Mais son ton manquait de conviction.

Eva ne s'y trompa pas. Les coins de sa bouche écarlate se relevèrent en un sourire ravi.

Les portes de l'ascenseur s'ouvrirent dans un chuintement et elle ne perdit pas de temps : elle y hala son protégé et appuya sur le bouton du dernier étage.

— Tu leur passeras un coup de fil depuis ma suite, déclara-t-elle. Ce soir, il faut que quelqu'un prenne soin de toi. Or, si tu retournes dans ta chambre, c'est encore toi qui vas te retrouver à materner ton équipe.

— Mais pas du tout, je...

Il laissa sa phrase en suspens.

Bon sang, mais où était passée sa conviction ? On aurait dit qu'elle s'était évaporée au contact de la marmite brûlante.

— Tt, tt ! On ne discute pas, cingla Eva.

Elle se mit à envoyer des SMS tandis que la cabine poursuivait sa silencieuse ascension.

Dans la poitrine de Danny, un petit noyau de ressentiment se forma. Le pire, c'était qu'Eva avait peut-être raison. Mais pas question de l'admettre.

— Je veille sur mes coéquipiers, et alors ? Où est le mal à ça ?

— C'est très bien de veiller sur les siens, dit la jeune femme sans cesser de pianoter. Tant que c'est donnant-donnant.

Danny fit mine de serrer les poings avant de se rappeler qu'il avait les mains bandées.

— Je ne suis pas un gamin qui a un bobo. Je n'ai pas besoin d'aide.

— Exceptionnellement, ce soir, si. C'est le médecin qui l'a dit.

— Dis donc, ça t'embêterait de ranger ton téléphone quand je te parle ? s'emporta enfin Danny.

Elle s'empourpra, appuya rapidement sur un bouton et rangea son portable, puis elle leva la tête vers lui. Ses jolis yeux gris argenté paraissaient empreints de compassion et de quelque chose qui ressemblait à s'y méprendre à de la gravité.

— Pardon. J'écrivais au service d'étage.

— Pour commander quoi ? s'enquit Danny avec lassitude.

— De quoi dîner, principalement. Et j'ai chargé la réception d'envoyer quelqu'un te racheter de la pommade.

Danny ferma les paupières.

— Désolé, grommela-t-il, penaud.

Il avait la même voix que son père lorsque ce dernier demandait pardon à son angélique épouse pour un coup de gueule un peu trop explosif. Danny soupira.

— Je n'aime pas beaucoup qu'on s'occupe de moi. J'ai l'habitude de me débrouiller seul.

Un éclair vacilla dans les pupilles d'Eva : elle voyait très bien de quoi il voulait parler.

— Je sais. Mais sois chic, Danny, laisse-moi te soigner. Fais-moi ce plaisir.

Elle lui demandait si gentiment que Danny perdit toute volonté de lui résister. Il sentit toute la tension quitter ses épaules pile au moment où la cabine s'immobilisa.

— Bon… Mon équipe survivra.

Eva rayonnait dans la pénombre du couloir à l'éclairage chaud et tamisé.

Elle ouvrit la marche. Devant l'ascenseur se trouvaient une banquette et une grande porte à double battant. Danny inspecta les environs : c'était la seule de l'étage.

— Pas possible ! Tu as loué le penthouse ?

Eva brandit une carte magnétique et l'inséra dans la fente.

Danny n'en revenait pas.

— L'immense suite de luxe avec terrasse ?!

— L'hôtel a insisté, lâcha-t-elle en poussant la porte et en l'invitant à la suivre. Elle est souvent inoccupée alors ils la filent aux clients VIP.

— Eh bien ! Ça a l'air sympa, la vie de VIP.

Danny fit deux pas avant de se figer, fasciné. Il se trouvait sur le seuil d'un grand vestibule à l'ancienne. Une chambre d'hôtel avec vestibule ! Un immense lustre en laiton baignait de sa douce lueur des tapisseries de soie vert d'eau et or. Sous les sabots de cuisine crottés de Danny s'alignaient des dalles de marbre ornées d'arabesques vertes – s'agissait-il d'incrustations de jade ? La pièce débouchait sur un fastueux salon meublé de deux canapés de cuir vert, d'un secrétaire en bois laqué aux pieds étroits et d'une table basse circulaire en verre où s'empilaient papiers, classeurs et ordinateur. Là aussi, les luminaires étaient en laiton, depuis les liseuses jusqu'au lustre. Lustre qui surplombait...

— Une table de salle à manger ! s'écria Danny.

Il désigna le meuble, comme si Eva avait pu manquer de remarquer le bloc d'acajou massif qui occupait la moitié gauche de la pièce.

— Oui, fit-elle, blasée.

Danny compta les chaises à haut dossier encerclant l'immense table de bois ciré.

— Huit ! Même en abattant des cloisons je ne pourrais rien loger d'aussi grand dans mon appartement. Sauf peut-être si je jetais mon lit...

— Remets-toi, ce n'est qu'une table, se moqua gentiment Eva avant de disparaître par une porte latérale qui avait échappé à l'examen de Danny.

Il entendit le bruit caractéristique d'une porte de réfrigérateur. De fait, lorsqu'elle reparut dans l'embrasure, elle portait une carafe de jus d'orange.

— Tu as soif ? Je te proposerais bien quelque chose de plus corsé mais, vu ton état de santé, mieux vaut rester prudent.

Elle repartit chercher des verres et Danny en profita pour inspecter la cuisine. Et sa mâchoire se décrocha.

— C'est immense !

Il ne s'agissait pas d'une kitchenette mais d'une pièce à part entière avec comptoirs de granite, appareils dernier cri et, surtout, plus de plans de travail que dans certains restaurants où Danny avait travaillé.

— Tu n'en as pas marre, des cuisines ? le taquina Eva en le frôlant, leurs verres à la main.

Danny lança un dernier regard captivé à l'espace parfaitement aménagé et la rejoignit sur l'un des canapés. Contrairement à ce qu'il craignait, le cuir en était moelleux et frais, et Danny, bien calé entre l'accoudoir et le dossier, s'y enfonça comme dans une tendre étreinte.

Il soupira d'aise et laissa sa tête basculer en arrière.

— Je pourrais m'endormir.

— Et encore, tu n'as pas vu la chambre. Attends un peu !

Eva avait dit ça d'un ton neutre, sans doute sans arrière-pensée, mais les sens de Danny étaient en alerte.

« Attends un peu. »

Pas facile de se redresser quand on est à deux doigts de s'écrouler comme une masse dans le plus confortable des canapés, mais Danny y parvint. Il toussota.

— Ce jus m'a l'air délicieux…

— Je confirme, dit Eva en buvant sans le quitter des yeux. Il est frais, sucré et un peu acidulé. Je t'en sers un verre ?

Danny s'humecta les lèvres.

— Merci. Mais… Comment est-ce que je vais le tenir ?

Il se voyait déjà, le verre glissant de ses grosses paluches pansées, tachant de jus ce canapé qui valait sans doute plusieurs mois de son loyer new-yorkais.

— Ne bouge pas, dit Eva d'un ton mutin. Je vais t'aider.

Elle s'approcha et s'allongea pratiquement sur ses genoux pour attraper son verre à l'autre bout de la table.

— Je vais t'aider.

Danny inspira vivement en sentant son corps svelte contre le sien. Quand elle se releva, ses seins effleurèrent son bras.

Elle inclina la tête et lui darda un regard provocant. Danny ne put s'empêcher de la réprimander.

— Tout ça, c'était un plan machiavélique pour m'appâter dans tes quartiers ?

— Absolument ! dit-elle, puis elle fit couler un peu de jus acide et doux dans la bouche du blessé. J'ai chargé Ryan Larousse de t'asperger d'eau bouillante pour pouvoir te kidnapper. Et tout a fonctionné comme sur des roulettes. Tu es fait !

Le liquide froid attisa les sens de Danny. Une goutte s'attardait sur ses lèvres ; il la lécha.

— Hmmm, fit-il. Je crois que je suis atteint du syndrome de Stockholm. Encore !

Eva, les joues roses et le regard malicieux, ne se le fit pas dire deux fois : elle renouvela l'opération. Tout s'était suspendu : le corps souple et léger de la jeune femme penchée au-dessus de Danny, le jus qui coulait goutte à goutte dans sa gorge… Il songea aux rois d'antan abreuvés par leurs jeunes servantes. Ce luxe… Danny risquait fort d'y prendre goût !

— Comment te sens-tu ?

La question d'Eva lui chatouilla la joue et fit frémir les cheveux sur ses tempes. Elle se blottit contre lui.

— Mieux, dit-il en la dévisageant.

À ces mots, elle s'éclaira.

— Ah, tu vois que je te suis bénéfique ! Je me tue à te le répéter.

La présence d'Eva lui semblait naturelle, comme si elle était à sa place, là, que tout cela allait de soi. On aurait dit qu'elle s'imbriquait avec Danny et remplissait ses creux et ses failles de douceur, d'insouciance, de désir et de folie ainsi que de toutes ces choses auxquelles le pâtissier jugeait d'ordinaire plus sage de renoncer.

— Tu sais ce qui me serait bénéfique ? dit-il d'une voix que l'émotion rendait râpeuse. Un baiser.

Elle se tortilla contre lui d'une façon follement excitante. Elle paraissait tentée. Mais elle se fit prier :

— Je ne crois pas que c'était à ça que le médecin pensait quand il m'a dit que tu avais besoin de soins…

— Mais toi, tu pensais à quoi ? En plus, ça me détendrait. Tu ne veux pas que je me détende, c'est ça ?

À vrai dire, il était tout sauf détendu. Une certaine partie de son anatomie, faisant fi de la fatigue et de la douleur, était même tendue à bloc. Sous sa braguette, cette partie palpitait et gonflait, et tirait la toile de son jean.

Eva ne fut pas dupe de son numéro de charme. Elle eut un adorable froncement du nez. Mais, sans laisser à Danny le temps de s'en inquiéter, elle se pencha de nouveau sur ses genoux pour reposer son verre vide. Elle était irrésistible, à virevolter ainsi autour de lui comme un oiseau-mouche butinant de ci, de là. Sauf que Danny se sentait davantage plante carnivore que bouton-d'or.

Sans réfléchir, il l'entoura de ses bras et la renversa sur ses genoux. Ce qui aurait été parfait sans la douleur fulgurante qui irradia de ses paumes.

Eva surprit sa grimace et son grognement.

— Sois prudent, dit-elle en faisant mine de se dégager.

— Toi, tu restes ici ! articula-t-il tant bien que mal : de la hanche, elle broyait sa douloureuse érection. Et arrête de t'agiter !

— Tu as très mal ? lui demanda-t-elle, une note d'alarme dans la voix.

Danny craqua. Sans prendre la peine de camoufler le désir animal qui montait en lui, il dit :

— Atrocement. Mais avec un baiser bien placé, ça doit pouvoir s'arranger.

## 13

La femme de chambre avait déréglé le thermostat, ou quoi ? Eva étouffait, d'un seul coup !

Peut-être cela avait-il quelque chose à voir avec le radiateur humain qui se pressait contre elle, l'invitant à se cramponner à lui de tous ses membres comme du lierre. Eva fondait complètement.

Elle n'avait encore jamais rien vu d'aussi explosif que Danny Lunden. Pourtant, un jour, sur un pari, elle avait escaladé un volcan en activité.

Il lui avait quémandé un baiser bien placé, sa voix résonnait encore aux oreilles d'Eva. Elle releva le buste et leurs bassins s'imbriquèrent un peu plus.

Eva n'en était pas à sa première chevauchée : elle savait pertinemment où il espérait qu'elle placerait ce fameux baiser. Et elle n'avait rien contre. Mais d'abord…

Elle lui sourit et prit ses mains bandées entre les siennes. Doucement, elle fit pleuvoir sur la gaze une grêle de baisers. Les poignets de Danny se raidirent, il luttait pour ne pas les retirer. Elle lut de la surprise dans ses yeux bleus : en un instant, ils étaient passés de la provocation à une tendre complicité qui le désarçonnait.

Eva non plus ne s'y attendait pas. Et, quand Danny cessa de se débattre et lui abandonna ses mains, doux comme un louveteau, sinon comme un agneau, le cœur de la jeune femme se serra si fort qu'elle dut l'embrasser sur la bouche juste pour gagner un peu de temps et retrouver sa contenance.

Ce n'était pas une bonne idée. Une fois leurs lèvres jointes, le cerveau d'Eva fut comme paralysé. Plus rien n'existait que leur baiser. Profond, passionné, avide – parfait. Les coups de langue agiles et puissants enflammaient toutes ses terminaisons nerveuses. Gémissant de plaisir, Eva noua ses bras autour du cou de Danny.

Il ne l'imita pas. Il gardait les bras ballants le long du corps. Crispés. Au point qu'Eva finit par s'inquiéter. Pourquoi ne l'enlaçait-il pas ? Pourquoi ne la caressait-il pas, ne la palpait-il pas ? L'alchimie entre eux était manifeste, pourquoi Danny ne l'empoignait-il pas à bras-le-corps pour…

Oh. Bien sûr.

Eva mordit une dernière fois dans la lèvre sensuelle du pâtissier avant de reculer doucement.

Comment faisait-on l'amour à un homme dont les deux mains étaient brûlées au deuxième degré ?

— C'est absurde, marmotta Danny entre deux respirations saccadées, l'œil luisant de désir frustré. Enlève-moi ces machins.

— Pas question, trancha Eva. Le médecin s'est montré très clair sur le sujet. D'ailleurs…

Elle effleura ses épaules, puis son torse. Le cœur de Danny tambourinait, son souffle était torride et il haletait comme un pur-sang sous ses caresses.

— Cette situation me donne plein d'idées, susurra Eva en promenant ses doigts le long de la ceinture de Danny.

— Mais je ne peux pas te toucher !

Danny avait dépassé le stade de la simple frustration. Ses cuisses d'acier convulsaient et tremblaient sous Eva.

— Dommage pour toi. Moi, si !

Eva n'aurait pas eu l'air plus comblé si elle avait avalé une gorgée de champagne millésimé.

Danny écarquilla les yeux, entrouvrit la bouche.

D'une pichenette, Eva fit sauter le premier bouton de son pantalon.

Danny referma la bouche et émit un grognement. Il s'arc-boutait sur le canapé, faisant crisser le cuir. Eva respirait plus rapidement, elle aussi, et chaque nouvelle bouffée de son odeur sensuelle, virile et musquée lui montait un peu plus à la tête.

— Tu as réclamé un baiser, je ne fais qu'exécuter tes ordres, souffla-t-elle. Je t'avais dit que j'allais m'occuper de toi.

Sur ce, elle baissa sa braguette et écarta les pans de son jean pour libérer l'érection qu'il comprimait.

Eva se laissa glisser à genoux et s'enfonça dans la moquette épaisse. Elle fit remonter ses mains le long des jambes de Danny ; le jean rêche lui titillait les paumes.

Elle tira un peu sur sa ceinture et Danny souleva le bassin pour l'aider à baisser son pantalon et son boxer de façon à dénuder entièrement son membre imposant et fièrement dressé.

Eva adorait ces instants où le temps se figeait, quand son partenaire bouillait d'une impatience palpable et concentrait tout son désir sur elle.

Les coudes de part et d'autre des hanches de Danny, Eva contempla d'un air gourmand ses traits tendus et déposa un doux baiser sur son gland gorgé de sang. Danny gémit si fort qu'Eva se réjouit d'être la seule occupante de l'étage.

Devant son plaisir intense et manifeste, la jeune femme sentit à son tour des picotements lui envahir le bas du corps. Des frissons lui couraient le long de l'échine et se propageaient dans son bassin. Elle se déhancha ; un liquide soyeux commençait de perler au creux de ses cuisses, l'inondant d'une divine chaleur.

En général, c'était vers ce moment-là que les hommes, pressés d'en venir aux choses sérieuses, lui posaient la main sur la tête ou l'attrapaient par les cheveux, ou encore l'encourageaient d'une tape sur l'épaule à passer à la vitesse supérieure. Les moyens de lui signifier leur impatience ne manquaient pas !

En l'occurrence, cependant, Danny se contenta d'étendre les bras le long du dossier et de baisser sur elle un regard éperdu. Soit ses paumes meurtries le paralysaient, soit sa formation de pâtissier lui avait enseigné la patience.

À genoux devant lui, Eva se sentait délicieusement soumise et très libre à la fois. Rien, sinon les caresses qu'elle apposait d'elle-même sur les cuisses nues de Danny, ne l'ancrait dans cet instant. Elle se sentait puissante. C'était elle qui canalisait la force de son désir, le faisait soupirer et se cambrer au gré de ses envies.

Elle en voulait davantage. Elle s'inclina et enveloppa de ses lèvres le gland de Danny et en lécha la peau, brûlante, veloutée, satinée, finement tendue sur le membre palpitant. Il avait un bon goût de sel. Quel délice !

Elle l'enfonça plus profondément, avide de le sentir glisser contre son palais et peser sur sa langue, de sentir aussi que Danny se retenait de toutes ses forces de donner des coups de reins alors qu'il en mourait d'envie.

Question maîtrise de soi, Danny Lunden assurait. Mais elle aurait raison de son sang-froid !

En attendant, elle, par contraste, perdait toute retenue.

Danny se courba pour lui embrasser la tête du bout des lèvres. Eva frissonna. Pour le retenir, elle explora de ses doigts avides les muscles bandés de son ventre.

— Tu es incroyable, lui glissa-t-il. Mais si tu n'arrêtes pas immédiatement, j'ai peur que ça ne dure pas longtemps.

Eva émit un son de gorge pour lui signifier son refus et le caressa avec une ardeur redoublée.

Sous cet assaut, il se raidit encore plus et poussa un grognement. Eva savourait son triomphe lorsque sa voix se fit à nouveau entendre, douce mais autoritaire :

— Viens ici, ma chérie.

Cette expression transperça le cœur d'Eva, réveillant la jeune ingénue qui sommeillait en elle et rêvait en secret d'être un jour appelée ainsi, tendrement, comme venait de le faire Danny. Elle appuya sa langue sur la grosse veine qui saillait sous son sexe et remonta nonchalamment jusqu'au gland puis, avec un adorable bruit de succion, elle rouvrit la bouche et leva les yeux vers Danny.

N'importe quel homme à sa place aurait eu l'air grotesque, affalé sur un canapé, le pantalon à mi-mollet, le sexe plaqué contre le ventre par une énorme érection.

Mais Danny, non. Danny avait l'air comestible.

Eva se pourlécha les lèvres : sourde aux protestations de Danny, pressée de retrouver son petit goût fumé, elle s'apprêtait à recommencer quand, secouant la tête, il lui caressa les deux joues du dos de ses mains pansées.

C'était une drôle de sensation. La gaze était plus douce et plus fraîche que ne l'auraient été ses doigts. Pourtant, ce fut l'expression de son visage qui acheva Eva. Il la dévorait des yeux, l'air affamé.

— Relève-toi, répéta-t-il avec ce même mélange d'autorité implacable et d'infinie douceur.

Pas étonnant que son équipe lui obéisse au doigt et à l'œil. Eva elle-même avait obtempéré, comme hypnotisée. Debout devant lui, elle constata non sans inquiétude qu'elle n'avait qu'une envie : s'en remettre à lui. Suivre ses instructions avec une confiance aveugle. Car il savait ce qu'il faisait, et le résultat leur plairait, à tous les deux.

S'efforçant de reprendre les rênes, elle haussa un sourcil et lui décocha son sourire le plus enjôleur. Des doigts, elle se mit à jouer avec la ceinture vernie de sa robe. Un petit strip-tease, voilà qui lui rappellerait qui commandait, ici !

Danny s'adossa et fixa d'un regard fiévreux la ceinture qui coulissait dans sa boucle de métal. Elle chuta au sol avec un cliquetis. Eva retrouvait sa belle assurance. Ondulant des hanches au rythme intérieur de l'un de ses hits préférés, elle ferma les yeux et entreprit de remonter sur ses cuisses le tissu moulant de sa robe.

La voix de Danny fit irruption dans sa chorégraphie.

— Non, murmura-t-il. D'abord la fermeture éclair.

Eva prit une vive inspiration. Son cœur battait comme celui d'un oisillon tombé du nid. Hypnotisée par le regard magnétique de Danny, elle ne pouvait plus se réfugier dans son imagination.

À la place, il lui fallut se contorsionner pour pincer entre ses doigts tremblants l'attache de sa fermeture éclair et la baisser, en silence, malhabile, durant quelques secondes interminables. Enfin, elle y parvint. Les manches étroites de sa robe la maintenaient contre sa poitrine mais le souffle de l'air conditionné lui chatouillait les omoplates.

— Dès que je serai débarrassé de ces maudites moufles, dit Danny sur le ton de la conversation, je vais te déshabiller, en prenant mon temps, et goûter chaque centimètre de ta peau au fur et à mesure.

Eva haletait presque ; elle avait si chaud tout à coup qu'elle ne supportait plus ces manches qui l'engonçaient, la robe qui lui collait aux hanches et à la taille. Elle brûlait de la retirer en entier, mais elle hésitait : Danny s'apprêtait à lui dire quelque chose.

— Tu es magnifique.

Cette fois, il ne lui faisait plus la conversation. Sa voix gutturale et son débit heurté avaient un tel accent de vérité qu'Eva se sentit défaillir. Hors d'haleine, elle se tortilla furieusement pour retirer sa robe, si bien qu'elle manqua de tomber à la renverse.

Elle devait avoir l'air fin. Tant pis ! Il faisait bon sentir sur sa peau brûlante un souffle d'air frais. Sans parler du regard lascif que lui lança Danny lorsqu'il remarqua qu'elle ne portait pas le soutien-gorge assorti à sa petite culotte noire. Parce qu'elle ne portait pas de soutien-gorge, tout court. Parfois, ça avait du bon d'avoir une poitrine menue !

Décidément, elle avait été bien inspirée en composant sa tenue ce matin-là ; la coupe impeccable du vêtement lui tenait lieu d'armatures. Et, du coup, plus rien ne séparait Danny Lunden de ses seins, sinon cette brise qui réduisait ses tétons à de petits bourgeons durs et sensibles.

— Approche, lui dit-il.

D'après sa posture, il brûlait de jaillir de son siège et de fondre sur elle à corps perdu. Mais il n'en fit rien, à cause de ses mains.

D'ailleurs, songea soudain Eva, si elle ne le déshabillait pas, personne ne le ferait. Ainsi galvanisée, elle le chevaucha et colla sur ses lèvres un baiser passionné. Leurs langues s'enchevêtrèrent, se défièrent, glissantes et caressantes, tandis que, de ses doigts agiles, Eva cherchait les boutons-pressions de sa veste de cuisine. Empoignant dans chaque main un pan du vêtement, elle tira d'un coup sec et il s'ouvrit dans un agréable crépitement. Dessous, Danny portait un simple T-shirt blanc, et il leur fallut s'interrompre durant de longues secondes afin de le lui ôter, ainsi que la veste, tout en ménageant ses blessures. Quelques jurons et gloussements plus tard, Eva put enfin enlacer son cou musclé et coller ses seins nus à ses pectoraux. Cela valait la peine d'avoir attendu.

Danny possédait le genre de corps que d'autres se sculptent à coups de gonflette ou de bistouri. Sauf que lui se l'était forgé en soulevant des poêles de fonte, en pétrissant des pâtes à pain et en travaillant dur. Son torse sculptural était plus compact au toucher que celui d'un acteur ou d'un mannequin.

D'ailleurs, tout en Danny paraissait plus réel.

S'arrachant à leur baiser, Danny balbutia :

— Redresse-toi. Plus haut. J'ai envie de te goûter.

Chancelante mais enchantée, Eva s'agrippa à ses épaules pour se relever. Dès qu'elle se trouva à sa portée, Danny tendit le cou pour prendre dans sa bouche tiède et invitante la pointe de son sein.

Eva poussa un petit cri. On aurait dit qu'un fil invisible reliait son téton à son clitoris et, à chaque succion de Danny, à chaque coup de sa langue rugueuse et expérimentée, ce fil se tendait. La jeune femme remua malgré elle et sentit ses genoux vaciller. Comment parvenait-il à la plonger dans un tel état sans même se servir de ses mains ?

Facile : sa bouche valait toutes les mains du monde.

Eva remuait de plus en plus. Danny grondait de désir et des vibrations couraient comme des ondes le long de ses côtes. Soudain, il lâcha son téton et elle sentit son membre tout chaud sur la chair de sa cuisse. Il palpitait et poussait contre sa peau, à deux doigts de l'endroit critique.

Ivre de désir, elle en saisit la base et entreprit de le masser de bas en haut. Pour son plus grand plaisir, il se gonfla encore davantage sous ses doigts.

Danny eut un râle ; ses yeux roulèrent dans leurs orbites.

Eva jubilait, les sens déchaînés. Si seulement elle avait porté une culotte fendue ! Mais elle n'était pas strip-teaseuse, aussi lui fallut-il se livrer à de nouvelles contorsions pour s'extraire de son petit slip en dentelle noire. Heureusement, Danny semblait apprécier de la voir gigoter sur ses genoux.

Quand elle se trouva complètement nue, Eva se pressa contre Danny pour lui octroyer un baiser victorieux. Coinçant entre eux son érection, elle s'y frotta effrontément tandis qu'il s'emparait de sa bouche.

— Tu es la créature la plus désirable que j'aie jamais vue, lui glissa-t-il entre deux morsures.

— Tu ne te défends pas mal, lui retourna-t-elle. Et de plonger la main entre ses jambes pour le masturber de plus belle.

Sur son visage empourpré, les yeux de Danny s'étaient réduits à deux fentes bleu-gris.

— C'est trop bon. Ah, ce que j'aimerais pouvoir te toucher !

— Moi aussi, approuva vivement Eva.

Elle était prête, ouverte et trempée. Et terriblement frustrée. C'en était presque douloureux. Elle gémit : ces frottements ne lui suffisaient plus.

Danny rouvrit les yeux, pris d'une subite inspiration.

— Sois mes mains, Eva. Fais-le. Moi, je te regarde.

## 14

— Quoi ?

Eva mit un moment à comprendre ce qu'il lui proposait, comme si ces préliminaires endiablés lui avaient débranché le cerveau.

Danny contracta la mâchoire et sa voix se durcit :

— Tends la main droite. Montre-moi ton index.

D'un geste hésitant, elle s'exécuta.

— Très bien, parfait, la félicita-t-il.

Ces quelques mots diffusèrent en Eva une douce chaleur. Danny posa les pieds sur la table basse et, de ses jambes repliées, il lui fit un dossier. Appuyée contre ses larges cuisses musclées, Eva se détendit. La toile de son jean râpait la peau échauffée de son dos. Elle attendit ses instructions.

— Magnifique, dit-il.

Lui adressait-il un compliment, se parlait-il à lui-même ? Qu'importe ! Eva était aux anges.

— Maintenant, passe ton doigt entre tes jambes. Je veux voir si tu mouilles.

Ses termes crus, son regard inflexible et sa volonté de la voir se mener elle-même jusqu'au seuil de la jouissance excitèrent Eva au plus haut point.

Elle n'avait jamais été pudique. Du moins s'était-elle toujours appliquée à éradiquer chez elle cette fâcheuse tendance. Quand quelque chose lui faisait envie, elle fonçait. Alors pourquoi rougissait-elle à présent, en plaçant son index sur la chair sensible et luisante de son entrejambe ?

Pourtant, si les joues lui cuisaient, ce n'était rien à côté de la sensation qui envahit la petite pelote de nerfs qui surplombait son intimité lorsqu'elle la frôla du doigt. Eva frémit.

Danny épiait ses moindres gestes comme pour fixer l'instant dans sa mémoire ; son regard attentif la recouvrait comme un manteau. Elle reprit confiance. Quand Danny entrouvrit la bouche et que son souffle s'accéléra, la nature exhibitionniste d'Eva revint au galop.

Tout en soutenant son regard, elle posa sur son entrejambe un deuxième doigt. Tantôt elle explorait les replis de sa peau humide, tantôt elle traçait le contour de son clitoris. Et son plaisir était décuplé par la présence de ce spectateur, par son regard vorace. Les gestes qu'Eva avait tant de fois répétés, machinalement, se chargèrent d'un érotisme inédit.

Frémissante, les hanches vibrant presque imperceptiblement, Eva se tordait sur ses genoux comme un chat en mal de caresses. La tête renversée en arrière, elle exposait son long cou frêle et de légers spasmes agitaient son ventre à mesure qu'elle se caressait.

— Tu me rends dingue, dit Danny.

Il ne put réprimer un coup de reins, et la braguette de son jean mordit dans les fesses d'Eva. Elle eut un mouvement de surprise et le gland de Danny rebondit contre le dos de sa main. Saisissant l'occasion, Eva l'empoigna de ses doigts humides et le pressa contre son sexe trempé.

Il était si dur, si chaud, si épais, et il appuyait pile là où il le fallait. Eva en avait les sens chamboulés. C'était exactement cette sensation qu'elle recherchait – cette friction surpassait toute masturbation. Et Danny aussi avait l'air d'apprécier, à en juger par ses yeux clos et les soubresauts de son bassin. Les épaules enfoncées dans le cuir du canapé, il se cambrait.

— Je n'y tiens plus, dit-il. Tu peux attraper mon portefeuille ?

Tout en maintenant d'une main son pénis, Eva se pencha pour embrasser Danny, goulûment, fougueusement, tout en fourrageant dans la poche arrière de son jean.

— Trouvé ! souffla-t-elle tout contre ses lèvres.

— Sors le préservatif, haleta-t-il, et mets-le-moi.

De toute sa vie, Eva ne s'était jamais sentie aussi réceptive à l'autorité. Elle trouva le préservatif et en déchira l'emballage avec les dents. Puis elle enserra dans sa paume le sexe de Danny pour dérouler le morceau de latex, lui arrachant un nouveau gémissement.

Fébrile, à deux doigts de se consumer de désir, Eva se souleva de quelques centimètres et orienta Danny vers l'orée de son intimité.

Elle geignit en le sentant entrer en elle. Il était brûlant, même à travers le préservatif, et, surtout, massif : long, large et charnu. Et elle voulait l'engloutir dans sa totalité.

Eva s'empala dessus, laissant agir la gravité et s'efforçant de se détendre pour l'accueillir en entier.

— Doucement, chérie, lui murmura Danny, un peu soucieux. On n'est pas aux pièces. On a toute la nuit devant nous.

Mais il semblait à Eva que chaque minute comptait : elle voulait qu'il la pénètre jusqu'au fond, tout de suite, qu'il la remplisse complètement et la fasse décoller de plaisir.

Elle s'enfonça sur Danny jusqu'à ce que son pubis frotte contre l'os de son bassin. Alors, quand elle sentit son membre tendre chaque centimètre de ses parois intimes, elle poussa un petit cri. Dans son esprit, ce fut un véritable court-circuit. Le monde s'évanouit. Tout n'était plus que va-et-vient, cris d'extase, poings serrés, ahanements et fulgurante ascension vers un point culminant, d'abord hors de portée, puis de plus en plus près, jusqu'à ce qu'enfin, au prix d'une ultime friction, ses muscles intimes se contractent convulsivement : elle y était.

Quand la tempête fut passée, elle cligna des yeux. Son front reposait contre l'épaule transpirante de Danny. Ses cuisses tressautaient nerveusement ; ses muscles commençaient à fatiguer d'être maintenus ainsi écartés.

Danny émit une plainte sourde et remua lui aussi pour retrouver le confort. Ce mouvement suffit à faire déferler sur Eva une nouvelle vague de sensations, comme l'écho de la première.

— Je porte plainte, dit Danny, pantelant. Ce concours est truqué. La fille du fondateur vient de drainer toute mon énergie vitale par mon pénis.

Contre sa clavicule, Eva pouffa et en profita pour laper au passage sa peau salée.

— Estime-toi plutôt heureux que je ne siège pas au jury, sinon ce sont tes concurrents qui te feraient disqualifier, par crainte du favoritisme.

Danny, qui semblait jusque-là plutôt content de lui, se vexa :

— Je n'aurais pas couché avec toi si c'était le cas ! Je ne supporterais pas qu'on me soupçonne de tricherie.

Eva ouvrit paresseusement la bouche et suçota la peau de son cou. Pas assez fort pour y laisser une marque, on aurait jasé. Mais assez pour déclencher des sensations, à en juger par la façon dont Danny se raidissait.

— Bon, d'accord, j'avoue, dit-il. J'aurais quand même couché avec toi. Sale tentatrice, tu réduis ma volonté en bouillie !

— C'est rébarbatif, la bonne volonté, lui affirma Eva en lui retirant d'une main experte le préservatif usagé.

C'était plutôt sympa de jouer les infirmières. Sympa et coquin à la fois !

Elle se leva et jeta le morceau de latex dans la corbeille près du secrétaire. Danny renâcla.

— Justement, tout le monde me trouve rébarbatif.

— Tout le monde est débile, lui assura Eva.

Elle s'écroula contre le dossier en poussant un profond soupir.

— Et, à l'évidence, tout le monde n'a pas couché avec toi. Mmm, ça m'a fait un bien fou !

Elle tourna la tête vers lui et ajouta :

— À toi aussi, avoue. Je me suis bien occupée de toi.

— J'avoue tout ! Je ne regrette pas de t'avoir suivie. Ce ne sont pas mes coéquipiers qui auraient fait ça pour moi, conclut-il, pince-sans-rire.

— Vraiment ? Je vaux mieux qu'un pack de glace et un cachet d'aspirine ? Tu me flattes, mon chou !

Danny, engoncé dans ses bandages, tentait en vain de remonter son pantalon. Une ombre passa sur son visage et il grommela, agacé :

— Je te l'ai déjà dit quand on s'est rencontrés : j'ai beau être pâtissier, je ne suis pas si chou que j'en ai l'air.

— Attends, laisse-moi t'aider.

Sans protester, il s'inclina contre le dossier et se soumit à Eva. Elle remonta pour lui son pantalon, exultant de le voir si docile, referma sa braguette, mais laissa le premier bouton ouvert. Il était plus sexy comme ça.

Et elle était la seule à profiter de ce spectacle.

Qui lui plaisait tellement que cela l'effrayait. Eva refoula la révélation qui commençait à poindre en elle, comme on se couvre les yeux face à une lumière aveuglante. Maudissant en silence ses jambes toujours incertaines, elle se leva et entreprit en titubant de retrouver sa petite culotte. Peine perdue. Qu'à cela ne tienne, elle traversa le salon et poussa les portes vitrées qui menaient à sa chambre.

Elle en ressortit un instant plus tard, drapée dans un peignoir éponge moelleux fourni par l'hôtel. En appui sur les coudes, son T-shirt sous le bras, Danny se relevait péniblement.

L'instinct d'Eva aussi lui dictait de prendre ses jambes à son cou. Pourtant, elle ne put réprimer une pointe de déception en le trouvant sur le point de déserter.

Elle s'appuya nonchalamment contre le chambranle de la porte et, s'efforçant de cacher son trouble, demanda :

— Tu t'en vas déjà ?

Danny pila et faillit se prendre les pieds dans son jean.

— Je ne voudrais pas m'imposer, dit-il d'un ton faussement détaché. Tu comprends, euh, j'ai cru...

Son détachement s'effritait.

Danny grimaça, exaspéré par sa propre incapacité à prendre les choses à la légère. Ne pouvait-il donc pas faire preuve d'un peu d'insouciance, pour une fois ?

Eva tripotait la ceinture de son peignoir. Elle lui lança un regard à travers ses cils.

— Tu as cru quoi ? Moi, je crois que tu as besoin d'une bonne douche.

La joie combla le vide qu'Eva avait laissé en l'abandonnant sur son canapé. Mais Danny brandit ses paluches.

— Impossible : rappelle-toi, j'ai interdiction formelle de mouiller mes moufles.

Eva s'avança vers lui à pas lents, ondoyant de toutes ses courbes comme lorsqu'elle s'était abandonnée dans ses bras au plaisir, quelques instants plus tôt.

— Je suis déçue, chef, minauda-t-elle. Je t'aurais cru plus inventif.

La gorge de plus en plus sèche, Danny la regarda dénouer la ceinture de son peignoir, qui s'ouvrit pour encadrer sa belle peau lisse.

— Pour conserver toutes ses facultés mentales en ta présence, se défendit Danny, il faut être soit gay, soit mort.

Elle gloussa :

— C'est absurde, ce que tu dis !

— CQFD.

— Viens.

Eva le prit par le coude et le délesta de sa veste et de son T-shirt.

— J'ai un jacuzzi géant dans ma salle de bains.

Mais le regard de Danny tomba sur ses vêtements, et il saisit son portable qui traînait près du canapé.

— Il faut absolument que j'appelle mes coéquipiers, dit-il les sourcils froncés.

La poigne d'Eva se resserra.

— Il y a de la place pour deux..., lui susurra-t-elle d'une voix sucrée.

Danny retourna la tête juste à temps pour la voir ajouter son peignoir à la pile de vêtements qui s'entassaient sur le plancher.

Manifestement bien dans sa peau, elle lui tourna le dos et, oscillant de ses hanches rondes et menues, se dirigea vers la porte vitrée derrière laquelle elle avait déjà disparu quelques instants auparavant, non sans lui jeter une dernière œillade par-dessus son épaule d'un blanc immaculé.

Sans même prendre le temps de réfléchir, Danny s'élança à ses trousses.

Les copains comprendraient !

Quand il ouvrit les yeux le lendemain matin, la première chose qu'il vit fut le plafond à dorures de la luxueuse suite d'Eva Jansen. Bizarrement, il doutait un peu plus de la compréhension de ses coéquipiers.

Ils avaient dû passer la nuit à gérer la rage de Beck – d'ailleurs, qu'y avait-il donc entre lui et cette Californienne ? – et à stresser en prévision de l'épreuve du jour. Danny aurait dû se trouver auprès d'eux au lieu de se vautrer dans le luxe et la débauche. Il ne manquait plus qu'une servante pour lui donner la becquée !

Danny se redressa brusquement et plia les doigts pour en éprouver la sensibilité. Ses pansements s'étaient un peu défaits pendant son sommeil et à cause des diverses activités auxquelles il s'était adonné, mais il parvint à fléchir les paumes sans trop de douleur. Ce ne fut qu'en refoulant consciencieusement le souvenir de ces « diverses activités » qu'il parvint à s'extirper du lit. Doucement, pour ne pas réveiller celle qui dormait roulée en boule à ses côtés.

Il procéda avec délicatesse, grimaçant juste un peu lorsqu'il lui fallut se retenir d'une main au coin du lit pour se baisser et ramasser son jean. Exaspéré par ses bandages, Danny mordit dans une bande de gaze qui commençait à se dérouler et tira dessus pour s'en libérer une bonne fois pour toutes.

— Qu'est-ce que tu fabriques ?

La voix pâteuse d'Eva était parfaitement assortie à ses cheveux ébouriffés et à ses yeux bouffis.

À la voir ainsi, Danny faillit replonger sous la couette pour lécher chaque centimètre de son corps. Il s'acharna sur sa bande de gaze pour chasser cette envie.

— Je retire mes pansements. Il faut mesurer l'étendue des dégâts, dit-il posément. C'est le médecin qui l'a dit.

Eva affichait une moue sceptique mais s'inclina.

— Laisse, je vais le faire. Tu te compliques inutilement la vie.

Troublé par cette volonté constante, chez Eva, de le materner, Danny tendit docilement les mains. Avec mille précautions, elle découvrit les paumes cloquées et rougies de Danny.

Elle sursauta. Pour la rassurer, Danny plia et déplia les doigts.

— Ça va. Ce n'est pas aussi méchant que ça en a l'air. Avec un peu de pommade miraculeuse, je serai d'attaque.

— Tu n'as pas mal ?

Haussant les épaules, Danny attrapa son jean.

— Un peu. Mais c'est supportable. Je serrerai les dents.

— Ça ne me plaît pas...

Ah, les profanes !

— Ce sont les risques du métier, répondit Danny. Tu le sais bien, tu as fréquenté des cuisiniers toute ta vie, non ? Tu as forcément déjà vu ça. On se blesse sans arrêt. On pose la main sur une plaque allumée, on se coupe le doigt... Et on ne s'interrompt pas pour si peu ! Un jour, mon père s'est lâché sur le pied dix kilos de côtelettes d'agneau. Ça lui a brisé quatre os. Son pied a gonflé comme une baudruche. Mais il a fini son service, en boitillant, sans émettre une seule plainte.

Eva s'assit, remonta les draps et posa ses coudes sur ses genoux fléchis. Sans maquillage, avec ses cheveux emmêlés, on aurait dit une petite fille.

— Tu as l'air de beaucoup l'aimer.

Danny avait perdu le fil.

— Qui ça ?

Elle eut un soupir impatient.

— Ton père. Tu en parles avec beaucoup de fierté.

— Tu trouves ? Oui, c'est sans doute vrai.

Il mit un moment à enfiler son pantalon ; la toile du jean agressait la peau de ses mains. Danny profita de ce répit pour se dérober au regard térébrant d'Eva. Décidément, rien ne lui échappait !

— Mon père est honnête et il cuisine bien. Il a toujours cru en moi.

— Quelle chance, murmura-t-elle d'une voix un peu aigre.

Alerté, Danny releva vivement la tête. Mais Eva souriait, comme toujours.

— Je suis proche de mon père, moi aussi. On a passé tellement de temps seuls tous les deux ! Enfin, si j'exclus sa tripotée de copines, de coups d'un soir et autres conquêtes. Et je préfère les exclure.

Danny commençait à se former une image de l'enfance d'Eva, et il ne la trouvait guère à son goût. Bien sûr, ses propres parents l'exaspéraient parfois, mais ils s'aimaient et ils adoraient leurs enfants, Danny n'en avait jamais douté. Ils tenaient encore plus à eux qu'à leur restaurant, c'était dire ! Avant son départ, Max avait accusé son père du contraire, mais il se trompait. Gus avait tant souffert de l'absence prolongée de son fils aîné… Danny avait redoublé de zèle en cuisine et à la maison pour compenser cette absence, mais jamais il n'avait pu chasser la peine du regard de son vieux père.

En attendant, c'était lui qui laissait tomber les siens. Quelle heure pouvait-il bien être ? Il consulta le réveil posé sur la table de nuit. Flûte, déjà si tard !

Un minuteur interne s'enclencha dans sa tête. Il fallait qu'il rejoigne son équipe, qu'il se prépare pour les défis qui l'attendaient. Mais Danny Lunden n'était pas homme à abandonner une jeune femme recroquevillée dans un lit, l'air solitaire et malheureux comme les pierres.

Sans compter qu'elle était toute nue.

Non, vraiment, Danny ne pouvait pas la laisser. La chair est faible !

Il la rejoignit à quatre pattes, l'enveloppa de ses bras et la serra contre sa poitrine. Elle ne lui opposa aucune résistance et enfouit son visage au creux de son cou. À l'aune de ce geste, Danny perçut toute la confiance qu'elle plaçait en lui, et son cœur se noua.

Max avait raison : il n'était qu'un indécrottable romantique.

## 15

Eva enfouit son visage contre l'épaule musclée de Danny, tout en s'étonnant : quand donc avait-elle viré aussi fleur bleue ? Certes, après une bonne partie de jambes en l'air, il lui arrivait d'avoir quelque geste tendre pour son partenaire… mais à ce point ?

Eva tenait à garder la tête froide. Quand un type lui plaisait, elle le ramenait chez elle ou dans sa chambre d'hôtel. Jusque-là, les événements de la veille ne présentaient rien d'inhabituel.

Le fait que Danny se trouvât encore là à son réveil, en revanche, sortait de l'ordinaire.

Eva ne congédiait pas forcément ses conquêtes sitôt l'acte accompli, mais d'un accord tacite, il était entendu qu'une fois le préservatif retiré, on reprenait le cours de sa vie, chacun de son côté.

Pourtant, lorsque Danny avait fait mine de s'en aller, la veille… Eva se remémora sa réaction de panique en le voyant rassembler ses affaires, et elle frémit.

Bizarre. Elle huma son odeur de coton et de feu de bois, cette note persistante de sucre glace. Oui, toute cette histoire était curieuse. Inhabituelle.

Elle repensa aux propos de Claire, dans l'avion. Que penserait-elle de sa relation avec Danny Lunden ? Peut-être l'approuverait-elle. Peut-être que, jusqu'à présent, Eva s'était un peu fourvoyée.

Seulement, le sexe avait toujours été une chose si simple, pour elle. Si légère et insignifiante. Sans drame ni larmes. Eva aimait les hommes et l'attention qu'ils lui prodiguaient, elle ne s'en était jamais cachée.

Mais il lui arrivait de penser à l'amour qui unissait ses parents avant la mort de sa mère. Les rapports homme/femme n'étaient pas toujours insignifiants.

Cependant, qui irait de son plein gré s'encombrer d'une relation sérieuse ? Eva n'avait jamais rencontré d'homme qui lui donne envie de s'y essayer.

Du poing, Danny lui souleva gentiment le menton pour déposer sur sa bouche un chaste baiser. Elle sentit à peine ses lèvres soyeuses glisser sur les siennes. La tête lui tourna et elle dut se raccrocher aux épaules de Danny pour ne pas tomber du lit.

Danny. En sa présence, elle se demandait si elle n'était pas passée à côté de quelque chose, pendant toutes ces années.

Il était temps de reprendre ses esprits. Soit elle fonçait se brosser les dents, soit elle clouait Danny au matelas, et tant pis pour l'haleine matinale ! Mais elle n'eut pas le temps de se décider : un faible « bip » retentit dans le salon.

C'était la sonnerie de sa messagerie. D'ailleurs, maintenant qu'elle y songeait, elle sonnait depuis un moment déjà. Depuis qu'elle s'était roulée sur le côté et avait ouvert les yeux sur ce joli tableau :

Danny Lunden, nu, en train de sautiller, le jean aux chevilles, au pied de son lit.

— Merde ! lâcha-t-elle. J'ai oublié de recharger mon portable hier soir. Je le branche toujours sur la table de nuit ! Comment ai-je pu oublier ?

— Alors, on est quitte, dit Danny en poursuivant sa chasse aux vêtements. Hier, c'est toi qui m'as empêché de téléphoner à mes amis pour faire le point.

— On n'est pas du tout quitte ! cria Eva depuis le salon où elle s'était précipitée. Tes collègues sont bien au chaud dans leur chambre. Les miens, et par là j'entends tout le régiment d'employés divers et variés qui m'aide à organiser ce concours, sont sur le pont depuis l'aube à régler toutes sortes de problèmes, et ils doivent se demander où je suis passée ! Tiens, qu'est-ce que je disais : sept appels en absence !

Danny apparut sur le seuil de la chambre, vêtu en tout et pour tout de son jean.

— Je suis sûr que ce n'est rien.

Il gagna pieds nus la cuisine et inspecta d'un œil critique le contenu du réfrigérateur.

— Aïe, dit-il. Moi qui voulais te préparer le petit déjeuner, c'est raté : tu n'as rien !

— Tu as dit « petit déjeuner » ? dit Eva, temporairement radoucie. C'est mon repas préféré.

— Ah, oui ?

Le sourire de Danny rivalisait d'éclat avec les rayons qui filtraient à travers les persiennes.

— Tu prends quoi, le matin ?

— Des crêpes, dit aussitôt Eva. Chez moi, on appelle ça des « pancakes à la française ». Quand j'étais petite, mon père m'en faisait tous les dimanches. Au fur et à mesure, il a dû doubler les proportions pour satisfaire mon appétit ! À cinq ans, j'en avalais déjà huit ou dix d'affilée, au sucre, à la confiture de fraises…

Elle ferma les yeux, bercée par ce doux souvenir ?

— C'est malin ! pesta-t-elle. Maintenant, j'ai faim.

Son portable se remit à sonner. Eva écarquilla les yeux. Son cœur tonnait dans sa poitrine.

Merde. Merde !

Danny s'approcha et lui posa les mains sur les épaules : sans s'en rendre compte, elle jurait à haute voix.

— Tout va bien, ma chérie. Détends-toi.

— Arrête ! dit Eva en se dégageant. Ne joue pas à ça avec moi !

Elle ramassa le peignoir qui gisait au pied du canapé, là où elle l'avait laissé la veille.

— À quoi ? demanda-t-il les yeux ronds.

Comme s'il ne voyait pas de quoi elle voulait parler !

— Je ne suis pas une bête sauvage, et tu n'es pas dompteur, dit-elle en enfilant le peignoir. C'est adorable quand tu réconfortes tes coéquipiers, mais sur moi, ça ne prend pas. Ça me donne l'impression d'être ta petite sœur, et vu ce qu'on a fait ensemble hier soir, je trouve ça nul !

Danny se rembrunit. Il renonça à retrouver son boxer et plaça ses mains sur ses hanches. Le souffle d'Eva s'accéléra. Il était à tomber.

— Tu confonds tout. Jo Cavanaugh, ma coéquipière, je la vois comme ma petite sœur. D'ailleurs, elle ne va pas tarder à le devenir officiellement, au train où vont les choses. Et de fait, avec elle, je n'ai jamais rien vécu de comparable à hier soir.

Il secoua la tête et son épi châtain capta un rayon du soleil levant.

— D'ailleurs, je crois bien que je n'ai jamais rien vécu de tel avec personne.

Eva ne put s'empêcher de lui adresser un sourire polisson. Elle se déhancha et remarqua :

— C'était pas mal, hier soi, non ?

— Pas mal ? Dis plutôt explosif ! Ou renversant !

Eva s'attendrissait de nouveau. Elle s'ébroua et se composa un air austère.

— Stop ! Je vois clair en ton jeu, petit malin. Pas de ça avec moi !

— Ah ?

Danny baissa les mains et piqua sur Eva comme un chat sur sa proie. Eva recula de quelques pas, brandissant son portable en guise de bouclier.

— Parfaitement. Tu as voulu me réconforter, ça n'a pas marché, alors tu as recours à des moyens détournés. Tu me flattes pour que j'arrête de paniquer ! Mais si j'ai envie de paniquer, moi, hein ? Si j'ai envie de stresser et d'angoisser ou de péter carrément les plombs ?

Eva acheva sa tirade hystérique sur un piaillement désemparé, qui se mua en plainte étouffée lorsque Danny la prit dans ses bras et l'embrassa.

On frappa à la porte. Eva s'arracha à leur baiser juste le temps de crier :

— Revenez plus tard !

— Tu renvoies la femme de ménage ? s'étonna Danny. À ta place, je ferais changer les draps…

— Ça attendra, dit-elle en plongeant ses doigts dans les cheveux de Danny pour lui voler à son tour un baiser.

Mais à la porte, on introduisait dans la fente une clé magnétique, et la poignée se mit à tourner.

Tout se passa en même temps. La porte s'ouvrit, Eva couina et bondit, enroulant ses jambes nues autour de la taille de Danny, qui fit volte-face pour la cacher aux regards de la femme de chambre. La pauvre ne s'attendait sûrement pas à tomber nez à nez avec une Eva Jansen déculottée. Oh ! Ses fesses étaient jolies, elle n'en doutait pas. Mais il était un peu tôt pour ce genre de spectacle.

Le rire bouillonnait en elle et elle fourra son nez dans le cou de Danny pour cacher son hilarité.

Toujours dos à l'entrée, Danny demanda :

— Vous pourriez repasser plus tard ?

Son extrême politesse ne fit qu'aggraver le fou rire d'Eva.

Mais une voix familière y coupa court.

— Certainement pas. Nous sommes en pleine crise, ça ne peut pas attendre. Et d'abord, qui êtes-vous, et pourquoi portez-vous ma fille en tablier ?

Et merde.

Eva leva le nez et, par-dessus l'épaule nue de Danny, croisa le regard d'acier de Theo Jansen.

— J'en déduis qu'il ne s'agit pas de la femme de chambre, grommela Danny.

— J'exige des explications.

La voix qui parvenait à Danny était dure et irritée. Elle appartenait à un homme plus âgé. Un homme habitué à commander.

— Salut, papa, dit Eva.

C'était bien ce que Danny craignait.

— Dis, tu nous laisses une seconde ? Comme tu peux le constater, on était un peu occupés.

Danny se raidit, craignant de sentir s'enfoncer entre ses omoplates le canon d'un fusil. Par chance, il entendit la porte se rouvrir et claquer.

— C'est bon, il est parti, tu peux me reposer, dit Eva sans trace de gêne dans la voix.

Apparemment, pour elle, il n'y avait rien d'embarrassant à être surprise par son propre père toute nue et suspendue à un inconnu.

Par contre, elle semblait furibarde. Pas gênée pour deux sous, mais hors d'elle.

— Qu'est-ce qu'il fout ici, putain ?

Elle empoigna le peignoir et l'enfila en un éclair. Elle ne rougissait même pas : elle était blême de rage. Quant à cet éclat qui changeait ses yeux gris en deux flammèches bleues, il exprimait un seul état d'esprit : la pugnacité. Sans laisser le temps à Danny de ramasser son T-shirt, elle gagna la porte à grands pas et la rouvrit.

— Tu as fait vite, commenta son père, les yeux rivés à son téléphone.

Visiblement, dans la famille, tout le monde était accro à la technologie.

— Tu me connais, dit Eva en prenant son père par le bras. Le travail avant tout. Tu me l'as assez répété !

Elle l'escorta jusqu'au canapé.

En se remémorant ce qui s'y était passé la veille, Danny jugea préférable de s'absorber dans la contemplation du plafond.

— Ainsi, mes efforts éducatifs n'ont pas été en pure perte. J'en suis ravi, ironisa Theo en snobant le canapé au profit d'un fauteuil en forme de trône, près de la table basse. Ravi, mais dubitatif. En effet, à en juger par l'état catastrophique de la situation, il semble que tu fasses passer le travail *après* tout.

Eva grimaça et, automatiquement, Danny alla se poster à ses côtés, ce qui lui valut un premier regard de la part de Jansen père.

Un regard peu amène. Avec sa petite barbe noire, Theo Jansen évoquait cette statue de centurion romain que Danny avait vue au *Met* lors d'une sortie scolaire, quand il était petit : tout en mâchoire anguleuse et en sourcils froncés.

Un centurion romain en costume anthracite à rayures tennis avec serviette en cuir artisanal.

Theo Jansen était intimidant, pas seulement parce qu'il représentait dans le monde de la restauration une légende vivante, connue pour pouvoir faire ou briser la carrière d'un chef cuisinier d'un simple trait de son Mont blanc, mais également à cause de ce qu'il dégageait, personnellement.

Quoique bien entretenu pour un homme d'affaires presque sexagénaire, il n'était pas particulièrement massif ; toutefois, sa prestance était telle qu'il semblait remplir toute la suite. Et Danny qui était toujours torse nu ! Le pantalon déboutonné, menaçant de lui glisser aux chevilles à tout instant !

Visiblement, Eva ne souhaitait pas reconnaître qu'elle ignorait tout de la crise dont lui parlait son père. Elle esquiva :

— Un peu de café, papa ? On allait justement s'en faire monter.

Theo Jansen excellait dans l'art délicat d'exprimer en un sourire le dédain et l'incrédulité.

— C'est le nouvel euphémisme en vogue ? Je prendrais volontiers un café, mais en privé. Nous devons causer affaires.

Quelle claque ! Danny s'était rarement fait congédier avec autant de mépris. Pourtant, le mépris, il connaissait, ayant dû marcher, durant toute sa scolarité, dans les traces de Max le Magnifique, de deux ans son aîné.

— Tout doux, papa, le rabroua Eva en débarrassant le secrétaire. Je te rappelle que je me suis coltiné mon lot de petits déjeuners guindés en présence de tes coups d'un soir, moi aussi.

Danny prit sa phrase très à cœur. Tellement qu'il dut lutter pour ne pas se décomposer. Il se baissa pour ramasser son T-shirt, d'un geste délibérément lent et mesuré. Avec un peu de chance, il se sentirait mieux une fois moins exposé. Mais la chair de poule qui s'était emparée de lui refusait de se dissiper.

Il récupéra sa veste de cuisine sale et tachée de farine et déclara :

— Il faut que j'y aille, de toute façon.

Eva, plongée dans la lecture du menu du room service, leva sur lui des yeux ronds, mais Danny ne lui laissa pas le temps de protester. Il fallait qu'il mette de la distance entre lui et cette famille de cinglés gâtés qui croyaient que tout leur était dû et traitaient le sexe avec désinvolture, comme si cela ne voulait rien dire.

Pour sa part, Danny n'avait jamais su dissocier le sexe et les sentiments. La veille, avec Eva… Pour lui, ce n'était pas insignifiant. Bien sûr, il n'y avait rien d'étonnant à ce que la jeune diva voie les choses autrement ; d'ailleurs, en se jetant dans cette aventure, Danny n'en attendait pas davantage qu'une nuit torride et sans lendemain. Mais il peinait plus que prévu à tourner la page.

Un jour, peut-être, quand il aurait maîtrisé lui aussi l'indifférence et le détachement, il passerait un coup de fil à Eva. Mais, en attendant, mieux valait détaler avant de s'attacher.

— Bon… À plus, Eva.

Il ne prit pas congé de Theo Jansen, puisqu'ils n'avaient pas été présentés. Et cela valait mieux ainsi ! Danny ne tenait pas à voir son patronyme ajouté à une longue liste de toy-boys interchangeables.

Il se dirigeait vers la porte quand, à son grand étonnement, Eva s'élança sur ses talons et l'empoigna tandis que, de l'autre main, elle maintenait sa robe de chambre fermée sur ses seins.

— Attends, bredouilla-t-elle précipitamment. Je ne voulais pas...

— Laisse tomber, dit Danny en se dégageant doucement.

Elle n'y était pour rien, du moins pas vraiment. Ils provenaient d'univers radicalement différents. Il jeta un regard par-dessus son épaule vers la suite fastueuse tout en marbre, en dorures et en meubles d'époque, et son crétin de cœur se noua.

Eva vivait dans un univers de contes de fées, où elle n'avait qu'à sonner pour qu'on lui livre sur un plateau d'argent tout ce qu'elle désirait. Or elle était une femme pleine de désirs et quand elle voulait quelque chose, elle fonçait. Danny n'y trouvait rien à redire. Eva ne lui avait jamais fait miroiter autre chose qu'un moment agréable : cette honnêteté aussi, Danny l'appréciait. Elle ne lui avait rien promis et si une seule nuit en sa compagnie le laissait sur sa faim, il n'avait à s'en prendre qu'à lui-même.

En fait, le plus surprenant dans l'histoire, c'était qu'elle ait posé les yeux, ne serait-ce qu'une seconde, sur un type comme lui.

Il fallait tâcher de se réjouir du peu de temps qui lui avait été donné à partager avec elle. C'était lui qui avait mal compris les règles du jeu ou refusé de s'y plier, et il n'avait pas le droit de lui en vouloir. Aussi gentiment que possible, il lui dit :

— Vas-y, ton père t'attend. On dirait qu'il y a de l'eau dans le gaz. Et moi, je dois rejoindre mon équipe. C'était très sympa, mais il faut bien retourner à la réalité.

Elle recula comme s'il l'avait frappée et dans ses yeux passa une ombre fulgurante que Danny n'eut pas le temps de déchiffrer : rebondissant avec la grâce d'une ballerine, elle avait déjà repris contenance.

— Oui, c'était sympa, répéta-t-elle d'un ton parfaitement neutre et monocorde, comme s'ils discutaient d'une visite au zoo ou d'une promenade à Central Park. Normal, c'est ma spécialité. Avec moi, on s'éclate, c'est bien connu. Mais maintenant, mon chou, finie la récré ! On se verra en cuisine.

Danny se rembrunit : dans sa voix affleurait une note d'amertume, comme un goût de levure trop prononcé dans un gâteau. Mais elle lui tournait déjà le dos pour s'élancer vers de nouveaux défis.

Elle ferma la porte derrière elle d'un coup de talon dédaigneux et Danny se retrouva seul face au panneau de bois blanc. Si seulement il pouvait passer à autre chose avec autant de facilité !

## 16

Eva marqua une courte pause. Les derniers mots de Danny et le cliquetis de la poignée tintaient encore à ses oreilles.

« Sympa. » Pourquoi ce terme sonnait-il comme un reproche ? Elle n'avait jamais proposé ni recherché autre chose que du bon temps, jusqu'à présent. Pourtant, dans la bouche de Danny Lunden, ce mot lui tordait le cœur comme une vulgaire tomate séchée.

Elle poussa un soupir, se passa les mains dans les cheveux, défit au passage quelques nœuds. Il fallait qu'elle se ressaisisse. Elle avait suffisamment de complications à gérer, il ne manquerait plus que son père la voie perdre le contrôle d'elle-même à cause d'un mec.

Comme il le répétait à qui voulait l'entendre, Theo Jansen n'avait jamais laissé ses sentiments compromettre sa carrière. Une demi-heure après l'enterrement de sa femme, il négociait avec l'agent immobilier l'achat des locaux de ce qui devait devenir son premier trois étoiles.

Claire renâclait, disant que Theo Jansen se réfugiait dans son travail, comme un petit garçon qui a peur d'aller se coucher, mais Eva ne voyait pas le mal à ça. Certes, son père était un as du refoulé. Et alors, tant que ça marchait ? Or les résultats parlaient d'eux-mêmes.

Aussi s'efforçait-elle de dominer ses propres émotions capricieuses. Elle respira profondément, compta jusqu'à dix et fouilla dans les poches de sa robe de chambre à la recherche de son téléphone.

Caressant du doigt l'écran tactile, elle fit défiler ses messages jusqu'à trouver ce SMS affolé de Drew, son assistant :

*Help ! Sparks est reparti à NYC pour urgence familiale. Sais pas s'il compte revenir !!!*

Le cœur d'Eva cessa de battre. Toutes ses pensées, tous ses sentiments disparurent, écrasés par l'énorme bulle de panique qui gonflait dans sa boîte crânienne. Elle composa en catastrophe le numéro de Devon Sparks et plaqua l'appareil contre son oreille. Flûte ! Il était sur messagerie. Tapant nerveusement du pied, Eva attendit le signal sonore et balbutia :

— Devon, je viens juste d'apprendre ton départ, je suis désolée ! Qu'est-ce qu'il se passe, Lilah va bien ? Je t'en prie, tiens-moi au courant ! Prenez soin de vous.

— Ça y est, tu as mis à jour tes données ? railla Theo tandis qu'Eva raccrochait, zigzaguait jusqu'au canapé et s'y effondrait.

— C'est la grossesse de Lilah ? Il y a un problème ? demanda Eva.

Elle ignorait tout de la terreur qu'on devait éprouver dans ces circonstances. Elle ne connaissait même pas vraiment Lilah, ne l'ayant croisée que deux ou trois fois. Mais elle paraissait gentille, drôle et modeste, contrairement aux princesses que Devon fréquentait habituellement.

— Elle a fait un malaise. Un pic de tension, si j'ai bien compris. Un peu de repos et il n'y paraîtra plus.

Eva remercia le ciel que ce ne soit pas plus grave, mais ajouta :

— Même si elle était sur pied demain à gambader comme un cabri, cela ne changerait rien : après une frayeur pareille, Devon ne la quittera plus d'une semelle. J'avais déjà dû déployer tous mes dons de persuasion pour qu'il accepte de participer. En clair, il nous manque un juge !

Theo se pencha vers l'avant, les coudes en appui sur les genoux.

— Il te reste Claire pour tenir le rôle de sommité en matière culinaire, et ce jeune musicien toqué de banquets pour la note de glamour.

Il secoua la tête, totalement rétif au talent et à la renommée de Kane Slater. Eva se mordit la langue. Ce n'était pas le moment de défendre son amitié avec le jeune rockeur. Theo reconnaissait qu'en l'intégrant au jury le concours toucherait plus aisément les masses, c'était l'essentiel.

— Mais sans Devon, fit Eva, on n'a plus de chef célèbre parmi les juges ! Devon représentait notre lien avec l'industrie de la restauration...

Sans compter qu'il était canon, pour le plus grand bonheur des ménagères qui se pâmaient dès qu'il faisait une apparition sur Cooking Channel.

Eva s'affaissa et repassa sa main dans ses cheveux ébouriffés. Elle commençait à accuser le manque de sommeil de la nuit passée. Il lui semblait fonctionner au ralenti, à coups de gestes empesés, et ses peurs et ses angoisses lui paraissaient décuplées.

— Comment trouver un remplaçant en si peu de temps ?

Elle interrogea son père du regard. Il respirait le calme et le sang-froid. Heureusement qu'il était là pour l'aider à surmonter cette épreuve, se réjouit brièvement la jeune femme.

Aussitôt, elle s'en voulut. L'événement représentait à ses yeux l'occasion de prouver ses compétences et son indépendance. C'était raté !

Pire. En volant ainsi à sa rescousse, Theo Jansen voyait confirmées ses pires craintes au sujet de sa fille. Eva sentit le fruit de ses efforts lui échapper ; le respect de son père lui glissait entre les doigts comme de l'eau.

Non !

Redressant l'échine, Eva mit en branle son cerveau.

Bon sang, ce qu'elle avait besoin de café !

— Le remplaçant de Sparks doit être de taille à impressionner Cooking Channel, marmonna-t-elle en passant mentalement en revue son répertoire. Le problème, c'est que les grands chefs sont toujours bookés des mois à l'avance…

Theo fronça ses sourcils d'argent.

— Tu as du mal à convaincre les producteurs, Eva ? On en a déjà parlé, c'est…

— Je sais ! s'écria la jeune fille, qui sentait la poigne de l'échec se refermer sur sa gorge comme un étau. Je contrôle la situation. En tout cas, je la contrôlais jusqu'au départ de Devon !

Theo soupira ainsi qu'il le faisait toujours lorsqu'il jugeait que sa fille dramatisait. Il la rejoignit sur le canapé. Déposant un baiser au sommet de sa tête, il lui dit :

— Détends-toi. Tout ira bien. On finira bien par trouver quelqu'un et, d'ici là, je prendrai la place de Devon. Comme ça, pas besoin d'interrompre le concours.

Une flamme d'espoir s'allumait dans le cœur d'Eva.

— Pourquoi pas ? Dans l'intervalle, tu feras l'affaire. Loin de moi l'idée que tu n'aies pas l'étoffe d'une vedette culinaire de Cooking Channel, bien sûr !

Elle le taquinait. Les morceaux de son univers se remettaient en place. Mais Theo ne se dérida pas. Il la relâcha, se leva et se mit à faire les cent pas devant la table basse.

— Eva, ce que j'ai à te dire ne va pas te plaire, mais je n'ai pas le choix.

Resserrant les pans de sa robe de chambre, Eva s'efforça de paraître aussi digne et pro que possible. Ce qui n'était pas une mince affaire, étant donné qu'elle portait en tout et pour tout un peignoir et que ses cheveux se dressaient sur sa tête comme s'ils venaient d'être passés au mixeur.

— Je t'écoute, ne mâche pas tes mots, dit-elle d'un ton badin. Ça ne peut pas être pire que la tornade que je viens d'essuyer !

— N'en sois pas si sûre, la journée ne fait que commencer.

Theo la fixait, regard sévère et lèvres pincées.

— Je sais que je suis mal placé pour te faire la leçon en matière de relations sentimentales…

Eva blêmit.

— Papa…, protesta-t-elle faiblement, mais il brandit la main et poursuivit impitoyablement.

— Au fil des ans, j'ai fricoté avec la moitié du staff féminin du concours de la Toque d'Or…

Et notamment avec des pâtissières, songea Eva avec un frisson d'effroi. Theo les préférait de sexe féminin, mais n'empêche.

— Aussi vas-tu me taxer d'hypocrisie, s'obstina-t-il. Mais c'est un fait : le concours ne s'est jamais encore trouvé à ce point sous le feu des projecteurs. C'était notre but. Mais cela signifie que beaucoup d'yeux sont braqués sur nous.

Eva bondit du canapé.

— Eh bien, tant mieux ! Je n'ai rien fait de mal. Je ne siège pas au jury, je n'ai aucun pouvoir décisionnaire. Mes actes n'ont aucune espèce de conséquence !

— Je le sais bien, dit Theo avec un geste impatient. Il ne s'agit pas tant de déontologie à proprement parler que de publicité. Il faut te placer du point de vue des téléspectateurs, Eva. Reconnais que, de l'extérieur, quand l'animatrice de l'émission s'envoie en l'air avec un candidat, ça n'est pas du meilleur effet.

« Je m'en fiche ! voulait-elle lui crier. Je me fiche de ce qu'en pensent les téléspectateurs et le monde extérieur, je veux Danny ! »

Sauf que Danny voulait seulement passer un moment « sympa ». Une fois qu'il avait obtenu ce qu'il cherchait, il avait détalé comme un lièvre. Il lui tardait de rejoindre son équipe, ses amis, les gens qui comptaient pour lui.

À quoi bon se battre pour le défendre ?

Comme s'il avait senti son hésitation, son père passa un bras autour de ses épaules.

— Nous avions un accord, Eva. C'est notre année. La Toque d'Or va enfin obtenir la visibilité qu'elle mérite.

Cette année, Eva étendrait enfin la portée de l'héritage de sa mère.

Elle ferma brièvement les yeux, et opina.

— Je sais. Tu as raison.

Elle se peignit un sourire. Un peu pâlot, mais c'était mieux que rien.

— C'est notre année, répéta-t-elle.

« C'est *mon* année. »

— D'ailleurs, ajouta son père, rien ne t'empêche de revoir ce garçon… après la compétition.

— Non, le coupa Eva, qui ne voulait pas en entendre davantage.

Elle s'ébroua et se prépara mentalement à la rude journée qui l'attendait.

— Tout va bien. La nuit dernière, ce n'était pas sérieux. J'avais juste besoin de me détendre. De passer un bon moment.

Un moment « sympa ».

Réprimant la douleur qui lui broyait le cœur, Eva sourit, avec aplomb cette fois, à l'abri derrière son masque d'assurance policée.

— Ne t'en fais pas, papa. C'est fini. Je domine la situation.

# 17

Ce matin-là, dans la cuisine, la tension était à son comble. Était-ce à cause du compte à rebours qui rapprochait inexorablement les cuisiniers de l'instant fatidique de la dégustation ? De la menace de l'élimination qui planait sur eux tous ? Ou bien des regards haineux que Ryan Larousse, couvert de bleus et visiblement fou furieux, ne cessait de lancer à Beck ? Sans doute un peu des trois.

Ou peut-être s'agissait-il seulement d'une impression. Danny était à cran depuis qu'il avait regagné la chambre où l'attendaient ses quatre coéquipiers, salement remontés contre lui. Il avait bien tenté de s'excuser d'avoir disparu sans les avertir, sans prendre de leurs nouvelles, mais cela n'avait fait qu'envenimer la situation.

— Merde, Daniel ! avait grondé Max à la fin. On n'avait pas besoin que tu nous couves, mais de savoir que tu allais bien !

— J'allais très bien, avait-il bredouillé, pris de court, faute d'une réponse plus appropriée.

— Tu t'es volatilisé après nous avoir joué la grande scène du preux chevalier en rattrapant cette marmite de bouillon, avait râlé Jo, les bras croisés. On s'est fait un sang d'encre ! Tu aurais pu être à l'hosto ! Et tu n'avais pas ton portable alors on ne pouvait même pas te téléphoner !

Danny s'était mordu la langue pour ne pas lui rétorquer : « Je m'étonne que tu aies remarqué mon absence. » Depuis qu'elle sortait avec Max, Jo était dissipée. Quant à Max, Danny savait depuis des années qu'on ne pouvait pas compter sur lui.

Mais il avait tenu sa langue pour ne pas que le savon tourne à la dispute. Cela n'aurait servi qu'à déconcentrer ses coéquipiers et à les monter les uns contre les autres, juste avant le plus grand défi culinaire de leur vie.

Aussi avait-il serré les dents de toutes ses forces et tendu les mains, réprimant une grimace en sentant craquer sa peau gercée.

— Voyez vous-mêmes : je me porte comme un charme.

À la fin, pour qu'ils se calment et cessent de le traiter comme un infirme, il avait dû leur promettre de toujours conserver son téléphone portable dans la poche arrière de son jean, même si le règlement du concours l'interdisait. Du moment qu'il en coupait la sonnerie et ne s'en servait pas pour consulter des recettes en pleine épreuve, cela devrait aller.

Winslow n'avait rien dit en présence des trois autres mais, plus tard, quand ils s'acheminaient vers la cuisine, il s'était planté devant Danny, un sourire en coin et l'œil polisson.

— Alors ? Miss Eva a joué les infirmières, c'est ça ?

Danny s'était tendu, l'air impénétrable, mais Win ne se laissait pas si facilement berner. Il lui avait tapoté l'épaule :

— Pas besoin de confirmer ni d'infirmer, mon mignon. J'approuve à cent pour cent, et je suis une tombe !

— Je n'ai rien à démentir ni à cacher. C'était une aventure sans lendemain. Ce n'était pas au programme, et ça ne se reproduira pas. Et maintenant, retour à la vraie vie ! Retour à la réalité.

Réalité qui, dans le cas de Danny, se résumait au monde rassurant, méticuleux, prudent et sécurisant de la pâtisserie.

Bon, en l'occurrence, peut-être un peu moins sécurisant que d'ordinaire, puisqu'il devait cuisiner contre la montre sous le regard critique d'un jury et d'une équipe de télé.

Danny ravala un cri de douleur. Sa paume venait de racler par accident le marbre dur de sa planche de travail. Pour la énième fois, il se maudit d'avoir oublié chez Eva dans sa fuite la pommade miracle.

À côté de lui, devant les plaques chauffantes allouées à l'équipe, Winslow le lorgnait d'un air inquiet, sans toutefois cesser de remuer à rythme régulier sa crème anglaise.

— Hé, ça va ?

— Impec, dit Danny.

Il sourit, amusé : Winslow lui parlait du coin de la bouche, comme s'il craignait que les caméras ne relèvent ses propos.

— Et cette crème anglaise, comment elle se présente ?

Winslow brandit sa cuiller en bois et inspecta d'un œil critique le liquide tiède et onctueux qui la recouvrait.

— Ce n'est pas tout à fait ça. Encore quelques minutes.

En cuisine, Winslow était l'homme à tout faire, parce qu'il savait tout faire, aussi bien hacher la viande que mitonner un gâteau délicat. Ce jour-là, il s'était démultiplié, aidant les uns et les autres selon leurs besoins. Ils avaient une sacrée veine de compter parmi la troupe un chef aussi polyvalent que lui, et Danny l'appréciait à sa juste valeur.

Surtout en ce moment : Winslow se coltinait la corvée, à savoir remuer inlassablement la crème anglaise au bain-marie afin qu'elle n'attache pas, ce qui permettait à Danny de se consacrer à la caramélisation des prunes qu'il avait fait macérer pendant la nuit dans un mélange de sucre, de jus de citron et de thym frais.

Profitant d'un instant de répit, il courut jusqu'aux réfrigérateurs chercher l'appareil à gaufres qui constituerait la base de son dessert. Pour conclure leur variation sur le thème du brunch, il avait imaginé une sorte de sandwich à base de gaufres fines garnies de prunes caramélisées et nappées de crème anglaise. Mais lorsqu'il inspecta le contenu du saladier de métal, son sang ne fit qu'un tour.

L'appareil était fichu. Aqueux, grumeleux, plein de farine agglomérée, il ne ressemblait plus du tout au mélange lisse et homogène qu'il avait mis au frais la veille au soir.

Empoignant le saladier, Danny l'apporta à la table et retira le film étirable pour examiner ça de plus près.

— C'est quoi, ce carnage ? s'enquit Max qui passait au petit trot, les bras chargés de raisin.

— Aucune idée.

Danny saisit son fouet, le trempa dans la substance défectueuse et la battit jusqu'à la faire mousser.

Jo, qui construisait des tours miniatures en fines lamelles de pommes de terre, une version raffinée des traditionnelles frites maison, s'interrompit et approcha.

— Tu vas réussir à la récupérer ?

Rien n'était moins sûr. L'appareil était vraiment bizarre.

— Je crains que non, dit Danny en lui redonnant un coup de fouet.

Des bulles de farine remontaient obstinément à la surface et y éclataient mollement.

— Il y a quelque chose qui cloche. Peut-être que la levure n'était pas bonne, ou que le saladier n'était pas bien lavé, qu'il y restait un peu de vinaigre ou de citron et que l'appareil a tourné. Qui sait ? De toute façon, peu importe : mon dessert est fichu.

Danny réprima son envie de balancer le récipient plein de pâte collante à l'autre extrémité de la pièce, ainsi que l'avait fait un jour son père au cours d'une grosse colère.

Il fit face à ses coéquipiers préoccupés qui s'étaient rassemblés autour du saladier comme autour d'un tombeau. Il lui en coûtait.

— Je suis désolé, les gars, dit-il d'une voix étranglée. Je vous ai plantés sur ce coup-là.

— Ne dis pas ça. Il reste la crème anglaise, observa Winslow d'un ton désespéré, sans s'arrêter de touiller. Et tes prunes déchirent. Je le sais : je n'arrête pas de t'en chiper des cuillerées.

— Oui, ne dramatise pas, tu ne nous as pas plantés, ajouta Jo.

— C'est le moment d'improviser, déclara Max.

Ses yeux pétillaient comme quand ils étaient gosses et qu'il s'apprêtait à entraîner son petit frère éperdu d'admiration dans quelque nouvelle bêtise.

— Pitié, gémit Danny en se plaquant la main sur les yeux.

Entre ses doigts, il lança un coup d'œil à Beck.

— Et toi, tu ne me sers pas de platitudes ni de conseil avisé ?

Beck observa une pause, l'air solennel.

— Il ne faut jamais fléchir, dit-il enfin. Jamais abandonner.

Winslow ricana :

— C'est une citation de *Star Trek* ?

— Mais non ! dit Jo, c'est *La Guerre des étoiles*.

— C'est Winston Churchill, les informa Beck en se remettant à farcir ses saucisses. Enfin, je paraphrase.

Le silence se fit, ponctué seulement par les exclamations et bruits de cuisson des autres équipes.

— Ce qu'on essaie de te dire, reprit Max, c'est que tout n'est pas perdu. Loin de là ! On a plein de super ingrédients, la crème anglaise, les prunes et…

Il consulta le chrono.

— Oups. Il ne nous reste qu'une heure. Zut, il faut que je me dépêche de boucler ma sauce au vin rouge. Bon, Danny, tu vas t'en sortir, hein ?

— Bien sûr, je gère, dit Danny en congédiant ses camarades.

Il ne gérait rien du tout, mais à force de s'apitoyer sur la pâte à gaufre ratée, ils risquaient de compromettre l'entrée et le plat, et Dieu sait qu'ils n'avaient pas besoin de ça.

— Euh, je fais quoi, alors ? demanda timidement Winslow.

— Continue de remuer.

Danny lui avait parlé plus sèchement que prévu mais Winslow se remit au boulot sans s'en formaliser. Il touillait sa crème comme si le sort de l'humanité dépendait de son onctuosité.

Le pauvre. Danny respirait l'inquiétude par tous les pores et Winslow ne pouvait pas ne pas l'avoir remarqué, mais que dire ? Danny n'avait jamais brillé par son inventivité, jamais sauvé l'équipe au débotté. Lui, il était un excellent artisan. Un exécutant. Les idées, ce n'était pas son rayon.

Les portes des cuisines s'ouvrirent dans un claquement et Danny leva le nez. Parce qu'il était tendu et déconcentré, bien entendu, pas du tout parce qu'il se demandait où Eva était passée, ni qu'il espérait secrètement la voir faire son entrée.

Mais il se racontait des histoires, comme il s'en rendit compte à la seconde où elle apparut dans l'embrasure. Le cœur de Danny fit un bond. Elle était superbe, comme toujours, avec son pantalon moulant de la couleur d'une aubergine italienne mûre à souhait, et sa blouse crème qui épousait son corps svelte sans le révéler ni toutefois en dissimuler les formes divines.

Jamais il n'avait rencontré de femme aussi naturellement sensuelle et séduisante qu'Eva Jansen. Un élan de désir monta en lui et soudain il se sentit à l'étroit dans son jean ; il brûlait de la toucher.

Certes, elle le traitait comme un jouet. Et après ? Avec un peu de bonne volonté, il pourrait sans doute s'en accommoder.

Par contre, l'homme qui la suivait cassa tout net sa libido.

— Flûte, qu'est-ce qu'il fait là, lui ? marmonna-t-il.

— Qui ? demanda Winslow.

— Le vieux, dit Danny en indiquant de la tête les nouveaux venus. Theo Jansen.

— Au fait, où est Devon Sparks ?

Rien n'échappait à Winslow. Il avait tout de suite senti qu'il se tramait quelque chose quand les juges Claire Durand et Kane Slater étaient entrés seuls.

Danny haussa les épaules, épiant du coin de l'œil Eva qui terminait de briefer l'équipe de télé et s'avançait, une main levée.

— Quelque chose me dit qu'on ne va pas tarder à le savoir, dit-il.

— Mesdames, messieurs ! Rassemblez-vous un instant, je vous prie. Pas de panique, on arrête les chronos, vous ne perdrez pas une minute.

Danny suivit la foule de cuistots suants, hagards et tachés jusqu'à l'avant de la pièce.

Ces gens étaient ses collègues et il se fondait parfaitement dans la masse, avec sa veste blanche maculée de jus de prune et sa manche emplâtrée d'appareil à gaufres. Pourtant, face à Eva et à son intimidant géniteur, il avait envie de regarder ses pieds et d'épousseter ses vêtements comme un petit mendiant. C'était idiot.

— Je vous présente Theo Jansen, mon père ; certains d'entre vous le connaissent déjà, dit Eva. Il a dirigé ce concours pendant vingt ans et vient nous faire profiter de son expérience. Merci de lui réserver le meilleur accueil.

On l'applaudit poliment mais, en consultant discrètement les mines de ses concurrents, Danny y lut surtout l'impatience de se remettre à l'ouvrage.

Theo Jansen fit un pas vers l'avant, souriant comme un oncle bienveillant.

— Pour la première fois, cette année, je passe le relais à ma fille Eva. Et, d'après ce que je vois, elle fait du bon boulot !

Son enthousiasme hypocrite agressait les tympans de Danny et il crut voir passer sur les traits de la jeune animatrice un rictus fugace. Mais non, elle conservait son éternel air calme, chaleureux et jovial, même quand son père ajouta :

— Cependant, je suis content d'être là pour pouvoir veiller à ce que tout se passe bien.

Le sourire d'Eva était factice, Danny le reconnut avec autant de certitude qu'il distinguait la vanille naturelle d'un arôme artificiel. La jeune femme alla se tenir aux côtés de son père, prit une inspiration et déclara :

— Mesdames et messieurs les cuisiniers, j'ai une mauvaise nouvelle à vous annoncer. Devon Sparks a dû nous quitter.

Une rumeur s'éleva et dans la salle chacun se mit à échanger des regards interloqués.

— Sa femme est enceinte de son premier enfant et la grossesse est compliquée. Rien de grave, je vous rassure, mais Devon préfère rester auprès de sa famille, ce qui est tout à fait compréhensible.

— Qui va le remplacer ? chuchota Jo juste assez fort pour que Danny l'entende. C'est rageant, on s'est documenté sur Sparks, ses goûts et ses dégoûts… Tout ça pour rien !

— Vous vous demandez qui va le remplacer, dit Eva sans cesser d'afficher son sourire artificiel. Afin de ne pas perdre de temps et de maintenir la bonne dynamique qui s'est instaurée, mon père remplacera provisoirement Devon Sparks.

Un frisson d'horreur parcourut l'échine de Danny. Pour lui, la vraie mauvaise nouvelle, c'était ça.

— Je continuerai pour ma part de diriger le concours et d'animer l'émission, et je goûterai moi aussi vos plats.

Elle lança comme malgré elle un regard à Danny, qui le lui rendit. Comment était-il censé réagir ?

— Bon, la récré est terminée ! conclut Eva.

Elle déglutit et Danny dut prendre sur lui pour contenir ses émotions. Il fléchit les mains et se concentra sur la douleur qui l'enflammait afin de ne rien laisser paraître de ses sentiments.

Theo Jansen s'avança de nouveau et sa voix de stentor retentit dans l'assemblée :

— À vos fourneaux ! Il reste moins d'une heure au chrono.

Chacun regagna son poste au pas de course, pestant que leurs sauces avaient cuit trop longtemps, mais Danny, lui, s'attarda. Un nœud à l'estomac, il fixait Eva. Sa gorge délicate frémissait et un nuage assombrissait ses yeux gris. Un nuage qui ressemblait à s'y méprendre à du regret.

Elle s'avança vers lui et effleura la manche de sa veste. Il se figea.

— Danny, lui murmura-t-elle, non sans lancer un regard furtif à la caméra qui filmait les cuisiniers en action.

Personne ne leur prêtait la moindre attention, les candidats étaient bien trop absorbés par le tic-tac de l'horloge et les plats qu'il leur fallait encore terminer. Toutefois, Danny indiqua de la tête un coin à l'écart, près des réfrigérateurs.

Une fois dans l'angle mort de la caméra, Eva parut se détendre un peu. Ses épaules s'affaissèrent et elle poussa un petit soupir.

— Je sais que tu es pressé, lui dit-elle sans le regarder, mais je voulais m'assurer qu'il n'y avait pas de malentendu…

— Pas de panique, dit Danny, fier de son ton assuré. Je sais où j'en suis et je ne me méprends pas au sujet de la nuit dernière. Si tu es venue me dire que cela ne doit jamais se reproduire, on est sur la même longueur d'ondes.

Eva se crispa.

— Ah. Parfait.

— Super.

Elle leva un instant les yeux vers lui et Danny dut de nouveau fléchir les doigts à s'en faire mal pour se retenir de lui demander s'il y avait une chance pour qu'elle change d'avis.

Car il ne se faisait aucune illusion à ce sujet. Eva savait précisément ce qu'elle voulait. C'était là son principal trait de caractère. Elle ne laissait jamais rien se mettre en travers de son chemin.

Et elle ne voulait pas de Danny.

Pas comme il la voulait, lui.

Avec un hochement de tête affirmé, Eva leva le menton, prit une profonde inspiration, gonflant au passage son joli chemisier, et, claquant des talons, repartit d'un pas décidé en direction du cameraman.

Danny la regarda partir, tout noué du désir de l'arrêter, de la secouer, de la forcer à admettre que le feu né la veille entre eux était bien trop vif pour se consumer en une seule nuit… Mais Eva l'avait déjà oublié.

Elle avait un boulot à exécuter et, à sa manière, Eva était aussi coriace que les plus efficaces des chefs que Danny avait eu l'occasion de fréquenter. Il en concevait pour elle de l'admiration, ainsi que quelque chose de plus profond : il se reconnaissait en elle.

Sauf qu'elle, contrairement à lui, ne se posait pas de questions. Il fallait larguer le pâtissier pour rester focalisé sur le concours, cela allait de soi. À moins que ? Peut-être ressentait-elle, comme lui, la lame acérée de l'espoir et du gâchis lui lacérer les entrailles ?

Quand bien même. Cela n'aurait rien changé.

Eva n'était pas du genre à se laisser abattre. Elle poursuivrait son travail envers et contre tout. Elle ne se permettrait plus d'écarts, pas au risque de se retrouver avec une nouvelle crise sur les bras.

Elle ne laisserait plus ses employés en plan. Elle prendrait sur elle, serrerait les dents, et remplirait sa mission.

Alors, Danny compris qu'il était cuit.

## 18

Un stylo calé derrière l'oreille sous ses cheveux grisonnants, Cheney, le cameraman, agitait d'un air suggestif ses sourcils broussailleux.

— Ben, mon cochon ! Si j'avais su que ça serait aussi chaud sur le plateau, j'aurais réclamé plus de caméras !

L'irritation d'Eva menaçait de se muer en rage déchaînée. On aurait dit que l'univers tout entier conspirait à pourrir sa journée.

— Monsieur Cheney, articula-t-elle excédée, j'ai prévenu ces empotés dénués de vision de Cooking Channel que ce concours pourrait bien devenir leur émission phare, ou du moins l'un de leurs plus gros succès, et attirer des millions de téléspectateurs…

— Ouais, approuva Cheney, et on m'a envoyé vérifier ça sur le terrain. Je suis chargé de filmer un échantillon de l'action pour qu'on voie si ça vaut le coup d'étoffer l'équipe de tournage. C'est que ça coûte cher, tout ça, je n'ai pas besoin de vous le rappeler !

Les mains sur les hanches, Eva était tellement crispée qu'elle sentait ses ongles s'enfoncer dans sa chair à travers le tissu de son pantalon.

— Puisque vous trouvez qu'on en vaut la peine, où sont les renforts ?

Cheney fit claquer sa langue.

— Ben justement, c'est là qu'est l'os. Tout roulait, entre les deux qui se sont castagnés et la minette de San Francisco qui coulait des yeux doux à Musclor. J'avais du matos. Et cet autre cuistot new-yorkais, celui qui a joué les héros hier en rattrapant la soupe de la blondinette, c'était du lourd, ça ! Mais là, vous m'avez fait couper la caméra. Et maintenant, avec le départ de Devon Sparks… Ça sent mauvais.

— Qu'est-ce qui « sent mauvais », monsieur Cheney ? demanda Eva en tâchant d'étouffer ses pulsions meurtrières.

Ce qui n'était pas chose aisée, étant donné que la seule possibilité qui s'offrait à elle consistait à révéler son désespoir. Elle se ressaisit :

— Écoutez, ce concours continue, avec ou sans Sparks ; quant à l'action dont vous êtes si friand, je peux vous assurer qu'elle ne fait que commencer.

— Pour ça, je veux bien vous croire ! renchérit Cheney en lorgnant de ses yeux jaunes les cuisiniers qui s'agitaient dans tous les sens. Je filme pour Cooking Channel depuis des années et, croyez-moi, pour les ragots et la baston, rien ne vaut une bonne grappe de cuistots rivaux. Tout le monde couche avec tout le monde, tout le monde se casse du sucre sur le dos… Pour un producteur télé, c'est le jackpot !

— Je répète donc ma question, monsieur Cheney. Où est le problème ?

Elle embrassa d'un geste la cuisine pleine d'activité. Il y faisait plus chaud et l'on y transpirait davantage que dans son club de gym, et ça criait et ça manquait de se rentrer dedans toutes les deux minutes, par-dessus le marché. Une cinquantaine d'odeurs divines se disputaient son attention.

Cheney se cala le bloc-notes sous le bras, farfouilla dans sa poche et en extirpa un paquet de chewing-gums. Eva déclina de la tête celui qu'il lui offrait ; il s'en fourra un dans la bouche et se mit à le mâchouiller d'un air pensif.

— Le problème, c'est que vous ne voulez pas la même chose que nous. Faut qu'on motive le spectateur à allumer sa télé. Faut qu'il se carre les fesses dans son canapé et qu'il n'en déloge plus, vous pigez ? Et, pour ça, il n'y a pas trente-six solutions : il faut exploiter le star-system.

— Il nous reste Kane Slater, se défendit Eva. Il a plusieurs disques de platine, et il figure sur toutes les listes de stars les plus canon...

— Ouais, il est pas mal, reconnut Cheney en suçotant son chewing-gum. Mais c'est pas un cuistot. Les spectateurs de Cooking Channel, c'est pour les cuisiniers qu'ils mouillent leur slip. C'est ça, l'idée.

Eva lui adressa une moue révulsée.

— Si vous essayez de me choquer, vous perdez votre temps. Et je rejette votre théorie. Kane Slater est une bombe tout public.

Cheney ricana, mais Eva remarqua qu'il la contemplait avec un peu plus de respect :

— Non, il ne plaît qu'aux groupies. Écoutez, je ne vous dis pas que c'est foutu, mais je préfère vous prévenir que mes chefs en attendent davantage. L'audience, c'est statistique : ça ne se discute pas ! En tout cas, pas avec les gens de la télé.

— Monsieur Cheney, nous sommes en pourparlers avec plusieurs célébrités ainsi qu'avec les assistants responsables de leurs agendas. Nous allons trouver un remplaçant à Sparks, ce n'est qu'une question de temps. L'intervention de mon père n'est que provisoire. Laissez-nous quelques jours pour nous retourner !

Son ton suppliant avait dû percer la carapace du repoussant cameraman, car il se radoucit :

— Moi, vous savez, je ne demande qu'à vous aider. Mais chaque jour que je filme des séquences inutilisables, ça coûte du blé à mon studio. Voici ce que je vous propose : vous avez perdu un chef sexy ; compensez en boostant le côté téléréalité de l'événement. C'est ça qui plaît au public : les disputes, les secrets, tout ça, quoi ! Vous en avez un peu en stock ?

Eva était à deux doigts de s'arracher les cheveux. La seule chose qui l'en retenait, c'était la certitude qu'une calvitie prématurée ne ferait que lui compliquer encore l'existence.

— Pas question ! Ce n'est pas du tout l'esprit de l'émission ! Ni du concours.

Cheney eut à peine le temps de lever les yeux au ciel que retentit la voix de Theo Jansen.

— Monsieur Cheney, veuillez me laisser parler à ma fille en privé. Je suis sûr qu'à nous deux nous parviendrons à trouver non pas une, mais plusieurs solutions qui satisferont vos supérieurs de Cooking Channel.

Mâchant à toute force son chewing-gum, Cheney promena un regard scrutateur entre Eva et son père. La jeune femme se tenait droite comme un I, déterminée à ne pas révéler la moindre émotion.

Elle aurait préféré que Cheney reste, mais avait-elle touché le fond au point de se soumettre à ses conditions ? Elle l'ignorait.

Or il lui faudrait se décider rapidement, parce que l'affreux bonhomme lui lança en regagnant son équipement :

— OK. Vous avez de la chance que j'aie envie de découvrir les plats ! Par contre, après cette épreuve, il va me falloir un nouveau juge à la hauteur et des potins dignes de *Voici*. Sinon, c'est fini !

— Merci, monsieur Cheney. Vous ne le regretterez pas.

Eva prit son père par le coude et l'entraîna hors de la cuisine.

— Eva, je t'en prie, dit-il en consultant le chronomètre. L'épreuve touche à sa fin, nous en parlerons plus tard. Cheney vient d'accepter de rester, nous ne pouvons rien faire de plus dans l'immédiat.

Ravalant des larmes d'impuissance, Eva contrôla sa respiration.

— Ah, vraiment, papa ? Tu n'as pas le temps de m'expliquer pourquoi tu essaies de saper mon autorité ?

Cette pique lui valut un regard peiné, celui que Theo affichait quand Eva lui rappelait sa mère. Cela se produisait régulièrement et, depuis l'âge de onze ans, Eva avait renoncé à comprendre en quoi elle lui ressemblait, exactement. Le chagrin de son père, cependant, n'avait jamais cessé de la toucher.

— Arrête ton cinéma, tu veux ? marmonna-t-il en se laissant entraîner jusqu'au couloir. Je n'ai aucunement l'intention de saper ton autorité. Je ne ferai jamais rien pour te décrédibiliser. Mais tu t'es engagée à faire diffuser La Toque d'Or et, jusqu'ici, je n'ai pas l'impression que tu sois prête à faire les sacrifices qui s'imposent.

La voix d'Eva s'érailla comme si elle venait d'avaler un morceau de verre pilé :

— Papa, je fais ce que je peux !

— Ce n'est pas suffisant. En tant que responsable du groupe Jansen Hospitality, je dois me comporter comme un colonel de l'armée : quand je donne l'ordre à mon lieutenant de prendre une colline, je veux pouvoir considérer que c'est chose faite ! Pas de faux-fuyants, pas d'atermoiements ! Or tu n'arrives pas à boucler ce contrat avec Cooking Channel...

Il pinça si fort la bouche qu'elle disparut dans sa barbe poivre et sel.

— Alors, forcément, je me demande comment tu gérerais le groupe Jansen. En toute franchise, je me demande si tu auras un jour les épaules pour ce genre de responsabilité.

Il aurait aussi bien pu la gifler. Les genoux d'Eva se mirent à flageoler. Mais elle puisa dans ses ressources et parvint à ne pas flancher.

— Tu avais raison : ce n'est pas le moment d'en discuter, murmura-t-elle, les lèvres engourdies. Viens, retournons à l'intérieur.

Dans les yeux gris clair de son père scintillait le remords. Il posa sur l'épaule de sa fille sa grande main, cette même main qui avait maladroitement tressé ses cheveux, tendrement tamponné du mercurochrome sur son genou écorché, qui l'avait attirée à lui pour la féliciter quand elle avait décroché son diplôme.

La gorge sèche, les yeux en feu, Eva se dégagea pour ouvrir la porte. Theo laissa sa main retomber mollement le long de son corps et Eva fit mine de ne pas remarquer son soupir désappointé.

Elle entendait encore sa voix pleine de nostalgie, de peine et d'agacement : « Arrête ton cinéma. »

Sans doute Eva tenait-elle de sa mère son penchant pour la comédie. Elle l'ignorait. De sa mère, elle ne conservait presque aucun souvenir, à part ceux de quelques câlins et de ces baisers parfumés qui lui laissaient sur la joue des traces écarlates.

Eva n'avait pas l'impression de faire du cinéma. Elle se sentait à deux doigts de s'effondrer, fragile comme une tuile en sucre, prête à tomber en poussière sur le plancher au moindre coup de vent…

Bon, peut-être qu'elle en rajoutait un peu. Mais aussi, quelle journée !

Danny dut mettre les bouchées doubles pour boucler son dessert dans les temps. Une fois qu'il eut trouvé son rythme de croisière, cependant, tout alla comme sur des roulettes.

Il avait regardé Theo et Eva quitter la cuisine pour leur conciliabule. À leur retour, peu après, Eva arborait son fameux sourire. Fabriqué de toutes pièces, trompeur, dissimulant ses véritables sentiments derrière un professionnalisme soigneusement étudié : une vraie mine de joueur de poker.

Danny ne put s'empêcher de compatir. Il savait par expérience qu'il n'y a rien de tel que la famille pour vous mettre le cœur en pièces et la tête à l'envers. Et encore, il avait la chance de bien s'entendre avec la sienne !

Eva aussi paraissait bien s'entendre avec son père. À l'évidence, elle l'adorait. Bien sûr, Theo ne ratait pas une occasion de lui rappeler qui dirigeait l'entreprise familiale, il lui arrivait de la blesser, il courait les jupons, mais elle l'idolâtrait. Normal : depuis qu'elle était toute petite, elle n'avait que lui.

De fil en aiguille, Danny avait repensé à l'anecdote qu'elle lui avait confiée : le week-end, le père d'Eva lui cuisinait des crêpes. C'était un bon souvenir pour elle, le souvenir d'une époque bénie où elle vivait avec son père en parfaite harmonie. Toute la douceur et l'amertume de la vie se liaient dans ces galettes souples et croustillantes, dorées à souhait et saupoudrées de sucre glace.

Danny s'attendrit : malgré d'innombrables séjours à Paris, des centaines de dîners dans les plus grands restaurants de France, Eva continuait d'appeler les crêpes des « pancakes à la française ».

À ce moment-là, Danny sut quel dessert il allait préparer, comme si Eva s'était avancée sur la pointe des pieds pour le lui chuchoter à l'oreille.

C'était risqué : la pâte à crêpes était supposée reposer au frais pendant au moins une heure, afin que les minuscules bulles d'air aient le temps d'éclater, que l'appareil soit plus maniable et que les crêpes ne se déchirent pas dans la poêle. Mais il restait moins d'une heure au chrono : il faudrait faire avec, il n'y avait pas d'autre possibilité.

Danny courut jusqu'à la réserve, attrapa les œufs et le lait entier, un mixeur, et apporta le tout jusqu'à sa table. Winslow, qui avait terminé la crème anglaise, s'occupa des autres ingrédients en suivant les instructions que Danny lui criait. Il revint au galop les bras chargés de farine, de sucre, de sel et de levure.

Danny dosa les ingrédients, les versa dans le mixeur et réalisa un mélange homogène. Pendant ce temps, Win dénicha deux poêles à frire identiques et les abattit sur les plaques chauffantes.

— J'ai besoin de ces plaques, annonça Danny à son équipe en détachant le récipient du mixeur de son socle et en se ruant vers la cuisinière. Ça ne vous pose pas de problème ?

— C'est bon, je vais me débrouiller, dit Beck.

Il maniait ses saucisses avec une telle célérité que Danny ne distinguait même pas ce qu'il faisait.

— Il m'en faut une pour mes œufs au plat ! rugit Jo de l'autre bout de la table. Mais ça peut attendre jusqu'à dix minutes avant la fin du compte à rebours.

Max était déjà en train de disposer son plat dans la grande assiette blanche rectangulaire qu'ils avaient choisie pour l'entrée.

— C'est bon, Danny, fonce, la voie est libre !

Danny ne se le fit pas dire deux fois.

— Monte le gaz, Winslow, il faut que les poêles chauffent, ça va prendre un petit moment.

— Qu'est-ce que t'as derrière la tête, patron ? s'enquit Winslow en tournant le bouton et en surveillant la couleur des deux flammes.

Un excellent réflexe : quand on travaille dans une cuisine étrangère, on perd ses automatismes. Sur son propre terrain, on sait d'instinct régler les thermostats au degré près. Ailleurs, ce genre de détail devient très périlleux et risque de compromettre les plats. Il s'agissait de ne rien faire brûler !

— Des crêpes, répondit Danny en tapotant le fond de son récipient contre la surface de la table pour accélérer le processus d'éclosion des bulles d'air de sa pâte. Un mille-feuille à base de crêpes, plus exactement. À propos, tu peux t'assurer qu'il reste de la place dans le refroidisseur ? Et transforme-moi cette crème anglaise en crème pâtissière, tu veux ?

— Ça roule !

Winslow exécuta un petit salut, grinçant des baskets sur le sol caoutchouté, et fila.

L'adrénaline pulsait dans les veines de Danny mais ses mains, elles, ne tremblaient pas. Il saisit une louche et une bouteille d'huile végétale, puis fit pleuvoir quelques gouttes d'eau dans ses poêles ; l'eau se mit aussitôt à grésiller et à tressauter :

la température des poêles était parfaite. Procédant avec rapidité et précaution, il versa dans la première juste assez de pâte pour en napper le fond d'une fine pellicule. C'était le moment fatidique. Sans râteau à crêpes, cet ustensile qu'utilisent les professionnels pour dessiner des galettes bien lisses et parfaitement rondes, il fallait avoir le compas dans l'œil. Si Danny versait trop d'appareil, sa crêpe serait pâlotte et mollassonne. S'il en versait trop peu, elle cuirait trop rapidement et il n'aurait pas le temps de combler les trous en inclinant la poêle. En plus, comme l'heure tournait, Danny devait effectuer ce délicat dosage sur deux poêles en même temps. Surtout, guetter le premier signe de fumée ou d'odeur de brûlé ! En réglant la température de la plaque du fond, il faillit laisser attacher la crêpe de devant, mais il s'en aperçut à temps. D'un mouvement expert du poignet, il la retourna, la laissa foncer un peu sur l'autre face et voilà : la première crêpe était prête. Danny la fit glisser sur l'assiette que lui tendait Winslow et bondit sur sa louche pour remettre de l'appareil dans la poêle vide avant que la deuxième crêpe ne se mette à brûler.

Et il répéta en cadence l'opération. On aurait dit une sorte de danse, ou ce gracieux enchaînement de tai-chi que Max avait tenté d'enseigner à l'équipe, quelques semaines plus tôt, pour l'aider à se relaxer.

Pour réaliser un gâteau de crêpes, il fallait empiler plusieurs crêpes en intercalant entre les couches de la Chantilly, de la crème ou de la confiture. Danny disposait pour sa part de l'alléchante crème pâtissière à la vanille Bourbon de Winslow ainsi que d'une compotée rouge et or de prunes caramélisées.

— Win, approche, dit-il une fois que la pile de crêpes atteignit des proportions respectables.

À cet instant, il eut un raté et sa crêpe se replia sur elle-même.

— Flûte ! pesta-t-il.

— Oups, fit Winslow en accourant.

— C'est le moins qu'on puisse dire.

Danny leva les yeux au ciel, exaspéré par sa propre maladresse. Il avait le choix : soit il s'échinait à déplier la crêpe et à la retourner sans la réduire en lambeaux, soit il passait à la suivante. Danny jeta la crêpe ratée à la poubelle, remit de l'huile dans sa poêle et y versa une nouvelle louche de pâte.

— C'est ma faute. J'ai été trop mou, admit-il. Les crêpes, il faut leur montrer qui est le patron !

— Où est-ce que tu as appris à les confectionner ? demanda Winslow, fasciné, comme toujours quand il voyait réaliser une technique ou un plat pour la première fois. À l'IFP ?

Danny avait suivi des cours à l'Institut français de pâtisserie de New York mais n'avait jamais trouvé un moment de libre pour passer son diplôme : il y avait toujours trop à faire au *Plaisir des sens*.

Il secoua la tête :

— Non, c'est une recette de Julia Child que m'a transmise ma mère.

Il sourit en se remémorant l'émission culinaire de Julia Child dont il suivait avidement les rediffusions avec sa mère, étant petit. Ils citaient la célèbre chef, répétaient après elle ses phrases clés en imitant sa voix haut perchée : « Il faut avoir le courage de ses convictions ! »

— Quel génie, cette nana, siffla Winslow. Bon, et maintenant, patron, je fais quoi ?

Danny lui fit part de son plan et les yeux vert vif du jeune homme s'écarquillèrent. Sa surprise initiale céda rapidement à une mine affamée : c'était bon signe !

— Allez, hop ! On s'y remet ! l'exhorta Danny en raclant la fin de la pâte avec une spatule.

— Il reste quinze minutes ! claironna Jo.

— Bien reçu ! répondit Danny par automatisme, comme s'il se trouvait dans la cuisine de leur restaurant.

Quinze minutes. Ce serait juste, mais cela irait. Toutefois, il ne fallait pas traîner. Danny s'apprêtait à manipuler des crêpes fines comme du papier, encore chaudes et fragiles. Il n'avait pas droit à l'erreur. Mais cela irait.

Des milliers de possibilités s'ouvraient soudain à lui. Il prit une grande bouffée d'air. Il se sentait grisé, invincible.

Il s'octroya une demi-seconde de répit pour regarder à la dérobée la table des juges. Eva s'y tenait, en grande conversation avec Claire Durand, Kane Slater et Theo Jansen. Elle avait repris des couleurs mais paraissait toujours vidée et comme tassée.

Rien à voir avec la veille. La veille, elle vibrait de vie, de passion et... de bonheur.

Lui aussi s'était senti heureux.

Pourquoi s'obstinaient-ils tous deux à refouler ce sentiment ?

Danny serra les dents et se remit au travail, versant dans la poêle une dernière louche d'appareil. Sa main, crispée sur le manche, l'élançait et il moulina du poignet pour oublier sa douleur.

Il allait y arriver. Il réussirait son dessert et il éblouirait Eva. Elle lui décocherait son fameux sourire, celui qui chassait tous les nuages de la pièce et lui donnait l'impression de porter l'un des T-shirts moulants de Winslow tant la joie lui gonflait le torse. Si Eva croyait pouvoir se débarrasser si facilement de lui, en faire une proie de plus à son tableau de chasse, elle se trompait. Danny n'était pas un sex-toy, et leur histoire ne se limitait pas à un vulgaire coup d'un soir. Il allait se battre pour le lui prouver. Pour décrocher l'occasion de la rendre à nouveau heureuse, de goûter à nouveau ce bonheur.

Qu'il faisait bon avoir un but ! songea-t-il en courant rejoindre Winslow et sa montagne de crêpes.

Bien sûr, gagner le concours de la Toque d'Or représentait déjà un but en soi, et pas des moindres. Danny ne le perdait pas de vue. Mais, pour l'heure, le sourire d'Eva lui paraissait la plus précieuse et urgente de toutes les récompenses.

# 19

Kane Slater passait une sale journée.

D'abord, la gentille dame à qui il avait chanté joyeux anniversaire au téléphone avait des pépins de santé, et personne ne daignait le renseigner à ce sujet. Ce qui avait le don de lui taper sur les nerfs. Il avait grandi dans un vrai gynécée, entre sa mère et ses cinq sœurs aînées : les affaires féminines, il connaissait !

Certes, le déroulement de la grossesse de Lilah ne le regardait pas, mais il se faisait du souci. Elle paraissait sympathique. En outre, Kane avait toujours vu en Devon Sparks une sorte de modèle. Le jeune homme appréciait sa façon de s'illuminer sitôt que quelqu'un mentionnait la belle du Sud qu'il venait d'épouser.

Et ce n'était là qu'une des multiples ombres au tableau. Quoique la plus grave, ainsi qu'il ne cessait de se le rappeler afin de remettre les autres en perspective. Quel que soit le problème de Lilah, il avait suffi à effrayer Devon au point de lui faire sauter dans le premier avion pour New York. Ça ne rigolait pas.

À côté, les petits ennuis de Kane paraissaient dérisoires. Certes, il allait devoir côtoyer l'un des ex de Claire. L'un de ceux qui avaient compté, il en aurait mis sa main au feu. Sinon, Claire n'aurait pas affiché cet air attendri à l'instant où Theo Jansen avait pénétré dans la pièce.

Mais c'était sans importance. Kane épia du coin de l'œil le bel homme d'âge mûr qui se collait à Claire, tournant vers elle sa carrure imposante et distinguée et lui consacrant visiblement une attention dévouée. Non, vraiment, aucune importance !

C'était du passé, une page tournée, à en croire Eva du moins. En effet, avant même que Kane accepte de siéger au jury, son amie lui avait révélé en avant-première le nom des autres juges et lui en avait un peu parlé.

— Claire est un amour, avait-elle dit.

Elle ignorait alors que Kane faisait sur la rédactrice en chef de son magazine gastronomique préféré une fixette aussi ridicule que persistante.

— Elle a été une vraie mère pour moi, plus que n'importe laquelle des conquêtes de papa, avait-elle poursuivi.

En effet, son père n'avait cessé de se remarier et de divorcer à un rythme soutenu au fil des années.

— Enfin, plutôt qu'une mère, elle a été comme une grande sœur. Si je la perçois comme une maman, c'est parce qu'elle a failli rejoindre le clan des belles-mères officielles ! C'est comme ça que je l'ai rencontrée : elle est sortie avec mon père pendant plusieurs mois quand j'étais gamine. Mais Claire était trop futée pour tomber dans le panneau. Quand elle a quitté papa, j'ai pleuré pendant des jours. Je craignais de ne jamais la revoir. Heureusement, Claire n'est pas sortie de ma vie. Même après sa rupture avec mon père, elle m'a emmenée prendre le thé au *Pierre* toutes les deux semaines. C'est à elle que je parlais de l'école, des garçons… de tout !

Eva avait souri avec une douceur inhabituelle pour cette enfant terrible.

— Elle m'a initiée à l'art de la french manucure, tout en râlant que personne dans ce pays ne les réalise aussi bien qu'à Paris. Et elle m'a offert mon premier rouge à lèvres Chanel.

— Ainsi, c'est elle qui a fait de toi le monstre que tu es devenue ! l'avait raillée Kane.

Eva lui avait envoyé son poing dans l'avant-bras et il avait éclaté d'un rire diabolique. Pourtant, à ce moment-là déjà, avant même de rencontrer cette Claire Durand, il s'était senti en danger.

Si cette femme l'obsédait à ce point alors qu'il ne connaissait que la photo illustrant ses éditos au vitriol, saurait-il résister à sa version originale ? Surtout si elle s'avérait en prime assez généreuse pour adopter la jeune orpheline de l'homme qu'elle venait de quitter !

Il avait eu raison de se méfier.

Au fond, il n'était pas à plaindre. Des centaines de gastronomes en herbe se consumaient d'amour pour leurs idoles sans n'avoir jamais la chance de les approcher. De discuter avec. De passer du temps en leur compagnie. De flirter avec. De les embrasser. De les voir nues, en chair et en os.

Kane avait cette chance incroyable.

Il avait toujours eu beaucoup de chance, et il le savait. L'arrivée de Theo Jansen n'aurait donc pas dû troubler les eaux calmes et cristallines de sa vie de chanceux. D'ailleurs, si Claire l'avait traité avec tout le dédain qu'on doit à un ex importun, si elle s'était départie envers lui de son charme, sa classe, son esprit et sa galanterie, Kane aurait sans doute très bien vécu la situation.

Sans doute…

Parfois, il lui arrivait d'être soupe au lait. Du moins à ce qu'on lui disait. Il répliquait qu'en tant que rock star il n'avait guère le choix. N'ayant aucune envie de se piquer à l'héroïne et tenant bien trop à Betsy, sa chère guitare, pour s'amuser à la fracasser contre le mobilier de ses chambres d'hôtel dans un accès de rage, il était bien obligé de jouer un peu les ténébreux. Ainsi, il lui arrivait de sombrer dans des abîmes de déprime, de se persuader qu'il n'arriverait plus jamais à pondre une seule chanson, qu'il avait à jamais perdu l'inspiration. Alors le vide emplissait sa tête, sombre et terrifiant.

Mais, cette fois-ci, c'était encore pire.

Le vide, le noir et le silence n'étaient rien comparés à la sensation cauchemardesque qu'il éprouvait à présent. Rien que de pitoyables angoisses de la page blanche.

Sous ses yeux, Theo Jansen posait une main tendre et autoritaire sur l'épaule de Claire. Et Claire se laissait faire.

Soudain, Eva se matérialisa aux côtés de Kane, comme aimantée par le malheur qu'il exsudait. Elle-même n'avait pas l'air dans son assiette. Kane soupira, soulagé à la perspective de la laisser s'épancher : cela lui changerait les idées.

— Tout baigne ? lui demanda-t-il en tournant délibérément le dos à la cour que le magnat de la restauration faisait à la rédactrice en chef.

— Bof, maugréa Eva.

Elle tenta de ricaner, mais sa voix s'étrangla.

— Mon père… C'est compliqué.

Kane saisit ce prétexte pour se retourner face à son rival. Décidément, son corps se mutinait contre toute instruction pouvant apaiser son malaise. Le rockeur cligna des yeux et scruta son amie.

— Raconte. Le compliqué, c'est mon rayon. D'après le magazine *Rolling Stone*, mon dernier album était « tout en nuances et en profondeur, plein de sens cachés, et fort d'une complexité émotionnelle discrètement filée de couplet en couplet. »

Il marqua une pause avant d'ajouter :

— Euh, ne va pas t'imaginer que j'apprends par cœur mes critiques…

Eva leva les yeux au ciel :

— Je ne te soupçonnerai jamais d'une chose pareille.

Elle pouffait : mission accomplie.

Fourrant ses mains dans les poches arrière de son jean, Kane désigna du menton l'horloge murale.

— C'est bientôt l'heure. Tu crois qu'ils sont prêts ?

Eva suivit son regard.

— Ils ont intérêt, s'ils ne veulent pas être disqualifiés !

Kane n'aurait pas aimé se trouver à la place des candidats. Sa jalousie d'ado attardé ne l'avait pas rendu aveugle : il avait vu les cuisiniers se démener, se précipiter, se crier des ordres…

Même à plusieurs mètres de distance des fourneaux, il faisait plus chaud dans la salle qu'en plein mois d'août à Austin. Il régnait dans la cuisine une température et une humidité écrasantes, oppressantes, assommantes, qui vous engluaient les poumons et entravaient la respiration. Tout le monde transpirait, juges y compris. Mais les cuisiniers, eux, semblaient friser la syncope.

Il était décidément très excitant de faire partie de l'aventure, d'assister à tout cela de près. C'était une occasion unique d'apprendre des tuyaux auprès des cuisiniers les plus prometteurs du pays, et Kane n'avait pas l'intention de passer à côté de cette opportunité. Claire flirtait avec son ex, et alors ? D'ailleurs, elle ne flirtait pas : elle se contentait de ne pas repousser ses avances. Elle les tolérait, avec cette dignité sereine et cette maturité qui la caractérisaient. Kane se trouvait à Chicago, l'une de ses villes préférées, au cœur d'un événement consacré à sa grande passion : la gastronomie. Il n'allait pas se laisser abattre !

Le chrono retentit, violemment, bruyamment, et Eva cria :

— Posez les couteaux !

Kane décida de cesser de se complaire dans son malheur et de commencer à profiter de l'expérience.

Cette résolution en tête, il ouvrit la marche : traversant la cuisine puis le hall de l'hôtel, il conduisit juges et candidats jusqu'à l'élégante salle à manger privée que l'hôtel mettait à leur disposition. Vaste table ovale, nappe blanche, argenterie rutilante, verres à pied en cristal, rien ne manquait.

À part les plats, bien sûr. Kane frotta son ventre musclé en se félicitant d'avoir sauté le petit déjeuner, ce matin-là.

En réalité, il avait eu le choix entre des tartines d'un côté, et Claire de l'autre. Il n'avait pas hésité !

D'autant qu'il s'était peut-être agi de la dernière fois. Si seulement Claire l'avait rejoint sous la douche, après… Kane balaya sa morosité, se cala contre son dossier et fixa son verre d'eau.

Les autres juges l'imitèrent, et Kane s'efforça de ne pas accorder trop d'importance au siège que Claire choisirait. S'il avait voulu qu'elle se place à côté de lui, il lui aurait suffi de prendre la chaise du milieu ! Mais c'eût été calculateur et puéril, et il ne tenait pas à aggraver aux yeux de Claire son immaturité.

Surtout quand un prédateur d'âge mûr à la classe indéniable rôdait dans les parages.

Justement, Theo Jansen déboutonnait son blazer irréprochable, s'avançait et… choisissait la place centrale. Kane claqua la langue, irrité. Avant de s'empourprer : en réalité, en parfait gentleman, Theo tendait cette chaise à Claire. Il avait de l'éducation, lui. On voyait qu'il n'avait pas grandi à la ferme. Kane croyait entendre les reproches de sa mère.

Il tâcha de se tenir droit. Heureusement, pour une fois, il avait troqué son sweat à capuche contre une chemise. Froissée, grisonnante et retroussée jusqu'aux coudes, certes, et pas à même de rivaliser avec le costume rayé de Jansen, mais au moins il s'agissait d'un vêtement dépourvu de fermeture éclair.

Eva entra la dernière et se hâta de s'installer en bout de table, près de Kane : déjà, la première équipe apportait ses plats.

— Ça va ? lui souffla-t-elle.

— Nickel, affirma-t-il en plaquant ses mains sur la table pour les empêcher de trembler.

« Imagine que tu as le trac avant de monter sur scène, se raisonna-t-il. Ces gens ont payé pour te voir, toi, Kane Slater ! Tu te dois de te montrer à la hauteur. »

Il décocha à Eva son plus beau sourire de star.

— J'ai faim, c'est tout. Et, sans vouloir te vexer, je hais ton père.

Eva ricana.

— Me vexer, moi ? En ce moment, je partage ton sentiment.

Elle paraissait dépitée. Normal. Son père débarquait, avec son charme et son autorité, et lui volait la vedette en direct devant les candidats. Et, pour couronner le tout, il faisait du plat à Claire. Quel tocard !

Kane avait horreur de broyer du noir. Il n'avait jamais compris les compositeurs qui écrivaient des chansons larmoyantes, ni leurs fans qui en buvaient comme du petit-lait les paroles poignantes. Mais peut-être était-il en train de virer sa cuti : ses émotions prenaient le dessus et il n'y voyait pas d'autre exutoire que la composition.

« Voyons le bon côté des choses, s'admonesta-t-il. Avec tout ça, mon prochain album va cartonner ! On parlera de ma période bleue et je serai érigé au rang de grand artiste incompris. »

Bizarrement, cette pensée ne le réconfortait que très marginalement.

Par contre, quand l'équipe du Sud-Ouest déposa devant lui ses plats, Kane se ragaillardit. Il était temps de passer aux choses sérieuses, à savoir : manger !

Les cuisiniers de l'équipe en question s'étaient inspirés du fameux hot-dog de la ville de Chicago, sauf qu'à la place de la classique saucisse de bœuf ils avaient opté pour une sorte de chorizo piquant assaisonné de guacamole et de sauces mexicaines revisitées. L'onctuosité de ces sauces était relevée de piments *jalapeño*, et le petit pain maison tout chaud mettait l'ensemble en valeur.

Par contre, c'était roboratif ! Kane ne vint à bout que d'un quart de son sandwich ; il s'agissait de se réserver de la place pour les plats des autres candidats.

Le dessert de la première équipe, une glace, le déçut quelque peu. Kane s'étonnait de son manque de consistance quand les cuisiniers avouèrent n'avoir pas eu le temps de la congeler correctement.

— Lequel d'entre vous est le chef pâtissier ? demanda Kane.

Silence. Les cuisiniers le regardaient, déconfits. Puis un petit homme velu murmura qu'il était responsable de la glace ratée.

*Hum.*

L'équipe du Sud entra en piste. Elle non plus ne semblait pas compter parmi ses rangs de véritable pâtissier. En ce qui concernait le plat, les candidats s'en tiraient remarquablement : ils avaient joué avec brio la carte de la soul food, bien que leur poulet frit ne vaille pas tout à fait celui de la mère de Kane. En revanche, si leur tarte au flan passait mieux que la glace fondue des premiers candidats, elle restait médiocre : la pâte était épaisse et détrempée, et elle avait le goût de la farine.

L'équipe de la Côte Ouest, quant à elle, était bien dotée d'une pâtissière, mais la pauvre était toute jeune et plus nerveuse qu'une pouliche. Il s'avéra qu'elle avait de bonnes raisons de l'être.

Les deux premiers plats, une salade et une version végétarienne de la légendaire pizza de Chicago, réconcilièrent Kane avec les légumes : plus jamais il ne les jugerait ennuyeux et sans intérêt ! Ce fut une véritable révélation. Lui qui avait tendance à en faire des tonnes découvrit que, lorsqu'un plat était exécuté avec la maîtrise de l'équipe de Skye Gladwell, rien ne valait la simplicité. Les ingrédients n'avaient rien d'exotique mais ils étaient frais et savoureux. Pour Kane, ce fut la surprise du jour.

Mais quant au dessert… Le moelleux au chocolat ne ressemblait à rien. Le cœur n'était pas coulant mais dégoulinant, et en outre bien trop sucré ; des grains de sucre mal dissous craquaient sous la dent comme du sable et l'ensemble laissait en bouche un arrière-goût amer.

Vint le tour tant attendu de l'équipe du Midwest, celle du *Limestone*. Kane se rappelait avec délices les prouesses de ses chefs lors des qualifications. Experts en cuisine moléculaire, ils avaient composé une série de créations inédites à l'aide de gadgets culinaires de pointe : pistolets à fumer, cuillers à perle, azote liquide, et autres nouveautés dont Kane s'était promis d'équiper sans tarder sa demeure de Los Angeles. En espérant réussir à y passer un jour plus de quarante-huit heures d'affilée.

Une fois encore, ils s'en tirèrent haut la main. Chaque plat éblouit le jury. Ils avaient mis au point d'audacieux mélanges de saveurs auxquels Kane n'aurait jamais pensé et le résultat était explosif. Pour un peu, il aurait fallu modifier dans le dictionnaire la définition du mot « exquis » ! En outre, ils avaient soigné la présentation des plats, élégante et ludique à la fois. Les côtelettes d'agneau braisées, par exemple, surplombaient un coussinet de papier farci de foin brûlé lequel conférait à la viande, en se dégonflant, une divine odeur de feu de camp. Pour le dessert, ils avaient préparé une mousse au chocolat avec une sauce au porto accompagnée de son sorbet à la betterave. Le tout était saupoudré de sel de mer fumé et, bien qu'il n'ait pas été réalisé par un vrai pâtissier, il était habilement exécuté et plein d'originalité. Mais pas vraiment du goût de Kane. Il en reconnaissait la qualité, ne serait-ce qu'aux mimiques ravies de Claire et de Theo, mais lui-même restait réticent. Question de goût.

Peut-être aussi commençait-il à manquer d'appétit. Dire qu'il restait tout un repas à juger !

Pendant la pause, pendant que le personnel hôtelier débarrassait la table, Kane se pencha vers Claire et lui demanda :

— Si chaque équipe est censée représenter un restaurant, comment expliquer que pas une seule jusqu'à présent n'ait été capable de produire un dessert digne de ce nom ?

Claire, qui avait renoncé à sauver son chignon une demi-heure plus tôt, se passa la main dans les cheveux, et Kane fixa comme envoûté ses boucles auburn.

— C'est toujours la même rengaine, répondit Claire. Ils se figurent que, pour gagner, ils doivent tout miser sur le plat. De nombreux cuisiniers méprisent la pâtisserie, parce qu'ils ne la comprennent pas. Ils ignorent que cette discipline, quoique plus scientifique qu'artistique, fait la part belle à la créativité et requiert beaucoup de doigté. Ils s'imaginent que c'est facile. Mais ils se trompent, ainsi qu'on vient de nous le démontrer.

— Certaines équipes ont leur propre pâtissier, s'en mêla doucement Eva en lançant un regard à son père. La dernière, notamment.

# 20

La dernière équipe frappa et entra. Sous la table, les jambes d'Eva se mirent à tressauter comme si ses talons aiguilles s'étaient subitement changés en balles rebondissantes.

Kane pencha la tête et scruta les nouveaux candidats. D'après son programme, ils venaient de New York. C'était la première équipe qu'ils avaient sélectionnée, des mois et des centaines de candidats plus tôt.

À mieux les regarder, il se souvenait de leur performance.

Claire lui avait fait une scène, le jugeant trop indulgent avec la grande blonde toute en jambes qui s'était emmêlé les pinceaux pendant le quiz. Comment s'appelait-elle, déjà ? Jo quelque chose. Il lui décocha un sourire. Elle le lui rendit, puis reprit son sérieux pour présenter au jury le travail de son équipe.

— Nous avons voulu rendre hommage à l'un des repas préféré des habitants de Chicago : le brunch. Dans tous les quartiers branchés, de Bucktown à Wicker Park, le brunch se répand comme une traînée de poudre, attirant les foules. Normal : le petit déjeuner, ne l'oublions pas, est le repas le plus important de la journée !

Elle cligna de l'œil et Theo Jansen gloussa complaisamment.

— Que nous avez-vous concocté ? demanda froidement Claire.

— Pour commencer, une mise en bouche pleine de peps et de punch, dit le cuisiner châtain à la coupe en brosse qui mangeait des yeux la blonde. Nous avons failli vous proposer une variation sur le thème du fameux steak local, mais cela nous a paru trop proche de nos propres spécialités. À la place, nous avons fait mijoter une pièce de bœuf dans une sauce aux herbes et au vin jusqu'à ce qu'elle s'effiloche et fonde en bouche. Le tout est surmonté d'un œuf bio et de sa sauce au beurre brun.

Il s'avança et déposa précautionneusement devant chacun des juges un petit ramequin ovale. Devant Kane frémissait un jaune d'œuf parfait, moucheté de fines herbes et de gouttelettes de beurre brun. Une pellicule recouvrait d'un voile blanc le globe orangé et, quand Kane y plongea sa fourchette, il se brisa et se répandit sur le blanc comme un torrent dévalant une colline. Kane écarta l'œuf délicatement pour inspecter la viande de bœuf. Elle ne payait pas de mine mais, quand il en porta une fourchetée à sa bouche, il dut se contrôler pour ne pas gémir de bonheur tel un adolescent découvrant le plaisir.

D'abord, une texture crémeuse envahissait le palais. Le jaune tiède et le beurre blanc formaient un contraste saisissant avec les lambeaux de viande tendre et détrempée. Plus il mangeait, plus l'œuf se mélangeait au bœuf, créant une sauce épaisse ; le beurre apportait une note de noix, l'œuf donnait au tout une texture irrésistible et il y avait un autre ingrédient, plus surprenant. Des câpres peut-être ? De manière générale, Kane s'était rarement autant régalé.

Heureusement qu'il n'avait plus besoin de se garder de la place pour la suite, songea-t-il en contemplant tristement son ramequin vide. Si seulement il avait eu un peu de pain pour éponger les restes d'œuf et de sauce au vin qui y adhéraient encore !

— Je n'aurais jamais pensé à servir du vin rouge au petit déjeuner, observa-t-il. Le brunch au champagne, je veux bien, mais un vin plein de corps ?

— Pour moi, dit le chef, quelle que soit la question, le vin rouge est la réponse.

Kane se fendit d'un sourire. Visiblement, le candidat lui avait pardonné d'avoir fait de l'œil à sa chérie.

— À moins que la bonne réponse ne soit une déclinaison sur le bœuf et les œufs. Miam ! dit le rockeur.

— Intéressant, en effet, confirma Theo de l'autre bout de la table.

Sa voix modulée, raffinée, légèrement amusée, lui ressemblait trait pour trait.

— Avec ses notes de cabernet, ce plat m'évoque les œufs en meurette.

Claire se tourna face à Theo, une rarissime lueur d'approbation dans le regard.

Kane, lui, chuchota à Eva :

— Les quoi ?

— Ce sont des œufs pochés au vin rouge avec sauce demi-glace, répondit Eva sur le même ton.

Kane aurait dû le savoir. Il se sentait complètement inculte.

— La suite, s'il vous plaît, dit Claire en reposant sa cuiller à côté de son ramequin encore à moitié plein.

Kane envisagea un instant d'intervertir leurs assiettes subrepticement pour finir ses restes. Mais déjà le grand cuistot au catogan et à la mâchoire virile leur apportait le plat suivant.

À en juger par sa taille, il s'agissait de l'entrée. Des petites rondelles de saucisse à la chair dorée et à la peau croustillante s'empilaient sur un lit de verdure. Des giclées rouges décoraient l'assiette comme autant de traits de pinceaux.

— Saucisse de la mer sur lit de scarole sautée aux noix et vinaigrette au vin rouge, annonça le colosse. Sur l'assiette, réduction de vin rouge.

— Ah, de la saucisse, l'une de mes spécialités régionales préférées ! Vous l'avez farcie vous-même ? demanda Theo Jansen.

L'autre opina, les mains croisées dans le dos, aussi grave que s'il était en train de se faire interroger par la police.

Kane, pour sa part, avait déjà attaqué.

Et il n'en revenait pas.

Il baissa les yeux vers sa fourchette, cherchant une explication au phénomène qui se produisait dans sa bouche. La saucisse était charnue, savoureuse et cependant raffinée, avec un bon goût d'océan. Il n'avait jamais rien goûté de semblable. Le chou était croquant à souhait et, toutes les deux ou trois bouchées, Kane tombait sur une saveur douce et acidulée. Des baies ? Des raisins secs ? Quel que soit cet ingrédient, il complémentait divinement le parfum riche et huileux des noix grillées.

Il enfourcha une nouvelle rondelle et l'imprégna de sauce. Le vin rouge avait été réduit jusqu'à former un sirop épais au goût proche du vinaigre. Il réveillait les papilles et faisait ressortir les flaveurs marines.

De son côté de la table, Eva repoussa son assiette. Elle y avait à peine touché. Kane fronça les sourcils. Comme Eva ne votait pas pour départager les candidats, elle n'était pas tenue de goûter consciencieusement son plat. Mais gâcher pareille merveille ? Cela confinait au sacrilège.

Les autres juges avaient presque terminé leur assiette, aussi Kane reprit-il d'assaut la sienne. Pas question d'être à la traîne, juste parce que c'était tellement bon qu'il menaçait de tomber en pâmoison !

Il se força à laisser quelques miettes dans son assiette et leva des yeux pleins d'étoiles vers l'équipe de la Côte Est : qu'allait-elle sortir de son chapeau, à présent ?

L'équipe était douée. Mais celles de la Côte Ouest et du Midwest avaient brillé, elles aussi, avant d'achopper sur le dessert.

Les deux derniers cuisiniers entrèrent. Un petit Black tout en muscles et en taches de rousseur aux yeux d'un vert perçant, et un type qui ressemblait au premier cuisinier : mêmes yeux bleu-gris, même fossette au menton, mêmes cheveux châtain.

Toutefois, contrairement au premier cuisinier, celui-ci ne souriait pas. Il restait de marbre, aussi grave que le poissonnier. Ce fut seulement lorsqu'il passa en revue le jury attablé devant lui que son expression changea le temps d'un éclair. Au même instant, à la droite de Kane, le genou d'Eva cessa de tressauter comme si quelqu'un venait de couper le courant.

Il devait s'agir du pâtissier qu'elle avait mentionné. Kane le jaugea du regard. Ses coéquipiers venaient de se distinguer ; Kane espérait qu'il se montrerait à la hauteur.

Le pâtissier se redressa comme pour affronter un peloton d'exécution : il savait qu'on l'attendait au tournant. Il ne s'agissait pas de se planter.

Tout allait se jouer sur le dessert.

Eva n'avait jamais éprouvé autant de difficultés à engloutir des plats gastronomiques. Pourtant, elle mangeait dans des trois étoiles depuis qu'elle était passée à une alimentation solide !

Elle avait la gorge et l'estomac noués, si bien qu'elle ne parvenait pas à savourer les aliments qu'on lui servait. Et cela n'en finissait pas.

Au moins, son équipe, celle du *Limestone*, ne s'était pas ridiculisée. Ce qui était à la fois une bonne et une mauvaise chose. Pour l'image du groupe Jansen, il y avait tout lieu de se réjouir. Mais pour le bon déroulement du concours… Eva se méfiait toujours de Ryan Larousse et de son penchant pour la provocation.

Dans la tête d'Eva, tout se bousculait : des raisons de ne pas trahir l'esprit de La Toque d'Or, des inquiétudes au sujet de Cheney, des arguments pour le convaincre de rester filmer l'émission… Et aussi des excuses qu'elle hésitait à présenter à Danny.

Elle ne lui devait rien, certes. Et d'ailleurs, il se fichait sans doute d'elle comme d'une guigne, maintenant qu'il avait pris son pied, que le « moment sympa » était passé. Alors pourquoi regrettait-elle d'avoir exclu toute possibilité de renouveler l'expérience ?

Quand l'équipe de New York avait fait son entrée, Eva s'était tout de suite sentie aux abois. Elle avait lancé à son père un regard à la dérobée – après tout, il avait déjà rencontré l'un des candidats, à moitié nu et tout ébouriffé. Cependant, à sa vue, Theo s'était contenté d'écarquiller très légèrement les yeux. Il avait accueilli l'équipe comme toutes les précédentes, avec le regard fixe et solennel d'un prêtre.

Lui qui d'ordinaire ne ratait pas une occasion de lorgner les jolies filles (Eva avait redouté qu'il ne s'entiche de la douce Skye Gladwell, créant toute sorte de « bon matos » pour Cheney), il se tenait à carreau. Lui qui pouvait rarement s'empêcher de batifoler en cuisine se contentait d'échanger les dernières nouvelles avec Claire, mettant ce pauvre Kane à la torture.

Mais ce n'était pas le moment de s'attarder sur cet étrange triangle amoureux. Pour le moment, la boîte à stress d'Eva (en d'autres termes, son cerveau) était pleine à craquer. Dans l'immédiat, seule une chose importait : le dernier plat de l'épreuve du jour.

— Je me présente, Danny Lunden, dit-il en s'avançant d'un pas décidé.

On ne se serait jamais douté que, le matin même, il quittait la suite d'Eva la queue entre les jambes, comme son premier petit copain les soirs où son père rentrait plus tôt que prévu d'une virée nocturne.

D'un mouvement souple du poignet, Danny déposa devant chacun des juges une assiette.

Eva essayait de capter son regard pour lui envoyer un message, un signal, n'importe quoi, mais il ne s'attarda pas devant elle ; il retourna sans attendre se poster face à ses juges.

Les yeux d'Eva la picotaient. Pour cacher son trouble, elle les posa sur son dessert. Sur son assiette de porcelaine ronde trônait un gâteau à l'ovale parfait, décoré en tout et pour tout de deux brins de thyms croisés. Le gâteau lui-même se composait d'une superposition de couches si fines qu'on distinguait à peine la garniture crémeuse rouge et or.

— Ah, fit Claire avec satisfaction. Un gâteau de crêpes !

Eva leva vivement le nez, juste à temps pour surprendre le sourire fugace qui jouait sur les lèvres de Danny. Une douce chaleur l'envahit.

— Je l'ai rebaptisé « Pile de pancakes à la française ». Cette recette m'a été inspirée par la puissance évocatrice du souvenir. J'ai puisé dans la beauté du passé pour créer une source de nostalgie future. J'espère que cela vous plaira.

Il ne l'avait pas quittée des yeux en prononçant ces mots et Eva en oubliait de respirer.

Sa main tremblait et sa fourchette heurta son assiette ; son fracas rompit le silence religieux propre aux consommateurs conquis.

Il a fait ça pour moi, pensait-elle en boucle.

Ce qui signifiait… quoi, au juste ?

Elle aurait été bien incapable de le deviner. Puis sa fourchette traversa les couches tendres du gâteau, elle le goûta, et elle ne pensa plus à rien : ses papilles gustatives étaient en état de choc.

Toutes les saveurs de l'automne éclataient sous son palais. Il y avait des prunes, leur goût sucré sublimé par le croustillant du sucre brun caramélisé. La texture onctueuse de la crème pâtissière mettait le fruit en valeur et une note fraîche et herbacée complétait le trio en lui conférant une complexité festive.

En baissant les yeux pour se resservir, elle écarta les brins de thym décoratifs : voilà donc d'où provenait cette troisième voix. Quant aux pancakes à la française à proprement parler… Eva soupira, enchantée par leur légèreté et leur élasticité qui donnaient corps et caractère à la garniture du gâteau.

Quand il trouvait le temps de passer un tablier, le père d'Eva cuisinait plutôt bien et elle chérissait le souvenir des petits déjeuners qu'il lui avait mitonnés. Mais jamais il n'avait réussi chef-d'œuvre de cet acabit. Ce plat comblait son corps et son âme à la fois et l'avait rendue accro en une seule bouchée !

Perturbé par le silence qui pesait sur la pièce, Winslow prit la parole. Il trépignait littéralement, perché sur la pointe de ses baskets.

— Pas de commentaires ? C'est bon signe, c'est que vous êtes tous trop occupés à vous régaler. Un point pour nous !

Les juges lui décochèrent un regard et l'air réjoui du cuistot disparut encore plus vite que le dessert de Danny.

— Euh, façon de parler ! Je n'essayais pas de vous influencer dans votre processus de notation ! Peut-être bien qu'on va remporter le point, et peut-être bien que non...

— Peut-être bien que tu devrais la fermer, suggéra Danny en lui plaquant la main sur la bouche.

Et il ajouta à l'attention du jury abasourdi :

— C'était la dernière pièce de notre menu.

Son regard se posa sur Eva. Il la contemplait avec tant de douceur et de vulnérabilité qu'elle dut enrouler ses chevilles autour du pied de la table pour se retenir de lui sauter dessus.

— J'espère que ça vous a plu, conclut Danny, et Eva sut qu'en cet instant il s'adressait à elle et à elle seule.

L'équipe quitta la salle en file indienne sous les yeux attendris d'Eva.

Danny Lunden... Il ne ressemblait à personne. Il était presque trop beau pour être vrai. Taillé pour donner du plaisir, excellent pâtissier, capable d'écouter lorsqu'une femme se confiait et même capable de la réconforter...

— Ce dessert m'a stupéfié, déclara son père, qu'elle n'avait pas vu aussi emballé de toute la journée. Il se trouve que j'adore les crêpes. C'est l'une de mes recettes préférées. Tu te souviens, Eva ? L'odeur de la pâte suffit à me rendre nostalgique.

Il poussa un soupir heureux et le cœur d'Eva dégringola dans sa poitrine comme une brique lâchée du haut de l'Empire State Building.

Oui, Danny l'avait écoutée lorsqu'elle s'était confiée à lui. Et il n'avait pas hésité une seule seconde à utiliser une information intime, d'ordre privé, pour manipuler les sentiments d'un des trois juges dont dépendait le sort de son équipe.

Elle reposa sa fourchette en veillant à ne pas heurter son assiette ; ses doigts s'étaient remis à trembler.

Non. Il n'aurait jamais fait une chose pareille.

Mais pourquoi pas ?

Eva s'était toujours targuée d'être lucide. Or il s'agissait d'un concours. Danny n'était pas là pour se faire des amis, mais pour gagner. Comme n'importe quel candidat d'émission de téléréalité. Et il connaissait la passion de son père, le nouveau juge, pour les « pancakes à la française ».

Eva s'efforça d'analyser la situation comme l'aurait fait son père : avec une objectivité clinique et dépourvue d'émotion. Ainsi, elle parvint à une conclusion logique, sans se laisser influencer par des éléments sans pertinence, comme le souvenir de la peau de Danny contre la sienne ou encore sa façon, durant leurs étreintes, de la regarder, de la forcer à quitter le domaine des sensations physiques pures pour se confronter à ses émotions…

Stop ! se rabroua-t-elle en contrôlant implacablement sa respiration.

Claire tendait son assiette vide à un serveur et sortait son calepin pour étudier son barème de notation.

Il était temps de se consacrer aux plats et d'oublier le reste. Eva allait attendre que le jury rende son verdict et, après seulement, elle aurait avec Danny Lunden une petite conversation.

# 21

— Je n'en peux plus ! gémit Jo en faisant les cent pas dans la cuisine.

Elle piétinait de long en large en se tordant les doigts devant le poste de travail de son équipe.

— Cette attente me rend dingue ! Ils ne peuvent pas nous dire simplement ce qui leur a plu et déplu, qu'on soit fixés ?

— Du calme, respire profondément, lui conseilla Max, assis par terre dans la position du lotus.

Chaque fois que Jo parvenait au bout de la bande de caoutchouc qu'elle usait de ses va-et-vient, elle devait pivoter abruptement pour ne pas écrabouiller son petit ami.

— Ne t'avise pas de m'apprendre à respirer, grommela-t-elle. En plus, tu n'es pas du tout aussi zen que tu voudrais le prétendre.

Jo n'avait jamais beaucoup aimé qu'on la réconforte. Danny se rappelait que, petite fille, elle débarquait parfois à l'improviste chez lui, blanche comme un linge, vibrant de fureur à cause du dernier coup tordu de sa mère négligente et volage. Mais il avait appris très tôt que Jo n'était pas une fille comme les autres. Elle ne pleurait jamais, détestait les câlins et, surtout, elle n'avait pas envie d'en parler.

Ainsi, quand Max s'arracha à sa méditation et l'immobilisa, nouant autour d'elle ses longs bras, Danny s'attendait à la voir le tailler en pièces.

Au lieu de quoi, elle se lova contre lui et se laissa aller, comme si elle savait qu'il la soutiendrait. Comme si les bras de Max incarnaient la quintessence de la sécurité.

Gêné, Danny détourna le regard pour leur ménager un peu d'intimité. Les autres équipes avaient déjà nettoyé leurs postes et regagné leurs chambres avant qu'ils aient fini, eux, leur présentation, aussi le couple n'était-il pas trop exposé. À l'exception de quelques membres de l'équipe d'*Au plaisir des sens*, la cuisine était vide.

Beck lui aussi avait déserté. Il était parti se doucher. Il en avait grand besoin, ayant manipulé des fruits de mer toute la matinée. Et Winslow, avec force clins d'œil et haussements de sourcils suggestifs, avait filé rejoindre Drew, le petit brun noueux qui assistait Eva et avec qui il fricotait.

Cette relation leur avait déjà valu quelques scoops : Drew connaissait avant tout le monde tous les ragots de La Toque d'Or. Aussi Danny espérait-il que cette source d'informations inestimable mangeait réellement dans la main de Winslow, ainsi que ce dernier l'affirmait. La relation de Win et Drew pourrait s'avérer être un atout précieux. Elle pouvait entre autres leur apprendre en avant-première la décision des juges. Toute information à ce sujet était bonne à prendre. D'après ce que Danny avait pu constater, Winslow était du genre à rester en bons termes avec ses anciennes conquêtes ; il était donc confiant.

L'incriminant portable pesait lourdement dans sa poche. Les téléphones étaient interdits par le règlement, or celui-ci constituait une ligne directe avec l'information qu'il convoitait tant. Il lui suffirait d'envoyer un SMS à Eva... Peut-être qu'en la suppliant de lui donner un indice sur le déroulement des délibérations…

Danny repoussa la tentation et sortit ses doigts de sa poche avant qu'ils ne se referment sur l'appareil.

Quelle mouche le piquait ? Il n'était du genre ni à supplier ni à implorer, et encore moins à paniquer. Il était la patience incarnée. Il ne perdait jamais son sang-froid. C'était lui qui assurait la cohésion du groupe.

Alors pourquoi perdait-il les pédales ?

La réponse tenait en un mot.

Eva.

Il ne savait plus sur quel pied danser avec elle. Il ignorait même ce dont il avait envie. Une seule chose était certaine : il ne voulait pas la laisser filer.

Sauf qu'elle ne lui en laissait pas le choix.

Il n'était pas prêt à ce que l'aventure se termine. Il n'était pas prêt à rentrer à la maison !

Cette pensée le décontenança. S'il s'attendait à ça ! Lui qui ne jurait que par le confort de son foyer, la compagnie de ses parents et la sécurité de sa vie toute tracée par leurs soins ! Pourquoi avait-il soudain la conviction que, s'il rentrait à présent, il aurait l'impression de regagner sa cellule de prison après un unique après-midi passé au soleil, à l'air libre ?

— Ce qui doit arriver arrivera, dit Max, et cela parut apaiser Jo.

Mais Danny, lui, vit rouge.

— Conneries ! s'écria-t-il avec une violence qui l'étonna lui-même.

— Danny ! s'offusqua Jo.

Danny leva le menton :

— Quoi ? Je suis le seul ici à ne pas avoir le droit de jurer comme un charretier ?

— Jure autant que tu veux, bredouilla Jo en interrogeant Max du regard comme s'il détenait la clé de la crise de son frère. C'est juste que tu t'exprimes rarement de façon aussi… crue. Voilà tout.

Elle avait raison, mais Danny s'offusqua.

— Ah, oui ? Ce n'est pas parce que je ne fais pas profiter la terre entière de chacune de mes opinions que je n'en ai pas !

— Personne n'en doute, dit Max. On s'étonne seulement de te voir les défendre avec autant de virulence. Ça ne te ressemble pas.

Danny serra les dents. Pour qui le prenaient-ils, tous les deux ? Pour un paillasson ? Produisait-il vraiment cette impression ? Et Eva, le percevait-elle ainsi, elle aussi ? Cela expliquerait qu'elle ne l'ait pas présenté à son père. Et qu'elle ait été si pressée de s'en débarrasser une fois le jour levé.

En voyant Max et Jo côte à côte, l'un contre l'autre, si confiants et intimes, un raz-de-marée de jalousie s'abattit sur lui et le laissa un instant sans voix.

Il en avait par-dessus la tête de se maîtriser pour les autres. Peut-être le moment était-il venu pour lui de prendre des risques, de miser gros, de jouer le tout pour le tout.

— Mettez-vous à ma place, dit-il tandis que sa main retrouvait toute seule le chemin de son téléphone, dans la poche de son jean. Si on a raté l'épreuve et qu'on doit repartir pour New York, il vous reste votre couple. Le restau, des projets d'avenir. Vous savez ce que vous voulez.

— Toi aussi, tu as le restau, lui rappela Jo en ouvrant ronds ses yeux noisette. Et toi aussi, tu sais ce que tu veux : tu es le type le plus stable que je connaisse !

— Eh bien, les choses ont changé.

« Moi, j'ai changé ! »

— Cette aventure me tient à cœur et je ne suis pas prêt à jeter l'éponge, contrairement à vous.

Les amoureux échangèrent un nouveau regard complice, achevant d'exaspérer Danny.

— Danny, on ne jette pas l'éponge, dit Max de son ton de grand frère impatient.

Jo fronça les sourcils à son attention, et il se radoucit :

— Mais dans l'immédiat, on ne peut rien faire. Les dés sont jetés. On a fait de notre mieux ; notre sort est entre les mains du jury à présent. Il faut bien se résoudre à attendre le verdict et à l'accepter.

— J'ai un ton aussi irritant quand je rassure les gens ? s'horrifia Danny en secouant la tête. On dirait un psy au rabais !

— À vrai dire, toi, tu fais plutôt maître d'école, lui rétorqua son frère. Et tu n'as pas à condamner notre façon de gérer le stress. On n'est pas des gosses, Daniel.

Jo plaça une main sur le torse de Max afin de le calmer.

— Ce que Max essaie de te dire, c'est que tu n'es pas obligé de toujours t'occuper de nous. On peut te renvoyer l'ascenseur de temps en temps.

Danny renâcla pour camoufler l'angoisse qui menaçait d'érailler sa voix.

— Me renvoyer l'ascenseur, laisse-moi rire ! Ce n'est franchement pas la spécialité de la famille.

— Elle est très bien, notre famille, murmura Max, perplexe.

Cette remarque frappa Danny comme un coup de poêle à frire entre les yeux : ni Max ni Jo n'avaient aucune idée du boulot que c'était de colmater seul et à mains nues les brèches d'une famille si fragile qu'elle risquait de s'effondrer au moindre impair, au moindre mot de travers.

— Qu'est-ce que tu en sais ? rugit Danny d'une voix rauque et méconnaissable. Tu n'étais pas là ! Tu as disparu de la circulation pendant cinq ans ! Pendant que tu ouvrais tes chakras en Asie, tu n'as aucune idée de ce qu'on a traversé en ton absence !

De ce qu'il avait traversé, lui, dans cette maison triste, ses parents presque en deuil de leur aîné, à se demander jour après jour où il était, à prier pour qu'il leur revienne. Parce que lui, Danny, ne leur suffisait pas.

Et voilà, Max grimaçait, assailli par la culpabilité. C'était trop facile. Danny s'en voulait presque.

— Pardon, Danny, dit Max avec un haussement d'épaules impuissant. Qu'est-ce que tu veux que je te dise ?

Max s'était déjà excusé et Danny le savait sincère. Il regrettait, il n'avait jamais voulu blesser personne, etc. Mais le mal était fait. Et, comme toujours, c'était Danny qui avait dû recoller les morceaux. Furieux mais accoutumé à son rôle de pacificateur, Danny hésitait : fallait-il arrondir les angles, ou dire à son frère où il pouvait se les carrer, ses excuses ?

Il n'hésita pas longtemps : son téléphone se mit à vibrer. Il sursauta.

C'était Eva.

Le cœur tonnant dans sa poitrine, il décrocha, non sans s'être détourné du jeune couple.

— Il faut qu'on se voie, déclara-t-elle.

Sans ambages et d'un ton impossible à décrypter. L'estomac de Danny se contracta.

Savait-elle s'ils avaient réussi l'épreuve ? Ou bien avait-elle une mauvaise nouvelle à lui annoncer ?

Instinctivement, Danny baissa la voix et adopta un ton neutre afin de ne pas alarmer Max et Jo.

— D'accord. Où et quand ?

— Tu peux venir dans ma suite ? J'y serai dans cinq minutes.

Danny accepta et raccrocha tandis que défilaient dans son esprit survolté des dizaines de possibilités. Dont l'une, sa préférée : Eva se consumait de désir pour lui et le convoquait dans sa suite en pleine journée pour l'accueillir vêtue en tout et pour tout d'un chaleureux sourire.

Hélas, c'était peu vraisemblable, et Danny chassa ce fantasme. Pour le moment du moins ; il y reviendrait peut-être plus tard. De préférence à un moment où son frère et sa meilleure amie ne le dévisageraient pas avec autant de curiosité.

— Qu'est-ce qui se passe ?

Danny devait les protéger de la nouvelle qu'Eva avait à lui annoncer. Aussi répondit-il :

— Rien, Beck a besoin que je lui file un coup de main avec quelque chose. Je vais le rejoindre à la réception. Appelez-moi quand vous aurez les résultats.

— OK, dit Jo en promenant son regard inquiet entre les deux frères. On te tiendra au courant si Winslow a du nouveau.

— Hé ! lui lança encore Max au moment où Danny poussait les portes de la cuisine. T'es pas fâché ?

Danny lutta un instant pour ravaler toutes les choses qu'il avait encore sur le cœur et toutes les émotions qu'il s'efforçait de refouler, et répondit :

— Non, t'inquiète. Tout va bien.

Les tensions familiales n'avaient pas leur pareil pour lui donner la migraine. Sans doute parce que, pour retenir le flot d'injures qu'il mourait d'envie de prononcer, il devait serrer très fort les mâchoires.

Il s'assura que son portable captait toujours et, après une seconde d'hésitation, sélectionna dans son répertoire le numéro de ses parents.

— Allô ? répondit une voix bourrue.

— Salut, papa.

— Danny ! J'attendais votre appel, de toi ou ton frère. Alors, ça se passe comment ?

« De toi ou ton frère… » Comme si Max allait prendre la peine d'appeler ses parents pour leur donner des nouvelles ! Danny réprima un ricanement méprisant.

— La première épreuve est terminée, le jury s'est retiré pour délibérer. Ton cœur, ça va ?

— Oui, oui, fit Gus Lunden, impatient. Je suis en pleine forme.

— Tu n'as pas de douleurs, ni le souffle court ? Et tu obéis sagement quand maman te dit de prendre tes médicaments ?

— Ta mère s'occupe de moi, tu peux me croire ! râla Gus. Je n'ai plus droit qu'aux flocons d'avoine, au pamplemousse et au cœur de romaine ! Elle m'interdit même de mettre des lardons et des œufs pochés dans ma salade ! C'est une conspiration. Mais raconte-moi plutôt ce que je suis en train de rater. Une première équipe va être éliminée, c'est bien cela ?

— Oui. Ce soir, une équipe repartira chez elle.

Et si c'était la sienne ? La panique affluait de nouveau mais Danny l'écrasa.

— Tu n'es pas inquiet, j'espère ? Bon !

Danny voyait d'ici son père en train de se frotter les mains, la mine réjouie.

— Formidable, conclut-il. La concurrence va commencer à se restreindre ! Alors, vous vous en êtes bien tirés ?

Danny resta prudent :

— Difficile à dire. On a présenté de bons plats, mais tout dépendra du niveau des autres candidats.

— Vous êtes les meilleurs, décréta Gus. Je n'en doute pas une seule seconde.

Danny sourit.

— Merci, papa.

— Et tes gaufres ? Elles étaient réussies ?

— Changement de programme : j'ai fait un gâteau de crêpes à la place. On a frôlé la catastrophe mais, au final, Win et moi, on a rattrapé le coup. Il n'était pas tout à fait assez frais, mais il a tenu au moment de la découpe, et il était savoureux.

Danny fronça les sourcils en songeant à tout ce qu'il aurait pu faire mieux ou autrement mais Gus l'arracha à cette triste réflexion.

— Je parie qu'il était parfait. Tu n'as jamais laissé l'équipe en plan, fiston. Tu n'es pas comme ça.

Gus toussa : les émotions, ce n'était pas son truc. Il se renfrogna et ajouta :

— On peut toujours compter sur toi. Tu nous l'as assez prouvé.

— Merci, marmonna Danny en se frottant le sternum.

Il avait l'impression qu'on venait de lui enfoncer dans la cage thoracique un sac de farine de cinq kilos. Du coup, il peinait un peu à respirer. Ensuite, sa mère prit le combiné et il lui fallut tout recommencer depuis le début.

Enfin, il rempocha son portable et monta en ascenseur jusqu'au dernier étage. Il frappa à la porte d'Eva. Elle lui ouvrit – malheureusement tout habillée.

Mais Danny se remit de sa déception : il faisait si bon la voir de près et plonger son regard dans ses yeux gris charbonneux !

En dépit de tout, des distances qu'ils étaient obligés de respecter, de la brutalité avec laquelle elle l'avait congédié devant son père ce matin même, Danny fondit. Sa seule vue suffisait à lui redonner le sourire.

Mais elle ouvrit la bouche et sa voix glaciale le figea d'effroi.

— Entrez, monsieur le pâtissier. Mais laisse tes micros à la porte. Tu perdrais ton temps : je n'ai pas l'intention de te dévoiler de nouveaux secrets. Pour que tu manipules encore mon père ? Pas question !

Qu'est-ce qu'elle lui chantait ?!

# 22

Laissant la porte ouverte, Eva tourna les talons et piqua sur le bar dans le coin du salon. Elle avait envie d'un verre de bourbon, mais ses mains tremblaient déjà, sans doute ferait-elle mieux de s'abstenir. D'un autre côté, l'alcool n'avait-il pas un effet apaisant ? Peut-être qu'un verre l'aiderait à calmer ses nerfs et son esprit. Ne serait-ce qu'un instant.

Juste le temps de reprendre son souffle.

— Eva, qu'est-ce qu'il se passe ?

Au son de la voix tendue de Danny, elle tressaillit et tourna le dos au bar.

Face à lui, les bras noués autour du ventre pour contenir ses soubresauts de fureur, elle lui cracha :

— Je t'ai fait venir parce que tu me dois une explication, dit-elle, et l'effort qu'elle dut fournir pour conserver un ton neutre acheva de l'épuiser.

Mais, maintenant que tu es là, je ne supporte même pas de te regarder. Comment as-tu osé, Danny ?

Danny se rembrunit et tendit les mains.

— Minute. Je suis accusé de quoi, au juste ?

— Ton gâteau de crêpes, siffla Eva.

Elle n'avait plus le cœur de prononcer devant lui l'expression « pancakes à la française » ; elle se sentait trop trahie.

— Je t'ai confié un souvenir d'enfance et tu l'as utilisé pour marquer des points auprès du jury !

— Mais pas du tout, jamais de la vie ! protesta Danny en faisant un pas vers elle.

Eva recula et se cogna dans le bar, faisant tinter les bouteilles de verre sur leur étagère. Danny se tint coi. D'une voix plus douce, il reprit :

— Écoute, Eva, je suis désolé que tu l'aies interprété comme ça, mais ce n'était vraiment pas mon intention.

— Ah, non ? Dommage, ça a failli marcher. J'y ai presque cru ! Je n'en revenais pas que tu m'aies écoutée, que tu aies voulu apprendre à me connaître. Que tu aies retenu cette bribe de mon passé, cette anecdote si intime et précieuse que je n'en avais jamais parlé à…

Sa voix se brisa et elle se tut, bouleversée.

Danny refit un pas. Acculée au bar, Eva ne pouvait pas s'échapper.

— Eva. Il faut que tu me croies. Je ne me suis pas servi de toi. Enfin, en un sens, tu m'as inspiré pour ce dessert, c'est vrai. Mais c'est tout. Je n'ai jamais voulu t'embarrasser en dévoilant ton intimité, manipuler les émotions de ton père ou profiter d'une information privilégiée concernant ses goûts alimentaires. J'avais prévu une autre recette mais j'ai dû en changer à la dernière minute et composer avec les ingrédients et le peu de temps qu'il me restait. Cette histoire de crêpes m'est simplement restée dans la tête.

Il ne cessait de se rapprocher, les mains tendues, comme pour dompter un animal effarouché, et le calme auquel Eva aspirait tant se répandit enfin dans son corps tout entier. Quand il se trouva face à elle, ses mains avaient cessé de trembler.

— Alors, susurra-t-il, si proche qu'elle sentit son haleine tiède lui caresser le front, arrête de faire semblant de m'en vouloir et dis-moi ce qui te tracasse pour de vrai.

Les épaules d'Eva se détendirent et elle donna un petit coup de poing dans le large torse de Danny.

— Mais c'est vrai que je t'en veux ! s'écria-t-elle, obstinée. En tout cas, je le croyais. Mince alors, tu es super doué pour réconforter !

— Je parie que je peux faire encore mieux.

Joignant le geste à la parole, il passa un bras musclé derrière sa nuque et la serra contre lui.

Il ne fallait pas qu'Eva cède, elle le savait, il fallait à tout prix se dégager, prendre de la distance, rester pro ! Peine perdue : elle s'abandonna à son étreinte.

Juste une dernière fois, se promit-elle en inspirant son odeur de caramel et de fumée tout en buvant la chaleur de son corps. Elle posa la tête au creux de son épaule.

— Tu sais que je ne suis pas du genre à jouer avec les sentiments, lui parvint, hypnotique, la voix de Danny. Alors, dis-moi. Qu'est-ce qui te met dans cet état ?

Eva agrippa le coton de sa veste blanche.

— Je ne sais pas. Mon père. Le concours. Cooking Channel et ce crétin de producteur. Et…

Elle avala sa salive et écrasa sa bouche contre son épaule pour s'empêcher de le lui dire.

« Tu vas me manquer. »

Elle n'eut pas besoin de prononcer ces mots : Danny les entendit tout de même.

— Je sais, murmura-t-il. Toi aussi.

C'était de la folie. Eva le saisit par les coudes et se libéra. Elle se sentait nue et frigorifiée sans ses bras autour d'elle, mais elle s'y ferait. Il le fallait bien.

— Je suis navrée, dit-elle en secouant la tête. Je n'ai pas toute ma tête. Je n'aurais pas dû t'engueuler ni t'accuser de tricherie. Il faut croire que j'ai fréquenté trop de gens malhonnêtes au cours de ma vie.

— Mais pas ton père, si ?

Appuyé au bar, les bras croisés, Danny haussait un sourcil amusé.

Eva se massa la nuque et pouffa.

— Ma foi, peut-être bien que si ! Il aime tellement obtenir ce qu'il désire que, parfois, la fin justifie les moyens. Tant que ça fonctionne !

Danny grogna, sans approuver ni condamner cette position. La tête légèrement inclinée, il lui dédiait toute son attention et, une fois de plus, Eva en conçut un tel plaisir et une telle soif qu'elle frissonna. Fallait-il vraiment renoncer à cela ? N'y avait-il pas un moyen de tout conserver, le beurre, l'argent du beurre, et le pâtissier ?

Elle se lança.

— Donc, je t'ai fait venir pour de mauvaises raisons. Mais tant que tu es là, je voudrais en profiter pour te dire…

Que, peut-être, une fois le concours terminé, ils pourraient se revoir. Quand tout ceci serait fini…

Danny hocha la tête.

— Je sais. On ne peut pas continuer de se fréquenter, pas si le concours doit être diffusé à la télé. Je comprends, Eva.

Les mots lui collaient encore dans la bouche et Eva dut les ravaler.

— Ouais, fit-elle d'une voix étranglée. Ce genre de relation secrète finit toujours par s'ébruiter. Ça ferait un scandale, toute la crédibilité du concours serait compromise. Je ne peux pas courir ce risque.

Elle eut un petit rire qui ressemblait à un soupir.

— J'ai assez de mal comme ça à prouver à mon père que je suis digne de confiance !

— C'est sûr que ça ferait mauvais genre, l'animatrice qui fricote avec l'un des candidats, acquiesça Danny en se redressant.

— Mon père ne me le pardonnerait jamais.

Elle lui jeta un regard par en dessous, à travers ses longs cils.

— Il m'a dit tout net d'arrêter de te fréquenter.

Les yeux de Danny lancèrent des étincelles bleues et argentées.

— Ah ? fit-il avec dédain.

Eva sentit son cœur se serrer. Elle opina.

— À croire qu'il n'a rien retenu des leçons de mon adolescence. Il devrait se rappeler que je suis irrésistiblement attirée par l'interdit et le danger.

Les traits de Danny perdirent un peu de leur dureté, et sa bouche dessina un sourire triste.

— Et moi, je suis le fruit défendu, c'est ça ?

Elle répondit dans un souffle :

— Le plus défendu d'entre tous.

— Mais je croyais que tu étais du genre à enfreindre les règles ?

— Pas cette fois, dit Eva en nouant de nouveau ses bras autour de sa propre taille. Il y a trop en jeu.

Oui, Danny lui était défendu. Du moins tant que son équipe n'aurait pas été éliminée. Eva se passa la langue sur les lèvres. Elle avait la gorge sèche.

Jamais encore elle ne s'était projetée dans l'avenir sur le plan sentimental. Jamais elle n'avait souhaité passer plus de temps avec un homme. Son cœur lui battait aux tempes et, entre elle et Danny, le silence s'étira. Plein de possibilités. Puis elles se volatilisèrent.

Une ombre passa dans les yeux de Danny et son sourire s'évanouit.

— En ce cas, je ferais mieux d'y aller. Je ne voudrais pas risquer de recroiser ton père.

Elle avait laissé passer sa chance. Il partait. Il le fallait, Eva le savait. Mais en le voyant s'éloigner en direction de la porte, elle craqua.

— Attends !

Danny fit volte-face. Son expression était si délibérément neutre qu'elle sut qu'il contrôlait une émotion intense, explosive.

— Quoi ?

Elle chercha aussi vite que possible un prétexte pour le retenir quelques secondes de plus.

— Tu ne veux pas connaître le verdict des juges ?

Une lueur d'intérêt embrasa son regard, mais il se maîtrisa.

— Ce serait m'accorder un traitement de faveur, dit-il gentiment. En plus, je ne saurais jamais feindre la surprise lorsque tu annonceras officiellement les résultats devant tout le monde. Je suis un piètre comédien.

— Ça, j'en doute ! dit Eva.

Dégainant son sourire le plus séducteur, elle poursuivit :

— Après tout, tu es presque crédible quand tu essaies de me faire croire que tu as l'intention de partir et ne plus jamais poser la main sur moi.

Il se dérida un peu, comme s'il essayait de réprimer un sourire.

— C'est peut-être le cas.

— Je n'y crois pas une seule seconde. Tu sais pourquoi ?

Elle s'avança vers lui, pas à pas, en accentuant un peu son déhanché. Elle n'était peut-être pas très douée pour exprimer ses sentiments, mais elle n'avait pas son pareil pour faire monter le désir.

— Parce que je meurs d'envie que tu me touches, susurra-t-elle. Alors tu ne peux pas me rester indifférent.

Elle le fixa sans ciller. Il parvint à murmurer :

— Eva. Ne fais pas ça.

— Quoi ? souffla-t-elle en tendant la main vers les boutons de sa veste. Tu voudrais m'interdire d'enfreindre mes propres règles ? Je sais que c'est ce qui te plaît chez moi !

— Il nous reste combien de temps avant l'annonce des résultats ?

Prise de court, Eva balbutia :

— Mon assistant et quelques employés sont en train de rassembler tout le monde en cuisine…

Elle consulta sa montre.

— On y est attendus dans vingt-quatre minutes.

— C'est peu, grogna Danny, mais on fera avec.

Il l'attrapa par la taille et l'attira à lui. Ses mains étaient brûlantes à travers sa robe et Eva ne put refréner un cri. Heureusement, Danny l'étouffa en plaquant sur ses lèvres un baiser passionné.

— Une dernière fois, pantela-t-elle.

Ses genoux ployèrent et Danny la retint tandis qu'ils culbutaient ensemble sur la moquette épaisse. Il releva la tête pour la regarder et elle savoura la sensation de son corps ferme contre le sien. Puis il se baissa pour lui caresser le cou et dit :

— On enfreint encore une toute petite règle, et après on sera sages.

— Oui, très sages, promit-elle en se cambrant pour lui offrir sa peau.

Les lèvres de Danny se posèrent sur ce point derrière son oreille qui la transportait toujours de plaisir, et Eva s'arc-bouta, le cœur battant.

Parviendrait-elle à tenir cette promesse ?

Eva Jansen ne vivait-elle pas pour enfreindre les règles ?

## 23

Il s'avéra qu'Eva s'inquiétait pour rien. Sa volonté, ferme ou défaillante, ne jouerait pas un rôle crucial dans la suite des événements. Car tout était sur le point de changer de manière radicale.

Elle dirigeait toujours le concours. En d'autres termes, il lui incombait à elle de prendre les décisions et de gérer les imprévus relatifs à l'emploi du temps des candidats, la préparation logistique des épreuves, l'approvisionnement, le nettoyage des cuisines, etc.

Il lui appartenait aussi de congédier les perdants. Une tâche pénible. Eva en avait eu un avant-goût pendant les épreuves qualificatives. Elle détestait devoir annihiler les espoirs d'une équipe de cuisiniers qui avait tout donné. En tant qu'organisatrice et animatrice, c'était toujours à elle que revenait cette mission, mais cela n'avait jamais été facile. Pas une fois.

Sous l'œil noir d'une caméra déterminée à amplifier tout drame, toute souffrance, c'était mille fois pire.

Ainsi, cet après-midi-là, suite à vingt minutes de sexe torride, urgent et intensément satisfaisant, Eva avait pris congé de son amant, s'était refait une beauté en catastrophe et précipitée dans la cuisine où l'attendaient juges et candidats.

La tête haute, elle avait tâché d'oublier qu'elle venait de s'ébattre à même le sol avec le pâtissier canon de l'équipe new-yorkaise. Ce qui aurait été nettement plus facile si ledit pâtissier ne l'avait pas dévorée du regard. Eva avait donc reporté le sien sur les autres candidats, notant leurs mines pleines d'espoir, de peur et de cette terrible incertitude. Le malaise l'avait gagnée.

« Je vais devoir briser leur rêve. »

Et l'impitoyable Cheney filmerait leur réaction derrière son maudit objectif afin de capter l'attention des zappeurs tombés par hasard sur Cooking Channel.

Eva cherchait ses mots. Quand donc sa vie était-elle devenue aussi compliquée et ingérable sur le plan émotionnel ? Quel fléau… !

Lors des délibérations, les juges s'étaient montrés unanimes. Kane, Claire et Theo avaient à peine débattu avant de désigner un perdant. Cela se corserait à mesure que le concours progresserait et que la course au titre suprême se resserrerait.

Mais aucune élimination ne pouvait être plus difficile à annoncer que celle-là.

— La décision n'a pas été facile, mentit Eva, les mains dans le dos pour préserver l'illusion de calme qu'elle projetait. Bien sûr, c'est très dur d'être la première équipe à devoir rentrer chez soi mais, hélas, il faut bien un perdant…

Une vague de tension traversa la salle comme une décharge électrique.

— Après de longues délibérations, les juges, éblouis par de nombreux plats, ont décidé que les équipes du Midwest, du Sud, de la Côte Ouest et de la Côte Est méritaient de disputer l'épreuve suivante.

Un silence ébahi accueillit son annonce, puis le tumulte éclata, et la cuisine s'emplit d'exclamations et de cris de joie.

Tandis qu'on se tapait dans le dos et qu'on se félicitait, Paulina Santiago et ses collègues regagnaient silencieusement leur table pour remballer leur attirail. Eva n'avait aucune envie de voir leurs dos voûtés, leurs visages déconfits, leurs tristes accolades… Mais elle se força à les regarder. Ils ne méritaient pas qu'on les oublie instantanément, après cette dernière étape vers un rêve qu'elle venait de contribuer à briser.

Kane et Claire congratulaient les équipes qui restaient en lice, firent leurs adieux aux perdants puis se retirèrent.

Sans doute pour prendre du bon temps ensemble, les veinards. Les juges avaient le droit de s'envoyer en l'air entre eux, tout le monde s'en contrefichait !

Eva, pour sa part, allait au-devant de longues nuits de travail. Convoquant Drew, son assistant, elle se mit sans attendre à organiser le rapatriement de l'équipe éliminée, qui devait regagner le Nouveau-Mexique. Puis elle dressa les plans du réagencement de la cuisine : seules quatre tables restaient nécessaires ; les cuisiniers pourraient bénéficier à l'avenir de plus d'espace. Enfin, il fallait régler la note d'hôtel des candidats sur le départ.

En levant furtivement les yeux, elle vit Cheney qui remballait sa caméra et paniqua.

De l'autre côté de la salle, son père intercepta ce regard et revêtit une expression qu'Eva, ayant passé sa vie entière à tenter de la prévenir, déchiffra immédiatement.

Il fallait qu'elle retienne l'attention de Cheney. Pour le moment, aucun des chefs sollicités pour remplacer Devon Sparks n'avait réussi à se libérer. Que faire pour convaincre Cooking Channel de donner une seconde chance au concours de la Toque d'Or ?

Les candidats victorieux commençaient à se disperser et la rumeur retombait. D'aucuns partaient fêter ça dans un bar en centre-ville, séduits par la perspective de se détendre autour d'un verre ou deux après la pression des derniers jours.

Puis Eva entendit prononcer son nom.

— Je vais proposer à Eva de nous accompagner, disait Ryan Larousse à son voisin.

Eva se figea et se concentra sur la chevelure de jais de Drew, qui, penché au-dessus de son iPad, ne cessait d'allonger sa liste de choses à faire.

— T'es fou, mec, protesta Ike Bryar, le chef de l'équipe du Sud. Et pourquoi pas inviter les flics à une rave ?

— Tu ne piges pas. Pour cette épreuve, il n'y avait pas de gagnant… officiellement. Mais si je la fais picoler un peu, je suis sûr que je pourrai lui tirer des confidences intéressantes. Comme qui les juges ont vraiment préféré, par exemple.

Vu le ton fat du jeune Larousse, il ne faisait pas un pli que l'équipe favorite du jury, c'était la sienne.

— Ah ouais ? Qu'est-ce qui te fait croire une chose pareille ?

La voix provenait de derrière Eva, qui ne pouvait se retourner sans révéler qu'elle épiait la conversation, mais elle n'en avait pas besoin, elle la reconnaissait.

C'était celle de Danny.

Danny, qu'elle avait envie de gifler. Si c'était comme ça qu'il s'y prenait pour cacher leur petite liaison, il avait raison : il était piètre comédien ! D'un autre côté, l'indécrottable princesse en détresse qui sommeillait en elle s'attendrit de le voir prendre sa défense.

D'autant plus que Ryan ricana et murmura sous cape :

— Regarde-la, mec ! Avec une nana comme ça, c'est facile de prendre du bon temps.

Ce genre de réflexion, Eva en avait entendu des centaines. Les cuisiniers formaient des groupes à haute teneur en testostérone et tendances paillardes. Mais Eva avait les nerfs à fleur de peau. Le mot de Ryan toucha une corde sensible et elle frémit. Même Drew s'en aperçut. Il leva les yeux, hébété.

Sans doute les choses en seraient-elles restées là si Danny n'avait pas été aussi au diapason de ses émotions – comme elle aux siennes, d'ailleurs.

— Retire ça tout de suite, Larousse, gronda-t-il, la voix vibrante de fureur.

Toute la cuisine retint son souffle. Eva ne pouvait pas continuer de faire celle qui n'avait rien entendu.

Elle jeta un bref coup d'œil à Danny, qui incarnait en cet instant le sauveur indigné : jambes écartées, poings serrés (ce qui devait lui écorcher les paumes de façon insoutenable). Puis elle regarda Cheney.

Il avait ressorti sa caméra.

Il s'était remis à filmer.

En une fraction de seconde, avant que les collègues de Danny le retiennent de casser la gueule à Ryan, avant que Ryan ne pousse un ricanement méprisant et ne tourne fièrement les talons, Eva comprit ce qu'elle avait à faire.

Cheney voulait de l'action. Des cuistots sexy et de la baston, et pourquoi pas une amourette ou deux afin d'accrocher les téléspectatrices. Pour donner au concours de la Toque d'Or un maximum de visibilité, pour l'ouvrir à tous les chefs américains de talent, elle n'avait pas le choix.

— Drew, dit-elle sans cesser d'observer Danny, qui échangeait à mi-voix avec Beck des propos enragés tout en moulinant des bras au risque de dégommer toute son équipe. J'ai une nouvelle mission à te confier et je veux que tu en fasses ta priorité.

— OK, dit Drew en se préparant à taper un nouveau point au sommet de sa liste.

Eva hésita, l'indécision lui vrillait l'estomac. La Toque d'Or était l'héritage de sa mère. En son temps, Emmaline Jansen rêvait de fonder un concours pour promouvoir le talent des meilleurs cuisiniers des États-Unis, dans la classe et la dignité. Et, quand Eva avait accepté d'en reprendre les rênes, c'était en partie dans l'idée de renouer avec l'esprit original du concours, tel que sa mère l'avait conçu.

Eva voulait montrer et encourager les efforts de tous les cuisiniers et pas seulement des chefs de restaurants étoilés, dont le succès était déjà garanti. Or, pour y parvenir, il n'existait pas trente-six solutions : elle devait accroître la visibilité du concours, décrocher des sponsors plus prestigieux et plus généreux afin de rendre cette opportunité accessible à davantage de candidats.

Mais était-elle prête à aller si loin pour atteindre son but ?

Oui. C'était la seule solution. Si la visibilité du concours augmentait, via sa diffusion sur Cooking Channel, tout le monde y gagnerait. Elle agissait pour le bien commun et non uniquement dans son propre intérêt.

Il y avait plus en jeu que sa carrière… ou que sa conscience.

— Dis-moi, tu es proche de ce Winslow, le marmiton new-yorkais, je me trompe ?

Derrière ses lunettes, Drew ouvrit des yeux ronds, mais il hocha la tête, et Eva sentit sa décision s'affirmer.

Cheney voulait de l'action : il n'allait pas être déçu.

## 24

La semaine qui suivit la première élimination fut l'une des plus pénibles de la vie de Danny. Tout le monde regrettait l'équipe du Sud-Ouest. Paulina Santiago et ses hommes étaient sympathiques et avaient su se faire respecter en tant que cuisiniers. Chacun savait qu'il s'agissait d'une compétition mais ce fut seulement après leur départ que les candidats restants en prirent vraiment conscience. Les enjeux étaient bien réels et toute erreur se payait cher.

Les cuisiniers eurent droit à quelques jours de repos pour se remettre de la première épreuve, mais la plupart d'entre eux les passèrent en cuisine, à bavarder et à préparer les prochaines étapes, dopés à l'excitation.

Danny n'était pas à l'aise dans ce genre d'entre-deux. Il ne gérait pas bien l'attente. Aussi mit-il ce temps libre à profit pour parfaire sa technique de soufflé, faire quelques expériences dans le domaine du caramel, et observer.

Il observa Max et Jo lorsqu'ils émergèrent enfin de leur bulle rose pour se concentrer sur le concours.

Il observa Beck qui évitait ostentatoirement de regarder Skye Gladwell traverser la cuisine dans un froufrou de jupons fleuris et un tintement de bracelets, tout auréolée de sa crinière blond vénitien.

Il observa Winslow, qui se rapprochait de Drew Gallagher, l'assistant d'Eva.

Et, bien sûr, il observa Eva.

Eva, qui volait d'une tâche à l'autre comme si elle était montée sur des rollers et non sur des talons. Eva, qui n'avait pas pris le temps de souffler depuis que l'équipe de la télé avait débarqué la veille au grand complet. Il l'avait croisée dans le hall bondé après être sorti acheter des croissants pour son équipe, ce matin-là, et, depuis, elle n'arrêtait pas. Distraitement, elle avait fini par leur souhaiter à tous une bonne nuit avant de repartir travailler.

D'ailleurs, elle commençait à accuser le coup. Elle semblait aussi fragile qu'une pâte à tarte trop fine, translucide par endroits et menaçant de se rompre.

Elle avait beaucoup à faire, à commencer par installer et briefer l'équipe de télé pour l'épreuve du lendemain. Or coordonner tout ce monde n'était pas une mince affaire. D'après ce que Danny observa, la préparation nécessitait d'innombrables autorisations, coups de fil et négociations musclées.

Ainsi, pendant que les candidats découvraient les attractions touristiques de la ville de Chicago (et surtout ses bars), Eva, elle, travaillait d'arrache-pied. Et s'abîmait la santé.

Danny n'aimait pas ça, mais qu'y pouvait-il ? Il garda ses distances, de crainte de fournir de nouvelles armes à ce fumier de Ryan Larousse. Depuis sa réflexion sur les mœurs soi-disant légères d'Eva, il préférait faire profil bas.

Peut-être que sa réflexion était méritée, ou peut-être l'avait-elle été par le passé, mais en l'occurrence, tout dans le comportement d'Eva la démentait. D'ailleurs, ce soir-là, c'était la toute première fois qu'un des cuisiniers avait réussi à la persuader de se joindre à la bande pour prendre un verre au *Blind Tiger*, un ancien bar clandestin du quartier jeune et bohème de Wicker Park dont les candidats avaient fait leur repaire.

Danny en appréciait le cadre et l'ambiance sans prétentions, les excellents cocktails réalisés à partir de spiritueux de qualité et les consommateurs éclectiques : pompiers encore tout enfumés et couverts de suie, vieux couples à chopes de bière, bobos en foulard et jean slim écumant les bars de la ville… L'endroit lui rappelait le *Chapel*, son bar préféré à New York. C'était donc ainsi lorsqu'on voyageait ? Où qu'on aille, on retrouvait le souvenir de son chez-soi…

Bien sûr, au *Chapel*, Eva ne se serait pas fait siffler et huer en commandant un Manhattan. Ici, bien qu'il y ait une bouteille de vermouth et une de whisky bien en évidence derrière le comptoir de chêne rayé, le barman eut un haussement d'épaules bourru et lui dit de choisir autre chose. Danny ne se doutait pas de la rivalité qui opposait encore New York et Chicago !

Sans se démonter, Eva déclara :

— Un double shot de whisky, un shot de vermouth et un verre de glaçons. Oh, et une cerise au marasquin. Merci.

Puis elle se retourna vers Cheney, le cameraman, qu'elle avait invité (sans sa caméra, Dieu merci !), et lui demanda :

— Qu'est-ce que vous buvez ? C'est pour moi.

Quelle femme ! Pas étonnant que Danny soit à ses pieds.

Eva prit les verres qu'on lui tendait et se mixa son propre Manhattan sous le nez du barman, puis elle entraîna Cheney vers deux tabourets dans un coin de la salle. Là, nonchalamment, elle se pencha par-dessus le comptoir lustré par des générations et des générations de coudes et chipa une poignée de cerises dans un bocal derrière le bar.

Danny se força à détourner le regard. Il porta sa bouteille à ses lèvres (le barman lui avait recommandé une bière locale) et fit un tour d'horizon pour s'assurer que ses coéquipiers se portaient bien.

Winslow et Drew, retranchés dans un coin avec leurs tequilas, gloussaient comme des gamins. Ils paraissaient à peine en âge de boire.

Max jouait au billard avec Beck.

Jo se tenait aux côtés de Danny et le fixait d'un air de dire « on ne me la fait pas, à moi ». Il est vrai qu'ils se connaissaient depuis une éternité. Et qu'on ne pouvait rien lui cacher, quand elle émergeait de son univers de colombes roses et de Cupidons.

— Elle te plaît, dit Jo en pointant sa bouteille vers Eva. J'ai pas raison ?

Danny posa les coudes sur le bar derrière lui pour se donner une contenance.

— C'est sans importance, grogna-t-il.

— Ah, ne commence pas ! s'irrita Jo en secouant la tête si violemment que sa longue queue de cheval lui fouetta l'épaule. Ton bonheur importe autant que celui de n'importe qui.

Danny leva les yeux au ciel et s'affaissa sur son tabouret.

— Épargne-moi ta psychologie de comptoir. Ce n'est pas parce que tu baignes jusqu'au cou dans ta love story que tout le monde meurt d'envie de t'imiter.

— Je n'ai jamais dit ça, protesta Jo. Je n'ai pas dit que tu étais fou d'elle ni que tu rêvais de l'épouser et de lui faire quatre enfants. De toute façon, ça ne marche pas comme ça. Et, que tu le veuilles ou non, elle te plaît, et pas qu'un peu, sinon tu ne serais pas en train de me chercher des poux à son sujet.

— OK, admit Danny. Elle me plaît.

Cela le soulageait un peu de le reconnaître, d'en parler à sa plus vieille amie. Mais, au final, cela ne changeait rien à la donne.

— Mais après ? ajouta-t-il. C'est impossible. Alors à quoi bon me torturer à y penser ?

— Tu ne peux pas t'en empêcher.

— Bien sûr que si.

Ce fut au tour de Jo de lever les yeux au ciel.

— Danny. Depuis qu'elle est entrée, tu ne la quittes pas des yeux.

De fait, Danny était de nouveau en train d'épier Eva, qui tenait au cameraman un discours passionné, appuyé de hochements de tête vigoureux et de grandes gesticulations. Elle paraissait plus dynamique et animée que depuis plusieurs jours. Danny pivota, prit une grosse gorgée de bière pour cacher son trouble et… s'étrangla. Jo dut lui taper dans le dos pour faire passer la quinte.

Or, du fait de son métier, elle était sacrément musclée pour une fille.

— Aïe, arrête, tu vas me décoller la plèvre ! râla-t-il après qu'un coup particulièrement vif faillit le faire tomber de son siège.

En fait, Jo était sacrément musclée tout court.

— Alors, ça va aller ? lui demanda-t-elle.

— J'ai trois côtes cassées, mais à part ça, tout baigne, grommela-t-il en toussotant.

Jo lui adressa sa fameuse moue qui signifiait « les mecs sont irrécupérables », et précisa :

— Je ne parlais pas de ça, mais d'elle.

Danny avait soudain la gorge sèche, mais il se persuada qu'il s'agissait d'un effet secondaire de cette gorgée de bière avalée de travers.

— Ah. Il faudra bien ! Elle dit que c'est trop risqué pour nous de nous fréquenter pendant le concours.

— Mais après ?

Danny était si contracté que, lorsqu'il haussa les épaules, il manqua se briser trois vertèbres.

— Est-ce que je sais ? On ne fréquente pas exactement les mêmes milieux.

— Je vois. Vous provenez de mondes si différents, cela ne marcherait jamais.

Jo ponctua son propos d'un soupir romanesque exagéré qui ne lui ressemblait pas du tout.

— Ma parole, c'est *Roméo et Juliette*, ton truc. Les amants maudits… Enfin, ce n'est pas comme si tu avais couché avec elle. Si ?… Danny !

— Quoi ? dit-il en enfonçant la tête entre ses épaules dans le vain espoir de dissimuler son rougissement. N'en fais pas tout un plat, on a arrêté depuis un moment déjà.

— Et dire que je n'avais rien remarqué ! gémit Jo. Enfin, ne te méprends pas, je ne veux pas dire par là que j'avais envie d'assister en direct à vos ébats.

— Berk ! Jo !

Danny frémit.

— Oh, ça va ! Mais, bon sang, Danny, tu as vécu des trucs énormes et tu n'en as rien dit à personne ! Tu caches bien ton jeu.

— C'est toi qui étais trop occupée avec Max dans la suite nuptiale à faire des trucs dont, pitié, je ne veux jamais, jamais entendre parler. Je te préviens, si tu me racontes, je te ferai payer ma lobotomie !

Jo eut un grognement contrit.

— Je suis désolée, Danny, je sais bien qu'on a été un peu distraits, un peu légers, ces derniers temps…

— Ce n'est rien, dit-il machinalement, puis il cligna des yeux. Vraiment, ce n'est pas grave. Bien sûr, ça nous a un peu compliqué la vie mais je comprends. Vous avez dû vous battre, Max et toi, pour bâtir votre relation, et vous méritez d'en profiter. Au lieu de quoi, on vous a fourré dans un avion et intimé d'enfiler vos tabliers et de vous surpasser. Si vous vous êtes débrouillés pour néanmoins passer des moments agréables et complices, tous les deux, j'en suis heureux.

Il l'était sincèrement. Il s'en rendit compte quand Jo le prit dans ses bras pour le remercier et que son odeur familière de sel et de cannelle lui picota le nez. Il avait mis du temps pour les comprendre, Max et elle, mais depuis qu'il devait lutter à chaque seconde contre l'irrépressible envie de contempler Eva, de tourner la tête dans sa direction rien que pour la voir bouger ou exposer un argument, Danny comprenait.

— Je suis si heureuse, dit Jo avec un reniflement alarmant. J'aimerais tant que tu partages mon bonheur !

— Ah, pas de ça ! la gronda Danny en lui tapotant l'épaule.

Il ne supportait pas de voir les gens pleurer.

— Du calme, Jo. Je suis heureux. Toi et Max nagez dans le bonheur, Winslow s'est peut-être bien trouvé un copain, et Beck n'a tabassé personne depuis plusieurs jours. Mes parents sont en bonne santé et, au cas où tu n'aurais pas remarqué, on participe au concours de la Toque d'Or et on ne se défend pas trop mal. Qu'est-ce qui manque à mon bonheur ?

Surtout, ne pas regarder Eva. Ne pas regarder Eva. Ne pas…

— L'amour, cingla Jo.

Elle se redressa et se frotta les yeux, agacée : elle détestait pleurer.

— Il faut bien que l'un d'entre nous garde la tête froide, la taquina Danny. Entre vos crises chroniques de batifolage, à Max et à toi, Winslow qui passe son temps à flirter avec le petit Drew, et Beck qui se livre pour Skye à une version très personnelle et un peu flippante de la parade nuptiale, il me semble qu'on est sursaturés d'intrigues à l'eau de rose.

— Ce n'est pas faux, dit Jo avec un petit rire. OK, je te fiche la paix. Mais n'oublie pas, Danny, ce concours ne durera qu'un temps. Et, après, tu seras libre de fréquenter qui tu voudras. On est au vingt et unième siècle, et on n'est pas défini par ses origines sociales. Elle pas plus que toi ! Alors, ne perds pas espoir.

Danny lui sourit complaisamment, elle lui serra l'épaule avec affection puis sauta au bas de son tabouret pour aller voir où en était la partie de billard de ses amis. Mais Danny restait sceptique.

S'ils étaient éliminés, reverrait-il jamais Eva ? Jo plaisantait mais, de fait, Eva et Danny ne fréquentaient pas les mêmes cercles. Le monde de la restauration était petit, mais pas à ce point. Et Danny ne courait pas les cérémonies d'ouverture, soirées de gala et autres événements prestigieux pleins de beau monde. Il les aurait sans doute fuis comme la peste même s'il y avait été invité.

Et s'ils gagnaient, cela vaudrait-il mieux ?

Il la côtoierait un peu plus longtemps, certes, le temps de donner quelques interviews, notamment. Mais se lanceraient-ils alors dans une relation au risque de faire naître chez le public des soupçons de favoritisme ?

Il tripotait sa bouteille et ressassait ses idées noires quand ses yeux se posèrent à nouveau sur Eva. L'air mystérieux, elle disait au revoir à Cheney, qui lui tendit une grosse liasse de documents et s'en alla. Ainsi, Eva avait convaincu le représentant de Cooking Channel. Mais pourquoi, alors, cette expression mitigée ?

Danny n'eut pas le temps de se rappeler à la raison : il jaillit de son tabouret et s'achemina jusqu'à elle.

— Je te paie une tournée d'ingrédients de Manhattan ? lui proposa-t-il.

Elle se redressa vivement, gênée d'avoir été prise en flagrant délit de posture avachie digne d'un poivrot au bout du rouleau.

Ou d'une organisatrice de concours culinaire recrue de fatigue, songea Danny. Eva était épuisée. Elle ne garda le dos droit que quelques secondes avant de se recroqueviller à nouveau telle une feuille de laitue flétrie.

Laitue qu'évoquait également la robe portefeuille verte décolletée qui l'enveloppait de ses froufrous. Danny fixa le ruban noué autour de sa taille. Suffisait-il vraiment de tirer dessus pour que le vêtement entier se défasse et qu'Eva se retrouve nue ?

— Non, merci, dit Eva.

Renonçant à son fantasme, Danny remarqua de nouveau les traits tirés de la jeune femme, qui précisa :

— Si je bois encore une goutte d'alcool, je vais m'écrouler. Et je n'ai pas le temps d'aller faire la queue aux urgences pour soigner une cheville cassée.

— Et si je promets de te rattraper ?

Danny ferma les yeux de toutes ses forces et se reprit comme il put :

— Désolé. Je n'ai rien dit. Je voulais juste m'assurer que tu allais bien. Tu as l'air fatigué.

Eva lui fit une moue adorable et aussi peu fair-play que la boutade que Danny venait de lui lancer. Un point pour Mlle Jansen !

— Un gentleman ne dit jamais à une femme qu'elle a l'air fatigué, le rabroua-t-elle. On a décrypté votre code secret depuis des années : ça veut dire qu'on a l'air vieilles !

— Absolument pas, soutint Danny en se perchant sur un tabouret proche du sien, tout en se gardant soigneusement de l'effleurer.

Il ignorait ce qui se produirait s'ils se frôlaient, mais il avait l'intuition que cela se finirait par un procès pour attentat à la pudeur.

— Je me fais du souci pour toi, dit-il. Depuis que l'équipe de la télé est arrivée, tu n'arrêtes pas.

— Il y a beaucoup de choses à régler.

Ses yeux se perdaient dans le vague comme si elle fixait au loin une interminable liste de corvées. Elle soupira :

— D'ailleurs, je ferais bien de m'y remettre, maintenant que j'ai réussi à convaincre Cheney.

— À le convaincre ? Comment ça ? s'empressa de demander Danny, ne serait-ce que pour la retenir quelques instants de plus.

Parce qu'elle avait besoin de souffler. Pas du tout pour continuer de savourer ce courant grisant qui le traversait lorsqu'il se trouvait en sa compagnie.

Une note de satisfaction affleurait dans la voix d'Eva quand elle lui répondit :

— Il dit qu'il ne regrette pas d'avoir étoffé l'équipe de filmage. Enfin ! On va faire de ce concours la nouvelle émission culte de Cooking Channel.

Elle brandit ses documents comme un drapeau.

— Oui, dit Danny, j'ai remarqué l'arrivée des renforts. Comment as-tu réussi cet exploit ? Je croyais que Cheney rechignait à filmer le concours.

Il ne cherchait qu'à lui faire la conversation pour gommer de sa mémoire le souvenir de leurs étreintes au parfum envoûtant. Mais Eva se fit soudain évasive, voire nerveuse ; détournant le regard, elle se mit à tapoter rapidement sur le comptoir du bout de sa liasse.

— Oh, j'ai fini par comprendre ce qu'il voulait et trouvé le moyen de le lui apporter. Tout le monde y gagne.

Danny ne put réprimer une grimace.

— Si tu le dis.

Elle lui décocha une œillade.

— Quoi ? Tu n'aimes pas l'idée de passer à la télé ? À ta place, la plupart des cuisiniers se frotteraient les mains.

Danny haussa les épaules et vida sa bière au goût amer et houblonné.

— Pour moi, ça n'a jamais constitué une priorité. Si tu veux mon avis, les chefs qu'on voit à la télé ont vendu leur âme au système. Ils se sont compromis et ils ont oublié ce qui fait un vrai, grand cuisinier.

— Mais…

Cette idée semblait beaucoup perturber Eva.

— Mais tu participes au concours pour faire de la pub à ton restau, non ? Quel meilleur moyen d'y arriver qu'en passant à la télé ? J'aurais pensé que tu t'en réjouirais.

— Qui, moi ? Certes, toute publicité est bonne à prendre. Ce sera l'occasion de rappeler aux gens le genre d'établissement qu'est *Au plaisir des sens*, de renouveler notre base de clientèle et de rappeler aux habitués qu'on est encore là et qu'on soigne toujours autant nos plats… N'empêche. S'il ne s'agissait que de moi, je refuserais d'être filmé.

— Heureusement pour moi, tu as signé un contrat m'autorisant à filmer ce que je veux dans le cadre du concours, tant que j'en serai l'organisatrice.

Eva se leva et empoigna sa serviette. Ses gestes étaient raides et heurtés.

Danny ne comprenait pas bien ce qui venait de se passer mais il n'avait aucune envie qu'elle s'en aille fâchée.

— Eva, attends. Je ne sais pas ce que j'ai dit pour te blesser, mais je suis désolé.

Elle avait le souffle si court que son buste se soulevait par à-coups, tendant les minces rubans qui fermaient sa robe. Elle fit un effort visible pour se calmer.

— Mais je t'en prie. Tu as le droit d'avoir ton avis.

Elle eut un petit rire forcé et enfila la bandoulière de son sac à main.

— En l'occurrence, tu n'es pas le premier à penser comme ça. J'ai entendu ça mille fois. La télé, c'est le diable incarné, ça pervertit la gastronomie, etc.

C'était au tour de Danny de se fâcher.

— C'est pour ça que tu m'en veux ? Parce que je ne me prosterne pas devant la sacro-sainte chaîne Cooking Channel ?

— Je ne t'en veux pas, dit-elle en contrôlant sa respiration.

Mais tout son corps criait le contraire.

On distinguait à peine ses yeux ; au *Blind Tiger*, l'éclairage était tamisé, un héritage de l'époque de la prohibition. Elle tourna les talons. D'instinct, Danny voulut la suivre afin de terminer cette conversation mais elle lui coupa l'herbe sous le pied en lui jetant par-dessus son épaule :

— Je ne t'en veux pas, mais j'avoue être un peu déçue. Je ne m'attends pas à ce que tout le monde soutienne mon point de vue. Mais j'espérais que tu me laisserais le bénéfice du doute. Que tu saurais que je n'ai à cœur que l'intérêt du concours, et que je fais de mon mieux.

— Eva...

Elle s'arrêta une seconde dans l'embrasure de la porte, de trois quarts, de sorte qu'il vit seulement la découpe pâle de sa mâchoire.

— Ce n'est pas ta faute, ajouta-t-elle. C'est la mienne. Je n'aurais jamais dû attendre quelque chose de toi. J'ai enfreint mes propres règles, et c'est le prix à payer.

# 25

Non mais, pour qui se prenait-il ?

Eva enrageait. Sa fureur la réchauffa le temps qu'elle gagne à pied le carrefour où Claire l'attendait.

Elle avait fourré le nouveau contrat en vrac dans sa serviette, les mains tremblantes, distraite par cet ingrat de Danny, ce moralisateur aux idéaux dépassés.

En fait, elle tâchait d'étouffer la petite voix qui lui soufflait que Danny n'avait fait que formuler ses propres réticences. Elle s'y appliquait tant que, quand une main se posa sur son épaule, elle poussa un cri de frayeur et faillit asperger de spray au poivre son pauvre assistant.

— Ce n'est que moi, dit Drew en battant en retraite, les mains en l'air comme si elle braquait sur lui un pistolet. Tu retournes à l'hôtel ? Tu me ramènes ?

Le spectre de l'agression s'éloigna, emportant avec lui toute l'énergie qu'avait donnée à Eva son différend avec Danny. La jeune femme se rappela soudain qu'elle n'avait pas dormi plus de quatre heures d'affilée depuis une semaine : elle était fourbue jusqu'aux os.

— Bien sûr, monte, dit-elle en hélant la voiture noire qui stationnait le long du trottoir. Tant que la présence de Claire ne te dérange pas…

Drew avait depuis toujours une peur panique de Claire Durand ; elle lui faisait perdre tous ses moyens, aussi Eva préférait-elle le prévenir qu'elle serait du voyage.

— En plus, ajouta-t-elle, tu vas devoir lui faire la conversation, parce que moi, je vais m'endormir dès que je me serais adossée contre l'appuie-tête.

Drew, déjà d'un naturel pâlot, blêmit. Sous le réverbère, il ressemblait à un fantôme.

— Ah, euh, dans ce cas, je peux te parler cinq minutes ?

Ravalant un profond soupir, Eva serra contre sa gorge les pans de son manteau en cachemire et en ferma le premier bouton.

— Je t'écoute.

— C'est à propos de ma mission. Tu sais, auprès des cuistots. Je… ça me met mal à l'aise.

Eva ressentit un élancement derrière sa paupière droite. Il ne manquait plus qu'une migraine !

— Ah ?

Drew secoua la tête, agitant ses pics de cheveux noirs.

— Winslow Jones et moi, on… Enfin, c'est mon ami. Peut-être même davantage. Et ça m'ennuie de me servir de lui pour déterrer des infos confidentielles.

— Il ne s'agit que de ragots, lui fit observer Eva. Il te les confierait sans doute de lui-même. Et toi, tu me les rapportes, comme d'habitude. Nous avons toujours opéré ainsi. Tu tends l'oreille, ça fait partie de tes responsabilités.

Drew fit la grimace.

— Je sais… Mais, d'habitude, je te raconte qui vient de démissionner, qui cherche un nouveau second, ou qui s'est fâché avec son commanditaire… Là, c'est différent. C'est plus perso. J'ai l'impression de trahir la confiance de Win, et je n'aime pas ça.

Les scrupules de Drew n'auraient pas pu tomber plus mal.

— C'est bientôt fini, dit Eva en contenant la note de supplique qui menaçait de poindre dans sa voix. J'ai parlé à Cheney ce soir et je lui ai promis de l'action. On s'apprête à lancer le tournage pour de bon ; je n'ai plus que quelques sujets à pitcher à Cheney, quelques partis pris de réalisation à déterminer avec lui. Ensuite, tout ça ne relèvera plus de notre responsabilité. Les caméras filmeront ce qu'il y aura à filmer.

— Je sais, mais...

Drew tripotait la frange de son écharpe mauve, l'air incertain. Il était temps de lui serrer la vis.

— Je ne te demande pas d'inventer quoi que ce soit. Seulement de me fournir quelques pistes, des conflits potentiels à guetter. Pour Cheney. Après, je fais pleine confiance aux chefs pour créer tout seuls l'intrigue et le drame.

— Bon, d'accord, dit Drew, les joues rougies par le vent, le froid et l'embarras. Alors, raconte ça à Cheney : l'équipe de New York a tanné Beck pour qu'il crache le morceau à propos de Skye Gladwell. Apparemment, ils se sont connus il y a longtemps. Dix ans, au moins. À San Francisco. D'après Win, ils étaient en couple, mais ça s'est fini parce que...

Il marqua une pause lourde de suspens.

— Quoi ? Quoi ? s'impatienta Eva.

— Je ne sais pas. Win n'en est pas sûr à cent pour cent...

— Drew !

— OK ! Il croit que Beck a fait de la prison. Ce serait pour ça que Skye l'aurait quitté. Voilà, tu sais tout. Je suis une pourriture.

Eva eut la chair de poule et frissonna. Elle se doutait qu'il s'agissait d'une histoire dans ce goût-là.

— Tu n'es pas une pourriture. Ce n'est pas une sombre révélation à base d'inceste ou de bébé caché. Si Beck a un casier, l'info est publique.

Drew s'égaya un peu :

— C'est vrai ? Ça aurait pu être découvert par d'autres biais ? Et pas forcément parce que j'ai mouchardé ?

— Tout à fait. Alors ne t'arrête pas en si bon chemin. Plus on aura de détails, mieux ça vaudra.

Dans la voiture, on toqua à la vitre. Eva se tourna vers les vitres teintées. On distinguait à peine la main blanche qui y frappait. Eva fit mine d'ouvrir la poignée.

— Bien joué, Drew. C'est exactement ce que Cheney cherchait. Je te dois une fière chandelle, je ne l'oublierai pas. Maintenant, rentre à l'hôtel te reposer. Tu es sûr que tu ne veux pas qu'on te dépose ?

Drew jeta un regard vers les vitres et recula de quelques pas en soufflant dans ses mains gantées.

— Non, merci. J'ai dit ce que j'avais sur le cœur et ça va mieux maintenant. Je vais retourner au bar voir si Win et les autres sont encore là.

Eva lui souhaita une bonne nuit et s'engouffra dans le taxi bien chaud. Claire se décala sur la banquette pour lui faire de la place.

— Que voulait-il ? s'enquit-elle, agacée.

— Pardon de t'avoir fait attendre. Mon employé a subi une violente crise de conscience. Mais pas de panique, je l'ai terrassée.

« Et je ne dois pas culpabiliser. »

Claire arbora cette mimique lourde de sens qui acculait toujours Eva à avouer les transgressions dont elle se rendait coupable, adolescente, pour attirer l'attention de son père.

— Je vois, dit-elle. Ça m'a l'air sérieux.

— Pas autant que mon envie de rentrer à l'hôtel dans les plus brefs délais, renchérit Eva.

Elle se pencha et tapota contre la vitre du chauffeur.

— Vous connaissez des raccourcis pour se rendre à l'hôtel *Gold Coast Arms* ? Cinquante dollars si on y est dans moins d'une demi-heure.

Il lui fallait encore traiter une soixantaine d'e-mails qui exigeaient des réponses trop étoffées pour qu'elle les tape depuis son iPhone et s'assurer que tout était en place pour l'épreuve du lendemain. Les véhicules devaient se tenir prêts devant l'hôtel à six heures, sous peine d'accumuler du retard tout au long de la journée ; le planning était serré.

La voiture démarra sur les chapeaux de roue, au point qu'Eva se retrouva propulsée contre Claire.

— Attache-toi, lui ordonna-t-elle sèchement.

— Oui, maman, ânonna Eva en cherchant à tâtons la boucle de sa ceinture de sécurité.

À ses côtés, Claire, d'ordinaire si gracieuse, sursauta violemment.

— Quoi ? s'étonna Eva. Qu'est-ce que j'ai dit ?

— « Maman », murmura Claire. C'est la première fois que... Tu ne m'avais encore jamais appelée comme ça.

— Je plaisantais. Ne fais pas attention. C'est la fatigue qui parle.

Claire lui décocha un regard indéchiffrable.

— Je sais. Je t'ai proposé de passer te chercher afin que nous puissions discuter, mais cela attendra.

Intriguée, Eva déboutonna son manteau et se renseigna :

— Discuter ? De quoi ?

— Tu as passé beaucoup de temps avec ton père depuis son arrivée ?

Claire entrait-elle dans le vif du sujet ou bottait-elle en touche ? Dans le doute, Eva répondit avec prudence :

— Pas vraiment. J'ai été trop occupée à organiser le concours. Pourquoi ? Il se plaint que je ne l'ai pas contacté ? Dis-lui que le téléphone, ça marche dans les deux sens !

— Ce n'est pas de cela que… Bigre, ce n'est pas évident. J'ignore par quel bout commencer.

Elle se tourna face à Eva et enfouit ses doigts dans sa crinière auburn, dégageant son visage aux lignes pures et aux traits fins.

— Eva. On se connaît depuis longtemps, toi et moi. Je t'ai vue grandir.

La jeune femme s'émut de nouveau. Ce devait être la fatigue qui lui mettait les nerfs à fleur de peau. Un nœud dans la gorge, elle répondit :

— Tu as fait plus que ça. Sans toi, je n'y serais pas arrivée.

Claire s'attendrit et les marques de tension quittèrent son visage.

— Ça me fait très plaisir. Tu as toujours beaucoup compté pour moi et tu tiens une place importante dans ma vie. Bien plus que je ne l'aurais cru la première fois que je t'ai rencontrée !

— J'étais vraiment une sale peste !

— Tu étais orpheline de mère, rectifia Claire. Et presque de père, en un sens. Tu avais cruellement besoin de discipline et d'attention.

— Comme quoi, en quinze ans, rien n'a changé, dit gaiement Eva. Et bien que j'aie élaboré de nouvelles façons d'attirer l'attention…

Claire renâcla, mais Eva ne s'en formalisa pas. Elle appréhendait trop ce que son amie se préparait à lui dire. Chacun de ses mots semblait chuter dans l'habitacle comme une pierre au fond d'un puits. Et si elle lui annonçait qu'elle avait un cancer, ou autre chose du même tonneau ?

— J'ai toujours autant besoin de toi, finit Eva. Tu n'as pas l'intention de… partir, rassure-moi ?

Claire affichait une moue perplexe qui apaisa aussitôt les craintes d'Eva.

— Partir ? Moi ? Pour aller où ? Non, écoute-moi, Eva. Il s'agit de ton père.

Son accent français se renforçait, comme toujours quand elle était soucieuse, et Eva se remit à redouter le pire.

— Il m'a demandé une seconde chance. Il souhaite refaire un essai.

Eva cligna des yeux.

— Hein ? Quoi ?

— Ton père me fait des avances, explicita Claire, irritée. De nature romanesques. Et j'aimerais sonder ton opinion à ce sujet.

Médusée, Eva avait la tête qui tournait.

— Euh, vous avez ma bénédiction… Attends, non. On parle de mon père. Je l'adore, mais je ne suis pas aveugle : il t'a fait beaucoup souffrir. Même à l'époque, j'étais petite mais j'ai compris pourquoi tu l'avais quitté. Je ne t'en ai jamais voulu. Même si j'aurais tout donné pour que tu restes auprès de nous.

Claire tendit la main et prit celle d'Eva dans la sienne, entrelaçant leurs doigts. Eva la lui serra si fort que leurs jointures s'entrechoquèrent, mais elle n'avait pas envie de la lâcher.

— Tu désapprouves, conclut Claire avec délicatesse.

— Non ! Je suis stupéfaite. Et je ne comprends pas bien pourquoi tu tenais à me consulter.

Qu'est-ce que tu as répondu à papa ? Mais surtout, que devient Kane dans tout ça ? Je croyais que ça s'arrangeait, entre vous.

Claire retira sa main, sur la défensive.

— Je lui ai répondu que j'avais besoin de temps pour réfléchir, et que je voulais t'en parler. Parce que, aujourd'hui, ton amitié vaut plus à mes yeux que tous mes souvenirs ou toute éventuelle perspective d'avenir avec Theo. Il l'a bien pris. Quant à Kane…

Elle secoua la tête. Par le pare-brise teinté de la voiture qui filait dans la nuit, les lumières de Chicago se brouillaient.

— Il est si jeune. Ce qu'il prend actuellement pour des sentiments… Ça ne durera pas. C'est impossible.

— Kane a le même âge que moi, observa Eva. Si je tombais amoureuse demain, tu me dirais de laisser tomber parce que je suis trop jeune pour savoir ce que je ressens ?

La gorge un peu nouée, elle attendit le verdict de Claire. Il était risible d'attacher tant de valeur à son jugement : elle n'avait pas de relation amoureuse à défendre. Elle ne pouvait pas se le permettre en ce moment. En plus, quand Danny s'apercevrait de ce qu'elle avait fait, quand il découvrirait qu'elle avait trahi la cause pour acheter l'attention de Cheney…

Assez ! Il ne servait à rien de se ronger les sangs. Elle faisait ce qu'elle avait à faire, point barre.

Néanmoins, elle retint son souffle jusqu'à ce que Claire lui déclare :

— Cela dépendrait. Ce grand amour que tu évoques, est-il complètement déplacé, diamétralement opposé à ta personnalité et potentiellement néfaste pour ta carrière ?

Eva eut un ricanement nerveux.

— Les trois, mon général !

— Alors, je te donne le même conseil que je m'efforce moi-même de suivre. Réfléchis avec ta tête et non avec ton cœur… ou avec aucun autre de tes organes, railla-t-elle, le sourcil arqué. L'amour, c'est bel et bien beau, mais j'ai travaillé trop dur pour arriver où je suis aujourd'hui ; ce n'est pas le moment de tout mettre en péril pour un simple caprice de mes hormones. Toi aussi, tu t'es démenée pour ta carrière, ainsi que pour gagner le respect et la confiance de ton père. Et tu touches au but.

— Je sais, murmura Eva tandis que la torpeur l'enveloppait de nouveau.

Elle se décala sur la banquette et s'appuya contre le corps mince et anguleux mais néanmoins réconfortant de Claire et posa sa tête contre son épaule.

— Je n'ai peut-être pas grandi tant que ça, depuis qu'on s'est rencontrées, marmonna-t-elle d'une voix ensommeillée.

Ses paupières papillonnaient et elle bâilla à s'en décrocher la mâchoire.

— Que veux-tu dire ? fit Claire en passant un bras autour de ses épaules.

— Eh bien… Je sais que tu as raison. Il faut faire des sacrifices, prendre des décisions ardues et bien gérer ses priorités. Mais, même à mon âge, je veux toujours tout avoir.

Claire tressaillit. Eva allait se retourner pour étudier son expression quand elle sentit ses muscles se détendre à nouveau.

— C'est ce que je te souhaite, ma chérie. C'est ce que je nous souhaite à toutes les deux, ajouta-t-elle.

La dernière chose à laquelle songea Eva avant de sombrer dans un profond sommeil sans rêves, ce fut la mâchoire forte de Danny Lunden, l'étonnante sensualité de ses lèvres et la flamme bleu-gris qui embrasait ses yeux lorsqu'il la regardait.

Mais elle était Eva Jansen ! Si quelqu'un pouvait tout avoir, c'était bien elle.

La sonnerie de son portable arracha Kane aux deux heures de guitare auxquelles il s'était astreint. Depuis quelques jours, il séchait, mais, ce soir, il avait perçu le frémissement d'une mélodie dans son esprit, quelques notes et une petite phrase rythmée qu'il brûlait de jouer. Aussi avait-il décliné toute invitation à sortir pour se terrer dans sa suite. La pancarte NE PAS DÉRANGER dûment suspendue à la poignée, il avait réglé son téléphone de façon à renvoyer tous les appels entrants sur messagerie.

Tous, sauf ceux de sa mère et de Claire Durand.

Kane posa délicatement Betsy, sa guitare, sur son lit et tâtonna sur la table de nuit, empoigna l'appareil, consulta l'écran avant de décrocher. Et se fendit d'un large sourire.

— Je te manquais trop ?

Il dut tendre l'oreille pour entendre la réponse de Claire.

— Kane. Il faut qu'on parle.

Son cœur se serra.

— Voilà qui ne présage rien de bon. Parler, ce n'est pas ce qu'on fait de mieux. Et pourquoi tu chuchotes ?

— Je ne veux pas réveiller Eva, dit Claire. Elle a enfin réussi à s'octroyer quelques minutes de sommeil. Dieu sait qu'elle en a besoin ! Mais on arrive à l'hôtel. Et je te parie qu'elle va se remettre au travail.

— C'est une pile électrique, cette nana, acquiesça Kane.

Il savait que Claire s'inquiétait d'Eva. Lui-même hésitait à lui recommander de lever le pied avant de faire un burn-out.

— Je monte te rendre visite ?

— Non, déclina Claire un peu trop rapidement.

Kane se rembrunit. Elle s'expliqua :

— Si Eva travaille ce soir, je me dois d'en faire autant. Mais je n'ai plus son âge ni son énergie. Il va me falloir des quantités de café colossales. Peux-tu me rejoindre au *Blue Smoke* ?

L'heure de leurs désormais rituelles retrouvailles au café avait donc sonné. Quand il pensait que Claire et lui avaient déjà des rituels, il était saisi d'un mélange parfaitement contradictoire d'attendrissement et de terreur.

Le prévisible, ce n'était vraiment pas son rayon.

## 26

Sauf que Claire était tout sauf prévisible.

En arrivant au café, Kane s'apprêtait à devoir défendre une fois de plus leur pseudo-relation devant les flics en civil et les étudiants avinés qui, le mardi soir, constituaient les seuls consommateurs du *Blue Smoke.*

Claire était déjà là, à la même table que la dernière fois. Elle se réchauffait les mains sur sa boisson. Un café au lait plein de mousse, comme la dernière fois.

Cela ne faisait-il réellement que deux semaines ? Kane perdait la notion du temps. Normal, après de telles nuits de sexe échevelé.

Il se glissa en face d'elle sur la banquette et nota son regard alarmant. Kane marqua un temps d'arrêt et ouvrit grands les yeux comme pour fixer la scène dans sa mémoire afin de pouvoir y puiser plus tard quand il serait en quête d'inspiration. Les cheveux de Claire tombaient en cascades souples et sensuelles sur ses épaules. Il avait envie d'y faire courir ses doigts, d'en palper la texture soyeuse, d'en humer le parfum de menthe et de romarin. Son pull, chaud et douillet, lui plaisait également ; sa teinte chocolat donnait un coup d'éclat à ses yeux et à sa peau. Bref ! Elle était radieuse. Comme toujours.

Mais quelque chose clochait.

— Tu voulais me voir ? se lança Kane sans prendre la peine de masquer le désir qui palpitait dans ses veines et perçait dans sa voix.

Elle méritait de connaître l'effet qu'elle lui faisait.

— Je voulais te parler, le corrigea-t-elle et, au rose qui envahit ses joues, il sut que Claire avait perçu son excitation.

Il sourit : sa combativité se réveillait.

— Parle, je t'écoute. Qu'est-ce qui ne va pas, cette fois ? Je suis trop jeune ? Tu es trop sage et blasée ? Le vieux Jansen te fait les yeux doux ? Quoi, qu'est-ce qu'il y a ?

Elle venait de renverser son café.

— Flûte ! Oh, quel bazar…

Plombé par le poids de ce qu'il devinait déjà, Kane n'eut pas la présence d'esprit de s'armer de serviettes en papier pour l'aider à éponger.

— C'est ça ? Theo Jansen te drague ?

— Il m'a fait part de sa volonté de renouer nos liens, oui.

La tête baissée, elle fixait la pile de serviettes où s'élargissaient à vue d'œil des taches brunes.

Mais Kane n'avait pas besoin de voir son visage pour deviner son expression.

Par réflexe de défense, Kane enfonça la tête entre ses épaules, mais trop tard : il s'était exposé, Claire n'en ferait plus qu'une bouchée.

— Je vois, dit-il. Je n'ai plus qu'à te féliciter : tu as enfin trouvé une excuse en béton pour me larguer.

Elle se redressa brusquement, un éclair dans les yeux, trop fugace pour qu'il pût l'analyser. De toute façon, le dépit l'aveuglait. Et lui comprimait la poitrine, et l'empêchait de respirer.

« Sois fort, Slater, se dit-il. Ça n'est pas pire que la fois où tu t'es pris une canette de bière en pleine tronche à ce festival de plein air, où tu es tombé dans les pommes et tu as dû finir de jouer malgré une commotion. »

Même si, en fait, la sensation était assez similaire, ainsi que Kane le constata quand il prit appui sur la table pour se relever : comme à ce fameux concert, ses jambes flageolaient et il avait la nausée.

Jusqu'à ce que les doigts fins de Claire se referment autour de son poignet.

Il les fixa longuement avant de la regarder dans les yeux.

Elle avait de nouveau cette expression dans le regard, cette mine qu'il ne parvenait pas à décoder. Il se retint à grand-peine de gémir.

— Quoi ? Tu veux qu'on s'envoie quelques verres histoire de marquer le coup ? Ou me répéter une dernière fois que je suis trop jeune pour savoir ce que je ressens, et que je m'en remettrai, et que c'est mieux ainsi ?

— Non, dit-elle. Parce que je ne souhaite pas que tu t'en remettes. Je veux croire que tu sais ce que tu ressens. Et que le mieux pour nous deux est d'arrêter de résister à la tentation… d'être ensemble. Advienne que pourra.

Soudain, il comprit le sens de sa mystérieuse expression. Il voyait la même chaque matin dans son miroir depuis qu'il l'avait rencontrée à New York trois mois auparavant.

C'était une lueur d'espoir.

Et de crainte. Et d'impatience.

Mais essentiellement d'espoir.

Kane éprouva une bouffée de chaleur suivie de palpitations comme s'il venait d'avaler deux doubles expressos d'affilée. Il se rassit. Claire lui tenait toujours le poignet.

— Tu parles sérieusement ?

En prononçant cette phrase, Kane eut envie de se donner des claques. Ce qu'il pouvait être niais !

Mais Claire lui répondit tendrement :

— Oui. Une amie qui m'est chère m'a rappelé une promesse que je m'étais faite un jour à moi-même. Je ne me braderai jamais. Dans la vie, je me battrai pour obtenir ce que je veux, tout ce que je veux. Parce que je le mérite.

À moitié transi d'émotion, Danny eut un rire forcé.

— Tu as dû être très vilaine dans une vie antérieure pour écoper de moi dans celle-ci.

Claire rejeta la tête en arrière et rit à gorge déployée. Kane adorait se savoir la cause de ce rire. Même si, en l'occurrence, Claire manifestait surtout son soulagement. Elle relâchait la tension et l'anxiété des derniers instants.

Il lui sourit, éperdu de bonheur. Il brûlait de lui dire qu'elle n'avait pas à avoir peur. Qu'il lui appartenait corps et âme depuis déjà longtemps, peut-être même avant de l'avoir rencontrée. Mais il ne voulait pas mettre en péril l'équilibre précaire auquel ils étaient parvenus, alors il tint sa langue, se mit à composer dans sa tête et, autour de lui, tout ne fut plus que musique.

Danny n'arrivait pas à dormir.

Il était pourtant harassé : loin de sa routine, il baignait dans un état perpétuel d'excitation, de nervosité et d'attente qui, à la longue, l'épuisait. Depuis son arrivée à Chicago, il semblait nécessiter davantage de sommeil qu'un ado.

Et à présent aussi le sommeil le guettait, empesait ses membres tandis qu'il se tournait et se retournait sous la couverture. Mais son esprit, lui, regimbait.

Enfouissant son visage sous son oreiller, Danny grogna de frustration. Le sommier de son lit d'appoint grinçait au moindre de ses mouvements, mais ce fut son grognement qui parut troubler le sommeil de Winslow.

Danny scruta l'obscurité. Dans son lit, de l'autre côté de la chambre d'hôtel, Winslow renifla, soupira, se retourna sur le ventre et se rendormit.

Le petit veinard.

Danny, lui, était condamné à veiller, allongé sur son petit matelas bosselé par les ressorts du sommier, à ressasser ses pensées au sujet d'Eva Jansen.

Il ne comprenait toujours pas exactement en quoi il l'avait blessée, mais il n'avait pas du tout aimé sa façon de le comparer à la tripotée d'hommes qui l'avaient déçue par le passé.

C'était injuste. Elle le rembarrait sous prétexte que son point de vue lui déplaisait puis décampait sans lui opposer ses propres arguments ! D'ailleurs, Danny campait sur ses positions. Quand on transformait la gastronomie en divertissement télévisé, il se produisait la même chose que lorsqu'on diffusait des matchs de foot : on tailladait des créneaux publicitaires, on magouillait avec des sponsors, et toute l'âme de la discipline en pâtissait. Quand la télévision s'en mêlait, les chefs s'intéressaient soudain davantage à leur audimat qu'à la qualité de leurs plats. Quelle honte !

Les mots frémissaient sur sa langue et Danny mourait d'envie de les cracher au visage d'Eva, pour lui prouver qu'elle se trompait. Si seulement il avait eu l'occasion de lui dire tout cela, de la voir s'escrimer à trouver quelque chose de pertinent à répliquer…

Danny fixa les chiffres phosphorescents de son réveil sur la table de nuit, entre les lits de Win et de Beck. Il était trois heures du matin. Tous les candidats devaient dormir à poings fermés. Et Danny aurait dû en faire autant, au lieu de se repasser en boucle indéfiniment les mêmes pensées.

Un quart d'heure plus tard, il déboulait dans le hall désert du *Gold Coast Arms*, en jogging et marcel élimé à l'effigie du cuistot du *Muppet Show*.

— Il y a quelqu'un ?

Danny hésita une seconde puis appuya sur la sonnette d'argent qui ornait le guichet de la réception.

Une jeune femme en uniforme chaussée de lunettes d'écaille passa la tête par une porte derrière le guichet.

— Je suis à vous tout de suite, monsieur ! Je faisais un peu de classement. Que puis-je faire pour vous ?

Elle bâilla au beau milieu de sa phrase et Danny réprima un sourire. Visiblement, dans l'équipe de nuit, « faire du classement » signifiait « piquer un roupillon ».

— Pas de problème, la rassura-t-il. Je cherche un client.

La fille afficha un air las.

— Si vous connaissez son numéro de chambre, je peux l'appeler pour vous.

— Merci, j'ai déjà essayé. Ça ne répond pas.

— Peut-être que la personne dort ?

Danny s'accouda au guichet et fit mine de n'avoir pas saisi cette allusion grosse comme une maison.

— J'en doute. Voyez-vous, elle dirige le concours de la Toque d'Or, et je suis prêt à parier qu'elle est dans les parages en train de travailler d'arrache-pied.

La réceptionniste avisa le marmiton imprimé sur le marcel de Danny.

— Oh, vous êtes l'un des cuisiniers ! C'est Mlle Jansen que vous cherchez ? Elle m'a donné pour consigne de toujours lui signaler si l'un des candidats avait besoin de quoi que ce soit.

Danny s'illumina :

— Formidable ! En ce cas, pourriez-vous me dire où la trouver ?

La jeune femme, qui d'après son badge se prénommait Cindy, hésita.

— Je ne suis pas censée m'absenter... Vous savez où se trouve la cuisine, n'est-ce pas ?

La cuisine. Mais bien sûr.

Gratifiant Cindy d'un nouveau sourire rassurant, Danny lui dit :

— Ne vous dérangez pas, je connais le chemin. Je vais juste voir si elle a besoin d'un coup de main.

Elle lui adressa un signe de main reconnaissant et il se dirigea vers l'ascenseur. Cindy était une brave fille. En revanche, était-ce une politique répandue dans les hôtels que de confier les gardes de nuit à des femmes à peine majeures ? Cela paraissait dangereux. Danny résolut d'en parler à quelqu'un dès le lendemain. Peut-être qu'Eva saurait le mettre en contact avec le responsable, elle qui connaissait tout le monde.

Tout à sa réflexion, il s'aperçut à peine que l'ascenseur était arrivé au niveau des cuisines. La pièce était éclairée comme une scène de film. De fait, quatre ou cinq caméras se dressaient déjà à l'avant de la salle, l'objectif momentanément recouvert, comme de noirs serpents assoupis.

Danny s'ébroua. L'indignation justifiée qui l'avait empêché de dormir affluait de nouveau. Il plaça ses mains sur ses hanches et inspecta les lieux.

La pièce était déserte.

On avait installé devant les plans de travail une table recouverte d'une nappe blanche. Sans doute avait-elle un rapport avec la prochaine épreuve, et Danny eut toutes les peines du monde à résister à l'envie de fouiner.

Détournant délibérément le regard, il s'aventura plus avant dans la salle et passa une tête dans la chambre froide. Elle était équipée de verrous à sûreté intégrée pour qu'on ne risque pas d'y rester enfermé, mais on ne savait jamais.

— Eva ? appela-t-il. Tu es là ?

Peut-être avait-elle fini par monter se coucher. Peut-être était-elle endormie au fond de son lit comme tout le monde. Peut-être même s'y trouvait-elle déjà quand il y était passé mais que, l'apercevant par le judas, elle avait refusé de lui ouvrir. À moins que…

Un bruissement attira Danny vers la réserve. Il en poussa la porte du tranchant de la main et jeta un regard à l'intérieur. Et son cœur se fit tendre comme une brioche tout juste sortie du four.

Il avait trouvé Eva. Elle dormait. Son adorable postérieur posé sur un container en plastique renversé, son dos calé contre les étagères murales de métal chargées de sucre, de sel et de farines en tous genres. Sur ses genoux, un bloc-notes. À ses pieds, un stylo.

Elle paraissait plus pâle que le sucre qui s'amoncelait derrière elle et ses cernes violacés ne s'en détachaient que plus nettement.

Fallait-il la laisser dormir ? Si Danny la réveillait, elle se remettrait aussi sec au boulot, or elle manquait clairement de sommeil.

Mais elle devait être affreusement mal installée. Elle n'allait pas tarder à se réveiller. Ne serait-ce qu'à cause du torticolis qui lui pendait au nez.

Sa décision prise, Danny pénétra dans la réserve et s'accroupit à côté d'elle.

## 27

— Eva ? chuchota-t-il afin de ne pas l'effaroucher.

Raté : elle sursauta comme s'il l'avait pincée.

— Quoi ?

Elle cligna plusieurs fois des yeux et plissa les paupières, incommodée par la lumière. Puis elle s'humecta les lèvres. Elle semblait si perdue et innocente que Danny se surprit à l'imaginer enfant.

— Tu t'es endormie dans la réserve, lui dit-il en indiquant le bloc-notes qu'elle serrait toujours dans sa main. Tu faisais l'inventaire ? Bon sang, Eva, tu n'as pas du personnel pour faire ça pour toi ?

À quoi bon être riche et puissante si l'on ne pouvait pas se décharger sur des employés ?

Secouant la tête afin de s'éclaircir les idées, Eva répondit :

— Si. Mais j'ai apporté une modification de dernière minute à l'épreuve de demain et tout le monde était déjà monté se coucher. J'avais juste quelques points à vérifier...

Elle porta sur elle-même un regard critique et lissa de la paume sa robe chiffonnée.

— Je n'en reviens pas de m'être assoupie. Je ne me suis assise que quelques secondes !

Danny fit appel à toute sa bonne éducation pour réprimer un éclat de rire, du genre qui lui aurait valu une claque sur l'arrière du crâne de la part de sa maman.

— Eva, sois raisonnable. Tu n'as pas arrêté depuis trois jours. Il faut dormir.

Eva se rebiffa :

— Il faut que je termine ! L'épreuve commence dans...

Elle consulta sa montre et geignit.

— ...quatre heures ! Zut.

— Et tout est fin prêt. La grande table, tes plans, le matériel de filmage... Alors tu vas me faire le plaisir de lâcher cette liste.

— Et s'il n'y a pas assez de sel de Guérande pour tout le monde, demain, je dirai quoi ? « Dommage pour toi, j'avais besoin de faire une sieste » ? Pas question.

— Un cuisinier incapable de se passer de sel de Guérande ne mérite pas mieux, affirma Danny. Pour gagner, il faut aussi savoir improviser, tu te souviens ?

— C'est vrai, admit Eva d'un ton traînant. Je suis un peu fatiguée et il se fait assez tard. D'ailleurs, qu'est-ce que tu fiches ici ? Tu devrais être au lit, en train de prendre des forces pour demain ! L'épreuve est éliminatoire, tu sais. Elle désignera les trois équipes qui s'affronteront en finale à San Francisco.

— Pour tout t'avouer, j'étais descendu poursuivre notre dispute, dit Danny en riant.

Toute sa rage résiduelle, toute trace de ressentiment s'étaient évaporées à l'instant où il l'avait vue.

— Ou, plus exactement, notre débat.

— Sur la télé ? Encore ? Tu as bien vu les caméras.

Elle avait l'air penaud, tout à coup, et le regard fuyant.

— Oui, dit-il. Prêtes à capturer le plus infime signe d'émotion sur le visage des cuisiniers pendant qu'ils se démèneront aux fourneaux.

Danny n'avait pas l'impression de se montrer trop agressif. Il avait préparé une tirade autrement plus véhémente, tandis qu'il se tournait et se retournait sur cette table de torture communément appelée lit d'appoint. Pourtant, Eva se renfrogna aussitôt.

— Il ne s'agit pas du tout de ça. Et si tu n'étais pas aussi vieux jeu, ignare et rétrograde, tu t'en rendrais compte. Ce n'est pas comme si les caméras allaient te voler ton âme, Danny !

Il se leva et lui tendit la main pour l'aider à se remettre sur pied.

— Mais si, justement ! C'est précisément ce que je redoute. Quand on travaille sous l'œil des caméras, l'ambiance change. Les individus prennent le pas sur les plats.

— Tant mieux, c'est le but ! se récria Eva en déclinant son aide.

Chancelante, elle se leva toute seule.

— C'est le but du concours : promouvoir de jeunes chefs prometteurs et leur talent. Leur apporter la reconnaissance qu'ils méritent et renforcer l'image de marque de la gastronomie auprès du grand public. Pour y arriver, il faut bien que le grand public en question connaisse l'existence du concours ! Il n'a aucun intérêt s'il reste un secret d'initiés !

Elle marquait un point, mais Danny persista :

— Sauf que Cooking Channel, c'est une chaîne d'initiés ! Les spectateurs de cette chaîne suivent déjà la carrière des jeunes chefs du pays, non ?

— Certains, peut-être, concéda Eva en ramassant son stylo. Mais parmi les abonnés de la chaîne il y a aussi pas mal d'amateurs.

— Des fans, lâcha Danny avec dédain. La gastronomie n'est pas un sport de spectateur !

— Et pourquoi pas ?

Eva s'échauffait et ses joues, d'une pâleur alarmante quelques minutes plus tôt, se coloraient.

— Il n'est pas donné à tout le monde d'être un cuisinier de génie, Danny. Mais tout le monde apprécie la bonne gastronomie.

— Premièrement : foutaises ! Quiconque sait lire une recette sait cuisiner. Deuxièmement : arrête de prendre le contre-pied de tout ce que je dis !

— Je croyais que tu étais venu poursuivre notre dispute ! Tu n'es pas satisfait ?

Il la dévisagea, écarlate et pantelante, ses yeux gris illuminés par la ferveur de ses convictions.

— À vrai dire, non, pas tout à fait.

Sa voix était plus grave que d'habitude, mais il n'y pouvait rien.

Elle vacilla. En partie parce qu'elle tombait de fatigue, mais aussi en partie parce qu'elle brûlait de lui tomber dans les bras. C'était un vrai supplice. Ils avaient baissé leur garde, tous les deux. Il était tard et ils avaient derrière eux de nombreuses nuits blanches et autant de jours de désir refoulé, frustré… S'ils craquaient, là, tout de suite, maintenant, est-ce que cela compterait ?

Hélas, oui.

Maudissant ses parents, qui lui avaient inculqué un code moral si inflexible, et sa propre incapacité à résister aux appas d'Eva, Danny pivota et quitta la réserve sans autre forme de procès. En la laissant là, toute seule.

Il n'avait jamais rien fait d'aussi pénible de toute sa vie.

Quand elle le rejoignit dans la salle principale quelques secondes plus tard, le charme avait été rompu, provisoirement du moins, et Danny parvenait à nouveau à respirer sans flairer à chaque bouffée à la recherche de son odeur.

— Tu veux donc diffuser le concours auprès de tous les fans de bonne bouffe du pays. OK. Je ne comprends pas bien, mais je vois.

— Tu ne vois rien du tout, trancha Eva d'une voix étonnamment lasse. Il n'y a pas qu'eux qui regardent Cooking Channel. Il y a aussi de gros sponsors, qui sont très attentifs aux goûts du public. De grosses boîtes d'électroménager, d'ustensiles de cuisine, et même des entreprises liées à l'industrie du voyage, comme des compagnies aériennes ou des chaînes hôtelières, qui disposent de sommes faramineuses à investir pour associer leur marque à l'événement *in* du moment.

— Tout se résume au fric, c'est ça ? cracha Danny. N'en dis pas plus, tu m'as convaincu !

— C'est facile, pour toi, de cracher sur l'argent : tu bosses dans un commerce familial à la clientèle établie depuis des générations ! rétorqua Eva, les joues en feu. Mais pense aux restaurants qui produisent des menus innovants, des plats de qualité, qui inventent des techniques et qui n'ont que de petits locaux, parce qu'ils débutent : ceux-là n'ont pas les moyens de fermer le temps du concours. Tu te rends compte de la quantité de chefs talentueux qui se retrouvent exclus de la compétition, pour une simple question de « fric », comme tu dis ?

— Je n'avais pas envisagé les choses sous cet angle...

— Normal, ce n'est pas ton boulot de penser à ça. C'est le mien ! Plus l'événement sera important, plus on comptera de sponsors prestigieux, et plus le concours pourra aider de cuisiniers. La Toque d'Or ne devrait pas se jouer entre les quinze pour cent de restaurants qui cartonnent aux États-Unis, elle devrait être ouverte à tous !

Danny respira calmement tandis que sa vision du monde se réorganisait. Il voyait tout d'un œil neuf. Même les caméras, la table et sa nappe. Et Eva, qui se dressait fièrement devant lui. Bien que vacillante et épuisée, elle l'époustouflait.

Pas uniquement à cause de ses yeux en amande, de ses lèvres roses et retroussées, des courbes diaboliques de son corps souple et élancé. Mais encore plus à cause de sa générosité insoupçonnée. Danny était complètement pris de court. Une émotion qu'il n'aurait su nommer le laissait sans voix.

Eva piétinait d'un pied sur l'autre. Ses chaussures la mettaient à la torture.

— Quoi ? demanda-t-elle.

Il restait là, sans voix, à la dévisager.

— Rien. Tu es quelqu'un de bien, dit-il, comme s'il s'agissait de la révélation du siècle.

Énervée, Eva coinça ses cheveux derrière ses oreilles et entreprit de rassembler ses affaires, qu'elle avait éparpillées en rentrant du *Blind Tiger*.

— Ne t'emballe pas, lui siffla-t-elle. Si on inclut un max de chefs talentueux, c'est aussi parce que c'est bon pour le business.

Il arbora un air fat.

— Tu m'étonnes. Et te tuer à la tâche en faisant le boulot de six personnes au lieu de laisser tes employés t'aider, c'est bon pour le business, ça ?

Eva serra les dents pour se retenir de lui riposter qu'elle se débrouillait très bien toute seule.

« C'est moi qui fais ! C'est moi qui fais ! » pépiait-elle déjà du haut de ses deux ans quand quelqu'un menaçait de nouer ses lacets à sa place. C'était du moins ce que son père affirmait.

Mais elle avait un peu grandi, depuis.

— J'ai plein d'employés qui m'aident, dit-elle avec prudence. Mais ce concours est un événement d'envergure et on a sans arrêt des imprévus à gérer.

— Délègue plus de tâches à ton assistant.

— Drew est suffisamment occupé comme ça.

« Notamment à espionner l'un de tes coéquipiers », se retint-elle de justesse d'ajouter.

— Eva...

Danny soupira et frotta sa barbe naissante. Puis il se massa la base de la nuque. Eva s'efforça de ne pas se remémorer la sensation de ces poils courts et drus sous ses propres doigts, de ne pas envier sa main de se trouver là, à caresser ses cheveux et à masser son cou noué.

— Je n'en reviens pas que tu sois venu me chercher, dit-elle. Tout bouillonnant de rage et prêt à me déclamer ton manifeste enflammé contre les méfaits de la télé. Et quand j'arrive enfin à te faire voir mon point de vue sur la question, tu m'engueules parce que je travaille trop ! C'est quoi, ton problème ? On ne peut pas être ensemble alors tu as décidé de me rendre la vie impossible pour te défouler ?

— Ce n'était pas du tout mon intention ! s'indigna Danny. Et tu as peut-être raison pour ce qui est de la télé, mais j'ai raison en ce qui concerne ton rythme de travail. Aie l'honnêteté de le reconnaître.

Eva réprima un sourire. Elle s'amusait comme une folle à le provoquer. Elle tendit la main à plat, paume vers le bas, et l'inclina de gauche à droite.

— Mouais, dit-elle. Pas sûre ! Plus sérieusement, Danny : je n'ai pas le choix.

— Il y a forcément quelqu'un pour te donner un coup de main…

Eva enfila son sac en bandoulière et répondit, tenaillée par la jalousie :

— Je sais que dans ton équipe tout le monde se serre les coudes. Tes copains peuvent compter sur toi, et vice versa. Mais la vie n'est pas aussi simple pour moi, Danny. Je suis toute seule.

— Ça craint, affirma-t-il sans détour.

— Peut-être, mais c'est la vie que je me suis choisie. Le travail ne me fait pas peur et j'ai de l'ambition.

Elle haussa les épaules, geste qui incendia tous ses muscles fourbus. À en juger par le son qu'il venait d'émettre, Danny avait surpris sa grimace. Mais elle n'avait pas la force d'affronter ses reproches, et elle ferma les paupières.

— Que le travail ne t'effraie pas, c'est une chose. Mais tu ne dois pas le laisser te tuer à petit feu, lui glissa-t-il à l'oreille, ému.

Il posa les mains sur ses épaules et se mit à en masser les nœuds, non sans exprimer sa désapprobation.

Eva gémit. Elle titubait presque sous la pression de ses mains vigoureuses qui pétrissaient sa chair comme de la pâte à pain.

— Il n'y en a plus que pour quelques semaines. Je vais tenir le coup, murmura-t-elle.

— Pas sans quelqu'un pour te seconder, dit Danny, et son haleine balaya ses cheveux comme une douce brise.

Ses paumes étaient brûlantes à travers le mince tissu de sa robe et cette chaleur la relaxa mieux que ne l'auraient fait un bain et un grand verre de vin. Elle gémissait presque de bien-être et inclina un instant la tête contre son torse, les yeux clos.

— Pas besoin de second, balbutia-t-elle en repensant confusément à sa conversation avec Claire. Que des choix. Et du mérite. Je vais tout faire seule pour avoir le beurre et l'argent du beurre.

— Euh, d'accord. Tu n'es pas très cohérente, Eva. Il est temps d'aller te coucher.

Elle se pelotonna contre lui et noua un bras autour de sa taille musclée.

— Mmm, oui, allons au lit.

Danny eut un petit rire douloureux qui fit vibrer sa cage thoracique sous la joue de la belle endormie.

— J'essaie d'être sage, mais tu ne me facilites pas la tâche.

— Mais tu seras sage quand même, marmonna-t-elle, mi-soulagée, mi-dépitée.

Elle trouvait un certain réconfort à le connaître si bien. Elle lui faisait confiance : il n'abuserait pas de sa faiblesse.

— Eh oui, fit-il, je serai sage. Allez, ma puce, on remonte.

Danny la prit par l'épaule et la porta à moitié jusqu'à sa suite. Pendant tout le trajet, Eva garda le visage fourré dans son cou, plus détendue qu'elle ne l'avait été depuis des jours.

Tout s'arrangeait. Elle était à deux doigts de décrocher tout ce dont elle avait toujours rêvé. Mais, en sentant autour d'elle le bras de Danny, elle s'interrogea.

S'il disparaissait de sa vie, cela aurait-il encore un sens ?

Avant qu'elle ait le temps d'y méditer, avant que ses nerfs reprennent le dessus et la bâillonnent, elle bredouilla :

— Dis, quand le concours sera fini, tu ne voudrais pas qu'on... ?

Il fit halte et la contempla, les yeux écarquillés. Visiblement, il s'attendait à tout sauf à ça.

Prenant son courage à deux mains, Eva avança le menton.

— J'aimerais voir où cette histoire peut nous mener.

Lentement, un sourire s'étala sur le visage de Danny et un véritable feu d'artifice crépita dans ses yeux.

— Ça tombe bien. Moi aussi.

Ce fut aussi simple que ça. Il la serra dans ses bras, veillant sur elle jusqu'à ce qu'il l'eût ramenée à bon port. Eva avait l'impression de flotter.

Bien sûr, cela ne les engageait pas à grand-chose. Leur « promesse » restait vague et indéterminée, et il pouvait se passer beaucoup de choses d'ici à la fin du concours. N'empêche qu'Eva ne s'était encore jamais impliquée à ce point dans une relation avec qui que ce soit. Et Danny semblait partager sa joie.

C'était mieux que la cerise sur le gâteau. C'était la cerise, le glaçage, le gâteau, et le pâtissier.

C'était tout ce qu'elle désirait.

# 28

Le lendemain matin, Danny se réveilla avec toute l'énergie d'un homme qui a dormi du sommeil du juste pendant deux bonnes heures et demie.

Il aurait pu grappiller quelques minutes de sommeil supplémentaires s'il n'avait souffert en se couchant d'une monstrueuse érection : il sentait encore Eva s'abandonnant dans ses bras, lascive et assoupie, tandis qu'il la raccompagnait d'autorité jusqu'à sa chambre et la bordait.

Car, incroyable mais vrai, il avait trouvé la force de retirer à Eva sa tenue de femme d'affaires sexy, de la coucher et... de ne pas lui sauter dessus. Dès qu'il serait rentré à New York, il foncerait à l'église demander à ce qu'on le canonise. Saint Danny, patron des cuisiniers frustrés.

Cependant, quand le réveil sonna et que Winslow tituba en grognant jusqu'à la douche, Danny se sentait étonnamment en forme. Reposé, détendu, et prêt à tout donner.

Il rejeta la couverture et alla se poster devant la porte de la salle de bains. De la vapeur d'eau s'en échappait déjà.

— Magne-toi, Winslow, j'ai quelque chose à faire avant l'épreuve !

Rien que la morale réprouvât : il voulait simplement s'assurer qu'Eva allait bien après sa nuit mouvementée. Il n'arrêtait pas de penser à ce qu'elle lui avait dit : « Je suis toute seule. » Elle pensait n'avoir personne vers qui se tourner en cas de coup dur… Danny ne partageait pas son avis.

Elle pouvait se tourner vers lui.

Se rappelait-elle seulement la dernière partie de leur conversation, celle où elle lui avait fait part de son envie de le revoir après le concours ? Elle dormait à moitié à ce moment-là, aussi Danny essayait-il de ne pas se faire d'illusions. Mais elle l'avait dit ! Elle en avait eu envie, ne serait-ce que sur le moment. Alors, forcément, il était encore plus impatient que d'habitude de la revoir.

Le robinet se ferma dans un grincement.

— Je fais aussi vite que possible. Mais c'est du boulot d'être aussi canon, qu'est-ce que tu crois !

Danny soupira.

— OK, mais je passe directement après toi.

La porte s'ouvrit sur Winslow, une serviette en turban autour de la tête, une autre nouée en pagne autour de ses hanches.

— Mais dis-moi, qu'est-ce que tu as à faire de si bon matin ? La même chose qu'au milieu de la nuit, je présume ?

Zut. Grillé !

— Désolé de t'avoir réveillé, marmonna Danny en le bousculant pour s'engouffrer dans la salle de bains embuée.

— Y a pas de lézard, dit Winslow en l'y suivant.

Danny hésitait à retirer son bas de jogging. Win leva les yeux au ciel et se détourna avec ostentation.

— Tu fais ton timide ? Tu sais, j'en ai vu d'autres, des fesses ! Et de bien plus près que ça. Mais promis, je ne regarde pas.

Penaud, Danny se déshabilla et pénétra dans la cabine de douche, lentement, pour ne pas vexer son coéquipier.

— Désolé, marmonna-il une fois masqué par la vitre en verre dépoli.

— Vous, les hétéros, vous êtes vraiment trop coincés. Pourtant, tu n'as rien à cacher. Au contraire !

Winslow le taquinait, et Danny ne s'en formalisa pas. Il ouvrit l'eau chaude et entreprit de se masser les épaules avec le jet. Il évitait toujours de se mouiller les mains ; ses paumes avaient presque cicatrisé mais elles restaient sensibles à la chaleur.

— C'est que ce n'est pas donné à tout le monde d'être aussi « canon » que toi, répondit-il sur le même ton badin.

— Pas faux. Mais la flatterie, ça ne prend pas sur moi. Réponds plutôt à ma question ! Qu'est-ce que tu mijotes, Daniel ? Tu t'es trouvé une copine et tu ne veux pas nous en parler ?

Danny s'écorcha le coude sur le porte-savon et jura tandis qu'une douleur aiguë irradiait de son avant-bras.

— Je prends ça pour un oui ! dit Winslow d'une voix déformée – il était en train de se raser. Très bien, fais des cachotteries ! Joue-la perso ! Même si moi, quand j'ai des scoops, je partage. Tiens, par exemple… Attends deux secondes.

Danny profita de cette pause pour se shampouiner. Il entendit la porte de la salle de bains s'ouvrir et se refermer, puis l'aération se mit en marche au-dessus de Danny, aspirant la vapeur d'eau et emplissant la cabine de son vrombissement.

— J'en ai appris de belles, chuchota Winslow d'un ton théâtral, à propos de notre mystérieux Henry Beck.

Danny grogna et se passa la tête sous l'eau pour se rincer.

— Pitié, pas encore une de tes théories qui fait de lui un assassin à la solde du Mossad, ou que sais-je.

— Non, cette fois, c'est du solide.

Winslow semblait surexcité. Danny fronça les sourcils.

— Et tu le sors d'où, ton scoop ? D'ailleurs, ce n'est pas cool de fouiner dans le passé de ses coéquipiers. S'il voulait que tu saches d'où il vient et qui il est, il te le dirait.

— J'ai pas fouiné, promis, juré ! Mais écoute-moi ça, Danny. Pour le Mossad, je n'étais pas tombé loin. Beck a fait l'armée ! Ou peut-être la marine, mais pas dans les forces spéciales, et ce n'était certainement pas un assassin.

Danny chassa l'eau qu'il avait dans les yeux en réexaminant à la lueur de cette révélation certaines remarques que Beck avait laissé échapper au cours des derniers mois, sa culture personnelle, sa façon de cuisiner… Cela tenait debout.

— Et ce n'est qu'un début ! gazouilla Win.

— Je ne sais pas si je tiens à en entendre davantage…

Danny ferma le robinet et ouvrit la porte pour chercher une serviette.

Qui lui tomba d'elle-même entre les mains. Danny grommela un mot de remerciement, se sécha le visage et ouvrit les yeux. Winslow, habillé, sautillait sur place tant il était excité.

— Fais-moi confiance : c'est du lourd ! Et ça explique tout. Tout ce qui s'est passé depuis qu'on est arrivés à Chicago. On se doutait que Beck connaissait la hippie de la Côte Ouest, ça sautait aux yeux. Personne ne cogne un mec pour une nana à moins d'avoir un lien fort avec elle. Et Beck n'y est pas allé de main morte !

— Accordé, dit Danny en se frictionnant.

Il se fit un kilt de sa serviette et sortit de la cabine de douche.

— Donc je me disais qu'ils avaient couché ensemble, à une époque, poursuivit Win. Elle est plutôt mimi, dans son genre. Bien sûr, il faut aimer le côté peace and love et mère nature. Et les nichons.

— C'est bon, on a compris, l'avertit Danny en s'efforçant de ne pas pouffer. Et si Beck t'entendait parler de lui comme ça, derrière son dos ?

— Il ne peut pas m'entendre, sinon, je serais muet comme une tombe. Il me fout les jetons, mec ! Dès qu'il s'agit de Skye Gladwell, il débloque totalement. Et tu sais pourquoi ?

— Ils sont sortis ensemble ? hasarda Danny en saisissant sa brosse à dents.

Le reflet de Winslow apparut dans le miroir, derrière lui. Ses yeux verts étincelaient. Il jubilait.

— Mieux. Ils se sont mariés.

Danny faillit s'étouffer ; de la mousse au goût de menthe lui boucha soudain l'œsophage. Il prit une gorgée d'eau et dévisagea Winslow dans la glace.

— Je ne te crois pas. Et pas de blagues salaces sur le fait que j'avale !

— T'es pas marrant. Mais pour le coup du mariage, c'est vrai.

Il opinait vigoureusement, et ajouta :

— Et tu veux savoir le meilleur ?

— Ai-je vraiment le choix ?

Danny cracha dans le lavabo. À ce stade, sa question était purement rhétorique. Il devait connaître toute l'histoire afin de protéger son équipe, le cas échéant.

Winslow se pencha vers Danny et, pour une fois, la pile électrique qui lui servait de corps resta tranquille.

— Ils se sont séparés, mais ils n'ont jamais divorcé.

Danny fit face à son coéquipier, le cœur battant.

— Tu veux dire que… ?

— Ouaip. Beck et Skye Gladwell sont toujours mariés.

Ça, alors !

Le cerveau de Danny refusait de calculer les mille et une façons dont ce coup de théâtre risquait de mener son équipe à sa perte.

— Tu en es sûr ? Où as-tu déniché cette information ?

— Sur Internet, dans les archives publiques. Alors maintenant, tu vas cracher le morceau. Je t'ai confié mon secret, à ton tour !

Winslow affichait une mine suggestive.

Éberlué, Danny prit son rasoir et le contempla pendant un instant. Non, trop dangereux. Au train où allaient les choses ce matin-là, il risquait de se trancher la gorge. Il le reposa.

— À mon tour de quoi ?

Win émit un claquement de langue impatient.

— Allez, balance ! Ou confirme au moins ma théorie…

— Tu as une théorie. J'aurais dû m'en douter, grogna Danny. Écoute, Win, je n'ai aucune envie de…

— C'est Eva Jansen, j'en suis sûr !

Winslow brandissait son index vers le ciel comme un détective de bande dessinée en train de clamer « Eurêka ».

Danny tâcha de rester de marbre mais, vu le sourire étincelant qui s'étalait sur la face de son jeune ami, il avait visiblement échoué.

— Bon, j'avoue, on a eu une aventure, elle et moi, avant le début du concours. Mais ce n'était pas sérieux. Et c'est fini, maintenant.

En prononçant ces deux dernières phrases, Danny se sentit un brin menteur.

— J'en étais sûr !

Winslow frappa dans ses mains comme un gamin à son premier goûter d'anniversaire. Sourire machiavélique en plus.

— Bon, mais si vous ne faites plus crac-boum-hue, pourquoi est-ce que tu dois la voir ce matin ?

— Qui a dit que je devais la voir ? esquiva Danny.

Flûte, quelle heure était-il ? Il fallait faire vite.

Dans la chambre, il faisait froid et sec et Danny fonça vers sa valise pour en extirper un jean à peu près propre.

Beck s'était réveillé. Il faisait ses pompes et ses abdos matinaux, expulsant un chiffre entre chaque effort.

Une fois vêtu, Danny fixa un instant le dos musclé et transpirant de Beck. Fallait-il lui parler de ce qu'il venait d'apprendre ? Mais que dire ? Ce serait indiscret. Danny persistait à trouver malvenu de fouiller le passé des gens. Beck se confierait lorsqu'il le choisirait. Au pire, il serait toujours temps de le confronter si la situation devenait problématique.

— Mais ça la concerne, je me trompe ? lui cria Winslow depuis la salle de bains. Allez, Danny, c'est ton tour, aboule les infos !

De crainte que Beck ne leur demande pourquoi c'était le tour de Danny, ce dernier répondit précipitamment :

— Oui, ça la concerne ! Là, tu es content ? Je me fais du souci pour elle. Elle bosse trop, elle s'abîme la santé.

— Et alors ? s'enquit Winslow, en appui contre le chambranle de la porte de la salle de bains, lissant de la main son crâne rasé à blanc. C'est pas tes oignons, si ?

Voilà que Winslow lui donnait des leçons sur ce qui était ou non ses « oignons » ! C'était l'hôpital qui se moquait de la charité, et Danny le lui signifia par un regard amusé. Win eut la bonne grâce de rougir, mais il se reprit crânement :

— Sans rire, mec. Qu'est-ce que tu veux y faire ?

Danny s'assit sur le rebord de son lit et enfila ses chaussettes.

— Je vais juste m'assurer qu'elle a dormi et qu'elle sera debout à temps pour l'épreuve.

— Pourquoi ? demanda Beck, à genoux par terre, le souffle un peu court.

Avec ces deux paires d'yeux rivés sur lui, Danny se sentit soudain un peu bête. Il se pencha pour lacer ses tennis.

— Parce que... Je ne sais pas. Elle est sous l'eau, et il faut que je l'aide.

— Tu sais, l'avertit Winslow avec un discernement qui ne lui ressemblait guère, tout le monde n'a pas envie d'être aidé.

De sa voix grave et rocailleuse, Beck renchérit.

— Je suis d'accord avec Winslow. Eva Jansen n'a pas l'air du genre de femme qui aime qu'on l'encourage et qu'on lui tienne la main.

— Puisque je vous dis qu'elle a besoin d'aide, s'entêta Danny.

Il se leva et fourragea dans les poches de son pantalon de la veille pour y récupérer son portefeuille et la clé de sa chambre.

— Elle refuse de le reconnaître, mais elle frise le burn-out.

Winslow ne paraissait pas convaincu :

— Peut-être, mais...

— Les gars, lâchez-moi la grappe, dit Danny avec plus d'assurance qu'il n'en ressentait en réalité. Je n'essaie pas de la faire virer, je veux juste vérifier qu'elle tient le choc, qu'elle dort un peu et qu'elle se nourrit correctement. Rien de plus ! On se voit dans trois quarts d'heure. Ne soyez pas en retard au rendez-vous.

Sur ce, il sortit. Sans se retourner. Il ne tenait pas à ce que les deux autres recommencent à l'abreuver de recommandations idiotes. Comme s'il allait d'un coup renier son trait de caractère le plus marqué et cesser de materner ceux qui lui étaient chers ! Danny descendit directement en cuisine : il était prêt à parier qu'Eva s'y trouvait déjà, en pleine action.

Pourtant, en scrutant la salle par la vitre de la porte, il ne vit pas trace d'elle. Il n'avisa que son père, Theo, en grande conversation avec un homme. Danny entrouvrit la porte pour observer la scène de plus près.

L'homme n'était autre que Kane Slater. Que pouvaient-ils bien avoir à se raconter, ces deux-là ? Pour autant que Danny put en juger d'après leurs échanges des semaines passées, ils se vouaient une haine mutuelle à peine enrobée de courtoisie forcée.

« Ce ne sont pas tes oignons, Danny ! » s'admonesta-t-il en secouant la tête, atterré – la curiosité de Win semblait contagieuse.

Malgré sa bonne volonté, au moment où il s'apprêtait à refermer la porte, Theo prononça une phrase qui le glaça et résonna dans son cerveau comme un coup de gong.

— C'est ce qu'il y a de mieux à faire, roucoulait sa belle voix lisse et persuasive. Pour tout le monde, y compris Eva. Je sais que vous êtes proches. Si vous ne le faites pas pour nous, faites-le pour elle.

Qu'est-ce qui se tramait ?

Coinçant la porte du bout du pied, Danny se retourna pour inspecter le couloir : vide. Personne pour le surprendre en flagrant délit de cet acte d'espionnage stupide et potentiellement autodestructeur.

Et c'était tant mieux, parce qu'il aurait été bien incapable de s'arracher à la scène, désormais.

Kane coulait des jours heureux. En fait, il n'avait jamais été aussi comblé. Entouré de fous de gastronomie, comme lui, ainsi que de cuistots de génie, il passait ses journées avec l'une de ses meilleures amies et ses nuits avec la femme la plus cool, sexy, brillante et drôle qu'il n'avait jamais rencontrée. Et Kane avait rencontré Madonna, c'était dire !

Il aurait dû se douter que cela ne pouvait pas durer.

La vie lui avait enseigné au moins une chose : il faut toujours profiter à fond des bonnes occasions et en extraire la joie jusqu'à la moelle, parce que rien ne dure jamais. D'ailleurs, il s'inscrivait exactement dans cette démarche avec Claire Durand. Avec un succès mitigé. Il n'en finissait pas de découvrir ses multiples facettes et toutes les possibilités qui s'offraient à eux mais restaient toutefois juste hors de sa portée, tel le dernier fruit juteux sur la plus haute branche du pêcher.

Quand Theo Jansen avait demandé à lui parler, ce matin-là, avant l'épreuve, Kane pensait qu'il souhaitait s'entretenir avec lui de la compétition. Il était descendu en cuisine insouciant, guilleret, le corps encore délicieusement meurtri par ses activités nocturnes (quand Claire parlait de lions affamés, elle ne plaisantait pas ! Elle l'avait pratiquement taillé en pièces ! Et il avait adoré ça).

Il avait trouvé la pièce presque déserte. Bizarre. Les cameramen devaient pourtant avoir du matériel à installer. Mais non, seul se tenait là Theo, digne et immaculé au centre de la pièce. Il fixait les caméras d'un air suffisant.

— Vous vouliez me parler ? dit Kane, honteux de son T-shirt blanc, de son jean délavé et de ses bottes de motard.

— En effet.

Theo se tourna face à la porte. Il arborait l'air solennel propre aux conversations qu'on mène d'homme à homme. Kane réprima sa panique instinctive.

« Relax, se raisonna-t-il. Tu n'es plus un enfant et ce type n'est pas ton père. »

— Merci d'avoir accepté de me voir si tôt, fiston, dit l'autre comme par esprit de contradiction.

Brrr.

— Je vous en prie.

Kane s'avança, mains dans les poches, en s'efforçant de ne pas culpabiliser parce qu'il n'avait pas donné du « monsieur » à son aîné. Une vieille habitude dont il peinait à se débarrasser. Mais avec un peu de discipline, il y parviendrait !

— Je nourris quelques inquiétudes au sujet de… Ma foi, à votre sujet.

Kane tombait des nues. Qu'est-ce que Theo pouvait bien avoir à lui reprocher ? Avait-il mal fait son travail de juge ?

— Pourquoi ?

— À cause de votre relation avec Claire Durand, dit poliment Theo. J'espère que vous ne tenez pas trop à elle. C'est une femme étonnante et difficile à oublier. J'en sais quelque chose.

Il eut un petit rire humble, presque contrit, qui faillit le rendre sympathique à Kane, mais, dans le même temps, son cœur se glaçait dans sa poitrine.

— Je tiens énormément à Claire, dit-il.

Theo comptait-il lui servir le numéro de l'ex-protecteur ?

— Ne vous inquiétez pas, Claire et moi en avons longuement parlé : je suis jeune, du moins plus qu'elle, mais je sais ce que je veux.

Theo pencha la tête sur le côté et ses yeux gris se parèrent d'une expression pensive.

— Cependant, avez-vous songé aux conséquences de votre volonté sur cette femme à laquelle vous prétendez tenir ?

Les muscles de Kane se contractèrent comme ceux d'un coureur dans les starting-blocks ou d'un boxeur sur le ring, et il dut fournir un effort conscient pour déplier ses poings.

— Dites donc, je ne voudrais pas vous paraître grossier, mais cela ne vous regarde pas. Peut-être que vous connaissez Claire depuis longtemps, mais elle est avec moi maintenant. Vous avez eu votre chance et vous l'avez laissée filer.

— C'est vrai, admit Theo en joignant les mains comme en prière. Claire m'a fait comprendre qu'elle vous avait choisi.

Le cœur de Kane se décongela et se remit à palpiter gaiement comme un poisson retrouvant son bocal.

— Alors, restons-en là.

— Pas si vite, fiston.

Kane grinça des dents :

— Je ne suis pas votre fiston.

La mine austère de Theo se radoucit quelque peu :

— En effet, je vous prie de me pardonner. C'est que, voyez-vous, vous avez l'âge de ma fille. J'ai commis de nombreuses erreurs envers elle, des erreurs que, je l'espère, je suis en passe de corriger.

Kane tira machinalement un fil de l'ourlet de son T-shirt et se mit à le triturer.

— Je ne vois pas le rapport avec moi.

— Il n'y en a aucun, admit Theo. Mais il y a un rapport direct avec Claire. Je veux la reconquérir. Pour qu'elle fasse à nouveau partie de nos vies, à moi, et à Eva. Je peux offrir à Claire l'avenir qu'elle mérite. Ne lui souhaitez-vous donc pas le meilleur ?

## 29

Le poisson qui frétillait dans le cœur de Kane retomba mollement, écaillé et vidé. Le jeune homme dut se remémorer ses cours de placement de voix avant de parvenir à émettre un son.

— Qu'est-ce qui vous permet de penser…

Sa voix se cassa, et il reprit :

— Qu'est-ce qui vous permet de penser que vous pouvez lui offrir un avenir meilleur que celui qu'elle s'est elle-même choisi ?

Le respect éclaira les traits de Theo l'espace d'une seconde et comme à contrecœur.

— Claire est brillante, elle l'a toujours été. Et quelle ambition ! Quand je l'ai rencontrée, il y a quinze ans, elle était pigiste. Elle rédigeait des critiques gastronomiques pour des journaux régionaux et faisait quelques travaux de relecture pour arrondir les fins de mois. Elle a bâti sa carrière à la force du poignet et la voilà rédactrice en chef du magazine de cuisine le plus lu au monde ! Et vous savez comment elle y est arrivée ?

« En étant géniale ? » supposait Kane, mais il se doutait que cette réponse laisserait Theo de marbre, aussi se contenta-t-il de secouer la tête et d'attendre que l'autre dévoile son jeu.

— Claire n'a jamais rien laissé se placer en travers de son chemin. D'autres qu'elles se laissent détourner de leur carrière par le mariage ou la maternité…

Il haussa les épaules.

— …et libre à elles, je ne les juge pas ! Seulement, Claire n'est pas de ces femmes-là. Elle a toujours su ce qu'elle voulait et elle a tout sacrifié pour atteindre son but. Ainsi, elle s'est fait respecter, ce qui n'est pas chose aisée pour une femme dans ce qui reste à ce jour une industrie à prédominance masculine.

— Claire est une femme remarquable, vous ne m'apprenez rien, maugréa Kane en croisant les bras. Où voulez-vous en venir ?

Theo noua ses mains dans son dos.

— J'y viens, jeune homme. Claire a travaillé dur pour arriver là où elle se trouve aujourd'hui. Cela lui a demandé de la détermination, mais également des sacrifices. Elle est isolée. C'est la rançon de la gloire ! Nous en savons quelque chose, vous et moi, n'est-ce pas ?

— Je doute que nous ayons beaucoup en commun, monsieur Jansen.

— Ah, c'est là que vous faites erreur ! Nous tenons tous deux à Claire, ainsi qu'à Eva. Et nous savons tous deux que le succès se paie de solitude, et que toute réussite est précaire. C'est une chose de parvenir au sommet, encore faut-il y rester. Les concurrents sont partout, chacun s'efforce de vous détrôner... Si Claire devait perdre le respect de la communauté de la gastronomie – celui des restaurateurs, des chefs et des publicitaires qui constituent la force vive de *Délices* –, elle ne s'en relèverait pas. Je pense sincèrement que ça la tuerait.

— Monsieur Jansen, dit Kane en secouant la tête d'un air de dédain. Je suis peut-être musicien, mais je ne suis pas sensible au mélodrame et aux envolées lyriques.

Et pourtant. Si Jansen disait vrai ? Kane risquait-il malgré lui de salir le nom de Claire ?

— Moi, poursuivit Theo sans lui prêter aucune attention, je peux apporter à Claire un soutien inestimable du point de vue professionnel. Et sa relation avec moi ne ternira pas son image.

Sous-entendu : sa relation avec Kane, si. Il se remémora les objections que Claire soulevait, au début, à leur amour. Objections qu'elle avait fini par surmonter d'elle-même. Mais pensait-elle alors à ce genre de risque ?

La gorge nouée, Kane craignit d'être pris d'une quinte de toux.

— Si Claire sort avec moi, elle fera parler d'elle, dit-il en suffoquant à moitié.

Étant lui-même depuis des années la cible des magazines people et de leurs racontars, il connaissait les paparazzi et leur façon de procéder. On qualifierait Claire de « cougar », on spéculerait au sujet de son âge, de son poids, de la nature exacte de leurs ébats, et l'on monterait en épingle le moindre relent de scandale dans le but de booster les ventes.

— En tant que représentante haut placée d'une communauté professionnelle raffinée, elle a tout à y perdre, rebondit Theo Jansen.

— Bien sûr, marmonna Kane.

— Sans oublier l'aspect personnel de la situation, s'obstina Theo avec douceur mais sans pitié, comme s'il étouffait Kane avec un oreiller. D'ailleurs, Kane peinait de plus en plus à respirer.

— Claire et Eva ont toujours été très proches. Plus que tout au monde, je veux offrir à Eva ce dont mon incapacité à faire le deuil de sa mère l'a injustement privée : une famille stable et unie.

La rage se mit à bouillir dans les veines de Kane ; il l'accueillit avec gratitude.

— Vous pensez qu'en jouant au papa et à la maman avec Claire vous allez compenser aux yeux d'Eva vos années de négligence ? Ouvrez les yeux, Jansen : votre petite fille a grandi.

Theo grimaça : Kane avait mis dans le mille. Si seulement il avait pu en retirer plus de satisfaction.

— Je sais bien que ma fille n'est plus une enfant. Mais elle reste ma fille, ainsi que votre amie. Et c'est l'une des personnes qui compte le plus aux yeux de Claire. J'aimerais les rapprocher. Mais, pour ça, j'ai besoin que vous vous comportiez en gentleman.

— C'est-à-dire ?

— Quittez la partie. Rendez à Claire sa liberté. C'est ce qu'il y a de mieux à faire.

Il se tut un instant, et son visage digne et buriné se creusa. Il paraissait accablé de regret. Puis il reprit :

— Pour tout le monde, y compris Eva. Je sais que vous êtes proches. Si vous ne le faites pas pour nous, faites-le pour elle.

L'insupportable ton de Theo, si chaleureux et sincèrement navré, sonnait creux aux oreilles de Kane, comme une fausse note dans un accord. Cette discordance l'arracha à son impuissance passagère, et la colère l'aveugla ; il distinguait à peine la silhouette de Theo à travers la brume de son indignation.

Ce salaud était en train de le manipuler ! Il exploitait avec brio son sentiment de culpabilité, sa compassion, toutes les faiblesses qu'il avait pu trouver chez lui, son rival !

Mais il avait été trop loin. Theo venait d'éveiller la combativité de Kane. Celle qui l'avait motivé à s'entraîner des heures durant pour maîtriser des mélodies sur toutes sortes d'instruments, sans jamais se reposer sur ses facilités, incité à quitter la maison à dix-huit ans pour conquérir les scènes d'Austin, et poussé à enchaîner les enregistrements, les concerts, les tournées, jusqu'à ce qu'il accède à la gloire.

Kane Slater ne se laissait pas manipuler.

— Si vous voulez que je quitte la partie, il faudra me battre à la loyale.

Theo cligna des yeux.

— Je vous demande pardon ?

— Je me suis exprimé clairement.

Renonçant à sa posture défensive, Kane décroisa les bras et cala ses pouces dans les passants de son jean. Il était rompu aux arts du spectacle et connaissait le pouvoir du langage corporel.

— Monsieur Slater, dit Theo en soupirant ostensiblement, ne vous obstinez pas. Vous ne faites que repousser l'inévitable.

Kane éclata de rire. La rage de vaincre brûlait dans sa poitrine.

— Je ne crois pas en l'inévitable. La partie ne fait que commencer. Et, monsieur Jansen, j'ai l'intention de la gagner. Claire est à moi, et elle le restera.

Enfin, Theo tomba le masque du mentor compatissant. Un spasme d'irritation pure dérangea ses beaux traits mûrs.

— Imbécile. Elle s'amuse avec vous. Un peu de dignité, que diable ! J'essaie de vous épargner le ridicule.

— Vous m'emmerdez, et votre prétendue sollicitude, vous pouvez vous la mettre où je pense, dit Kane.

Les joues lui cuisaient. De rage, et de peur, peut-être : Theo venait de formuler à voix haute ses plus profondes craintes.

— Très bien, dit Theo.

Ses épaules tressaillaient comme s'il devait se faire violence pour ne pas ponctuer chacun de ses mots de quelque geste mélodramatique.

— Vous l'aurez voulu, ajouta-t-il. Mais quand Claire reprendra ses esprits et s'apercevra qu'il n'y a pas de place dans sa vie pour un type dans votre genre, je serai là, et elle me tombera dans les bras.

Kane, qui, pour sa part, ne reculait pas devant un brin de mise en scène, haussa un sourcil et se pencha à l'oreille d'un Theo furibard :

— Que le meilleur gagne.

Danny cligna des yeux et recula d'un pas.

Il avait l'impression qu'on venait de l'ensevelir sous une avalanche d'informations et son cerveau moulinait pour les digérer.

Sur la pointe des pieds (il préférait ne pas imaginer les conséquences si Theo et Kane s'apercevaient qu'on les avait épiés), il recula de nouveau…

et faillit pousser un cri : il venait de marcher sur quelque chose de mou.

Il se retourna et fit un bond : il se trouvait nez à nez avec Claire Durand.

Comme un idiot, il baissa les yeux pour voir sur quoi il venait de marcher. Zut. C'était son pied.

Le pied de Claire Durand, principal juge du concours de la Toque d'Or. Et objet de la conversation très privée dont il venait d'être le témoin clandestin.

Danny releva les yeux, affolé, et se rendit compte à son grand soulagement qu'il aurait pu rouler sur le pied de Claire en bus à impériale sans qu'elle remarque sa présence.

Elle avait les traits figés en un air absent des plus déconcertants. Toute son attention se concentrait sur les deux hommes qui se toisaient derrière la porte entrebâillée.

Un instant plus tard, Kane Slater déboulait comme une fusée, les joues rouges sous son bronzage de rock star. Un vrai câble électrique à haute tension.

Danny grimaça. Il aurait donné cher pour éviter d'assister à la scène qui ne pouvait manquer de s'ensuivre, mais il ne tenait pas à se faire remarquer. De toute façon, le temps que ses jambes réagissent, Kane avait déjà pilé devant Claire, stupéfié.

— Claire ! Il y a longtemps que tu es là ?

— Assez pour savoir que vous parlez de moi comme deux gosses qui se disputent un jouet.

Ses lèvres blêmes remuaient à peine. Kane se décomposa mais il restait trop survolté pour obéir à l'injonction muette que Danny lui adressait.

« Excuse-toi ! Demande-lui pardon ! Rampe à ses pieds ! »

Mais non. Kane secoua la tête.

— Ouais, c'était moche. Désolé que tu aies entendu ça.

Aïe ! Danny ferma les yeux et tenta de se soustraire par la pensée à cette débâcle. Mais il ne put s'empêcher d'ouvrir un œil pour scruter la réaction de Claire.

Comme prévu, elle le prenait mal. Glaciale, elle répondit d'une voix si basse qu'il dut tendre l'oreille.

— Je me doute que tu ne souhaitais pas être surpris en train de me traiter comme une marchandise, de déballer notre intimité et de te pavaner comme un coq.

Elle s'interrompit : la détresse déchirait son masque de reine des neiges. Enfin, Kane comprit que l'heure était grave.

— Non, Claire, ce n'est pas ce que je...

Trop tard. Claire brandit une main pour le faire taire et reprit le contrôle d'elle-même, rigide, comme si tous ses os venaient de se calcifier.

— Assez.

Cela devait arriver : Claire posa les yeux sur Danny, leur témoin muet.

— Mais laisse-moi t'expliquer..., tenta Kane.

— Il me semble que tu as fait part de notre vie privée à suffisamment de tiers.

La voix de Claire n'était qu'un murmure, mais si caustique qu'il venait à bout de tous les faux-fuyants de Kane.

Renonçant à jouer les hommes invisibles, Danny se peignit un sourire et lança :

— Euh, ne faites pas attention à moi. Je cherchais Eva, mais elle n'est pas là, alors je vais y aller. Vous laisser. Discuter.

Kane lui lança une œillade pleine de gratitude mais Claire rétorqua :

— Ce n'est pas nécessaire. Les autres cuisiniers ne vont plus tarder. Quant à vous, monsieur Slater, suivez-moi, nous avons des points de barème à régler entre juges.

Elle gagna la porte à grandes enjambées et l'ouvrit, attendant que Kane lui emboîte le pas.

Un silence électrique s'installa. La tête haute, livide, Kane ne bronchait pas. Il se contentait de la regarder. Danny, lui, retenait son souffle.

Enfin, le jeune rockeur se remit en mouvement. Mais, quand il fut face à Claire, il se pencha vers elle et lui dit :

— Comme tu voudras. Mais sache que ce n'est pas fini. Tu m'as entendu dire à Theo que je me battrais pour toi, et je le pensais. Même si c'est contre toi qu'il faut que je me batte.

Une lueur passa dans les yeux sombres de Claire, et Danny respira. Elle n'eut pas le temps de réagir, cependant : un carillon leur signalait l'arrivée de l'ascenseur.

Kane entra dans la cuisine sans se retourner et Claire l'imita, non sans adresser à Danny un bref signe de tête. Danny hocha la tête pour la rassurer : il avait compris son message, elle pouvait compter sur sa discrétion. Elle se détendit un peu et la porte de la cuisine se referma sur elle pile au moment où Ike Bryar sortait de la cabine d'ascenseur, son équipe sur les talons.

Danny oscilla sur place, fit craquer les articulations de ses doigts et médita à ce qui venait de se passer.

Bryar, un mastodonte au crâne rasé ceint ce matin-là d'un bandana noué façon karatéka, pointa Claire du doigt.

— Qu'est-ce qu'elle a, la juge en chef ?

Danny haussa les épaules :

— Le jury se réunit avant l'épreuve ; Jansen et Kane sont déjà là. Il n'est pas encore sept heures, je propose qu'on patiente cinq minutes.

Ike émit un son irrévérencieux avec sa bouche et s'adossa contre la porte. Sous sa masse considérable, elle s'entrebâilla.

— Tiens, c'est ouvert ! À ma montre, il est sept heures. On ne va pas poireauter ici comme des glands !

— Allez-y, moi, j'attends mon équipe, dit Danny, amusé. À tout de suite !

Il secoua la tête tandis que l'équipe du Sud défilait en se lançant des interjections braillardes.

Le carillon retentit de nouveau et l'ascenseur dégorgea une nouvelle fournée de cuisiniers. Dans le couloir, le volume sonore augmenta sensiblement, passant d'un silence feutré à une ambiance de match de foot. Danny fut emporté par la marée et se retrouva en cuisine.

Chacun gagna rapidement son plan de travail, déplia son range-couteaux en nylon et disposa ses ustensiles à portée de main afin de pouvoir s'en emparer automatiquement, sans y penser, le moment venu.

Eva ne tarda pas à faire son entrée. Elle portait une robe qui avait dû jusqu'à récemment lui faire une seconde peau. Mais le tissu violet moiré flottait désormais autour de ses épaules décharnées. Quand elle posa le bras sur celui de Drew et se pencha pour lui glisser quelque instruction, le vêtement plissa au niveau de son buste.

Drew manifesta son assentiment et fonça détourner la course de Theo, qui mettait le cap sur sa fille. Drew l'entraîna à l'écart pour permettre à Eva de s'entretenir en privé avec les cameramen.

— Elle ne te foudroie pas du regard, nota Winslow. C'est plutôt bon signe.

Agacé, Danny avoua :

— En fait, je n'ai pas eu le temps de lui parler.

— Tant mieux ! Regarde-la. Elle est au top !

Cheney, le type lourdingue avec qui elle négociait au *Blind Tiger*, formulait une requête et accueillait avec mécontentement ses dénégations désolées.

Danny se rembrunit.

— Elle était « au top » la semaine dernière. Là, elle n'a plus que la peau sur les os !

— Je te dirais bien de ne pas te biler, mais on te l'a déjà dit cent fois et rien n'y fait, maugréa Winslow, alors je ne vois pas pourquoi je me fatiguerais. Allez, un petit sourire ! Au moins, aujourd'hui, elle va faire un vrai repas : elle participe à la dégustation, rappelle-toi.

Eva acheva sa conversation avec Cheney, qui rassembla ses hommes pour les briefer tandis qu'Eva se composait un grand sourire.

— Bonjour, tout le monde !

Les cuisiniers lui rendirent son salut avec plus ou moins d'entrain. L'équipe de la Côte Ouest paraissait épuisée, comme si elle souffrait encore du décalage horaire. Les acolytes de Larousse semblaient, comme toujours, prêts à dégainer non pas des couteaux de cuisine mais des pistolets chargés dont ils n'hésiteraient pas à se servir.

Après les événements de la matinée, Danny dut faire un effort pour se replonger dans le bain de la compétition. C'était le moment qu'ils attendaient tous : la dernière épreuve avant la finale. Rien n'importait plus désormais que de faire partie le soir venu des trois équipes qui poursuivraient l'aventure.

Il était presque arrivé à se motiver quand Eva se mit à décrire ce qui les attendait.

— Comme vous avez dû le remarquer, nous avons multiplié les caméras pour l'épreuve du jour. Maintenant que Cooking Channel nous a rejoints, ajouta-t-elle, ravie, nous allons procéder à quelques petits ajustements, notamment en ce qui concerne le jury. J'y viendrai dans un instant. En attendant, je vous demande d'ignorer les caméras. Oubliez leur existence et concentrez-vous sur vos plats. C'est l'épreuve décisive ! Bonne chance à tous.

Par-dessus son épaule, elle héla Cheney :

— C'est bon, tout est en place ?

— Ça tourne ! répliqua-t-il en braquant son engin sur elle.

Eva décocha aux chefs un terrifiant sourire tout en fossettes et en dents blanches, puis s'achemina jusqu'à la longue table centrale qu'elle avait dressée la veille, celle que recouvrait une nappe blanche.

— Vous vous rappelez ce que je vous ai dit au début de la compétition, à propos de l'importance du travail d'équipe ? Eh bien, aujourd'hui, vous allez être regroupés en deux équipes.

La tension fendit l'air comme une balle de revolver. Danny dévisagea Eva, atterré. Une épreuve en équipe ? Pitié ! La compétition était assez stressante et stratégique sans avoir à coopérer avec l'ennemi !

Sourde aux murmures de protestation des chefs, Eva poursuivit :

— L'équipe du Midwest, vous travaillerez avec l'équipe du Sud.

Au moins, ils ne se coltineraient pas cette bombe à retardement qu'était Ryan Larousse, songea Danny dans un soupir. Mais Eva enchaîna :

— L'équipe de la Côte Est formera donc un binôme avec celle de la Côte Ouest.

À sa gauche, Winslow se pétrifia et Danny comprit les implications de la situation.

Beck allait devoir faire équipe avec Skye Gladwell, l'épouse dont il était séparé.

Le cœur de Danny se mit à cogner et son souffle s'accéléra. Il avait le droit de « se biler », à présent ?

— Aujourd'hui, vous aurez à relever un défi que rencontrent de nombreux chefs au cours de leur carrière.

Avec un geste théâtral, Eva ôta la nappe qui recouvrait la table. Dessous se trouvait une cuve pleine de homards vivants, un plateau de saumon, des steaks et une pile de poulets entiers non plumés.

Et pire que ça, encore. Quand Danny avisa ce qui trônait au milieu de la table, son sang ne fit qu'un tour : il s'agissait d'une énorme pièce montée ornée de roses blanches et coiffée d'un couple de figurines en smoking et robe ivoire.

— Vous allez préparer un menu de mariage à proposer à de jeunes fiancés.

Winslow s'étrangla.

— Win, ça va ? s'alarma Danny en lui posant la main sur le bras.

— Ça ne peut pas être un hasard, murmura-t-il, les yeux tellement arrondis par l'effroi qu'on en voyait le blanc. Oh, punaise. J'ai fait une grosse bêtise.

Eva poursuivait son speech, expliquait les modalités de l'épreuve et plaisantait sur les chausse-trappes à éviter, comme l'inévitable poulet caoutchouteux et le steak façon semelle. Danny ne l'écoutait que d'une oreille, sachant déjà ce qu'il allait devoir confectionner. Une pièce montée. Le cauchemar de tout pâtissier. Il se concentra donc sur son voisin.

Winslow paniquait complètement. Le jeune cuistot n'était pas de ceux qui souffrent en silence. Quand la tension montait, il craquait fréquemment. Mais Danny ne l'avait encore jamais vu dans un tel état de nerfs. Il semblait à deux doigts de se mettre à convulser sur sa planche à découper.

— Une bêtise ? Qu'est-ce que tu racontes ?

Winslow s'agrippa au rebord du comptoir d'acier inoxydable avec tant de poigne que ses articulations blanchirent presque instantanément.

— Je me suis fait avoir comme un bleu.

Danny suivit son regard. Il fixait le jeune Drew qui discutait avec Theo Jansen dans un coin de la pièce.

— Je lui ai parlé de Beck et de Skye Gladwell, gémit Winslow. C'est à cause de moi qu'il a creusé le sujet. On s'amusait, on jouait les détectives… Mais c'est lui qui a déterré le scoop que je t'ai confié ce matin, à propos de leur mariage. Il m'a juré qu'il garderait ça pour lui, mais il a dû en parler à sa chef : cette épreuve ne peut pas être le fruit d'une coïncidence.

Se sentant observé, Drew leur jeta un coup d'œil. Quand il croisa le regard accusateur de Winslow, il pâlit et se décomposa comme un vieux parchemin tombant en poussière. Il grommela un mot à Jansen et quitta la pièce en toute hâte, achevant de convaincre Danny que Winslow avait vu juste.

On les avait piégés.

Eva s'était servie de la relation de Winslow avec son assistant pour concevoir froidement une épreuve qui ferait des étincelles et séduirait l'exigeance de Cooking Channel.

Danny se tourna vers Beck. Il restait de marbre, les yeux parfaitement fixes. Mais n'en exprimait pas moins une souffrance muette. Danny fulminait. Eva n'allait pas s'en tirer comme ça.

# 30

— C'est injuste !

Les cheveux d'Eva se dressèrent sur sa tête. Elle fit volte-face et vit Danny, livide, les bras croisés, les muscles bandés, les yeux agrandis par la colère.

Le cœur d'Eva cessa de battre. Il avait tout deviné.

Grâce à la réactivité qu'elle tenait de son père, elle enclencha d'instinct la fonction « gestion de crise » et son cœur se remit à battre douloureusement contre ses côtes.

— Je suis navrée que l'épreuve du jour vous déplaise, monsieur Lunden, dit Eva d'une voix posée, mais votre équipe est aussi là pour prouver qu'elle sait travailler sous pression et produire des plats de qualité en dépit des distractions.

— Tant qu'il s'agit de distractions d'ordre culinaire et de pression professionnelle, aucun problème. Mais là, il s'agit d'autre chose !

— Eva, de quoi parle ce jeune homme ? gronda Theo Jansen en fronçant ses sourcils d'argent.

— De rien, affirma Eva machinalement, hypnotisée par la fureur du cuisinier.

— Ce dont je parle ? Je parle d'une organisatrice sans déontologie, qui exploite des données personnelles et s'en sert contre les candidats !

La bouche de Danny se tordit de douleur, et il conclut :

— C'est inadmissible, Eva.

Un frisson remonta le long de la colonne vertébrale d'Eva et la panique lui serra la gorge ; mille pensées bourdonnaient dans sa tête comme un essaim de guêpes. Enfin, elle se détourna et siffla à Cheney de couper.

Cheney ne cacha pas son déplaisir ; la scène était vendeuse. Et Theo, à côté d'Eva, leva une main impérieuse et lui fit signe de continuer à filmer.

Danny commenta, railleur :

— Filmez, filmez ! N'en ratez pas une miette ! Les femmes au foyer vont se régaler !

Il eut une moue de dégoût.

— Mais, à la fin, qu'est-ce qu'on fout ici ? Il n'est clairement plus question de gastronomie.

— Danny, chut...

C'était Winslow. Il le tirait par la manche en le suppliant de ses yeux verts déconfits. Mais Danny serra les poings de toutes ses forces.

— Non ! C'est mal ce qu'elle essaie de faire !

— Je ne peux qu'abonder en votre sens, déclara une voix solennelle, et tous les regards se rivèrent sur Claire.

Eva aussi la dévisageait, déboussolée d'avoir à ce point perdu pied en si peu de temps.

— Claire ! aboya Theo, mais son amie le fit taire d'une œillade assassine.

— Si cet homme dit vrai, si tu as effectivement utilisé des informations personnelles au sujet des candidats afin de dynamiser l'émission, je ne peux qu'abonder en son sens : c'est inadmissible.

Eva se sentait exposée face à cette armée de caméras qui ne la lâchaient pas, qui enregistraient chaque seconde de cet horrible moment.

Les deux personnes dont l'opinion comptait les plus à ses yeux venaient de la condamner en public.

Eva fut contrainte de regarder la réalité en face : elle avait mal agi. Du remords se profilait mais, sachant qu'elle ne s'en débarrasserait pas de sitôt, Eva le refoula. Il fallait parer au plus urgent : limiter la casse et aller de l'avant. Elle réparerait les dégâts plus tard.

Respirant profondément, chassant consciencieusement de son visage toute émotion, elle se calma. Il fallait qu'elle se maîtrise. Qu'elle désamorce la crise. Sachant qu'en regardant Danny elle perdrait tous ses moyens, elle se tourna vers sa plus vieille amie. Elle entendait encore son père lui défendant de céder ou de révéler la moindre faille.

— Je vous remercie pour cette intervention, Claire, mais conformément au règlement, les épreuves sont laissées à l'entière discrétion de l'organisateur de l'événement, soit, en l'occurrence, moi. Et si l'épreuve du jour paraît injuste à M. Lunden, je l'invite à considérer qu'il serait doublement injuste de revoir notre programme sur la seule base de ses récriminations.

C'était un argument vaseux, elle le savait alors même qu'elle le prononçait. Ravalant la boule qui montait dans sa gorge, Eva jeta malgré elle un regard à Danny. Devant la flamme indignée qui brûlait dans ses yeux, elle perdit le fil de son propre discours. Le silence s'installa dans la pièce.

Une seconde s'écoula. Puis deux. Puis trois.

— Bien ! dit-elle en rompant le silence comme un plongeur fend un lac d'eau glacé. Et si nous formions les équipes par tirage au sort ? Cela vous conviendrait-il mieux ?

Sans attendre de réponse, elle s'avança à grands pas vers la table centrale et y prit un bloc de couteaux en bois ainsi que quatre couteaux aux manches identiques. Elle plongea dans le bloc deux couteaux de vingt centimètres et deux de vingt-cinq, et étudia le résultat : impossible de les distinguer.

Eva trimballa le lourd bloc de bois jusqu'au centre de la cuisine et le posa sans ménagement devant Danny.

Et lui adressa ce message par télépathie : « C'est le mieux que je puisse faire. »

Puis, à voix haute, elle dit :

— Que chaque équipe m'envoie un représentant pour tirer un couteau.

Danny tendit la main et en empoigna un. Le métal siffla contre le bois lorsqu'il le dégaina. C'était un couteau long.

Skye Gladwell approcha dans un tintement de bracelets et de chaînes de cheville. Elle tira l'un des couteaux courts et le regarda un moment sans trahir aucune émotion. Dans la mine de Beck, cependant, Eva lut le soulagement, et le remords l'assaillit de plus belle. Mais ce n'était pas le moment de ruminer ! Elle fit approcher les deux derniers cuisiniers.

Ike Bryar tomba sur le deuxième couteau long : ses gars feraient équipe avec les New-Yorkais. Du coup, Skye Gladwell devrait collaborer avec Ryan Larousse.

Du coin de l'œil, Eva vit Beck se raidir de nouveau. Cela se comprenait, elle aussi flairait le danger. Mais au moins, cela ferait plaisir à Cheney.

D'un autre côté, en cet instant précis, c'était le cadet de ses soucis.

— Les équipes sont formées, déclara Eva en regagnant l'avant de la salle. À vos fourneaux ! Je repasserai vous voir dans quelques heures.

Les candidats se mirent au travail comme des chevaux de course au signal du départ, et Eva s'éclipsa.

Seul Danny resta immobile pendant quelques secondes à la dévisager. Le compromis d'Eva n'avait nullement atténué sa rage. Il la condamnait toujours de ses beaux yeux bleu-gris. Et... il était blessé. Eva sentit son torse se contracter et lui couper le souffle. Quand, enfin, il lui tourna le dos, elle tituba aveuglément jusqu'à la porte.

Elle l'avait perdu.

Cette certitude se logea dans sa gorge comme une pierre, rugueuse et inflexible. Envolé, leur échange de la nuit passée ! S'il avait ressenti quelque chose pour elle alors, c'était clairement du passé. Il ne voulait plus rien avoir à faire avec elle désormais.

Dans le couloir, il faisait plus frais mais Eva ne parvenait toujours pas à respirer. Il lui fallait une minute, juste une minute pour analyser ce qui venait de se passer, pour comprendre comment elle avait tout gâché et anéanti ses propres rêves, des rêves dont elle prenait conscience trop tard. Il fallait qu'elle respire.

Au lieu de quoi, elle tomba sur son assistant, effondré sur un fauteuil près des ascenseurs, blême et malheureux comme les pierres.

— Drew, lui dit-elle d'une voix blanche. Ça va ? Tu pleures ? Qu'est-ce qui t'arrive ? Raconte-moi.

Baissant la tête pour cacher ses yeux bouffis, Drew renifla.

— Il ne me le pardonnera jamais.

— Qui ça ?

— Win ! Winslow Jones.

Son cri de détresse retentit dans l'espace confiné.

— Il sait que je t'ai balancé des infos et maintenant il doit croire que je ne suis sorti avec lui que pour lui tirer les vers du nez, mais c'est faux ! Il me plaisait vraiment.

Les yeux d'Eva la brûlaient comme s'ils contemplaient le fond d'un four allumé. Le jeune homme paraissait bouleversé, et cela lui fendait le cœur. Elle avait justifié ses actes en faisant primer l'avenir de milliers de chefs inconnus sur la vie privée d'une poignée de cuisiniers, et elle se croyait capable d'assumer. Capable de jouer le jeu de Cooking Channel pour obtenir ce qu'elle voulait.

Mais elle n'avait jamais voulu en arriver là.

— Oh, Drew, je te demande pardon. Je ne voulais pas te faire de mal…

— Je sais, dit-il sans la regarder. Je m'en remettrai. De toute façon, je ne lui plaisais pas tant que ça. Pas autant que lui me plaisait…

Sa voix se brisa et Eva le prit dans ses bras pour qu'il ne formule pas cette vérité : qu'il ait plu ou non à Winslow, dorénavant, il n'aurait plus l'occasion de le découvrir.

Drew se crispa d'abord avant de soupirer et de laisser aller sa tête ornée de pics contre l'épaule d'Eva. Tout en serrant contre elle son corps décharné, Eva fixait le mur blanc du couloir. Drew n'était pas le seul à avoir perdu à jamais l'occasion de savoir comment les choses auraient pu tourner avec l'objet de son affection. Qu'avait-elle fait ?

Pour le dire poliment, Winslow déraillait. Depuis le tollé de la matinée, il n'arrivait plus à se concentrer. Sa mémoire comptait autant de trous qu'une râpe à fromage et il avait les nerfs à fleur de peau, comme si on venait de l'écorcher vif avec la râpe en question.

Danny l'épaulait du mieux qu'il pouvait mais, au sein du cadre collectif de l'équipe, chacun réalisait ses propres créations.

Les deux équipes du binôme gagnant partiraient en finale. L'autre binôme serait dissous et l'on départagerait les équipes qui le constituaient. Et l'une d'elle serait éliminée.

Cette épreuve serait plus brève que la précédente. Pour gagner du temps, on avait finalement renoncé à l'excursion chez *Fresh Foods* ; comme il s'agissait de tester les facultés d'improvisation des chefs, ils devraient composer avec des ingrédients présélectionnés. Certains leur étaient imposés : le homard, le saumon, et autres incontournables des mariages. Le défi consistait à faire de ces classiques quelque chose d'inédit et de renversant.

Les cuisiniers avaient eu jusqu'au déjeuner pour concevoir leurs plats : il leur restait l'après-midi pour les exécuter. Il allait falloir sprinter pour être prêts à dix-sept heures ! Alors sonnerait l'heure de la dégustation et les équipes s'affronteraient. En pas moins de dix manches. En effet, chaque équipe devait présenter deux fois cinq plats : deux propositions de soupes, deux salades, deux entrées, deux plats et deux desserts, dont une pièce montée. Un gâteau que Danny n'avait réalisé qu'en formation, jamais en vrai. Et, comme si l'épreuve n'était pas assez ardue comme ça, son équipe menaçait d'imploser d'une minute à l'autre.

Étonnamment, le plus calme de tous, c'était Beck. Lorsque Winslow laissa échapper son couteau pour la vingtième fois et qu'il se coupa le pouce, ce fut Beck qui abandonna temporairement ses homards et l'entraîna jusqu'à l'évier pour le lui rincer.

Max la jouait perso. Tout au bout de la table, il se livrait à des expériences bizarres sur de la peau de poulet. Non loin, Jo se penchait sur l'endive qui servirait d'accompagnement à son tournedos, non sans surveiller du coin de l'œil Beck et Winslow.

Elle croisa le regard de Danny et ils échangèrent une grimace d'inquiétude résignée : il fallait prendre son mal en patience et donner le meilleur de soi-même.

Et encore, elle n'était pas au courant de tout. Lorsque Skye Gladwell croisa Beck et en lâcha son fouet, Jo ignorait la raison de son trouble. Lorsque Beck le lui ramassa et le lui tendit, le manche en premier pour lui éviter de se tartiner les mains de pâte à gâteau, Jo ne pouvait pas deviner ce qui se cachait derrière ce geste anodin.

Mais rien n'échappait à Danny. Il vit la façon dont le regard de Beck s'attardait sur l'annulaire nu de la jeune femme. Il vit l'expression de repli de Skye, elle d'ordinaire si gaie.

Il vit tout cela et son torse se bomba sous l'effet de la rage.

Comment Eva avait-elle pu placer Beck et Skye dans la même équipe ? Et pour prévoir un repas de mariage, qui plus est ! Elle avait eu beau se raviser à la dernière seconde, Danny ne décolérait pas.

Quand Eva repassa après le déjeuner, il la battit froid. Elle leur exposa en détail la façon dont le jury départagerait les candidats, mais Danny ne l'écoutait pas. Il fit également abstraction des œillades inquiètes qu'elle lançait au sale mouchard qui lui servait d'assistant, à la main maternelle qu'elle posait sur son épaule ainsi qu'à la douceur avec laquelle elle s'adressait à lui. Sans doute lui demandait-elle d'autres renseignements de nature privée à exploiter !

Danny enclencha furieusement la plus haute vitesse de son mixeur. Les lames se mirent à vrombir en crachotant un mélange de guimauve et de sucre glace.

Danny lança un dernier coup d'œil à Eva. Il nota son teint hâve, ses gestes saccadés et l'inquiétude fondit sur lui.

Eva prit le mouchard par l'épaule et le mena vers la sortie, puis elle se retourna pour inspecter la salle une dernière fois. Ses yeux cernés trouvèrent ceux de Danny et, pendant un long moment, le temps s'arrêta et il ne pensa plus à rien. Sa beauté le faisait complètement chavirer, malgré sa moue d'enfant punie.

Mais Danny reprit ses esprits. Il afficha un rictus méprisant, plus irrité par sa propre faiblesse que par Eva elle-même, secoua la tête et se replongea dans la confection de son crétin de fondant caractériel.

S'il se plantait sur la température, il n'obtiendrait jamais la bonne consistance. Il avait opté pour un fondant pâtissier, meilleur mais plus difficile à réaliser qu'un glaçage à base de gélatine et de glycérol. Fronçant rageusement les sourcils, Danny se concentra sur ses délicates manipulations et s'efforça de chasser toute pensée intrusive. Il ne s'en sortait pas trop mal jusqu'à ce que Beck se dresse à ses côtés, le front barré d'une ride profonde.

— Je sais que tu es au courant pour Skye et moi, dit-il sans préambule. Win m'a tout raconté.

Danny commençait à se lasser de ces chocs incessants. Provenant d'une famille de cardiaques, il aurait apprécié un peu de ménagement ! Et le concours avait intérêt à lui rembourser les frais d'asile psychiatrique qui lui pendaient au nez.

— Désolé, dit-il, sincère.

Beck conservait un calme déconcertant.

— Ne t'excuse jamais pour ce dont tu n'es pas responsable. Tu n'as pas créé cette situation. Pas plus que Winslow, ni Eva Jansen.

— Comment peux-tu dire une chose pareille ? marmonna Danny, qui se méfiait des micros. Elle a déterré des secrets et s'en est servi pour tous nous manipuler !

Beck secoua pesamment la tête.

— Peu importe. C'est moi qui ai fait des mystères. Je n'aurais pas dû. J'aurais dû renoncer à cette histoire il y a des années. Seulement, c'est compliqué… N'empêche : si j'avais eu deux sous de jugeote, si je m'étais contrôlé quand ce petit merdeux de Larousse m'a provoqué, Eva n'en aurait jamais rien su. C'est ma faute, pas celle d'Eva. Et encore moins la tienne ou celle de Win. Alors arrêtez de culpabiliser, ça n'en vaut pas la peine.

Danny n'aurait pas été plus surpris si Beck l'avait attrapé par les chevilles et suspendu la tête en bas.

— Je ne t'ai jamais entendu prononcer un tel discours !

L'ombre d'un sourire flotta sur les lèvres austères du colosse. Braquant sur Danny sa pince à crustacé en acier, il ajouta :

— Et arrête de fusiller du regard Eva Jansen. Je te rappelle qu'elle va goûter nos plats. Évitons de nous la mettre à dos !

Sur ce, Beck regagna son poste et se remit à casser ses pinces de homard et à en recueillir la chair tendre et parfumée.

Danny le regarda, plein d'une admiration croissante.

Et il résolut de dire à Eva ses quatre vérités.

# 31

Claire trouva Eva dans la salle de dégustation. Elle était seule, assise devant la table vide, le regard fixe.

— Ma chérie ? Ton cameraman, cet imbuvable Cheney, te fait dire qu'il ne pourra pas filmer la dégustation ici. Il prétend qu'il n'y a pas suffisamment de place. Reviens en cuisine, c'est presque l'heure.

Eva l'entendit à peine.

— Est-ce que tu me détestes ? Comment ai-je pu me fourvoyer à ce point ?

Claire soupira et s'assit à côté d'Eva.

— Je ne te déteste pas et tu ne devrais pas te juger aussi durement.

Papillonnant des cils pour refouler ses larmes, Eva se tourna vers sa meilleure amie. Il fallait absolument qu'elle la comprenne.

— Mais j'étais prête à tout pour décrocher ce contrat avec la télé !

Claire prit l'air pincé et rétorqua :

— Oui, et pourquoi, à ton avis ?

— Ben... pour accroître la visibilité du concours, lever des fonds et permettre à plus de chefs de participer...

Claire secoua la tête et la lumière pailleta d'or son chignon auburn.

— Eva, tu sais que je t'adore, mais cesse de te voiler la face. Si vraiment tes intentions étaient si pures, te sentirais-tu aussi coupable ?

Eva réfléchit. Elle défendait sa version des faits depuis si longtemps qu'elle rechignait désormais à en gratter la surface pour plonger au cœur de ses motivations les moins avouables. Toutefois, le pragmatisme de Claire, direct, sévère et bienveillant à la fois, riva la jeune femme à son siège.

— C'est vrai que j'aimerais ouvrir le concours à plus de cuisiniers, comme ma mère en rêvait, commença Eva.

Mais un doute la taraudait, la forçait à retirer ses œillères.

— Je te crois. Mais tu cherches aussi à épater ton père, lui souffla gentiment Claire.

Une vérité complexe et dure à entendre commençait à se faire jour dans la tête d'Eva, écrasant toutes ses certitudes sur ses choix et son identité.

Elle avait voulu que le concours soit couronné de succès pour prouver à son père qu'elle serait digne, à sa mort, de reprendre la direction du groupe Jansen Hospitality.

— Je suis un monstre, geignit-elle en laissant sa tête s'abattre lourdement sur la table.

— Pas du tout, ma chérie.

Claire posa sa main gracile sur la nuque d'Eva, que cuisait la honte. La jeune fille respira un peu mieux.

— Tu n'es pas un monstre, mais un être humain. Tu as des sentiments et des motivations complexes. Et tu vaux mieux que ce que tu crois. J'ai foi en toi.

Ces simples mots, prononcés sans grandiloquence, firent à Eva l'effet d'une douce pluie sur une terre aride.

Elle n'avait pas tout perdu. Il lui restait au moins une amie. Qui lui faisait confiance, sachant qu'elle agirait pour le mieux. Peut-être le moment était-il venu d'essayer.

Peut-être qu'Eva se surprendrait.

Le chrono se rapprochait dangereusement de zéro et, en cuisine, la frénésie franchit un nouveau palier : on goûtait telle sauce une dernière fois, on ajustait en catastrophe tel assaisonnement avant de mettre la touche finale à la présentation des plats.

Danny regarda l'équipe adverse à la dérobée. Sous la houlette du tonitruant Ryan Larousse, ils avaient choisi de travailler collectivement à leurs différents plats et Ryan répartissait désormais de façon arbitraire les tâches de présentation. Skye Gladwell faisait grise mine ; les bras croisés, elle affichait clairement son mécontentement. Danny compatit : la stratégie de Ryan ne pouvait manquer de favoriser les heureux élus qui serviraient le jury. Sans compter que Ryan s'approprierait certainement le plat le plus réussi.

Plus tôt, alors que Winslow paniquait encore à cause de ce qu'il avait fait, il avait interrogé Danny :

— Tu crois qu'on aurait dû faire comme eux ? C'est une mauvaise idée, à ton avis, de préparer chacun son propre plat ?

— Certainement pas, l'avait-il rassuré. On s'est concertés, on sait que notre repas sera harmonieux au final, mais on reste avant tout des individus. On a chacun son propre style à mettre en vitrine.

Cependant, en comparant ses plats avec ceux de ses rivaux, il ne put s'empêcher de s'inquiéter. Sous le commandement de fer de Larousse, les concurrents avaient fait preuve d'une grande cohésion, tandis que Danny et ses troupes avaient travaillé de leur côté, et Ike Bryar et les siennes du leur.

Question travail d'équipe, on repasserait.

Les juges arrivèrent à la seconde où la sonnerie retentit. Danny ne quittait pas des yeux le plan de travail où trônait sa pièce montée, fière, superbe et délicieuse.

Du moins l'espérait-il. Comment en être sûr ? En pâtisserie, on ne pouvait pas goûter au fur et à mesure. Danny enviait parfois ses coéquipiers, qui salissaient en une heure cent petites cuillers à force de goûter et de regoûter chaque plat, à chaque stade de sa cuisson. Mais Danny avait un faible pour le sucré, aussi en prenait-il son parti.

Les plats de ses coéquipiers, simples et indémodables, lui semblaient réussis. Mais ils manquaient peut-être un peu d'audace ou d'originalité. Déstabilisés par la crise de la matinée, les cuisiniers s'étaient réfugiés en territoire connu.

La rage qui s'était allumée en Danny comme un brasier lorsqu'il avait compris la trahison d'Eva s'était quelque peu apaisée : répéter méthodiquement des gestes familiers pour transformer des ingrédients communs en un mets succulent l'avait calmé.

Mais il en allait de son honneur. Il ne pouvait pas laisser passer un tel outrage sans dire à Eva ses quatre vérités.

Alors, qu'est-ce qui le retenait de l'accuser sur-le-champ, avant que le jury se réunisse ?

Danny examina les juges. Ils se tenaient à droite de la haie de caméras, guettant le signal de Cheney. Eva s'y trouvait, elle aussi, mais Danny fit mine de ne pas l'avoir vue : il n'était pas encore prêt à l'affronter. À la place, il focalisa son attention sur Kane Slater, qui paraissait s'être calmé, lui aussi. À moins qu'il ne camoufle son agitation sous une épaisse couche de rock et de glamour en espérant berner son monde.

Claire Durand, en revanche, possédait un sang-froid redoutable : debout à côté du rockeur, elle paraissait parfaitement à l'aise, sereine, souriante. Danny devait être le seul à discerner les flammèches de colère contenue qui dansaient dans ses yeux lorsqu'ils se posaient sur Kane ou sur Theo.

Ce dernier se pavanait, plus content de lui que jamais. Ses traits ne reflétaient que la satisfaction et la conviction de diriger de main de maître les opérations.

Restait Eva. Qui fixait ses pieds. Cheney lui soufflait des instructions et lui faisait part de ce que les caméras avaient repéré. Danny ne distinguait pas l'expression de son visage, mais elle lui fit tant de peine qu'il se détourna aussitôt.

Il résolut de tenir sa langue... pour le moment. Se donner en spectacle sous l'œil avide des caméras, ça n'était pas son genre. Et cela ferait le jeu d'Eva. Par contre, une fois que le jury aurait rendu son verdict et se retirerait pour délibérer, il irait la trouver.

Étouffant la petite voix qui l'accusait de procrastination, Dany écarta légèrement les pieds, croisa les bras, et se prépara à assister à la dégustation.

Il faudrait patienter avant d'arriver au dessert. C'était d'autant plus stressant. Danny ne s'habituerait jamais à passer en dernier.

— Mesdames et messieurs, c'est l'heure ! dit Eva en gagnant le centre de la pièce. Posez les couteaux !

Les juges la suivirent et s'installèrent à la table centrale, qu'on avait débarrassée et dressée pour la dégustation.

Le collègue de Skye coiffé de dreadlocks (Danny n'avait pas la mémoire des noms) avait préparé une crème de panais aux chips de betterave avec Chantilly au safran. Son homologue de l'équipe d'Ike s'était contenté d'un classique : une soupe à la courge et au beurre brun parfumée de sauge grillée.

Les juges entreprirent de les comparer.

— La crème de panais est très parfumée, s'étonna Theo. Elle est vraiment végétarienne ?

— Promis, juré ! assura le chevelu.

— Vous avez dû faire griller vos légumes pour qu'ils rendent autant de goût, supposa Claire, et l'autre opina.

Elle sourit, satisfaite.

— La soupe de courge me plaît bien, dit Kane, mais elle est un peu fade.

— En général, on peut compter sur le beurre brun pour relever un plat mais, en l'occurrence, il l'alourdit, approuva Theo.

— En revanche, la sauge grillée apporte au plat une note intéressante, glissa Claire.

Danny s'étonnait de son propre stress – son cœur battait la chamade. Il ne s'était pas préparé à entendre en direct les moindres réactions et critiques des juges.

Retenant son souffle, il attendit que tombe le verdict :

— Le point va au binôme Midwest-Côte Ouest, annonça Eva en rosissant légèrement.

Elle ne s'était toujours pas risquée à regarder Danny, pas une seule fois depuis qu'elle était entrée. Ce dont il se moquait éperdument, bien sûr.

Des cris de joie retentirent à la table des vainqueurs tandis que le chevelu les rejoignait de sa démarche élastique, un sourire triomphal aux lèvres. Le responsable de la soupe de courge regagna lentement sa place, dépité.

— Plat suivant !

L'épreuve se poursuivit ainsi. Chaque duel emplissait Danny de crainte et d'espoir. Il comptait les points dans sa tête. Le deuxième alla également aux concurrents : leur potage de tomate avait l'air à tomber, contrairement au velouté de pois et de laitue de Winslow, qui avait visiblement manqué d'inspiration. De même, la salade de fenouil de l'équipe d'Ike n'arrivait pas à la cheville de celle de l'adversaire, une pure merveille à base de sucrines, d'avocat et de pamplemousse rose arrosée de vinaigrette au xérès.

Vint le tour de Beck de présenter sa salade, et, cette fois, Danny comptait bien voir son équipe remporter le point. Quoi qu'ait concocté l'émissaire de Larousse, cela ne pouvait pas valoir la fameuse salade de homard de Beck.

Elle se composait d'une poêlée de légumes verts et de champignons, servie en salade avec vinaigrette au champagne et bouchées de chair de homard au beurre, le tout agrémenté d'une sauce hollandaise à l'estragon. C'était un tel régal qu'elle ne restait jamais plus d'un quart d'heure à la carte d'*Au plaisir des sens*.

Les juges réagirent comme les clients du restaurant : en gémissant de plaisir sans aucune pudeur. Beck rafla le point et regagna sa table en battant l'air de ses poings, extatique, et Danny se rengorgea.

Winslow s'était laissé déconcentrer, mais la partie n'était pas finie. Quant à Beck, il avait triomphé de l'adversité et fait honneur à son équipe.

Danny retrouva enfin un peu d'optimisme. Il leur restait deux points à rattraper mais rien n'était encore joué.

Peut-être iraient-ils en finale. Il y avait de quoi se réjouir ! Alors pourquoi Danny se sentait-il si las ?

Les points volaient à toute allure. Les deux équipes étaient pratiquement au coude à coude. Les concurrents remportèrent un point pour leur première entrée, mais les créations de Max et de Jo leur en valurent chacun un, et les juges ne tarirent pas d'éloges à leur sujet. Hélas ! Quand vint le tour des plats, Larousse et ses hommes se surpassèrent : l'issue de l'épreuve demeurait incertaine.

Max remporta un point pour sa cuisse de poulet rôtie, sa salade tendre de feuilles de choux de Bruxelles et son croustillant de peau de poulet grillée, un mets admirablement contrasté. Jo se distingua avec son duo de médaillons de bœuf : l'un réduit dans une sauce au porto, l'autre accompagné d'une béarnaise riche en beurre et rehaussée de moutarde.

Ce fut Ike Bryar lui-même qui égalisa les scores avec ses croquettes de saumon aux petits pois, légères, moelleuses et dorées à souhait sur lit de semoule crémeuse et accompagnées de chou frisé sauté.

Quand les juges lui accordèrent le point, l'équipe de Danny laissa exploser sa joie.

Tout allait se jouer sur les desserts. À moins que le vent ne tourne, les concurrents n'avaient aucune chance.

Le tumulte retomba et c'est alors que Danny s'aperçut que Ryan Larousse n'avait encore rien présenté. Sa nervosité augmenta. Le connaissant, il avait dû se réserver le meilleur plat afin de s'attirer une salve de compliments. Donc, son dessert devait tenir la route. La posture détendue de Ryan confirma ce soupçon : il semblait confiant. Félicitant d'une bourrade virile l'un de ses coéquipiers, il décocha à Danny un sourire arrogant.

La panique s'empara du pâtissier. Il serra les poings pour s'ancrer sur place : chaque muscle de son corps lui criait de faire passer l'envie de rire à ce petit coq ou de se jeter aux pieds des juges pour leur présenter son gâteau.

Mais il restait une dernière manche à disputer. L'ordre de passage avait été établi et Danny devait le respecter, sous peine d'insulter ses coéquipiers. Et puis, après tout, les cupcakes au caramel du petit gros de l'équipe d'Ike étaient peut-être délicieux…

Catastrophe. Son homologue de la Côte Ouest tenait entre ses mains les plus jolies profiteroles que Danny avait jamais vues.

Il attendit la réaction du jury en apnée, à deux doigts de l'évanouissement.

— Je ne suis pas convaincue par les cupcakes, dit Claire en se tamponnant délicatement la bouche d'un coin de serviette. Trop sucrés à mon goût.

— Moi, je suis fan ! rétorqua Kane la bouche pleine et d'un air de défi.

Danny résista à l'envie d'embrasser sa joue mal rasée et maculée de glaçage.

— Les profiteroles, en revanche, dit Claire, manifestement concentrée, sont intéressantes. Les deux équipes ont eu l'idée de proposer des desserts individuels, ce que j'apprécie. Mais je préfère les profiteroles.

« Allez, allez… »

La prière silencieuse de Danny ne fut pas entendue. Dès l'instant où les juges cessèrent de délibérer pour se retourner face aux candidats, il devina ce qu'ils allaient leur annoncer.

— Le point va à l'équipe Côte Ouest-Midwest.

Danny eut l'impression qu'on venait de lui verser sur la tête un tonneau d'eau glacée. Enfin, Eva chercha son regard. Il y lut ce qu'il savait déjà.

Tout reposait sur lui.

# 32

Eva résuma la situation sans quitter Danny des yeux.

— L'équipe Côte Ouest-Midwest mène cinq à quatre. Le point final leur attribuera la victoire ou bien nous conduira à une épreuve supplémentaire. Mesdames et messieurs, êtes-vous prêts à présenter votre dernier plat ?

Danny baissa les yeux. L'émotion qu'il devinait dans ceux d'Eva lui était insoutenable. Il ignorait ce qu'elle ressentait, ce qu'elle attendait de lui…

Ce n'était pas le moment d'y penser. Il devait contrôler le tremblement de ses mains afin de ne pas laisser tomber sa pièce montée. Comme s'il marchait vers la potence, il gagna lentement la table du jury, son œuvre en équilibre entre ses mains, sans se laisser devancer par Ryan Larousse qui en faisait autant de son côté.

Lui aussi portait un gâteau. Un gâteau blanc et scintillant plein de copeaux de noix de coco, taillé comme une sculpture de glace avant-gardiste, étincelant comme un diamant.

Zut.

— Je vois que vous avez choisi de couper vos gâteaux devant nous, observa Theo en regardant Danny.

Malgré son ton indifférent, Danny se sentit obligé de se justifier :

— Je voulais vous faire profiter de la décoration. Une pièce montée doit être au moins aussi belle que bonne.

Et, sans se vanter, la sienne était magnifique. Danny, perfectionniste, s'avouait rarement satisfait mais, en l'occurrence, son dessert avait fière allure. Le fondant enrobait les deux étages de son gâteau comme un voile de soie. C'était peut-être un peu tape-à-l'œil, mais pouvait-on réellement trop en faire dans le cadre du concours de la Toque d'Or ? Danny trouvait que non. Aussi avait-il passé de longues minutes à confectionner de minuscules boutons de rose en sucre et en colorant. Le résultat était plus vrai que nature. Avec un reste de fondant, il avait fabriqué un ruban qui ornait à présent le gâteau d'une cascade de plis et de replis. Le tout brillait de mille feux. C'était une véritable œuvre d'art.

— Oui, oui, votre gâteau est très joli. Pour autant, j'espère que vous n'en avez pas négligé le goût ? Il s'agit avant tout d'un concours culinaire, l'avertit Claire.

Il faillit lui répondre du tac au tac sur un ton de dédain, mais se maîtrisa.

— J'en ai bien conscience.

Jamais il n'avait eu à ce point conscience de quoi que ce soit d'autre de toute son existence ! Chacun de ses battements de cœur ébranlait sa cage thoracique et se répercutait dans tout son être. Il avait le souffle court, comme si l'oxygène lui manquait. Une goutte de sueur ruissela le long de son oreille gauche et les poils de ses bras se hérissèrent. Il frémit.

— Et que dites-vous du gâteau de Ryan ? demanda Eva. Il est pour le moins étonnant !

— Il s'agit d'une composition à base de mangue et de noix de coco, expliqua Larousse d'une voix mielleuse. Dans mon équipe, nous avons travaillé de façon collégiale et mis toutes nos idées en commun, et nous sommes tombés d'accord pour faire quelque chose qui sorte de l'ordinaire, qui change de l'éternelle pièce montée blanche à la vanille.

Il ponctua son insinuation d'un regard appuyé vers l'œuvre de Danny.

— Je vous propose donc une génoise fine, richement fourrée à la mangue. J'espère que ça vous plaira.

« Faites que ça ne leur plaise pas ! Faites que ça ne leur plaise pas ! » psalmodia Danny en son for intérieur tandis que Larousse tranchait délicatement son gâteau et servait les juges.

Hélas, leurs visages s'illuminèrent l'un après l'autre, et Danny se décomposa.

— Exquis, ce gâteau, déclara Claire d'un ton critique en portant à nouveau sa fourchette à la bouche.

— Je suis fou de mangue, dit Kane, aux anges. C'est mon péché mignon. Il y a aussi du citron vert, non ?

— Tout à fait, confirma Larousse, obséquieux. L'acidité de l'agrume fait ressortir la douceur et la saveur du fruit, vous ne trouvez pas ?

Danny se retint de ricaner. Marier la mangue et le citron, quelle originalité !

— Merci pour cette information, le rembarra Eva en repoussant son assiette. Passons au candidat suivant.

Danny n'eut pas le temps de savourer la vexation de Larousse : il était trop occupé à sonder l'expression des juges qui mordaient dans sa création.

Expression proprement indéchiffrable. Pas moyen de deviner ce qu'ils en pensaient.

Danny sentit une pellicule de transpiration se former à la racine de ses cheveux. Il avait envie de racler nerveusement un peu de glaçage séché qui collait à sa veste, mais il se tint tranquille.

— C'est de l'amande qui donne ce goût à la pâte ? s'enquit Kane, surpris.

Danny s'éclaircit la gorge avant de répondre :

— Oui. La crème au beurre est parfumée au gingembre et à la cannelle et le gâteau lui-même est incrusté d'éclats d'amandes caramélisées.

— C'est léger, commenta Claire. Et moelleux.

— Ce qui est rare pour un gâteau supportant d'être monté en étages, ajouta Theo, impressionné.

Eva finit sa part et en ramassa les miettes du dos de sa fourchette.

— Il est très raffiné, dit-elle aux juges. Subtil et élégant.

Danny n'allait pas se laisser enjôler par les compliments d'Eva. Ils arrivaient trop tard ! Le menton en avant, il resta concentré sur les juges, qui seuls tenaient son sort entre leurs mains. C'étaient eux qui feraient pencher la balance, dans un sens ou dans l'autre.

L'équipe de Danny était éreintée. Physiquement, et émotionnellement. À vrai dire, Danny l'était aussi. S'il remportait le point, il lui faudrait encore affronter l'adversaire en une ultime épreuve, et cette seule perspective lui donnait la nausée. Pourtant, c'était leur seul espoir et il devait s'y raccrocher.

Le silence s'étira, insupportable, tandis que les juges se rapprochèrent pour se concerter. Plus le débat se prolongeait, plus Eva se décomposait, mais Danny refusait d'y prêter attention. Il patienta, l'air bravache.

Enfin, les juges reprirent leur place. Eva semblait pâle et souffreteuse. Comme si un imprévu de plus risquait de l'achever.

Elle s'adressa aux candidats.

— La décision n'a pas été facile. La question du style, notamment, a beaucoup joué. La consigne vous invitait à faire preuve d'innovation, d'originalité et d'esprit d'équipe, et, au final, le jury a choisi de récompenser les candidats qui leur ont paru le mieux incarner ces qualités.

L'estomac de Danny se noua. Il savait déjà ce qu'elle allait leur annoncer, même avant qu'elle lui lance un regard furtif et navré.

Eva dut s'y prendre à deux fois avant de parvenir à rendre le jugement :

— Le point va… Le point va à Ryan Larousse. L'équipe Côte Ouest-Midwest remporte l'épreuve.

La terre s'arrêta de tourner.

Danny, en tout cas, s'arrêta de respirer, et d'écouter, et s'il avait pu cesser d'exister, en cet instant précis, il l'aurait fait.

Au lieu de quoi, il fut plongé dans un état d'abrutissement total. Sa tête flottait à un mètre au-dessus de son corps et il ne percevait pas un son à part celui de son propre cœur résonnant vaguement dans le lointain. Cela ne dura que quelques secondes avant qu'il ne revienne, brutalement, à la réalité. Une douleur lancinante lui tenaillait les pieds, comme toujours après une journée passée à courir d'un bout à l'autre d'une cuisine, à piétiner dans la réserve, à se pencher au-dessus des plaques et du four. Après son étrange malaise, elle lui parut plus aiguë que jamais.

Dans son dos, les juges félicitaient les vainqueurs fous de joie, leur serraient la main, multipliaient les compliments sur leurs plats préférés. Danny, lui, resta planté là à tenter d'assimiler ce qui venait de se passer.

Il avait perdu. Il y avait cru jusqu'au bout. Son père l'avait chargé de réaliser son rêve pour son restaurant, et il avait échoué. Peut-être même que son équipe serait définitivement éliminée le jour même, qu'il lui faudrait rentrer à New York la queue basse, tout ça parce que Danny s'était laissé détourner de son but premier : le concours.

C'était sa faute.

Tout en battant sa coulpe, il suivait des yeux Eva qui se faufilait à pas heurtés entre les gagnants, sans aucune trace de sa grâce et de son énergie habituelles.

Oui, c'était la faute de Danny. Mais pas uniquement. On l'avait piégé. Une soif de vengeance monta en lui inexorablement.

Il méditait un plan lorsqu'une main se tendit devant lui entre les vestiges des deux gâteaux abandonnés sur leurs plateaux.

Danny cligna des yeux. C'était Ryan Larousse.

— Vous vous êtes bien battus, lui dit-il d'un ton dépourvu de moquerie.

— Mais c'est vous qui avez gagné.

Malgré lui, Danny s'autorisa à éprouver une pointe de respect pour son concurrent. Et se sentit un peu mieux.

— C'était mérité, ajouta-t-il. Vous avez fait du beau boulot. Nous, on a craqué sous la pression. Bravo.

Larousse grimaça.

— Ouais... Mais ça n'aurait pas dû se passer comme ça. Je sais que j'ai fait le con avec la petite Skye et ton coéquipier...

Il cherchait ses mots, comme s'il rechignait à s'excuser. Danny ne s'étonna pas lorsqu'il reprit son fameux air fat et décida, tout compte fait, de changer de sujet :

— J'espère vous voir en finale, si vous n'êtes pas éliminés avant. Bonne chance !

Danny prit la main de Larousse et la serra brièvement.

— Merci, lui dit-il, touché.

— D'ailleurs, il est temps pour le jury de se retirer afin d'en décider, décréta une voix.

Danny pivota : c'était Eva. Il se crispa de la tête aux pieds et la toisa. Les lèvres entrouvertes, elle garda le silence pendant un moment, comme si elle hésitait à en dire davantage.

Le silence s'étirait comme du caramel. Finalement, Eva courba la nuque et s'éloigna. Danny ne la suivit pas des yeux : lorsqu'il la contemplait, il lui semblait qu'on lui enfonçait une lame à la base du cou.

La tension retomba.

Scrutant la foule, Danny repéra son équipe, assemblée autour de leur table. Max enlaçait Jo. Beck se tenait à l'écart, l'air impénétrable. Il s'était beaucoup ouvert depuis son arrivée au *Plaisir des sens* mais, pour l'heure, il ressemblait à un géant de pierre, impassible, inébranlable. Ce qui tranchait d'autant plus avec la mine catastrophée de Winslow. Il n'avait jamais su masquer ses émotions.

L'assistant d'Eva entreprit de réunir les membres du jury et de les guider vers la sortie. Il croisa Win, mais ce dernier se détourna avant de capter la lueur d'espoir dans son regard. Danny, lui, la surprit. Et remarqua que les yeux de Winslow, d'ordinaire pleins d'éclat et de vie, ses yeux qui faisaient tout son charme s'étaient ternis comme deux chandelles mouchées.

Et la rage refit surface, balayant toute honte, toute culpabilité. Danny ne pensait plus qu'à une chose : débouler dans la salle des délibérations en lançant des accusations, humilier Eva comme elle avait voulu humilier Beck, la blesser comme elle avait blessé Winslow.

Percevant le regard de son frère, Max leva la tête. Il était sombre mais serein et respirait la compassion. Danny fit non de la tête et lui tourna le dos : il n'avait aucune envie de la compagnie de son aîné.

Sans réfléchir, il s'engouffra sur les traces du jury. Dans le couloir, il inspira sa première bouffée d'air frais et dépourvu d'odeurs de cuisson et de transpiration depuis de longues heures.

Il ne se sentait pas d'attaque pour encaisser les platitudes zen de Max sur le sort, le destin et la fatalité. Et il n'était pas encore prêt à faire contre mauvaise fortune bon cœur, pour son équipe.

Il n'avait qu'une chose en tête : la vengeance.

# 33

C'était l'heure de vérité.

Une expression dont Eva mesurait enfin pleinement la portée.

Elle ruminait sans cesse les propos pleins de sagesse que Claire lui avait tenus quelque temps auparavant. Il fallait qu'elle se regarde en face, sans se mentir à elle-même.

Hélas ! Le résultat ne lui plaisait pas.

D'un point de vue extérieur, rien à redire. Eva se trouvait même plutôt jolie. Sa robe mauve flottait autour de son corps amaigri et en adoucissait les angles. Pour perdre du poids, rien ne valait le stress !

Une veste en coton kaki complétait sa tenue et lui conférait une touche de professionnalisme. Ses chaussures, des richelieus blanc et beige à talons de dix, faisaient un poil too much. Mais elle avait eu besoin d'un coup de fouet, ce matin-là.

De plus, Eva avait sa vanité. Après tout, c'était peut-être la dernière fois qu'elle passerait à la télé avant un long moment.

Car ce qu'elle s'apprêtait à faire allait tout changer. Et lui coûter au passage le respect de son père, mais tant pis. De toute façon, il ne semblait pas disposé à le lui accorder.

Et, en son âme et conscience, Eva restait une femme d'affaires. Or, renoncer à son amour-propre dans l'espoir de plaire à son père, ce n'était pas un contrat, mais une arnaque.

Elle alla s'asseoir à la table des juges, une boule dans la gorge comme de la pâte à pain crue.

Claire ouvrit les hostilités : fallait-il éliminer l'équipe du Sud ou les New-Yorkais ?

C'était maintenant ou jamais.

Les tempes battantes, Eva se leva et fit face aux trois autres, très vite, de peur de changer d'avis ou de se dégonfler.

— Avant de commencer, j'ai quelque chose à vous dire.

Claire ouvrit des yeux ronds et considéra avec douceur l'air anxieux de sa jeune amie.

— Ça ne peut pas attendre ?

Le malaise d'Eva s'intensifia, mais elle le refoula.

— Non. Si j'attends, je vais faire un ulcère ou quelque chose dans ce goût-là.

— Tu préfères qu'on te laisse seule avec ton père ? proposa Claire, qui se dirigeait déjà vers la sortie, à la consternation de Theo.

Eva eut un bref sourire plein de reconnaissance. Enfin, elle parvint à articuler :

— Non, restez. Ce que j'ai à dire vous concerne tous.

Claire inclina vivement la tête, la main sur la poignée, de sorte qu'Eva craignit qu'elle s'en aille quand même et l'abandonne seule à son sort, sans aucun soutien moral.

Mais elle se rassit et croisa les mains sur la table.

— Nous t'écoutons, dit-elle de sa voix douce.

Eva se sentit inondée de gratitude. Sa nausée se dissipa et sa nervosité s'atténua.

— Eh bien, explique-toi ! ordonna Theo en haussant un sourcil broussailleux. Qu'est-ce que c'est encore que cette comédie ?

Eva tenta maladroitement de sourire. Cette fois non plus, son rictus ne dura pas.

— Désolée, papa, dit-elle. Ça ne va pas te plaire.

Alors, Eva crut apercevoir quelqu'un à la porte. Elle n'avait vu qu'un éclair blanc mais son esprit hagard et agité reconnut immédiatement la veste d'un cuisinier. Troublée, elle fixa de nouveau la porte entrebâillée.

Le revoilà. Cet éclair blanc fulgurant. Instinctivement, Eva sut de qui il s'agissait.

— Danny, lança-t-elle. Entre, ça te concerne, toi aussi.

Après une longue pause, la porte s'ouvrit. Elle avait vu juste : c'était bien Danny qui se tenait là, les traits déformés par la rage.

— Monsieur Lunden, murmura Theo en reconnaissant le candidat.

Il ne se doutait pas du choc qu'Eva lui réservait. Elle serra les dents et rassembla tout son courage. La tête haute, elle regarda en face chacun de ses interlocuteurs, tour à tour, en terminant par Danny.

C'était le moment.

Sans cesser d'admirer ses yeux couleur d'acier, elle dégaina sa serviette et en sortit l'épaisse liasse de documents que Cheney lui avait remise. Bizarrement, ses mains ne tremblaient pas.

— Voici les contrats que j'ai négociés avec Cooking Channel. Ils cèdent aux producteurs les droits sur toutes les séquences d'ores et déjà filmées par Cheney ainsi que sur toutes celles que son équipe filmera d'ici à la fin de l'émission.

Les yeux de Danny lancèrent des éclairs… avant de s'écarquiller : Eva venait de déchirer les premières pages de la liasse.

— Mais que fais-tu ? Tu es folle ! rugit son père à pleins poumons.

— Je mets un terme à notre collaboration avec Cooking Channel, dit Eva d'un ton précipité mais sans réplique.

Elle agissait pour le mieux, se rappela-t-elle en voyant s'horrifier son auditoire.

Pour plus d'effet, elle déchira encore quelques pages, puis son père sauta par-dessus la table et fondit sur ce qu'il restait du contrat.

Eva le brandit hors de sa portée en semant de petits morceaux de papier, et Theo renonça. Sans doute s'était-il rendu compte qu'en pourchassant sa fille à travers la pièce il compromettait sa dignité. Il prit une profonde inspiration et passa ses mains dans sa tignasse poivre et sel.

— Peut-on savoir pourquoi tu as choisi de jeter aux orties tout ce pour quoi nous œuvrons depuis que ta mère a conçu ce concours ?

Eva ferma un instant les paupières pour accuser ce coup.

— Papa...

Sa voix avait des inflexions geignardes, mais elle n'y pouvait rien. Il fallait qu'il comprenne.

— Maman aurait détesté cette version du concours.

— Qu'est-ce que tu racontes ? C'est exactement ce dont nous étions convenus. Ce que tu m'as promis ! Et tu me dois des explications.

Près de la porte, Danny remua, attirant l'attention d'Eva. Son visage ne trahissait aucune émotion, il aurait aussi bien pu s'agir d'une statue de bronze. Pourtant, malgré la peine que sa vue lui causait, Eva se réjouit de sa présence : plus que quiconque, il méritait d'entendre la vérité.

— J'ai commis quelques... erreurs de jugement, dit Eva, le menton en avant. J'ai fait des choses dont je ne suis pas fière, dans le seul but de booster l'audimat de l'émission. J'ai compromis mon intégrité, ma déontologie et le concours lui-même.

— Ma chérie...

La voix triste de Claire faillit la faire flancher, mais Eva redressa le buste et poursuivit vaillamment.

— Tout ce dont m'a accusée Danny est vrai. Je ne voulais pas que les choses aillent aussi loin, et je n'ai jamais eu l'intention de truquer la compétition ! Pourtant, c'est ce qui s'est produit. Papa, mon comportement a été méprisable. Or tu sais que maman voulait que ce concours incarne certaines valeurs. Elle voulait mettre en lumière le talent des cuisiniers et non leur vie privée. Je l'ai trahie et j'ai perverti son héritage, et je le regrette amèrement.

La honte et le chagrin lui brûlaient les yeux mais Eva ne baissa pas la tête, non : elle se força à affronter le regard choqué des personnes qui étaient les plus chères à son cœur. De toute sa démarche, ce fut la partie la plus pénible.

— Je vous laisse décider de mon sort. Si vous jugez que je dois renoncer à mes responsabilités, je ne m'y opposerai pas. Je disparaîtrai dès que j'aurai congédié Cheney et que sa troupe sera repartie pour Los Angeles avec tout son barda. Mais avant, j'ai une dernière requête à formuler.

Elle surmonta alors une nouvelle épreuve. Elle soutint le regard de Danny.

— Ne pénalisez pas l'équipe de la Côte Est pour mes erreurs. Et je ne vous dis pas ça uniquement parce que je suis… amoureuse de l'un de ses membres.

Danny cligna des yeux et un spasme agita son menton, comme si sa mâchoire avait manqué de se décrocher. Mais il ne prononça pas un mot. Dans les secondes qui suivirent sa déclaration, Eva sentit son cœur se déchirer comme l'une des feuilles du contrat résilié.

C'était terminé. Elle l'avait bel et bien perdu.

Mais elle avait encore des choses à dire. Elle se déroba au regard de Danny. Son soulagement, toutefois, fut de courte durée : il lui fallait désormais affronter celui de son père.

— Tu hésitais à me confier la direction du concours, mais tu m'as donné une chance, et je t'en remercie infiniment. Ce challenge m'a énormément plu. Je regrette d'avoir échoué. De t'avoir déçu. Mais, surtout, je regrette de m'être déçue moi-même.

Sa voix se brisa et le cou et les joues d'Eva s'empourprèrent violemment.

Voilà. C'était fait. Son père ne lui remettrait jamais les rênes du groupe Jansen. Elle avait vraiment tout perdu.

— Eva...

Theo fronçait les sourcils, le visage plus buriné que jamais.

— Parfois, le chemin de la réussite est pavé de demi-échecs.

La migraine d'Eva revenait. Le sang lui battait aux tempes et des élancements lui martelaient le crâne.

— Qu'est-ce que tu veux dire ?

Theo soupira.

— Je veux dire... que tu as raison. Ta mère n'aurait pas souhaité qu'on fasse de La Toque d'Or une émission de téléréalité. Et elle m'en aurait voulu à mort de te mettre la pression pour que tu t'orientes en ce sens ! J'avais tellement à cœur d'accroître notre visibilité que j'en ai perdu de vue l'essentiel.

Eva hocha la tête et son dos se dénoua comme sous un jet d'eau tiède.

— Le concours, déduisit-elle.

Son père grimaça comme s'il était en proie à une vive douleur.

— Non, Eva. Pas le concours.

Médusée, Eva serra les poings, chiffonnant les feuilles qu'elle tenait toujours entre ses mains moites.

— Quoi, alors ? Je ne comprends pas.

Lentement, Theo alla se placer pile en face d'Eva.

— J'aurais dû te dire ça il y a longtemps. Seulement, jusqu'à récemment, j'ai été trop absorbé par mes propres affaires pour m'apercevoir de ce qui se tramait. Mais à présent, vu la situation... Eva, je tiens à ce que tu saches que je t'admire beaucoup pour ce que tu as fait aujourd'hui. Ce genre d'acte exige beaucoup de courage, et il en faut pour diriger un empire dans l'industrie de la restauration.

Eva tenta de sourire mais son cœur débordait, saturé d'émotions contradictoires.

— Merci, papa.

Theo prit sa fille par les épaules et plongea son regard dans le sien pour donner plus de poids à sa conclusion :

— Eva. Il faut encore que nous discutions de ce qui se passera lorsque je prendrai ma retraite mais, quoi qu'il advienne, tu seras toujours ma fille, et je t'aimerai toujours.

Cette maudite migraine la faisait larmoyer. À moins qu'elle ne soit en état de choc. Quoi qu'il en soit, Eva ne savait que répondre.

— Alors… Tu ne m'en veux pas trop d'avoir déchiré le contrat avec la télé et de démissionner de mon rôle d'organisatrice ?

— Je te l'ai déjà expliqué : tu avais raison en ce qui concerne Cooking Channel, s'irrita Theo. Il faut te le dire en quelle langue ?

La jeune femme retrouvait le père ronchon qu'elle connaissait. Elle se dérida un peu.

— Quant à démissionner, il n'en est pas question, décréta Claire sans demander son avis à personne. Cela se passe de discussion. Je suis le juge en chef et je refuse tout net que tu t'en ailles.

— Vraiment ? Je peux rester ?

Eva n'en croyait pas ses oreilles. Par réflexe, elle consulta son père du regard, s'attendant presque à être punie pour avoir osé s'opposer à lui.

Mais Theo se borna à lui caresser les cheveux et à la prendre par la joue ainsi qu'il le faisait depuis qu'elle était toute petite. Il lui sourit, l'œil un peu humide, lui aussi. Eva, pour sa part, devait lutter pour ne pas éclater en sanglots.

— Et toi, lui dit Theo, tu ne m'en veux pas trop d'avoir été un père lamentable ?

— Oh, papa !

Eva hoqueta et se jeta dans ses bras. Il y avait longtemps que son père ne l'avait plus tenue ainsi contre lui.

— Savoir reconnaître ses erreurs, dit-il, la bouche contre ses cheveux, est l'une des premières choses que doit apprendre tout grand dirigeant. Et, pour les gens comme toi et moi, c'est loin d'être évident.

— Toi, comment y es-tu arrivé ? demanda Eva, le visage enfoui au creux de son épaule.

Elle l'entendit sourire :

— Facile. Ta mère se faisait un devoir de me rappeler que je n'étais pas parfait ! Et que personne n'est infaillible.

La gorge d'Eva se serra.

— Elle me manque, confessa-t-elle en tremblant de la tête aux pieds.

Elle et son père n'évoquaient jamais cette femme dont la mort avait bouleversé leurs vies.

— À moi aussi, Eva. Chaque jour. Mais elle serait si fière de toi ! Et je le suis, moi aussi.

Eva noua ses bras autour du dos large et rassurant de son père et y puisa des forces pour affronter les épreuves qui l'attendaient encore.

Quand l'afflux d'émotions menaça de la submerger, Eva se dégagea de crainte de se mettre à pleurer comme un veau devant tout le monde.

— On se donne en spectacle, murmura-t-elle.

Claire avait les yeux embrumés ; Kane regardait ailleurs, l'air de rien.

Et Danny…

Danny était parti.

Eva n'avait peut-être pas tout perdu, finalement, mais elle avait perdu Danny.

Pour toujours.

Le cœur brisé, Eva rajusta le col de chemise de son père et essuya le mascara qui maculait son veston.

— Je vais parler aux cameramen, dit-elle. Je vous laisse reprendre le cours de vos délibérations.

Theo se rassit et toussota :

— Il est vrai que deux équipes attendent dans l'angoisse notre verdict.

— Ensuite, je filerai à San Francisco préparer les étapes suivantes. Il y a beaucoup à faire ! ajouta Eva avec une gaieté forcée.

Et peu crédible, à son humble avis, mais avec un peu de chance les autres n'y verraient que du feu. Elle se dirigea vers la sortie.

Avec un regard chatoyant, Claire l'intercepta et lui donna une accolade.

— Tu as fait le bon choix, Eva. Je suis fière de toi.

— Mieux vaut tard que jamais, n'est-ce pas ? bredouilla Eva, contrite. Merci de me remettre dans le droit chemin quand je m'égare. On se verra à San Francisco.

Elle adressa un signe à Kane, qui observait un tel silence qu'elle avait presque oublié sa présence, tout occupée qu'elle était à confesser et expier ses péchés, et s'enfuit.

Dans le couloir, elle s'accorda une seconde de répit.

Elle l'avait fait. Elle allait de nouveau pouvoir se regarder dans le miroir. Et son père l'avait bien pris, bien mieux qu'elle n'avait osé l'espérer.

Elle avait lavé sa conscience et reconquis l'amour et le respect de son père.

Pourtant, elle était dévastée.

Il ne fallait pas se leurrer. Danny l'avait dévisagée comme une parfaite inconnue. Une inconnue qu'il n'avait aucune envie de rencontrer. Voilà qui en disait long sur ses chances de lui faire comprendre…

… Quoi, au juste ? Il n'y avait rien à comprendre. Aux yeux de Danny, Eva avait commis l'impardonnable.

Elle avait blessé ses coéquipiers. Ses amis.

La lutte était perdue d'avance : Danny privilégierait toujours ses amis à Eva.

Toujours.

# 34

Dans la tête de Danny, les pensées et les émotions se bousculaient. Ce qu'Eva avait dit, ce qu'elle avait fait, les risques qu'elle avait pris pour réparer ses actes… Il ne parvenait à en tirer aucune conclusion.

De retour en cuisine, il vit Cheney prendre un appel sur son portable et froncer les sourcils puis quitter la salle au pas de course. Danny retint une exclamation.

Eva ne bluffait pas. Elle l'avait vraiment viré !

Quand les juges reparurent, les caméras avaient été éteintes et l'équipe de tournage recouvrait les objectifs et enroulait les câbles. Mais cette agitation ne suffisait pas à faire oublier aux chefs leur préoccupation principale : savoir quelle équipe allait être éliminée.

Le pauvre Winslow, qui supportait mal le suspens, frisait l'hyperventilation. Passant le bras autour de ses épaules, Danny lui redonna des forces et en puisa lui-même dans la présence de ses coéquipiers.

Soudain, le silence se fit. Même les vainqueurs se turent pour savoir qui irait en finale.

Claire Durand s'avança. Son beau visage grave ne conservait pas une trace de la compassion qu'elle venait de témoigner à Eva. Non, lorsqu'elle prit la parole, ce fut avec un détachement tout professionnel.

— Premièrement, comme vous l'avez sans doute remarqué, l'équipe de filmage nous quitte. Nous avons renoncé à diffuser le concours de la Toque d'Or sous forme d'émission télévisée afin de nous recentrer sur l'essentiel : la gastronomie.

Cette révélation déclencha une mini-onde de choc parmi l'assemblée mais Claire haussa une main et le silence revint : les chefs n'y tenaient plus, ils voulaient connaître le verdict.

— Ainsi, après mûre réflexion, les juges ont décidé de départager les candidats de la dernière épreuve sur la base de plats individuels. Les cuisiniers de la Côte Est et ceux du Sud nous ont présenté des plats intéressants et savoureux, qui nous ont beaucoup donné à réfléchir. Cependant, au sein de l'équipe perdante, ce sont les candidats new-yorkais qui ont marqué le plus de points.

Le rythme cardiaque de Danny s'intensifia et Winslow lui agrippa soudain la main.

— C'est pourquoi, reprit Claire, je suis au regret de vous annoncer l'élimination de l'équipe du Sud.

Win ploya sous le bras de Danny, Max poussa un cri de liesse et fit tournoyer Jo dans ses bras, et Beck baissa la tête, les cheveux tombant en voile devant son visage.

Ses hommes sur les talons, Ike Bryar alla serrer la main des juges et les remercier pour cette opportunité. Il était évidemment déçu mais prenait son élimination avec philosophie. Ensuite, il serra la main de chacun des candidats de l'équipe de Danny.

— Il faut bien qu'il y ait un perdant, dit-il.

Winslow avait repris suffisamment de forces pour lui donner une bourrade fraternelle. Bryar sourit :

— C'était un honneur de bosser avec vous. Bonne chance à San Francisco, on croisera les doigts pour vous !

Danny le remercia et le regarda rassembler ses troupes et s'en aller tandis que les autres laissaient bruyamment éclater leur joie.

Étrangement, Danny n'avait pas le cœur à la fête.

Une fois n'est pas coutume, ce fut Max qui s'en aperçut.

— Joins-toi à nous, Danny, c'est la fête ! Larousse a trouvé du champagne, on va trinquer.

Danny tenta de repousser son frère aîné.

— Merci, je ne suis pas d'humeur.

— Comment ça, « pas d'humeur » ?

Max le dévisageait comme si des fleurs en sucre lui jaillissaient des oreilles.

— Danny, permets que je te résume la situation : on part en finale ! On a failli être éliminé, mais non, on va disputer la prochaine étape ! Alors, que tu sois d'humeur ou pas, je m'en balance : tu viens trinquer. C'est une obligation morale.

Danny se frotta le visage et tâcha de s'arracher à sa mélancolie.

— Bon, OK, tu as raison. Montre-moi le chemin.

Max n'en revenait pas :

— Sans rire, tu ne sautes pas de joie ?

— Si, si. Alors, il est où, ce champagne ?

— Qu'est-ce qui t'arrive ?

— Je te dis que ça va ! s'emporta Danny. Tu veux que je me réjouisse et que je festoie, alors qu'on est arrivés derniers ; très bien, festoyons !

Max cacha la bouteille de champagne dans son dos.

— Tu appelles ça te réjouir ?

— Qu'est-ce que tu me veux, à la fin ?

Danny était à bout de patience.

— Je veux que tu me dises ce qui se passe ! Pourquoi est-ce que Winslow a ravalé ses larmes toute la journée ? Pourquoi est-ce que Beck paraît encore plus stoïque que d'habitude ? Et pourquoi tu as la tête de quelqu'un qui vient de marcher dans une bouse de vache ?

— Ça n'a plus d'importance, esquiva Danny. On s'en est tirés. Et tu as raison, ça se fête. L'équipe l'a bien mérité.

Max se fâcha.

— L'équipe, l'équipe... Toi aussi, tu l'as bien mérité ! Tu es pénible, à la fin ! Tu voudrais gérer tout seul les difficultés et tu ne prends jamais ta part des récompenses ! Tu te prends pour un saint, ou quoi ? Tu places la barre un peu haut !

Danny vit rouge et toute sa colère, toute sa confusion se concentrèrent en un unique faisceau de rage dirigé droit vers son frère.

— Moi ? Et si on parlait un peu de toi ? Pendant des années, j'ai vécu dans ton ombre – une ombre que tu n'étais même pas là pour projeter ! Essaie un peu de marcher dans les pas d'un fantôme : il n'y a rien de plus difficile au monde ! Le fils fantasmé... le fils parfait, puisqu'il n'existe pas !

La douleur emplit le regard de Max mais sa mâchoire s'affermit, comme toujours quand on abordait les sujets graves.

— Je m'en veux de t'avoir fait subir ça. Je m'en veux que mon départ t'ait fait autant souffrir. Mais, Danny, je t'ai présenté mes excuses des centaines de fois. Il serait temps de commencer à me croire.

— Je sais bien que tu es désolé ! Seulement, ça ne change rien à ce que j'ai dû endurer. Je ne dis pas que tes excuses ne valent rien à mes yeux mais elles sont insuffisantes. Comment je suis censé faire confiance aux gens, moi, maintenant ? Comment je suis censé croire qu'ils ne vont pas me quitter sans crier gare du jour au lendemain ?

Oups, cette dernière remarque était légèrement hors sujet.

Ce qui n'échappa bien sûr pas à Max. Plissant les yeux, il pointa sa bouteille vers les juges qui discutaient avec l'équipe de la Côte Ouest.

— Ça a un rapport avec ta disparition de tout à l'heure ? Et avec le fait que ce n'est pas Eva Jansen qui a annoncé les résultats ? Jo dit que tu en pinces pour elle…

Danny eut un ricanement méprisant.

— Ouais, c'est ça. J'en pince pour elle, voilà de quoi il retourne.

Max la jaugea.

— C'est vrai qu'elle est canon. Quoi ? Être au régime n'empêche pas de regarder le menu !

— Oui, elle est canon…

Danny feinta son frère, lui déroba sa bouteille et s'attaqua au morceau de métal qui en retenait le bouchon.

— … Dommage qu'elle soit également menteuse et manipulatrice, ajouta-t-il.

Sauf qu'elle avait fait amende honorable, lui glissa une petite voix. Elle s'était excusée. Platement.

Mais était-ce suffisant ?

— Allez, accouche. Dis-moi ce qui te chiffonne vraiment, dit Max en regardant sa bouteille avec perplexité.

Mais Danny était trop en colère pour accepter son aide. Il fulminait en repensant à la façon dont Eva avait malmené ses coéquipiers, à tel point que ses gestes se firent brutaux et heurtés.

— Tu veux savoir pourquoi Win et Beck étaient dans tous leurs états ? À cause d'elle. C'est elle qui les a blessés.

Il tira brusquement sur le bouchon, qui sauta dans un geyser de champagne et de mousse. Le liquide se répandit sur le plancher.

Hors d'haleine, Danny fixa sa main trempée crispée autour du goulot. Max lui prit doucement la bouteille des mains.

— On dirait plutôt que c'est toi qu'elle a blessé.

— Non ! Ça, ce n'est pas grave. Ce qui compte, c'est…

— Ce qui compte, le coupa Max d'un ton soudain plus ferme, c'est toi. Ce que tu ressens. C'est important, Danny ! Tu ne peux pas passer ta vie à t'effacer pour prendre soin d'autrui.

Les mots de Max ouvrirent une porte que Danny maintenait soigneusement verrouillée depuis des années. Il frémit si fort qu'il lui sembla sentir vibrer ses os. Ses dents se mirent à claquer tandis qu'il s'efforçait de contrôler l'assaut d'émotions qui l'ensevelissait.

Il en voulait effectivement à Eva d'avoir blessé Winslow et Beck. Mais il n'y avait pas que ça. Il se sentait également peiné, trahi, furieux, déçu, et, en proie à ce monstrueux mélange de sentiments, il vacilla.

Max rattrapa la bouteille et emprisonna son frère d'une rude accolade. Danny ne voyait plus rien, et ses dernières défenses mentales tombèrent en poussière.

« Moi. Elle m'a blessé, moi. »

Maintenant qu'il en prenait conscience, il ignorait comment réagir. Aussi se contenta-t-il d'attendre que l'orage passe en respirant péniblement.

— Allez, lui murmura tendrement son grand frère. Laisse-toi aller.

— Abruti, le repoussa Danny. Je ne vais pas me mettre à chialer !

— Ah, non ? Dommage !

— Oh, la ferme.

Mais Danny riait. Gêné, il se passa la main dans les cheveux. Max laissa retomber sur son épaule une bourrade et porta la bouteille à ses lèvres. Ensuite, il s'essuya la bouche et se fendit d'un sourire plein de sollicitude, faisant tomber les dernières pierres du mur que Danny avait érigé en lui pour se protéger de son frère.

— Sérieusement, ça va ? s'enquit Max.

Danny médita sur la question.

Eva l'avait blessé. Mais, dans une certaine mesure, il la comprenait. Il comprenait ce qu'elle avait voulu accomplir, même si elle avait été trop loin. Et cette chose qu'elle avait dite, à la fin, cette chose qui l'avait forcé à tourner les talons et à déguerpir avant de céder à la tentation de la faire chavirer dans ses bras et de plaquer sur sa belle bouche triste un baiser passionné…

« Je suis amoureuse. »

À ce souvenir, quelque chose lui transperça la poitrine. Quelque chose qui ressemblait à s'y méprendre à de l'espoir.

— Je ne sais pas vraiment quoi faire maintenant, dit Danny lentement, mais je pense que ça va aller. Merci, Max.

— De rien. C'est à ça que ça sert, un grand frère : à te signaler quand tu te comportes comme un crétin !

— Tu es un bon frère, lui dit Danny. Tu l'as toujours été, même quand on était gosses.

Une ombre passa sur les traits de Max.

— Pas toujours. Je suis parti.

Danny soupira.

— Tu es humain ! Tu as fait le mauvais choix. Du moins le pensais-je. En fait, peut-être qu'il fallait que tu en passes par là. Pour devenir l'homme dont Jo s'est épris, le frère dont j'ai besoin aujourd'hui… Ne regrette rien.

Il prit une profonde inspiration.

— Moi, je ne le regrette pas.

Max écarquilla les yeux.

— Ben, mon cochon ! Quelle finesse psychologique ! Tu as été long à la détente, mais qu'est-ce que tu apprends vite !

Danny pouffa. Il ne s'était plus senti aussi léger depuis des années. Un lourd fardeau lui glissait doucement du dos.

— Il paraît que ça fait du bien d'exprimer ce qu'on ressent.

— En effet, dit Max. Les moines du temple japonais où j'ai fait ma retraite zen insistaient beaucoup sur l'importance d'affronter ses sentiments. J'avais l'impression de voir Obi-Wan former Luke

Skywalker ! Mais je crois que le bouddhisme est antérieur à *La Guerre des étoiles*…

Il haussa les épaules et reprit une gorgée de champagne.

— Bref, quand je suis rentré à New York, j'ai perdu pas mal de temps à me complaire dans mon amertume et ma colère. Quand je me suis enfin ouvert, tout ça s'est envolé comme par magie. Purement et simplement envolé ! Comme un serpent qui perd sa mue.

Danny haussa un sourcil ironique.

— Euh, ton trip mystique, c'est un peu trop pour moi !

— Idiot ! ricana Max. Pour résumer : quand quelqu'un te blesse, il faut le lui dire. Sinon, un jour, tes émotions finissent par te sauter au visage comme un bouchon de champagne.

Il lui agitait la bouteille sous le nez.

— Quel poète, dit Danny, pince-sans-rire. Kane Slater devrait se méfier, la relève est assurée !

— Tu te moques parce que tu m'envies ma profonde sagesse.

— La sagesse est l'apanage du grand âge. D'ailleurs, c'est quand, déjà, tes trente ans ?

— Aïe ! gémit Max, une main sur le cœur. Ça, c'était un coup bas. Allez, assez bavassé, c'est l'heure de faire la fiesta.

Danny rit de bon cœur mais s'écarta, les yeux vers la porte que le jury venait de franchir.

— Je vous rejoins. J'ai un truc à faire avant.

Max ravala ses moqueries le temps d'encourager Danny d'un coup de poing affectueux.

— Tu vas parler à Eva Jansen ? Bonne chance, petit ! La première fois, ça pique un peu. Mais avec le temps, on s'y fait.

Danny en doutait. Il ne savait même pas ce qu'il voulait dire à Eva. Il adressa un petit signe à son équipe qui, surexcitée, bondissait de joie au fond de la cuisine, et fila à l'anglaise. Une chose était sûre : il ne pouvait pas laisser partir Eva sans lui parler.

## 35

La tête appuyée contre le hublot, Eva s'impatientait. Qu'est-ce que cet avion attendait pour décoller ? Il lui tardait d'incliner son fauteuil. Elle était fourbue jusqu'aux os d'une douleur qui s'aggravait à chaque instant, comme si sa course folle avait seule empêché ses articulations de rouiller.

Le poing pressé contre sa poitrine, Eva fronça les sourcils. Le pire, c'était cette béance derrière ses côtes. Comme si on lui avait découpé le cœur à l'emporte-pièce.

C'était fini. Elle avait tout gâché. Elle avait eu beau tenter de recoller les morceaux, il ne fallait pas se leurrer : Danny Lunden ne lui jetterait plus jamais un regard. Elle ferma les yeux et songea à se réfugier dans le sommeil. Peut-être ferait-elle un rêve agréable.

— Mimosa ?

Rouvrant les yeux, elle se tourna vers l'allée et déclina l'offre du steward.

— Non, merci, je n'ai rien commandé… Oh !

Ce n'était pas un steward qui lui tendait sa flûte. C'était Danny.

— Qu'est-ce que tu fais là ? bredouilla-t-elle, soudain plombée par l'appréhension. Tu… Vous n'avez pas été éliminés, quand même ? Je peux peut-être arranger ça !

Elle se mit à se démener avec sa ceinture de sécurité mais ses doigts nerveux ne trouvaient pas de prise sur la boucle de métal lisse. Danny s'assit sur le siège voisin et posa sa grande main sur les siennes.

Elle était chaude, sèche, et sa poigne était ferme, et Eva se figea. Seul un léger frisson la traversa.

Déboussolée, elle dévisagea sans comprendre leurs mains jointes.

— Je suis là pour toi, dit Danny.

Eva le regarda, perplexe. Elle comprenait ses mots mais, bizarrement, le sens de son affirmation lui échappait.

— Tu es venu m'engueuler ? s'enquit-elle, épuisée d'avance. Vas-y, lâche-toi. Je sais bien que je le mérite.

Danny resserra sa poigne.

— Non, dit-il d'un ton déterminé et chargé d'émotion. Eva, regarde-moi. Est-ce que j'ai l'air fâché ?

Eva prit son courage à deux mains et détailla l'angle de ses pommettes, la petite fossette de son menton, l'éventail de ses cils interminables et, enfin, ses yeux changeants comme un ciel d'orage. Il lui sourit et l'arc que décrivit sa bouche sensuelle ramena à la vie le pauvre cœur d'Eva. Il se remit à palpiter doucement dans sa poitrine.

— Si tu n'es pas venu m'engueuler et que ton équipe n'a pas été éliminée… Elle n'a pas été éliminée, rassure-moi ?

Danny secoua la tête sans se départir de son sourire amusé.

Le soulagement inonda Eva. Ouf, au moins, ses égarements ne l'avaient pas pénalisé. Il ne serait pas facile de se regarder en face après ce qu'elle avait fait, et ce qu'elle avait perdu. Si, en plus, elle avait coûté à Danny son rêve le plus cher, elle ne se le serait jamais pardonné.

— J'ai convaincu ton assistant de me céder son fauteuil, lui expliqua Danny. Il avait des choses à régler avec Winslow, alors ça tombait bien. Quant à moi, je ne pouvais pas laisser passer une heure de plus sans te présenter mes excuses.

Eva sursauta si violemment qu'elle se cogna contre le hublot. Danny grimaça pour elle et tendit la main mais elle s'y déroba.

— Pourquoi me devrais-tu des excuses ? C'est moi qui ai fait n'importe quoi.

Le mépris de soi que trahissait sa voix écorcha les nerfs de Danny comme un couteau à découper.

— Tu as commis une erreur, reconnut-il. Mais je comprends pourquoi tu l'as commise. Et je n'aurais pas dû te reprocher l'échec de mon équipe, c'était mesquin de ma part. Nous sommes cuisiniers, nous devons nous montrer à la hauteur quelles que soient les circonstances. Une des premières leçons que m'a enseignée mon père, c'est que, dans ce métier, il faut savoir laisser aux vestiaires sa vie privée.

— Je… C'est très généreux de ta part, articula Eva d'un ton guindé.

Visiblement, elle ne comprenait pas ce que Danny essayait de lui dire. Il tenta de l'éclairer :

— Je te pardonne. Tant qu'en retour tu me pardonnes d'avoir failli te passer le savon du siècle devant ton père ! ajouta-t-il avec une grimace.

— Oh, ce n'est pas… Tu es tout excusé. Mais ce n'est pas pareil. Toi, au final, tu ne l'as pas fait.

— Parce que je n'en ai pas eu l'occasion ! Tu m'as coupé l'herbe sous le pied !

— Euh… Désolée ?

Cette conversation ne se passait pas du tout comme prévu.

— Tu es sûre que tu ne veux pas de ton Mimosa ? insista Danny, une note plaintive dans la voix.

— Non, sans façons.

Eva s'appuya contre son dossier, les traits graves et détendus.

— Si tu n'as rien d'autre à me dire, Danny, je te remercie pour ta compréhension et pour ta magnanimité. Je n'en attendais pas tant. Je n'en méritais pas tant ! Ce que je mérite, c'est la torture de te voir là, si près de moi, de savoir que tu connais mes…

Elle buta sur le mot et le cœur de Danny se noua en voyant le masque de la jeune femme se fendre sous ses yeux. Elle reprit :

— Que tu connais mes sentiments pour toi. Mais je t'en prie. Si vraiment tu m'as pardonnée, accorde-moi cette ultime faveur. Pars. Laisse-moi seule.

Voilà qu'elle le suppliait. Ce retournement de situation ragaillardit Danny.

— Non, je n'en ai pas l'intention, dit-il sur le ton de la conversation en s'installant plus confortablement. Je n'ai jamais mis les pieds à San Francisco. Tu pourrais me montrer le Golden Gate Bridge, qu'est-ce que tu en dis ?

Eva ouvrit des yeux ronds et rosit légèrement.

— Danny ! Tu ne plaisantes pas ? Tu restes ? Tu ne me laisses pas ?

— Drew et moi, on a dû faire des pieds et des mains pour que je puisse récupérer son billet, alors pas question ! Et puis j'ai vraiment envie de visiter Frisco.

— Évite d'appeler la ville comme ça. Les gens vont se moquer de toi.

— Comme tu voudras, dit Danny, complaisant. San Fran', c'est mieux ? Dis, on pourra aller au Ghirardelli Square ? C'est là qu'est implanté mon fournisseur de chocolat pâtissier…

Eva le dévisageait comme s'il tombait de la lune. Un long silence s'étira entre eux. Enfin, elle balbutia :

— Tu te sens bien ? Ton comportement est un peu… déconcertant.

— Ah, tu trouves ? Je pensais pourtant que le message était clair.

— Pas vraiment, alors je te prierais de t'expliquer, répondit-elle, acide.

Acide comme de la tarte au citron. Et sèche comme la meringue qui la surmontait. Et Danny en raffolait.

— Les candidats ont une semaine de liberté avant le début de la finale. Moi, je vais la passer à San Francisco avec toi, pour t'aider à tout préparer. Ou pour jouer les touristes pendant que tu bosses, à toi de décider. Je ne suis pas difficile.

— C'est toi qui le dis…, marmonna-t-elle.

Il fit la sourde oreille.

— Je n'ai qu'une seule condition. Mais elle est non négociable !

Il se pencha tout contre elle.

— Le soir, quand tu auras fini de bosser et que tu me rejoindras à l'hôtel ou au restau, tu me laisseras t'épauler.

Le souffle d'Eva s'accéléra. Danny vit sa poitrine qui se soulevait de plus en plus rapidement. Mais elle se contenta de murmurer :

— Je ne comprends toujours pas ce que tu es en train de me dire…

— Je suis en train de te dire que tu n'es pas seule. Tu n'auras plus jamais à l'être. Tu ne seras pas seule à San Francisco, et tu n'es pas non plus la seule à avoir des sentiments.

Zut, sa déclaration était complètement ratée ! Il aurait dû la préparer.

Eva, cependant, paraissait moins critique : ses yeux pétillaient et tout son visage rayonnait d'un mélange d'espoir, d'appréhension, de soulagement et d'amour ainsi que d'une timide confiance naissante. Elle irradiait de bonheur.

— Danny, souffla-t-elle. Tu parles sérieusement ?

Il s'approcha encore et effleura sa joue du bout de son nez, se régalant au passage de sa peau douce à l'odeur citronnée.

— Tout à fait.

Elle se dégagea et fit la moue.

— Mais… et tes coéquipiers ? Tu vas les laisser se débrouiller tout seuls d'ici là ?

Danny ressentit un petit pincement mais il se maîtrisa.

— Mes coéquipiers sont adultes et responsables. Enfin, presque. Il est temps de couper le cordon. Ils savent qu'ils peuvent toujours compter sur moi, mais ils n'ont pas besoin de m'avoir sur le dos en permanence. Et moi aussi, j'ai besoin de souffler.

Elle eut un petit hoquet ; il sentit son haleine tiède sur sa joue.

— Qu'est-ce qui a changé ?

— Je t'ai rencontrée, Eva. C'est de toi que j'ai envie de prendre soin, désormais.

Elle plissa les yeux mais cela ne suffit pas à masquer l'immense joie qui émanait de tout son être. Pourtant, prudente, elle insista :

— Mais tu me laisseras prendre soin de toi en retour, hein ? Promis ?

Danny fit mine d'y réfléchir :

— J'essaierai de me faire à cette idée.

Et il appuya son front contre celui d'Eva. Qui ferma les paupières.

— J'ai l'impression de rêver. Quand je suis entrée dans la salle des juges, tout à l'heure, je m'apprêtais à tout perdre. Au lieu de quoi mon père m'a dit qu'il m'aimait envers et contre tout, et te voilà, à côté de moi.

— Me voilà, confirma Danny. Et je te dis la même chose que lui.

Elle étouffa un sanglot. Il l'embrassa – ses lèvres étaient salées de larmes. Danny les sentit trembler : elle avait besoin de l'entendre.

— Je t'aime, Eva. Envers et contre tout.

Danny lui chuchota ces mots comme un secret mais il n'avait encore jamais ouvert ainsi son cœur à personne.

— Tu sais, quand papa m'a nommée responsable de La Toque d'Or cette année, j'ai pensé que c'était la chance de ma vie. Celle qui m'apporterait tout ce dont je rêvais. En fait, elle m'a apporté bien plus que ça. Elle m'a fait découvrir en moi des envies insoupçonnées… et elle les a comblées.

Son accent de sincérité, la vérité évidente de ce qu'elle lui confiait firent redoubler d'ardeur le cœur de Dany.

— Je t'aime, lui dit-elle, l'œil humide, et c'est parti pour durer. Tu es tout ce que je désire, Danny Lunden.

— Tu ne vas pas regretter ta cour d'admirateurs et ta vie de diva ? La presse people ne s'en relèvera pas…

— Pfff. Je n'ai pas besoin d'admirateurs. J'ai l'homme de ma vie dans mes bras.

Danny sourit.

— Mais les soirées, les galas, les inconnus se jetant à tes pieds… Ta vie d'aventurière ne va pas te manquer ?

Eva arqua l'un de ses jolis sourcils et afficha cette fameuse expression qui le faisait craquer. Une expression diaboliquement aguicheuse, pleine de mystère et de danger.

Lui aussi s'était découvert des envies insoupçonnées. Et Eva les avait comblées.

— Qui a dit que je devrais renoncer à ma vie d'aventurière ? lui susurra-t-elle en ondoyant pour se coller à lui.

Danny remua sur son siège, soudain à l'étroit dans son jean. Si seulement il avait eu la clairvoyance de demander à l'hôtesse une couverture !

— Eva…

Il sentit son sourire sur sa joue.

— Pas de panique. Dorénavant, je ne jouerai plus les aventurières que pour toi. À propos, tu as déjà fait l'amour dans un avion ?

Gémissant et riant à la fois, Danny la prit dans ses bras et embrassa sa bouche malicieuse. Elle se tortilla, avide, et entrouvrit les lèvres.

— Tu as un goût délicieux, lui dit Danny.

— Un goût de quoi ? souffla-t-elle, hors d'haleine.

Danny s'attendrit : si un seul baiser la mettait dans un tel état, quel effet lui ferait le deuxième ? Il l'embrassa de plus belle. Puis il la contempla d'un regard satisfait : elle avait le regard vitreux et les joues cramoisies.

— Tu as un goût d'espoir et de bonheur, lui chuchota-t-il, de joie et d'excitation. Un goût du vaste monde qu'il me tarde de découvrir avec toi. Un goût d'amour.

Elle se troubla. Passa sa jolie langue sur ses lèvres pulpeuses.

— Ah ? Et l'amour, ça a quel goût ?

Danny l'embrassa une troisième fois.

— C'est acide et doux à la fois. C'est complexe et puissant. Et on ne s'en lasse pas.

Eva leva le menton pour quémander de nouveaux baisers et Danny ne se fit pas prier.

Il l'embrassa pendant que l'avion gagnait la piste de décollage. Il l'embrassa pendant que l'appareil prenait de la vitesse. Il l'embrassa quand ils quittèrent la terre. Il l'embrassa tandis qu'ils s'élevaient toujours plus haut dans les nuages, libres et légers.

Il lui faudrait toute une vie pour achever d'explorer le goût de la bouche d'Eva Jansen. Peut-être davantage.

Danny avait tout son temps.

# Recettes

## Compotée de prunes au citron

1 kg de prunes rouges bien fermes, dénoyautées et coupées en quartiers (soit environ cinq grosses prunes)
170 g de sucre brun
1/2 cuiller à café/2 ml de zeste de citron
2 cuillers à café/4 ml de jus de citron
2 branches de thym frais

Déposez les prunes, le sucre, le zeste et le jus dans une casserole. Faites cuire le tout à feu doux en remuant régulièrement. Au besoin, ajoutez du sucre. Au bout de trente minutes, ajoutez le thym, et faites cuire encore pendant quinze à vingt minutes.

Une fois les prunes ramollies et la sauce épaissie, retirez la casserole du feu. En refroidissant, le mélange va encore épaissir. Retirez les branches de thym et laissez refroidir complètement. Ce dessert se sert avec de la glace ou du gâteau au yaourt. On peut aussi l'utiliser pour farcir un gâteau de crêpes, comme dans la recette de crème pâtissière façon Danny !

### Crème pâtissière façon Danny

1 gousse de vanille
25 cl de lait demi-écrémé
120 g/12 cl de crème épaisse
45 ml/g de Maïzena
5 jaunes d'œufs
120 g de sucre en poudre (90 g et 30 g)
60 g de beurre en dés

Mélangez le lait et la crème dans une casserole à fond épais de taille moyenne. Fendez la gousse de vanille et ajoutez les grains au mélange, puis déposez-y la gousse. Ajoutez les 90 grammes de sucre en poudre et faites chauffer à feu moyen jusqu'à ce que le mélange frémisse. Lorsqu'il est bien chaud, remuez afin de dissoudre tous les grains de sucre.

Pendant que le lait chauffe, battez les jaunes d'œufs dans un saladier de taille moyenne jusqu'à obtenir une texture homogène. Ensuite, ajoutez-y les 30 grammes de sucre et fouettez jusqu'à ce que le mélange mousse et que le sucre commence à se dissoudre (soit pendant environ trente-cinq secondes). Ajoutez progressivement la Maïzena en fouettant encore et toujours jusqu'à ce que le mélange blanchisse et forme un appareil homogène.

Lorsque de petites bulles se forment à la surface du lait, retirez la gousse de vanille. Prélevez à l'aide d'une louche un peu de lait chaud et ajoutez-le à l'appareil à base d'œuf. Fouettez et répétez. Il est important de procéder de manière progressive afin d'éviter que les œufs ne cuisent ! Procédez lentement sans cesser de fouetter jusqu'à ce que vous ayez des crampes dans le bras ou qu'il ne reste plus de lait dans la casserole.

Reversez le mélange dans la casserole et chauffez à feu doux. Fouettez. Je sais, vous avez mal au coude, mais le résultat en vaudra la chandelle, et vous êtes presque au bout de vos peines. Fouettez encore vigoureusement pendant quarante-cinq secondes jusqu'à ce que l'appareil épaississe et devienne lisse et crémeux.

Retirez la casserole du feu et ajoutez un par un les dés de beurre. Ensuite, passez la mixture à la passoire en vous aidant du dos d'une cuiller ou encore d'une spatule et recueillez-la dans un saladier. Cette étape peut sembler fastidieuse mais elle vous garantira une crème onctueuse et sans grumeaux.

Recouvrez le saladier de film étirable sans laisser d'air entre la crème et le film afin d'éviter la formation d'une pellicule. Placer au minimum trois heures au réfrigérateur afin que la crème prenne bien ; vous pouvez aussi l'y laisser toute une nuit.

La crème pâtissière sert à la confection de nombreux desserts. On l'utilise notamment pour garnir les choux, les éclairs, les fonds de tartes aux fruits… ou même les pancakes à la française !

### Pancakes à la française d'Eva

25 cl de lait demi-écrémé
2 gros œufs
30 g de sucre en poudre
2 ml de zeste de citron
160 g de farine
Une pincée de sel
Beurre (pour la poêle)
Sucre glace (pour la décoration)

Versez tous les ingrédients dans un mixeur, dans l'ordre indiqué, et mixez pendant environ une minute. Si de la farine adhère aux parois, décollez-la à la spatule et remettez-la dans l'appareil.

L'appareil sera plus maniable si vous laissez reposer la pâte pendant une heure environ ; ainsi les bulles d'air remontent à la surface. Si vous êtes pressé, toutefois, ce n'est pas absolument nécessaire !

Le moment venu, faites chauffer une poêle à feu moyen. Il faudra jouer avec la chaleur des plaques au fur et à mesure afin de déterminer la température idéale. Comme l'explique Danny, si la plaque est trop chaude, vous aurez du mal à recouvrir tout le fond de la poêle pour obtenir des crêpes bien rondes. Mieux vaut, à choisir, une poêle tiède : vous pourrez toujours augmenter le feu.

Faites fondre un morceau de beurre dans la poêle. Lorsqu'il est bien fondu, versez-y un peu d'appareil à crêpes (la quantité à verser dépend de la taille de votre poêle. Si vous en versez trop, la crêpe sera trop épaisse. Si vous n'en versez pas assez, elle sera trop fine et risquera de se déchirer). Il s'agit de verser l'appareil au centre de la poêle puis de le répartir jusqu'aux bords en inclinant rapidement la poêle sur les côtés de façon à former un cercle.

Remettez la poêle sur le feu et laissez cuire jusqu'à ce que les bords se décollent. On peut à ce stade vérifier la cuisson de la crêpe en la soulevant à l'aide d'une cuiller en bois. Ensuite, retournez la crêpe à l'aide d'une cuiller, du bout des doigts, ou, pour les Julia Child en herbe, en la faisant sauter ! Personnellement, je fais cela à la main : cela évite à coup sûr que la crêpe ne se déchire ou ne se replie sur elle-même.

Faites cuire l'autre face pendant vingt ou trente secondes puis déposez-la sur une assiette. Répétez l'opération jusqu'à ce qu'il ne reste plus d'appareil. Cette recette permet de réaliser huit à dix crêpes, selon la taille de la poêle.

Je sais, ça a l'air compliqué comme ça, mais en réalité c'est très simple, il suffit d'un peu d'entraînement ! L'avantage, c'est que les éventuelles imperfections des crêpes disparaissent lorsqu'on les tartine de confiture, qu'on les enroule, qu'on les saupoudre de sucre. On peut aussi les déguster avec du citron ou s'en servir d'aumônière… ou encore réaliser avec un gâteau de crêpes.

Pour ce faire :

Sortez du réfrigérateur la compote et la crème pâtissière afin qu'elles soient à température ambiante lors de la confection. Posez une crêpe sur une assiette et tartinez-la de crème pâtissière. Recouvrez le tout d'une nouvelle crêpe. Tartinez-la de compote. Recouvrez-la à son tour, et renouvelez ces opérations jusqu'à ce que votre gâteau atteigne la hauteur désirée. Pour un plus gros gâteau, doublez les proportions de la recette de crêpes. N'oubliez pas de conserver la plus réussie pour le haut de la pile – et ne la tartinez pas !

Conservez au frais pendant au moins deux heures. Avant de servir, saupoudrez de sucre glace, puis tranchez. Pour cela, utilisez un couteau bien aiguisé et procédez tout en douceur ! Les différentes couches devraient tenir, mais cela reste un gâteau délicat, dans tous les sens du terme ! Il demande un peu de travail mais on peut le préparer à l'avance et ses différents composants sont simples à réaliser.

Et il vous permettra à coup sûr d'en mettre plein la vue à votre patron ou à votre belle-mère, à moins que vous ne préfériez le réserver à votre famille, juste pour la remercier d'exister.

KIM

# LAW

# Surprises à Sugar Springs

*Traduit de l'anglais (États-Unis)*
*par Véronique Fourneaux*

J'AI LU

*Titre original*
SUGAR SPRINGS

*Éditeur original*
Montlake Romance
Las Vegas

# Remerciements

Sugar Springs est un lieu fictif qui me tient particulièrement à cœur car il me rappelle la petite ville dans laquelle j'ai grandi, les gens merveilleux, et nombreux, que j'y ai connus et toutes les autres bourgades que j'ai pu visiter et apprécier au fil des ans. J'ai mis beaucoup de ces expériences dans ce livre et cette ville, et je ne peux retenir un sourire chaque fois que je m'imagine vivant au beau milieu de Sugar Springs.

Mon amour de cette vie de province, que j'espère avoir insufflé dans ce texte, m'est venu de toutes les personnes de mon passé et de mon présent et je tiens à remercier chacune d'entre elles. Avec une mention particulière pour Tonda, ma meilleure amie depuis le lycée. Je ne pouvais retenir un sourire en pensant à tout ce que nous avons vécu, toi et moi, à ces liens spéciaux décrits dans cet ouvrage. J'espère que tu comprends l'importance que tu as pour moi. Tu auras toujours une place à part dans mon cœur, même si nous ne nous voyons pas aussi souvent que nous l'aimerions.

Je n'oublie pas ma mère. Il y a énormément de toi dans tout ce que j'écris, même si ce n'est pas toujours aisément perceptible. Tu fais autant partie de Sugar Springs que moi, et je te remercie de m'avoir donné tant d'amour au fil des ans que je suis à présent capable de transcrire sur le papier.

Maintenant, Sugar Springs, le livre.

Certaines des plus belles choses de ma vie se sont produites en achevant ce livre. J'ai trouvé l'amie et la partenaire intellectuelle idéale quand une nouvelle inscrite à mon club d'écriture m'a offert d'en faire une première lecture. Merci, Tara. Je te sais gré d'avoir levé la main quand j'en ai émis l'idée et d'avoir été présente pour le lire et le relire chaque fois que je te l'ai demandé.

Surtout, j'ai eu l'immense chance de trouver un groupe d'amis sans lequel j'ignore ce que serait ma vie. Cet ouvrage a été finaliste dans la compétition du 2009 Romance Writers of America's Golden Heart et, s'il a obtenu le premier prix dans sa catégorie, le meilleur n'en est pas moins resté le groupe de femmes extraordinaires qui s'est formé dans les rangs des finalistes cette année-là. Le Ruby-Slippered Sisterhood est la plus belle confrérie à laquelle je puisse appartenir, car elle est composée des femmes les plus fortes et les plus généreuses que je connaisse. Je tiens à toutes les remercier personnellement pour ces années de soutien, d'encouragements et d'entraide chaque fois que cela m'était nécessaire. Il me tarde de voir à quel point nous allons faire des étincelles dans les années à venir !

Ce livre est dédié à Debra Haynes,
toujours disposée à me venir en aide
quand j'en avais le plus besoin.
L'idée de ce roman n'aurait jamais
scintillé sans toi.
Merci d'être la plus fidèle des amies.

# 1

— Il est revenu, déclara sans préambule la mère de Lee Ann London en s'engouffrant dans la cuisine, avant de refermer vivement la porte derrière elle.

Un courant d'air glacé, typique de ce mois de novembre, balaya la cuisine et fit s'entrechoquer les casseroles de cuivre accrochées au-dessus de la tête de Lee Ann. Qui continua à faire méthodiquement aller et venir son rouleau à pâtisserie sur sa pâte, son sourire de bienvenue envolé.

— Bonjour, maman. Qui est revenu ?

— Il revient, aurais-je dû dire, rectifia sa mère tout en retirant son manteau.

Le bruit de sa lourde pelisse atterrissant sur le sol obligea Lee Ann à quitter sa pâte des yeux.

Figée au centre de la cuisine, Reba London faisait une tête de trente-six pieds de long, et l'inquiétude assombrissait ses yeux bleus si pétillants d'habitude, tandis qu'elle se tordait nerveusement les mains. Certes, sa mère avait une nette tendance à dramatiser à l'excès, mais sa posture et sa raideur indiquaient à Lee Ann que l'affaire était sérieuse.

Elle posa son rouleau et s'essuya les mains sur son tablier avant de les mettre sur ses hanches et de dévisager plus attentivement sa mère. Peu de choses étaient capables de perturber à ce point Reba. À la vérité, rien depuis une éternité. Du moins pas depuis ces années où, livrées à elles-mêmes, elles avaient dû trouver comment joindre les deux bouts tout en s'occupant des jumelles.

La simple pensée des filles qu'elle élevait depuis leur naissance poussa Lee Ann à tourner les yeux vers la pendule murale. 17 heures. Elles n'allaient plus tarder à rentrer de leur entraînement, le basket pour Candy et les majorettes pour Kendra. Une autre idée lui vint alors car, tout bien réfléchi, elle n'avait pas vu sa mère dans un tel état d'agitation depuis le jour où Stephanie, sa demi-sœur, avait annoncé que le père de ses filles était…

Elle se pétrifia alors qu'un frisson glacé lui parcourait la colonne vertébrale.

*Non.*

Elle cilla, secoua la tête, bien décidée à effacer le visage qui venait de lui surgir à l'esprit. Ce n'était pas parce que l'attitude de sa mère lui avait rappelé ce jour maudit du passé que c'était *lui* dont elle parlait. Il n'avait plus remis les pieds à Sugar Springs depuis plus de treize ans. Quel intérêt aurait-il trouvé à revenir maintenant ?

Mais si c'était le cas ?

Cette question suffit à lui donner le sentiment que sa cage thoracique venait de rétrécir. Ridicule ! Il ne déciderait jamais de revenir après tout ce temps, c'était une évidence. Il n'y avait rien pour lui ici, pas plus que treize ans auparavant. Et certainement pas un lien quelconque avec ses filles à qui il avait tourné le dos.

Reba fit un pas hésitant dans sa direction, et s'immobilisa de nouveau. Elle tordit la bouche en faisant incessamment tourner sa grosse bague fleur autour de son doigt. Avant de hausser vaguement une épaule.

— Maman ? demanda Lee Ann, incapable de maîtriser le tremblement dans sa voix.

Reba releva la tête comme pour se donner du courage, mais ses yeux exprimaient toujours une folle inquiétude. Des picotements parcoururent le crâne de Lee Ann, qui ferma les yeux. Elle refusait d'entendre prononcer le nom de cet homme.

— Qui, maman ? insista-t-elle. Qui revient en ville ?

Une courte pause, puis une réponse, émise à voix si basse qu'elle en fut quasiment inaudible :

— Cody Dalton.

C'était bien lui ! Il n'avait aucun droit de revenir, aucun droit de déranger leurs existences. Lee Ann rouvrit les yeux et se déplaça à tous petits pas jusqu'à se laisser choir sur une chaise. Là, elle fixa le regard droit devant elle, se concentrant sur les branches nues et entrelacées des arbres qui dansaient devant la fenêtre de la cuisine plutôt que de laisser les images indésirables de cet homme lui affluer dans la tête.

*Du calme, réfléchissons.*

Si tel était effectivement le cas, elle ferait avec. Rien, jamais, n'est insurmontable. Elle avait déjà fait face à bien pire, par sa faute à lui, évidemment. Elle s'exhorta à reprendre le contrôle d'elle-même.

La solution était toute trouvée. Il fallait simplement qu'elle le tienne fermement en dehors de leurs vies.

Il n'avait pas voulu être présent naguère, il n'y avait par conséquent aucune raison pour, aujourd'hui, lui ouvrir sa porte et le laisser pénétrer tranquillement chez elles. Elle réfléchit ensuite aux avantages et aux inconvénients de vivre dans une petite ville de moins de six cents habitants. Elle serait obligée de le croiser un jour ou l'autre. Elle ferait néanmoins tout son possible pour l'éviter, ou du moins en limiter les occasions autant que faire se peut. Sa mère s'assit sur la chaise près de la sienne et lui tapota gentiment le dos comme elle le faisait quand elle était petite.

— Pourquoi revient-il ? Pourquoi maintenant ? voulut savoir Lee Ann.

Avait-il connu un instant d'illumination, une révélation cosmique l'ayant poussé à éprouver soudainement le besoin d'être le père qu'il avait toujours refusé d'être ? Cette seule éventualité suffit à la faire grincer des dents. Ce n'était pas en ayant manqué les premières années de leurs vies qu'il allait se faire aimer de ses filles.

La main disparut de son dos.

— C'est le nouveau vétérinaire, chérie. Il va remplacer le Dr Wright pendant ses six semaines de congé maternité.

— Vétérinaire ? répéta-t-elle.

Son corps s'affaissa sous le choc, les teintes gaies de la pièce se confondirent en un brouillard déprimant de bleu, de vert et de jaune. Un peu comme un hématome de quelques jours.

— Il est vétérinaire ?

Inimaginable.

Et en même temps étrangement rassurant… Elle en fut même quelque peu réconfortée en dépit de ses préventions. Il y était arrivé. Cet état de grâce ne dura toutefois pas plus qu'un feu de paille alors que Lee Ann intégrait la dernière phrase de sa mère.

*Six semaines ?*

*Ici, à Sugar Springs ?*

Elle se massa les tempes du bout des doigts. Comment allait-elle parvenir à gérer tout cela ? Il était improbable qu'il ne demande pas des nouvelles des filles. Bien évidemment, la moitié de la population lui raconterait tout à leur propos, sans y voir à mal d'ailleurs, car personne ne savait qu'il était le père des jumelles. Dieu merci, seules sa mère et sa meilleure amie connaissaient l'histoire de sa relation avec Stephanie.

La grande question était : voudrait-il avoir un quelconque rapport avec les jumelles ?

Du pouce, Reba lui débarrassa la joue d'une traînée de farine. Elle semblait à présent reprendre espoir.

— Ça va aller, chérie. Il a dû finir par grandir et pourrait être pour les filles le père dont elles ont toujours eu besoin.

— Non ! s'exclama aussitôt Lee Ann en bondissant sur ses pieds.

Sa chaise en bascula en arrière.

Lee Ann recula jusqu'à ce que son crâne heurte la pendule coucou suspendue au mur. Elle la redressa, puis se frotta l'arrière de la tête en dévisageant sa mère. Celle-ci en voulait sûrement encore à Cody du chaos qu'il avait provoqué dans leurs vies des années plus tôt. Cependant, sa mère réussissait Dieu sait comment à se raccrocher à cet optimisme ridicule qui ne lui avait jamais rien apporté, sinon deux filles à élever seule, dont l'une n'était même pas d'elle, sans un centime de pension alimentaire. Si quelqu'un devait savoir à quoi s'en tenir avec les mauvais pères, c'était bien elle.

Non, c'était tout à fait hors de question. Elles n'allaient certainement pas l'implorer d'être enfin un père. Cody Dalton avait déjà esquivé ses responsabilités, il n'en aurait pas une nouvelle fois l'occasion.

— Ne t'avise pas de lui dire ne fût-ce qu'un mot à leur propos, maman.

Le sujet n'était pas négociable, ainsi qu'elle le lui avait déjà fait très clairement savoir par le passé. Lee Ann était la seule à prendre toutes les décisions concernant Candy et Kendra depuis leur naissance, tout comme elle avait si souvent pris les rênes en grandissant entre sa mère et sa sœur. Sans sa vigilance, sa mère qui vivait le plus souvent assise sur un nuage rose aurait carrément oublié de vérifier la propreté de leurs tenues pour aller à l'école. Elle aurait aussi négligé de régler les factures d'électricité. Non par manque d'argent ; simplement parce que Reba avait une fâcheuse tendance à omettre les détails pratiques de la vie quotidienne. « Ça va s'arranger » avait toujours été sa devise.

Dans le cas présent, cependant, Lee Ann n'accepterait pas que sa mère risque de perturber la stabilité des jumelles.

— Il les a abandonnées, maman. Il ne mérite pas de les connaître. Sans compter qu'il sera bientôt reparti.

Elle secoua la tête en voyant sa mère élaborer une objection et continua d'un ton ferme :

— Nous allons tenir nos distances tant qu'il sera en ville, et les enfants resteront aussi heureuses et équilibrées qu'elles l'ont toujours été. Je ne veux pas qu'il vienne ici leur faire du mal.

— Peu importent ses actes passés, chérie, il est leur père. Il a le droit de les connaître si telle est son envie, répondit paisiblement sa mère en se penchant pour remettre la chaise sur ses pieds.

Reba avait toujours eu une foi inébranlable dans l'humanité en général et elle croyait dur comme fer que les meilleurs côtés des gens finissent toujours par surpasser les mauvais. Chaque fois qu'elle refaisait surface, cette crédulité exaspérait Lee Ann. Sa mère n'apprendrait-elle jamais rien de ses erreurs ? Elle comprit alors, à la lueur de ce qu'elle venait d'entendre, que Reba aurait laissé revenir son père, aux abonnés absents depuis qu'elle-même n'avait que quatre ans, s'il en avait exprimé le désir. Dieu merci, une fois passée la porte pour de bon, il n'avait jamais jeté le moindre regard en arrière.

À présent, Lee Ann n'avait aucun besoin de revoir ceux qui lui avaient déjà tourné une fois le dos. Cody comme les autres.

En outre, il était hors de question qu'il puisse faire du mal aux filles.

Au bout d'un instant, son sang-froid recouvré, elle décida d'attirer l'attention de sa mère sur la réalité probable des choses, avec l'espoir que cela suffirait à la convaincre. Pour cela, elle adoucit la voix :

— Et s'il n'avait aucune envie de les connaître, maman ? Peut-être vient-il seulement pour ce travail ? Plus important encore, étant donné le souvenir qu'il nous a laissé, qu'est-ce qui te pousse à croire qu'il est devenu un homme que nous aimerions voir tourner autour des jumelles ?

Évoquer la personnalité de Cody lui faisait encore mal. Pourtant, elle avait été une de ses plus ferventes supportrices, persuadée que son enfance douloureuse avait une responsabilité majeure dans son côté querelleur. Tout comme elle avait vraiment cru être la seule, à part sa famille d'accueil à Sugar Springs, à être capable de discerner son potentiel et à en tomber vraiment amoureuse.

Il lui fallait bien avouer qu'elle n'aurait jamais cru capable son petit ami de l'époque de la tromper avec sa sœur, puis de quitter la ville avec fracas, en dévastant tout sur son passage. Après avoir accouché des jumelles, Stephanie leur avait appris, à elle et sa mère, qu'il se moquait de ses enfants comme de l'an quarante. Lee Ann, quant à elle, avait dû accepter avoir été le dindon de la farce depuis le début. Et admettre que la majorité de ses concitoyens avait eu raison en le qualifiant de mauvaise graine.

Voilà maintenant qu'il revenait, après tout ce temps. Impossible qu'il se fût racheté une conduite, quoi qu'il ait pu faire de sa vie depuis lors.

Elle vit sa mère la dévisager avec, sur le visage, un mélange de compassion et de regret, puis lui adresser un sourire à peine encourageant.

— Si c'est ce que tu veux.

— Ça l'est, confirma Lee Ann sur un hochement de tête décisif.

Elle fut à la fois soulagée d'avoir le soutien de sa mère et un peu irritée par l'intonation avec laquelle elle avait prononcé ces quelques mots. À croire que Lee Ann tenait systématiquement à avoir le dernier mot, ce qui n'était pas le cas. La situation se résumait à une simple évidence : si elle ne veillait pas sur les filles, personne d'autre ne le ferait.

Un bruit de galopade sur les marches extérieures lui apprit que les filles en question rentraient à la maison.

— Fin momentanée de cette conversation, déclara-t-elle en regardant Reba bien en face.

Kendra et Candy London débarquèrent en cabriolant dans la cuisine, suivies de près par leurs sacs à dos, leurs sacs de sport et leur gaucherie préadolescente.

— Mamie !

Elles laissèrent choir tout leur chargement sur le sol pour tomber dans les bras de leur grand-mère, comme si elles ne la voyaient pas quotidiennement. Non seulement Reba habitait la maison voisine, mais elle gardait les jumelles chez elle chaque fois qu'un rendez-vous professionnel en dehors de son studio photo obligeait Lee Ann à s'absenter quelque temps. Comme leur grand-mère leur passait tout, il était normal qu'elles fussent toujours ravies de la voir.

Deux paires d'yeux bruns identiques se tournèrent en chœur vers Lee Ann, et leur ressemblance avec ceux de Cody lui fit remonter un frisson dans le dos.

— Tu bosses ce soir ?

Lee Ann se mit à rire, repoussa Cody bien loin de son esprit et retourna aux roulés à la cannelle qu'elle préparait avant l'arrivée de sa mère.

— Pas de chance, les chéries, vous êtes coincées avec moi ce soir, rétorqua-t-elle.

Deux grognements faussement mécontents se firent entendre, puis les jumelles retournèrent leur attention sur leur grand-mère. Tout en tartinant sa pâte de beurre fondu, Lee Ann repoussa sa crainte à l'idée que Cody insiste pour faire la connaissance des jumelles. À moins qu'il n'apporte la preuve incontestable de son incompétence notoire, elle voyait mal comment elle pourrait empêcher ses filles de rencontrer leur père. En toute franchise, elle ne pourrait plus jamais se regarder dans un miroir si elle ne les présentait pas au moins une fois à leur père alors qu'il résidait dans la même ville.

Bien sûr, tout ceci présupposait qu'il ait envie de les connaître. Il allait également devoir lui apporter la preuve qu'il pouvait à présent penser à autre chose qu'à lui-même. Parce qu'elle ne lui permettrait jamais de blesser les jumelles. Elle savait trop combien ces douleurs-là peuvent dévaster un enfant.

Elle saupoudra un mélange de sucre et de cannelle sur sa préparation tout en se remémorant les nombreuses fois où les filles l'avaient interrogée sur leur père. Elles avaient environ quatre ans lorsqu'elles avaient posé leurs premières questions à son sujet. Alors qu'un de leurs camarades de maternelle quittait l'école tous les soirs avec son papa, elles avaient fini par demander à Lee Ann pourquoi elles-mêmes n'en avaient pas. À l'époque, elle leur avait expliqué qu'il n'existait tout bonnement pas et cela leur avait suffi.

Le sujet était ensuite revenu plusieurs fois sur le tapis au fur et à mesure des années qui passaient. Chaque fois, Lee Ann leur en avait dit un peu plus. Leur père avait choisi d'aller s'installer ailleurs. Il travaillait dans un autre État. Il ne pouvait exercer sa profession et rester simultanément dans le Tennessee, à Sugar Springs…

Jamais elle ne leur avait avoué qu'elle l'avait recherché, au moins deux fois. La première, elle n'avait strictement rien trouvé. Les filles venaient d'avoir un an, et Lee Ann ne parvenait toujours pas à se faire à l'idée qu'il soit capable d'abandonner ses enfants. Peu importait le mal qu'il lui avait fait, elle aurait mis ses griefs de côté s'il avait changé d'avis et exprimé le désir d'être présent dans la vie de ses filles. Elle avait donc effectué des recherches sur Internet. En vain.

La deuxième fois, les jumelles avaient trois ans. Elle avait déniché un numéro de téléphone à son nom dans l'Indiana et, un soir, après avoir mis les enfants au lit, avait été à deux doigts de lui téléphoner. Elle s'était presque persuadée, aidée en cela par l'absorption de deux verres de vin, que Stephanie leur avait menti. Pas sur le fait que Cody était le père des filles, non. Ça, Lee Ann en avait été témoin de ses propres yeux.

Mais sur le fait qu'il se désintéressait totalement d'elles. En effet, sa demi-sœur avait toujours adoré inventer des histoires à dormir debout.

Pour finir, Lee Ann avait reposé le téléphone et s'était servi un troisième verre de vin. En reconnaissant qu'elle avait simplement eu envie de lui parler plus qu'autre chose. La vie de mère célibataire n'est pas toujours facile et elle se sentait parfois très seule. Ces moments de solitude intense faisaient invariablement remonter des souvenirs de son année de terminale, et du garçon avec qui elle prévoyait de passer le restant de sa vie.

Au lieu de cela, elle le passait avec ses enfants à lui.

Une remarque de sa grand-mère fit éclater Kendra de rire, et Lee Ann ne put que remercier le ciel de les avoir. Stephanie était rentrée à la maison enceinte de six mois, tellement malade qu'elle était à peine capable de s'alimenter. Tous les week-ends, Lee Ann rentrait du collège pour aider leur mère à s'occuper d'elle. Mais tous leurs efforts conjugués n'avaient réussi qu'à lui faire reprendre quelques malheureux grammes.

Finalement, les filles étaient venues au monde six semaines plus tard par césarienne. Durant l'opération, le médecin avait découvert qu'un cancer déjà très avancé rongeait les entrailles de sa sœur. Ce n'était donc pas la grossesse qui l'avait rendue malade.

Miraculeusement, le cancer n'avait pas affecté les deux minuscules prématurées.

— Maman ?

Deux doigts claquèrent devant les yeux de Lee Ann, la ramenant au présent.

— Maman, t'étais partie où ? On t'a demandé quelque chose.

Elle sourit en découvrant les deux jeunes filles délurées qui lui faisaient face. Lee Ann enfonça ses doigts dans le tas de farine sur le plan de travail, puis, d'une chiquenaude, les arrosa toutes deux de poudre blanche.

— Que vouliez-vous savoir, jeunes demoiselles ?

Les jeunes demoiselles en question prirent une mine faussement offusquée, puis se mirent à rire et lui retournèrent la politesse à grands jets de farine. Elles avaient développé des attitudes adolescentes dont Lee Ann ne raffolait pas mais, au fond, elles étaient toujours ses petits lutins farceurs.

Au bout d'un moment, pratiquement blanche des pieds à la tête, Lee Ann reconnut sa défaite et protégea ce qu'il restait de farine de ses bras tendus.

— Stop ! s'écria-t-elle en riant. Il faut que je termine ces roulés et que je les congèle, sinon je ne serai jamais prête pour la collecte de fonds.

Une main posée sur une hanche surmontant des jambes interminables, Kendra arbora une petite mine supérieure. Dans cette attitude, elle ressemblait terriblement à Stephanie, sa mère.

— Alors, ne commence pas ce que tu ne peux pas terminer, déclara-t-elle doctement.

Si, en temps normal, Lee Ann pensait très rarement à sa sœur, cette journée semblait propice à un retour dans le passé. D'ici cinq semaines, cela ferait treize ans que Stephanie était morte. Elle n'avait survécu que cinq jours à l'accouchement.

— Quelle question m'aviez-vous posée, au fait ? s'enquit-elle en claquant des doigts.

Ce fut Candy qui répondit la première :

— Sadie Evans, tu sais, celle dont le père tient le bon restaurant en ville. Enfin, au snack aussi, c'est bon, ajouta-t-elle précipitamment.

Lee Ann, qui servait le petit déjeuner au snack tous les matins en semaine, dissimula un sourire.

— Bref, elle nous invite à dîner et ensuite on bosse sur notre exposé pour l'école.

— Vous avez classe demain, objecta Lee Ann.

— C'est bien ce que je lui ai dit, rétorqua Candy en levant les yeux au ciel avec l'air exaspéré que sa sœur et elle avaient mis au point depuis quelques mois. Et aussi que tu refuserais. Surtout qu'on s'est couchées tard hier soir avec le match de basket. Mais Sadie a des idées vraiment trop géniales, tu sais ? Faut vraiment qu'on s'y mette tout de suite, sinon on n'aura jamais terminé avant les vacances de Noël.

À d'autres. Les vacances de Noël ne commençaient pas avant quatre bonnes semaines. Candy continua, imperturbable :

— Kendra et moi, on a déjà fait tous nos devoirs. Alors si on part maintenant, on pourra être de retour avant 21 heures.

Lee Ann allait poser une question quand Kendra prit le relais de sa jumelle :

— La mère de Sadie peut passer nous prendre et nous ramener.

Candy, qui avait toujours été celle qui décide, jeta un regard noir à sa sœur avant d'enchaîner, sur un ton un peu moins conciliant :

— Oui, elle a même dit qu'elle préférait venir nous chercher avant de commencer à préparer le dîner. Comme il ne reste qu'un jour d'école dans la semaine, est-ce que tu pourrais dire oui, juste pour cette fois ? S'te plaît.

Le silence s'abattit sur la pièce. Les deux filles, dos raide et yeux grands ouverts, attendaient la réponse. Lee Ann jeta un coup d'œil à sa mère afin de déterminer si elle les approuvait. Les filles faisaient patte de velours, mais n'en étant pas à leur premier essai, cela ne prenait plus avec Lee Ann. Reba dissimula un sourire derrière sa main.

Lee Ann se remit à son pétrissage en faisant mine de réfléchir. Ce que les filles ne savaient pas, c'était que quelques heures de liberté ce soir-là lui conviendraient à merveille. Perturbée par l'annonce du retour de Cody, elle avait grand besoin de prendre le temps de la réflexion pour trouver comment gérer au mieux la situation. Que ce fût une bonne idée ou pas, ne pas avoir les jumelles dans les jambes l'arrangeait bien. La terre n'allait pas s'arrêter de tourner si, pour une fois, elle assouplissait un peu ses règles.

— Si vous m'aidiez plutôt à terminer ces roulés à la cannelle ? Après tout, c'est pour la bonne cause.

Parfois, leur ingéniosité la faisait rire. Cela ne rata pas, cette fois non plus. Kendra répondit avant sa sœur :

— Ça aussi, on y a pensé.

Du coin de l'œil, Lee Ann nota que sa mère contemplait soudain ses genoux avec beaucoup d'attention.

— Alors, on a téléphoné à mamie, avant de parler à la mère de Sadie.

— C'était notre idée, ne va pas te mettre en rogne contre mamie, intervint très vite Candy. On l'a appelée pour savoir si elle pourrait te donner un coup de main en cuisine ce soir. Comme elle a dit oui, on lui accrochera ses décorations de Noël ce week-end. Sans se plaindre.

— Vous…

— On pourra le faire après la collecte de fonds, ajouta Kendra.

Lee Ann reporta les yeux sur sa mère, qui arborait à présent une mine coupable.

— Ah, parce que tu faisais partie du complot ?

— C'est un gros exposé, intercéda Reba, et elles ont vraiment besoin de temps pour en venir à bout.

Aurait-elle un jour le moindre contrôle sur aucune des trois ? s'interrogea Lee Ann en riant intérieurement. Elle désigna la porte :

— Allez me ranger vos affaires et appelez Mme Evans. Elle pourra passer vous prendre dès que vous aurez fini de vider le lave-vaisselle.

Les deux filles s'emparèrent de leurs affaires avec un cri d'allégresse et décampèrent.

— Maman… dit Lee Ann en se tournant vers elle.

— Tu sais que je suis incapable de leur refuser quoi que ce soit. Et puis, c'est pour un projet scolaire, objecta Reba en se levant et en retroussant ses manches.

Elle se posta de l'autre côté de la table et fit glisser le pâton vers elle.

— Donne-moi donc le fil à couper le beurre et une feuille de papier sulfurisé, je vais m'occuper de faire cuire la première fournée. Pendant ce temps, tu pourras mettre en route la suivante.

Des bruits de pas se firent entendre à l'étage, et Lee Ann reprit leur conversation précédente à mi-voix :

— Comment as-tu appris qu'il revenait ?

— J'ai vu le Dr Wright monter à l'appartement au-dessus de sa clinique, répondit Reba en se concentrant sur sa tâche. Tu sais que je peux voir le bâtiment de chez moi puisqu'il est au bout de la rue. Bref, je me suis dit que c'était le moment rêvé pour faire une petite balade.

— Je n'en doute pas un instant, rétorqua Lee Ann en riant sous cape.

Reba n'avait aucun moyen de voir le cabinet vétérinaire de chez elle, mais il y avait fort à parier que la vieille Mme Grayson qui, elle, habitait en face de la clinique, avait dû commencer à faire chauffer son téléphone. Comme chaque fois qu'un événement sortant un tant soit peu de l'ordinaire se produisait.

Reba poursuivit sans relever le sarcasme :

— Enfin bon, je suis sortie et je suis partie dans cette direction, pour être sûre que Keri allait bien. Qu'elle n'avait besoin de rien, parce qu'elle peinait vraiment à monter cet escalier. Tu sais qu'elle peut accoucher à tout moment.

— Je sais.

— Je l'ai effectivement trouvée à hisser du matériel de nettoyage sur cet escalier branlant.

*Il va réellement revenir,* songea Lee Ann alors qu'un étau lui comprimait la poitrine.

— Tu es certaine qu'il ne sera là que pendant six semaines ?

— Le temps que j'arrive au bout de la rue, Beatrice, enfin, Mme Grayson, avait déjà questionné Keri, et elle m'a tout raconté. Il va rester jusqu'aux fêtes. Keri aurait bien voulu prolonger plus longtemps son congé, mais il avait déjà signé pour un autre remplacement, qui démarrerait dès le 1er janvier d'après ce que je sais. Après cette annulation de dernière minute du premier remplaçant, tu sais, celui qui devait venir de Nashville, elle a eu de la chance d'en trouver un autre qui soit libre de venir sur-le-champ.

Très fière de ses talents de limier, Reba hocha gravement la tête. Et ajouta :

— Oui, il va être là six semaines. D'ailleurs, il ne devrait plus tarder à arriver.

Autrement dit, songea Lee Ann, elle allait devoir très vite décider de la conduite à suivre. De lui faire ou non connaître les filles. Tout en présupposant qu'il n'était plus le garçon immature qu'il avait naguère été.

— Peu importe ce qu'il a fait par le passé, tu vas devoir lui présenter ses filles, déclara Reba, qui avait très bien suivi le fil de ses pensées.

Lee Ann plongea le bol du mixer dans l'évier empli d'eau savonneuse, afin de ne pas avoir à regarder sa mère.

— Je veux d'abord me faire une idée de ce qu'il est devenu avant d'envisager quoi que ce soit, répliqua-t-elle.

— C'est leur père, il a le droit de les connaître, rétorqua très calmement Reba.

— Oui mais ça, il aurait dû s'en apercevoir avant. Et rester.

Lee Ann risqua un coup d'œil par-dessus son épaule vers sa mère.

Celle-ci s'en aperçut et la regarda également.

— Pourquoi aurait-il dû rester ? Stephanie ignorait qu'elle était enceinte quand il est parti, et il savait qu'il avait gâché toutes ses chances avec toi. Maintenant, dis-moi un peu, si Stephanie n'était pas tombée enceinte, aurais-tu voulu qu'il reste tout de même ?

— Le problème n'est pas là. Ce sont des filles aujourd'hui dont nous parlons, pas de Cody et moi à vingt ans. Il aurait au moins pu revenir quand elles sont nées ! s'enflamma-t-elle en se retournant vers sa mère, les mains agrippées au rebord de l'évier. Et toi, à propos, tu n'es plus furieuse contre lui ? Il a quand même bien bousillé nos vies, non ?

Sa mère ne put que hocher la tête alors qu'un masque douloureux se posait sur son visage. Lee Ann comprit qu'elle non plus ne sautait pas de joie à l'idée de le revoir.

— Le fait qu'il revienne n'est sûrement pas anodin de sa part, reprit Reba. Cependant, il n'est pas question de l'absoudre aussi facilement, même si ces enfants ont besoin de connaître leur père.

— Elles sont heureuses. Elles ont une belle vie. Pourquoi risquer de tout gâcher ?

— Et s'il voulait faire leur connaissance ? Comment pourrais-tu empêcher cela ?

Le cœur battant, Lee Ann se demanda si elle ne pensait qu'à protéger les filles. La seule mention du prénom de Cody lui avait donné une folle envie de courir à l'autre bout de la rue pour assister en personne à son arrivée. Toutefois, elle ne savait que trop ce qui pourrait se produire si elle le laissait entrer dans leur vie.

Avec sa venue, des espoirs naîtraient, l'excitation irait croissant, jusqu'à ce que leur rêve d'avoir réellement un père finisse détruit à jamais. Elle serra les poings afin d'empêcher ses mains de trembler. Non. Elle ne le permettrait pas. Ni pour ses filles, ni pour elle.

Alors qu'un vacarme dans l'escalier ciré se faisait entendre, elle se pencha vers sa mère et la regarda bien en face. Puis d'une voix à peine audible :

— Que ferai-je quand il décidera que l'intérêt de jouer au papa s'est estompé et qu'il s'en ira à nouveau ?

Reba voulut répondre, mais elle ne lui en laissa pas le temps :

— Parce qu'il ne restera pas, maman. Ce n'est pas dans sa nature. Depuis qu'il est assez grand pour marcher, il n'a jamais cessé de fuir.

Derrière le volant de son SUV qu'il venait d'immobiliser sur le bas-côté de la route, devant le panneau « Sugar Springs vous souhaite la bienvenue », Cody Dalton regarda quelques petits flocons de neige s'aplatir sur le pare-brise en se demandant ce qui lui était passé par la tête. Pas sûr du tout que la ville l'accueille à bras ouverts en dépit de ce joli petit panonceau.

Sugar Springs. Il n'y avait plus remis les pieds depuis le jour où il avait entouré d'une chaîne la statue trônant au centre de la Grand-Place, pour l'accrocher à la camionnette de son père adoptif, et détrôner d'un bon coup d'accélérateur le père fondateur de la cité. Il avait traîné le bloc de granit sur une bonne cinquantaine de mètres avant qu'il finisse par arracher le pare-chocs arrière de la vieille Chevy. Ensuite ? Ensuite il avait déguerpi.

Et jamais au grand jamais il n'aurait imaginé remettre un jour les pieds à Sugar Springs.

Au cours de toutes les années écoulées depuis ce départ en fanfare, une seule personne lui était régulièrement revenue à l'esprit, mais il n'avait jamais eu le courage de rentrer l'affronter. Pas après ce qu'il avait fait.

Une chose était certaine à ses yeux : ni lui ni ses excuses ne seraient les bienvenus chez elle. S'il était franc vis-à-vis de lui-même, Lee Ann ne serait pas la seule à voir d'un très mauvais œil son retour en ville. Bon sang, tous les habitants de Sugar Springs se feraient probablement un plaisir de le chasser sans autre forme de procès, dès son arrivée sur la Grand-Place. Car il leur avait fait du tort à tous.

D'accord, il s'en était longtemps voulu et avait finalement racheté ses erreurs. Enfin, du mieux qu'il avait pu. Même s'ils ne s'en étaient pas rendu compte.

Voilà qu'il était de retour. De son propre chef, qui plus est. C'était sûr, il avait bel et bien une case en moins.

Il tendit la main pour caresser Boss, son danois, et finit évidemment avec une main trempée qu'il essuya sur son jean en riant avant de donner un petit coup de tête affectueux à celle de son chien, qui quémandait d'autres caresses. Cela faisait trois ans qu'il avait arraché Boss à ses précédents maîtres et cela restait à ce jour sa plus belle initiative. Contrairement à ce remplacement qu'il venait d'accepter.

La perspective de remettre le moteur en route et de continuer le fit grincer des dents, mais il était impossible de reculer. Il allait rester les six semaines prévues par le contrat, faire de son mieux pour se faire pardonner, et ensuite il filerait vers le remplacement suivant. Trois mois sous le soleil des Keys, en Floride. Plage, mer et soleil, Boss et lui allaient se régaler.

Sur son pare-brise, les flocons se firent plus gros, et il actionna les essuie-glaces. La neige n'allait pas tenir, il était trop tôt dans la saison, mais l'averse suffit à l'agacer. Déjà découragé, il redémarra et reprit le chemin de la petite cité nichée au pied des Smoky Mountains. Autant cesser d'atermoyer et s'y mettre tout de suite.

Avec un peu de chance, il serait débordé de travail. Mais, pendant son temps libre, il allait devoir trouver le moyen de se faire pardonner sa conduite inqualifiable vis-à-vis de Lee Ann, ce fameux dernier jour de sa présence à Sugar Springs. Il ne comptait pas lui demander une seconde chance, il ne la méritait pas, mais elle avait droit au minimum à des excuses. Et à une explication, même si elle arrivait des années trop tard. Toute la ville méritait aussi des excuses pour cette histoire de statue.

Il n'était que temps.

Quand il était tombé sur la demande urgente d'un remplaçant vétérinaire, une requête qui s'insérait parfaitement dans son planning, quelque chose dans sa tête lui avait soufflé que le moment était venu de se conduire comme l'homme responsable qu'il avait toujours rêvé de devenir. Quelques clics de souris l'avaient informé que Lee Ann habitait toujours Sugar Springs. Il avait donc passé cet appel téléphonique qui pourrait lui permettre d'alléger sa culpabilité vis-à-vis d'une des plus belles personnes qui aient jamais croisé sa route.

Il allait faire profil bas et lui présenter ses plus plates excuses. Ensuite, il reprendrait le cours de sa vie et la laisserait définitivement tranquille.

Enfin, si les habitants de Sugar Springs ne le chassaient pas avant même qu'il ait pu leur prouver qu'il n'était plus le sale gosse de naguère.

# 2

— On aurait dû te donner Douceur comme prénom, tu es aussi douce que les eaux qui ont donné leur nom à notre bonne ville.

Les yeux pétillants dans un visage fripé comme une vieille pomme, Sam Jenkins, soixante-dix printemps, adressa un immense sourire à Lee Ann pardessus son café du matin. C'était un de ses habitués préférés.

Elle posa la cafetière sur la table du snack et s'assit face à lui. Un sourcil levé, elle se pencha et lui adressa sa plus belle expression hautaine, qu'elle avait d'ailleurs empruntée à ses filles.

— Je ne sais pas trop comment le prendre, Sam. Certes, cela peut sonner de prime abord comme un compliment, mais toi et moi savons pertinemment que l'eau de nos sources n'a rien de doux. Nous connaissons les résultats des analyses. Donc, tu viens de dire que je suis aussi insipide que de l'eau…

Ce qu'elle préférait dans cet emploi à mi-temps, c'était discuter avec les consommateurs, parfois des touristes selon la saison. Elle connaissait absolument tous les habitants de la ville, et beaucoup d'entre eux commençaient leur journée ici, au snack. À franchement parler, voir tant d'amis proches aussi régulièrement compensait le fait d'avoir dû prendre un second emploi. Contrairement à son devoir de constituer une cagnotte pour les études des filles, son rêve d'être photographe à plein-temps pouvait attendre.

À présent que 9 heures avaient sonné ne restaient plus dans le snack que les retraités, qui s'attardaient devant leur café et papotaient entre vieux amis. Ce matin, évidemment, les conversations tournaient autour du vétérinaire remplaçant, arrivé tard la veille. On l'avait vu monter à l'appartement au-dessus de la clinique deux sacs marins et un autre décrit comme une « mallette de véto ». Accompagné d'un chien blanc et noir « de la taille d'un poney ». Comment Cody et un chien-poney aussi gigantesque allaient-ils tenir dans le minuscule studio au-dessus du cabinet ? Cela dépassait l'entendement de Lee Ann mais, Dieu merci, elle ne se sentait pas concernée.

Pourtant, quand elle les avait aperçus en train de courir, lui et ce chien monstrueux, aux premières lueurs de l'aube, alors qu'elle était en chemin vers son travail, sa première réaction avait été de vouloir s'approcher de lui, pour voir de quoi il avait l'air après tout ce temps. Mais elle l'avait rapidement contrée.

De loin, elle n'avait pu voir qu'un homme et son chien. Un homme grand, d'une imposante carrure. Et un animal effectivement colossal.

Elle s'était sentie contrariée.

Elle aurait largement préféré avoir l'insigne plaisir de constater qu'il s'était empâté, ou qu'il commençait à perdre ses cheveux. Quoique, à trente-deux ans, c'était tout de même peu probable.

En fait, une seule chose la concernait : garder présent à l'esprit le fait qu'il était en ville pour accomplir un travail. Et qu'étant donné la taille de la ville, elle serait fatalement obligée un jour ou l'autre d'échanger quelques mots avec lui, des banalités, sans rapport avec les enfants dont il était le père.

— Allons, Lee Ann, tu sais bien que c'était un compliment, répondit Sam, la sortant de ses sombres ruminations. Ce troquet ne serait pas le même sans toi, ajouta-t-il avant de boire bruyamment une gorgée de son café fumant. La moitié des gens de cette ville viennent ici pour démarrer leur journée avec toi. Quand vas-tu cesser de faire ta difficile et réussir à te caser avec l'un d'entre eux ?

Un sourire naquit sur le visage de Lee Ann. Ils avaient cette discussion au moins une fois par semaine. Si seulement il y avait dans le coin quelqu'un avec qui elle pourrait ne fût-ce qu'envisager se caser…

— Le problème, c'est qu'aucun n'est assez rapide pour m'attraper, Sam. Tu sais que je suis une tornade.

Il se mit à rire.

— Oui, mais si tu en laissais un t'attraper, tu pourrais ralentir un peu.

— Oh, non. Je m'ennuierais. Ça m'emmènerait où, à ton avis ? rétorqua-t-elle en se levant pour accueillir le nouveau client annoncé par le carillon.

Elle ne s'était pas encore retournée qu'un silence avait envahi la salle de restaurant. Tous les regards se dirigèrent en chœur vers l'entrée. Soudain emplie d'appréhension, elle songea qu'une seule personne dans cette ville pouvait générer une telle réaction collective. À la fois craintive et pleine de curiosité, elle leva les yeux vers la porte.

C'était Cody.

Eh, flûte !

Tout bien réfléchi, il aurait mieux valu ne pas le voir d'aussi près.

Comme dans son souvenir, ses cheveux sombres étaient toujours un poil trop longs. Leurs pointes s'échappaient d'un bonnet vert bouteille. Il n'était pas rasé, ce qui soulignait la forte structure du visage qu'il avait déjà à dix-huit ans. À ceci près que la maturité lui conférait un aspect bien plus viril. La contraction de ses mâchoires lui apprit qu'il n'était pas particulièrement à l'aise avec le fait d'être l'objet de cet examen général.

Il cilla pour ajuster sa vision à l'intérieur peu éclairé du snack, et elle en profita pour détailler rapidement le reste de sa personne. En sachant qu'elle ne devrait pas. Quelle idiote elle était de seulement en avoir envie. Car tout bien considéré, non seulement il lui avait volé un bon morceau de son cœur en mettant Stephanie dans son lit, mais il s'était ensuite volatilisé avant même qu'elle ait eu l'occasion d'en reprendre possession.

Dieu merci, les années avaient fini par cicatriser cette blessure. Normalement, elle pouvait le contempler à présent avec un œil de photographe distant et objectif.

Elle fit donc descendre son regard.

Son cœur n'était pas concerné, mais son pouls… Seigneur ! Cody Dalton était splendide. Il était toujours écrit « dangereux » sur toute sa personne. Avec son mètre quatre-vingt-douze, presque vingt centimètres de plus qu'elle, il occupait toute la porte du snack, ses épaules en frôlant les montants. Avec son jean élimé et ses bottes éculées, on aurait pu le prendre pour un paysan du coin. Si ce qu'il portait au-dessus de la ceinture ne donnait pas une tout autre impression. Une veste de cuir noir laissait voir une chemise bleu nuit au col ouvert. Elle distingua ce qui ressemblait à l'amorce d'un tatouage au bas de son cou, sur la droite.

Oh, oui, c'était bien le Cody qui était sorti en trombe de chez elle des années auparavant en bouillant de fureur contre le monde entier. Elle s'était souvent demandé comment il avait la force de se lever chaque matin avec le poids d'une telle rancœur sur ses épaules.

Il parut faire le point et pénétra plus avant dans la salle, jeta un coup d'œil à l'écriteau « Merci d'attendre que l'on vous place », se renfrogna et partit en direction d'un box vide situé un peu à l'écart. Deux secondes après s'être assis sur le vinyle de la banquette, il redressa le dos et tourna lentement la tête dans la direction de Lee Ann. Il l'avait reconnue.

Elle crut un instant que son cœur s'était scindé en deux. Une moitié battait à tout-va tandis que l'autre conservait son rythme normal, la mettant au défi d'accorder une quelconque importance à la présence de Cody.

Elle ignora ce conflit interne, prit son temps pour lisser son tablier sur son jean élimé, et s'en fut vers lui. En parvenant à sa table, un parfum combiné de grand air et d'eau de Cologne boisée lui titilla les narines. Elle se redressa de toute sa hauteur mais ne dit mot. Principalement parce qu'elle ne pouvait prononcer aucune des paroles qui lui venaient à l'esprit.

*Fiche le camp de cette ville. Retourne en rampant dans le terrier dont tu viens d'émerger. Abrège mes souffrances et, s'il te plaît, souris-moi juste une fois comme tu le faisais autrefois.*

— Ça fait plaisir de te revoir, Lee Ann.

Sa voix grave la sortit brutalement de ses pensées et elle se fustigea pour la dernière d'entre elles.

Il retourna la tasse de porcelaine posée devant lui, et elle l'emplit avant de poser le menu sur la table.

Puis elle hocha la tête avec un sourire contraint en veillant à ne pas le regarder en face.

— Cody. Bienvenue au *Sugar Springs Diner*.

Flûte, elle avait inconsciemment accentué son accent du Sud et en fut agacée en se souvenant qu'il l'adorait naguère. Elle veilla à reprendre d'un ton plus universel :

— Le plat du jour est agrafé au menu. Je te laisse choisir.

Puis elle tourna les talons et fila vers la cuisine. Là, elle dénoua son tablier dès que la porte se fut refermée sur elle. Les propriétaires, qui étaient des amis, ne voyaient aucun inconvénient au fait qu'elle bouscule ses horaires en fonction de ses rendez-vous photographiques, et même si elle avait le mensonge en horreur, l'instant nécessitait de maquiller un peu la vérité.

Elle mit son tablier dans son casier, y attrapa son sac et alla se planter près de Holly Marshall, la benjamine de la fratrie Marshall, qui préparait son petit déjeuner derrière le gril.

— Je ne me souviens qu'à l'instant que j'ai un rendez-vous de prise de vue ce matin. Peux-tu terminer pour moi, s'il te plaît ? C'est très calme de toute façon, et il n'y a qu'un nouveau client.

— Pas de problème, ma chérie, répondit Holly sans lâcher le gril des yeux. Je vais lui apporter le spécial du jour. Il n'a même pas ouvert le menu… Trop occupé à te mater !

Lee Ann lutta contre l'envie pressante de jeter un coup d'œil par le passe-plat, mais perdit le combat. Allez, un tout petit coup d'œil. Oui, le menu était toujours là où elle l'avait posé, le niveau de café n'avait pas bougé, et deux yeux sombres la fixaient.

Ses orteils se recroquevillèrent.

Toutefois, en l'observant mieux, elle reconnut la lueur de solitude qu'elle avait toujours vue tapie dans les profondeurs de ses yeux, et sa poitrine se serra. Non, elle n'allait pas se sentir coupable de refuser de le mettre en contact avec Kendra et

Candy. Le mieux pour les filles était de conserver le *statu quo* actuel. Elles n'avaient pas besoin que quelqu'un comme lui vienne bouleverser leurs vies.

Lorsqu'il déplaça légèrement le regard et le posa sur sa bouche, elle agrippa la barre qui entourait le gril. Heureusement qu'elle avait durement appris la leçon des années plus tôt, car une fille qu'on regarde ainsi peut facilement atteindre des sommets de stupidité. Elle plissa les yeux afin d'exprimer aussi clairement que possible qu'elle avait bien mieux à faire. Peu importait la raison de son retour, il était hors de question qu'elle se laisse embobeliner par son allure et son charme. Pas cette fois-ci.

Elle détacha un à un les doigts de la barre métallique et recula jusqu'à se placer hors de vue de la salle du restaurant. Alors, et seulement alors, elle put emplir une bonne fois ses poumons d'air. Vite, sortir d'ici.

Elle jeta un regard à Holly, se souvint du commentaire qu'elle avait fait et auquel elle n'avait pas répondu, mais elle eut beau faire, pas moyen de se souvenir de ses paroles exactes. Elle secoua la tête comme pour s'excuser, se détourna et lança par-dessus son épaule :

— Je suis partie.

Cody n'en revenait pas des changements opérés chez Lee Ann. Adolescente, elle était mignonne. Son menton pointu et sa petite bouche ourlée lui avaient toujours rappelé les poupées que collectionnait sa troisième, ou peut-être quatrième, mère adoptive. Maintenant qu'elle avait coupé court ses cheveux noirs et que son innocence de jeune fille avait laissé place à des courbes et une maturité toutes féminines, elle était devenue un curieux et superbe mélange. Solide et fragile à la fois. Il se découvrit une envie aussi bizarre que pressante de découvrir quelle moitié dominait.

Quelque chose dans le regard qu'elle lui avait jeté depuis la cuisine suggérait que c'était le côté dure à cuire. Vu son peu d'empressement à revenir, il la soupçonna aussi de vouloir l'éviter.

Comment le lui reprocher ? Il était perclus de honte chaque fois qu'il repensait à ce qu'il avait fait. Malgré toutes ses erreurs, il l'avait aimée aussi fort que possible, à l'époque. Il n'aurait pas dû laisser le dégoût de lui-même s'en mêler au point de la blesser si durement. Il aurait dû partir plus tôt.

Une fois libérée de sa présence, elle aurait dû réaliser ses rêves. Au lieu de cela, il avait été véritablement choqué de constater qu'elle n'avait jamais quitté Sugar Springs.

Il l'avait appris cinq ans auparavant, en obtenant son diplôme de docteur en médecine vétérinaire à l'université de Purdue. Sa fierté éprouvée lors de la remise de son diplôme et le fait qu'il n'avait personne au monde avec qui partager sa joie lui avaient automatiquement fait penser à Lee Ann. C'était elle qui, un jour, avait réussi à lui faire exprimer son rêve de toujours, devenir vétérinaire. Elle l'avait aussi convaincu qu'il pouvait y arriver. Avant elle, ce rêve n'avait jamais relevé que d'une chimère irréalisable. Ce jour-là, donc, il l'avait cherchée sur Internet, persuadé sans l'ombre d'un doute que son talent de photographe avait été reconnu et qu'elle avait enfin percé. Las, il avait découvert qu'elle vivait toujours dans sa petite ville natale.

Le choc avait été tel qu'il s'était retrouvé à deux doigts de descendre dans le Tennessee pour la secouer et lui demander pourquoi elle n'avait pas suivi ses aspirations. S'il était devenu vétérinaire, c'était grâce à elle, grâce au fait qu'elle avait cru en lui. Seul un événement important aurait pu empêcher Lee Ann de poursuivre son rêve.

Car quitter la ville une fois son baccalauréat en poche avait toujours figuré en tête des priorités de Lee Ann, et ils avaient rêvé de partir ensemble. Boursière, elle serait allée faire ses études à Knoxville et lui, il aurait travaillé et économisé afin de pouvoir s'y inscrire également.

Qu'avait-elle fait, au lieu de cela ?

Elle était restée et avait ouvert un studio de portraits. Il retourna le menu sur la table mais ne prit pas la peine de l'ouvrir, l'esprit toujours concentré sur Lee Ann. Faire des portraits, des photos d'identité en grande majorité, ce n'était pas ce qu'elle aimait faire. Oh, bien sûr, elle savait les faire, et bien. Il avait passé deux bonnes heures à inspecter son site Web avant d'accepter ce remplacement à Sugar Springs et, oui, elle faisait de l'excellent travail. Toutefois, ce n'était pas ce dont elle avait rêvé. Avant, elle aimait photographier la nature. Les animaux. En noir et blanc. Là, elle était carrément brillante.

Une seule explication lui était venue à l'esprit : elle s'était mariée.

En attendant son retour, il passa la salle de restaurant en revue. À l'époque, quand il était en terminale, le snack était moitié moins vaste et appartenait à l'un des plus vieux couples de la ville. Au fur et à mesure que croissait leur amitié naissante, Lee Ann et lui venaient régulièrement y boire un milk-shake après les cours, le plus souvent avec Joanie, la meilleure copine de Lee Ann. Ou alors, il venait y traîner seul quand elle travaillait. Elle avait été son unique fanal durant toute une jeunesse de désolation.

Il porta sa tasse à ses lèvres et but une gorgée de café.

Ce matin-là, après son jogging avec Boss, Mme Grayson l'avait abordé pour l'informer que le seul endroit digne de ce nom pour prendre un bon petit déjeuner se trouvait être le snack. Il avait alors appris que les petits-enfants des propriétaires initiaux tenaient à présent l'endroit. Il avait rapidement pris congé de la commère avant de découvrir que Lee Ann y travaillait toujours. Il regretta de n'être pas resté suffisamment longtemps avec la pipelette en chef de la ville. Tomber directement sur Lee Ann en arrivant au snack l'avait totalement déstabilisé.

Il n'était pas prêt.

Oh, il aurait fini par chercher à la voir. Il tenait réellement à lui présenter ses excuses, mais il avait prévu de prendre d'abord ses marques. Il jeta un coup d'œil vers la cuisine et se demanda s'il devait y aller directement pour solliciter un entretien, ou s'il ferait mieux d'attendre et d'aborder le sujet un autre jour. Bah, de toute façon, aujourd'hui ou demain, aucun moment n'est vraiment idéal pour ramper.

En ne la voyant pas revenir, il reprit son examen du restaurant. Les propriétaires avaient fait du bon travail en y créant une atmosphère à la fois familiale et chaleureuse, que complétaient un joyeux feu de cheminée au centre et de confortables fauteuils en bois sur le porche. Ils avaient remplacé l'ancien mobilier disparate par des tables en bois, des chaises agrémentées de coussins et d'agréables box. L'endroit y avait largement gagné.

Il nota ensuite l'étrange assortiment de vieux messieurs et de femmes aux tenues excentriques, dont la plupart le dévisageaient ouvertement, et fut bien obligé de reconnaître que la clientèle de base, elle, n'avait pas changé d'un iota.

Il se détourna des clients et braqua les yeux dehors par la grande baie vitrée, en remerciant le ciel que les nouveaux propriétaires n'aient pu modifier le panorama.

Il ne s'était jamais senti réellement connecté à la ville mais, de tous les endroits où il avait vécu, c'était ici qu'il s'était senti le mieux accueilli.

Il étudia les alentours, curieux des changements qui avaient dû s'y opérer durant tout ce temps. Il y avait le même fleuriste de l'autre côté de la place, fermé en attendant l'heure de l'ouverture, la même banque, fermée elle aussi, une boutique vide et, à l'angle, un nouveau salon de coiffure. Il réprima un sourire en découvrant l'enseigne, « FrizzTif ».

Et puis, bien sûr, la statue au milieu de la place.

De loin, il ne put déterminer si c'était celle qu'il avait endommagée, et qui aurait été restaurée, ou une nouvelle effigie. Quoi qu'il en soit, il fut pris d'une émotion soudaine en constatant que ses incartades n'avaient pas complètement anéanti le monument historique, source de fierté pour la ville.

Du coin de l'œil, il repéra un plateau qui avançait vers lui, se plaqua une expression qu'il espérait chaleureuse sur le visage et tourna la tête. Pour avoir la surprise de voir une inconnue lui sourire.

Dans un tourbillon de parfum entêtant, de maquillage outrancier et de chaussures extravagantes, une femme tout en courbes posa sur la table deux assiettes d'œufs brouillés, de bacon et de pancakes. Puis un flacon de sirop d'érable et deux verres de jus d'orange. Pour finir, elle s'installa en face de lui.

Elle lui tendit une main pourvue d'ongles rouge cerise, assurément capables de griffer au sang si on ne se pliait pas aux ordres de leur propriétaire. Une tonne de bracelets cliqueta quand il lui serra la main.

— Holly Marshall, copropriétaire de ce restaurant. La plus jeune, pour être exacte, déclara-t-elle en clignant vers lui un œil à la paupière scintillante.

Évitant son regard, il la salua d'un signe de tête.

— Cody Dalton.

— Pas la peine de me le dire, mon chou, rétorqua-t-elle en s'armant d'une fourchette pour partir à l'assaut de ses œufs. Vous n'aviez pas mis une roue en ville hier soir que je savais déjà comment vous vous appeliez. Cinq minutes plus tard, c'est carrément toute votre histoire que je connaissais.

Puisque les mots n'étaient plus nécessaires, Cody versa un peu de sirop tiède sur son assiette et préféra attendre de savoir ce que le résumé de sa vie en cinq minutes chrono avait eu comme effet sur l'opinion de cette femme à son égard. Tout en entamant un de ses pancakes, il se laissa emporter par les souvenirs, ferma les yeux et remonta quatorze ans plus tôt.

Pearl Monroe, sa mère adoptive à Sugar Springs, avait toujours insisté sur l'importance essentielle du petit déjeuner et lui faisait souvent des pancakes. Il essaya de se souvenir de la dernière fois qu'il avait dévoré son petit déjeuner ici. Bah, c'était probablement le matin de son départ, songea-t-il en rouvrant les yeux.

Étant donné la rapidité avec laquelle nouvelles et potins circulaient ici, Pearl et son mari, Roy, devaient déjà être au courant de son retour. Quelle importance, au fond ? À l'époque, il avait veillé à leur faire ramener la camionnette depuis la gare de Memphis, où il avait pris le train. Plusieurs mois plus tard, il leur avait envoyé un chèque de dédommagement pour le pare-chocs arraché. Il ne leur devait plus rien à présent.

Tout bien considéré, l'année qu'il avait passée ici n'avait pas été désagréable. D'accord, les Monroe l'avaient fait travailler, tout comme ses autres familles d'accueil, mais au moins avait-il pu travailler avec des animaux. Ça ne l'avait nullement dérangé de devoir se lever tôt le matin pour nourrir les chevaux, puis de nettoyer leurs stalles. Il lui avait toujours été plus facile d'établir le contact avec des animaux qu'avec des humains, et il adorait leur compagnie.

Après avoir connu à peu près toutes les régions du Tennessee, il avait débarqué à Sugar Springs peu après son dix-septième anniversaire et avait tenté de voir cette nouvelle délocalisation comme l'occasion d'un changement bénéfique dans sa vie.

Ce bel optimisme avait duré jusqu'au premier jour de lycée.

Car bien sûr, sa réputation l'avait précédé et, dès le premier incident, il avait été désigné comme *le* coupable alors qu'il n'y était pour rien. Une fois de plus, il était redevenu le trublion.

Après avoir dévoré la moitié de ses œufs et un pancake, Holly se planta les coudes sur la table et ramena Cody dans le présent grâce à un point de vue imprenable sur son décolleté. Concentrée, elle se tapota les lèvres du bout d'un ongle tandis qu'il faisait son possible pour conserver l'air dégagé.

— Je dirais que vos chances de réussir ici sont de une sur deux, commença-t-elle. Mais comme vous repartez bientôt, cela n'a aucune importance.

Ceux qui ont la rancune tenace quant à vos exploits passés font sûrement des prières pour que leurs animaux ne tombent pas malades ces quelques prochaines semaines.

C'était bien cela qui l'embêtait, l'éventualité que des animaux ne reçoivent pas les soins nécessaires à cause de sa présence. Prouver sa valeur n'allait pas être chose facile, et jamais il n'aurait imaginé que sa seule existence puisse générer de la souffrance pour un animal de compagnie. Le vétérinaire le plus proche se trouvant dans une ville assez éloignée, les plus vieux citoyens auraient du mal à se déplacer aussi loin pour la santé de leur petit compagnon.

— J'espère de tout cœur que personne ne se refusera une consultation à cause de moi. Je suis bien conscient qu'il faudra du temps à certains pour admettre que j'ai évolué et ne suis plus un gosse égoïste et mal élevé, mais une chose est certaine : jamais je n'aurais accepté ce remplacement si j'avais pensé que des animaux puissent souffrir d'un manque de soins par ma faute.

Des yeux verts le sondèrent un bon moment avant que Holly finisse par hocher la tête.

— Je vous crois sincère.

Il en cilla de surprise.

— Ah bon ? Vous me croyez ?

Il avait depuis longtemps appris à déchiffrer les gens, et la jeune femme lui paraissait elle aussi sincère. Il ne savait rien d'elle, mais il la jugeait foncièrement bonne.

— Absolument, rétorqua-t-elle, le visage illuminé par un sourire. Il me suffit de quelques secondes pour me faire une idée d'une personne, et mes jugements se sont jusqu'à présent avérés exacts à quatre-vingt-dix-neuf pour cent.

Un rire monta en lui, un rire venu du plus profond de lui-même. Pour la première fois depuis qu'il avait pris la décision de revenir, il eut le sentiment qu'il pourrait avoir au moins une amie dans la place.

— Quatre-vingt-dix-neuf pour cent, voyez-vous ça ? Et qu'est-ce qui vous rend si certaine que je ne vais pas faire dramatiquement chuter votre taux de réussite ?

Elle se laissa aller contre son dossier alors qu'il saisissait son verre.

— Oh, c'est très simple. Pas une seule fois vous n'avez zyeuté mon décolleté. Enfin, à part ce tout premier coup d'œil, mais celui-ci je vous le pardonne. En fait, j'aurais été vexée si vous ne l'aviez pas remarqué.

Il s'en étrangla avec son jus d'orange, et elle garda le silence tandis qu'il reprenait le contrôle de son corps. Puis, les yeux pleins de grosses larmes, il lui demanda :

— Étiez-vous déjà dans le coin il y a quatorze ans, Holly ? Je n'arrive pas à me souvenir de vous.

— Pas étonnant. J'avais onze ans, j'étais plate comme une limande, affublée d'un appareil dentaire et souffrais d'une acné précoce. Pour moi tous les garçons étaient des imbéciles.

— Eh bien, je suis ravi de faire enfin votre connaissance. Et de constater que vous êtes pour l'instant l'une des deux personnes à s'être montrée amicale avec moi.

Quoique. Il soupçonnait fort Mme Grayson de l'avoir abordé dans le seul but d'obtenir du grain à moudre pour son moulin à ragots.

— J'espère que l'on se reverra bientôt, poursuivit-il en achevant de vider son assiette.

La cordialité, c'était bien, mais tant qu'il n'en saurait pas davantage sur cette ville, il devait garder présent à l'esprit que les vieilles commères n'étaient pas les seules à colporter des ragots.

— Maintenant, si vous vouliez bien me remettre ma note...

— Si vite ? répondit Holly avec un déplaisir manifeste. J'avais envie de mieux vous connaître, vous poser quelques questions et déterminer si ce que j'ai entendu de vous hier soir est digne de foi.

— Une autre fois. Je suis arrivé trop tard pour faire la connaissance du Dr Wright hier soir, il faut que je file sans tarder à la clinique. Je vais devoir me familiariser avec le cadre qui va être le mien ces prochaines semaines.

— Oh, alors oui, filez vite. Cette femme est une bombe à retardement sur pattes capable d'accoucher d'une seconde à l'autre, reprit-elle, rassérénée, en terminant son jus d'orange. Ça a été un réel plaisir de faire votre connaissance, Cody. Je compte sur vous pour faire de notre restaurant votre cantine de petit déjeuner. Un peu de sang neuf ne fera pas de mal à cet endroit.

— Aucun doute sur ce point, marmonna-t-il entre ses dents, avant de sortir son portefeuille. Combien vous dois-je ?

Elle refusa d'un signe de tête et proposa :

— Et si, en retour, vous veniez avec moi demain dans la matinée à la collecte de fonds organisée par l'équipe de basket-ball junior du collège ?

Il inspira en sifflant entre ses dents devant ce brutal changement de sujet. D'accord, elle n'était pas mal et plutôt rigolote, quoiqu'un peu jeune à son goût, mais il n'était pas venu ici pour draguer.

— Je ne suis pas sûr de pouvoir le faire...

— Vous vous moquez de moi ? rétorqua-t-elle en lui adressant un immense sourire.

Il remarqua alors qu'elle était plus que pas mal, et même jolie comme tout. Il devait certainement y avoir tout un tas d'hommes ici qui adoreraient l'emmener à cette collecte de fonds.

— Le collège, reprit Holly, est au bout de la rue où vous allez vivre, et je sais de source sûre que Keri a prévu de travailler demain matin. Moralité, une fois la journée terminée, vous n'aurez pas à retourner à la clinique avant lundi matin. Enfin, à moins qu'elle ne perde les eaux avant, évidemment.

— Évidemment, ne put-il qu'acquiescer.

Tête penchée sur le côté, elle le dévisagea, et son examen finit par le rendre nerveux.

— En ce cas, pourquoi décliner ma proposition ? Ce n'est pas comme si Sugar Springs était une métropole offrant une multitude de choses à faire un samedi matin.

Ce qui était la pure vérité. Il voulut essayer une autre tactique mais rien ne lui vint. Il écarta les mains et préféra la franchise :

— Veuillez m'excuser, Holly. Je ne suis pas venu ici pour draguer.

— Humm… pas même Lee Ann ?

— Hein ? Non ! Pas du tout ! fit-il en se levant vivement, avec soudain le sentiment d'avoir été pris au piège.

— Mais vous avez eu une histoire avec elle ?

Seigneur, qu'il pouvait détester les racontars des petites villes.

— Oui, il y a des années. Nous étions adolescents, on s'est embrassés, on a bu des milk-shakes à la sortie du lycée, point barre.

— À ceci près que, d'après ce qu'on m'a raconté, vous lui avez brisé le cœur quand vous avez pété une durite et fait dégringoler la statue avant de mettre les voiles sans même un au revoir.

*Bon sang.* Ils n'avaient visiblement pas encore avalé cette histoire, songea-t-il avec découragement, quand un détail le frappa. Elle avait souligné qu'il avait brisé le cœur de Lee Ann en quittant la ville. Pourquoi ne parlait-on pas de ce qu'il avait fait avec Stephanie ? Comment était-ce possible ? Si ça n'était jamais sorti, ça ne tarderait plus à le faire, maintenant. À moins que…

Il baissa les yeux sur Holly afin de déterminer s'il était humainement possible que ce qu'il avait commis dans le salon des London cet après-midi-là n'ait jamais transpiré auprès de ceux qui avaient érigé la propagation de ragots au niveau du rituel quotidien. C'était impossible à croire.

Un détail traversa alors son esprit. Ou plutôt un prénom.

Stephanie.

Bon sang, pas une seule fois il n'avait repensé à elle. Vivait-elle toujours à Sugar Springs ? Avec un soupçon de chance, elle était retournée pour de bon à Nashville après ce fameux jour. Oui, ça tenait de l'évidence. Si elle s'était attardée ici ne fût-ce que quelques jours, nul doute qu'elle se serait fait un plaisir de révéler au monde entier comment elle avait réussi à se payer en même temps le mauvais garçon et la tête de sa petite sœur.

Toutefois, devant l'ignorance manifeste de Holly, il lui devint clair que Lee Ann avait, Dieu sait comment, réussi à maintenir le secret. Dans le cas contraire, il ne voyait pas comment Holly aurait pu ne pas y faire allusion. Une conduite telle que la sienne avec Stephanie ce jour-là laisse des traces indélébiles dans la mémoire collective.

En revanche, si Stephanie résidait toujours en ville, la vérité risquait d'éclater au grand jour. Son retour serait-il alors susceptible de causer davantage de chagrin à Lee Ann qu'à l'époque ? Bon sang, pourvu que non. Seulement, comment imaginer que cela ne fasse pas remonter les fantômes du passé entre les deux sœurs ? Il aurait dû réfléchir davantage avant d'accepter ce remplacement.

Une lueur dans l'œil, Holly le dévisageait avec attention.

— Qu'y a-t-il ? D'autres détails que je ne connaîtrais pas ?

Seigneur. Il allait devoir apprendre à se faire un visage de marbre. De joueur de poker. Il se rassit, le temps de se reprendre et se concentra sur le fait de ne rien dire qui pût par la suite se retourner contre lui :

— Bien sûr que non. J'étais parti loin dans mes souvenirs. Ça fait très longtemps que je n'avais plus songé à ma vie ici, alors, cela me revient par vagues.

*Menteur*.

— Maintenant, il faut vraiment que je file. L'addition ? ajouta-t-il en tendant une nouvelle fois la main.

Elle la repoussa.

— Ne vous en faites pas. Je ne dirai à personne que vous avez un secret. S'il vous plaît, ne vous faites surtout pas d'idées à propos de ma suggestion de m'accompagner à la collecte de fonds. Je n'ai aucunes visées sur vous, je voulais seulement un peu de compagnie, lui déclara-t-elle avant de lui adresser un clin d'œil malicieux et de reprendre : En fait, cela pourrait aussi m'être bien utile.

J'ai aussi mon petit secret perso. Ça vous dit d'en savoir plus ?

Il haussa un sourcil interrogateur avant de se fustiger mentalement. Aurait-il lui aussi été aspiré dans le cyclone des potins inhérent aux petites bourgades ? Cela lui déplut fortement.

Holly repoussa ses cheveux derrière son oreille, se pencha vers lui et chuchota :

— C'est Tucker Brown que je vise, enfin, tant que je n'aurais pas quitté cette ville pour de bon. Il est prof au collège et il joue les indifférents, alors je me suis dit qu'en y allant avec un autre homme la jalousie pourrait le pousser à réagir.

— Ah… Une femme stratège.

Il ne pouvait lui en faire reproche, mais cela ne changeait strictement rien au fait qu'il n'avait aucune envie de l'accompagner. En plus, cela le mettrait exactement là où il s'était juré de ne jamais être quand il avait accepté ce contrat. Au beau milieu d'une joute amoureuse publique.

Il avait plutôt eu dans l'idée d'exprimer ses excuses à la population en faisant son travail le mieux possible. En étant celui sur lequel ils pouvaient compter pendant l'indisponibilité du Dr Wright. Cela en restant discret. S'impliquer dans la vie de la communauté n'entrait pas dans son programme.

— Force m'est de reconnaître mon admiration devant une personne si déterminée, mais je ne vois pas comment cela me serait également profitable.

— Eh, pour vous aussi, j'ai un plan !

— Ah ?

— Qui concerne Lee Ann.

Elle marqua une pause, certaine qu'elle avait dit la seule chose à même de retenir son attention. Elle ricana.

— Vous savez, je vois absolument tout depuis ma cuisine. Prétendez ce que vous voulez, j'ai remarqué la façon dont vous la regardiez.

— Je ne la regardais pas, grommela-t-il.

Elle sourit, et ce sourire la fit paraître encore plus jeune.

— Vous la regardiez. Elle aussi. Pure curiosité ou autre chose ? Je me pose la question. Je suis prête à parier que ce n'est pas fini entre vous, pour l'un comme pour l'autre.

Mal à l'aise, Cody dévisagea longuement la femme assise à sa table qui lisait un peu trop bien en lui. Il devait sans conteste des excuses à Lee Ann. Si elle le fuyait, ça n'allait pas être chose facile de la coincer quelque part pour discuter sérieusement avec elle. Cette idée de se rendre à la collecte de fonds ne serait-elle pas la solution ?

— Vous croyez qu'elle y sera ?

— J'en suis certaine. C'est elle qui est chargée de l'organiser cette année.

Il en resta sans voix. Lee Ann, chargée d'organiser la collecte de fonds annuelle d'un collège ? Bon sang, elle avait vraiment changé. Elle avait toujours aimé les responsabilités, et diriger son petit monde, mais cette ville n'avait aucune place dans ses rêves. Et elle avait une idée très précise de comment les réaliser : en quittant Sugar Springs. Pour échapper à la dépendance qu'exerçait sa mère sur elle, et se faire un nom dans le domaine de la photographie.

Pourtant, des années plus tard, elle était encore dans cette bourgade riquiqui, à faire des portraits dans un studio et à organiser des collectes de fonds pour des gamins ?

Cela n'avait aucun sens.

Soudain, une pensée lui vint à l'esprit, qui le navra. Elle s'était mariée et retrouvée avec une tripotée de gosses. Était-elle là, la raison pour laquelle elle n'était jamais partie de Sugar Springs ? Il posa la question à Holly qui arbora un sourire entendu et secoua la tête.

— Non, elle n'est pas mariée. Elle ne l'a jamais été.

— Mais alors, pourquoi se charger d'une telle tâche ? s'étonna-t-il.

Elle se leva et lui fit une grimace.

— Vous avez un moyen très simple de le savoir, doc.

*Me rendre en personne à cette satanée collecte de fonds.*

Il réprima un soupir de frustration

— Est-ce que la ville entière assiste à ce type de manifestations ?

— Oh oui.

Il tourna son attention vers les clients restants. Un vieil homme le fusillait ouvertement du regard alors que les autres se contentaient de furtifs coups d'œil. Ils n'étaient manifestement pas disposés à l'accueillir à bras ouverts. Alors arriver au milieu d'une célébration annuelle pour éventuellement contrarier une de leurs chouchoutes n'était pas une bonne idée.

Il retourna la tête vers Holly :

— Je ferais mieux de m'abstenir. J'ai comme l'impression que les gens ne sont pas ravis de me savoir de nouveau ici, alors je préfère rester à l'écart pour le moment.

Elle prit la tête de quelqu'un qui n'était pas en total désaccord, avant d'énoncer :

— Réfléchissez. Le petit déjeuner de ce matin est pour moi, mais vous devez me promettre de ne pas revenir tous les trente-six du mois.

— Promis !

Après un tel petit déjeuner de roi, ce n'était pas une promesse en l'air, loin de là. Il se leva, prêt au départ.

— Merci encore, lança-t-il avant de replacer son portefeuille dans sa poche et de se diriger vers la porte.

— Vous savez où me trouver si jamais vous changez d'avis demain matin, doc. Passez ici, on ira après la fin du service.

Sur la droite, le même vieil homme darda un regard assassin à Cody. Comme s'il avait l'intention de draguer toutes les femmes de Sugar Springs. Merci, mais il ne tenait pas à mourir jeune, en dépit de toutes ses fredaines de jeunesse.

## 3

En découvrant le ventre extrêmement proéminent de la femme qui remontait péniblement le trottoir, Cody ne put qu'approuver les déclarations de Holly. Keri Wright n'était pas loin de l'accouchement. Ce bébé n'allait pas tarder à voir le jour.

Il se leva aussitôt du fauteuil sur lequel il était installé sur le porche de la clinique, et tendit une main secourable à sa consœur pour l'aider à gravir les quelques marches. Elle lui fit immanquablement penser à un culbuto qui, faute de point d'ancrage, pouvait repartir n'importe quand en arrière.

— Merci.

Essoufflée, elle accepta sa main de bon cœur et, son autre main plaquée sur son ventre rebondi, elle grimpa les trois marches.

— Vous êtes Cody, c'est bien cela ? s'enquit-elle avant de poursuivre : Désolée pour hier soir. Une fois rentrée à la maison, je ne suis plus capable de m'extraire de mon canapé.

— Ne vous en faites pas, répondit-il en lui ouvrant la porte pour la laisser entrer. De toute façon, je suis arrivé plus tard que prévu, et j'ai trouvé la clé à l'endroit que vous m'aviez indiqué par téléphone. On s'est installés comme des grands, Boss et moi.

— Boss ? s'étonna Keri en saluant de la main la réceptionniste avant de s'engager dans le couloir menant à son bureau.

— Mon chien.

— Oh, exact, reprit-elle en riant avant de s'éventer de la main. Ce doit être la grossesse qui m'embrouille l'esprit, je n'arrive à me souvenir de rien en ce moment. En revanche, j'ai peur qu'un danois et vous soyez bien peu à l'aise dans ce studio pour le moins exigu.

D'accord, ce n'était pas l'idéal, mais ils avaient connu pire tous les deux, bien pire même.

— Bah, il passera la majeure partie de la journée en bas avec moi, et nous allons courir au minimum deux fois par jour. En plus, ce n'est que pour six semaines. On va y arriver.

Elle s'écroula sur son siège avec une grimace avant de désigner la chaise de l'autre côté de son bureau.

— Prenez place, je vous prie. Il va me falloir me reposer une minute avant de vous faire faire le tour du propriétaire.

— À vous regarder, c'est surtout d'accoucher dont vous avez besoin, répliqua-t-il sans réfléchir, et il s'empourpra aussitôt : Excusez-moi...

Elle l'interrompit d'un grand rire.

— Vous excuser ? Et de quoi, grands dieux ? C'est une évidence, mais ce bébé est sûrement cabochard.

— Quelle date, la naissance ?

— Hier, répondit-elle avec un petit sourire empreint de tristesse.

— Oh.

— Eh oui. Comme je devais continuer à travailler jusqu'à votre arrivée, je me demande s'il s'est montré secourable ou seulement tête de pioche. Selon le médecin je n'ai pas loin d'une semaine de retard, alors je pencherais pour la deuxième hypothèse.

Cody ne put qu'exprimer son accord d'un signe de tête. Le dernier stade de la gestation, il connaissait bien. Chez les animaux, s'entend. Il savait que c'est une période un peu particulière et que le bébé arrive quand il le décide. Il s'en voulut alors de n'avoir pu arriver plus tôt pour lui permettre de prendre un peu de repos, mais l'opération chirurgicale dont il devait se charger à Los Angeles n'avait pu être programmée avant le jeudi précédent. Il avait donc traversé le pays en seulement deux jours. Heureusement que Boss aimait autant voyager que lui.

Un chat noir se faufila dans la pièce et vint faire des huit autour de ses jambes. Il se baissa pour le caresser et eut droit à un gros ronron de béatitude.

— C'est Howard, lui présenta Keri. Je l'ai trouvé sur le seuil de la clinique peu de temps après m'être installée, il y a trois ans. Personne ne l'a réclamé, alors je l'ai adopté.

— Voilà qui répond à une de mes interrogations, car je n'ai pas le souvenir d'une clinique vétérinaire ici quand j'y habitais.

— À quand cela remonte-t-il ? Dix ans ?

— Plutôt quatorze, je dirais.

Keri n'était pas originaire de Sugar Springs, lui avait-elle appris lors de leurs divers entretiens téléphoniques, par conséquent tout ce qu'elle pouvait savoir de lui provenait des autochtones.

— Si mes souvenirs sont exacts, je crois qu'à l'époque un véto passait toutes les semaines, mais il n'y en avait aucun à résidence. En revanche, son nom m'échappe, reprit-il.

— C'était le Dr Goldberg. Un vieux grincheux, m'a-t-on dit. Il a pris sa retraite un an avant mon installation ici.

Keri prit appui sur ses accoudoirs pour s'extraire de son fauteuil.

— Bien, assez lambiné. Allons-y. J'adhère à la théorie selon laquelle, si je continue à travailler, ce petit bonhomme va décider de sortir uniquement pour me casser les pieds. Nous avons deux opérations prévues dans la journée, et il faut que vous vous familiarisiez avec le personnel et les équipements.

Alors qu'ils passaient des salles d'examen à un petit laboratoire, Cody apprit que la clinique assumait la plupart des examens et des traitements. On y pratiquait les opérations courantes et seuls les cas les plus épineux étaient adressés à de plus grands complexes. En attendant que Keri ait les moyens d'acquérir le matériel nécessaire.

— Déjà, je suis impressionné, lui déclara Cody. Vous êtes vraiment bien équipée pour une ville de cette importance.

— Merci. Depuis peu, nous accueillons des patients venus de loin, alors je fais mon possible pour budgéter un agrandissement. Ce n'est pas toujours facile quand on est seul à devoir prendre de grandes décisions, mais je ne pourrais être plus motivée, répondit Keri en tapotant son ventre : Bébé Eli et moi-même sommes ravis d'avoir atterri ici ; je ne pourrais être plus heureuse ailleurs.

Tant que le fait que toute la ville soit au courant de vos moindres faits et gestes n'était pas un problème, l'endroit n'était effectivement pas désagréable à vivre.

— Allez, venez. Je vais vous présenter officiellement à tout le personnel, les techniciens, mon assistant et ma réceptionniste/responsable administrative. Nous avons aussi un toiletteur qui vient deux fois par semaine, et une réceptionniste à temps partiel qui vient travailler après l'école. Une gamine futée, en terminale. Seul le toiletteur n'habite pas en ville.

Cody passa le restant de la journée à faire la connaissance de chacun, et réalisa les deux opérations programmées dans la journée. Il passa apparemment le test haut la main car, à 16 h 30, Keri, les jambes allongées sur un repose-pieds, arborait un immense sourire de satisfaction.

— Je suis sûre que vous allez assurer impeccablement pendant mon congé. Merci d'avoir accepté de venir à la dernière minute. Vous n'avez pas idée de l'étendue de ma reconnaissance.

— Cela n'a pas été un problème, je vous assure. En fait, votre demande est arrivée au bon moment et, surtout, c'était sur la route de mon contrat suivant.

— J'espère simplement que vous n'allez pas devenir dingue ici. Notre rythme de vie n'a pas grand-chose à voir avec celui de Los Angeles.

— Ne vous en faites pas, rétorqua-t-il en riant. Je le savais avant de venir, et puis je suis rarement à Los Angeles. J'y vis, c'est vrai, mais je passe le plus gros de l'année à voyager. Pour tout vous dire, j'effectue très souvent des remplacements dans des villes de la taille de Sugar Springs et je sais comment m'y distraire.

— Parfait. Tant que vous êtes conscient de ce que vous allez devoir affronter… reprit Keri en se remettant plus droite sur son fauteuil pour rassembler les papiers épars sur son bureau : Il ne va pas se passer grand-chose cette semaine. Une vente de charité de pâtisseries au collège, et puis un match de basket au lycée demain soir, je crois. À moins que vous n'ayez envie d'aider les gens de la mairie à accrocher les décorations de Noël ?

— En voilà du choix, murmura-t-il.

La mention de la vente de pâtisseries lui remit Lee Ann en tête. Il n'arrivait toujours pas à décider d'un plan pour l'aborder.

— En fait, Holly, du snack, m'a parlé de cette collecte de fonds. Elle m'a même proposé de m'y rendre avec elle.

Il choisit soigneusement ses mots car il ne voulait pas dévoiler que Holly souhaitait attiser la jalousie d'un homme. C'était ses affaires.

— Ah, oui ? Vous devriez y aller en ce cas. Toutes les femmes de cette ville ont un véritable don pour la pâtisserie, répondit Keri.

Elle mit quelques documents dans son sac puis redressa une tête rayonnante vers lui.

— Si vous y allez, il faut que vous passiez sur le stand de Lee Ann pour lui acheter quelques-uns de ses roulés à la cannelle. Ils sont tout bonnement extraordinaires. Tiens, je vous serai à jamais redevable si vous aviez la gentillesse de m'en rapporter un.

Cette requête le laissa sans voix. Il n'avait aucune intention d'aller à cette vente. Mais comment refuser la demande d'une femme enceinte jusqu'aux yeux ?

— D'ailleurs vous l'avez probablement vue ce matin au snack. Pas très grande, brune, débordante d'énergie…

— Je la connais, dit-il pour interrompre son énumération et avec l'espoir fou de lui faire renoncer à ses envies de roulés à la cannelle.

— Ah, oui ? Oh, parfait, je l'ignorais. En ce cas vous la trouverez sans problème. Rapportez-m'en deux, tout compte fait. Je vais vous donner de l'argent, reprit-elle en mettant la main dans son sac.

Il l'arrêta d'un geste.

— Si vous y alliez vous-même, pendant que je travaillerais demain matin ?

Elle avait plutôt l'air de devoir rester couchée, mais il n'en dit rien. Par quel miracle elle avait pu rester debout toute la journée sans tomber relevait pour lui du mystère absolu.

Elle l'observa par en dessous.

— Je tiens à assurer ma part du marché, Dr Dalton. Je vous avais dit au téléphone que je travaillerais jusqu'à samedi inclus, et que cela vous laisserait le temps de faire vos courses, de prendre la mesure de l'endroit et de vous reposer après avoir traversé la moitié du pays. Quoi que vous ayez à faire, prenez votre week-end et faites-le. Vous commencez lundi.

— Je vous assure que ça ne me dérangerait pas.

— Moi si, riposta-t-elle sur un ton qui n'admettait aucune réplique. Je veille à assumer mes responsabilités, et celle-ci en est une. Je travaille demain. Vous, vous me rapportez des pâtisseries.

Bigre ! Voilà que la petite fête collégienne se transformait en obligation.

Résigné, il s'avachit sur son siège. Incroyable, quand même. Il n'était pas arrivé depuis vingt-quatre heures qu'il avait déjà été enrôlé de force dans un grand raout communautaire. Si la vie de province n'est pas simple, y éviter les gens s'apparente à un tour de force.

— D'accord. Je vous rapporterai vos gâteaux. Tant que j'y serai, y a-t-il autre chose que vous aimeriez ?

Avec un petit sourire en coin, Keri se hissa hors de son fauteuil et fit glisser sur le bureau un billet de vingt.

— Une tarte au citron en moule cannelé de Larissa Bailey, s'il vous plaît. Je lui passerai un coup de fil ce soir pour qu'elle m'en mette une de côté. Elle est blond platine, un peu plus jeune que vous et elle a des lunettes à monture violette. Vous n'aurez aucun mal à la trouver.

Il ramassa le billet et le lui tendit.

— Reprenez cela. Je peux les payer.

— Bien sûr que vous pouvez, mais moi aussi, je peux payer mes propres dépenses.

Elle entreprit de se diriger vers la porte à petits pas, et il se demanda quelle était son histoire à elle. En tout cas, elle avait un sérieux problème d'orgueil.

Peu désireux de se disputer avec elle, il empocha le billet et se leva pour la suivre dans la salle d'attente à présent désertée.

Une fois à la porte de sortie, elle se retourna vers lui en souriant :

— Oh, j'allais oublier. Quand vous irez acheter les roulés à la cannelle, voudriez-vous bien saluer les filles de Lee Ann pour moi ? Je ne les reverrai probablement pas avant l'accouchement. Dites-leur bien que je vais attendre avec impatience de les revoir après la naissance d'Eli.

Puis elle laissa retomber la porte vitrée sur elle, sans s'apercevoir que Cody s'était soudain transformé en statue. Lee Ann avait un enfant ? Des enfants ? Des filles.

Eh bien. Les questions allaient en s'accumulant !

Dos tourné à la foule, Lee Ann sortit une autre fournée de roulés à la cannelle. Ses pâtisseries avaient toujours eu du succès parmi ses concitoyens, et les roulés de cette année étaient visiblement à la hauteur de leur réputation. À voir ce qu'il restait sur son étal et ceux de ses voisines, le comité allait certainement atteindre et même dépasser son objectif, qui était cette année de rassembler l'argent manquant pour le voyage scolaire.

Elle posa la boîte sur la table et profita de l'absence inhabituelle de clients pour scruter la foule éparpillée dans le vaste espace. Sa mère s'était éclipsée un instant afin de faire elle-même ses emplettes et, à l'extérieur, c'était au tour de Candy, bien sûr accompagnée de Kendra, de brandir un panonceau invitant les gens à entrer. Tous les habitants de la ville étaient évidemment au courant de l'événement, mais la direction du collège avait décidé d'enrôler les élèves ces jours-là dans de multiples tâches. Au lieu d'attendre que leurs parents s'occupent de tout, les enfants y gagneraient ainsi un certain sens de la responsabilité collective.

Elle repéra sa mère en train d'acheter ce qui ressemblait à un cheese-cake géant qui ferait le bonheur des filles une fois qu'elles auraient achevé de décorer le jardin de leur grand-mère. Puis elle retourna à ses occupations et entreprit de disposer stratégiquement sur sa table les derniers roulés disposés dans de petites caissettes de papier coloré.

Deux bottes marron éculées apparurent dans son champ de vision, et elle se figea. Il n'était quand même pas venu ici ?

Elle releva la tête quasiment à regret et remonta les yeux le long de ce corps qu'elle avait examiné la veille au matin, jusqu'à se retrouver bel et bien face à Cody. Eh si, il était venu. Tout comme la veille, son cœur battit la chamade face à son regard pénétrant.

Ce qui ne manqua pas de la surprendre. Vraiment. Elle constata que son corps ne se souvenait de rien, ni qu'elle l'avait longtemps haï, ni qu'elle le méprisait toujours. Il se souvenait seulement de l'intensité du désir qu'elle avait naguère éprouvé pour lui. *La Cruche et le Mauvais Garçon*. Un bon titre de fable, en réalité sa perdition dès l'instant où elle avait pour la première fois posé les yeux sur lui.

Allons bon. Elle allait devoir mettre le holà à cette réaction ridicule et chasser l'individu tout aussi vite. S'il y avait une chose dont elle n'avait nul besoin, c'était bien d'une « grande réunion familiale » sous les yeux de la moitié de la ville.

— Tu ne pourras pas m'échapper aussi facilement, cette fois.

Sa voix grave vibra en elle, réveillant le souvenir de l'époque où sa copine Joanie et elle inventaient tout un tas de prétextes simplement pour entendre le son de sa voix.

Elle se força à calmer ses nerfs survoltés avant de jeter un coup d'œil vers les portes du gymnase que les filles ne tarderaient plus à passer.

— Je ne vois absolument pas de quoi tu parles.

— Tu n'as jamais su mentir, Lee Ann, répliqua-t-il en sortant un roulé de sa caissette. On m'a dit des choses à ton propos cette semaine.

L'extrémité du roulé disparut entre ses dents alors qu'il mordait dedans. Quand elle prit conscience qu'elle était plantée là, telle une adolescente énamourée, à regarder cet homme avaler ses pâtisseries, elle s'empourpra et détourna vivement les yeux. Pourquoi revenait-il maintenant ?

Et pourquoi, bon sang, l'affectait-il ainsi ?

Mais, minute, que venait-il de dire ? Elle le regarda de nouveau.

— De quoi parles-tu ? Que t'a-t-on dit ?

— Hou là, gémit-il en se pourléchant les doigts. Ils sont aussi divins que le prétend Keri. Pas étonnant qu'elle m'ait demandé de lui en rapporter.

Il rassembla quatre autres roulés dans une main, et fit un sort à ce qu'il restait du premier en deux bouchées. Une fois encore, elle le regarda, médusée.

La dernière miette avalée, il sortit son portefeuille.

— Je n'aurais jamais cru que tu puisses apprendre à cuisiner de la sorte.

— Oui, eh bien j'ai appris tout un tas de choses au fil des années, rétorqua-t-elle, cassante.

Par exemple, comment l'amour supposé de votre vie pouvait vous abandonner. Vous et les enfants qu'il laissait derrière lui en passant.

Il ne répondit rien sur le moment et sortit quelques billets qu'il lui tendit, manifestement contrarié.

— Tu sous-entends probablement qu'au moins une de ces choses durement apprises était due à mon comportement.

La fureur bouillonna dans ses veines à entendre cette phrase énoncée sur un ton anodin. Elle effaça aussitôt toute la fascination qu'elle avait pu éprouver à le regarder déguster son roulé. Bien sûr, cela avait à voir avec son comportement ! Elle qui, à l'époque, ne voulait rien savoir de l'éducation des enfants avant d'avoir au moins trente ans, se retrouvait aujourd'hui, par sa faute à lui, à élever deux préadolescentes. Elle n'avait jamais eu non plus le désir de poursuivre une carrière de serveuse au-delà de ses années de lycée, et pourtant, c'était bien le cas… Toujours par sa faute. Pour finir le tableau, elle n'avait jamais eu l'intention de se découvrir des talents cachés dans l'art du portrait.

Oui, on pouvait dire qu'elle avait appris tout un tas de choses à cause de lui et de ses actes. Et lui, qui s'imaginait-il être, pour arriver ici comme une fleur et papoter comme s'ils n'étaient que de vieux amis ?

Elle jeta un coup d'œil à sa montre. Les filles allaient arriver d'une minute à l'autre, et elle refusait que ce minable leur adresse la parole. Ni aujourd'hui ni jamais. Elle prit les billets qu'il lui tendait et lui adressa un sourire commercial :

— Merci pour le comité.

Puis elle lui tourna le dos afin de lui faire savoir qu'il était temps qu'il mette les voiles. Mais un petit rire grave lui titilla les oreilles, et un frisson la parcourut de bas en haut.

— Cela fait plaisir de constater que tout n'a pas changé en toi, Lee.

Elle pivota sur elle-même, furieuse.

— De quoi parles-tu ?

— Tu es toujours ici à Sugar Springs alors que tu ne devrais plus y être, tu t'occupes d'une collecte de fonds pour un collège alors que tu devrais plutôt écumer les vernissages de galeries, et tu travailles toujours au snack. Rien de tout cela ne correspond à ce que tu étais censée devenir. En revanche, ce tempérament…

Un sourire naquit sur ses traits et illumina son visage.

— Ce tempérament est tel que dans mon souvenir. C'était la seule chose en toi qui n'était ni douce ni polie, même si, à l'époque, rares étaient ceux qui s'en étaient rendu compte, poursuivit-il avant de lui faire un clin d'œil : J'en faisais partie.

Ce « tempérament » dont il parlait lui donna une envie folle de sauter par-dessus la table pour arracher les yeux de ce minable.

— Il est temps que tu t'en ailles, Cody. L'équipe de basket te remercie, mais nous te saurions gré d'aller dépenser le reste de ton argent ailleurs.

— Oh, mais je vais y aller. Dans une minute. D'abord, il faut qu'on parle.

Son cœur menaça de s'arrêter net. Il comptait insister pour connaître les filles tout de suite ? Ici ? Une telle fureur s'empara d'elle qu'elle en hurla presque :

— Je ne crois pas.

— Peu importe ce que tu crois. Ça se fera. Alors, maintenant, ou plus tard ? On pourrait aller dîner hors de la ville et avoir un entretien en privé.

— Je n'ai pas la moindre envie de dîner avec toi.

Il prit un air gêné.

— Bon, d'accord. Je ne peux pas vraiment t'en faire grief. Cela n'empêche pas que nous allons devoir nous revoir d'une façon ou d'une autre.

Elle respirait avec une certaine difficulté. Effectivement, elle n'allait pas pouvoir éternellement différer cette conversation, si grande qu'en fût son envie.

— Écoute-moi bien, Cody. Tu ne peux pas resurgir ici et me dire ce que je dois ou ne dois pas faire. Cela fait treize ans que je n'ai plus besoin de toi, et c'est toujours d'actualité. Alors pourquoi ne retournerais-tu pas te cacher à la clinique pendant les six prochaines semaines ? On ferait tous semblant que tu n'existes pas. Tu ferais ton travail et reprendrais la route une fois le contrat terminé. Sans regarder en arrière.

*Dis oui, s'il te plaît.*

Mais il lui suffit de voir la colère contracter le visage de Cody pour admettre l'inanité de ce souhait. Il était revenu dans un but précis, et elle le soupçonna fort de vouloir au minimum dérégler sa vie bien ordonnée.

— Jolie tirade. Mais inutile. J'ai accepté cette mission pour une raison et une seule, rétorqua-t-il avant de marquer une pause. Cette raison, c'est toi, Lee Ann. Je sais que j'ai des années de retard, mais je te dois des excuses. Et une explication de mon comportement ce fameux jour.

Le soulagement laissa très vite place à l'étonnement. C'était tout ce qu'il voulait ? Sérieusement ? Pas un mot sur les filles ? Eh bien, elle pouvait alors en finir tout de suite.

— Vraiment, Cody, cesse de te tourmenter avec le passé. C'est du passé, précisément. Nous n'étions que des gosses. Tu ne me dois aucune excuse.

Il restait sans voix.

— Franchement, c'est fini, tout ça, enterré.

Les filles pénétrèrent dans le gymnase et tournèrent les yeux vers elle. Puis elles aperçurent Cody et se dirigèrent vers eux.

— Cela fait des années que je t'ai pardonné.

Enfin, pas vraiment, mais c'était assez proche de la vérité. Cela faisait des années qu'elle avait accepté ce qu'il avait fait et continué à avancer. Allez, cela devrait suffire.

Elle se mit à respirer plus vite à mesure que la distance entre eux et les filles s'amenuisait. Il plissa les yeux pour la dévisager avec attention.

— En ce cas, pourquoi ne pas m'accorder un malheureux quart d'heure afin de me permettre de libérer ma conscience ? rétorqua-t-il avant de secouer la tête. Je tiens réellement à le faire. Dis-moi quand et où nous pourrons nous retrouver, et je te laisse tranquille.

— S'il te plaît, va-t'en, lui dit-elle d'une voix qui n'était plus qu'un murmure.

Cody se retourna pour scruter la foule.

— Qu'est-ce qui te contrarie tant, tout d'un coup ? Quelqu'un serait-il en train de parler de nous ?

Elle n'en doutait aucunement.

Elle ne répondit cependant rien. Le problème n'était plus là, de toute façon. Elle émit un soupir de soulagement quand elle vit que sa mère, prenant la mesure de la situation, interceptait les filles qui, à ce moment, passaient non loin d'elle. Lee Ann tenta alors de cacher son trouble, mais rien n'y fit. Cody avait suivi son regard, et fait le point sur le trio, à quelque distance d'eux.

— Ah, voilà tes gosses.

*Ses gosses* ? Elle en cilla d'ahurissement.

Avant de secouer la tête, stupéfaite par une audace pareille.

— Pourrais-tu t'en aller, maintenant ? gronda-t-elle à mi-voix alors que la fureur la reprenait.

— Je m'en irai une fois que tes gamines seront là. Keri m'a demandé de leur transmettre un message.

Elle compta jusqu'à cinq avant de respirer.

— Donne-le-moi, je le leur passerai.

— Non. J'aimerais faire leur connaissance.

Il énonça cela avec une telle sécheresse qu'elle détourna les yeux des filles qui avançaient de nouveau vers eux, pour l'observer. Il arborait à présent une expression fermée. Il était temps pour lui d'affronter le fait qu'il était pour quelque chose dans l'existence de ces enfants.

— D'accord, accepta-t-elle bien malgré elle. Fais leur connaissance et fiche le camp. On parlera plus tard, toi et moi. Passe au snack à la fin du service du matin un jour de cette semaine et on pourra discuter. La clinique n'ouvre pas avant 10 heures, ça nous laissera tout le temps nécessaire.

Une seconde plus tard, Kendra se plantait à côté d'elle, le cheese-cake dans les mains, et levait de grands yeux brillants vers Cody :

— Vous êtes le nouveau véto, n'est-ce pas ?

Candy, qui portait le panier de Reba, le posa sur le sol et se débarrassa de son manteau, la mine suspicieuse. Elle n'accordait pas sa confiance aussi facilement que sa sœur.

— Oui, mademoiselle, c'est bien moi, répondit Cody en les examinant toutes deux.

— J'en étais sûre ! souffla Kendra.

Elle se rapprocha encore en sautillant un peu. C'était elle, le pinson de la famille.

— Tout le monde parlait de vous à l'école, hier. Il paraît que vous avez un chien *énorme.* Qu'est-ce que c'est, comme race ?

Candy vint se placer aux côtés de sa sœur mais ne participa pas à la conversation.

— C'est un danois, répondit Cody en les dévisageant posément avant de retourner les yeux vers Lee Ann.

Sur son visage à lui, elle ne lut aucune admiration pour les enfants qu'il avait engendrés, mais elle ne put toutefois déterminer ses sentiments exacts.

En revanche, une chose la frappa : la distance émotionnelle totale dressée entre lui et les filles. Comme s'il ignorait qu'il s'entretenait avec *ses* enfants. Ce qui relevait de l'impossibilité notoire. Car Stephanie l'avait informé qu'elle était enceinte, mais aussi que ses jours étaient comptés. Il savait forcément qu'en partant il se déchargeait sur Lee Ann ou leur mère de leur éducation. Avec deux sous de jugeote, il aurait forcément compris que Lee Ann serait toute désignée.

Il savait qu'il avait des enfants, et pourtant il se comportait comme s'il n'avait pas accepté cet état de fait.

Elle revint à la conversation en cours alors que Kendra interrogeait sans relâche Cody à propos de son chien. Quand son babillage se tarit enfin, il jeta de nouveau un coup d'œil sur Lee Ann avant de prendre les roulés qu'il avait achetés et de reculer d'un pas.

— Eh bien, j'ai été ravi de faire votre connaissance, jeunes demoiselles. Le Dr Wright m'a demandé de vous transmettre un message.

— Lequel ? firent-elles en chœur alors que Candy levait finalement les yeux sur lui.

Elles avaient presque adopté Keri lorsqu'elles avaient découvert qu'elle n'avait aucune famille hormis son bébé à naître. En retour, Keri encourageait l'amour des animaux de Kendra en la laissant venir à la clinique le samedi matin pour aider dans la mesure de ses moyens. Candy, qui n'avait pas la même passion, s'était en revanche vue promettre des heures de baby-sitting après la naissance d'Eli. Elle en trépignait déjà d'impatience.

— Elle n'a pas pu venir car elle travaille aujourd'hui, mais elle m'a demandé de vous saluer, et aussi de vous dire qu'elle a hâte de vous revoir dès que son bébé sera là, leur confia Cody.

Deux sourires identiques illuminèrent leurs visages, et une très étrange expression traversa le regard de Cody.

Il leur fit précipitamment ses adieux et traversa le gymnase en direction de l'étal de Larissa Bailey. La bibliothécaire locale parut s'épanouir quand il se pencha vers elle pour lui adresser quelques mots. De là où elle se trouvait, de l'autre côté de la grande salle, Lee Ann put discerner qu'elle s'empourprait. Mais aussi, quelle femme ne serait pas flattée qu'un homme tel que Cody tourne son attention vers elle ? Même furieuse contre lui, Lee Ann était obligée de reconnaître qu'il irradiait de cet homme un incroyable sex-appeal. D'ailleurs, en cet instant précis, tous les regards féminins étaient braqués sur lui.

Mais le plus surprenant fut de voir Larissa sortir une tarte de sous la table et la lui remettre. Elle en aurait gardé une spécialement pour lui ? Mazette, il était rapide ! songea Lee Ann, estomaquée. Jamais elle n'aurait imaginé qu'il ait déjà pu faire la connaissance de Larissa, qui sortait peu et se cantonnait généralement soit à la bibliothèque, soit chez elle, en étant en ville seulement depuis l'avant-veille.

Cody prit sa tarte en faisant un commentaire qui provoqua l'hilarité de Larissa. Décidément, l'incorrigible charmeur n'avait pas changé d'un iota.

— Tu es sortie avec lui, n'est-ce pas ?

Les paroles de Kendra et le soupir dramatique qui les suivit pénétrèrent progressivement dans l'esprit de Lee Ann. Sortie ? Allons donc. Le seul rendez-vous sérieux auquel ils avaient tant rêvé n'avait jamais pu avoir lieu.

— D'où sors-tu ça ?

Question inutile. Ici, les potins allaient plus vite que le vent, et trop de gens savaient qu'elle avait eu à l'époque un sérieux béguin pour lui. Ils les avaient aussi vus traîner ensemble chaque après-midi pendant des mois au fur et à mesure que leur amitié initiale évoluait vers autre chose.

Et évidemment, tout le monde parlait d'eux en ce moment.

Elle plongea les yeux dans ceux de Kendra et capta les pensées de sa fille, qui tenait de sa rêveuse de grand-mère. Le plus étonnant, en revanche, fut de découvrir une expression similaire dans le regard de Candy. Les jumelles s'étaient récemment mis en tête que leur mère avait besoin d'un homme, et s'étaient aussitôt mises en chasse. Apparemment, elles venaient de décider à l'unanimité que la solution consistait à ranimer une vieille flamme.

— Je suis certaine que si vous avez entendu des rumeurs nous concernant, lui et moi, vous avez également appris le sort qu'il a fait subir à la statue de la Grand-Place, commença Lee Ann en leur prenant le bras à toutes les deux.

Elles hochèrent la tête, et elle poursuivit :

— En ce cas, vous êtes à même de comprendre que ce n'est pas quelqu'un que je voudrais dans ma vie. Cet homme est synonyme de problèmes. Et puis, de toute façon, il part à la fin de l'année.

— Mais… essaya Candy.

— Ne vous faites surtout pas d'idées, l'interrompit Lee Ann.

Les deux filles firent silence, pensives, alors qu'elles transféraient le contenu de la boîte dans l'un des cabas de leur mère. Finalement, Candy lui posa une question :

— Est-ce que tu ne dis pas souvent que les gens ont droit à une seconde chance ?

Lee Ann se laissa choir sur son siège. La journée avait déjà été éprouvante, mais avec en plus le stress de la présence de Cody, cela faisait vraiment beaucoup. Surtout que certaines personnes ne méritaient pas une seconde chance. Comment l'expliquer à ses enfants ?

Un nouvel afflux de clients arriva avant qu'elle ait eu le temps de trouver et formuler une réponse, et elle laissa les jumelles se charger de la vente.

Elle chercha une nouvelle fois Cody des yeux et le découvrit à l'autre bout du gymnase. À présent, il parlait à l'oreille de Holly Marshall. Comme ils lui tournaient le dos, elle ne put manquer de remarquer la main possessive qu'il avait posée sur elle. Il avait toujours la même capacité d'attirer toutes les femmes environnantes, se dit-elle en en grinçant presque des dents. Cela n'aurait pourtant pas dû la contrarier, sa seule préoccupation le concernant étant de déterminer s'il avait les qualités requises ou non pour entrer dans la vie de ses filles. Cependant, c'était bien de la jalousie qui la travaillait à l'instant, admit-elle en toute franchise. Elle ne s'en détesta que davantage.

Rigolote, extravertie, d'un optimisme inébranlable, Holly avait l'art d'attirer l'attention sur elle. Bref, elle était tout le contraire de Lee Ann.

Elle, elle n'était qu'une mère de famille assommante qui se mettait au lit à 9 heures tous les soirs.

Pas étonnant que Cody soit sous le charme de Holly. Toutefois, la vitesse avec laquelle il avançait ne manquait pas de la choquer. D'abord, il connaissait suffisamment Larissa pour qu'elle lui garde une de ses tartes primées, et maintenant il était copain avec Holly ? Comment faisait-il ?

Alors, Holly se pencha en arrière derrière Cody pour regarder subrepticement Tucker Brown, le professeur de maths des sixièmes. Elle cessa de sourire en le voyant discuter et rire avec la jolie institutrice de CM1 arrivée quatre mois auparavant. Lee Ann prit soudain conscience que Holly tentait d'attirer l'attention de Tucker depuis un bon moment. Compris, elle se servait de Cody ! en déduisit Lee Ann qui en sourit presque. Cody ne méritait pas d'être utilisé de la sorte. Cela signifiait surtout qu'il n'y avait rien entre Holly et lui.

Lee Ann reporta son attention sur la table devant elle, où ses filles rendaient la monnaie, et remarqua que tous leurs acheteurs avaient les yeux braqués sur elle.

Allons bon. Elle avait passé plusieurs minutes à discuter avec un ancien prétendant, et voilà qu'elle se laissait surprendre à l'épier en douce. Sans aucun doute, il ne faudrait pas dix minutes à la ville entière pour se demander s'il n'y avait pas de la réconciliation dans l'air. Heureusement, personne n'était au courant de son lien de parenté avec les jumelles. Sinon, le moulin à ragots tournerait déjà à plein régime.

Le dernier client parti, Kendra pivota vers sa mère :

— On a promis à mamie de l'aider à acheter le reste des trucs dont on a besoin, lui dit-elle.

Comme si elles avaient besoin d'autres choses ! Alors qu'elle se retournait pour partir, Kendra lui jeta un ultime coup d'œil par-dessus son épaule :

— Candy a raison, tu sais. Tout le monde mérite une deuxième chance. C'est ce que tu nous as toujours enseigné.

Alors que les filles déguerpissaient telle une volée de moineaux, Lee Ann se massa les tempes sans pouvoir retenir un sourire. Quelles qu'eussent été les circonstances qui l'avaient catapultée au rang de mère, elle vouait un amour inconditionnel aux jumelles et n'imaginait pas la vie sans elles. Même lorsque ce qu'elles disaient la rendait folle.

Elle se leva et fit un peu d'ordre sur la table, puis se surprit une fois de plus à chercher Cody des yeux. Holly et lui étaient à présent tout près de la porte, mais c'était elle, Lee Ann, qu'il fixait. Il jeta un nouveau coup d'œil aux filles puis, sur un ultime regard sans équivoque à son intention, il sortit du bâtiment. Aussitôt suivi par Holly.

Génial. Son œil noir provoqua en Lee Ann une anxiété qui promettait de durer. Elle n'avait pas vraiment compris ce qu'il s'était passé ici aujourd'hui, mais s'il était une chose dont elle ne doutait aucunement, c'était la volonté avérée de Cody de chercher à la revoir. Et au plus tôt.

Elle commença à redouter le service de lundi matin.

# 4

— J'ai encore filé en douce très tôt du snack ce matin. Pour éviter Cody.

Lee Ann plongea ses pieds nus dans le bain bouillonnant, laissa retomber la tête contre le dosseret du fauteuil de massage et poussa un énorme soupir.

— Les Marshall vont finir par me mettre à la porte si je continue.

Son amie d'enfance Joanie Bigbee se laissa choir sur le fauteuil d'à côté en faisant tomber plusieurs flacons de vernis à ongles du plateau fixé à l'accoudoir. Elles étaient totalement seules dans le salon de Joanie en ce lundi après-midi, jour de fermeture, que Joanie réservait pour la paperasse, les courses et les papotages entre copines.

— Mais non, ils t'adorent. Toi, en revanche, il va falloir que tu cesses de l'éviter, répondit-elle avant d'appuyer sur le bouton de mise en marche de son propre fauteuil massant. Aahhh… que ça fait du bien. Maintenant, je veux tout savoir. Il paraît qu'il est venu à la vente samedi. Qu'est-ce qu'il voulait ?

Lee Ann rouvrit péniblement un œil pour le fixer sur son amie.

— Il veut me parler.

— Eh bien, il serait temps ! Il y est allé spécialement pour te trouver, tu crois ?

— Aucune idée, éluda-t-elle. Mais ça m'étonnerait. Keri lui avait demandé de lui rapporter quelques-uns de mes roulés à la cannelle. Ensuite, je l'ai vu partir avec Holly, comme s'ils étaient venus ensemble.

Joanie lâcha un petit ricanement.

— Elle espère probablement qu'il va la sortir d'ici !

— Elle mérite mieux que lui, grommela Lee Ann, furieuse et consciente de l'être.

L'idée même d'une romance entre Holly et Cody la rendait folle. Elle poursuivit :

— Le pire, ça a été quand il a fait la connaissance des jumelles et qu'il s'est comporté comme un inconnu quelconque sur lequel elles seraient tombées. Il leur a transmis un message de Keri, et puis s'en est allé. Pas de reconnaissance, pas de choc, pas de… rien du tout. Mais alors, rien de rien !

Elle referma les yeux et s'imagina arpentant les montagnes avec seulement son appareil photo, la nature et la solitude. Sans stress. Elle aimait sincèrement les gens mais, parfois, il lui fallait décompresser.

Ce fut le silence dans le salon qui la tira finalement de sa rêverie d'escapade dans la nature. Joanie était parfaitement immobile, pensive.

— Tu crois qu'il n'a pas compris que c'étaient ses filles ?

— Mais comment voudrais-tu qu'il ne le sache pas, Joanie ? Qui d'autre que moi aurait bien pu les élever ? Et puis aussi, combien de paires de jumelles pourrait-il imaginer que nous ayons ? Bon sang, en plus, il n'y a jamais eu de jumeaux, dans notre famille.

— Donc, si je résume, c'est toujours le même sagouin qu'à l'époque.

Lee Ann détourna les yeux de son amie et les porta sur la lumière décroissante du jour à l'extérieur. Il ferait bientôt nuit mais elle pouvait encore voir les gens aller et venir. Des autochtones, des touristes poursuivant le cours de leurs vies apparemment parfaites. Alors que sa vie à elle était au bord de la rupture pour la première fois depuis plus de treize ans.

Elle secoua la tête, triste à en mourir. Elle avait tant espéré qu'il ait changé…

— On dirait bien.

Joanie garda le silence un instant. Finalement, elle serra fort la main de son amie et conclut doctement :

— Ça craint.

— Tu l'as dit.

Elles conservèrent le silence un bon moment, du moins jusqu'à ce que le spectacle d'un chien noir et blanc gigantesque attire leur attention. Derrière le monstre, au bout de la laisse, Cody. Grand, baraqué et très beau de profil. Il portait un autre bonnet aujourd'hui, noir et tiré bas sur les oreilles. Sous la laine, ses cheveux s'échappaient sur sa nuque. Il avait fermé sa veste en cuir afin de se protéger du vent, et le jean comme les boots du jour étaient aussi noirs que la veste et le bonnet. Bref, il était curieusement assorti à l'humeur de Lee Ann.

Toutes deux perdues dans leurs pensées, les deux femmes le regardèrent descendre le trottoir de l'autre côté de la rue.

— C'est probablement un sale type, mais tu ne pourras jamais dire que tes filles n'ont pas des gènes de qualité, énonça finalement Joanie.

N'était-ce pas une évidence absolue ?

Les rouleaux de massage stoppèrent, et Lee Ann les fit redémarrer aussitôt. Journée bizarre, vraiment.

Elles regardèrent l'homme et son chien suivre le trottoir, souvent interceptés par des passants, pour échanger trois mots ou caresser la tête du magnifique quadrupède, jusqu'à ce qu'ils disparaissent de leur vue.

— On m'a dit qu'il a donné un coup de main pour les décorations de Noël, hier après-midi, reprit Joanie. Il y a eu deux ou trois annulations, et Holly a galopé jusque chez lui pour le convaincre de les aider.

— Et il a accepté, comme ça ?

— Faut croire, rétorqua Joanie, qui partageait l'étonnement de Lee Ann. C'est très étrange. Il ne m'a jamais fait l'effet d'un type à prendre part à des activités sociales, et pourtant il l'a fait. Il est même resté jusqu'à ce que la dernière guirlande soit accrochée, d'après ce que j'ai entendu.

Sur un soupir, elle s'extirpa du fauteuil et se jucha sur le tabouret à roulettes face à Lee Ann.

— Montre-moi tes pieds. Le minimum que je puisse faire pour toi aujourd'hui est de m'occuper d'eux. Ça ne changera rien à tes problèmes en ce moment, mais ça pourra adoucir un peu ta journée.

Lee Ann leva les pieds en étudiant son amie, perplexe. Voir Joanie dans l'incertitude était plutôt rare. Joanie était une fonceuse qui obtenait toujours ce qu'elle voulait. Elle ne renonçait jamais.

— Qu'est-ce que je vais faire, Joanie ?

Son amie haussa les épaules et répondit à mi-voix en débarrassant ses ongles de leur ancien vernis :

— Tu ne vas pas pouvoir l'esquiver éternellement. Il dit qu'il veut te parler ? Moi, à ta place, je commencerais par là. Cela ne signifie pas que ta vie va changer. Ce ne sera rien de plus qu'une discussion.

Elle passa à l'autre pied.

— Et j'aurais raison de l'empêcher de voir les filles si je jugeais alors qu'il est bien le sale type que je crois ? l'interrogea Lee Ann.

— Tu aurais raison, approuva Joanie.

Toutefois, un petit quelque chose clochait quand même dans tout cela. Pourquoi la vie n'était-elle jamais simple ?

— Ce serait quand même dommage. Les filles auraient bien besoin d'un père, reprit Joanie.

— Pourquoi dis-tu cela ? lança Lee Ann, reprise par une vieille angoisse. Les filles t'auraient-elles dit quelque chose ? Quelque chose ne va pas ?

Joanie se redressa pour la regarder en face, une expression de soutien absolu inscrite sur les traits :

— Tu es une mère parfaite et tu le sais. Aussi bien l'une que l'autre, nous connaissons les frustrations inhérentes au fait de grandir sans père. Nous n'en avons jamais eu, et tu sais bien que parfois un enfant a besoin de parler à quelqu'un qui ne soit pas sa mère.

— Je sais.

Lee Ann se colla les mains sous les cuisses afin de ne pas se mordiller les doigts, puis elle ressortit la main droite pour tirer sur un fil échappé de l'ourlet de son jean.

— Mais elles t'ont, toi, objecta-t-elle. Ne viennent-elles pas tout le temps te parler ? Je ne m'en mêle jamais. Je leur donne l'espace dont je sais qu'elles ont besoin.

— Je le sais, répondit Joanie en lui immobilisant la main avant qu'elle commence à massacrer son jean. Tu es une mère d'exception. Sérieusement. Je dis simplement que… Eh bien, avoir un homme dans le coin serait bénéfique pour elles. Ça leur permettrait d'appréhender le monde avec deux points de vue.

Lee Ann détestait quand les paroles de son amie étaient frappées au coin du bon sens. Car c'était elle, la pragmatique du lot. Elle, que tout le monde venait voir en cas de crise. Joanie, par contre, était un peu fofolle. Par exemple, elle changeait de professions comme les gens de voitures. Et c'est elle qui avait eu l'audace de baptiser sa dernière boutique « FrizzTif ». Toutefois, elle avait toujours été le pilier sur lequel s'appuyer quand Lee Ann en avait eu besoin.

Elles s'absorbèrent de nouveau chacune dans leurs pensées jusqu'à ce qu'un bruit attire leur attention. Toutes deux relevèrent la tête en même temps et découvrirent le danois assis devant la porte d'entrée vitrée. Son propriétaire se tenait derrière lui.

*Aïe.*

Le panonceau « Fermé » avait beau pendre au beau milieu de la porte, nul besoin d'être grand clerc pour voir que le salon n'était pas désert.

— Que veut-il, à ton avis ? s'enquit Lee Ann.

Joanie pivota vers elle en faisant une vilaine moue.

— Tu veux vraiment mon avis ? Il veut avoir cette discussion avec toi, et tout de suite.

La porte n'étant pas verrouillée, aucune des deux ne se leva pour aller lui ouvrir, et elles attendirent de voir ce qu'il allait faire. Il sortit prestement de sa poche une gamelle pliable et une bouteille d'eau, donna à boire à son chien et enroula sa laisse à la grille qui longeait le trottoir, comme si elle était susceptible d'empêcher le mastodonte de filer s'il en avait envie.

Cody pénétra dans le salon. Joanie allait s'écarter quand Lee Ann énonça d'un ton ferme, désignant ses pieds :

— Termine, s'il te plaît.

Son amie se rassit tandis que Cody s'immobilisait derrière elle.

— Salut, Joanie. Ça fait plaisir de te revoir.

Joanie marmonna un vague bonjour, avec la tête de celle qui aimerait bien être ailleurs tandis que Lee Ann fusillait l'intrus du regard.

— Tu n'as pas réussi à lire le mot « Fermé » sur la porte ? Nous essayions d'avoir un moment de paix.

— J'apprendrai à lire quand tu cesseras de m'éviter, comme encore une fois ce matin, rétorqua-t-il sur le même ton.

— Une urgence m'a appelée au-dehors, énonça-t-elle en croisant les bras sur sa poitrine.

— Tu m'en diras tant… fit-il en s'asseyant dans le fauteuil déserté par Joanie. Pourtant, on dirait que tu as tout ton temps, maintenant.

Il avait choisi le siège qui n'était pas visible depuis la vitrine, comme s'il espérait garder sa présence secrète. Dommage que son chien monte la garde à la porte.

— Je suis en plein milieu de quelque chose, le contra-t-elle.

— Qu'à cela ne tienne, je vais attendre.

Seigneur, qu'il était irritant ! Il lui évoquait tellement Candy quand elle avait une idée ancrée dans le crâne.

— Bon, repartit-elle en l'évitant soigneusement du regard. Parle, alors.

Joanie appliqua aussi vite que possible le vernis orange vif sur les ongles de Lee Ann sous le regard presque révérencieux de Cody.

— Cela me fait plaisir de voir qu'un autre élément de ton ancienne personnalité est encore là, marmonna-t-il.

Joanie immobilisa son pinceau à deux doigts d'un orteil, puis releva la tête.

— C'est pour moi que tu dis ça ?

Un demi-sourire étira la bouche de Cody.

— Non, mais cela me fait aussi plaisir de voir que tu n'as pas changé, Joanie. Tes cheveux me plaisent beaucoup, poursuivit-il en désignant sa crinière rouge vif avant de faire un geste en direction de Lee Ann : Je faisais référence à la couleur du vernis que tu appliques sur les pieds de Supermaman. Lee Ann avait du style, dont il reste quelques traces de ce qu'elle n'a pas camouflé.

Il tourna les yeux vers Lee Ann qui fulminait et saisit délicatement une de ses mèches de cheveux :

— Ça aussi, c'est son style. Le reste ne l'est plus.

Elle écarta sa main d'une tape et darda sur lui un regard incendiaire.

— Je n'ai pas changé depuis la dernière fois que tu m'as vue, j'ai pris un peu de bouteille, c'est tout.

Ce qui était la pure vérité. Elle avait toujours été la fille sage, celle qui s'occupait des autres, de tous les autres. Celle sur qui on s'appuyait. Seulement, elle aurait voulu être différente. Pour un temps, au moins. Elle avait rêvé d'aller à l'université, de vivre un peu sa vie avant d'endosser un rôle d'épouse et de mère. Joanie et lui étaient les deux seuls à l'avoir vraiment compris.

La mine interrogatrice, il continua à la dévisager.

— Et ces jumelles ? reprit-il d'un ton plus dur. Les avais-tu cachées quelque part, à l'époque ?

C'était tout lui, ça. Droit au but. Et c'était un des traits qu'elle avait aimé chez lui.

— Tu ne voulais pas me présenter des excuses ?

— Si, mais en tête à tête. Comme être seule avec moi te révulse, apparemment, je me suis dit qu'on pourrait déjà régler l'autre problème en présence d'un tiers, répondit-il en désignant Joanie du menton.

— Candy et Kendra ne sont pas un problème ! s'enflamma-t-elle, indignée.

— Hou là, fit-il en levant les deux mains devant lui. Désolé, j'ignorais que j'abordais un sujet épineux. Je n'ai pas voulu dire qu'elles étaient un problème en soi. Je me posais seulement des questions à leur propos. Elles ont, quoi ? Au moins douze ans ? Tu as dû tomber enceinte très peu de temps après mon départ.

Aussi bien Lee Ann que Joanie tournèrent un regard médusé vers lui. Le mot était faible. Bouches ouvertes, yeux écarquillés, elles étaient l'image même de la stupéfaction. Il ne savait réellement pas que les jumelles étaient ses filles ? Comment était-ce possible ?

— Quoi ? fit-il.

Lee Ann et Joanie se regardèrent. Seigneur Dieu, cela signifiait qu'elle allait devoir le mettre au courant ! Cela ne changeait rien au fait qu'il était toujours le moins-que-rien qui n'avait pas voulu assumer ses enfants, mais elle devait au moins lui apprendre qui elles étaient.

Un léger carillon annonça l'arrivée d'une tierce personne.

— Z'êtes au courant qu'il y a un chien géant là devant sur le trottoir ? brailla Melinda O'Neil, héritière de la moitié du parc immobilier de la ville, avant d'enjamber malaisément la bête et d'entrer.

— Mais enfin, y a-t-il encore des gens qui savent ce que signifie le panonceau « Fermé » par ici ? maugréa Lee Ann dans sa barbe.

— Je crois bien que c'est celui de Cody Dalton, mais lui, je ne l'ai vu nulle part, poursuivit Melinda.

Le plus discrètement possible, Joanie darda un regard sur Lee Ann et Cody en désignant du menton une porte dans l'angle du salon de coiffure :

— Allez discuter dans mon bureau, depuis le temps que ça attend, leur souffla-t-elle avant de se lever. Je vais voir ce que veut Melinda.

Mais ils n'en eurent pas le temps, car Melinda avançait déjà vers Lee Ann, toujours rivée à son fauteuil.

— Ah, je savais bien que je te trouverais là, Lee Ann. Tu viens toujours chez Joanie quand tu es stressée. Avec le retour de Cody, plus canon que jamais, eh, eh, je me doutais bien que tu serais sur les nerfs. Je voulais…

Remarquant la présence de Cody, elle se tut et changea instantanément de position. Épaules en arrière, seins remontés et ventre rentré. Qu'avaient-elles donc, toutes les représentantes de la gent féminine de cette ville ? fulmina aussitôt Lee Ann. Elles étaient vraiment obligées de passer en mode chasse à l'homme dès qu'un nouveau mâle arrivait ?

Le nouveau mâle en question se leva, main tendue.

— Cody Dalton.

Tête baissée, il fit un baisemain à Melinda à l'image de tout honorable cow-boy qui se respecte.

— Oh, mais je sais qui vous êtes, le mauvais garçon notoire de Sugar Springs, repartit Melinda en riant.

Elle papillonna des yeux, où plutôt des faux-cils, tandis qu'il lui décochait un de ses sourires diaboliques.

— J'avais environ trois ans de moins que vous la dernière fois que vous étiez ici, minauda-t-elle, mais je n'étais toutefois pas trop jeune pour ne pas vous avoir remarqué. J'ai tout de suite eu le béguin pour vous.

Lee Ann eut aussitôt envie de les étriper, l'un autant que l'autre. Elle se leva et s'éclipsa discrètement vers le bureau de Joanie alors que Cody et Melinda continuaient à se passer mutuellement de la pommade.

— Je reviendrai quand tu auras réussi à te libérer, lança-t-elle par-dessus son épaule.

Avant qu'elle n'entre dans le bureau, Melinda agita la main dans sa direction, sans toutefois lâcher une seconde Cody des yeux.

— Attends, Lee Ann ! Je voulais te dire que la chaudière a finalement rendu l'âme au *Club Chasse et Pêche*, et que papa ne compte pas la remplacer avant le printemps.

— Pardon ? Mais il y fera bien trop froid, sans chaudière !

C'était dans ce local que les filles devaient donner leur fête d'anniversaire.

— Il refuse de débourser le prix astronomique que les professionnels réclament en saison alors qu'il y a un poêle en parfait état de marche et une grosse réserve de bois. L'anniversaire des filles n'aura pas lieu avant un bon mois, c'est pour ça que j'ai préféré te prévenir tout de suite, au cas où tu préférerais trouver un autre lieu pour leur fête.

Comme s'il en existait un autre... Cependant, Lee Ann se voyait mal s'occuper du chargement du poêle la nuit entière. Elle demanda à Melinda de maintenir la réservation pendant qu'elle cherchait un autre endroit, et prit soudain conscience de la rage qui s'était emparée de Cody. Un bref retour en arrière lui rappela vite ce qui venait d'être dit et ce que cela impliquait.

En trois enjambées furieuses, Cody fut devant elle, laissant une Melinda stupéfaite contempler son dos.

— Leur anniversaire est en décembre ? l'interrogea-t-il à voix difficilement contenue.

Souffle coupé, elle ne put que hocher la tête.

— Je suis parti fin avril.

Hochement de tête.

Les yeux naguère chaleureux étincelèrent de fureur.

— Alors, tu étais déjà enceinte d'un mois, donc de quelqu'un d'autre, quand j'ai quitté la ville ?

Si une semaine plus tôt quelqu'un avait demandé à Lee Ann si elle allait changer de comportement et se mettre à mentir à répétition, elle eût juré ses grands dieux que ce quelqu'un avait une case en moins. L'honnêteté était une vertu essentielle à ses yeux et, chaque jour qui passait, elle faisait en sorte de le faire entrer dans la tête de ses filles.

Pourtant, non seulement elle avait menti, non pas une, mais deux fois, pour quitter le snack avant la fin de son service, mais elle s'apprêtait à proférer un autre mensonge, de taille, celui-là ! Elle savait parfaitement qu'il ne tiendrait pas la route très longtemps. Cependant, son instinct lui dictait de tout faire pour pousser Cody à le croire. C'était le moyen de ne pas le laisser entrer dans leur famille.

Elle planta ses yeux dans ceux de Cody.

— Oui, répondit-elle d'une voix inaudible pour les autres personnes présentes dans le salon. J'étais enceinte avant ton départ.

Sans perdre une seconde, Cody referma la main autour du bras de Lee Ann, la poussa sans ménagement dans le bureau de Joanie et claqua la porte derrière eux. Il aurait certes eu du mal à justifier sa rage à propos d'un événement remontant à plus de dix ans, mais il ne parvenait plus à contrôler la fureur qui l'habitait. Il prit toutefois conscience qu'il serrait toujours le bras de Lee Ann et le lâcha. Elle alla aussitôt se poster de l'autre côté du bureau.

— Ça t'ennuierait de m'expliquer ?

Elle leva le menton et le regarda d'un air buté.

— Je n'ai rien à expliquer.

— Rien ? tonna-t-il en venant s'appuyer des deux mains sur le bureau. J'ai passé plus de treize ans à…

— Un ton plus bas, je te prie, lui dit-elle aussi posément que si elle prenait sa commande au snack.

Nul besoin de partager cet entretien avec Melinda ou Joanie, comprit-il avant de se forcer au calme. Il recommença :

— J'ai passé plus de treize ans à me sentir minable pour cet instant d'égarement avec Stephanie, et quand je reviens pour te présenter mes excuses, je découvre que tu m'avais déjà fait la même chose ?

Lee Ann parut lutter contre elle-même quant à ce qu'elle allait répondre, puis elle frotta son bras endolori par la poigne de Cody et reprit la parole :

— Tu ne peux pas me demander d'assumer la responsabilité de ta culpabilité. Si tu m'avais parlé avant de partir, peut-être que…

Peut-être que quoi ?

Lui aurait-elle dit : « Cela ne fait rien, Cody. De toute façon, j'avais changé d'avis et décidé que je n'avais plus envie d'attendre le soir du bal de promo pour m'offrir à toi. J'ai fait cadeau de la première fois à un autre minable » ? Elle aurait même pu envoyer Stephanie le séduire. Ou encore…

— Eh bien ? l'interrogea Cody entre ses dents.

Elle se figea un instant, le regard braqué sur lui. Finalement, elle se voûta sous le poids de la défaite.

— Je ne sais pas.

Il émit ce qui ressemblait à un rire, ou un sarcasme.

— Tu ne sais pas ? C'est tout ce que tu as à dire ?

Il pivota sur lui-même et plaqua les mains sur le chambranle de la porte, à présent pressé de partir. Elle n'était décidément pas celle dont il avait gardé le souvenir.

Jeune, innocente. C'était ce qu'il avait cru. Douce. Parfaite. Trop bien pour lui.

Quand on l'avait expédié à Sugar Springs, elle était la seule à ne pas le considérer comme le mauvais garçon qu'il était aux yeux de tous les autres. Et il avait été le premier surpris de constater que, pour elle, il avait envie d'être différent. De changer, de s'améliorer.

Leur amitié avait crû au fil des mois d'hiver. À tel point qu'ils avaient décidé d'entamer une vraie relation, et avaient prévu l'engagement ultime le soir du bal de promo. C'était même bien plus que cela. Elle était devenue son amie. Sa meilleure amie. Celle qui avait eu foi en lui en dépit de tout ce qu'il lui avait raconté sur son passé.

Et puis, Stephanie était rentrée à la maison. Cette fille belle et expérimentée s'était mis en tête de le séduire. Cette journée-là avait très mal commencé et il était au plus bas, pour ne pas dire au trente-sixième dessous, bref, assez déstabilisé pour tomber dans son piège. Il baissa la tête tant ce qu'il avait fait alors le choquait encore. Il n'avait eu aucune excuse. Ni les exécrables nouvelles, ni l'envie de pleurer sur son sort n'étaient des raisons suffisantes pour détruire la fille sur laquelle reposaient tous ses espoirs. La fille qu'il avait osé aimer.

Même s'il lui avait finalement tourné le dos, il avait toujours su qu'il y avait quelque chose de spécial entre Lee Ann et lui, de spécial et de bien réel. Découvrir aujourd'hui qu'elle ne valait pas mieux que lui, c'était trop. C'était insupportable.

Il se retourna vers elle et eut du mal à reconnaître celle qu'il avait naguère placée sur un piédestal. Même ainsi, les traits tirés et ramassée sur elle-même, il ne vit plus qu'une de ces femmes prêtes à tout pulvériser sur leur chemin tant elles sont obnubilées par leur petite personne.

Il ne pouvait toutefois pas s'en aller sans exprimer les excuses qu'il était venu délivrer. Qu'elle les méritât ou non était une autre histoire, il avait besoin de le faire. Une fois cela réglé, il n'aurait plus aucune raison au monde de la revoir. Tant pis s'il en mourait quand même d'envie.

Il jeta un coup d'œil par-dessus son épaule, pour ne pas avoir à la regarder et son regard tomba sur une éphéméride accrochée au mur. La page du jour, qui avait trois mois de retard, suffit à le détendre un peu. Cette Joanie, elle, ne changerait jamais.

Il se passa les mains sur le visage et leva les yeux au plafond, émettant dans un souffle :

— Je ne peux pas.

Il tourna la tête, la regarda et crut voir ses yeux luire avant qu'elle les baisse vers ses pieds.

— Je te dois des excuses, Lee Ann. Il faut que j'apaise ma conscience, mais tu n'imagines pas à quel point ce que je viens d'apprendre me fait mal, même après tout ce temps.

Elle cilla, et il comprit qu'il avait bien vu. Des larmes. Elle se mâchonna la lèvre avant de répondre, si bas qu'il dut tendre l'oreille :

— Je sais à quel point ça fait mal. Tu as couché avec ma sœur.

— Mais toi…

— Non, l'interrompit-elle en tranchant l'air du plat de la main. Ce que j'ai fait ou pas n'a aucune importance. Nous étions amoureux, Cody. Enfin, moi je l'étais. Je croyais que nous allions partir tous les deux dès que nous aurions obtenu notre bac. Je pensais réellement que…

Sa voix se brisa, mais elle réussit à terminer sa phrase, raide comme un piquet :

— Je pensais que nous serions ensemble pour toujours. Et toi, toi, tu couches avec ma sœur…

La fureur reprit possession de Cody. Comment osait-elle prétendre qu'elle l'avait aimé ?

La larme qui perla au coin de l'œil de Lee Ann l'arrêta net. Elle releva le menton comme pour lui interdire de couler. Alors, il ne comprit plus rien à rien. Ni pourquoi elle était allée avec un autre, ni pourquoi lui-même en avait fait autant, mais cette angoisse dans son regard, il la reconnut. Elle n'était qu'un écho de sa propre douleur. Peu importait le reste, ce qu'il avait fait ce jour-là l'avait véritablement détruite.

Il baissa les yeux. Quelles qu'eussent été les raisons qui avaient poussé Lee Ann à agir ainsi, il s'était ce jour-là bel et bien comporté comme le dernier des derniers. Il releva la tête, le visage dénué de toute expression.

— Tu as raison. Bien évidemment, tu le sais. Je te dois une explication.

Elle éluda d'un mouvement d'épaule, porta un doigt au coin de son œil et fit le tour du bureau.

— Tu n'as rien à expliquer, lui répondit-elle. Je sais que Stephanie t'a embobiné. Elle me l'a avoué quelques jours avant de mourir.

— Stephanie est *morte* ? fit-il, totalement abasourdi.

Là, Lee Ann le fixa exactement comme elle et Joanie l'avaient fait un peu plus tôt, et il comprit qu'il avait manqué un détail d'importance.

— Tu ne savais pas qu'elle était malade ? l'interrogea-t-elle.

— Comment aurais-je pu le savoir ? Je te rappelle que je suis parti le jour même.

Il s'interrompit, comme frappé par une pensée soudaine. Avait-elle cru que lui et sa demi-sœur avaient poursuivi leur relation par la suite ?

— Je ne lui ai plus jamais adressé la parole, Lee Ann. Sur ma tête. Je n'avais aucun moyen de savoir qu'elle était malade.

Il marqua une pause, pas vraiment intéressé par le sujet Stephanie, mais avec l'impression étrange que Lee Ann avait besoin d'en parler.

— Quand est-elle morte ?

Elle posa sur lui des yeux bleus méfiants, comme si elle s'attendait à ce qu'il lui révèle un grand secret qu'il aurait jusque-là gardé pour lui.

— Environ huit mois après ton départ. Un cancer.

*Hou là.*

— Il n'y avait rien à faire ?

— Non. Il était bien trop avancé quand les médecins l'ont découvert.

Il fit automatiquement un pas en avant et leva une main vers elle, mais elle recula jusqu'à se retrouver adossée à la porte de service.

— Je suis vraiment désolé, lui dit-il en laissant retomber sa main.

Connaissant le peu de fibre maternelle de sa mère, Lee Ann avait dû tout assumer seule, raisonna-t-il en toute logique.

— Je sais que, toutes les deux, vous n'avez jamais été proches, mais je suis navré que tu aies dû traverser cela toute seule.

— C'était il y a longtemps, répondit-elle d'une voix lasse.

Au moins, elle ne pleurait plus.

Elle continuait à le fixer, une expression des plus étranges sur le visage, comme si elle le voyait autrement que quelques instants plus tôt, quand il était arrivé dans le salon. S'il ignorait du tout au tout ce qui avait bien pu provoquer cela, il n'en apprécia pas moins ce changement d'attitude.

Elle semblait moins en colère.

— Elle m'a avoué qu'elle était revenue pour te séduire. Pour me faire mal, lui apprit-elle.

De cinq ans plus âgée que Lee Ann, Stephanie s'était à l'époque installée à Nashville, où elle essayait de percer dans la musique country. Les deux sœurs étaient aussi opposées qu'on peut l'être. Stephanie était grande, blonde, d'une beauté classique alors que Lee Ann alliait charme et piquant. D'après ce qu'il avait entendu, Stephanie n'était pas aussi douée pour les études, et bien moins populaire que Lee Ann. Au lieu de travailler pour ses examens, elle avait passé le plus clair de sa scolarité à sortir avec toute l'équipe de football du lycée. Il avait toujours subodoré qu'elle s'était jouée de lui afin de nuire à Lee Ann, sans en avoir jamais eu la confirmation.

Il l'avait aujourd'hui.

Il fallait qu'il termine de présenter ses excuses et qu'il s'en aille d'ici avant de succomber à l'expression perdue qu'avaient à présent les yeux de Lee Ann. C'était une expression à laquelle il avait toujours eu un mal fou à résister.

Inutile de lui raconter ce qu'il avait appris de ses parents adoptifs ce matin-là, cela n'avait pas la moindre importance pour l'instant. Il se devait simplement d'expliquer ses actes, d'une manière ou d'une autre.

— Ce matin-là, j'avais appris des choses qui m'avaient bouleversé, et j'étais venu te voir. Tu étais partie à un rendez-vous de photo de classe pour le journal local, et j'ai décidé de t'attendre. Il fallait à tout prix que je te parle. Mais j'ai laissé Stephanie tirer avantage de ma rage, j'ai bu la limonade qu'elle m'a offerte, et qu'elle avait soigneusement alcoolisée sans m'en avertir, et j'ai totalement perdu la tête.

Il secoua la tête, honteux.

— Je te demande pardon, Lee Ann. Je n'ai jamais eu l'intention de te faire du mal, et certainement pas comme ça.

Elle leva une main et inclina légèrement la tête.

— Tu avais eu une mauvaise journée ? le questionna-t-elle, incrédule. C'est ça, ton excuse ? Tu avais eu une mauvaise journée, alors tu n'as pas su dire non à ma sœur ?

— Eh bien...

Comment était-il censé expliquer cela ? C'était pourtant la vérité. Ce matin-là, ce qu'il avait appris avait eu un impact colossal sur lui, et sur toute sa vie à venir.

— Les détails ne méritent pas qu'on s'y arrête, mais...

Définitivement à court d'arguments, il écarta grand les bras :

— Disons que ça n'a pas été un de mes plus glorieux moments.

Seul un sanglot étouffé lui répondit.

Il retrouva ses mots, à présent pressé d'en finir et de s'en aller d'ici.

— De toute façon, je n'étais pas l'homme qu'il te fallait. Tu pouvais trouver infiniment mieux.

Il jeta un bref coup d'œil sur son ventre plat et l'imagina arrondi autour de l'enfant d'un autre.

De deux enfants. Ça le rendit malade, surtout en sachant maintenant qu'elle n'avait pas trouvé mieux que lui. Elle était toujours là où elle était à dix-huit ans, à ceci près qu'elle était chargée de famille. Celui qui l'avait mise enceinte ne s'était, lui non plus, pas montré à la hauteur.

À court d'arguments, il serra les lèvres et attendit.

— Très bien, finit-elle par dire, sans le regarder. Je comprends. Je comprends tout à fait.

D'où lui vint cette impression qu'en fait elle ne comprenait pas ?

— De toute façon, ce n'était pas la première fois que Stephanie draguait un type qui me plaisait.

Il appuya une hanche contre le bureau et tenta d'adopter une pose nonchalante, avec l'espoir que cela dénouerait un peu la tension dans ses épaules.

— Je savais que je ne valais pas un clou, reprit-il, les deux mains levées. Mais ça, même pour moi, c'était impardonnable. Je ne sais même pas comment j'ai pu faire tout ce mal à la seule personne qui m'aimait vraiment.

Ou qu'il aimait.

— Je suis désolé, Lee Ann.

Il l'était, incontestablement. Il l'avait été dès l'instant où c'était arrivé.

— Personne ne mérite d'être traité comme je t'ai traitée. Je n'espère pas ton pardon, j'espère seulement que tu pourras accepter mes excuses.

Contractée de tout son corps, elle se tenait toujours droite comme un I. Finalement, il décela un léger assouplissement de sa combativité, et put de nouveau respirer.

— Tu n'étais pas aussi nul que tu le pensais.

La voix avec laquelle elle énonça cette phrase, moins glaciale qu'auparavant, apaisa un peu son cœur à nu. Ce ne fut pas une acceptation de ses excuses, mais certainement le mieux qu'il pourrait obtenir.

Il laissa partir sa tête en arrière et exhala un long soupir. Il se faisait probablement des idées, mais l'atmosphère de la pièce lui rappelait leurs conversations passées. Quand ils étaient tous les deux, seuls, à parler de tout et de n'importe quoi.

— Tu as toujours cru en moi.

Il s'assit sur le bureau et laissa pendre ses jambes d'un côté et de l'autre du coin de table. Lee Ann n'agrippait plus la poignée de la porte de service, mais se tenait à quelque distance de lui. Même si ce qu'il venait d'apprendre lui faisait encore mal, il avait une forte envie qu'elle se rapproche.

Illogisme, quand tu nous tiens…

— J'ai eu peur de te décevoir, lui expliqua-t-il posément. Peur qu'un jour tu découvres ce que je suis réellement.

Contre toute attente, elle réduisit l'écart entre eux jusqu'à n'être plus qu'à une trentaine de centimètres de lui. Il retint son souffle. Avait-elle conscience qu'il n'avait qu'une main à tendre pour la toucher ?

— Ce que tu étais réellement, je l'avais découvert. Le jour où je t'ai trouvé en train de mettre une attelle à la patte de ce chien.

Il changea de position et se pencha un peu plus vers elle pour sentir son parfum. Un parfum de jardin en fleurs. Il ferma à demi les yeux et revit l'après-midi dont elle parlait.

Il avait toujours aimé les animaux et, ce jour-là, il était tombé sur un chien salement amoché, probablement à la suite d'une bagarre avec l'un de ses semblables. Il n'avait pas eu peur de l'animal affolé et rendu dangereux, mais bien d'être vu les larmes aux yeux car il ne parvenait pas à apaiser la douleur de ce chien. Lee Ann l'avait alors rejoint, et n'avait jamais fait mention de cette fragilité.

— Dès l'instant où je t'ai vu courir le risque d'une sérieuse morsure de la part d'un chien blessé et agressif, j'ai compris que tu étais quelqu'un de bien.

Elle avait toujours vu le meilleur en lui. Dommage pour elle. Elle avait aussi détecté sa nullité et l'avait remplacé par un autre.

Il tendit la main et effleura le dos de la sienne. Il fallait qu'il sache.

— Avec qui as-tu couché, Lee Ann ? Et pourquoi ne s'est-il pas comporté comme un homme en t'épousant ?

Ces paroles la sortirent de ses souvenirs. Non seulement elle écarta sèchement sa main, mais elle fit deux pas en arrière pour croiser les bras sur sa poitrine. Tout en regardant attentivement un point à l'autre bout de la pièce.

— Aucune importance.

Elle s'était de nouveau raidie.

— Est-il toujours dans le coin ? Proche de ses filles ?

Si tel était le cas, il se sentait capable de lui casser le nez pour avoir osé toucher sa petite amie.

— Non, riposta-t-elle en secouant brièvement la tête. Il est parti avant leur naissance. Elles ne le connaissent pas.

La colère de Cody contre cet homme menaça de refaire surface. Non pour lui avoir pris Lee Ann mais pour l'avoir lâchement abandonnée.

Elle leva les yeux sur lui et poursuivit :

— Moi aussi, je te présente mes excuses. Je...

Elle détourna le regard.

— Je suis désolée, je ne peux pas l'expliquer. Je te demande pardon pour le mal que j'ai pu te faire.

Cela ne suffisait sûrement pas, mais il n'aurait pas mieux. Il ne méritait pas mieux, de toute façon. Il se laissa glisser du bureau et se posta devant elle. Elle avait ses secrets, il avait les siens. Il pouvait vivre avec.

Sans lui laisser le temps de s'esquiver, il la prit dans ses bras et serra fort son corps raidi contre le sien.

— Je suis désolé, murmura-t-il. Pour tout.

Il lui posa un baiser sur la tête.

— Et pour ce que ça vaut, je t'aimais. Vraiment.

# 5

Lee Ann lissa la nappe sur la table de la salle à manger, positionna le centre de table, des feuilles et des fruits d'automne, puis recula pour examiner son travail. Oui, c'était parfait pour Thanksgiving. Elle sortit l'argenterie familiale de sa ménagère et entreprit de l'astiquer. Dans deux jours, la maison serait pleine de convives et il y avait tant à faire. Un de ses clients venant d'annuler leur rendez-vous, elle profitait de son après-midi libre pour commencer ses préparatifs.

Se maintenir occupée lui permettait-il d'éviter de revenir sur l'affreux mensonge qu'elle avait servi la veille à Cody ou de se creuser la tête pour chercher un moyen de redresser la barre ? À voir…

Il n'était pas venu comme à son habitude prendre le petit déjeuner au snack ce matin-là. Elle en avait déduit qu'il était furieux contre elle.

Et il n'y avait aucune raison pour que ça s'arrange.

Elle redressa le dos. La tension était devenue sa compagne depuis que Cody était revenu et elle n'avait rien fait d'autre que l'aggraver.

Pourquoi lui avait-elle affirmé la veille qu'elle était enceinte d'un autre *avant* son départ ? Quelle folie. Avait-elle voulu lui rendre la monnaie de sa pièce et le faire souffrir autant qu'elle avait souffert ? Ou alors, était-elle en réalité tellement mesquine qu'elle avait voulu ainsi l'écarter définitivement de la vie de ses filles ?

Comme tout serait plus facile s'il n'y entrait pas. Mais cela ne serait pas juste. Et ne se targuait-elle pas de toujours veiller à ne faire que ce qui est juste ?

Un soupir lui échappa. Certes Cody ne correspondait pas à son idée d'un père parfait mais il n'était manifestement pas complètement nul. S'il n'avait pas valu un clou, comme il en était persuadé à l'époque, il aurait renoncé à faire les énormes efforts qu'exigeaient des études vétérinaires. Il n'aurait pas non plus cherché à la revoir pour s'excuser d'une blessure dont il avait été la cause plus de dix ans auparavant. De plus, elle avait cru à sa sincérité quand il lui avait affirmé n'avoir à aucun moment reparlé à Stephanie.

Pourquoi n'avait-elle jamais envisagé cette éventualité ? En voyant le choc le plus absolu se peindre sur le visage de Cody à l'annonce de la mort de Stephanie, elle avait compris l'énormité de l'erreur qu'elle avait alors commise : elle avait cru sa sœur.

Toute sa vie, Stephanie avait menti et s'était montrée vindicative vis-à-vis d'elle. Sous le prétexte que leur père était parti par la faute de Lee Ann. Selon elle, sa vie était parfaite jusqu'à ce qu'il croise la route de Reba, et que Lee Ann arrive dans la foulée.

Elle s'était retrouvée obligée de vivre entre une belle-mère et une demi-sœur dont aucune n'avait de lien biologique avec elle, et une cargaison de colère. Stephanie n'avait bien sûr jamais pris en compte le fait que sa propre mère avait fait sa valise quand elle avait trois ans.

À la lumière de ce qu'elle avait appris la veille, Lee Ann ne s'expliquait pas comment elle avait pu croire sa sœur capable de changer dans les derniers jours de son existence et de montrer un peu de compassion envers les autres, en oubliant sa petite personne. Surtout après qu'elle lui avait craché à la figure que Cody était le père des jumelles alors qu'elle avait toujours prétendu que c'était une star du country qui l'avait mise enceinte. Vomissant ainsi toute sa haine, elle lui avait aussi appris qu'elle avait mis Cody dans son lit pour mieux la faire souffrir.

Et Lee Ann avait cru sa sœur quand celle-ci lui avait précisé que Cody ne voulait rien savoir de ses enfants. Car il était tellement plus facile de ne pas avoir à se mettre à sa recherche, et de rouvrir des blessures à peine cicatrisées.

Parce que, Seigneur, qu'elle avait été intense, la souffrance qu'il lui avait infligée.

Elle était rentrée cet après-midi-là chez sa mère, une semaine avant le bal de promo, persuadée que tout allait pour le mieux dans le meilleur des mondes. Elle était amoureuse du garçon le plus fabuleux qu'elle avait jamais connu, elle avait une bourse d'études et des projets pour aller à l'université, et elle allait bientôt concrétiser sa relation avec l'homme de sa vie, celui avec lequel elle comptait passer le restant de ses jours.

Une seule seconde avait suffi pour tout faire voler en éclats. À peine entrée dans le salon, elle avait surpris Cody s'éloigner à reculons du canapé sur lequel était couchée Stephanie. Il remettait son pantalon et Stephanie se tordait de rire, la jupe remontée autour de la taille et sa petite culotte par terre.

Elle avait eu le temps d'apercevoir un soupçon de dentelle rose sous les seins exposés de sa sœur avant de grimper en courant l'escalier.

Comment il avait pu lui faire cela dépassait encore et toujours son entendement. Qu'avait-il dit la veille ? Qu'il avait appris de mauvaises nouvelles ? Les gens reçoivent quotidiennement leur lot de mauvaises nouvelles, et ne se retrouvent pas forcément au lit avec la sœur de leur petite amie.

L'irritation la reprit aussitôt. Il fallait tirer un trait sur le passé et avancer, elle le savait, mais c'était lui qui avait ramené le sujet sur le tapis. Elle avait très bien vécu toutes ces dernières années en évitant soigneusement d'évoquer ce tragique épisode. Mais Cody, lui, voulait « apaiser sa conscience » et avait tout fait pour qu'elle accepte ses excuses.

Pourquoi n'avait-elle pas alors démenti son odieux mensonge ?

Ce n'était pas loyal, elle en était consciente, et elle allait un jour redresser la barre. Mais la veille, alors qu'il lui expliquait comment il lui avait tourné le dos de la plus indélicate des manières, elle s'était retrouvée dans l'impossibilité d'agir honnêtement.

Un bruit de ferraille lui apprit que la porte-moustiquaire venait de claquer, et elle se pencha pour voir qui arrivait. Il fallait vraiment qu'elle s'occupe de faire changer ce ressort.

— Bonjour, maman, cria-t-elle en apercevant la silhouette familière. Pourquoi passes-tu par devant ?

Sa mère se débarrassa de son imperméable et le jeta sur la chaise adossée au mur. Elle habitait à présent la maison voisine, et passait en général par la porte arrière.

— En sortant du travail, je suis passée chez l'horticulteur pour rapporter les chrysanthèmes et les citrouilles à installer sur le porche. Je me suis garée devant, voilà pourquoi. Viens m'aider à décharger.

Reba travaillait à la mairie, un emploi qui lui convenait à merveille, car elle se trouvait ainsi aux premières loges pour les potins. Sa fille la soupçonnait fort de briguer le statut actuellement détenu par Mme Grayson de la meilleure concierge de la ville.

Lee Ann posa la cuillère qu'elle astiquait et s'en fut vers l'entrée. Leur famille se réduisait à quatre personnes, aussi adoraient-elles inviter les amis qui n'avaient pas de point de chute pour les fêtes. Cela correspondait à la philosophie altruiste qu'elle s'efforçait d'instiller dans l'esprit de ses filles, et lui procurait également de vrais moments de plaisir. Sept invités devaient se joindre à elles cette année. Elle avait prévu de faire le gros des courses en début de soirée. Le mercredi après-midi et le jeudi seraient consacrés à la cuisine. Le repas de Thanksgiving n'est pas une mince affaire si l'on veut respecter la tradition, mais elle se faisait une fête de tout préparer.

Elle rejoignit sa mère. Celle-ci était vêtue aux couleurs de l'automne. Jupe paysanne, chemisier à manches longues en ruché, boots lacées, et pas un seul cheveu blanc. Avec sa démarche toujours alerte, Reba faisait largement moins que ses cinquante ans.

— D'après Beatrice, Cody est allé te retrouver au salon, hier après-midi, déclara-t-elle d'emblée.

Derrière elle, Lee Ann leva les yeux au ciel. Elle aimait sincèrement cette ville mais, parfois, y vivre lui portait sérieusement sur les nerfs. Ici, il était impossible de seulement développer une carie sans que tout le monde sache sur quelle dent elle se trouvait.

— T'a-t-elle aussi informée du sujet de notre conversation ? susurra-t-elle.

Lee Ann se sentait tranquille comme Baptiste. Et amusée. Personne d'autre que Joanie, à qui elle avait tout raconté après le départ de Cody, ne pouvait le connaître.

— Elle l'ignorait, confirma Reba en bougonnant.

— Alors ? Elle t'a envoyée le découvrir ? rétorqua Lee Ann en allant ouvrir le coffre de la voiture. Oh, maman, elles sont superbes !

Chaque année, elle prenait un plaisir fou à décorer son porche d'une combinaison de chrysanthèmes, de citrouilles et d'autres calebasses de tailles et formes variées. À la fin de la soirée, chaque convive repartait avec le pot de fleurs de son choix.

— Bien sûr que non ! s'insurgea sa mère, avant de lui faire un clin d'œil appuyé et d'ajouter : Je viens de ma propre initiative.

Devant l'épais silence de sa fille, Reba reprit son sérieux :

— Cela concernait-il les enfants ? Qu'est-ce qu'il t'a dit ? Tu sais bien que je ne vais rien répéter, mais il va falloir que je fournisse une explication au fait qu'il te cherchait. La théorie générale, c'est qu'il n'a jamais pu se remettre de son béguin pour toi et qu'il veut que vous repartiez pour un tour.

— Pas du tout ! s'écria Lee Ann après un instant de pure stupéfaction. Qui raconte ça ?

— Tout le monde.

Ben voyons. Cela avait très certainement commencé par les deux pipelettes nationales, sa mère et Mme Grayson. Lee Ann s'empara de deux pots et fusilla sa mère du regard en retournant vers la maison.

Sa mère lui emboîta le pas, chargée elle aussi.

— L'avis général se tient, en fin de compte, reprit-elle. Sinon, pourquoi chercherait-il à te voir ? Surtout que ce n'était pas la première fois. Tout le monde l'a vu samedi à la vente de charité, et il était au snack hier. Il paraîtrait qu'il n'y est pas venu ce matin. D'ailleurs, ils disent tous que tu joues les belles indifférentes.

— Tu sais quoi ? Qu'ils disent ce qu'ils veulent, marmonna Lee Ann.

— Je dois bien reconnaître que j'ai encouragé cette théorie, poursuivit sa mère, peu disposée à se laisser abattre. Je ne t'imagine pas baissant facilement la garde, après une absence de treize ans. Il a sûrement trouvé une très bonne raison pour revenir, mais toi, tu n'es pas encore prête à pardonner.

Pour une fois, sa mère ne voyait pas les événements en romantique avérée. Elles achevèrent de décharger la voiture et lorsque toutes les décorations furent installées à son goût, Lee Ann s'assit sur une des marches du porche et invita Brida à l'imiter.

— En fait, il n'est pas passé au salon de coiffure pour parler des filles. Il est venu pour s'excuser d'avoir couché avec Stephanie.

— Oh.

Reba ne s'attendait manifestement pas à ça.

— Avait-il une bonne raison ? voulut-elle toutefois savoir.

Lee Ann s'accouda sur la marche supérieure.

— Il avait soi-disant appris de « mauvaises nouvelles » dans la journée.

Pourtant toujours compatissante aux douleurs d'autrui, Reba en resta interdite. Lee Ann éclata de rire, ce qui lui fit un bien fou.

— Je te jure ! Des mauvaises nouvelles. Stephanie lui aurait fait le grand jeu et l'aurait saoulé avec une limonade « spéciale ». Le reste, c'est du passé, comme on dit.

Elle ferma les yeux et laissa la brise tiède, inhabituelle en cette saison, lui réchauffer le visage.

— Je ne doute pas un seul instant qu'elle ait tout fait pour l'emballer mais, bon sang, il l'a laissée faire parce qu'il avait eu une « mauvaise journée » ? reprit-elle, pensive.

— Eh bien… commença prudemment sa mère, n'oublie pas qu'il n'était qu'un adolescent. À cet âge, il est difficile de refuser de telles opportunités.

— Il m'avait dit qu'il m'aimait.

Reba marqua un silence.

— Oui, mais il était aussi gouverné par ses hormones.

C'était l'évidence. Mais Lee Ann ne l'entendait pas de cette oreille. Jeune et bête ou pas, on ne dit pas qu'on l'aime à une fille un jour pour entreprendre sa sœur le lendemain. Dieu merci, sa mère n'argumenta pas plus avant.

Un long moment de silence s'écoula, et Lee Ann comprit que sa mère allait poser la question qui fâche.

— Alors… commença effectivement Reba, mais d'un ton hésitant. Il n'a pas du tout parlé des filles ? Pas plus que samedi à la fête ?

Yeux grands ouverts à présent, Lee Ann les porta sur le ciel clair du Tennessee. La journée était vraiment splendide, et elle se prit à rêver d'avoir le cœur plein d'émotions aussi limpides. Sans regarder Reba, elle jeta :

— Il ne savait pas que Stephanie était morte, maman.

Un léger hoquet lui parvint aux oreilles.

— Comment aurait-il pu ne pas le savoir ? Elle lui a dit après la naissance des filles qu'elle ne pourrait pas les élever à cause de sa maladie.

*Que ma vie calme et bien ordonnée était agréable, et comme je vais la regretter !* songea Lee Ann.

Elle ferma une fois de plus les yeux.

— Il ne savait rien de sa maladie parce qu'il ne lui a jamais reparlé après s'être enfui de la maison ce jour-là.

— Hein ! s'écria Reba en sautant sur ses pieds. Mais alors, comment a-t-il… Comment a-t-elle…

Inutile de répondre quoi que ce soit. L'expression du visage de Reba se modifia au fur et à mesure qu'elle assimilait. De tendue, stressée, elle se détendit. Comme sous l'effet du soulagement. La vie était de nouveau telle qu'elle devait être. Cody n'était plus le mauvais garçon du siècle, et elle pouvait recommencer à rêver que tout allait s'arranger au mieux.

— Elle ne lui a jamais dit qu'elle était enceinte, c'est bien ça ? Il ne le savait pas ? Et nous qui étions persuadées toutes ces années que…

Reba secoua la tête sous le coup de l'étonnement. Puis un éclair passa dans ses yeux.

— Et il n'était même pas au courant !

Les mots n'étant plus nécessaires, Lee Ann se contenta de hocher la tête.

— Seigneur, souffla sa mère, avant de pivoter lentement et de se rasseoir près de Lee Ann. Il va falloir que tu lui dises.

*Et puis quoi, encore ?*

— Je sais, répondit cependant la jeune femme.

— Et tu vas devoir le faire très vite, insista Reba. Les gens ont perdu l'habitude d'évoquer Stephanie comme la mère des filles, mais ça finira par ressortir un jour. Le retour de Cody a fait remonter tant de choses du passé que… Tu sais très bien que quelqu'un va finir par en parler. Quand cela arrivera…

— Oui, l'interrompit Lee Ann. Quand cela arrivera, qu'il en ait envie ou non, faire la connaissance de ses propres filles va lui faire un choc.

Comme la découverte de son ignoble mensonge à elle. Il pourrait l'accuser, à juste titre, d'avoir délibérément voulu le priver de ses enfants.

— Bien sûr qu'il voudra faire leur connaissance. C'est naturel pour un père ! rétorqua Brida alors que son portable émettait un bip.

Elle le sortit de sa poche.

— Ah, vraiment ?

Comment sa mère pouvait-elle proférer une telle chose alors que son propre mari l'avait abandonnée en lui laissant ses deux filles sur les bras ? L'aînée n'étant, en plus, même pas la sienne.

— Ce n'est pourtant pas toujours le cas, maman.

Sa mère écarta l'objection d'un geste tout en pianotant un texto sur son téléphone.

— Cody n'est pas comme ton père, décréta-t-elle. Il avait des gènes de vagabond. Il est évident que Cody voudra les connaître.

Comme si un vétérinaire intérimaire qui passait de ville en ville était un être stable.

Le portable bipa de nouveau, et sa mère se rembrunit, avant de tourner les yeux vers elle.

— Il est 17 heures passées.

— Ah, oui ?

Les filles n'étaient pas rentrées. Elle regarda partout autour d'elle, comme si elle pouvait voir le collège d'où elle était. Ce qui était impossible, le bâtiment se trouvant en haut de la colline, derrière la maison.

— Seraient-elles rentrées sans faire de bruit ?

Des yeux bleus semblables aux siens la fixèrent, sarcastiques.

— C'est toi qui prétends que je suis crédule ? Même si la paix du monde en dépendait, ces deux-là ne pourraient pas rentrer sans faire de bruit.

Lee Ann se leva, aussitôt inquiète. Sa mère avait raison. Même quand elle était enfermée dans sa chambre noire, elle ne manquait jamais d'entendre les filles rentrer.

— Où peuvent-elles être ? s'écria-t-elle en courant à l'extrémité du jardin pour lever les yeux vers le collège.

Personne.

Menacée par la panique, elle se raisonna vite. Elles vivaient dans une ville qui n'avait besoin que d'un seul officier de police. Et encore, il passait les trois quarts de son temps à jouer au rami avec la réceptionniste du commissariat qui, soit dit en passant, était également son épouse.

— Selon Beatrice, elles viennent de franchir la porte de service de la clinique de Keri, lui apprit sa mère en brandissant son téléphone portable.

Un autre signal d'alerte clignota dans l'esprit de Lee Ann. Elle se précipita au milieu de la rue, comme si elle pouvait voir la clinique, à l'autre bout.

— Mais pourquoi seraient-elles allées là-bas ? Keri n'y travaille plus. Elle attend la naissance chez elle.

Le portable bipa encore une fois, et sa mère lut directement le nouveau texto à voix haute :

— Elles ont dû se dire que le Dr Dalton n'avait aucun projet pour Thanksgiving et elles seront allées l'inviter chez leur mère.

L'intéressée se retint de lancer un juron. Elle ne voulait pas de lui chez elle jeudi ! Pire, l'excursion improvisée des filles lui inspirait un mauvais pressentiment.

— J'y vais.

Cody achevait de prendre des notes sur son dernier patient tandis que Kendra et Candy London continuaient à lui débiter un flot continu d'informations. Elles étaient entrées par la porte de service, pas encore verrouillée, peu après la fermeture de la clinique à 16 h 30, et avaient squatté son bureau en compagnie de Boss et de Howard, le chat de la maison. Depuis, elles parlaient sans interruption, et il n'avait encore pas trouvé le moyen de les mettre dehors.

Il ne pouvait les regarder sans que la jalousie le ronge. Au moins, Lee Ann savait avec qui il l'avait trompée. Cela avait-il encore de l'importance tant d'années plus tard ? Il laissa échapper un soupir et posa son stylo. Il ne parvenait pas à passer sur cette trahison.

Il en était presque arrivé au point de contrevenir à sa propre règle de vie, ne jamais se mêler des affaires des autres, en téléphonant à Holly pour apprendre l'identité du père. Elle lui devait un service, puisqu'il l'avait emmenée à la vente de samedi. Et puis au fil des jours, ils devenaient en quelque sorte des amis. Quand il s'était rendu au snack le dimanche, elle avait pris sa pause pour partager son petit déjeuner avec lui. S'il la croyait quand elle lui affirmait n'avoir aucunes visées sur lui, il n'avait pas non plus envie de prendre ses repas régulièrement avec elle. Il aimait la solitude. D'autant que s'il ne faisait pas preuve de prudence, les moulins à ragots allaient s'en donner à cœur joie.

C'était du moins la raison qu'il s'était inventée pour ne pas aller au snack ce matin. Il dut s'avouer qu'il s'était menti à lui-même. En vérité, il n'avait aucune envie d'y voir Lee Ann.

Pourtant, s'il y était allé, il aurait pu demander à Holly l'identité du géniteur des demoiselles London. Même si elle l'ignorait, il ne lui aurait pas fallu plus de trois minutes pour lui trouver l'info. Cependant, les racontars n'avaient jamais été sa tasse de thé, aussi était-il resté chez lui et avait terminé le reste de macaronis au fromage qu'il s'était préparé pour le dîner de la veille. Il y avait mieux pour le moral.

— Alors Taylor, l'entraîneur, m'a dit que si je continue à m'entraîner j'intégrerai l'équipe avant la fin de la saison.

Ce que lui dit Candy le ramena au présent, et il la regarda. Elle affichait à présent une expression très sérieuse.

— Je vais probablement prendre la place de cette saleté de Jenna Hopkins, conclut-elle.

Cela n'appelait aucune réponse, aussi garda-t-il le silence. Que dire, de toute façon ? Il ne savait rien des compétences athlétiques de Candy, ni même si elle était meilleure que cette Jenna Machinchouette. Dommage qu'il n'y ait plus eu aucun animal à examiner… La secrétaire lui avait confirmé une nette baisse de l'affluence depuis deux jours qu'il était seul à exercer. Pourtant, il faisait son possible pour prouver qu'il n'était plus l'adolescent immature de naguère. N'avait-il pas accepté de bon cœur d'aller aider à accrocher les lumières de Noël ?

Quand Kendra bondit de sa chaise pour tendre les mains devant elle, Boss leva la tête et Howard fit de même avant de filer hors de la pièce. Cody attendit la suite. Il connaissait mal les enfants, et ces deux-là avaient énoncé plus de mots en dix minutes qu'il n'en avait jamais entendus depuis son tout premier remplacement. Frais émoulu de l'école vétérinaire, il avait signé un contrat avec un petit cabinet, dont une des assistantes avait régulièrement des problèmes pour faire garder ses bambins. Qui l'accompagnaient au travail plus souvent qu'à leur tour. Toutefois, l'énergie de ces petits enfants n'était en rien comparable à celle des préadolescentes qui occupaient à l'instant son bureau.

— Vous connaissez quelqu'un qu'est hypermobile, vous ? lança Kendra en tordant son pouce en arrière jusqu'à ce qu'il soit en contact de tout son long avec son avant-bras.

Pas en reste, Candy tendit elle aussi les mains et plia à quatre-vingt-dix degrés les dernières articulations de ses doigts.

— Par ici, très peu de gens peuvent faire ça, mais Candy et moi, on le fait, reprit Kendra. Maman et mamie peuvent pas. Je sais pas d'où ça nous vient.

Ah, enfin quelque chose à quoi se raccrocher !

— Vous savez, le terme médical exact est « hyperlaxité », leur apprit-il en positionnant son pouce exactement comme celui de Kendra.

— Eh, vous aussi vous l'avez ! s'écria Candy, les yeux ronds. Ça fait peur aux gens quand on le fait.

Cody éclata de rire, se leva et positionna ses genoux de façon à ce qu'ils pointent vers l'arrière.

— Hou là, s'exclamèrent les filles en se rapprochant. Ça, on sait pas faire, mais avec les bras, si.

Et hop, tous les trois tendirent les bras et plièrent les coudes dans la mauvaise direction avant de s'écrouler sur leurs sièges en riant aux éclats. Cody s'essuya les yeux. Quand était la dernière fois qu'il avait ri aux larmes ? Impossible de s'en souvenir. Il devrait peut-être accorder une chance à ces gamines. Après tout, ce n'était pas de leur faute si leur mère n'était pas aussi bien qu'elle voulait le laisser croire.

Une fois leur hilarité apaisée, Cody aborda le sujet qui le hantait :

— D'après ce que j'ai appris, vous allez bientôt entrer officiellement dans l'adolescence, jeunes demoiselles.

Quatre yeux bruns le fixèrent.

— On va avoir la plus belle fête d'anniversaire qui ait jamais eu lieu.

— Plus belle encore que celle de Sadie Evans, il y a deux mois, renchérit Candy. Elle a fait une méga-soirée pyjama, mais c'étaient seulement des filles. La nôtre, elle est dans vingt-cinq jours, et on dansera vraiment.

— Vous devriez venir.

Les mots n'avaient pas passé les lèvres de Kendra que Candy lui saisissait le poignet et lui décochait un regard qui, selon Cody, semblait signifier : « Je suis l'aînée, alors laisse-moi faire. » Car bien sûr, elle lui avait déjà expliqué qu'elle était née quatre minutes avant sa sœur.

Peu disposée à se taire, Kendra dégagea son poignet et reprit :

— Quelques fois, on a même une deuxième fête d'anniversaire. Si vous êtes encore là, vous pourriez venir célébrer ça avec nous. Oui, mais maman le fera peut-être pas cette année ? Au départ, ça a commencé un peu comme une rigolade.

Pas évident de suivre tous ces changements de sujets, mais là, elles avaient bel et bien réussi. Il était totalement perdu.

— Une deuxième fête d'anniversaire ? répéta-t-il. Pourquoi ?

Candy jeta à sa sœur un regard dont il déchiffra le sens sans aucun doute possible : *La ferme !*

— En fait, c'était mon idée. Eh bien, quand on a découvert, euh…

— Y a trois ans…

— Oui, c'est ça, reprit Candy en filant un autre coup de coude à sa sœur. Quand on a découvert il y a trois ans qu'on avait été des prémat'. Vous savez ce que c'est, des prémat' ?

Leur innocence était carrément impayable. Elle lui rappela Lee Ann quand il l'avait connue.

— Oui, on nous apprend ce que c'est à l'école vétérinaire.

— Bêtasse, marmonna Kendra en décochant une grimace à sa sœur.

— Oui, c'est vrai, bien sûr. Enfin bon, quand on a appris qu'on avait été prémat', on a dit à maman qu'on devrait avoir une autre fête d'anniversaire le jour où on *aurait dû* naître.

Tiens, Lee Ann n'avait pas mentionné que les filles étaient nées avant terme. Si elle était enceinte quand il était parti, à combien de mois avaient-elles pu naître ? Il opina néanmoins, comme si ce qu'elles lui disaient était parfaitement logique.

— Votre mère a été d'accord, c'est ça ? Mais quel est ce deuxième grand jour ?

*À moi la parole,* parut exprimer Kendra. Elle repoussa fermement sa sœur et fut la première à lui lancer :

— Le 31 janvier.

À ces mots, le monde s'effaça et, soudain, Cody n'eut plus que cette information à l'esprit. Le 31 janvier. Lee Ann l'avait surpris avec Stephanie la dernière semaine d'avril.

Elle serait donc tombée enceinte après son départ.

Pourquoi ne pas l'avoir dit au lieu de le laisser croire le pire ?

— Et comme vous n'avez nulle part où aller…

Il comprit alors que Kendra avait de nouveau changé de sujet. De quoi pouvait-elle bien parler à présent ?

— … On s'est dit que vous devriez venir chez nous jeudi. Pour Thanksgiving. Maman et mamie et nous, on aime inviter les gens qui n'ont pas de famille avec qui fêter ce jour-là, et comme vous êtes tout seul ici…

La tête de Cody se mit à tourner. D'une part, il était possible que Lee Ann ne l'ait pas trompé et, d'autre part, voilà que ses filles lui procuraient l'occasion parfaite de se rapprocher assez d'elle pour la mettre au pied du mur.

— Je voulais le faire, marmonna Candy dans sa barbe.

— On dîne à 18 heures, et on espère bien que vous pourrez venir. Tout le monde mérite une deuxième chance.

— Ce qu'elle veut dire, c'est que tout le monde a le droit de pas être seul le jour de Thanksgiving, la reprit sa grande sœur en lui dardant un autre de ses regards assassins et, cette fois-ci, la petite sœur se le tint pour dit.

Finalement, les filles se turent, et Cody put de nouveau entendre les craquements de la vieille bâtisse transformée en clinique. Les jumelles attendaient manifestement une réponse, mais il avait l'esprit en ébullition au souvenir de tout ce qu'elles venaient de dire. Thanksgiving, une deuxième chance ?

Il observa leurs expressions innocentes identiques, leurs longues chevelures brunes repoussées en arrière afin de faire ressortir ces pommettes hautes qui, un jour, rendraient fous tous les garçons de la ville. Voyant l'éclat malicieux de leurs yeux bruns, il eut le sentiment qu'elles avaient autre chose en tête que seulement inviter quelqu'un qui pourrait se sentir seul un soir de fête nationale. Avaient-elles dans l'idée de trouver quelqu'un à leur mère ? Bah, songea-t-il, il y avait infiniment pire que Lee Ann. Si du moins il avait été disponible pour ce genre de choses.

Cependant, il repartirait bientôt. Il pourrait bien non seulement faire souffrir Lee Ann, mais ses filles également. L'idée de blesser ces deux jeunes filles lui fut aussi détestable que celle de faire du mal à leur mère. Car, au cours des quelques minutes qu'elles venaient de passer dans son bureau, ces gamines avaient réussi à l'émouvoir.

— Je vais voir. Votre invitation me touche infiniment mais...

— Attendez, intervint Candy en levant une main pour lui demander silence.

Ça, c'était amusant quand même. Ces deux gamines paraissaient déjà pouvoir faire ce qu'elles voulaient de lui. Elles tenaient ça de leur mère, certainement. Il avait beau avoir eu une sale réputation en ville, il n'avait jamais pu résister à Lee Ann, et avait toujours fait ce qu'elle voulait.

Kendra se pencha pour fouiller dans son sac à dos. Elle en extirpa un cahier, des feuilles volantes et un stylo qui roula par terre. Finalement, elle en sortit un carnet qu'elle ouvrit. Alors qu'elle le feuilletait, deux photos s'en échappèrent et atterrirent aux pieds de Cody. Il se pencha, les ramassa, persuadé qu'il allait voir la photo d'un garçon sur lequel elle aurait craqué, mais ce furent deux clichés d'une Stephanie souriante qu'il eut sous les yeux.

— Je l'ai ! s'écria finalement Kendra en brandissant un papier. On avait peur que vous refusiez, alors on s'est dit qu'on vous donnerait la liste des personnes qui vont venir.

— Parce que, voilà, on nous a dit que des gens ne veulent plus faire soigner leurs animaux, parce qu'ils pensent que vous êtes un voyou ou quelque chose comme ça, précisa Candy d'un air incrédule. Il y a même quelqu'un qui ne veut pas aller à la clinique alors que son chien a du diabète. Maman dit qu'il faudrait vérifier son taux de sucre parce qu'il n'a plus ses piqûres. Eh bien, cette personne sera à la maison demain soir.

— Alors, vous ne voulez pas venir pour lui montrer que vous n'êtes pas un voyou et qu'il peut venir faire soigner son chien ? ajouta Kendra avec un grand sourire un peu trop innocent.

Elles savaient y faire ! Quand elles voulaient quelque chose, elles arrivaient non seulement avec un plan A, mais aussi un plan B ! Il ne put que leur soulever son chapeau. Les gens pleins de ressources, il avait toujours adoré ça.

— Alors, qu'est-ce que vous en dites ?

Elles refirent silence toutes les deux, angéliques.

Il serra les mâchoires et désigna la liste que tenait toujours Kendra.

— Puis-je ?

Elle la lui tendit. Elle avait raison, constata-t-il. Sur cette liste, il lut non seulement le nom de la personne dont le chien était au plus mal, ce qu'il savait par Keri, mais également celui d'une autre qui faisait circuler les pires rumeurs sur lui, avec probablement l'espoir de le faire décamper. Comment son départ précipité pourrait-il aider quiconque en ville alors qu'il n'y avait pas de vétérinaire à moins de cent cinquante kilomètres ? C'était une question qui n'avait effleuré personne, apparemment.

D'un autre côté, assister à un dîner en compagnie d'un groupe qui préférerait qu'il ne soit jamais venu au monde n'était pas ce qu'il appelait passer un bon moment. Il leur montra la liste et souligna un nom du doigt : Buddy Sawyer. Un propagateur de ragots bien venimeux, lui aussi.

— Encore un méchant !

Elles s'entre-regardèrent, puis Candy reprit :

— On ne savait pas si vous aviez entendu parler de lui, alors on n'a pas voulu vous blesser inutilement.

Ça aussi, c'était gentil. Décidément, ces petites avaient beaucoup de Lee Ann.

Il cherchait un moyen de décliner gentiment l'invitation quand ses yeux se posèrent sur les deux clichés. Il les souleva et les leur montra :

— Vous avez des photos de Stephanie avec vous ? Lee Ann m'a appris qu'elle était morte il y a plusieurs années. Vous ne deviez pas être bien grandes quand c'est arrivé.

— Elle est morte cinq jours après notre naissance, précisa Kendra en récupérant les clichés. J'avais emporté ces photos aujourd'hui parce qu'on fait un truc sur les gènes en classe de SVT.

Lee Ann aurait donné naissance à des jumelles prématurées sans mari à ses côtés, pour ensuite assumer la mort de sa sœur ? Déjà, chacun des événements était traumatisant, mais les deux en même temps ?

— Moi aussi, j'ai des photos, intervint Candy. Vous voulez les voir ?

— Non, je te remercie. Je suis seulement surpris que vous ayez des photographies de votre tante alors que vous ne l'avez jamais vraiment connue.

Une confusion totale régna un instant dans les yeux des deux sœurs, puis elle s'effaça et toutes deux sourirent. Tout comme la première fois qu'il les avait vues, il fut frappé par leurs sourires. Ils avaient un quelque chose de si familier que cela le mit mal à l'aise.

— Bien sûr que vous ne savez pas, lui dit Candy. Vous n'étiez pas là.

Le claquement de la porte de service attira son attention, et il se leva, tout comme Boss. Il ne bougea pas en entendant Lee Ann appeler les filles. D'une voix paniquée. Soudain, tout se mit en place, comme au ralenti.

Il retourna les yeux vers Candy et, la bouche sèche, lui demanda :

— Qu'est-ce que je ne sais pas ?

Une Lee Ann hors d'haleine arriva devant la porte ouverte du bureau et fit signe aux filles.

— Vous m'avez fait une peur du diable en ne rentrant pas à la maison après l'entraînement, les gourmanda-t-elle. Allez, hop, on rentre.

Cody les arrêta d'un geste, et les deux gamines restèrent où elles étaient.

— Encore une minute, Lee Ann. Elles étaient sur le point de m'apprendre quelque chose que je semble être la seule personne au monde à ne pas savoir.

Le regard de Lee Ann s'assombrit et elle prit un air résolu.

— Elles viennent avec moi. Tout de suite !

De la peur. Il la détecta en elle, comme en lui.

Il n'était pas certain de vouloir entendre ce que les jumelles avaient encore à lui dire, car alors, il ne pourrait dire qu'il ne savait pas.

S'il l'entendait, il devrait s'impliquer, qu'il le veuille ou non.

S'il ne l'entendait pas, que risquait-il de manquer ?

Candy sortit de son sac les photos et les brandit. Un petit gémissement échappa à Lee Ann.

— Ce que vous ne savez pas, commença Candy en positionnant une des photos à côté de son visage et que Kendra se penchait pour que leurs deux minois encadrent le cliché.

Et, sans même avoir besoin de regarder la photo, Cody en prit enfin conscience. Elles avaient hérité du sourire et des yeux de leur père, et des longues jambes et des pommettes hautes de leur mère.

— ... C'est que Stephanie est notre mère biologique, mais que maman a été notre maman depuis notre naissance.

# 6

Une fois la porte refermée sur ses clients, Lee Ann se laissa aller contre le battant. La session photo de dernière minute qu'elle venait de terminer aurait dû en principe durer une heure, mais il lui en avait fallu trois pour photographier les quatre enfants d'une fratrie dont les âges s'échelonnaient de un à cinq ans. Leur grand-mère ayant confirmé au dernier moment sa présence pour Thanksgiving, leur mère avait soudainement décrété l'urgence de clichés récents à lui offrir.

Exténuée, Lee Ann se redressa et partit vers son atelier. Elle ficha son appareil sur sa station d'accueil et fit défiler les titres musicaux jusqu'à trouver un album à même de soulager un tant soit peu son stress. Elle monta le volume et se mit en devoir de ranger l'équipement et les jouets qu'il lui avait fallu utiliser au cours de la session.

Elle remit tout en place en gardant un œil sur la fenêtre d'où elle pouvait voir la porte d'entrée de la maison. Cody n'allait plus tarder. Oh, bien sûr, il avait voulu avoir une explication la veille, mais elle avait refusé tout net. Pas en présence des filles. Elle avait tenu bon sous son regard aussi furieux qu'insistant et avait réussi Dieu sait comment à s'en aller et rentrer sans que les jumelles posent trop de questions.

La veille Cody avait sûrement eu grand besoin de faire descendre la pression. Il n'avait pas dû changer tant que ça au fil des années et elle avait le souvenir que, s'il prenait la plupart des choses sans trop sourciller, il craquait également quand la coupe était pleine. Alors, il était capable de faire voler des vitrines en éclats, ou d'abattre des statues. Certes, elle ne le pensait plus aussi immature, mais elle se doutait bien que découvrir qu'on a deux enfants alors qu'on n'en a jamais rien su devait être bien pire que les « mauvaises nouvelles » apprises le matin du jour où il avait contribué à fabriquer ces dits enfants…

Dieu merci, il ne s'était pas montré pendant sa séance photo. Il n'était pas non plus venu prendre son petit déjeuner au snack, et elle s'était demandé si son absence ne signifiait pas qu'il ne viendrait pas du tout. Qu'il avait déjà fait ses valises et repris la route. Ce ne serait pas la première fois.

Irritée à l'idée qu'il ait pu encore une fois s'esquiver au lieu d'assumer ses responsabilités, elle monta encore le volume de la musique. Quelques minutes plus tard, l'atelier enfin impeccable, elle sursauta en découvrant Cody debout près de la fenêtre. Il était entré sans qu'elle entende le carillon et la regardait avec une expression aussi mécontente que la veille au soir.

Sa bouche devint plus sèche que le Sahara.

Elle tendit la main, appuya sur un bouton, et le silence se fit. Cet homme lui faisait sans conteste toujours tourner la tête, et en bien des manières. Même son expression furieuse avait le pouvoir de la mettre en feu. Ce satané personnage restait sexy quoi qu'il arrive.

Découvrir que Cody ne savait rien de sa paternité lui avait embrouillé l'esprit et provoqué un comportement dont elle n'était pas fière. Des pensées ridicules, finalement pas si différentes de celles qu'aurait pu avoir sa mère, s'étaient infiltrées dans son esprit. Comme l'espoir qu'il allait rester. Ou qu'il serait le père dont les filles avaient besoin. Ou encore qu'il s'était souvenu d'elle au cours de ces années…

Elle réprima une forte envie de ricaner. Quelle importance, au fond, qu'il se soit souvenu d'elle ou non depuis son départ ? Il lui avait apporté des années plus tôt la preuve qu'il n'était pas l'homme qu'il lui fallait. Un homme qui se carapate sans préavis, merci bien.

Incapable de trouver ses mots, elle resta sans bouger à le dévisager. Le téléphone du studio choisit cet instant pour sonner.

— Pardon, il faut que je réponde, dit-elle finalement en sortant de son hébétude.

— Laisse sonner.

Ce n'était pas une requête.

— C'est du travail, rétorqua-t-elle, le cœur battant. Je ne peux pas me permettre de manquer une opportunité professionnelle.

Elle tendit la main vers l'appareil posé sur le coin de sa table de travail.

— Y a-t-il le moindre doute quant à ma paternité ?

Ces quelques mots eurent le pouvoir d'immobiliser sa main en l'air. Cette question était impossible à ignorer.

Elle ramena sa main vers elle.

— Il te suffit de les regarder. Elles ont tes yeux, et quand elles sourient…

Elle se tut et saisit en se mordillant la lèvre la photographie encadrée qui ne quittait pas son bureau. Elle avait pris ce cliché lors d'un séjour au Dollywood dans le Tennessee, le parc d'attractions de la chanteuse de country Dolly Parton, alors que les filles sortaient, hilares, des montagnes russes. Elles ressemblaient tant à Cody qu'elle s'était surprise à le chercher sur Internet, tard ce soir-là. Avec l'envie de hurler, de lui montrer tout ce qu'il manquait.

Au lieu de cela, elle avait éteint son ordinateur et l'avait maudit de son départ sans retour. Oh, pas de l'avoir laissée élever les filles seule, non, mais de ne pas être présent pour elles. Elles méritaient d'avoir un père. Un père qui aurait choisi de rester.

Le téléphone cessa de sonner, et elle lui tendit le cadre.

— Ce sont tes copies conformes. Sans compter que les dates concordent absolument.

Elle éluda d'un mouvement d'épaules et conclut :

— Ma main à couper.

Il examina la photographie l'air aussi tendu, et furieux, qu'en arrivant tout à l'heure. Finalement, il releva les yeux et chercha les siens.

— Mais tu as choisi de ne jamais m'en avertir ?

La sonnerie se déclencha de nouveau.

— J'étais persuadée que tu savais. Je te le jure.

Il se contracta de tout son corps.

— Tu as cru que je m'étais fait la malle comme ça ? En ne me sentant pas responsable pour un sou ? gronda-t-il entre ses dents.

— Je ne savais plus…

La douleur de Cody lui faisait mal, mais elle ignorait comment l'apaiser. Ce n'était pas la sonnerie stridente du téléphone qui allait alléger son stress.

— Je ne savais plus quoi penser, précisa-t-elle, mais à voix basse.

— Alors, tu as imaginé le pire, l'accusa-t-il, les narines frémissantes.

Comme si elle ne se sentait pas assez coupable comme ça. Mais pourquoi, pourquoi avait-elle cru ce que lui avait raconté sa sœur ?

Une seule bouée de sauvetage à l'horizon. Le téléphone. Elle tendit la main et décrocha avant qu'il ne cesse encore une fois de sonner. Là, elle concentra toute son attention sur son client, écouta ses demandes, lui proposa les créneaux dont elle disposait, puis tira son grand calendrier pour noter leur rendez-vous. Tout en gardant évidemment un œil sur Cody. Il s'était éloigné du bureau et se tenait devant le mur du fond, les bras croisés sur son torse. C'étaient les photos en noir et blanc accrochées sur ce mur qui l'intéressaient. Les préférées de Lee Ann.

Une fois la communication terminée, elle raccrocha et l'observa. En percevant presque physiquement cette distance protectrice qu'il savait naguère si bien élever entre les autres et lui. Elle ne l'avait pas détectée cette dernière semaine ni quand leurs routes s'étaient croisées autrefois. En tout cas, jamais aussi infranchissable qu'aujourd'hui. Résultait-elle de la pensée insupportable de tout ce qu'il avait raté dans sa vie ?

Sa responsabilité dans tout cela mina Lee Ann alors qu'en même temps l'adolescente dont il avait brisé le cœur avait envie de lui jeter à la figure qu'il n'avait eu que ce qu'il méritait.

C'était faux, elle le savait maintenant, il n'avait nullement mérité cela. C'était même désormais une évidence. Peu importait la façon dont leur romance s'était achevée entre eux, il aurait dû savoir qu'il avait des enfants. Si seulement elle avait eu le moindre indice indiquant qu'il ne leur avait pas délibérément tourné le dos, comme l'avait prétendu Stephanie, elle aurait tout fait pour le retrouver.

— Là c'est chez Roy et Pearl, commenta Cody en désignant la photo prise quatre ans auparavant par Lee Ann de la ferme de ses parents adoptifs.

Il se retourna vers elle. Avec sur les traits une expression loin d'être cordiale, mais au moins n'avait-il plus l'air d'avoir envie de la rouer de coups.

— Je reconnais l'arbre.

Elle hocha affirmativement la tête. C'était précisément pour ce gros nœud dans le tronc de l'orme qu'elle avait choisi cet angle de prise de vue.

— Ils avaient acheté cette splendide jument il y a quelques années. Elle n'était pas aussi blanche que la photo le laisse paraître, mais c'est le contraste qui m'a plu, alors je l'ai développée ainsi.

Savait-il que ses deux parents adoptifs étaient morts ? s'interrogea-t-elle soudain.

— Elle est superbe, commenta-t-il en observant de nouveau le cliché. Tu développes toujours tes films, tu n'es pas passée au numérique ?

— Je le fais seulement pour le noir et blanc.

Le développement était ce qu'elle avait toujours préféré. Elle trouvait cela magique de voir apparaître progressivement une image que l'on avait soi-même captée.

Elle se leva pour s'approcher de lui. Ils avaient autrefois été les meilleurs amis du monde, et elle était toujours aussi bouleversée par la peine qu'il exsudait, avec la même intensité qu'aux premiers jours. Cet homme avait été bien des fois meurtri au cours de sa vie, et elle se reprochait à présent d'avoir alourdi son fardeau.

— Je suis désolée que tu aies appris de cette manière…

Un tic agita la mâchoire de Cody.

Elle refit une tentative :

— Quand j'ai découvert que tu ne savais pas…

— Tu m'as menti en prétendant être tombée enceinte d'un autre que moi.

Parler de ce sujet au beau milieu de son studio la mettait mal à l'aise.

— Je sais que je ne pourrai jamais rien faire pour les années perdues, Cody, mais je te promets de faire de mon mieux pour tout t'expliquer, répondit-elle en se dirigeant vers la porte. Viens, on rentre à la maison.

Son malaise tenait également à une autre raison. Il avait toujours su la sonder au-delà des apparences durant leurs disputes. Alors, le voir là, en train de fixer ses photos, lui donna le sentiment qu'il allait deviner une part d'elle-même qu'elle ne montrait à personne. Il n'en était pas question.

— Tu ne voulais pas faire de portraits. Ça ne t'intéressait pas.

Ces mots lui parvinrent alors qu'elle tendait la main vers la poignée de porte.

Elle hésita un instant, ne sachant que choisir entre sauver les apparences ou répondre sincèrement. Elle n'avait pas réalisé ses rêves. Mais aussi, avait-elle eu le choix ? Elle lui apporta la seule réponse qui lui vint :

— J'ai découvert que je suis plutôt bonne dans le domaine.

Et sans un mot de plus, elle passa la porte de communication entre le studio et la maison. Ils étaient là pour discuter de leurs enfants. Pas de photographie.

Cody regarda Lee Ann regagner sa maison et, l'espace d'une seconde, envisagea de faire demi-tour et de repartir par là où il était arrivé. La veille au soir, il avait emmené Boss courir jusqu'à épuisement, du maître comme du chien, ce qui n'avait en rien apaisé sa colère. Il avait ensuite passé la plus grande partie de sa soirée à ruminer. Pendant des années, elle lui avait caché qu'il avait deux enfants.

Il avait deux enfants !

Cette seule pensée le submergea au point qu'il eut peur de connaître sa toute première attaque de panique. Comment en était-il devenu le type qui non seulement n'avait pas été là pour ses enfants, mais qui, en plus, ne savait même pas s'il avait envie d'être là pour eux maintenant ?

Bien sûr qu'il serait là. Financièrement, du moins. C'était une évidence. Bien sûr, il avait aussi envie de les connaître. Elles semblaient être de gentilles gamines.

Mais assumer le quotidien ? Être un papa ?

Cette seule pensée le mit mal à l'aise. Comment faire ? Il n'en avait pas la plus petite idée. Comment s'y prendre pour être régulièrement présent pour les filles, lui qui ne vivait jamais plus de quelques mois quelque part ? Comment était-il censé incorporer deux adolescentes dans sa vie de nomade ?

En pénétrant dans le salon, il y nota les changements et se demanda si Lee Ann vivait toujours ici avec sa mère. Oh, il y avait des chances, puisque la maison appartenait déjà à Reba à l'époque.

Les murs avaient été repeints en ocre clair ainsi que dans le petit salon attenant. Un nouvel ameublement avait remplacé celui auquel il s'était accoutumé les quelques mois où il avait fréquenté Lee Ann, et il régnait une atmosphère générale de confort et d'ordre apaisante. Soit Reba ne vivait plus ici, soit Lee Ann avait pris les rênes de la maisonnée. Car il y percevait bien plus de la fille que de la mère.

Il emplit ses poumons de l'odeur citronnée et propre de la pièce. Une vilaine migraine menaçait derrière ses yeux. Il n'avait jamais voulu avoir d'enfants. Il n'avait même jamais songé à cette éventualité. Jamais. Et voilà qu'il se retrouvait à présent avec non pas une, mais deux filles. Qui lui ressemblaient, c'était indubitable.

Il se sentait perturbé comme jamais.

Tous trois n'avaient cependant pas assez de points de ressemblance pour que les autres aient fait le lien. Apparemment, personne ne savait ce qui s'était passé entre Stephanie et lui.

Soudain, sa colère s'embrasa une nouvelle fois sans qu'il pût exactement en déterminer la cause. Stephanie ? Lee Ann ? Lui ? L'un de ses nombreux parents adoptifs passés, qui aurait contribué à faire de lui ce qu'il était ?

Non, pas les parents adoptifs. Ceux-là avaient fait leur possible pour lui donner une éducation convenable dans sa jeunesse. *Ne te fais pas d'idées sur la famille,* s'admonesta-t-il. *La famille n'est jamais comme on la voudrait.*

Seulement, Lee Ann avait créé une famille avec ses enfants.

Ses enfants à lui.

Et, une fois de plus, il n'y avait pas eu de place pour lui.

Il s'efforça de reprendre le contrôle de ses émotions.

Soudain, il vit devant lui le résumé d'une vie, présenté sur une rangée de photos accrochées au mur.

Il le longea en les balayant des yeux jusqu'à les poser sur la dernière. Une Candy et une Kendra bien dans leur peau y souriaient au monde et se tenaient légèrement en retrait de Lee Ann. Encore une fois, il eut envie de sortir de cette maison sans plus jamais regarder derrière lui. Toutes trois étaient heureuses. Sa présence allait tout gâcher.

Lee Ann attendait tranquillement devant la première photo. Il arracha son regard du cliché le plus récent et la rejoignit. Pour avoir sous les yeux deux minuscules bébés coiffés de bonnets blancs, emmitouflés dans une couverture rose, que Lee Ann tenait dans ses bras. Deux petits visages cramoisis et une Lee Ann souriant à l'objectif comme si on venait de lui offrir le plus beau cadeau de son existence.

— C'était quelques jours après leur naissance, lui expliqua-t-elle. Elles étaient si petites que je n'ai pas eu le droit de les tenir pendant deux jours, mais elles étaient d'excellente constitution. Nous avons pu les ramener à la maison alors qu'elles n'avaient pas tout à fait une semaine.

— C'était avant ou après la mort de Stephanie ?

Elle ferma un bref instant les yeux, si fugitivement qu'il ne l'aurait pas remarqué s'il ne l'avait pas dévisagée avec autant d'attention.

— Elles sont rentrées le jour de Noël. Elle est morte le lendemain.

Il ne dit rien et attendit d'en savoir plus.

— Elle ne les a jamais tenues dans ses bras, reprit Lee Ann tout bas en reportant son attention sur la photo : Le matin de leur naissance, Stephanie nous a annoncé qu'elle retournerait seule à Nashville dès qu'elle le pourrait. Soit maman et moi les gardions, soit elle les proposait à l'adoption.

Cette pensée n'aurait pas dû le choquer, mais elle le fit, et violemment. Dieu merci, ses filles n'avaient pas eu à ricocher comme lui de foyer en foyer.

— Seulement, lors de la césarienne, ils ont découvert ce cancer, poursuivit Lee Ann. Ce qui a rendu la situation encore plus inconfortable entre nous. Elle était à la fois folle de rage et terrorisée, et je suis sûre qu'elle m'a exécrée jusqu'à la dernière seconde de sa vie.

— Pourquoi ?

Il fit un pas vers elle mais s'immobilisa vite. Il ne pouvait lui apporter de réconfort, car il ne voulait pas la laisser croire qu'il était présent ici pour autre chose que les filles. Il avait pourtant une envie folle de soulager sa peine. Elle semblait à l'instant si fragile.

— Je n'ai jamais compris pourquoi elle avait fait ce qu'elle a fait, ni pourquoi elle te haïssait tant.

Lee Ann croisa les bras sur sa poitrine et referma les mains sur ses coudes.

— Elle était persuadée que notre père nous avait quittées à cause de moi. Elle m'a reproché sa grossesse, en prétendant qu'elle n'aurait jamais eu envie de coucher avec toi si tu n'avais pas traîné dans la maison. Et c'était aussi de ma faute s'ils n'avaient pas découvert le cancer à temps. Elle clamait que je l'avais tuée.

— Eh bien !

Et il pensait avoir des problèmes ? Cette fille était la personne la plus égocentrique qu'il ait jamais connue.

Las de combattre son besoin de la réconforter, il tendit la main et lui caressa légèrement le bras. Elle se contracta, mais se détendit peu à peu. Il garda ses doigts une seconde de plus sur sa peau, puis laissa retomber sa main avant d'être tenté d'aller plus loin.

— Tu sais, au moins, que ce n'était pas la vérité, j'espère ? l'interrogea-t-il. Entends-moi bien, je ne tente en rien d'atténuer ma responsabilité, mais ce n'était pas une fille bien, Lee. Ce jour-là, elle s'était mis en tête de te blesser. À t'entendre, on dirait bien qu'elle a rendu l'âme en ne désirant pas autre chose que de te faire encore du mal.

Lee Ann hocha lentement la tête.

— Je le sais. Je n'ai jamais réussi à me faire aimer d'elle. Je sais aussi que, petite, j'étais une enfant assez indomptable, mais je n'avais que quatre ans quand notre père est parti. Je ne faisais pas exprès d'être difficile à vivre.

Sa fragilité lui fut presque insupportable. Il tendit de nouveau la main, mais cette fois-ci elle se déroba, et il n'insista pas. En lui se disputaient deux nécessités tout aussi pressantes l'une que l'autre : la prendre dans ses bras, et découvrir comment il en était arrivé à avoir deux enfants dont il ignorait tout.

— Aujourd'hui, je me rends compte que j'ai laissé son ultime coup de Jarnac nous blesser tous autant que nous sommes et...

Les mots moururent sur ses lèvres et elle secoua la tête, toute combativité apparemment envolée.

— Comment ai-je pu avaler ses mensonges ? Je m'en veux, si tu savais.

*Parce qu'il n'y avait aucunes raisons de ne pas la croire*, songea-t-il. Certes, la naïveté de Lee Ann lui faisait toujours voir rouge mais, en toute honnêteté, il aurait réagi de la même façon dans une situation similaire.

— Là, elles avaient un an, reprit Lee Ann en reportant son attention sur les photos alignées sur le mur.

Puis elle se retourna vers une étagère, un peu plus loin.

— J'ai plus de photos dans des albums, je te les montrerai plus tard. Sur ce mur, il y a seulement les photos prises lors de chacun de leurs anniversaires.

Cody étudia encore une fois les images. Sa colère avait laissé place à autre chose, à une douleur différente qui le mettait plus mal à l'aise qu'elle ne le contrariait. Il découvrait sur chaque photographie trois paires d'yeux brillants et trois sourires rayonnants.

— Vous êtes toujours toutes les trois, remarqua-t-il. Des portraits de famille annuels ?

— Oui. Elles avaient perdu leur mère et leur père ne voulait pas entendre parler d'elles. J'ai toujours fait en sorte qu'elles puissent un jour évoquer leur enfance en se disant qu'elles avaient au moins eu un parent qui les aimait.

— Parce que c'est ce qu'elle t'a dit ? Que je ne voulais pas entendre parler d'elles ?

Le bleu des yeux de Lee Ann se ternit tandis que son regard évitait celui de Cody, braqué sur elle.

— Elle nous a dit qu'elle t'avait téléphoné de l'hôpital le jour de leur naissance pour te tenir au courant de leur venue au monde, ainsi que de la détection de son cancer en phase terminale. Selon elle, le sort de tes enfants ne t'intéressait pas.

— Et toi, tu as cru…

Elle l'interrompit d'une main levée.

— J'ignore pourquoi, mais oui, maman et moi, nous l'avons crue. Après la façon dont tu avais quitté la ville…

Elle fit un geste d'impuissance.

— Cela nous a paru logique, à l'époque.

— À ceci près que tu me connaissais. Tu savais que je ne me serais pas dérobé devant un tel événement.

— Pourtant, c'est exactement ce que tu as fait ! rétorqua-t-elle en élevant la voix et en se retournant vers lui : Quand je suis rentrée à la maison et que je vous ai trouvés, Stephanie et toi, ce fameux jour, tu n'es pas resté assez longtemps dans les parages pour même essayer de m'expliquer ce qui s'était passé. Tu es parti ! Et on ne t'a jamais revu.

Sous le regard de Cody, elle se détourna et joua nerveusement avec le pot à crayons posé sur l'angle du secrétaire. Alors il comprit. Elle avait raison. C'était bel et bien ce qu'il avait fait. Pourquoi aurait-elle dû espérer qu'il reviendrait quelques mois plus tard parce qu'il était papa ?

Il se remémora ce jour funeste avec Stephanie. Il était mortifié d'être tombé dans son piège, d'autant que dès la fin de leur étreinte, il avait compris qu'elle l'avait utilisé. Comme tout le monde durant son enfance d'orphelin.

Alors qu'il se rhabillait et que Stephanie se tordait de rire à la perspective de la tête que ferait Lee Ann quand elle apprendrait leur trahison, il avait compris qu'il venait de faire la plus épouvantable des erreurs. Une erreur à même de détruire la seule personne qui avait su le comprendre au-delà des apparences et l'aimer pour ce qu'il était vraiment.

Qui sait si ce qui existait alors entre Lee Ann et lui aurait duré sur le long terme, car même s'il l'aimait de tout son cœur à l'époque, il savait qu'il n'était pas assez bien pour une fille comme elle.

Elle méritait cent fois mieux.

Alors, il était parti.

— Elle nous a dit aussi que tu estimais que d'excellents services sociaux pouvaient prendre soin d'elles.

Il recula d'un pas comme si elle venait de lui donner un coup de gourdin sur la tête.

— Des services sociaux ?

Elle lui refit face, et il ne put prononcer une parole de plus. Le pensait-elle réellement capable de dire une chose pareille ? Le pensait-elle indifférent au point de mettre ses enfants dans ce même engrenage qui l'avait placé dans des familles dont il n'avait eu de cesse de fuguer ? Elle se mordilla la lèvre. Il secoua la tête.

— Non, Lee Ann. Je n'aurais jamais pu dire…

— Je sais, murmura-t-elle. J'aurais dû m'en rendre compte à ce moment-là, mais j'étais si mal… Tout me paraissait effroyablement logique, en quelque sorte. Je suis tellement désolée.

Finalement, il céda à son impulsion et referma les bras sur elle avant qu'elle puisse s'éloigner.

Bizarrement, elle se coula immédiatement contre lui. Ils restèrent ainsi quelques instants, lui à lui caresser les cheveux, elle le visage enfoui contre son torse tandis qu'il se remémorait des temps anciens. Le soir où il avait compris qu'il voulait plus qu'une simple amitié avec elle, il lui avait ouvert son âme pour la seule et unique fois, et lui avait raconté l'enfance, les coups, les abandons.

Un détail lui revint alors, qui le pétrifia. Un goût horrible lui envahit la bouche tandis qu'un souvenir précis s'imposait à lui.

Stephanie, morte de rire sur le canapé.

Lee Ann, arrivant au moment où il reboutonnait son jean.

Le regard qu'elle avait tourné vers lui, son menton tremblant, puis sa disparition sans un mot.

Il avait couru vers la porte d'entrée et l'avait ouverte à la volée alors que les quolibets de Stephanie le frappaient aussi efficacement qu'un seau d'eau glacée sur la tête.

*Et si tu venais de me mettre enceinte, Cody ? Tu feras ce qu'il faut, n'est-ce pas ? Tu feras de moi une femme honnête en m'épousant ?*

*Enceinte ? Il lui avait refait face, éperdu de dégoût. « Tu ne prends pas la pilule ? »*

*« Les temps sont durs, tu sais, avait-elle rétorqué en faisant la moue. J'essaye de percer dans le milieu de la musique country, alors je n'ai pas les moyens de m'offrir des trucs aussi chers que la pilule. »*

*Elle mentait. Forcément, elle mentait. Il ne pouvait pas l'avoir mise enceinte. Il avait retraversé la pièce pour se pencher sur son odieux visage et cracher : « Si tu t'es débrouillée pour te faire mettre en cloque, il se trouve que je connais un excellent service social tout à fait indiqué pour récupérer ton bâtard. »*

Oh, Seigneur.

Il lâcha Lee Ann et se pressa le dos de la main contre la bouche. S'il avait effectivement dit cela, c'était parce qu'il n'avait pas cru une seconde qu'elle ait été assez stupide pour le séduire sans protection.

Le regard interrogateur de Lee Ann parcourut son visage et il se demanda ce qu'elle y voyait. Il ne pouvait lui avouer qu'il avait bel et bien prononcé ces paroles. Non, impossible.

Elle reprit une mine indéchiffrable et se retourna vers le mur de photos. Sans plus lui laisser percevoir sa vulnérabilité, ou même ce qui avait de l'importance pour elle.

— J'ai réellement cru à ce qu'elle me disait, tout en ayant un mal fou à accepter que tu ne veuilles pas les rencontrer, reprit-elle en posant un doigt sur le cadre du deuxième cliché. Aux alentours de leur premier anniversaire, j'ai voulu te retrouver. À contrecœur, car je n'avais aucune envie de te revoir, mais elles étaient tes filles. Je ne pouvais pas croire que tu ne veuilles pas vivre des instants aussi merveilleux.

C'était l'époque où il s'était un peu repris en main. Il avait passé cette année-là à Chicago, à travailler dans la clinique du vétérinaire qui les avait sauvés tous les deux, lui et le chien qu'il avait à l'époque. Lui, il l'avait sorti de la rue, et son chien, il l'avait soigné après qu'il avait été renversé par une voiture.

— Tu n'as pas dû trouver grand-chose sur moi à ce moment-là.

Avec tous ses efforts déployés pour rester incognito, qu'elle ait appris quelque chose n'aurait pas manqué de le surprendre.

— Rien, lui confirma-t-elle. Rien du tout. C'était surprenant. J'étais persuadée dénicher au moins un numéro de téléphone, mais non, rien. Comme si tu avais disparu de la surface de la terre.

— Eh non, j'étais à Chicago. Tu sais, un type peut facilement disparaître dans la nature s'il n'a pas envie qu'on le retrouve.

Et cela avait été son cas. Même quand il avait eu les moyens de s'offrir un téléphone, il ne l'avait pas fait. Pas avant, du moins, d'intégrer l'université.

À cette époque, il vivait essentiellement pour prendre soin du chien qu'il avait adopté quand il était SDF. Il habitait chez le Dr Hutchinson, travaillait, réglait son loyer et se tenait le plus loin possible des ennuis. Après huit mois à vivre dans la rue il savait ce qu'il voulait dans l'existence. Et il en avait assez vu pour savoir ce qu'il ne voulait à aucun prix.

— Ah, répondit Lee Ann, comme si elle ne savait que dire d'autre. Enfin, bref, je n'avais pas les moyens d'embaucher quelqu'un pour te retrouver, alors j'ai pris ce qu'elle avait dit pour la vérité.

Elle passa à la photo suivante, et un sourire triste lui passa fugitivement sur le visage.

— À deux ans, elles m'en ont fait voir de toutes les couleurs. J'habitais encore avec maman à l'époque, et elle m'a été d'un grand secours. Aussi bien avec les filles que pour m'aider à ne pas finir à l'asile.

— Heureusement, tu avais l'aide de Reba, dit-il, détachant un instant les yeux des photos de ses enfants. Elle ne vit plus ici ?

La culpabilité l'assaillait de toutes parts. Vis-à-vis de Lee Ann, vis-à-vis des filles. Il inspira lentement et tenta de faire comme s'il était passionné par tout ce qu'elle lui racontait, alors qu'il avait une furieuse envie de déguerpir.

— Elle a acheté la maison d'à côté, qui est plus petite, et m'a vendu celle-ci.

— Ah, fit-il en opinant.

À quoi, il n'en savait rien. Il avait la tête qui pesait trois tonnes, comme si son cerveau tournait trop vite pour seulement la maintenir droite. Il se sentit nauséeux et se tourna vers la porte alors que la panique le gagnait. Il pivota à nouveau vers elle et tituba avant de s'arrêter net, couvert de sueur. Il ne pouvait pas s'en aller comme ça. Il ne pouvait pas rester non plus.

— Donne-moi une minute, marmonna-t-il avant de passer la porte et de la laisser se refermer derrière lui dans un claquement.

## 7

Il parcourut péniblement la distance séparant le porche du trottoir en inspirant de grandes goulées d'air frais, jusqu'à ce que l'incendie en lui se fût réduit à un léger frémissement. Il n'avait pas la moindre idée de ce qu'il faisait. Il ne pouvait pas être un père.

Ou alors, si ?

Jamais, de toute sa vie, il n'avait une seule fois envisagé ce que pouvait impliquer le fait d'avoir des enfants.

Parvenu à sa voiture, il étendit les bras par-dessus le toit et plaqua les mains sur le métal froid.

Mais comment le savoir s'il n'essayait pas ? Il abandonnerait ses petites avant même qu'elles sachent qu'il était leur père ? Il serait aussi minable que la femme qui lui avait donné naissance. Ou qu'aucun des parents adoptifs à qui il avait été confié par la suite. Pas un n'avait jamais été là pour lui, et il s'était juré, des années plus tôt, qu'il ne serait jamais comme eux.

Il pivota sur lui-même et braqua les yeux vers le collège, vrai géant comparé aux maisonnettes de la rue. Quand il était passé devant en attendant le départ du client de Lee Ann, le parking était plein de voitures et d'autobus scolaires. C'était là que se trouvaient les filles en ce moment, à l'école. Inconscientes que leur père était là, à deux pas, bouleversé par leur existence et stressé par la décision qu'il devait prendre.

Il consulta sa montre et se demanda de combien de temps il disposait avant la sortie des classes. 13 h 30. Tout l'air que contenaient ses poumons lui échappa et il se plia en deux, mains sur les genoux. Il devait à tout prix décider quoi faire.

Il ferma les yeux, déjà plus ou moins certain de la réponse. C'était la seule chose à faire. Comment ? Ça, il n'en savait rien.

— Trente minutes.

La voix douce de Lee Ann le surprit.

Elle vint s'adosser à la voiture près de lui et il entrouvrit les yeux, mais sans se redresser, aussi ne vit-il que ses jambes minces gainées de denim et croisées aux chevilles. Ses tennis d'un blanc immaculé lui firent venir un petit sourire au milieu de cette attaque de panique qu'il avait redoutée un peu plus tôt. Il remonta les yeux vers elle.

— Trente minutes, pour quoi ?

— La sortie de l'école. Elles sortent plus tôt aujourd'hui, à cause des fêtes.

Seigneur. Comme toujours, elle avait su lire en lui. D'ailleurs, le fait qu'elle l'ait recherché à peu près au moment où il avait pris la décision de faire quelque chose de sa vie en était la preuve. Leur connexion de naguère n'avait pas disparu comme ça. Il la savait d'une honnêteté et d'une droiture sans égales. Elle n'aurait jamais choisi délibérément de le priver de ses enfants. Toute cette histoire avait été exclusivement provoquée par Stephanie.

Il se redressa, se frotta le visage à deux mains et retint un hurlement contre le monde entier. Comment tout était-il devenu aussi embrouillé ?

Il mit la main dans sa poche, en sortit le papier plié qu'il y avait mis peu avant, et tendit le chèque à Lee Ann.

— Cela ne couvre évidemment pas leurs treize premières années, mais c'est un début.

À sa façon de sursauter, il comprit qu'il l'avait prise au dépourvu.

— Je n'ai pas besoin de ton…

— Prends-le, l'interrompit-il légèrement agressivement. Certes je ne savais rien mais cela n'atténue pas ma responsabilité.

Elle demeura un instant figée à contempler le chèque, comme si prendre son argent signifiait accepter une obole dont elle n'avait nul besoin. Au bout d'un moment, il décida pour elle. Il se pencha plus près, lui prit le rectangle de papier et le mit d'autorité dans sa poche de jean sans jamais la lâcher des yeux. Un léger soupir échappa à Lee Ann. Un soupir qui sentait la menthe.

— Je n'en ai pas besoin.

Elle énonça cela à voix basse, et il regarda ses lèvres former les mots. Être si près d'elle lui évoquait des choses qu'il devrait bannir de son esprit.

— Tu as deux emplois, Lee Ann, la contra-t-il. Cet argent peut t'être utile. Accepte-le. Relâche la pression.

— Je vais très bien et je n'ai pas de pression à relâcher.

Il lui décocha un regard noir.

— Tu devrais démissionner du snack. Aussi incroyable que cela te paraisse, il continuera à fonctionner sans toi.

Elle pinça fort les lèvres en entendant cet ultime commentaire, et il eut envie de rire. Elle n'avait pas changé. Elle était toujours la fille qui voulait tout maîtriser même si, à l'image de sa vie à lui, les événements semblaient soudainement échapper à tout contrôle. Il se prit à souhaiter, un peu méchamment, s'avoua-t-il, que la situation provoque en elle une anxiété similaire à la sienne.

Il détourna les yeux et les reporta sur le collège sans plus se soucier des regards qu'elle lui jetait. De toute façon, soit elle encaissait son chèque, soit il irait directement à la banque le déposer pour elle. Démarche qui alimenterait évidemment le moulin à ragots, mais pas plus, en fin de compte, que si elle allait elle-même le déposer. Quoi qu'il en soit, il ne serait jamais un de ces hommes qui refusent d'assumer leurs responsabilités quand c'est leur tour. Il avait participé à la création de ces problèmes et il allait s'en occuper. Qu'elle le veuille ou non.

Au bout de quelques secondes de regards meurtriers supplémentaires, elle croisa les bras sur sa poitrine et énonça un :

— Merci.

Mais du bout des lèvres.

Une fois son acceptation enregistrée, la pression décrut enfin dans la poitrine de Cody. Il s'adossa à la portière de sa voiture et essaya de se détendre un peu.

— Est-ce qu'elles savent quelque chose ?

— Pas vraiment. Elles avaient quatre ans la première fois qu'elles m'ont posé la question, et je leur ai expliqué qu'elles n'avaient tout simplement pas de papa.

Il redressa le dos, le plaqua contre la vitre et attendit, plus apaisé par ses paroles que par la fraîcheur ambiante.

— Je pouvais difficilement leur raconter que tu avais mieux à faire ailleurs, précisa-t-elle.

— Je ne savais rien.

— Je sais. J'aurais probablement dû te rechercher encore. En réalité, je l'ai fait quand elles avaient trois ans. J'ai trouvé un numéro de téléphone dans l'Indiana. Mais, tout bien réfléchi, j'ai préféré ne pas le composer.

Il la dévisagea, comprit qu'elle ne lui disait pas tout mais ne chercha cependant pas à en apprendre plus. Le jardin secret avait toujours eu de l'importance pour lui.

— À cette époque, j'étais à l'aise, alors j'ai laissé glisser. Je n'avais pas encore ouvert mon studio photo, mais j'avais un emploi régulier à la menuiserie qui se trouve un peu en dehors de la ville. Et puis, je sortais avec un type sympa. Bref, j'ai fini par me convaincre que j'avais fait ce qu'il fallait.

Le fait qu'elle fût sortie avec quelqu'un n'aurait pourtant pas dû le contrarier autant, se dit-il fugacement.

— Comment faisais-tu, avec deux enfants ?

— Pour tout te dire, maman est une grand-mère d'exception. Elle est faite pour gâter les enfants, même si elle n'est pas au top pour les éduquer.

Elle leva les bras et posa les mains au sommet de sa tête tout en regardant au loin.

— Elle les gardait deux soirs par semaines, et cela me permettait de sortir avec mon amoureux. En revanche, je n'ai pas voulu le leur faire connaître avant d'être certaine que c'était du solide. Surtout qu'elles étaient en grande demande d'avoir un père.

— L'as-tu fait ? s'enquit-il en passant les pouces dans la ceinture de son jean. L'as-tu finalement ramené à la maison pour qu'elles le rencontrent ?

Il fut à un cheveu de manquer son signe de tête négatif tant il était occupé à regarder la veste qu'elle avait enfilée avant de le suivre à l'extérieur. Dans la position qu'elle avait, les bras levés, il pouvait presque imaginer la forme de ses seins sous le chemisier rose pâle. Puis il prit conscience de ce qu'il faisait et détourna très vite les yeux. Force était de constater qu'il était encore plus attiré par elle aujourd'hui que quatorze ans auparavant…

— As-tu eu d'autres prétendants ?

Elle tourna la tête pour l'observer un instant, le visage à demi dissimulé par ses bras levés.

— Aucun n'a jamais franchi le seuil de cette maison.

Son soulagement fut immense. Il avait toujours voulu qu'elle trouve quelqu'un de bien. C'était ce qu'il s'était dit les premières années après son départ. Elle méritait un homme solide. Ce qu'il n'était pas.

— Alors, que s'est-il passé ? Est-ce que les filles t'ont posé d'autres questions sur leur père ?

— À l'occasion.

Elle baissa les bras et rejeta la tête en arrière pour contempler le ciel.

— Chaque fois, je leur en disais un peu plus, jusqu'au jour où j'ai décidé qu'elles étaient assez âgées pour savoir. Elles devaient avoir dix ans, je crois.

— Tu leur as raconté ce qu'avait dit Stephanie ? s'enquit-il avec effroi.

— Non, répondit-elle très vite, et une autre forme de soulagement s'empara de lui.

Personne ne devrait jamais entendre que son père n'a pas voulu de lui.

— Je leur ai dit que tu avais choisi de me laisser les élever. Que tu étais persuadé que j'y réussirais mieux que toi.

— Ah. Ça leur a convenu ?

Lee Ann laissa échapper un petit rire.

— Pas vraiment. Ça les a plutôt énervées, si tu veux savoir. Elles n'admettaient pas que tu n'aies pas au moins envie de les voir de temps en temps, répondit-elle avant de faire un geste d'impuissance. Je n'avais pas de réponse à leur apporter, alors je leur ai dit qu'un jour tu changerais peut-être d'avis.

Elle pivota face à lui.

— Mais que je ne parierais pas ma chemise là-dessus, conclut-elle en le regardant bien en face.

Il pivota aussi et adopta la même position, une épaule contre la voiture, et reconnut tacitement qu'il comprenait son point de vue. Naguère, elle lui avait raconté que son père était parti quand elle avait quatre ans et n'était jamais revenu.

Pourquoi aurait-elle pensé qu'il pût être différent ? Surtout si elle ne l'avait pas cru meilleur que lui.

Puis elle lui parla des jumelles. Elle lui narra des anecdotes, lui apprit comment elles étaient. Ce fut un peu comme si elle lui parlait des enfants d'un autre, à ceci près que ce n'était pas le cas. Chaque fois qu'elle mentionnait un événement marquant, il avait le sentiment que son cœur enflait un peu plus.

Était-il possible que deux gamines qu'il n'avait que très brièvement rencontrées aient déjà autant d'importance à ses yeux ?

L'immense sourire qu'arborait Lee Ann en lui parlant des jumelles lui apprit un fait indubitable : elle les aimait. Énormément.

— Je suis sûre qu'elles vont devenir des femmes extraordinaires.

— Grâce à toi, Lee Ann. Je ne crois pas qu'elles puissent avoir une meilleure mère que toi, répondit-il aussitôt en lui caressant fugitivement la joue, et la barrière entre eux sembla s'affaisser un peu.

— J'ai fait ce que j'ai pu, mais elles ont besoin de plus. Elles ont besoin d'un père.

Le cœur de Cody se mit à battre le tambour.

— Je ne sais pas, Lee. J'ai très peur de ne faire qu'empirer les choses.

Elle se laissa de nouveau aller contre la voiture et tourna les yeux vers le collège. Au cours des quelques minutes où ils s'étaient fait face, il s'était senti aussi à l'aise que lorsqu'ils étaient adolescents.

— De toute façon, tu as deux options devant toi, lui déclara-elle.

— Leur dire la vérité, ou pas, acquiesça-t-il.

— Exactement.

— Si je choisis de leur dire, ça ne te posera pas de problème ?

— Tu ne crois pas qu'elles ont le droit de savoir qui est leur père, même s'il ne reste pas ?

La teneur du regard qu'elle lui décocha lui apprit que, quelle que soit la solution qu'il choisirait, elle serait capable, et se ferait même une joie, de le faire périr dans d'atroces douleurs si jamais il les faisait souffrir. Le plus étrange était qu'il l'approuvait. Car il ne voulait à aucun prix lui faire plus de mal qu'il ne l'avait déjà fait.

— Et si je ne veux pas ? Si je préférais terminer mon contrat et m'en aller sans qu'elles sachent jamais qui je suis pour elles ?

Bien.

Il avait sa réponse.

Un très fugitif coup d'œil vers Lee Ann lui apprit qu'elle venait de tendre tous ses muscles. Toutefois, elle lui répondit :

— Si tu ne veux rien leur dire, je respecterai ton choix. Elles n'ont nul besoin de quelqu'un qui ne se soucie pas d'elles.

Il l'approuva d'un mouvement de menton. En même temps, la crise de panique le menaça de nouveau à la pensée qu'il pourrait quitter cette ville sans vraiment connaître ses enfants.

Allons, mieux valait prendre directement le taureau par les cornes.

— Allons-y. Disons-leur, la pressa-t-il. Aujourd'hui. Mais, tu sais, Lee Ann, je n'ai pas la moindre idée de ce que c'est que d'être père. Ni comment cela se passera après mon départ. Simplement, la notion de leur tourner le dos m'est insupportable. Ça va aller, même si je suis maladroit ?

Le petit rire qui échappa à Lee Ann l'aida à se détendre un peu. Il prit conscience aussi qu'il avait parlé à toute vitesse.

— Elles vont être aux anges, le rassura-t-elle. Surtout Kendra.

— Ah ? Pourquoi ?

— Les animaux. C'est son domaine, les animaux. Cela fait déjà sept ou huit ans qu'elle a décidé de devenir vétérinaire.

Une étrange pression dilata brusquement la poitrine de Cody. Une de ses filles voulait faire le même métier que lui ? Jamais il n'avait songé au bonheur d'avoir un enfant qui marche sur ses traces.

— Peut-on leur annoncer la nouvelle dès qu'elles rentreront, tout à l'heure ? s'enquit-il.

Au même instant, un éclair rouge attira son attention. Il s'interrompit et regarda autour de lui afin de déterminer ce que c'était. Il plissa les yeux une fois repéré le léger balancement de rideaux rouges à la fenêtre de la maison de gauche. Était-on en train de les épier ?

— Tu m'as bien dit que ta mère habitait dans la maison d'à côté ?

— Mmm, mmm, confirma Lee Ann.

— Tu sais qu'elle est en train de nous espionner ?

— Tu te souviens de Mme Grayson, qui habite là-bas au coin ?

Elle tendit le bras vers une maisonnette dont les rambardes du porche avaient grand besoin qu'on prenne un peu soin d'elles. Quand il courait avec Boss tous les matins, pas une seule fois il n'avait pu rentrer sans tomber comme par hasard sur elle. Éviter les potins journaliers qu'elle brûlait manifestement de lui raconter devenait de plus en plus ardu.

— Évidemment. Mais quel rapport avec ta mère ? Ne me dis pas qu'elle lui sert de rabatteur, maintenant ?

Une expression à la fois affectueuse et lasse sur les traits, Lee Ann fit non de la tête.

— Oh, non. Je suis persuadée que ma mère fomente un putsch. Elle est passée en mode séditieux, avec le but affiché de détrôner Mme Grayson et de lui voler sa couronne de commère municipale.

Il comprit aussitôt ce qu'elle voulait dire.

— D'accord, j'ai compris. Elle doit avoir le téléphone scotché à l'oreille depuis tout à l'heure en jurant qu'elle peut lire sur nos lèvres !

Lee Ann éclata de rire, puis se redressa. Dieu, qu'il aimait le son de ce rire.

— Allez, viens, lui dit-elle en lui tendant la main.

Il y glissa la sienne, comme il l'avait si souvent fait naguère. Le raidissement instantané de Lee Ann lui apprit qu'elle n'avait pas prêté attention à son geste avant qu'il ne fût trop tard. Elle était toutefois trop bien élevée pour récupérer sa main.

Il s'autorisa quelques secondes à apprécier la douceur de sa peau mais très vite, trop vite, il lui lâcha la main et mit la sienne dans sa poche. Allons mon garçon, mieux valait ne pas la toucher du tout.

— Qu'y avait-il de si drôle dans ce que je viens de dire ?

Ils s'installèrent dans deux fauteuils sur le porche, comme avant, à ceci près qu'alors ils auraient préféré la balancelle.

— Maman a suivi récemment des cours du soir au collège communautaire pour apprendre à lire sur les lèvres.

Il frappa son dossier de la tête.

— Tu es sérieuse ?

— Jamais été plus sérieuse ! s'esclaffa-t-elle. Toutefois, je sais qu'elle ne colportera rien d'autre que le fait de nous avoir vus parler ensemble. Et aussi que tu m'as effleuré la joue et que je n'ai pas écarté ta main d'une claque. De toute façon, il se raconte déjà partout en ville que tu passes ton temps à me chercher. Je jouerais les belles indifférentes, conclut-elle en riant.

Il se sentit soudain plus léger que depuis plusieurs jours et ne put résister à la tentation de la taquiner.

— Tu veux qu'on leur mette quelque chose sous la dent ? l'interrogea-t-il en accompagnant sa question d'un clin d'œil.

Le rire la secoua de nouveau, il vit la tension déserter un peu son visage, et comprit que son idée n'était pas si mauvaise que cela. Il avait très envie de la prendre dans ses bras et de l'embrasser comme il se devait. Comme avant.

Alors qu'il regardait rire Lee Ann, il maudit l'immaturité qui l'avait poussé à prendre la fuite. Et surtout, à avoir marché dans les manipulations sordides de Stephanie.

Le rire de la jeune femme mourut sous son examen, et une sorte d'anxiété s'installa progressivement entre eux. Il s'éclaircit la gorge et donna un coup de pied à la balancelle. Alors qu'elle partait en arrière, un des coussins en tomba. Il se pencha pour le ramasser, jeta un bref coup d'œil à Lee Ann et la surprit à l'observer d'une façon qui lui fit un drôle d'effet.

Elle avait dans les yeux la même question que celle qui venait de lui passer par la tête. Que serait eux deux aujourd'hui ?

Bon sang, il ne fallait surtout pas qu'il s'aventure par là. Et si elle s'y aventurait aussi, il était sûr de perdre la bataille. Parce qu'une chose était certaine, il n'avait jamais su lui résister.

Sa poitrine avait cessé de se soulever à intervalles réguliers, et Lee Ann prit conscience qu'elle avait cessé de respirer.

Dans un sursaut, elle détacha ses yeux de Cody et les porta sur la rangée de chrysanthèmes le long du porche. À quoi avait-elle pensé ? Qu'elle avait très envie de l'embrasser ?

Non.

Un non très ferme, qui plus est. Que lui apporterait d'embrasser Cody, sinon compliquer davantage une situation déjà bien embrouillée ?

Elle secoua la tête afin de s'éclaircir définitivement les idées. Non, non et non. Il n'y aurait pas de baisers entre eux. Leur histoire passée n'avait pas connu de fin réelle, mais trop d'années s'étaient écoulées pour que cela ait encore une quelconque importance à ses yeux. D'autant qu'ils étaient sur le point de révéler aux filles qu'il était leur père.

Cette pensée la ramena très vite à ses résolutions. Pas de baisers. Uniquement la présence de deux parents. Un point c'est tout.

Et peu importait qu'elle le trouvât terriblement sexy chaque fois qu'elle posait les yeux sur lui.

Un coup d'œil à sa montre suffit à la faire bondir sur ses pieds.

— Elles vont arriver d'une minute à l'autre.

Des yeux circonspects la regardèrent depuis le fauteuil à bascule blanc que les filles avaient repeint au printemps dernier. En rénovant le porche l'année précédente, jamais elle n'aurait imaginé que quelqu'un ressemblant à Cody Dalton pût un jour en occuper l'espace.

— Tu es prêt ?

Elle n'était pas sûre de l'être elle-même. Tout arrivait si vite. Mais puisqu'il était là depuis bientôt une semaine, ils n'avaient pas de raisons de reculer l'instant fatidique. Les jumelles allaient avoir besoin de temps pour le connaître, et il allait lui en falloir aussi pour déterminer quelle sorte de père il allait être.

S'il projetait de s'en aller à la fin de l'année sans un regard en arrière, elle préparerait ses filles du mieux possible, tout en croisant les doigts pour qu'il revienne au moins une ou deux fois par an. Il avait sûrement suffisamment changé pour en être capable. D'ailleurs, le chèque qu'il venait de lui remettre démontrait qu'il avait évolué.

Il se leva très lentement et écarta les mains en signe d'incertitude.

— Je suis prêt. Enfin, je l'espère.

Elle salua cette réponse d'un hochement de tête. Il était nerveux, mais qui ne le serait pas dans une telle situation ? Les quelques minutes à venir allaient être déterminantes, et elle espéra avoir fait le bon choix. Elle espéra aussi qu'il ne détruirait pas ses filles quand il repartirait. Une chose était sûre à ses yeux à présent : la pensée qu'il soit là, en ville, et qu'elle ne les présente pas les uns aux autres lui était finalement devenue inimaginable. Peu importait quel père il serait, les filles méritaient au moins de le connaître et de se faire leur propre opinion sur lui.

Allons bon, elle s'était ralliée à l'avis de sa mère ! songea-elle. Dire qu'à peine quelques instants plus tôt elle aurait juré ses grands dieux qu'elle aurait fait passer toutes sorte d'épreuves à cet homme avant de le laisser ne serait-ce qu'une seconde sous le même toit que les filles… Mais un petit quelque chose avait tout changé alors qu'ils discutaient près de sa voiture.

Un petit quelque chose en partie dû à l'expression bouleversée qui s'était peinte sur le visage de Cody alors qu'elle lui parlait des filles, mais aussi dû à elle-même. À présent, elle voulait croire qu'il était un homme bien. Elle voulait que ses filles aient un papa, même un papa longue distance. Bref, elle voulait croire qu'il était l'homme qu'elle avait naguère imaginé qu'il deviendrait.

Elle espéra cependant ne pas être en train de faire la plus grossière erreur de sa vie.

— On devrait rentrer, suggéra-t-elle.

Elle allait de nouveau lui tendre la main quand elle suspendit son geste au dernier instant. Ils n'étaient plus des adolescents, même si elle s'était sentie étrangement proche de lui tout à l'heure.

— Même si tout le monde l'apprendra très vite, ne nous donnons pas en spectacle devant la ville entière, précisa-t-elle.

— Tu as raison.

Il se leva aussitôt et lui emboîta le pas.

Une fois arrivés dans la cuisine, elle se planta devant l'îlot central et le regarda inspecter la pièce du regard. Et ce qui lui passait par la tête la rendit nerveuse. Il avait connu cette cuisine décorée au goût de sa mère, criarde et chaotique. Elle, elle préférait l'ordre. Tout était rangé, et en même temps confortable.

— J'aime beaucoup ce que tu as fait de cet endroit, Lee. Il te ressemble.

Chaque fois qu'il utilisait le diminutif qu'il employait naguère, elle percevait un net effritement de ses défenses. C'était quand même fou, ça. Cet homme n'avait aucun effort à faire pour l'émouvoir.

Elle allait avoir besoin de renfort.

Un bruit de cavalcade sur le porche leur fit tourner à l'unisson les yeux vers la porte de la cuisine. Les épaules de Cody se contractèrent, mais il ne bougea pas d'un centimètre.

Deux secondes plus tard, la porte claqua.

— Maman ! cria Candy dès qu'elle eut mis un pied à l'intérieur. L'entraîneur nous a dit qu'on pouvait rester plus longtemps si on voulait, mais je lui ai dit qu'on devait rentrer pour…

Les deux filles se figèrent sur le seuil de la cuisine, les yeux ronds.

Kendra regarda fixement Cody, puis sa mère.

— Qu'est-ce qu'il fait là ?

Toutes deux statufiées à l'entrée de la cuisine, les deux filles tournèrent vers Cody quatre yeux identiques à ceux qu'il voyait tous les matins dans son miroir en se rasant. L'une d'elles avait son manteau boutonné jusqu'au cou, un ballon de basket sous un bras et un sac à dos pendu à l'épaule. L'autre avait dans les mains plusieurs carnets dont dépassaient des bouts de papier un peu partout, et son manteau noué par les manches autour de la taille. Même si elles se ressemblaient comme deux gouttes d'eau, il avait appris à les différencier au cours des instants passés la veille en leur compagnie.

Gorge serrée, il avait du mal à respirer. Elles n'allaient pas forcément bien prendre ce qui allait suivre. Qui le pourrait d'ailleurs, alors que son univers bascule d'un seul coup ?

Le cou soudain couvert d'une sueur froide, il repoussa fermement une attaque de panique. Allons, il s'agissait de deux jeunes filles. Il pouvait maîtriser la situation.

— Maman ? Qu'est-ce qui se passe ? répéta Candy en se rapprochant de sa mère tout en laissant choir son sac par terre, une expression à la fois curieuse et inquiète sur le visage.

Il reporta les yeux sur Lee Ann sans trop savoir s'il était censé tout dévoiler d'un coup ou si elle allait prendre la parole.

Lee Ann rejoignit les filles et passa un bras autour de la taille de chacune. Même si sa pose exprimait la nonchalance, elle lui évoqua immanquablement une maman ourse prête à tout pour sauver ses petits.

— Nous avons quelque chose à vous dire, déclara-t-elle.

Puis elle regarda chacune des filles, qui toutes deux la dépassaient déjà en taille, et il ne put manquer de remarquer leur ressemblance avec Stephanie, qui avait bien quinze centimètres de plus que sa sœur. Elle était grande et mince tandis que Lee Ann était plus petite et en courbes. Adultes, Candy et Kendra auraient un corps similaire à celui de leur mère biologique.

— Attends, Lee Ann.

Il lui parut inadéquat de leur expliquer aussi brutalement que Stephanie avait menti comme un arracheur de dents et qu'il était bel et bien leur père. Celui qui n'avait jamais rien su de leur existence.

Elle haussa un sourcil.

— Peut-être qu'on ne devrait pas, reprit-il.

— Devrait pas quoi ?

La question vint de Kendra, qui alla poser ses carnets sur la table de la cuisine avant de retourner se coller contre sa mère.

Lee Ann secoua la tête.

— Je ne leur cache rien, Cody. Du moins pas sans une bonne raison. Il est temps. Tout va bien se passer.

Elle serra fort les filles contre elle et maintint les mains fermement ancrées sur leurs tailles. Il ne put déterminer si le geste venait de son état de nerfs, ou pour les retenir de s'enfuir en courant dès l'instant où elles sauraient.

— En fait... commença-t-elle avant de s'interrompre, ne sachant visiblement pas non plus comment procéder.

Lee Ann leva une épaule dans sa direction et lui jeta un regard interrogateur. Il fallait tout dire d'une traite. Un peu comme on arrache un pansement. Ensuite, ils verraient.

Elle lui adressa un infime hochement de tête comme si elle avait compris, et agit de la sorte en assénant un :

— Cody est votre père.

Le tic-tac de la pendule murale fut tout ce qu'il entendit pendant plusieurs longues secondes durant lesquelles les deux sœurs assimilaient ce que venait de dire leur mère. Puis deux paires d'yeux se braquèrent sur lui. Les deux filles le regardaient comme s'il était venu chez elles troubler délibérément leur existence. Le silence s'éternisa encore un moment, et le trop-plein d'émotions dans la pièce empêcha Cody de formuler une seule pensée cohérente.

— Et alors ? lui demanda Candy d'un ton moins que conciliant. Vous n'avez jamais donné signe de vie et on devrait sauter de joie maintenant que vous vous décidez ? Oh, youpi. Ou alors, vous ne voulez toujours pas de nous mais vous êtes quand même passé dire un petit bonjour avant de repartir ?

Lee Ann l'avait prévenu qu'elles n'étaient pas tendres. Il s'humecta les lèvres.

— Ce n'est pas aussi simple que ça, commença-t-il.

Oh, bon sang, comment pouvait-il leur expliquer cette incroyable situation sans faire paraître Stephanie pire qu'elle n'avait été ? Il darda un regard implorant à Lee Ann, car il ne savait plus comment s'y prendre.

Elle prit charitablement la parole.

— Elles savent que Stephanie était une fille bien, à sa manière, mais aussi qu'elle n'était pas un ange pour autant, expliqua-t-elle en regardant les filles tour à tour. Cette fois-là, elle ne l'a vraiment pas été.

— Qu'est-ce que tu veux dire, maman ? s'enquit Kendra, d'une voix plus enfantine que quelques instants plus tôt.

Cody serra les poings de frustration. Il devait sûrement exister une meilleure manière de gérer la situation.

— Eh bien, j'ignore pour quelle raison elle a fait cela, mais Stephanie n'a en fait jamais parlé de vous à Cody, lui répondit sa mère.

Quatre yeux alarmés se tournèrent vers elle.

— Tu avais dit...

— Oui, je sais, rétorqua-t-elle. Je l'ai dit parce que c'était ce que Stephanie nous avait confié, à mamie et moi : qu'elle en avait parlé à Cody, qu'il savait qu'elle était enceinte et malade.

Ses épaules minces qu'il avait autrefois étreintes se soulevèrent et retombèrent lourdement. Elle avait l'air si perdue dans ses tentatives d'explications...

— Je ne sais pas pourquoi elle l'a fait, mais elle a bel et bien menti à tout le monde, conclut Lee Ann.

— J'y crois pas, marmonna Kendra.

— Je vous jure sur ce que j'ai de plus cher au monde que je ne savais strictement rien. Jusqu'à ce que vous m'appreniez que vous étiez les enfants de Stephanie, intervint Cody.

— Si c'est vrai, alors, pourquoi tu ne lui as rien dit avant, maman ? Et pourquoi tu nous as rien dit à nous ? Ça fait quand même plusieurs jours qu'il est en ville. On avait le droit de savoir !

Candy s'en prenait à sa mère à présent, et il eut très envie de prendre Lee Ann dans ses bras. De la protéger. Mais ça n'arrangerait pas les choses si les filles le voyaient toucher leur mère. Sans compter que Lee Ann pourrait accueillir sa tentative de réconfort d'un aller-retour et le mettre à la porte.

— J'étais persuadée qu'il était au courant, confessa tout bas Lee Ann. Et je ne vous ai rien dit plus tôt car je voulais être sûre qu'il était désireux de vous connaître…

Les mots moururent sur ses lèvres et elle jeta un regard contrit à ses enfants, avant de conclure :

— Il n'est pas toujours facile de savoir ce qu'il y a de mieux à faire.

— Et tu le crois, lui ? l'interrogea Candy, toujours aussi dubitative. Juste comme ça ? Et pourquoi on croirait pas plutôt Stephanie ?

— Elle m'a très rarement dit la vérité sur quoi que ce soit, lui répondit Lee Ann, la mine chagrinée. J'aurais dû me méfier, mais je l'ai crue lorsqu'elle nous a affirmé qu'elle avait contacté Cody. J'espérais que votre mère vous aimait à ce point.

— Oui, mais dans ce cas, ça voulait dire que lui s'en moquait, la contra Candy.

— Puisqu'il était parti et que Stephanie était notre famille, il était plus facile de la croire, elle, lui concéda Lee Ann. Cependant, Cody m'a tout expliqué. Il ne lui a *jamais* reparlé après son départ. Alors oui, je le crois.

Kendra afficha le même regard noir que sa sœur alors que, de part et d'autre de leur mère, toutes deux gardaient le silence. Puis elle se pencha pour établir le contact oculaire avec sa jumelle. Le temps s'arrêta alors qu'elles communiquaient ainsi, à leur manière, jusqu'à ce qu'elles reprennent leur posture initiale. Sans qu'un seul mot ait été échangé, les jumelles étaient manifestement parvenues à un accord. Le croire ou l'envoyer promener, comprit Cody. En faisant une prière pour que ce fût la première solution.

Il sourit aux deux jeunes filles qu'il avait à présent furieusement envie de mieux connaître et ajouta une deuxième prière à la précédente pour que cela soit réciproque.

— Je suis réellement très heureux de savoir que vous existez, toutes les deux.

Elles se libérèrent de l'étreinte maternelle, firent simultanément un pas en avant et croisèrent les bras sur leurs poitrines minces, en une pose qu'il avait tant de fois vue Lee Ann prendre.

— On a besoin d'un moment pour nous faire à tout ça, déclara Candy, et il en eut le cœur lourd.

Pourvu qu'à la fin de ce moment, le résultat soit positif pour lui.

— Je comprends, tu sais. C'est plutôt énorme, comme choc. Pour vous comme pour moi. Pour nous tous, en fait.

À ces derniers mots, Kendra plissa le visage de concentration.

— C'est vrai, pour vous aussi, ça ne doit pas être simple.

Autrement dit, elles le croyaient. La tension déserta un peu ses épaules et un grand soupir lui échappa.

— C'est exact. Et vous devez me croire quand je vous dis que je suis aussi sidéré que vous.

— Oui.

Kendra semblait plus désireuse de lui accorder une chance que sa sœur, et sa contenance s'était vaguement détendue. Candy, en revanche, demeurait figée et plissait les yeux.

Sa méfiance ne l'empêcha cependant pas d'intervenir dans la discussion :

— On a quand même besoin de temps pour réfléchir à tout ça.

— Tout à fait, acquiesça-t-il. Prenez tout le temps dont vous aurez besoin. Vous savez où j'habite. Faites-nous simplement savoir, à votre mère ou à moi, quand je peux revenir vous voir. Alors, je viendrai sans faute.

Il leur sourit, et ce sourire lui vint naturellement.

— J'ai réellement envie de vous connaître, toutes les deux, et j'espère qu'après réflexion vous en aurez envie aussi.

Sur ces paroles, il jeta un bref regard à Lee Ann et recula vers la porte. Le mieux, semblait-il, était de s'en aller avant qu'elles ne changent diamétralement d'avis et lui interdisent de jamais remettre les pieds chez elles.

— Attendez ! fit Kendra en faisant un pas vers lui. Vous ne pouvez pas partir comme ça. Vous venez toujours demain soir pour Thanksgiving, n'est-ce pas ?

De surprise, il cilla plusieurs fois. Était-il toujours le bienvenu ? Il tourna de nouveau les yeux vers Lee Ann, qui lui répondit d'un simple hochement de tête. Il regarda Candy. Celle-ci semblait la plus préoccupée.

— Qu'en dis-tu, Candy ? Veux-tu que je vienne, ou préfères-tu que j'attende que vous me donniez des nouvelles ? la questionna-t-il, étonné qu'il puisse songer vraiment à se rendre à ce dîner.

Elle affichait un visage obstiné, mais Kendra la regarda d'un œil implorant.

— Faut qu'il vienne, Candy. Après, il pourra aussi venir danser à notre fête d'anniv'. Alors là, elle sera encore plus belle que celle de Sadie !

Elle se tourna vers lui.

— Vous allez bien venir à notre fête pour danser avec nous ?

Ce fut presque trop pour lui, mais le spectacle de ces deux regards posés sur lui, l'un excité et plein d'espoir, et l'autre incertain et toujours vaguement méfiant, lui fit un drôle d'effet. À la fois très fleur bleue et cependant très doux.

Elles étaient ses filles, et il était disposé à faire tout ce qu'elles lui permettraient de faire pendant qu'il était à Sugar Springs. Il hocha la tête, car il avait envie de danser avec elles à leur fête.

— Si vous avez toutes les deux envie de ma présence, alors oui, je viendrai avec joie danser avec vous. En fait, ce sera même un honneur pour moi.

De peur que Lee Ann ne déchiffre toutes les émotions qui se bousculaient à présent en lui, il conserva soigneusement les yeux rivés sur les filles. Il fallait qu'il sorte d'ici et qu'il réfléchisse. Non, en fait, ce dont il avait vraiment besoin, c'était d'aller chercher Boss et de partir courir. Très longtemps.

Il avait deux filles...

Et il n'en revenait toujours pas.

Pourtant, l'une des deux avait du mal à l'accepter, ce qui pourrait devenir un gros problème. Avec un peu d'espoir, elle reviendrait à de meilleures dispositions.

Car, il n'imaginait déjà plus sa vie sans ces deux gamines.

Les yeux braqués sur l'homme qui lui faisait face, Lee Ann balançait entre l'envie de remonter le temps afin de l'empêcher de faire irruption dans leurs vies, et celle de l'accueillir à bras ouverts dans la famille. Elle avait d'ores et déjà compris combien cette rencontre avait pris d'importance aux yeux de Cody.

Ainsi que pour les jumelles. Elles avaient un papa, désormais.

— Candy ? Tu es d'accord pour que Cody vienne ici demain soir ? demanda-t-elle.

Au regard boudeur que lui décocha sa fille, elle prit soin de lui rappeler que toutes trois ne supportaient pas l'idée qu'il puisse y avoir des personnes seules des soirs comme celui-là, et Candy finit par acquiescer, de mauvais gré.

— Alors, c'est réglé, conclut-elle avec un sourire un peu forcé.

Venait-elle vraiment de convaincre sa fille à inviter Cody à partager leurs agapes ? Inimaginable…

— Nous avons énormément de préparatifs à faire ce soir, et je suis certaine que tous les trois, vous avez besoin de temps pour vous faire à tout cela, reprit-elle.

En tout cas, *elle* en avait besoin.

— À propos, nous dînons à 18 heures, Cody. À demain ?

Il hocha un brin sèchement la tête.

— À demain.

Et elle devina que son chien était sur le point de faire une très, très longue balade.

Alors qu'il reculait vers la porte, Cody jeta un dernier long regard aux jumelles, puis sur elle. Dans ses yeux, elle vit de la reconnaissance, mais pas que cela car, soudain, ces yeux sombres lui évoquèrent les baisers brûlants qu'ils avaient naguère échangés. Un souvenir qui fit revenir à la vie des parties de son corps auxquelles elle ne pensait plus depuis très longtemps.

Seigneur, qu'avait-elle invité à s'immiscer dans leurs vies ?

# 8

En arrivant, Cody constata que des voitures étaient garées de chaque côté de la rue devant chez Lee Ann. Conformément à la liste que lui avaient remise les filles, les invités n'étaient pas seulement des voisins. Il traversa, et s'immobilisa avant de monter sur le trottoir pour lever les yeux vers la maison à un étage qui, mystérieusement, paraissait l'attendre. Comme si la bâtisse avait toujours su qu'il y reviendrait un jour.

Il était sur le point de se joindre à un grand et joyeux dîner de fête avec des gens de toute la ville, et lui qui s'était dit que c'était le dernier endroit où il aurait envie d'être ce soir-là était impatient d'entrer. Car à l'intérieur de cette maison, deux enfants l'attendaient.

Et Lee Ann.

Il entreprit de remonter lentement le trottoir en songeant à l'après-midi précédente, et surtout à l'instant où ils avaient parlé aux filles. L'éventualité qu'elles décident de refuser tout contact avec lui l'avait terrifié.

Quelle épreuve il avait vécue, à devoir attendre qu'elles prennent leur décision. Oh, bien sûr, il n'avait jamais envisagé pareille situation, et ne savait pas comment il concilierait ses habitudes de célibataire avec une paternité. En revanche, une certitude s'était vite imposée à lui : les jumelles l'avaient touché dès l'instant où il les avait connues, et il serait à présent bien incapable de s'en détourner.

La porte s'ouvrit alors qu'il levait la main pour frapper, et la mère de Lee Ann lui ouvrit. Ses faux-cils verts scintillèrent alors qu'elle l'inspectait de bas en haut, puis elle leva les yeux vers lui et l'accueillit d'un grand sourire.

— Bienvenue à la maison, Cody.

Il se figea net. Parlait-elle de cette maison en particulier, ou de Sugar Springs ? Ni l'une ni l'autre n'était un foyer pour lui. Sugar Springs ne l'avait été que pendant un an, comme toujours, de façon temporaire.

Il se contenta d'un hochement de tête. Le côté insouciant de Brida avait souvent rendu folle Lee Ann, mais il l'avait toujours trouvée rafraîchissante et amusante.

— Ça me fait vraiment plaisir de vous revoir, Reba.

Reba London n'était jamais passée inaperçue nulle part, et ce soir-là, elle ne faisait pas exception à la règle. Plusieurs bracelets en argent et turquoise cliquetaient à son poignet, une bague de même nature lui couvrait la moitié d'un doigt, et sa jupe gitane virevolta quand elle s'effaça pour le laisser entrer.

— Vous me guettiez ?

— À vrai dire, j'ai reçu un texto, répondit-elle en brandissant un téléphone portable. J'ai su que vous arriviez dès que vous avez rentré Boss après sa promenade.

Il se figea une nouvelle fois. Brida savait comment s'appelait son chien ? Et puis il sourit, largement. Bien sûr que Reba connaissait le nom de Boss. Elle devait aussi savoir ce qu'il y avait dans sa gamelle ! Il secoua vaguement la tête, étonné de n'être pas plus contrarié, mais il était difficile, pour ne pas dire impossible, de se fâcher contre quelqu'un comme Reba.

— Entrez, l'invita-t-elle. Tout le monde est passé dans la salle à manger quand je les ai informés que vous étiez en chemin. Nous dînons à 18 heures, voyez-vous, et Lee Ann s'agaçait parce que vous aviez cinq minutes de retard.

Quelque peu anxieux, il la suivit dans la maison. Lee Ann attira immédiatement son attention quand il parvint dans la salle à manger.

Elle arrivait de la cuisine avec un saladier de purée de pommes de terre entre les mains et était aussi belle que la veille. Encore plus belle, en fait.

Il la détailla attentivement. Elle portait une robe ajustée aux couleurs de l'automne, avec un soupçon d'orange vif au col. Adolescente, elle avait une poitrine qui l'empêchait de porter les chemisiers cintrés que prisaient ses amies, mais il n'y avait jamais trouvé à redire.

Devant le silence soudain, il remarqua que tous les convives le regardaient observer Lee Ann. Les enfants mises à part, elle était l'autre raison pour laquelle il était content d'être venu. Il s'éclaircit la gorge, survola l'assistance du regard, et capta le sourire timide de Kendra.

Son cœur fit un bond quand Kendra lui désigna un siège libre en bout de table. Au moins n'avait-elle pas changé d'avis depuis la veille et avait-elle encore envie de le voir. Il serait plus difficile de gagner Candy à sa cause, mais il y parviendrait.

Une fois tout le monde attablé, la conversation reprit ses droits et les plats se mirent à circuler. Cody fit passer la panière à Sam Jenkins, son voisin de droite, qui le remercia d'un :

— Je vous ai vu au snack l'autre jour. Je me souviens très bien de vous. Pas vraiment un saint.

— Non, en effet. Je n'en étais pas un.

Du coin de l'œil, Cody vit Kendra tendre l'oreille comme pour tenter de capter quelque chose de croustillant. Candy sembla elle aussi faire silence et écouter, mais elle ne lui avait encore pas accordé l'aumône d'un regard. Sam était un ami de longue date de Pearl et Roy Monroe. Il était également le propriétaire du tristement célèbre chien diabétique.

Depuis sa gauche, Joanie, l'amie de Lee Ann, lui mit un saladier de haricots verts sous le nez.

— Comment vas-tu, aujourd'hui, Cody ? s'enquit-elle avec un sourire totalement factice, mais en le fusillant bel et bien des yeux. Tu n'as pas eu une autre mauvaise journée ?

*Une mauvaise journée ?* Il fut sur le point de lui demander ce qu'elle avait voulu dire quand la lumière se fit. Le regard meurtrier que décocha Lee Ann à son amie ne fit que confirmer ses soupçons. Elle lui avait sûrement raconté qu'il avait argué avoir eu une « mauvaise journée » le jour où il avait succombé aux avances de Stephanie.

Il allait devoir s'expliquer.

Pour le moment cependant, il choisit d'ignorer Joanie et observa les autres convives. Il vit Keri, toujours prête à exploser, trois personnes qu'il ne reconnut pas, et Buddy Sawyer, qui avait propagé sur lui toutes les rumeurs, toutes les méchancetés qui lui passaient par la tête. C'était d'ailleurs sa vitrine qu'il avait fait exploser en quittant la ville. Quelques années plus tard, quand il avait finalement été capable de payer les pots cassés, il lui avait anonymement fait parvenir un dédommagement de plusieurs milliers de dollars.

Le reste de la tablée consistait en Sam, les jumelles, Reba et, bien sûr, Lee Ann. Qui, à l'autre bout de la table, était séparée de lui par tous les plats traditionnels de Thanksgiving.

Il retourna son attention sur Joanie et lui décocha un sourire tout aussi factice que le sien.

— Pour l'instant, tout va bien, Jo, lui répondit-il avec un clin d'œil destiné à la mettre à cran.

Ce n'était pas très futé de contrarier la confidente de Lee Ann, mais il n'avait pas apprécié son attaque en règle à un dîner de fête. Il n'avait plus jamais laissé personne se moquer de lui après le fameux jour où Stephanie l'avait tant humilié.

— De toute façon, si quelqu'un venait m'apprendre de mauvaises nouvelles, je lâcherais aussitôt Boss sur lui. Il est très protecteur, ajouta-t-il posément.

— Ne me fais pas rire, c'est un gros nounours, ton chien de garde ! ricana-t-elle. Il se laisse caresser par toutes les femmes que tu croises.

Oui, il y en avait même qui auraient volontiers caressé autre chose, mais il estima préférable de ne pas le préciser. De toute façon, il était venu dans cette ville pour accomplir un travail et pour connaître ses enfants à présent… Rien d'autre. Cependant, il regarda Lee Ann de l'autre côté de la table et se demanda si le « rien d'autre » était vraiment encore d'actualité. Ou si Lee Ann et lui ? Il sentait qu'il subsistait toujours un petit quelque chose entre eux.

Il prit le plat suivant des mains de Sam et cadenassa sa libido.

— Et si vous m'ameniez Josie la semaine prochaine, Sam ? J'aimerais beaucoup l'examiner. Laissez-la-moi pour la journée, et je pourrais lui faire un bilan sanguin et lui injecter la dose d'insuline dont elle aura besoin.

C'était Keri qui lui avait indiqué le nom du chien qui devait recevoir des injections régulières, mais Sam boycottant le vétérinaire Cody, le taux de sucre dans le sang de la chienne avait dû terriblement augmenter. Il fallait absolument qu'il la voie avant qu'elle ne devienne aveugle, ou pire encore.

— Je ne sais pas, atermoya Sam.

Cody se demanda si l'hésitation de Sam tenait uniquement à lui, ou si c'était une question financière. Tout le monde lui avait dit que cet homme adorait sa chienne. La voir souffrir devait par conséquent lui être insupportable.

— Vous faites confiance à Lee Ann, n'est-ce pas ? argumenta-t-il en désignant l'intéressée d'un geste de la main. Vous croyez qu'elle m'aurait invité ce soir si elle n'avait pas été persuadée que j'avais changé, que j'avais mûri ? Restez la journée, un peu d'aide ne serait pas de refus, à la clinique. Je vous ferai une ristourne de cinquante pour cent sur le montant des honoraires.

En face de lui, Keri écarquilla les yeux, puis hocha imperceptiblement la tête pour lui signifier qu'il avait trouvé les bons mots.

Penché en avant, Sam consulta Lee Ann du regard avant de se rasseoir correctement et de faire un geste vague.

— Josie ne va pas très bien en effet, alors je crois que ça pourrait se faire, répondit-il avant de pointer un doigt calleux sur Cody : Mais si vous sabotez le travail, je le saurai !

Les deux mains en l'air, Cody rétorqua aussitôt :

— Vous constaterez surtout que je fais du bon travail. Donnez-moi l'occasion de vous le prouver en passant quand vous voulez la semaine prochaine.

Bon gré mal gré, Sam lui serra la main avant de croquer dans son petit pain. Buddy Sawyer laissa échapper un grognement irrité. Le silence revenu, tous achevèrent de se servir et commencèrent leur repas.

Plus le dîner avançait, plus des regards curieux se tournaient vers Cody. Lee Ann tenta une fois ou deux d'amorcer une conversation, mais toutes moururent, les convives continuant à jeter de furtifs coups d'œil à la bête curieuse avec laquelle ils étaient attablés.

— Parlez-nous de votre travail à Los Angeles, Cody, lui demanda Keri. Je n'ai encore jamais connu personne qui fasse de la chirurgie plastique canine.

Toute l'assemblée se tourna comme un seul homme vers lui.

— Vous faites de la chirurgie plastique sur des chiens ? s'étonna Candy.

Au moins cette remarque l'avait-elle incitée à lui adresser la parole. Tout en le regardant en face.

— Ça m'arrive.

Mais ce n'était pas aussi négatif que ce que les expressions ébahies ou soupçonneuses autour de la table le laissaient entendre. Il méritait l'argent qu'il gagnait en faisant cela et il n'opérait que les animaux avec un réel besoin.

— Dans certains cas, la vie d'un animal de compagnie peut être grandement améliorée grâce à un lifting ou un ajustement quelconque.

Keri se pencha sur la table autant que son ventre le lui permettait pour le regarder.

— Mais comment un praticien généraliste en vient-il à remodeler des gueules ou des nez de chiens ?

— Je crois que c'est une simple affaire de relations, lui répondit-il en lui adressant un grand, et authentique, sourire.

Ils avaient déjà parlé de tout cela, mais elle voulait visiblement l'aider, mettre un terme à tous ces regards stupidement braqués sur lui, et il lui en fut reconnaissant. Avoir quelqu'un à qui parler est toujours plus agréable qu'être le point de mire d'une assemblée hostile.

— Un de mes condisciples s'est spécialisé en médecine vétérinaire orthopédique et a été embauché dans une clinique renommée de Los Angeles. Ils ont fini à la longue par traiter bien plus que des problèmes orthopédiques, et je suis un des chirurgiens à qui ils font appel quand ils ont besoin d'aide, expliqua-t-il avant de faire un clin d'œil général à la table : Je sais recoudre un animal plus précisément que les femmes de chambre laçant naguère les corsets de ces dames.

De petits rires masculins se firent entendre.

Candy prit un air peu convaincu.

— Je me demande bien pourquoi des gens veulent dépenser de l'argent pour rendre leurs chiens plus jolis.

— Ils ont plus d'argent que de jugeote, marmonna Lee Ann.

Les femmes exprimèrent leur accord à mi-voix.

— Si j'avais un chien, je l'aimerais tel qu'il est, déclara Candy. Je…

— J'ai lu quelque chose là-dessus, intervint Kendra. Quelques fois, ils ont la peau tellement plissée qu'il vaut mieux les opérer, pour leur santé.

— Exactement.

La médecine vétérinaire devait réellement intéresser sa fille si elle lisait des articles à propos de chirurgie plastique vétérinaire.

— Alors, je ne…

— Moi aussi, je veux devenir vétérinaire, vous le saviez ? reprit Kendra en interrompant une nouvelle fois sa jumelle. Comme vous et le Dr Wright. D'ailleurs, j'apprends déjà. Le Dr Wright me laisse venir l'aider de temps en temps.

— C'est vrai ? répondit Cody, impressionné.

Ça, Keri ne le lui avait pas dit. Il lui jeta un autre coup d'œil, remarqua son épuisement manifeste, ses cernes sombres sous les yeux, et ne put s'empêcher de s'interroger quant au père de son enfant à naître. Puis il comprit. Aucun des invités présents ce soir n'avait de famille avec qui célébrer cette fête. Personne, sauf Lee Ann, Reba et les filles. Ces quatre-là étaient la famille de substitution de tous les autres.

Keri lui sourit.

— Kendra est une étudiante très brillante. Je suis certaine qu'elle fera votre fierté, un jour.

Il se raidit à cette toute première indication qu'une personne étrangère à la famille connaissait son lien avec les jumelles. Il jeta subrepticement un coup d'œil autour de la table, personne ne semblait avoir entendu le commentaire ou appréhendé ce qu'il impliquait. D'ailleurs, ils avaient tous soudainement trouvé quelque chose de plus important que lui à regarder. Le téléphone arabe de Sugar Springs était vraiment surprenant.

Kendra poursuivit, rayonnante :

— Je veux être spécialiste. Neurochirurgienne. J'ai tout lu à ce sujet.

La fierté enfla en lui. Pour la première fois de sa vie, il se découvrit fier d'autre chose que de ses propres réussites.

— C'est un excellent projet, mais n'arrête surtout pas de travailler avec le Dr Wright. Il est impossible de savoir ce que l'on préfère tant qu'on n'a pas acquis une certaine expérience.

— Oh, mais je n'ai pas l'intention de la laisser revenir sur notre accord ! déclara Keri en souriant à la jeune fille. Dès que j'aurai repris le travail, elle m'a promis de venir deux heures par semaine, le samedi, jusqu'à la fin des cours. Durant ses vacances d'été, elle viendra travailler avec moi six heures par semaine.

— Je suis certain qu'elle sera une assistante exceptionnelle. D'ailleurs, je pourrais bien la laisser venir m'aider, moi aussi, pendant mon remplacement. Enfin, si vous n'y voyez pas d'inconvénient.

Il capta l'expression maussade de Candy, qui gardait le nez dans son assiette. Avait-elle aussi envie de venir ?

— Au contraire, lui répondit Keri. Maintenant, parlez-nous un peu des emplois que vous avez occupés. Dites-nous aussi pourquoi vous en êtes arrivé à voyager de ville en ville au lieu de travailler dans le même endroit. Enfin, si cela convient à tout le monde, bien sûr.

À l'approbation générale, et après un autre coup d'œil à une Candy distante, il détailla plusieurs des villes dans lesquelles il avait travaillé ces deux dernières années.

— Mais, la raison principale de ma vocation tient au Dr Hutchinson de Chicago, qui est mort peu de temps avant que j'obtienne mon diplôme. Sans lui, je n'aurais jamais fait ces études.

Sans Lee Ann non plus, mais cela, il le garda pour lui. Ces gens n'avaient aucun besoin de savoir ce qu'elle avait représenté pour lui en ce temps-là.

— Quand je travaillais pour lui, la façon qu'il avait en conduisant de tourner sans arrêt la tête pour guetter des animaux ayant besoin d'aide me fascinait.

Des animaux, et de stupides humains tels que lui, qui n'avait rien trouvé de plus intelligent que de vivre dans la rue en plein cœur de l'hiver.

— Après ma première année d'exercice dans une clinique de Baltimore, j'ai décidé de me lancer dans ma version personnelle de ce qu'il faisait. Partout dans le pays, il existe des communautés comme la vôtre qui seraient bien embêtées si personne ne pouvait prendre soin de leurs animaux. J'aime bien rester un moment quelque part, et m'en aller ensuite. Cela m'a toujours convenu.

À ceci près que ce style de vie convenait à une personne sans attaches, et il ne savait trop comment cela s'accommoderait de sa nouvelle paternité.

Un jour, il ferait plus encore pour rendre hommage à son mentor, plus particulièrement dans le domaine de l'éducation. Tout comme le doc l'avait fait pour lui. Car il était persuadé que sans l'arrivée de cet homme dans sa vie, ce n'est pas seulement son chien qui serait mort au lieu de vivre jusqu'à un âge respectable, mais lui aussi.

S'il lui avait fallu des années pour accepter que le fait d'avoir survécu à cette funeste nuit avait été un bienfait, il en était à présent intimement persuadé. Il n'était pas parfait, mais il faisait de son mieux pour agir en toute justice.

À un moment donné pendant qu'il discourait, il jeta un regard sur Lee Ann, et son cœur enfla. Elle le regardait avec une admiration qu'il avait naguère seulement rêvé de lire sur ses traits. Cela suffit à lui donner le sentiment que, tout compte fait, il n'avait pas si mal tourné.

— Je vois. Tu n'es plus le perdant que tu prétendais être quand tu étais au lycée, c'est bien ça ? Du moins pas dans le domaine de l'éducation.

Joanie rejoignait la conversation, narquoise. L'œil étincelant, elle pointait sa fourchette vers lui.

— Joanie, lança Lee Ann à mi-voix, dans un effort manifeste pour empêcher un affrontement entre son amie et le père de ses enfants.

Elle survola la tablée des yeux et enchaîna :

— Changeons de sujet, voulez-vous ? Candy, pourquoi ne demanderais-tu pas à nos convives de quoi ils sont reconnaissants, cette année ? Commence donc par Sam.

Cody posa ses couverts et s'adossa à sa chaise tandis que Sam Jenkins entreprenait d'énumérer toutes ses bonnes raisons de participer à cette célébration. Un grand dîner de fête tel que celui-ci n'était pas la tasse de thé de Cody, mais il était tout de même content d'être là. Les regards que lui lançaient régulièrement les filles, même si ceux de Candy étaient non seulement rares, mais hostiles, et cette petite conversation qu'ils avaient eue, avaient scellé son destin. Il devait rester dans leurs vies.

Et puis, il y avait Lee Ann.

Il regarda dans sa direction et une bouffée de chaleur l'envahit à sa vue. Oui, il était heureux d'être venu. Un quelque chose dans l'atmosphère chaleureuse qu'elle avait créée, qui en temps normal aurait dû le faire fuir au triple galop, lui donnait envie de se rapprocher d'elle. De tâter le terrain, de la pousser un peu dans ses retranchements, et de voir ce qui pourrait arriver. Son enthousiasme pour faire passer une excellente soirée à tout le monde, son authentique chaleur vis-à-vis de ses invités auraient charmé n'importe qui. Pas étonnant qu'il soit naguère tombé fou amoureux d'elle.

De petits rires étouffés ramenèrent son attention sur les filles. C'était Kendra qui avait commencé à rire, mais Candy avait finalement l'air de s'amuser aussi. Têtes penchées l'une contre l'autre, elles échangeaient un secret tandis que les convives énuméraient tour à tour leurs raisons d'être reconnaissants. Pour ce qui le concernait, toute sa reconnaissance allait à ces deux ados pétillantes. Lee Ann les réprimanda d'un regard et elles firent silence, mais n'en jetèrent pas moins des regards en douce à leur grand-mère.

Une fois son contrat achevé, le temps qu'il pourrait passer avec elles serait forcément limité, mais il y avait toujours le téléphone et les courriels. Pourtant, seraient-elles seulement intéressées de garder contact avec lui ? Si on lui avait posé la question à peine une semaine plus tôt, il aurait nié avec véhémence tout désir de compter vraiment pour quelqu'un, mais aujourd'hui, il savait que ce n'était plus d'actualité. Il entendit d'autres rires étouffés et se demanda ce qui était aussi drôle.

Il jeta un bref coup d'œil à Reba et la vit froncer les sourcils en direction des filles, puis désigner leur mère d'un imperceptible mouvement de menton. Il suivit son regard. Lee Ann baissa les yeux sur son assiette aussitôt qu'elle croisa ses yeux. Elle était en train de le regarder !

Il sourit. Elle ne pouvait pas plus tenir ses yeux éloignés de lui que lui d'elle.

Soudain pensif, il réfléchit qu'il n'avait pas de réelle place dans sa famille. Elle, elle avait besoin d'un mari et d'un père pour ses filles.

La bouchée de pain qu'il venait de mordre lui resta en travers de la gorge. Ses filles ? Mais c'était lui, leur père ! songea-t-il soudain en les regardant sourire d'un sourire si semblable au sien. Il toussa pour ne pas s'étouffer et fut obligé de faire face à une évidence : il ne voulait pas qu'un autre homme fût leur père.

— Et vous… papa ?

Il tourna brusquement la tête et vit que la question venait de Kendra. Le cœur battant, il s'interrogea. Venait-elle de l'appeler « papa » ?

— De quoi êtes-vous reconnaissant, cette année ?

Ça, c'était Candy.

L'assemblée fit silence dans l'attente de sa réponse. Même s'il ne les connaissait pas tous, l'éclat dans chaque paire d'yeux qui le fixait lui faisait clairement comprendre qu'il devait évoquer sa reconnaissance d'avoir appris sa paternité.

Il reporta les yeux sur Candy et Kendra et eut la confirmation que c'était réellement le cas. Il était immensément heureux. Tout en étant plus terrifié que jamais.

— Je suis très heureux qu'il ne se soit pas écoulé treize années de plus avant que j'apprenne que j'avais engendré deux magnifiques jeunes filles.

Les deux jeunes filles en question sourirent en même temps, et il eut un étrange aperçu d'une vie différente. Une vie où il rentrerait tous les soirs à la maison.

Pourtant, sa vie lui plaisait telle qu'elle était.

Sam Jenkins se frotta nerveusement le menton, hérissé d'une barbe naissante, et ce mouvement attira l'attention de Cody.

— On dirait bien que t'as joliment grandi depuis qu'tu t'es barré, énonça-t-il pour tout commentaire.

— En effet.

— Hum, Roy et Pearl auraient probablement aimé le savoir avant de passer l'arme à gauche.

Interdit, Cody le dévisagea. Oh, il n'avait eu aucune intention de rendre visite à ses anciens parents adoptifs durant son séjour à Sugar Springs. Ils s'étaient montrés corrects avec lui, mais il n'y avait jamais eu d'amour entre eux, ni d'un côté ni de l'autre. Cependant il n'avait pas su qu'ils avaient disparu tous les deux et cela le peina. La gorge sèche, il fixa Sam sans trop savoir que répondre à cela.

Lee Ann le lui épargna en se levant de table.

— Le dessert va arriver dans quelques minutes, les amis.

Elle adressa un signe de tête aux jumelles, qui soupirèrent en chœur avant de repousser leurs chaises. Pressé de respirer un peu, Cody se leva :

— Restez, les filles. Je vais aller aider votre mère.

Lee Ann le regarda avant de retourner les yeux vers les jumelles. À moitié levées, elles guettaient la décision maternelle, mais Cody ne l'attendit pas pour s'éclipser.

Arrivé dans la cuisine, il se planta devant l'évier et regarda par la fenêtre. La nuit était tombée. Un léger soupir se fit entendre derrière lui peu de temps après. Le parfum floral de Lee Ann l'enveloppa, et une décharge électrique lui parcourut le dos.

Il se retourna, s'adossa à l'évier et découvrit qu'il n'y avait qu'une personne dans la cuisine avec lui. À genoux devant le réfrigérateur, elle en sortait des gâteaux qu'elle lui fit passer. Il les déposa près de la pile d'assiettes à dessert.

— Je te remercie d'avoir convaincu Candy de me laisser venir ce soir.

Elle se redressa et entreprit de couper les gâteaux et de poser des parts dans les assiettes qu'il lui tendait, tellement silencieuse qu'il se demanda si elle allait lui répondre un jour.

— Elle voulait que tu viennes autant que sa sœur, déclara-t-elle finalement. Même si elle n'était encore pas prête à le reconnaître.

Était-ce vrai ? Comme il ne disait rien, elle planta ses yeux clairs dans les siens.

Puis elle détourna le regard, ce qu'il regretta aussitôt. Le brouhaha dans la salle à manger leur parvenait assourdi par la porte battante.

— Aurais-tu fait cette invitation aussi pour nous deux ?

D'où sortait-il cela ?

— Voulais-tu que je sois là ? insista-t-il.

Un petit soupir échappa à Lee Ann, ses gestes ralentirent, et puis elle redoubla d'activité.

— Tu es ici pour les filles, Cody. Ne laisse pas les souvenirs du temps passé t'induire en erreur.

Elle avait raison. Ce n'étaient que des souvenirs. Oui, mais dont il restait quelque chose.

L'attraction. L'électricité. Elle les ressentait aussi, il le savait. C'était perceptible au clignement nerveux de ses yeux chaque fois qu'il l'obligeait à détourner le regard. Il posa une assiette vide sur le plateau et referma les doigts autour de son poignet afin de l'immobiliser un instant. Le couteau tomba sur le plan de travail.

— Regarde-moi, Lee.

La tension grimpa d'un cran.

— Il faut que je termine.

— Nous sommes douze à table. Tu as déjà coupé quinze parts, lui fit-il remarquer en lui serrant un peu le poignet. Regarde-moi, répéta-t-il à voix basse.

Quand elle tourna la tête et la leva vers lui, il fit appel à tout ce qu'il y avait de volonté en lui pour ne pas se pencher et presser ses lèvres contre les siennes. Il en avait tant besoin.

— Merci, lui dit-il à voix basse, d'une voix sensuelle. Je suis très sérieux, là. Je suis conscient que ma présence te dérange et bouscule l'ordre de ta vie, mais il n'est pas un seul autre endroit au monde où je préférerais être aujourd'hui.

Elle fixa sur lui un regard clair dans lequel se disputaient doute, espoir et peur.

— Ta présence ne me dérange pas. Je te l'ai dit, les filles ont besoin d'un père. Je fais ce que je peux avec elles et je sais ce que c'est, puisque, moi aussi, j'ai grandi sans père. J'espère simplement que tu ne leur feras jamais de mal. Elles vont sérieusement tomber amoureuses de toi, tu le sais, au moins ?

Il espéra follement qu'elle fasse pareil, même si ça n'était pas particulièrement logique. Il n'avait aucun besoin de plus d'attachement ici qu'il n'en avait déjà.

Alors qu'ils échangeaient des regards presque suspicieux, il sentit le pouls de Lee Ann battre contre son pouce. Il caressa sa peau douce et sentit son propre cœur accélérer.

— Je ne suis pas parfait, mais je vais faire de mon mieux pour ne jamais leur faire de mal. Je t'en fais le serment.

Elle étudia son visage avant de dégager son poignet.

— J'espère que tu dis cela sérieusement. Garde bien à l'esprit que la seule chose qui puisse se passer ici ne concerne que toi et elles. Il n'y a plus rien du tout entre nous.

Il haussa un sourcil. Même si elle avait tort, ce soir n'était pas le moment idéal pour lui en apporter la preuve. Ils disposeraient de bien d'autres occasions dans les jours à venir pour régler leurs problèmes. L'un d'entre eux étant qu'il devait lui dire ce qu'il avait appris le jour où Stephanie l'avait piégé. Il n'avait pas voulu aborder le sujet auparavant mais, alors qu'attablé ce soir on lui avait fait ouvertement comprendre à quel point Lee Ann était une belle personne, il s'était dit qu'elle méritait de tout savoir.

Ce n'était toujours pas une excuse pour ce qu'il avait fait, mais elle avait le droit d'apprendre quelle était la raison qui lui avait dicté ses actes.

— Il faut que je te parle de ce fameux jour, Lee.

Elle agrandit une seconde les yeux, puis les plissa.

— Nous avons déjà tout dit.

— Détrompe-toi. Tu dois…

— Nous sommes là pour les enfants, c'est tout. Si tu veux parler, parlons d'elles, l'interrompit-elle en secouant la tête, avant de prendre un des plateaux et de le soulever.

— Bien. On en parlera demain.

Son superbe visage se renfrogna aussitôt.

— Parler ? J'ai d'autres projets.

— Est-ce que tu travailles demain matin ?

— Non, les filles et moi...

— Alors je serai là de bonne heure, l'interrompit-il avant de prendre l'autre plateau et de lui lancer un regard très ferme.

Il n'était pas question qu'on le laisse de côté alors qu'il voulait mieux connaître ses filles, et pas question non plus qu'il laisse Lee Ann se dérober sans au moins tenter de saisir ce qu'il y avait manifestement entre eux.

— On pourra faire quelque chose tous les quatre.

— Quoi ?

— Je ne sais pas. Qu'aiment-elles ? Je n'en ai pas la moindre idée.

Quand elle prit l'air de celle qui n'allait pas l'aider, il caressa du bout du doigt le bras qui soutenait le plateau, et les assiettes s'y entrechoquèrent.

— J'ai besoin de ton aide, Lee. Dis-moi ce qu'elles aiment faire.

Elle le transperça du regard avant de laisser échapper dans un soupir :

— Nous avions prévu d'aller au centre commercial de Knoxville, demain. Je suppose que tu peux nous accompagner.

— Au centre commercial ?

Une brève vision de lui-même en train de faire du shopping en compagnie de trois femmes ne fut pas loin d'avoir raison de lui.

— Je croyais que tu voulais apprendre à les connaître ? Eh bien, elles adorent y aller.

Il se tut un moment avant de conclure :

— Eh bien, nous y irons tous les quatre.

Elle lui tourna le dos et donna un coup d'épaule dans la porte, mais il l'arrêta, soudain incapable de la laisser sortir en ayant eu le dernier mot.

— Encore une chose.

Elle s'immobilisa et lui jeta un coup d'œil pardessus son épaule, méfiante. Il se fit un plaisir de parcourir des yeux son anatomie des pieds à la tête.

— Tu es très en beauté, ce soir.

## 9

Lee Ann poussa un énorme soupir, hissa son gigantesque sac-cabas sur une des tables de l'aire de restauration, se laissa choir sur une chaise jaune fluo et déposa les sacs contenant ses achats par terre à côté d'elle. Cela faisait des heures qu'ils traînaient dans le centre commercial à l'occasion d'un des jours de plus grosse affluence de l'année, et son petit côté pervers l'avait poussée à encourager les filles à continuer leurs déambulations. Perfidement, pour que leur père sache ce que c'était qu'avoir deux filles préadolescentes en période de soldes…

Le pauvre. Il semblait déjà anéanti alors qu'à peine arrivés ils avaient dû jouer des coudes pour parvenir au premier magasin. Au bout de cinq heures de ce régime, elle se sentait désolée pour lui.

— Si j'allais nous chercher des milk-shakes ? Vous voulez quelque chose, les filles ? s'enquit Cody.

Aucune ne lui prêta la moindre attention. Comme elles le faisaient d'ailleurs depuis leur arrivée dans le centre. Lee Ann regretta de ne pas l'avoir prévenu que les jumelles se comporteraient comme si ni leur mère ni lui n'existaient. Elles étaient des adolescentes dans un lieu public !

Il la regarda.

— Chocolat ?

Elle fit oui de la tête et sortit son appareil photo de son sac, à la fois émue et agacée qu'il se souvienne de ses préférences.

— Pour elles aussi, s'il te plaît, plus un à la fraise.

Avant de partir, Cody posa les sacs dont il était chargé par terre près de la chaise de Lee Ann et planta ses deux mains sur la table. Il se pencha. Si près qu'elle put distinguer les paillettes plus sombres au fond de ses yeux.

— Tu sais que je vais te faire payer ça ?

Elle cilla. Zut. Il avait compris qu'elle avait prolongé cette expédition uniquement pour l'embêter.

— Je reviens, ajouta-t-il, l'œil pétillant.

Elle le regarda s'éloigner vers les divers stands et constata une fois encore qu'il n'avait pas un gramme de trop. Ouille, il était grand temps qu'elle se ressaisisse. Depuis qu'il était arrivé le matin après être passé prendre leurs petits déjeuners à emporter au snack, elle avait eu un mal fou à ne pas assouvir sa faim. Et il ne s'agissait pas seulement des délicieuses denrées préparées par Holly…

Il était déjà super sexy quand il se promenait en ville avec sa casquette sur le crâne et son menton mal rasé, mais quand il se faisait beau…

Mamma mia. Quand il faisait des efforts de présentation, elle avait un mal fou à faire comme si elle n'avait rien remarqué.

Sous le jean et le pull-over, il avait déjà un corps divin, mais son visage… Doux Jésus ! Ce matin, il s'était à la fois rasé de près et impeccablement coiffé. Face à cet étalage de virilité sensuelle, cela faisait déjà plusieurs heures qu'elle était passée en court-circuit.

L'attention soudain attirée par des rires moqueurs, elle s'aperçut vite que Candy et Kendra écarquillaient les yeux en les regardant tour à tour, Cody et elle. Voilà qui manquait au tableau, que ses filles fantasment sur une liaison entre eux ! C'était tout à fait ce qu'il lui fallait. Vraiment.

Cela avait largement commencé la veille à table, quand elles avaient surpris leur mère à regarder Cody d'un air extasié. Si elle ne faisait désormais pas preuve de la plus grande prudence, les jumelles risquaient fort de se faire de fausses idées, et espérer obtenir davantage qu'un papa à mi-temps.

Elle avait longuement discuté avec Candy et Kendra la veille avant l'arrivée des invités, afin de déterminer comment elles accueillaient cette nouvelle donnée dans leur vie. Si Candy avait encore des réticences vis-à-vis de Cody, les deux filles étaient néanmoins aux anges de non seulement avoir enfin un père, mais qu'il soit en plus la coqueluche de la ville. Que toutes les femmes lui fassent les yeux doux serait un plus à leurs yeux.

Qui aurait pu deviner une chose pareille ? s'était-elle alors interrogée.

En ville, les hommes s'obstinaient à désapprouver le mauvais garçon qu'il avait naguère été, alors que les femmes espéraient qu'il le soit toujours. Rien de tel pour alimenter les fantasmes et les ragots que le retour d'un mauvais sujet.

Et elle ? Eh bien, elle se demandait s'il n'avait pas bel et bien évolué. La veille au soir, elle avait décelé son malaise initial, et pourtant il avait géré la soirée de main de maître. Il avait fourni les bonnes réponses aux multiples questions qu'on lui avait posées et il n'aurait pu paraître plus intègre, même quand il devint clair que tous les convives étaient au courant de son lien de paternité avec les jumelles.

C'était d'ailleurs à cet instant qu'elle l'avait compris : en dépit de leurs hésitations et de leurs réticences, les filles avaient très bien accepté la chose. Pour preuve, la veille au soir, elles avaient appelé toutes leurs copines pour leur annoncer la grande nouvelle.

Toute la journée de jeudi, donc, Lee Ann n'avait cessé de confirmer au téléphone ce qu'avaient entendu les gens. Et avant son arrivée, Cody avait été le principal sujet de conversation, à tel point qu'elle s'était demandé s'ils n'allaient pas tous le bombarder de questions dès qu'il serait là. En fait, bizarrement, une fois Buddy revenu à la raison, ils s'étaient montrés civilisés et le dîner s'était extrêmement bien passé.

Elle repéra une nouvelle fois Cody alors qu'une hanche appuyée contre le comptoir il attendait que le préposé lui prépare ses milk-shakes. Elle n'avait jamais vu plus belle paire de jeans sur un homme. Aussitôt, elle se ressaisit. Si elle ne faisait pas attention, c'était elle qui allait se demander s'il pourrait être davantage qu'un papa à mi-temps.

Elle ferma les yeux et s'efforça de reprendre le contrôle d'elle-même. Ils étaient venus ensemble au centre commercial pour qu'il connaisse un peu mieux les filles et leur manière d'être. Peu importait si cela faisait bien des années qu'elle n'avait plus vu un homme de près.

De toute façon, avec des jumelles à la maison, ce ne pouvait être que rarissime. Avec toutes leurs activités, elle n'arrivait même plus à se souvenir de la date de son dernier rendez-vous galant.

— Maman !

Elle cessa d'imaginer Cody sans son jean et rouvrit les yeux.

— Oui ?

— Est-ce qu'on peut acheter quelque chose chez *Victoria's Secret* aujourd'hui ? lui demanda Kendra en trépignant sur place.

— Pardon ?

Bon sang, elles n'avaient encore que douze ans ! Est-ce que des gamines normales de douze ans veulent des dessous sexy ? Et d'ailleurs, pourquoi en voudraient-elles ?

— Tu avais promis l'an dernier qu'on pourrait acheter quelque chose pour notre anniversaire, maman. S'te plaît, l'implora Kendra.

— Votre anniversaire…

— Est dans même pas trois semaines, l'interrompit Candy. Tu sais bien qu'on ne pourra pas revenir avant. Allez, dis oui, s'te plaît.

— Mais…

Lee Ann tourna les yeux vers Cody en envisageant ce qui pourrait arriver si elle acceptait. Les jumelles avaient scrupuleusement veillé à faire comme si elles n'étaient pas accompagnées par leurs parents, mais il s'était accroché et avait même déclaré qu'il était ravi de les suivre dans chaque magasin qu'elles visitaient. Elle voyait d'ici la vitrine de *Victoria's Secret*. Si elle consentait, soit elle devrait laisser Cody accompagner les petites, ce qui était hors de question, soit elle resterait ici avec lui pendant que les jumelles feraient leurs emplettes. Autrement dit, ils allaient se retrouver seuls tous les deux.

Elle tourna vers les filles des yeux quasiment implorants. Dans quel dilemme elles la mettaient !

— Dites-moi d'abord une chose, commença-t-elle.

— Quoi ? voulut savoir Candy tandis que Kendra soupirait.

— Voilà maintenant deux jours que vous avez appris la nouvelle. Est-ce que ça vous convient toujours ?

Candy haussa une épaule nonchalante en faisant son possible pour paraître indifférente.

— Oui, c'est cool. Enfin, ça fait bizarre, tu vois ?

Lee Ann interrogea ensuite Kendra du regard.

— Moi j'trouve pas ça bizarre du tout. Ça me plaît beaucoup, déclara-t-elle.

— Ça va aller, quand il partira, dans quelques semaines ?

La question eut l'air d'estomaquer Kendra, et les deux filles tournèrent les yeux vers Cody.

— Oui, mais il reviendra nous voir de temps en temps, non ? répondit Candy sur un ton à la fois apeuré et perplexe.

Tout à fait ce qu'éprouvait Lee Ann en ce moment.

Elle hocha affirmativement la tête en faisant une courte prière pour que cette réponse fût la bonne. En se jurant aussi que, dans le cas contraire, elle le traquerait personnellement pour lui apprendre à vivre. Avec son rouleau à pâtisserie dans son cabas.

— Il tient à vous, je le sais. Donc, je ne vois pas comment il pourrait ne pas revenir vous voir chaque fois qu'il en aura l'occasion.

À ceci près que la plupart des hommes oubliaient l'existence de leurs enfants une fois qu'ils avaient pris le large.

Alors que toutes trois le regardaient, chacune partit dans sa rêverie personnelle. Les filles désiraient un papa qui reste, et Lee Ann espérait un peu plus que cela. Elle avait tant cru en lui naguère que ses espoirs renaissaient peu à peu.

Son satané cœur ne savait plus se tenir quand Cody était à proximité.

Candy se rapprocha et lui caressa la main.

— Tu sais, on est contentes que vous vous aimiez bien, vous deux, maman. Joanie dit que tu ne l'as jamais oublié.

— Plaît-il ? s'écria Lee Ann, estomaquée.

Sa meilleure amie, celle-là même qui, hier, avait fusillé du regard et asticoté Cody toute la soirée, était allée raconter aux filles qu'elle l'aimait toujours ?

— On le voit bien, nous aussi, renchérit Kendra.

— Qu'est-ce que vous voyez bien, au juste ? siffla Lee Ann.

— Eh, on a presque treize ans, maman ! s'insurgea Kendra en se plantant une main sur la hanche. On voit bien quand deux personnes se plaisent vraiment beaucoup. Tu n'arrêtes pas de le regarder.

Candy tourna de nouveau les yeux vers Cody, qui revenait vers la table.

— Lui aussi, il n'arrête pas de te regarder.

*Allons bon.* Les connaissant, elles allaient probablement dire la même chose à Cody si elle ne les faisait pas déguerpir au plus vite. Elle jeta un ultime coup d'œil à la vitrine du magasin qui les tentait tant. Ils avaient aussi de jolis pyjamas, et des chemises de nuit. Elles pourraient y trouver quelque chose qui convienne à leur âge.

— D'accord, finit-elle par dire. Vous pouvez aller vous acheter quelque chose pour votre anniversaire, mais cette conversation est terminée. Vous pourrez acheter un article chacune, et rien de trop adulte, sinon j'irai moi-même le rendre.

Et elle eut le souffle coupé devant les sourires radieux des jumelles. Plus ça allait, plus elles ressemblaient à leur père.

— Et voilà, lança Cody, de retour à la table.

Il tendit son milk-shake à Lee Ann, puis plissa les yeux en observant les mines réjouies des filles.

— J'ai manqué quelque chose ?

Kendra ouvrit la bouche.

— Rien du tout, jeta Lee Ann d'un ton sec.

Kendra éclata de rire et tendit la main vers un des milk-shakes au chocolat.

Cody s'empara du sien et les deux filles décampèrent en courant pour arriver la première à la boutique.

Cody secoua la tête, l'air accablé :

— Je ne comprends déjà pas bien les femmes, mais les adolescentes ? Je ne suis même pas sûr de devoir seulement essayer.

Un sourire fleurit sur le visage de Lee Ann alors que les jumelles redressaient le dos, comme si elles avaient compris qu'elles allaient pénétrer dans un magasin pour adultes. Quelle chance elle avait de les avoir dans sa vie. Elle retourna la tête vers Cody et constata que lui aussi souriait en les regardant.

— Ne perds pas ton temps. Si elles perçoivent que tu tentes de les déchiffrer, elles changeront immédiatement. On croirait que ces gamines ont des antennes.

Il s'installa sur la chaise près d'elle et, dans le mouvement, effleura son bras du sien. La météo imprévisible du Tennessee ayant rendu cette journée fabuleusement douce, ils avaient tous revêtu des chemisettes à manches courtes. Elle se prit pourtant à rêver d'avoir enfilé un gros pull afin d'éviter tout contact avec la peau de Cody. Elle rêva aussi de ne pouvoir voir le tatouage qui dépassait de sous sa manche. Elle avait déjà fantasmé sur celui qui ornait son cou.

Elle dut se gendarmer pour ne pas remonter sa manche pour mieux le détailler.

Elle pencha la tête sur la paille de son verre, le regarda au travers de ses cils et constata qu'il l'observait. Elle avait encore des réserves sur bien des plans, mais la journée s'était tellement bien passée qu'elle se détendit un peu.

— Quoi ? fit-elle, la bouche pleine de glace.

— Oh, je me demandais si tu t'amusais, répondit-il en buvant une gorgée de son milk-shake. Et les filles, tu crois qu'elles sont contentes ?

Elle vit l'incertitude dans ses yeux et devina qu'il ignorait qu'elle pouvait aussi bien le déchiffrer. Il craignait que sa présence ait contrarié les filles, et leur manière de les ignorer tous les deux en public n'avait rien dû arranger. Bizarrement, cela lui donna envie de tendre la main vers lui et de le toucher, comme lui qui trouvait toujours des prétextes pour le faire.

— Les filles ? Elles s'éclatent, répondit-elle en préférant faire l'impasse sur son propre amusement. Même si elles ne le montrent pas, elles sont ravies de ta présence.

Il continua à déguster son milk-shake en silence alors que tous deux les regardaient fouiller dans un portant de chemises de nuit, chacun perdu dans ses propres pensées. Quand il reprit la parole, ce fut d'une voix basse et déterminée :

— Je ne sais pas comment tout cela va évoluer, mais une chose est sûre, je ne me détournerai pas d'elles.

Comme son propre père l'avait fait avec elle ? se dit-elle.

— Tu pars à la fin de l'année.

— Oui, mais ça ne se terminera pas là. Je suis leur père, même si je ne sais pas encore ce que cela implique. Ce que je sais, en revanche, c'est que je garderai le contact, je serai là pour elles autant que possible. Elles pourront aussi voyager avec moi pendant leurs vacances.

La panique s'empara de Lee Ann et la fit bondir sur ses pieds. Elle n'avait jamais envisagé qu'il puisse vouloir les emmener avec lui.

— Leur foyer est ici, Cody, rétorqua-t-elle, des mitraillettes dans le regard.

— Je ne suggère rien de permanent, seulement des voyages à l'occasion. Elles pourront visiter le pays et faire des expériences.

Soudain, le milk-shake lui pesa une tonne dans l'estomac.

— Qui s'occupera d'elles pendant que tu travailles ? Non, c'est impossible. Elles ont besoin de la stabilité que je leur procure. Tu vas devoir venir les voir ici.

Un regard brun se planta durement dans le sien. Il la fixa plusieurs secondes, la mâchoire contractée, avant de baisser les yeux vers la table.

— Il ne s'agit pas de toi et de moi.

— Je le sais ! cria-t-elle si fort que la famille installée à la table d'à côté les regarda, intriguée et elle s'efforça de reprendre son calme : C'est moi qui les ai élevées toute leur vie. Je sais ce qui est bon pour elles. Je sais ce dont elles ont besoin.

— Vraiment ? Est-ce que ce ne serait pas plutôt que ce serait plus facile pour *toi* ?

— Plus facile pour *moi* ?!

La colère la submergea alors que le sang lui tambourinait dans les oreilles. Elle se plaqua un sourire sur la figure au profit d'un couple qui passait, puis reprit, entre ses dents serrées :

— Ne me parle pas de ce qui est facile pour moi. C'est moi qu'on a laissée ici. Seule. Personne ne m'a aidée à payer les factures pendant que j'élevais les enfants de ma sœur. Tes enfants. Pendant que tu faisais ta vie ailleurs.

Il ferma les yeux.

— Je n'en savais rien, Lee Ann. Nous en avons déjà parlé.

— Je sais.

Il leva les yeux vers elle, l'air sceptique.

— Je le sais, reprit-elle. Et je te crois. Même s'il serait plus facile de croire ma sœur et de te demander de déguerpir.

— Tu ne pourrais pas le faire même si tu le voulais.

Elle laissa passer un bref silence.

— Je ne pourrais pas quoi ? Te demander de partir ?

— Me faire sortir de leurs vies.

Ils se mesurèrent un instant du regard, lui posé, assis, et elle toujours debout, pétrifiée de peur. Ce fut elle qui, finalement, détourna le regard. Elle le posa sur les filles au loin, croisa les bras sur sa poitrine et calma sa respiration. Tout cela lui donnait une peur bleue.

— Ne leur fais pas de mal, chuchota-t-elle, presque implorante. S'il te plaît, ne leur fais pas de mal.

Il attendit qu'elle le regarde de nouveau pour lui répondre, et quand il le fit, ce fut d'une voix claire :

— Je te le jure. Je ne te referai aucun mal non plus, Lee Ann.

Les larmes qu'elle sentit monter ajoutèrent un nouveau degré à son taux de contrariété. S'il y avait une chose qu'elle ne voulait surtout pas, c'était pleurer devant cet homme. Elle ne voulait pas de sa pitié. Tout allait bien maintenant. Enfin, tant qu'il ne mettait pas trop leurs vies sens dessus dessous.

— Assieds-toi et parlons. Apprenons de nouveau à nous connaître. Cela fait si longtemps.

— Tu n'as aucun besoin de me connaître, rétorqua durement Lee Ann.

— Est-ce que ce ne serait pas mieux pour elles, si on s'entendait bien ? l'interrogea-t-il en désignant de la tête le magasin dans lequel les jumelles avaient disparu.

Si, mais c'était un argument tellement évident qu'elle refusa d'y répondre.

Elle resta debout à ruminer. Soudain, une main s'enroula autour de son poignet et tira, jusqu'à ce qu'elle cède et s'asseye. De toute façon, elle devait avoir l'air bête, debout au milieu de tous ces gens attablés. Surtout quand lui était toujours assis sur son siège.

— Raconte-moi l'université, lui demanda-t-il d'une voix basse et grave, et elle eut envie de répondre, rien que pour l'entendre encore.

— J'ai terminé mon premier semestre peu de temps avant la naissance des filles, et je n'y suis jamais retournée par la suite.

— Et ta bourse ?

— Insuffisante pour une mère célibataire et deux enfants, lui apprit-elle en lui jetant un bref coup d'œil avant de baisser tout aussi vite les yeux.

Hors de question de le laisser lire en elle. Il savait à quel point elle avait travaillé pour obtenir cette bourse. Il pouvait parfaitement imaginer quel crève-cœur cela avait dû être de ne pas pouvoir continuer.

Un brouhaha de conversations et de cris d'enfants lui parvint aux oreilles et lui occupa un temps l'esprit. Elle avait très envie de relever les yeux vers Cody mais il valait mieux n'en rien faire. Il n'était pas question qu'il décèle la douleur qu'avait été pour elle de renoncer à l'université.

— Ta mère n'était pas la mère la plus parfaite du monde, mais elle t'a bien élevée.

Ses lèvres alors qu'il parlait étaient fascinantes.

— Tu aurais pu lui demander de prendre les filles. Tu aurais pu les lui confier, comme l'avait prévu Stephanie, continua-t-il.

— Je ne pouvais pas, répondit-elle en agitant sa paille dans son milk-shake.

Elle libéra son poignet et détourna ses yeux.

— Quels qu'aient été ses défauts et ce qu'elle m'avait fait subir, elle était ma sœur. C'était ma seule et dernière chance d'être fidèle à sa mémoire.

*Et mon ultime chance d'être proche de toi.*

Elle avait eu beau faire tous les efforts possibles, vouloir atteindre la perfection, elle n'avait jamais été assez bien. Pour aucun d'entre eux.

— Tu ne m'as jamais dit combien ça n'allait pas entre vous. Je savais qu'il y avait des frottements, mais pas à ce point, reprit Cody en se penchant au point d'effleurer son bras du sien.

— Je sais, repartit-elle en aplatissant une main sur la table.

Pourquoi cela faisait-il si mal d'admettre la vérité ? Les faits ne sont que des faits.

— Sa haine envers moi date du jour de ma naissance, commença-t-elle quand même.

Il lui posa un doigt sur le côté du menton et lui tourna le visage vers lui. Ses yeux sombres parcoururent son visage avant de se planter dans les siens.

— Je suis désolé que ta sœur n'ait pas été digne de toi, et plus encore que tu aies dû renoncer à tes aspirations. Mais je te remercie du fond du cœur d'avoir pris soin de mes filles. Je me détesterais encore plus si elles avaient dû subir le même sort que moi.

Elle respirait avec peine.

— Je n'aurais jamais pu me regarder dans un miroir de ma vie si j'avais eu recours à cette solution.

C'était la pure vérité. Connaissant l'enfance malheureuse de Cody comment aurait-elle pu imposer la même chose à ses filles, malgré tout ce à quoi elle avait dû renoncer ?

L'instant devenait trop sérieux, décréta-t-elle brusquement. Elle s'écarta de lui et jeta un coup d'œil vers le magasin.

— Au fait ! Keri a accouché ce matin ! La mère et l'enfant se portent bien.

Un petit rire lui parvint aux oreilles.

— Tu me fais le coup du changement de sujet, Lee ?

La façon unique qu'il avait de prononcer son prénom écourté lui provoqua un petit frisson.

— Et comment. Ce qui est important, c'est que nous sommes venus pour nous distraire, pas pour remâcher ce qui ne peut être changé.

Le petit rire se fit de nouveau entendre, et elle ne put résister plus longtemps à l'envie de relever les yeux vers lui. Erreur. Le regard qu'il lui retourna était plus que limpide. Il avait manifestement une conception de la distraction bien différente de la sienne.

Elle jeta un coup d'œil sur sa bouche, sur laquelle subsistait une minuscule goutte de milk-shake. Elle savait très bien ce que se distraire pouvait vouloir dire.

Elle était en train de retomber dans ses filets. Il allait lui falloir trouver le moyen d'arrêter ça, et vite.

Elle tourna les yeux vers le magasin et décida d'aborder un autre sujet qui, s'il promettait de ne rien avoir de distrayant, méritait toutefois qu'on s'y arrête. Elle sortit de son sac le chèque qu'il lui avait remis deux jours auparavant et le lui tendit.

— Je ne peux pas l'accepter. C'est beaucoup trop.

Il ne fit pas un geste.

Elle le posa devant lui.

— Allez, Cody, reprends-le. Il m'est impossible d'accepter de toi plus que je ne gagne en une année. Ouvre un compte épargne pour les études des filles si tu tiens absolument à ce que cet argent leur serve, mais moi, je n'en ai pas besoin.

— Je n'ai pas souvenir de t'avoir demandé si tu en avais besoin.

Il déplaça finalement la main, mais au lieu de prendre le chèque, il le poussa dans sa direction.

— Si tu en profitais pour quitter le snack et poursuivre la carrière que tu as mise entre parenthèses ?

— Je n'ai rien mis entre parenthèses. J'ai changé de voie. Les gens font ça tout le temps, rétorqua-t-elle en repoussant le chèque vers lui.

La pensée de déposer autant d'argent sur son compte la tentait, elle devait bien se l'avouer. Elle pourrait faire tellement pour les filles grâce à ce chèque et, oui, il avait raison, elle pourrait cesser de travailler au snack. Cependant, cela ne lui semblait pas correct, dans la mesure où l'accepter serait susceptible de les lier d'une manière qui la mettait mal à l'aise.

— Je m'en suis toujours très bien sortie toute seule.

— Oui, mais maintenant tu n'as plus à le faire. J'ai déjà pris des dispositions pour que t'arrive une pension mensuelle.

— Cody ! Je m'en sors très bien toute seule, répéta-t-elle avec une pointe d'exaspération.

— Quitte le snack, Lee. Consacre-toi à ta photographie.

— Tu ne t'imagines tout de même pas que tu peux revenir et tout diriger ?

— Non ?

Il avait énoncé cet unique mot d'une voix aussi exaspérée que la sienne. Il prit le chèque, attrapa son sac et le fourra dedans.

— Regarde, si je ne peux pas.

— Non.

— Essaye de m'arrêter, pour voir, l'interrompit-il d'une voix sèche. Ce sont mes enfants. Je veux qu'elles aient tout ce dont elles ont besoin, et il est hors de question que tu te tues à la tâche alors que je suis à présent là pour t'aider.

— Je ne suis pas ta priorité.

— Eh bien, si.

Son ton s'était radouci, et soudain, elle n'eut aucune envie d'entendre ce qu'il avait d'autre à lui dire et se releva. Bizarre, mais elle se sentait mieux debout quand il était là.

— Très bien, j'accepte le chèque. Mais qu'il soit bien clair que je ne suis rien pour toi. La seule et unique chose que nous ayons en commun, ce sont les filles.

Elle passa de l'autre côté de la table tout en réédifiant mentalement ses défenses. Elle tourna les yeux vers les jumelles qu'elle voyait déambuler dans la boutique, et souhaita un instant que Cody s'en aille. Elle le savait très fort dans l'art de l'esquive. De toute façon, il ne pouvait plus rien y avoir entre eux, il l'avait trop fait souffrir autrefois.

— Tu mens.

Elle pivota dans un sursaut pour l'écraser de son mépris, mais il s'était levé, lui aussi, et sa stature suffit à l'y faire renoncer.

— Pas du tout, marmonna-t-elle.

— Il y a quelque chose entre nous. Tu le sais comme moi.

Elle lui tourna le dos.

— Tout s'est terminé le jour où tu as baissé ton pantalon pour ma sœur.

— Ou alors, c'est en mode pause, rétorqua sa voix grave.

Il était derrière elle maintenant, et la chair de poule lui hérissa la nuque.

— Il n'y a plus rien, Cody. Tu ferais aussi bien de te sortir ça du crâne.

Comment en étaient-ils arrivés à revenir encore une fois là-dessus ?

— Impossible. Je le sens, répliqua-t-il en lui posant légèrement les doigts au creux du dos, arrachant un frémissement à son traître de corps. Toi aussi, tu le sens. La question se résume à cela : qu'allons-nous faire à ce propos ?

— Je ne sens rien du tout.

Si jamais elle avait eu besoin de force, c'était là, tout de suite ! Elle se mordit la lèvre et s'obligea à ne pas tenir compte de son contact. Pourquoi fallait-il qu'il ait encore cet effet sur elle ? Dieu sait qu'elle n'en avait pourtant aucun besoin.

Il lui passa fermement la main dans le dos, contact qui la brûla littéralement au travers de son chemisier léger. Elle dut combattre une féroce envie de se laisser aller contre cette main en fermant les yeux.

— Tu n'as jamais su mentir, murmura-t-il.

Et quand, du pouce, il la caressa, elle dut contracter tous les muscles de ses jambes pour ne pas s'affaler à ses pieds. Elle se planta les ongles dans les paumes des mains et se répéta en boucle qu'ils étaient là pour les filles et non pour eux deux. Eux deux, c'était fini. Depuis bien longtemps.

À peine eut-elle évoqué les filles que celles-ci jaillirent du magasin et revinrent vers eux au pas de course. Cody retira sa main de son dos.

— On a fait not' choix, maman, lança Kendra en s'immobilisant. On peut payer avec ta carte ?

— Je m'en charge, intervint Cody, d'une voix plus grave qu'à l'habitude, et elle frissonna une nouvelle fois.

À ceci près que cette fois-ci, ce n'était pas elle qu'il regardait. Il sortit une carte de crédit sous les yeux écarquillés des filles.

— Est-ce qu'ils vont nous laisser nous en servir ?

— Je vais venir avec vous.

— Non ! s'écrièrent en chœur les jumelles.

Plusieurs personnes se tournèrent vers le petit groupe, et elles baissèrent la tête, gênées et presque le rouge aux joues.

Cody interrogea Lee Ann des yeux, dérouté par l'apparente gravité de la chose. S'il voulait payer, il allait devoir pénétrer dans un magasin de sous-vêtements sexy avec ses filles. *Qu'il se débrouille*, songea-t-elle un peu méchamment. Après tout, ne venait-il pas de l'obliger à s'avouer qu'elle avait envie de ses lèvres partout sur elle ? Elle mima l'ignorance d'un mouvement d'épaule.

Il regarda tour à tour les filles et le magasin, puis retourna brusquement les yeux vers l'enseigne de la boutique.

— Vous voulez acheter quelque chose là-dedans ?

— Tant pis, grommelèrent les filles à l'unisson.

Elles s'écartèrent subrepticement des deux adultes. Finalement, Lee Ann se sentit mal pour tout le monde. Elle empoigna son sac.

— Toi, tu restes là, ordonna-t-elle à Cody. Je m'en occupe.

— Mais c'est un magasin pour femmes adultes, Lee Ann, pas pour enfants, murmura-t-il, mais un peu trop haut.

Quelques rires alentour achevèrent de faire passer les joues des jumelles au rouge pivoine. La culpabilité s'empara de Lee Ann, puisque c'était à cause de sa mesquinerie qu'ils en étaient arrivés là. Mais aussi, comment Cody avait-il pu manquer l'enseigne de la boutique dans laquelle les jumelles avaient passé tant de temps ? Il avait probablement été trop occupé à tenter de raccrocher les wagons avec elle.

Elle lui décocha un regard noir.

— Emporte les sacs, on se retrouve à la voiture.

Il ouvrit la bouche pour protester, mais elle le fit taire d'un autre regard meurtrier.

— À. La. Voiture.

Et elle s'en fut, accompagnée des filles. Sans Cody. Comme cela devait être.

Elles n'avaient besoin de personne d'autre. À ceci près que ce n'était pas la vérité. Elle avait bien peur qu'elles aient toutes besoin de lui.

## 10

À douze ans, on est un estomac ambulant.

Ce fut du moins la réflexion que se fit Cody en regardant ses filles engouffrer part de pizza sur part de pizza le lendemain soir. À la suite de l'expédition de la veille, il avait convaincu Lee Ann de le laisser venir les voir après la fermeture de la clinique. Le crépuscule venu, ils s'attardaient tous dans le patio. Mois de novembre ou pas, quand il fait vingt-sept degrés, on a envie de profiter du beau temps.

Il avait proposé d'apporter le dîner et, vu le malheureux morceau de pizza restant, il avait bien calculé les portions.

— Maman, est-ce que papa t'a parlé de l'opération qu'il m'a autorisée à regarder ce matin ?

Kendra était allée s'asseoir sur les marches avec sa grand-mère, et toutes deux jouaient aux cartes. Arrivée en même temps que le livreur, Reba n'était visiblement pas pressée de rentrer chez elle. En dehors de passer du temps avec sa famille, Cody la soupçonnait fort d'être également à l'affût de quelque détail bien croustillant à partager avec ses copines.

Boss s'était couché de l'autre côté de Kendra. En attendant que tout soit prêt, les filles avaient joué avec lui dans le jardin, et il semblait le plus heureux des chiens. S'il ne faisait pas attention, songea Cody, même Boss allait lui réclamer de rester quand l'heure serait venue de faire leurs bagages.

— Oui, répondit Lee Ann.

Cody tourna les yeux vers Candy qui, quelques pas plus loin, dribblait avec son ballon de basket. Elle tentait parfois une passe au travers de ses jambes mais, vu sa taille, elle était bien meilleure au lancer.

Alors que Kendra entreprenait de raconter l'opération réalisée dans la matinée, il se leva et s'approcha de Candy. Il fit le tour du jardin du regard, et désigna un des angles.

— Si je t'installais un panier là-bas ?

Deux grands yeux sombres le fixèrent un instant, puis sa fille se rembrunit et se frotta le nez. Enfin, elle secoua la tête.

— Dans le jardin, ça va pas plaire à maman.

— Pourquoi ? s'étonna-t-il en jetant un coup d'œil à Lee Ann.

Celle-ci n'avait rien entendu et s'activait à débarrasser les assiettes en carton, les verres vides et les trois canettes de bière qu'avaient bues les adultes. Elle partit les jeter. Il refit face à Candy.

— Pourquoi est-ce que ça ne lui plairait pas ?

— Si on joue ici, ça va bousiller le gazon.

— Et alors ?

C'était bien le commentaire le plus ridicule qu'il avait jamais entendu. Les enfants ont besoin d'espace pour jouer. Devant l'absence de réponse de sa fille, il reprit :

— Eh bien, on trouvera un autre endroit. Ou alors on pourrait aussi couler une dalle de ciment, et il ne sera plus question d'herbe écrasée.

Candy le gratifia d'un de ces rares vrais sourires qu'elle lui avait adressés depuis qu'elle avait appris qui il était, et il en fut tout ému. Elle était plus coriace que sa sœur, mais il avait bon espoir de finir par entrer dans ses bonnes grâces. La pensée qu'une de ses filles ne l'apprécie pas était trop déplaisante.

Il désigna le ballon d'un signe de tête.

— Passe un peu, que je vois s'il me reste quelque chose de mes jeunes années.

Il n'avait jamais fait partie d'une équipe puisqu'il n'avait jamais fréquenté une école plus d'une année de suite, mais il avait suffisamment joué au fil des ans pour savoir manier un ballon.

Candy le lui lança, et ils entamèrent une partie d'esquive endiablée. Elle était vraiment bonne.

— Alors, raconte-moi un peu comment s'organise cette prochaine fête d'anniversaire.

Cela faisait deux jours qu'il avait envie d'en parler, car la perspective de danser avec chacune de ses filles le jour de leur fête l'avait beaucoup touché et seule la peur l'avait empêché d'aborder le sujet. Et si finalement Candy refusait qu'il vienne ? Il avait clairement précisé qu'il n'assisterait à leur célébration d'anniversaire que si les deux étaient d'accord.

Elle lui chipa le ballon et se mit à dribbler.

— C'est juste une fête.

— Tu as dit qu'on allait y danser.

— Oui, les garçons et les filles vont danser ensemble. Pas comme dans la fête de Sadie.

La réception de Sadie avait été quelque chose, mais la leur serait forcément plus belle. Pensée qui le fit sourire. Lee Ann préparait pour les filles une fête qui surpasserait celle de leur copine. C'était bien la Lee Ann qu'il avait connue qui dirigeait tout cela aujourd'hui. Elle était toujours la femme forte et indépendante dont il était naguère tombé amoureux. Elle s'était adaptée aux circonstances.

Tous deux se remirent à jouer en silence avant qu'il rassemble le courage de poser une autre question.

— Me laisseras-tu venir à votre fête ? Ça me plairait beaucoup, tu sais.

Candy cessa de faire rebondir son ballon, le regarda, et il se sentit comme un insecte sur une lame de microscope. Elle le dévisageait avec la même intensité que l'avait toujours fait Lee Ann.

Qui n'était pas sa mère, soit, mais peu importait. La ressemblance était bien là.

Finalement, elle baissa les yeux et hocha la tête. Avant de recommencer à dribbler.

— Vous pouvez venir.

Submergé de soulagement, il eut le réflexe d'avancer vers elle pour la serrer dans ses bras, mais il s'interdit ce luxe. Inutile de l'effrayer alors qu'il venait de faire un pas de géant dans la bonne direction.

— Je te remercie, lui répondit-il en toute sincérité. Je suis impatient d'y être, et ça me plaira infiniment de danser avec toi si tu le veux bien.

Elle acquiesça d'un signe de tête, ne répondit rien et reprit ses dribbles.

Ils jouèrent encore quelques minutes, puis il héla sa sœur. Il voulait ses deux filles avec lui.

— Tu viens, Kendra ? Ta sœur est en train de me ridiculiser.

Kendra releva les yeux de ses cartes, mais consulta ensuite sa montre.

— En fait, il faut que j'aille faire mes devoirs.

— Oh, c'est vrai. Les devoirs ! enchaîna Candy en tournant les yeux vers sa mère.

Quelques instants plus tard, les deux filles avaient disparu à l'intérieur de la maison avec Boss. Reba traversa le jardin en direction de chez elle, et Cody se retrouva seul avec la femme qui occupait son esprit depuis l'instant même où il l'avait revue.

Il n'était pas vraiment contre se retrouver seul avec elle dans l'obscurité croissante. Il était même totalement pour.

Il enfourcha le banc sur lequel Lee Ann était assise pour lui faire face, et eut le plaisir de constater qu'elle ne se levait pas pour aller s'installer un peu plus loin. Deux canettes de bière embuées apparurent comme par magie entre ses mains et elle lui en tendit une. Il la prit en souriant.

— Merci. Quand es-tu allée les chercher ?

— Je les ai sorties en rangeant ce qu'il restait de pizza dans le réfrigérateur.

L'atmosphère nocturne, ses bruissements, la lumière douce propagée par les bougies, la soirée paisible, tout cela lui donna envie de bien plus que ce que Lee Ann était probablement disposée à lui offrir.

— Qu'est-ce qui vient de se passer ici, au juste ? s'enquit-il en désignant l'espace vide autour d'eux. Tout le monde était là, tranquille, et puis comme si une cloche avait sonné, elles se sont égayées comme une volée de moineaux. Ne me raconte pas qu'elles sont allées faire leurs devoirs un samedi soir !

Un petit rire échappa à Lee Ann, si doux qu'il se pencha pour mieux l'entendre. Il avait toujours adoré la faire rire, et il avait bien peur qu'elle n'ait pas beaucoup ri ces treize dernières années. Si elle le voulait bien, il ferait son possible pour arranger cela aussi.

Il l'espérait vraiment. Il avait envie de la faire rire, et souvent. Autrement dit, il avait envie d'être près d'elle.

Elle inclina sa bière au lieu de répondre, en but quelques gorgées et conserva le silence.

— Est-ce que j'ai encore fait une boulette ? voulut-il savoir. Dis-le-moi, et j'arrangerai ça. Je te jure, les filles, on devrait les livrer avec une notice d'utilisation.

Une autre gorgée de bière et elle se tourna vers lui.

— Elles imaginent que l'on aimerait être un peu seuls, lui déclara-t-elle tout de go.

Futées, ses gamines.

— Auraient-elles raison ?

Elle secoua la tête un peu bizarrement, et il se dit qu'il n'en fallait pas beaucoup pour la rendre légèrement pompette.

— Non, elles n'ont pas raison. Tu n'es là que pour elles, répondit-elle avant de boire une autre gorgée. En fait, tu devrais y aller, toi aussi, puisqu'elles sont rentrées.

— Et si je n'avais pas envie d'y aller ? l'interrogea-t-il.

Il leva une main et frôla la peau douce sous son menton. Elle redressa la tête. Il ajouta très doucement :

— Si j'en voulais davantage ?

Seigneur, qu'il avait envie de l'embrasser. Cette envie le tenaillait depuis l'instant même où il l'avait vue le fusiller des yeux le tout premier matin, au snack. Et plus, n'en parlons pas. Il n'était franchement pas certain de ne pouvoir se contenter que d'un seul baiser.

Elle secoua la tête de gauche à droite.

— Tu vas devoir arrêter, Cody. Cela ne mènera nulle part.

Une sonnerie de téléphone retentit soudain non loin de là mais cessa presque aussitôt. Pour sa part, il ne pensait qu'à une chose : il ne survivrait pas à une autre soirée sans avoir réussi d'une manière ou d'une autre à embrasser Lee Ann.

Il inclina la tête et se pencha vers la courbe de son cou.

— Si tes filles se mettent à jouer les entremetteuses, cela signifie, et tu le sais très bien, que je ne suis pas le seul à sentir ce quelque chose qui couve entre nous, Lee. Un quelque chose de très puissant.

Quoi que ce fût, il était comme aimanté chaque fois qu'il l'approchait. Elle avait probablement raison en soutenant que cela ne les mènerait nulle part. Que les enfants étaient la priorité. Mais comment diable était-il censé ne pas la désirer ? C'était tout de même Lee Ann.

Elle secoua encore une fois la tête, mais ne s'écarta pas.

— Tu te rends compte, j'espère, commença-t-elle en désignant la maison de Brida d'un geste de la main, que ma mère est certainement en train de nous espionner ? Si ce n'était pas elle qui appelait dans les environs pour raconter au téléphone que tu es ici à essayer de m'embrasser, c'était une personne qu'elle avait déjà appelée qui voulait savoir s'il y a du nouveau.

Il y avait de grandes chances pour que ce fût la plus stricte vérité. Mais, bizarrement, la perspective d'être l'objet des racontars ne le contraria pas autant que cela. Sans doute parce qu'il était à un cheveu maintenant de la prendre enfin dans ses bras.

— Tu essayes de me faire peur.

Il se pencha davantage avant de se raviser et lui effleura le cou des lèvres. Elle fut prise d'un tremblement, et il fut presque certain qu'elle avait émis un gémissement, si son propre soupir ne l'avait pas couvert.

— Cody, murmura-t-elle.

Il était temps d'aller plus loin. Alors qu'il approchait la bouche de son oreille à la frôler, elle poussa un soupir et se laissa aller contre lui.

Sur la dernière pensée cohérente que rien n'irait plus loin à cause de la présence des enfants dans la maison, il lui mordilla l'oreille en l'attirant plus près de lui.

— Maman !

La porte fut ouverte à la volée.

Cody se redressa dans un sursaut, le rouge au visage, avec l'espoir que rien n'ait été visible dans la nuit presque tombée. Ses filles venaient de le surprendre avec leur mère quasiment sur ses genoux.

Lee Ann saisit la canette qu'elle avait posée à un moment ou un autre et lui tourna le dos.

— Oui ?

Bouche bée, Candy ouvrait de grands yeux en les regardant tour à tour.

— Euh, rien, marmonna-t-elle en reculant subrepticement vers la porte qu'elle venait de franchir.

Kendra, quant à elle, resta où elle était, le visage fendu d'un immense sourire.

— Vous étiez en train de vous embrasser ?

— Non ! s'insurgea Lee Ann. Bien sûr que non ! Que vouliez-vous me demander ?

Kendra les dévisagea l'un après l'autre un long moment, puis annonça, tout en brandissant le téléphone sans fil de la maison :

— On a oublié de te dire que Sadie nous avait invitées à dormir chez elle. Sa mère vient nous chercher.

— Tout de suite ?

— D'habitude tu nous laisses aller dormir chez nos copines le week-end, alors on était sûres que c'était bon, argua Candy. Tu es d'accord ?

Lee Ann la fixa en cillant, un peu comme si elle avait du mal à assimiler la question. Cody se serait bien chargé de répondre, mais il redouta sa réaction, ou plus exactement une redéfinition des « limites » qu'elle lui accordait. Il se sentait déjà un peu honteux d'avoir profité de cet instant de détente pour pousser son avantage. Il ne regrettait cependant pas ce qu'il venait de faire. Quelques secondes de plus et il aurait eu ce baiser.

— Alors, c'est bon ?

La question lui remit à l'esprit que Lee Ann n'avait toujours pas répondu. Il lui jeta un coup d'œil, décela son inquiétude et comprit qu'elle n'était pas provoquée par le fait que les filles aillent dormir ailleurs. Mais parce qu'ils allaient se retrouver seuls tous les deux.

Elle finit toutefois par se plaquer un sourire sur le visage.

— Bien sûr.

Un bref coup de klaxon retentit à l'extérieur, et les filles rentrèrent en courant chercher leurs sacs. De retour dans le patio, elles embrassèrent Lee Ann ainsi que Cody. Ému aux larmes, il les serra toutes deux contre lui, puis tous deux les accompagnèrent jusqu'à la rue. Il dut empoigner le collier de Boss, qui avait très envie de partir avec ses nouvelles amies.

Alors que la voiture démarrait, il décida qu'avant de retourner chez lui il allait au moins faire admettre à Lee Ann qu'elle éprouvait toujours quelque chose pour lui. Comment pourrait-il en être autrement, après ce qui venait de se passer ? Il entreprit de rentrer dans la maison sans l'attendre, mais elle demeura où elle était.

— Il est temps que tu t'en ailles, toi aussi, lui dit-elle, anéantissant en quelques mots ses fantasmes de baiser langoureux.

Il pivota vers elle.

— Je voulais m'attarder encore un peu, riposta-t-il en étudiant en vain son regard qu'elle rendait indéchiffrable. Le temps de discuter de deux ou trois choses.

Elle refusa d'un signe de tête et pointa le doigt dans la direction de la clinique. Elle arborait un sourire bien trop poli.

— Les filles sont parties, tu n'as plus aucune raison de rester plus longtemps ici. Demain, elles passeront le plus gros de leur journée avec Sadie. Quand elles découchent le samedi soir, elles vont à la messe avec la famille qui les accueille. Pourquoi ne prendrions-nous pas notre dimanche ? Une petite pause sera bénéfique pour tout le monde. Les filles ont besoin de temps pour se faire à ces changements.

Une colère inattendue brouilla un instant la vision de Cody. Manifestement, les filles s'adaptaient très bien à ces modifications, et c'était elle seule qui le renvoyait dans ses buts, parce qu'elle ne voulait pas admettre qu'elle éprouvait toujours des sentiments pour lui.

— Il faut que nous parlions, Lee.

Elle secoua une nouvelle fois la tête, le visage de marbre.

— Il n'y a rien à discuter. Merci infiniment pour le dîner.

Elle tourna les talons sans le laisser ajouter quoi que ce fût, et la frustration lui coupa également le sifflet. Si elle pouvait continuer à faire comme s'il n'y avait rien entre eux, soit, il pouvait faire de même. Et puis, franchement, qui avait besoin d'une femme aussi horripilante qu'elle ?

Il poussa un juron entre ses dents et entreprit de longer la rue, en jetant toutefois un bref coup d'œil au rideau rouge de la fenêtre de Reba.

Il oscillait encore.

Génial. D'ici quelques secondes, toute la ville saurait qu'il s'était fait rembarrer par Lee Ann, la femme qui avait élevé l'inaccessibilité au niveau de l'art.

Cody enclencha la position point mort avant de se laisser aller sur son siège, littéralement épuisé. Il jeta un regard à Boss qui, avachi sur le siège passager, était visiblement dans le même état. Après une nuit quasiment blanche à énumérer les « Et si ? » après la soirée de la veille, il avait fini par se lever aux aurores pour partir courir dans la montagne. Courir en altitude jusqu'à épuisement lui avait semblé une bonne idée.

À ceci près que la course n'avait rien réglé, elle ne lui avait apporté aucun éclaircissement, et n'avait servi qu'à les éreinter, lui et son chien.

Il caressa la tête de Boss.

— Tiens bon, mon pote, je n'en ai pas pour longtemps. Après, on va rentrer et tu pourras dormir tout ton saoul. D'ailleurs, j'en ferai vraisemblablement autant.

Quand on n'a rien de mieux à faire le dimanche, autant le passer au lit. Surtout qu'il n'avait réellement rien à faire aujourd'hui, songea-t-il en repensant à la façon dont la soirée s'était achevée.

Un grondement de son estomac le ramena au présent. En revenant en ville, il avait attrapé son téléphone et commandé un petit déjeuner à emporter, car il avait très faim mais aucune envie de compagnie. Cependant, après un coup d'œil à son tee-shirt trempé de sueur il regretta de n'avoir pas pris le temps de rentrer prendre une douche rapide avant de venir s'enquérir de son festin matinal.

S'il devait en croire Mme Grayson, les gens de la ville le voyaient maintenant d'un meilleur œil. La rumeur selon laquelle il s'était très bien comporté chez Lee Ann le soir de Thanksgiving avait fait son œuvre et, pour une raison qu'il lui restait encore à déterminer, le fait qu'il fût le père des jumelles semblait également jouer en sa faveur. Maintenant, quand il sortait de chez lui ou de la clinique et qu'il croisait des gens, ceux-ci le saluaient et lui parlaient de ses filles au lieu de marmonner des commentaires désobligeants à son intention ou, pire, de l'écraser de leur mépris. C'était bizarre... Et en même temps étrangement réconfortant.

Il se demanda même ce qu'auraient dit les Monroe de tout cela. Il se passa une main sur le visage et repoussa cette pensée, vaine, puisqu'il ne le saurait jamais. De même, l'impossibilité de pouvoir leur présenter ses excuses pour la façon dont il les avait quittés le rendait triste. Il n'avait compris son réel désir de le faire que lorsque Sam Jenkins lui avait appris leur décès. Encore une fois, inutile de s'y attarder plus longtemps.

Il ouvrit sa portière et descendit de voiture. Se montrer en public dans une tenue aussi négligée n'était sûrement pas son idée la plus brillante, mais tant pis. Il mourait de faim, et ceux qui le verraient ainsi n'auraient qu'à se faire une raison.

Il n'avait pas posé la main sur la poignée de porte du snack qu'elle s'ouvrit grand sur Holly, infiniment trop maquillée pour un dimanche matin dans ce Sud si religieux des États-Unis, affublée d'un tee-shirt étriqué et de Chucks montantes roses pas du tout assorties à ce qu'elle portait.

— Voici ton p'tit déj', lui dit-elle en lui tendant un sac en papier brun.

Il n'eut pas le temps de la remercier qu'elle avait disparu derrière la porte, pour refaire son apparition quelques secondes plus tard avec deux plateaux recouverts de torchons à carreaux.

— Prends ça, je vais chercher le reste, lui commanda-t-elle en les lui mettant d'autorité dans les mains.

— Pourquoi ? Que se passe-t-il ? voulut-il savoir.

Mais, une fois de plus, il adressa sa question à une porte close.

La troisième fois que Holly reparut, elle avait un énorme pichet de thé dans une main et un gros sac en papier brun dans l'autre.

Cody se dirigeait vers sa voiture suivi par Holly quand il pila net au milieu du trottoir.

— Mais enfin, qu'est-ce que tu fabriques, Holly ?

Elle s'arrêta devant sa portière passager, essaya de l'ouvrir, et poussa un gros soupir.

— Ah, parce qu'ici tu verrouilles ta voiture ? Mais qu'est-ce que tu imagines, que les gens ont envie de te voler ? Avec ton clebs ?

— Vaudrait mieux pas, marmonna-t-il.

Il déposa les plateaux sur le capot, sortit ses clés de sa poche et appuya sur la touche de déverrouillage central.

— C'est quoi, ces plateaux ? Et où t'imagines-tu que je vais t'emmener ?

Elle ouvrit la portière passager et grattouilla Boss entre les oreilles. Ce Judas sauta aussitôt sur le siège arrière pour lui faire de la place.

— C'est pour Keri. Elle est sortie de la maternité ce matin, alors je lui apporte tout ça, lui expliqua-t-elle enfin en s'asseyant sur le siège libéré.

— Eh bien, fais-le, rétorqua-t-il en restant planté où il était.

— Justement, repartit-elle en lui ouvrant sa portière. Allez, monte. Les gens nous regardent.

Il serra les poings et lui décocha son regard qui, normalement, faisait reculer les gens. Elle ricana et se retourna pour câliner Boss.

— Je suis sérieux, déclara-t-il. Je ne peux pas t'emmener ce matin. Il va falloir que tu trouves quelqu'un d'autre.

— Alleeeeez, Cody, ma voiture est en révision et je ne l'aurai pas avant demain. Il faut que j'apporte tout cela chez Keri, afin qu'elle puisse se consacrer exclusivement à son bébé sans avoir à s'inquiéter de faire les courses.

— Mais regarde-moi, Holly, réessaya-t-il. Je suis en nage, je dois me laver et Boss veut aller dormir. Je lui ai promis qu'on rentrerait directement.

Elle lui jeta un petit coup d'œil avant de prendre les plateaux pour les poser sur ses genoux.

— Bien, alors on fait un détour par chez toi. Boss pourra aller dormir, tu files à la salle de bains et hop, on y va. Il n'y a pas de quoi en faire un fromage. Maintenant, en route. J'ai un petit déjeuner qui refroidit sur les genoux.

— Mais, et ton travail ? l'interrogea-t-il tout en s'installant bien malgré lui derrière le volant.

Il fronça le nez. Il fallait vraiment qu'il prenne très vite une bonne douche.

— Ils n'auront pas besoin de moi avant la sortie de la messe, et je veux avoir le temps de prendre quelques minutes ce bébé tout neuf dans mes bras, alors zou, on arrête de lambiner ! continua à pérorer Holly.

Sur un dernier regard à la femme qui s'était plantée à la place de son chien dans sa voiture, il démarra. Comment se débrouillait-il pour se laisser entraîner dans des histoires pareilles ?

Dix minutes plus tard, il sortait de sa douche, propre comme un sou neuf. Boss avait liquidé le plus gros de sa gamelle d'eau et s'était endormi comme une masse sur son tapis. Holly ouvrait et refermait les placards de la cuisine mais, dès l'instant où elle le vit émerger du petit couloir, elle se dirigea vers la porte.

— On y va, lui dit-elle.

— Que cherchais-tu ?

— Hein ?

Elle se retourna et parcourut la minuscule cuisine des yeux.

— Oh, rien. Je m'ennuyais, comme souvent dans cette ville, et ton studio est si petit qu'il commençait à me porter sur les nerfs.

— Pendant les cinq minutes où j'ai été absent ? s'étonna-t-il en récupérant ses clés sur la table.

Elle éluda d'un geste.

— Que veux-tu que je te dise ? Il n'y a vraiment rien à faire ici.

— Alors, tu inventories les placards des inconnus ?

Sa vie prenait un tour étrange, avec des gens qui se comportaient bizarrement, et pourtant il faisait avec.

Vraiment loufoque, cette femme. Il la suivit sur le palier tandis qu'elle répondait :

— Primo, tu n'es pas un inconnu, et deuzio, ce n'est pas comme si tout ce qu'il y a dans ces placards t'appartenait, puisque ce sont les affaires de Keri.

Ce qui était tout à fait exact, songea-t-il. Il était arrivé avec seulement ses vêtements, son chien et sa mallette.

Dans l'escalier, il salua de la main Mme Grayson qui balayait son porche mais, surtout, le gardait à l'œil. La pensée pour le moins incongrue qu'il allait regretter leur petit papotage matinal ne manqua pas de le faire sourire, mais il avait un petit déjeuner en train de refroidir dans la voiture.

— À tout à l'heure ! lui cria-t-il en se glissant derrière le volant.

Les chaussures de Holly attirèrent encore une fois son regard et il s'en enquit tout en déboîtant sur la route :

— Tes chaussures m'intriguent. Elles sont toujours inhabituelles, et même si j'admets volontiers ne rien connaître en matière de style féminin, elles ne me semblent jamais aller avec le reste de ta tenue.

Elle leva les pieds et les agita en tous sens.

— Elles sont pas belles, mes pompes ? Celles-ci, c'est une de mes paires préférées. Enfin, une de mes cinq paires préférées.

— Mais...

— Je sais. Mes chaussures ne sont jamais assorties aux vêtements que je porte et, oui, je le fais exprès.

— Pourquoi ?

— Parce que ça me plaît et ça m'aide à me faire une opinion sur les gens. Il y en a qui font les dégoûtés en les voyant, d'autres qui ne les remarquent même pas. Ça en amuse quelques-uns, toi par exemple. Enfin, il y a ceux qui adorent ça.

— Qu'est-ce que ça te dit, exactement, sur les gens ?

Elle lui sourit, d'un sourire si éclatant qu'il réchauffa l'habitacle et le fit rêver d'être lui aussi une personne aussi heureuse, authentiquement heureuse, qu'elle semblait être en permanence.

— Ça me dit qui sont mes amis, répondit-elle avant de tendre le bras et de lui serrer la main qu'il avait refermée autour du volant : Merci d'avoir remarqué mes pompes, Cody.

Cette fille était un peu loufoque, mais sa sincérité avait un je-ne-sais-quoi de vraiment craquant, se dit-il, amusé.

— Viens-tu de me dévoiler le secret de tes premières impressions ?

Elle se mit à rire.

— Ce que je viens de te raconter n'est qu'un infime facteur de mes décisions. Mais sois tranquille, je t'ai catalogué dès l'instant où je t'ai vu. Ton intérêt pour mes chaussures n'est que la cerise sur le gâteau.

— Tu es une créature étrange, tu sais. Très étrange.

— Voui, fit-elle, l'œil pétillant.

Puis elle changea de sujet et se lança dans des commentaires sur tout et n'importe quoi en lui indiquant le chemin.

Une dizaine de minutes plus tard, il pénétrait dans le quartier périphérique où habitait Keri. La jeune vétérinaire y avait acheté une maison un an plus tôt, lui apprit Holly. Elle avait passé ses deux premières années au centre-ville dans le studio qu'il occupait à présent avant de faire l'acquisition de cette bâtisse un peu plus vaste. Peu de temps après, elle était tombée enceinte mais personne ne connaissait le père. Elle aurait, disait la rumeur, fait appel à une banque de sperme.

Pourquoi cela devrait-il l'intéresser ? se demanda-t-il sans rien dire.

— Mais dis-moi, continua Holly tout en le guidant dans le dédale de petites rues. C'est la première fois qu'on a l'occasion de parler un peu depuis que la nouvelle a filtré. J'allais oublier de te demander…

— La nouvelle ? Quelle nouvelle ?

Il capta un sourire rusé dans sa vision périphérique, et comprit instantanément de quoi elle parlait. Un grognement lui échappa.

— T'es papa ! poursuivit-elle avec un plaisir non dissimulé. Tu n'en avais jamais rien su ?

Il n'eut pas le sentiment qu'elle avait formulé cette question, car c'en était une, comme une réelle interrogation.

— Non, jamais, répondit-il cependant. Sans cette opportunité de travail…

Il se tut, pensif. Sans ce remplacement, aurait-il jamais appris l'existence de ses filles ? Les aurait-il seulement connues ? Il avait veillé à éviter Lee Ann pendant toutes ces années, et il n'y aurait eu très peu de chances, pour ne pas dire aucune, qu'il s'arrête un jour à Sugar Springs pour faire un petit coucou. La conclusion était par conséquent limpide. Non, il n'aurait jamais rien su de ses filles.

— Eh bien, souffla Holly. Ce qui vient de te passer en tête, c'était du lourd. Elles sont plutôt spéciales, n'est-ce pas ?

Il obliqua dans une autre rue.

— Oui. Très spéciales, même.

Elle lui désigna une jolie petite maison à un étage précédée par un grand jardin, et il s'engagea dans l'allée.

— Parle-moi de Lee Ann, le pressa-t-elle.

— À quel propos ?

Il n'était pas près de dévoiler à quiconque que la femme de son passé lui tenait réellement à cœur aujourd'hui et ajouta simplement :

— C'est une maman formidable, sûrement infiniment meilleure que ne l'aurait été la vraie mère des jumelles.

Il coupa le contact, mais aucun des deux ne fit un geste pour descendre de voiture.

— Oui, c'est une mère en or, tout le monde le sait depuis longtemps, rétorqua Holly. Ce que je me demande, c'est plutôt elle et toi… Ton départ sans dire au revoir lui a brisé le cœur.

Il perçut que Holly lui parlait comme une amie plutôt que comme une pipelette. Il la considérait d'ailleurs comme une amie, même s'il avait toujours juré n'avoir besoin de personne. Il s'était tissé un lien réel entre eux car ils avaient beaucoup en commun.

Elle voulait s'en aller. N'importe où ailleurs qu'à Sugar Springs, car à l'entendre, elle se considérait comme un oiseau des grandes villes coincé dans une petite bourgade de province. Lui-même avait passé le plus gros de sa vie sur la route, et pendant certains de ses remplacements, il avait souvent eu cette même impression. La différence entre eux était que lui avait toujours un projet devant lui.

Toutefois, il n'avait jusque-là éprouvé aucun besoin de quitter Sugar Springs. Parce que la durée de son contrat était limitée. Dans moins de cinq semaines, il serait parti.

Bizarrement, cette perspective ne lui fut pas agréable.

Il pivota sur son siège et s'accouda au volant.

— Elle était la plus belle personne que j'aie jamais connue, et j'ai fait ce jour-là la pire boulette de mon existence. Je ne mérite même pas qu'elle accepte de me parler.

Holly le dévisagea en silence. Quand elle était ainsi pensive, il percevait en elle une profondeur bien différente de ce qu'elle montrait chaque jour. Elle aussi avait dû avoir son lot de souffrances, présuma-t-il.

— Tu devais avoir une vraie bonne raison de te comporter ainsi, dit-elle.

— C'est ce que j'ai pensé sur le moment.

— Est-ce qu'on n'a pas tous envie de remonter le temps pour agir différemment ?

Elle laissa échapper un petit rire.

— Le plus drôle, c'est qu'aujourd'hui elle te fait marcher, non ? reprit-elle.

Il allait répliquer par la négative mais elle ne lui en laissa pas le temps.

— Et tu es ravi chaque fois qu'elle le fait. Je le vois, tu sais. Les gens croient que tu la dragues. Or, ils aimeraient quelle se case pour de bon et qu'elle soit heureuse, et ils prétendent tous que tu veux seulement faire le beau. Moi, j'observe, et je vois autre chose.

Il eut le sentiment que le sang épaississait dans ses veines, mais il eut tout de même le courage de demander :

— Que vois-tu, alors ?

— Elle craint de te laisser entrer dans sa vie mais le fait quand même. Le centre commercial, l'entraînement de basket, le dîner dans le patio, un début de baiser...

— Ça alors, rien ne peut rester secret dans ce patelin ? s'indigna-t-il, furieux.

Tout en admettant l'inanité de la tirade. Bien sûr, rien n'était secret à Sugar Springs, il était bien placé pour le savoir.

— Comme si elle ne pouvait pas plus s'en empêcher que toi, termina Holly sans tenir compte de son éclat.

— Nous ne sommes que...

— Je sais, vous êtes parents des filles, et vous essayez de bien vous entendre pour leur bien. À ceci près, si tu veux mon avis, que vous voulez davantage. L'un et l'autre. Il me semble que quelque chose de plus fort que vous est en œuvre dans cette histoire.

Holly se plaqua alors un grand sourire sur le visage et redevint la fille rigolote du snack :

— Mais tu ne m'as pas demandé mon avis, n'est-ce pas ? déclara-t-elle en le gratifiant d'un clin d'œil appuyé. Rassure-toi, je serai muette. Je voulais seulement voir si j'avais vu juste.

— Alors, verdict ? s'enquit-il en ouvrant sa portière.

Cela faisait plusieurs minutes qu'ils discutaient dans l'allée de Keri. Les commentaires devaient déjà aller bon train dans les maisons du voisinage.

Elle lui sourit et lui décocha un autre clin d'œil.

— Je vais garder ça pour moi. On verra ce que dira la suite.

Elle descendit de voiture et lui désigna ce qu'il devait transporter. Il obéit. Les femmes de cette ville ! Il pensa alors à Lee Ann. Il aurait beaucoup aimé passer cette journée avec elle et les filles. Mais elle avait prétendu qu'une journée de repos leur serait bénéfique à tous. Et voilà qu'à présent il se retrouvait ici, avec deux autres femmes et un bébé.

Sa vie prenait décidément un tour bizarre.

Holly ne frappa pas mais ouvrit directement avec sa propre clé.

— C'est moi, Keri, cria-t-elle alors qu'ils entraient par la porte de la cuisine. Cody est avec moi, il porte le ravitaillement !

À la fois rayonnante et visiblement épuisée, Keri fit son apparition sur le seuil, un tout petit bébé serré contre son cœur. Cody se demanda si Lee Ann avait eu l'air aussi heureux en tenant Candy et Kendra dans ses bras après leur naissance.

Cela avait dû être bien différent, étant donné les circonstances. La vision de la Lee Ann d'aujourd'hui, aussi rayonnante que Keri, lui traversa l'esprit.

Avec dans les bras le bébé que tous deux auraient fait.

Allons bon, d'où sortait-il cette image ?

— Merci d'apporter autant de nourriture, Hol, déclara Keri en souriant à son amie. Tu veux bien tenir Eli un moment pendant que je regarde tout ça ?

— Mais bien sûr que je veux le tenir ! Tu ne t'imagines tout de même pas que nous ne sommes venus que pour tes beaux yeux ? s'écria Holly en riant, les bras tendus vers le bébé.

Les deux femmes se mirent en devoir de faire l'inventaire tandis que, sidéré, Cody restait planté où il était, une cassolette encore tiède dans les mains.

Il voulait faire un bébé avec Lee Ann ?

Non. Il agita très lentement la tête de droite à gauche. Cela n'avait aucun sens.

Il ne voulait pas de bébé. Avec qui que ce soit. Seulement, le bébé de Keri, ses filles à lui, revoir Lee Ann… Tout se mélangeait un peu.

Un changement radical de vie, un enracinement quelque part, de tout cela il n'était pas question. De toute façon, la mère d'un nouveau-né refuserait de déménager sans cesse d'une ville à l'autre.

Pourtant son sang se remit à circuler librement dans ses veines. Car il avait à présent un sentiment similaire à celui que semblait éprouver cette toute nouvelle maman devant lui.

Un sentiment qui se résumait à ceci : personne, jamais, ne lui arracherait sa famille.

# 11

— Il n'arrête pas de flirter avec moi, grommela Lee Ann en se laissant choir sur le siège de pédicure.

Elle tripota le panneau de commandes pour faire démarrer le dossier massant mais ne prit même pas la peine de faire couler l'eau dans le bain de pieds.

— Tu parles de Cody, je présume ?

Joanie, qui arborait cette semaine des cheveux rouge et jaune au lieu du rouge et noir de la semaine précédente, releva les yeux des papiers qu'elle avait éparpillés sur le sol de l'arrière-boutique. Même coupe, mais teinture différente, qui plut infiniment plus à Lee Ann. Cela lui faisait un visage moins dur.

— Bien sûr que je parle de lui. Qui aurait envie de flirter avec moi ?

Un ricanement lui parvint.

— Bof, à peu près la moitié de la population mâle de la ville, si tu baissais les défenses une fois de temps en temps.

— Eh bien, en tout cas, je n'en ai baissé aucune pour Cody, et ça n'a pas l'air de le refroidir.

Elle se demandait bien pourquoi. Elle n'avait pourtant émis aucun signal équivoque, elle en était sûre.

Joanie attrapa un flacon de vernis à ongles vert pailleté et l'agita dans sa direction, mais Lee Ann la stoppa d'un geste de la main.

— Je n'ai pas besoin d'un soin pédicure, seulement que Cody me fiche la paix. Il vient tous les jours depuis qu'il est au courant. OK, il n'est pas venu hier mais uniquement parce que je le lui ai imposé.

— Ah, c'est pour ça qu'on l'a vu traîner avec Holly ? Si tu veux mon avis, il n'a pas changé.

Il te laisse encore le contrôle de la situation, comme avant.

— De quoi parles-tu ? Je ne contrôle pas la situation !

Qu'est-ce que ça voulait dire, « il a traîné avec Holly » ? À faire quoi ?

— Je sais, chérie, l'apaisa Joanie en fourrageant encore dans ses papiers, en vain apparemment. Bien sûr que tu ne le fais pas. Simplement, tu ne permets pas que l'on fasse quelque chose pour toi ou les filles sans que ce soit à ta manière. C'était un peu fort de ma part d'appeler ça du contrôle

— Hmm...

Il y avait probablement du vrai dans cette dernière assertion. Elle voulait éviter aux jumelles de faire l'expérience d'une douleur similaire à celle qu'elle avait jadis endurée. Et puis, il n'y a rien de mal à être attentif à ses enfants.

— Je te ferai aimablement remarquer que ce n'est pas pour m'en prendre plein la figure que je suis venue, bougonna-t-elle néanmoins.

— Raconte-moi un peu cette histoire de flirt, repartit Joanie en lui décochant un immense sourire avant de la regarder d'un air entendu : C'est bien de cela que tu voulais me parler ?

— Hein ? Mais enfin, Joanie, bien sûr que non ! s'insurgea Lee Ann en lui faisant les gros yeux. Ce type est un obsédé qui s'imagine seulement me séduire. Il est censé se concentrer exclusivement sur les filles, par sur ce qui pourrait exister entre nous.

— C'est ce qu'il prétend ? Parce que je dois bien dire...

— Arrête ! Je sais ce que tu penses, et je n'arrive toujours pas à croire que tu sois allée raconter aux filles qu'il y aurait encore quelque chose entre nous. *Il n'y a rien du tout*.

— C'est à moi que tu parles, chérie, riposta Joanie en chiffonnant un papier avant de le lancer dans la corbeille. Je sais à quel point tu étais amoureuse de lui quand il a cédé aux avances de Steph. Votre histoire s'est arrêtée d'un coup, sans véritable conclusion ni moyen de tourner la page.

— C'était il y a longtemps, grommela Lee Ann. J'ai tourné la page depuis des années, alors véritable conclusion ou pas, on s'en moque un peu.

À ceci près qu'elle ne s'en moquait pas tant que cela, tout compte fait.

— En ce cas, quel intérêt d'en parler maintenant ? s'étonna Joanie.

Lee Ann garda pour elle sa réponse. Parce qu'il avait été à deux doigts de lui donner un baiser étourdissant samedi soir, et que l'interruption des filles avait provoqué en elle plus de contrariété que de soulagement. Elle n'était pas censée avoir envie de l'embrasser.

— Je ne comprends tout simplement pas pourquoi il essaye tant de renouer avec moi, finit-elle par répondre.

— Et ? s'enquit Joanie en repoussant une pile de papiers sur le côté pour étendre les jambes devant elle.

— Et quoi ?

Pour toute réponse, son amie inclina imperceptiblement la tête, et Lee Ann poussa un énorme soupir.

— Ni pourquoi moi aussi j'ai envie de flirter, là ! C'est ça que tu voulais entendre ? Ses avances m'excitent tout en me donnant des envies de vengeance. Elles me donnent l'impression d'être vivante, et l'envie de voir comment quatorze années ont pu améliorer ses talents dans l'art du baiser. Voilà. Contente ?

Un petit rire entendu fut la seule réponse que lui apporta Joanie.

— Je ne veux pas de tout cela, Jo, reprit-elle. Il ne m'intéresse absolument pas. Il n'est que le père de mes filles. Moi, je veux seulement les voir heureuses.

— Tiens, à ce propos, comment réagit-il avec elles ? Il est sérieux, quand il dit vouloir essayer ?

— Bizarrement, oui, il l'est.

Jamais elle ne se serait attendue à ce qu'il fût si attentif.

— Il est à leur écoute, il leur pose des tas de questions et les écoute vraiment quand elles parlent. Il veut être tout le temps avec elles. Il va même les faire danser à leur fête, comme elles le veulent.

Le carillon retentit alors qu'on ouvrait la porte du salon.

— Désolée, Jo, ça ne va pas être long, déclara en entrant Linda Sue, une des manucures. J'ai promis à Gina de lui faire une petite retouche parce qu'elle a rendez-vous avec un soupirant ce soir.

— Salut, les filles, lança Gina Gregory, une des créatures les plus indiscrètes du comté, en entrant à sa suite.

Tout en la saluant en même temps que Lee Ann, Joanie se leva, alla brancher la sono sur une chaîne musicale et se dirigea vers son amie afin qu'elles puissent poursuivre leur entretien en aparté.

— Et les filles ? Ça va, pour elles ? reprit-elle un ton plus bas une fois installée dans le fauteuil voisin de celui de Lee Ann.

Lee Ann se pressa les pouces sur les yeux.

— Oui, elles sont ravies, chuchota-t-elle. Au départ, Kendra l'était plus que Candy, mais elle y vient tout doucement. Quelquefois, elle les écoute sans vraiment participer. Cody n'y est pour rien, ils ont moins de choses en commun, voilà tout.

Joanie acquiesça d'un signe de tête, puis fit couler l'eau dans le bain de pieds avant d'y ajouter des sels.

— Tant que tu es là, autant profiter des commodités du lieu, commenta-t-elle avant de relever les yeux vers son amie. Quoi d'autre ? l'interrogea-t-elle. Qu'est-ce que tu ne me dis pas ?

— Oh, rien d'important, repartit Lee Ann en souriant.

Elle avait toujours estimé avoir de la chance de pouvoir compter sur une véritable amie qui la connaissait mieux que quiconque. Joanie ne lui laissait jamais aucune échappatoire.

— Il est parfois maladroit, continua-t-elle, et c'est souvent amusant. J'en suis presque désolée pour lui, il fait de tels efforts.

— Par exemple ? voulut savoir Joanie.

— Par exemple, quand il propose d'aller payer dans le magasin leurs emplettes inavouables, ou quand il leur demande si elles ont un petit ami alors que des garçons de leur âge sont à portée d'oreilles. Des maladresses qui les mettent dans tous leurs états. Une fois remises, elles lui font les gros yeux mais lui persiste à n'y rien comprendre.

— Évidemment, ça te fait craquer ?

— Oui, confessa Lee Ann dans un soupir.

— Ça le rend encore plus attirant ?

— Oui, souffla-t-elle encore.

En fait, depuis qu'elle lui avait permis d'entrer dans leurs vies, elle appréciait la moindre de ses actions.

— Et pourtant, je n'ai vraiment pas envie d'être attirée par lui après tout ce temps, reprit-elle.

— Tu veux dire après ce qu'il a fait ? la questionna Joanie en la dévisageant franchement.

— Bon, d'accord. Oui, après ce qu'il a fait. J'ai tiré un trait, mais...

Elle fit un geste d'impuissance.

— Sans doute pas complètement. Au moins, je ne suis plus furieuse. La colère est passée depuis longtemps, mais il m'a fait mal, Jo. Je ne veux pas lui donner l'occasion de me faire souffrir à nouveau.

Tout en parlant, elle se pencha sur la droite pour inspecter du regard l'autre moitié de pièce que séparait une demi-cloison. Gina et Linda Sue s'étaient installées dans l'angle le plus éloigné et ne semblaient leur prêter aucune attention, mais il y avait tout de même de grandes chances qu'elles aient toutes deux l'oreille en entonnoir afin de capter quelque chose.

Elle baissa encore la voix et poursuivit :

— Je devrais le détester, alors pourquoi n'est-ce pas le cas ? Pourquoi est-ce qu'au fond de moi ça m'emballe qu'il soit revenu dans la vie des enfants et, surtout, pourquoi ça m'émoustille bêtement de savoir que je l'attire encore ?

Joanie étendit les jambes à l'horizontale devant elle.

— Ce n'est pas moi qui vais pouvoir t'expliquer les lois de l'attirance, cocotte. Ni pourquoi les gens ressentent le besoin d'être ensemble pour toujours. Je crois que ça tient au désir ancestral qu'ont la plupart des gens de ne pas vieillir seuls.

— Tu crois que c'est ça ? J'aurais sans le savoir peur de finir ma vie seule, alors je sauterais sur la première occasion depuis des années de pouvoir me caser ?

— En ce cas, ça impliquerait que tu le considères comme un « homme pour la vie », repartit Joanie en sondant Lee Ann du regard. Tu crois qu'il pourrait rester ?

— Non, répondit Lee Ann sur un gros soupir, je ne vois pas Cody envisager un jour de se fixer quelque part. Il adore la vie qu'il mène. Il va où il veut quand il veut. Il a l'air concerné et responsable, je suis d'accord, mais de là à lui demander de ne plus bouger... Et puis aussi, pourquoi le ferait-il pour moi ?

— Tu plaisantes ?

— Il m'a repoussée. C'est lui qui est parti.

— Même, chérie, tu es la plus belle chose qui lui soit jamais arrivée. Tu es la personne qui a le plus grand cœur dans cette ville. Ce qu'il veut, au fond, inconsciemment ou non, c'est une femme qui l'aime tel qu'il est. Erreurs stupides incluses.

Lee Ann laissa retomber sa tête contre le dossier et ferma les yeux. Erreurs stupides incluses... Pourrait-elle jamais surmonter certaines de ses « erreurs stupides » ?

— T'en a-t-il dit plus sur ce fameux jour ? Déjà, comment a-t-il pu commettre une telle erreur ?

Une émotion soudaine l'envahit et empêcha Lee Ann de répondre. Elle secoua négativement la tête puis, une fois remise :

— Il a voulu aborder le sujet l'autre soir mais j'ai refusé. Je n'étais pas d'humeur à entendre ce qu'il avait à dire.

— Tu devrais l'écouter, Lee, déclara Joanie en lui tapotant le genou. C'était plutôt tendu entre vous ici, la semaine dernière. Je suis certaine que beaucoup de non-dits auraient besoin d'être exprimés. Il a probablement autant besoin de parler que toi de l'entendre.

— Je ne veux pas l'entendre !

— Pourquoi ? Tu as peur qu'il voie que tu l'aimes toujours ?

— Je ne veux pas l'aimer, Jo, se défendit Lee Ann. Je ne veux pas !

— Je le sais, mais tu devrais laisser faire. Voir ce qu'il en est vraiment.

— Et me retrouver une fois encore avec le cœur en mille morceaux ?

Un éclat de rire attira leur attention. Elles se turent et tendirent l'oreille. Les deux autres femmes s'étaient installées dans un poste de coiffage un peu plus près d'elles.

Gina s'admirait dans un miroir tout en soulevant ses cheveux de sa main libre en continuant sa conversation avec Linda :

— J'y suis allée samedi matin avec mon neveu et son chien, et je voudrais y refaire un saut. J'envisage aussi de prendre un chien, il me faut donc quelques conseils, tu vois ce que je veux dire.

Elle s'appliqua une couche de rouge à lèvres et les tendit en avant comme pour embrasser son reflet. On aurait dit deux limaces surdimensionnées.

Linda Sue lui adressa un immense sourire.

— Tu ferais mieux de te dépêcher, ma fille. D'après ce qu'on dit, il a déjà la moitié des femmes de la ville à ses trousses. Il prend ses repas tous les jours au snack avec Holly, et il paraîtrait que ce n'est pas tout. Elle était chez lui hier. Elle est arrivée avec lui et ils sont repartis ensemble un quart d'heure plus tard. Et puis il y a aussi...

Elle se tut et Lee Ann la vit lancer un bref coup d'œil vers le fond du bâtiment.

Quand elle reprit, ce fut à voix plus basse, et cependant pas assez pour ne pas être entendue de Lee Ann et Joanie. Toutes deux se penchèrent en avant pour mieux écouter.

— Tu as entendu parler de Lee Ann, non ? Il l'a trompée avec sa sœur à l'époque. C'est forcément ça. Ces gamines sont nées moins de neuf mois après son départ. Il paraîtrait qu'il serait là aussi pour la récupérer.

Linda Sue reprit alors une voix normale, et aussi bien Lee Ann que Joanie se rassirent correctement.

— Ce que je te dis, c'est que c'est sûrement déjà trop tard pour soulever ce beau gibier.

Gina se remit debout face au miroir, lissa son sweater sur ses hanches et rajusta son soutien-gorge. Ses seins en obus constituaient ses meilleures armes pour engluer tout homme disponible à portée de vue.

— Mais qu'est-ce que tu crois, répondit-elle d'un ton traînant, je n'en ai besoin que pour une nuit ou deux.

Joanie ricana en douce.

Gina se tourna vers la porte en se trémoussant. Elle posa la main sur la poignée à l'instant précis où la porte, tirée de l'extérieur, la projeta directement contre le torse du sujet en question. Un Cody estomaqué écarta automatiquement les bras alors que Gina le percutait et se rattrapait à son cou.

— On dirait bien qu'elle l'a déjà ferré, persifla Joanie.

Si le spectacle mit Lee Ann à cran, ce fut uniquement à cause de la conduite de Gina. La subtilité n'était pas le fort de tout le monde.

— À ton avis, il ne sort pas vraiment avec Holly ? s'enquit Lee Ann à mi-voix.

— Ils sont amis, répondit Joanie. Ces pestes adorent propager les rumeurs.

Après quelques trémoussements supplémentaires de Gina, Cody détacha les bras qu'elle avait noués autour de son cou et se dégagea. Ce fut toutefois encore un peu ahuri qu'il pénétra dans le salon, suivi de Candy.

Il se planta devant une Linda Sue un peu éberluée et déclara tout de go :

— Il faut que je voie Lee Ann.

Candy le dépassa et fila droit vers sa mère.

— Je peux rester ici avec toi, maman ?

— Évidemment, répondit cette dernière en lui prenant la main. Que se passe-t-il ?

— Rien, fit Candy en arborant un masque aussi dégagé que factice. Je voudrais rester avec toi pendant que Kendra et papa vont au bureau du Dr Wright.

— Elle voulait rester toute seule à la maison, mais je ne savais pas si cela te conviendrait, alors je l'ai convaincue de venir ici, intervint Cody, qui s'était rapproché, tandis qu'elle levait les yeux vers lui.

— Tu as bien fait, répondit Lee Ann. Mais, je croyais que tu devais les emmener dîner dehors ?

Il lui avait en effet proposé de s'occuper des filles après l'école, leurs entraînements ayant été annulés et lui-même n'ayant aucun rendez-vous après 15 heures. Ensuite il les emmènerait dîner. Il avait bien entendu convié Lee Ann, qui avait décliné en arguant que ce serait une excellente chose qu'ils passent une soirée tous les trois.

— C'est toujours prévu, mais il faut que je fasse un saut au bureau. Un des chiens que nous avons en observation doit recevoir un traitement dans une demi-heure. Ce ne sera pas long.

— J'lui ai dit que j'avais pas envie d'y aller, maman, enchaîna Candy. Kendra et lui auront qu'à manger quelque chose quand ils auront fini, moi je préfère bouffer à la maison.

Un coup d'œil sur Cody apprit à Lee Ann qu'il prenait acte du désir de sa fille. Elle haussa néanmoins un sourcil interrogateur.

— Ça te convient ?

— Bien sûr, si c'est ce qu'elle veut.

Cependant, son regard exprimait quelque chose de bien différent. Il était à la fois blessé et inquiet, en découvrant à quel point ses filles étaient différentes l'une de l'autre. Kendra et lui avaient tellement en commun que le courant passait sans problème, mais il n'avait aucune idée de la façon d'approcher Candy, suspecta Lee Ann. Elle-même allait réfléchir à ce qui pourrait fonctionner, et lui en toucher deux mots.

Elle adressa un clin d'œil à sa fille :

— Ça me va, à ceci près qu'on ne va pas « bouffer » à la maison. Ce soir, on va se faire une soirée entre filles, toutes les deux. Qu'en dis-tu ?

— Génial ! s'exclama Candy en se précipitant dans ses bras.

Elles passèrent une excellente fin d'après-midi, toutes les deux. En sortant du salon de beauté, elles allèrent dans le restaurant préféré de Candy et s'arrêtèrent sur le chemin du retour pour déguster une glace. Si Candy se régala, Lee Ann remarqua qu'elle semblait regretter de ne finalement pas être restée avec son père.

— Je vois arriver la voiture de ton père, cria Lee Ann, alors qu'elles venaient de rentrer à la maison.

Il ne s'écoula pas deux secondes avant que Candy ne dévale l'escalier en courant.

— Il va rentrer ?

— Je l'ignore. Allons voir.

Parvenues à la porte, elles virent Cody faire demi-tour à l'extrémité de l'impasse et revenir garer la voiture devant la maison.

— Tu sais, bien sûr, qu'il avait autant envie d'être avec toi qu'avec Kendra ? s'enquit Lee Ann en entourant du bras la taille de sa fille.

— Oui, je sais, mais j'avais envie de faire autre chose. Ils ne font que parler de bestioles.

— Tu sais, chérie, c'est difficile de ne pas discuter de ce qu'on aime, surtout quand on est avec quelqu'un qui partage la même passion.

— Je sais, répondit encore une fois Candy, mais sa voix mourut en voyant Kendra bondir de la voiture et agiter le bras alors que le véhicule redémarrait : Il ne m'a même pas fait coucou !

*Ni à moi.*

— Il n'a pas dû nous voir.

Lee Ann mit un pied pour retenir la porte-moustiquaire avant qu'elle ne claque, mais celle-ci se referma tout en douceur. Elle ouvrit des yeux ronds.

— C'est Cody qui l'a arrangée tout à l'heure, la renseigna Candy.

— Ah, oui ?

— Oui. Il a aussi repeint la balustrade de Mme Grayson hier après-midi. Les copains en parlaient aujourd'hui, à l'école. Je crois qu'il s'ennuie.

Non. Il réparait ce qui avait besoin d'être réparé. C'était une des qualités qu'elle avait toujours admirées chez lui.

Elle serra Kendra contre son cœur alors qu'elle arrivait à elle.

— Tu t'es bien amusée ?

— Oh, oui ! répondit sa fille, rayonnante. En fin de compte, on est allés s'acheter à manger et on est retournés à la clinique. Je me suis occupée des animaux qu'ils ont en observation pour la nuit, et puis j'ai aidé papa à préparer une autre intervention qu'il doit faire demain matin.

— Excitant, tout ça. Tu vas tout savoir sur l'art d'être vétérinaire avant même d'intégrer l'école.

— Je sais, rétorqua Kendra, manifestement aux anges.

Son enthousiasme manifeste émut autant Lee Ann que la mine déconfite de Candy lui fit mal. Une sérieuse discussion avec Cody s'imposait. Il n'excluait pas intentionnellement Candy, mais cela pouvait devenir un vrai problème. Rendre malheureuse l'une et/ou l'autre de ses filles relevait de l'interdiction absolue.

Le son du moteur V8 emplit la tête de Cody alors qu'il accélérait. Tout s'était passé à merveille ces quelques derniers jours, et il avait passé une des soirées les plus agréables de sa vie avant d'apercevoir Lee Ann et Candy debout sur le seuil de la maison. Il avait d'importants problèmes à régler avec elles deux, mais ne savait absolument pas comment procéder.

Plus tôt dans la journée, il n'avait eu, bien sûr, aucune intention de heurter les sentiments de Candy mais il avait compris, en la voyant se précipiter dans les jupons de sa mère, que c'était exactement ce qu'il venait de faire. Jamais il n'aurait imaginé qu'elle refuserait de l'accompagner à la clinique. Kendra ne cessait de le bombarder de questions à ce propos depuis qu'il la connaissait, et il avait présumé qu'en leur qualité de jumelles elles étaient toutes deux intéressées par le sujet. Erreur.

Une prochaine fois, il veillerait à faire quelque chose de spécial avec Candy.

Il sourit en passant devant le bâtiment de la clinique. Qui eût prédit à peine une semaine auparavant la fierté qui l'avait envahi ce soir en observant Kendra lui apporter son aide, appliquée et consciencieuse ? Cette gamine ferait un jour une vétérinaire de première classe. Alors, il serait là pour la soutenir.

Son sourire s'effaça cependant très vite alors que l'image de Lee Ann lui vint en tête. Il était à présent certain qu'elle le laisserait s'impliquer autant qu'il le voulait dans la vie des filles. Comme il savait qu'il parviendrait à la convaincre de l'intérêt de les laisser voyager avec lui à des périodes précises de l'année. Toutefois, la pensée de la laisser seule livrée à elle-même à Sugar Springs l'ennuyait fortement.

D'accord, cela lui laisserait le temps dont elle n'avait pu disposer pour reprendre la photographie. Ça, ce serait un bon point. Mais partir et la laisser seule ici, même pour peu de temps ? Les filles faisaient tellement partie intégrante d'elle que cela semblait cruel.

Une autre question était à ajouter à sa liste déjà longue : Comment définir ce qui existait entre eux : simple désir ou autre chose ?

Le désir, simple ou pas, il pouvait faire avec, et Lee Ann aussi, certainement. Ils pourraient s'esquiver quelques heures et régler une bonne fois cette question. Mais, s'il s'agissait d'autre chose ?

Il fallait qu'il sache. Afin de déterminer comment agir au mieux.

Il vérifia que la route était libre et accéléra sur la voie rapide en jetant de fréquents coups d'œil à son rétroviseur. Il n'avait aucun besoin, ce soir, d'être arrêté par Barney Fife. Ce soir, il avait besoin de s'en aller, de rouler. Car même s'il avait trouvé Sugar Springs bien plus supportable que prévu, il était toujours aussi mal à l'aise dans les petites bourgades et éprouvait l'envie de s'en échapper.

L'aiguille approchait du cent-trente quand il cessa d'appuyer sur la pédale. Il resterait toujours quelqu'un qui ne s'attache pas. Ni aux gens ni aux lieux. Tracer la route, il aimait ça. Il le faisait depuis l'enfance.

Cependant, il revit la scène de tout à l'heure quand, dans sa voiture, il avait fait comme s'il n'avait pas remarqué la présence de Lee Ann et de Candy sur le seuil de la porte ouverte. Il prit conscience alors qu'en fait il n'existait qu'un seul lieu au monde où il aimait se trouver. Celui où se tenait l'unique femme avec laquelle il aimait être.

Une prise de conscience qui fit voler en éclats toutes ses certitudes.

## 12

— Je vais avoir un peu de retard ce matin, Holly, annonça Lee Ann au téléphone alors que sa mère entrait par la porte de la cuisine.

Tous les matins d'école, Reba venait veiller au départ des jumelles pendant que Lee Ann faisait l'ouverture du snack. Celle-ci lui fit un petit coucou de la main tout en continuant à mettre les ingrédients pour le dîner dans sa mijoteuse électrique.

— Ça ne devrait pas excéder dix minutes, je serai là avant l'ouverture, ajouta-t-elle dans le combiné.

Holly lui recommanda de prendre son temps et toutes deux raccrochèrent.

Un plan avait germé dans sa tête la veille alors qu'elle quittait le salon en compagnie de Candy, et elle voulait en parler à Cody. S'il trouvait son idée bonne, Candy pourrait elle aussi se sentir spéciale aux yeux de son père. Le meilleur moment pour lui parler sans les jumelles dans les jambes était de l'intercepter devant chez lui à la fin de son jogging matinal qu'il effectuait avec Boss chaque jour à la même heure.

— Que se passe-t-il ? voulut savoir sa mère tout en plongeant son regard dans la mijoteuse, où carottes voisinaient avec pommes de terre, le tout coupé en morceaux : Mmmm, un ragoût ?

— Oui. La température recommence à descendre, ce sera réconfortant pour ce soir.

Elle voulait suggérer à Cody de passer plus de temps seul avec les filles d'où la confection de ce plat pour eux. Elle dînerait ailleurs, et ferait en sorte qu'ils ne se retrouvent pas tous les deux dehors dans l'obscurité.

Elle ouvrit la porte du congélateur et examina le pain qu'elle avait préparé quelques semaines auparavant. Il irait à merveille avec le ragoût.

— Tu as presque fini, on dirait, commenta sa mère sans lui proposer son aide.

Côté cuisine, elle n'avait jamais été championne.

— Tu vas être en retard, ajouta-t-elle.

Lee Ann jeta un bref coup d'œil à sa mère. Si elle lui annonçait qu'elle voulait s'arrêter un instant pour parler à Cody, toute la ville le saurait avant même qu'elle soit arrivée chez lui. Oui, mais si Mme Grayson rapportait leur entrevue avant Reba, cette dernière aurait du mal à l'avaler. Aussi incroyable que cela fût, elle décida alors d'entrer dans son jeu.

— Il faut que je parle à Cody sans les filles dans mes pattes. Je voudrais lui suggérer d'emmener Candy chercher un cadeau d'anniversaire pour sa sœur. Et aussi lui proposer de passer quelques soirées ici avec elles. Ça me donnerait du temps pour aller me promener dans les montagnes avant le coucher du soleil. Je pourrais ajouter quelques bons clichés au projet « Hiver » que j'ai commencé l'an dernier. Il a déjà neigé sur les plus hauts sommets.

Surtout, cela faisait une éternité qu'elle n'avait pas disposé de temps rien que pour elle.

— Et tu veux lui donner un avant-goût de la paternité, je présume, déclara sa mère en plaquant le doigt sur la liste scotchée à la porte du réfrigérateur.

Le papier détaillait le planning de l'après-midi et du dîner, les devoirs du soir, les diverses tâches à remplir et les règles concernant ce que les filles avaient ou non le droit de faire un soir de semaine quand elles avaient école le lendemain.

Et, oui, il fallait que Cody prenne conscience que la paternité ne consiste pas seulement à remettre un chèque mensuel et à s'amuser. Car jusqu'à présent, c'était tout ce qu'il avait eu à faire.

— Quelque chose comme ça, oui, répondit-elle.

Sa mère la dévisagea alors, plus sérieusement qu'à l'ordinaire.

— Ça te permettra aussi de l'éviter, ou je me trompe ?

Exact.

Les questions de sa mère s'engageant nettement sur une pente dangereuse, elle referma la mijoteuse, prit son sac et lui posa un baiser sur la joue.

— Pourquoi le ferais-je, maman ? Cela ne me dérange pas qu'il soit revenu. Arrête de faire une montagne d'une souris, tu veux ?

Puis elle passa la porte, gagna la rue et put enfin s'autoriser à respirer librement.

Bien évidemment, elle voulait mettre de la distance entre elle et lui car sa seule présence était quasiment devenue sa principale préoccupation. Qu'il fût là devant elle ou ailleurs à faire Dieu sait quoi, elle ne pouvait cesser de penser à ce début de baiser dans son patio. Elle supposait qu'il se demandait aussi la même chose.

En approchant de chez lui, soudain nerveuse, elle ralentit l'allure. Il ignorait qu'elle allait l'attendre. Elle consulta sa montre. Si elle ne s'était pas trompée dans ses calculs, il avait dû rentrer une ou deux minutes plus tôt et, avec un peu de chance, elle arriverait avant qu'il soit sous la douche.

Elle monta l'escalier et jeta un coup d'œil au travers de la contre-porte avant de frapper. Il n'avait pas refermé la porte derrière lui et elle pouvait voir Boss dans l'angle de la salle de séjour. Il leva brièvement la queue en l'apercevant, mais ne fit pas mine de se lever. Puis elle aperçut Cody.

Et le souffle lui manqua.

Au milieu de la pièce, torse nu et des écouteurs sur les oreilles, il faisait des pompes.

Hou là.

Elle ne put détacher son regard. Cet homme était une œuvre d'art. Le tatouage qui remontait le long de son bras, et qui l'avait fascinée lorsqu'elle l'avait aperçu pour la première fois, s'étirait et rétrécissait lors de chacune de ses impulsions.

Oh, Seigneur. Elle n'aurait jamais dû venir sans s'être annoncée ! Vite, il fallait qu'elle s'en aille.

Ou alors le regarder encore un petit peu ?

Non.

S'en aller. Oui, s'en aller.

Avant qu'elle eût pu se résoudre à se détourner, il tourna les yeux, la vit, et elle se retrouva statufiée.

Il ne cessa pas ses exercices. Elle ne cessa pas de le regarder.

Le corps de cet homme aurait dû être interdit par la loi.

Dix pompes supplémentaires, et il se remit debout sans effort, et sans la lâcher des yeux. Il ôta ses écouteurs et les laissa pendre autour de son cou.

— Tu es consciente que je suis actuellement le passe-temps favori de Mme Grayson, n'est-ce pas ?

Il désigna la porte d'un mouvement de tête, et elle comprit ce qu'il avait voulu dire. Elle était devant chez lui, le nez collé à la vitre de la contre-porte et, à n'en pas douter, Mme Grayson ne perdait pas une miette du spectacle.

Vive comme l'éclair, Lee Ann tira la contre-porte, entra et referma carrément les deux portes derrière elle. Dès l'instant où elle se retourna, elle eut le sentiment d'avoir mis les deux pieds dans un piège, sans savoir comment en sortir. D'ailleurs, avait-elle seulement envie d'en sortir ?

Cody ramassa une serviette-éponge et traversa la pièce en la dévisageant. Son corps stupéfiant se mouvait avec une grâce et une aisance qu'elle n'avait pas souvenir d'avoir pleinement appréciées naguère. Il s'immobilisa devant elle.

— Bonjour, Lee, lui dit-il de cette voix profonde qui lui faisait tout drôle partout. Que fais-tu chez moi ?

Prise de court, elle sentit son cœur s'emballer. Le tatouage attira de nouveau son regard. Il était de ce style tribal très en vogue une dizaine d'années plus tôt, et elle plissa un peu les yeux pour tenter de discerner ce qu'il y avait au milieu. Les caractères de l'inscription lui étaient inconnus, mais il y avait plus qu'un simple motif. Elle inclina la tête et se pencha un peu. Un animal, peut-être ?

— Lee ?

Elle se redressa en sursaut et leva les yeux vers lui. Elle avait oublié de répondre à sa question.

— Il fallait que je te parle, lâcha-t-elle d'un coup.

Elle vit le muscle de son biceps frissonner et eut chaud partout. Elle le vit passer sa serviette sur son torse et ses épaules, et son émoi augmenta encore d'un cran.

Qu'était-elle venue dire déjà ?

Elle n'eut pas le temps d'y réfléchir plus avant qu'il l'avait plaquée contre la porte et lui dévorait la bouche de baisers. Ce fut brutal et doux, féroce et divin, tout cela à la fois, et elle prit feu alors que le sang lui battait dans les oreilles.

Senteurs mâles, mentholées, divines saveurs…

Il se redressa infiniment trop tôt, et elle resta plantée là, hors d'haleine. Il la regardait intensément. Alors, il prit conscience que ses bras s'étaient noués autour de son cou. Elle s'était accrochée à lui comme si, sans ce support, elle allait s'écrouler à terre.

Elle récupéra gauchement ses deux bras et tenta d'afficher une expression ne dévoilant pas ce qu'elle ressentait à ce moment précis.

— Pourquoi cela ? demanda-t-elle, d'une voix si faible qu'elle montrait combien ce baiser l'avait bouleversée.

Il lui restait à déterminer si elle acceptait qu'il en ait pris l'initiative, mais elle connaissait la réponse : ce baiser l'avait emballée. Cet homme savait comment la mettre en feu.

Il jeta sa serviette sur une chaise, ramassa sur le sol son tee-shirt de jogging chiffonné et le passa. Le vêtement était mouillé et se plaqua aussitôt sur les contours de son torse, ce qui n'aida en rien les sens déjà survoltés de Lee Ann.

— Pour deux raisons, lui répondit-il.

Il reprit la parole d'une voix étrangement posée, même si elle en perçut la passion sous-jacente. Elle était sûre qu'il avait aimé ce baiser autant qu'elle.

— Primo, il était temps. Nous savions tous les deux que ça allait arriver, alors j'ai décidé qu'il valait mieux s'en débarrasser tout de suite.

Le silence qu'il marqua lui indiqua qu'il attendait une réponse de sa part. Quand une lueur taquine passa dans ses yeux, elle comprit qu'elle l'avait inconsciemment approuvé. Il était évident qu'ils auraient fini par s'embrasser.

Mais cette arrogance était-elle nécessaire ? Elle plissa les yeux.

— Eh bien, j'espère que tu te l'es définitivement sorti de la tête.

Il lui fit un clin d'œil.

— Ce premier, oui, tout à fait. Mais revenons à mes raisons de le faire. Deuzio, donc, je me suis dit que, comme de toute façon nous allions être la rumeur croustillante du jour, j'avais droit à un échantillon de ce qu'on va nous accuser d'avoir fait.

Elle en resta stupéfaite puis reprit ses esprits. Difficile avec cet homme tellement impressionnant si près d'elle.

— Que veux-tu dire ?

— Tu es entrée et tu as refermé la porte derrière toi, bébé. À ton avis, quel scénario imagines-tu que

Mme Grayson se monte en ce moment ? repartit-il, goguenard.

— Oh !

Elle s'écarta d'un saut de la porte et fusilla le malheureux chambranle des yeux. Avant d'aller l'ouvrir en grand.

— Je n'ai pas réfléchi à ça.

— Mais alors, à *quoi* réfléchissais-tu, Lee ? l'interrogea-t-il en souriant.

L'incarnation du diable ! Il n'y avait pas d'autre terme pour le désigner. Il suffit qu'on laisse un homme vous donner un baiser, certes à couper le souffle, et il s'imagine être un dieu.

Bien sûr, sa propre attitude n'arrangeait rien, plantée là, avec des yeux ronds de sidération. Elle s'obligea à la concentration et décida d'oublier le baiser pour le moment, tout comme ceux à venir, comme le sous-entendait Cody, pour en venir au sujet qu'elle était venue aborder. Ce serait infiniment plus sûr. D'autant qu'elle ne savait pas quoi penser de ce baiser. Elle allait devoir y réfléchir seule, sans cet homme divin devant les yeux qui lui embrouillait les neurones.

Elle fit un pas de côté car un peu de distance lui semblait nécessaire.

— J'étais venue te parler de Candy.

Il recula d'un pas, lui aussi, et sa posture s'affaissa. Assez pour qu'elle le remarque.

— Je te jure que je n'ai pas voulu qu'elle se sente exclue, Lee. J'étais persuadé qu'elle serait aussi contente que Kendra de passer à la clinique.

— Elles ont deux personnalités différentes sous deux apparences identiques, Cody. Il va falloir que tu gardes cela en permanence présent à l'esprit.

— Je sais, répondit-il très vite. Je sais. Je t'assure que…

Il secoua la tête.

— Il ne m'est pas passé une seconde par la tête qu'elle pourrait détester cela à ce point.

Elle eut très envie de lui prendre la main pour le réconforter, mais là, tout de suite, c'était une mauvaise idée. Elle compta sur son intonation pour faire passer le message :

— Elle ne déteste pas cela. Mais elle était fatiguée de vous entendre parler d'animaux. Il semblerait que ce soit votre principal sujet de conversation, à Kendra et toi.

Il opina et passa de l'autre côté de la table pour sortir un énorme mug. Il le brandit, l'œil interrogateur.

— Non, merci. Je boirai mon café au snack.

Oh, à propos, elle avait complètement oublié le snack ! Oui, mais elle n'avait pas prévu ce baiser dans son programme de dix minutes.

— Hier soir, j'ai eu une idée qui, à mon avis, pourrait t'aider dans tes relations avec Candy, reprit-elle.

— Moi aussi, j'en ai eu une en courant, ce matin, répondit-il en plaçant son mug sous le bec du percolateur et en appuyant sur le bouton.

— Ah, oui ? fit-elle, émue qu'il ait déjà réfléchi à un moyen d'arranger les choses avec sa seconde fille.

— Oui. Je vais prendre contact avec un entrepreneur et faire couler une dalle de ciment dans un angle de ton jardin. Pour qu'elle puisse s'entraîner au basket chez elle.

Elle écarquilla les yeux.

— Tu vas quoi ? Couler du ciment dans mon jardin ? Tu plaisantes, j'espère.

Cependant, pourquoi elle-même n'avait jamais songé à installer un panier de basket dans l'allée ? Candy allait toujours au collège pour jouer.

— Tu peux lui installer un panier si tu veux. On le mettra dans l'allée de derrière, nuança-t-elle.

— Ça ne marchera que si on cimente l'allée. Ou qu'on l'asphalte.

— Bien trop cher, réfuta-t-elle en secouant négativement la tête. Je n'ai pas les moyens, mais le panier, ce sera déjà très bien. Elle va adorer ça.

— Non, Lee. Soit on le fait bien, soit on ne fait rien du tout. Si tu insistes pour que ce soit dans l'allée, alors je me charge de la faire paver, repartit-il d'un ton à la limite du belliqueux, et elle comprit qu'il n'avait aucune intention de renoncer.

L'irritation la submergea. De quel droit prenait-il de telles décisions ? C'était son jardin, tout de même !

Elle décida d'éviter la dispute imminente en présentant sa propre idée :

— Si nous faisions autre chose à la place ? Elle adore faire les magasins et, avec leur anniversaire qui approche, elle va vouloir acheter un cadeau pour Kendra. Tu pourrais l'y emmener. Il y a quelques jolies boutiques en ville où elle pourrait trouver son bonheur.

Elle avait débité ce petit baratin en souriant dans l'espoir de lui vendre son idée, mais il se contenta de boire une gorgée du café qui venait de couler en la regardant par-dessus son mug. Finalement, il le posa, s'adossa au plan de travail et croisa les bras sur son torse puissant.

— Parce que tu crois que l'emmener faire un après-midi de shopping, ce qu'elle fera de toute façon avec ou sans moi, vaudrait mieux que lui installer un miniterrain de basket-ball ?

— En tout cas, ce serait mieux que couler du ciment dans mon jardin.

— Mieux pour qui ?

— Pour tout le monde.

Il se contenta de hausser un sourcil, et elle eut l'intelligence de reconnaître sa défaite. Candy sauterait véritablement de joie à l'idée d'un panier dans son propre jardin. Lee Ann observa Cody. L'air de rien, il avait repris son café, comme s'il savait qu'il avait remporté la bataille.

Elle n'allait cependant pas totalement se laisser faire.

— Tu ne payeras pas le pavage de mon allée.

Hop, le sourcil remonta encore une fois.

— Bon d'accord ! Coule cette dalle dans mon jardin, finit-elle par dire en lançant les bras en l'air. Fais en sorte qu'ils ne détruisent rien de plus que le strict nécessaire.

Il conserva un visage neutre, mais elle vit que le rire était de retour dans ses yeux.

— Promis, bébé.

— Arrête de m'appeler « bébé ». D'où ça te vient, ça, d'ailleurs ?

Il reposa le mug, se redressa et elle recula. Son sang ne fit qu'un tour quand il traversa la pièce et vint se planter devant elle.

— J'ai comme l'impression que tu es venue chez moi avec la tête de celle qui me mangerait bien tout cru au petit déjeuner, répondit-il en plantant un regard intense dans le sien.

Il glissa un doigt dans sa main et en frôla sa paume. Elle sentit ses propres doigts se contracter, et son corps frémir bien malgré elle.

— Je suis toujours au menu, bébé. Il te suffit de passer commande, ajouta-t-il avec un clin d'œil.

L'audace de cet homme frisait l'inimaginable.

Quoique, un petit flirt entre eux n'allait pas vraiment déranger quelque chose ou quelqu'un. Ils ne seraient que deux personnes réglant une histoire non terminée.

À ceci près que toute la ville serait au courant.

De toute façon, l'idée était stupide. Elle décocha un regard dur à Cody.

— Je n'ai pas faim, repartit-elle un zeste trop théâtrale.

Bien décidée à se sortir de la tête l'image de leurs deux corps s'enroulant ensemble, elle voulut terminer ce pour quoi elle était venue.

Car si elle ne le faisait pas, elle pourrait bien se retrouver en train d'accepter un sublime petit déjeuner aussi facilement que ses bras s'étaient noués autour de son cou tout à l'heure.

— Je me suis dit aussi que ce serait bien que tu viennes voir les filles dès leur sortie de l'école les jours prochains. Sans moi à la maison, précisa-t-elle en sortant une clé de la poche de son manteau pour la lui tendre. J'ai préparé à dîner dans la cocotte et tu trouveras leur planning du soir sur le réfrigérateur. Je serai rentrée avant qu'elles aillent au lit.

Un petit sourire joua sur la bouche de Cody, mais il ne fit aucun commentaire. Il prit simplement la clé qu'elle lui tendait.

Quand le morceau de métal disparut dans sa grande main, elle fut à deux doigts de vouloir le récupérer. Il ne s'en servirait pas à mauvais escient, elle en était certaine, mais le fait de savoir qu'il pouvait dorénavant entrer chez elle à tout moment lui fit une drôle d'impression.

Qui l'enthousiasma.

Cody désigna aux ouvriers l'endroit où il voulait couler la dalle, puis retourna dans le patio tandis qu'ils commençaient à délimiter et préparer le périmètre. La chance avait été avec lui ce matin-là car, dès l'accord de Lee Ann, il avait trouvé très rapidement une entreprise et réussi à les faire venir dans la journée, avant que les filles ne rentrent de leurs entraînements. L'entrepreneur avait également accepté, moyennant une petite rallonge budgétaire, de rester tard et de terminer la préparation de la zone dans la soirée.

Ils couleraient la dalle le lendemain et, le vendredi suivant, Candy pourrait l'étrenner. Il se surprit à être aussi nerveux à la perspective de lui faire cette surprise que le jour où il les avait « officiellement » rencontrées pour la première fois. Il avait le sentiment que ce miniterrain de basket serait la clé pour gagner l'estime de Candy.

Il fallait qu'il l'obtienne. Car il était impensable qu'une de ses filles soit persuadée qu'il lui préférait sa sœur.

— Et ça ? Vous voulez qu'on le sauve, ou on l'arrache ? lui cria un des ouvriers.

Il s'agissait d'un petit buisson de quelque chose dans un état relativement lamentable. Il était sur le point de dire à l'homme de le jeter à la benne quand il se souvint qu'il s'agissait du jardin de Lee Ann. Il y avait de grandes chances pour que la plante ait une raison, vu son état, d'être toujours dans le jardin.

— Il vaudrait mieux le sauver, répondit-il alors en regardant autour de lui pour déterminer un endroit où le replanter.

Il aperçut les décorations de Noël accrochées sous le porche principal. Il les avait remarquées la veille, en même temps qu'un sapin installé devant la grande baie centrale, et s'en était irrité. Pourquoi ne lui avaient-elles pas demandé son aide ? Elles avaient fait toute la décoration de Noël le dimanche précédent.

Puis il avait compris que son retour avait provoqué, en très peu de temps, une foule de bouleversements dans la vie de Lee Ann. Elle avait dû ressentir le besoin de faire comme tous les ans, pour avoir le sentiment qu'elle ne perdait pas complètement le contrôle. Il pouvait lui concéder cela.

Pour le moment.

Elle avait accepté tous ces changements sans broncher, l'avait laissé venir et s'intégrer à tant de choses que, oui, il pouvait lui accorder les illuminations de Noël. Mais ce serait différent l'an prochain. On ne l'écarterait pas facilement.

Reba sortit de chez elle et traversa le jardin. Ce jour-là, elle portait des bottes qui montaient aux genoux, une jupe qui ressemblait plutôt à une courtepointe en patchwork et il ne put retenir un sourire. Les tenues fantaisistes de Reba l'avaient toujours réjoui.

— Bonjour, Cody, joli projet que tu nous prépares là.

— C'est pour Candy.

Un beau sourire joua sur les lèvres de la mère de Lee Ann. Il se dit alors que sa fille vieillirait aussi bien qu'elle. Toutes deux étaient de très belles femmes.

— Elle va adorer, lui répondit-elle en désignant le carré de terre que creusaient les terrassiers. J'espère seulement que tu en as d'abord parlé à ma fille, parce que si tu ne l'as pas fait, ce sera tordant de voir sa réaction.

Un grand rire secoua Cody.

— Eh bien si, je l'ai vue ce matin. C'était soit ça, soit paver l'allée, mais cette tête de bourrique a refusé mordicus de me laisser payer le pavage, alors…

— Cela me semble juste.

Ils firent silence et regardèrent les hommes s'activer quelques instants, puis Cody désigna le bloc de terre dégagé par le terrassier sur lequel subsistait le buisson pitoyable.

— Vous savez quelque chose sur ce machin ?

— Oui. Les filles l'ont rapporté du jardin d'enfants. Chaque écolier avait reçu une plante pendant la semaine « Conservation du sol ». Celle de Candy est morte sitôt replantée, alors elles ont consacré toute leur énergie à faire survivre celle-ci.

Oh, oh.

— Lee Ann n'a pas franchement la main verte, mais elle a fait de gros efforts pour que cette pauvre plante survive, reprit Reba en l'examinant, tête penchée : elle a tenu le coup jusqu'à maintenant.

— Donc, je suis mort, conclut Cody, atterré.

— Mais non, rétorqua-t-elle en lui tapotant le bras. Ça va aller, puisque tu offres un terrain de basket à sa fille.

Il la sonda du regard afin de tenter de déterminer si elle était sérieuse.

— Vous êtes sûre ?

Un regard bleu identique à celui de Lee Ann se planta dans le sien et elle hocha la tête.

— J'en suis persuadée. Ce qui va compter, c'est que tu aies demandé à ce qu'on le sauve.

— Je le replanterais bien si je savais où, mais elle ne rentrera pas avant tard ce soir, et il y a de grandes chances pour que je ne choisisse pas le bon endroit.

Quand il avait su que Lee Ann prévoyait de passer la fin de journée ailleurs qu'à la maison il en avait été contrarié. Bien sûr, il était ravi de disposer de tout ce temps avec ses filles, mais il aurait infiniment préféré qu'elle fût aussi là.

Il revécut un court instant ce baiser qu'il lui avait donné, la façon dont elle y avait répondu, son gémissement, son corps qui s'était coulé contre le sien, et il ne put raisonnablement regretter son geste, même à ce prix. Car c'était manifestement ce baiser qui l'avait poussée à mettre de la distance entre eux. Non, ce qu'en revanche il déplorait, c'est de n'avoir rien fait de ses mains pendant ce baiser.

En fait, il avait voulu vérifier si ce qu'il éprouvait ne relevait que d'un fantasme adolescent inassouvi ou s'il y avait autre chose. Ce besoin était devenu impérieux dès l'instant où il l'avait aperçue qui le regardait à travers la porte.

Il avait été très étonné de la découvrir sur le seuil ce matin-là, et plus encore qu'elle n'ait pas tourné bride et fui au triple galop quand il l'avait surprise à le dévorer des yeux. Au moment même où il pensait à elle…

Dorénavant, il y aurait d'autres baisers. C'était une certitude.

— Il paraît qu'elle s'est arrêtée chez toi ce matin, et que la porte a bien été refermée. Quelques minutes, tout du moins, déclara Reba.

Décidément, cette femme et la subtilité, cela faisait deux quand elle partait à la pêche aux informations !

Il rit tout bas en rangeant le souvenir du baiser dans un coin de son esprit. Il aurait bien le temps d'y revenir.

— Vous n'apprendrez rien de moi, Reba. Quoi que vous ayez imaginé, Mme Grayson et vous, c'est sûrement plus que ce qui s'est produit.

— Hem... donc, quelque chose s'est passé ?

Il lui jeta un bref coup d'œil. Elle y lut manifestement la vérité, puisqu'elle éclata de rire en battant des mains.

— Je le savais, exulta-t-elle.

— Vous ne savez rien du tout.

— Au contraire, mon garçon. Je connais ma fille, et je sais reconnaître une mine penaude quand j'en vois une. Tout ce qu'il me reste à savoir, c'est si c'est toi, ou elle, qui a incité l'autre.

L'apparition de Candy et Kendra qui rentraient du collège lui épargna une gêne supplémentaire et la possible révélation involontaire d'autres détails. Elles discutaient avec animation en marchant sans prêter attention à ce qu'il se passait autour d'elles. Boss leva le nez et partit au galop à leur rencontre.

Le bruit de sa cavalcade attira leur regard, et les jumelles se fendirent d'un immense sourire. Elles accueillirent le chien avec force caresses et autres grattouilles sur la tête et le laissèrent leur lécher copieusement la figure. Cody fut tout réconforté de constater que Candy adorait son chien, même si elle n'aimait pas les animaux autant que sa sœur.

— Salut papa ! cria Kendra en parcourant le reste du chemin au pas de course. Candy la suivait, quoiqu'un peu plus lentement, tout en observant l'endroit où l'herbe avait été enlevée.

— Salut, comment ça s'est passé, à l'école ? répondit-il en étreignant Kendra.

— Baaar-bant, fit-elle avec une grimace.

— Eh, eh, moi aussi, je trouvais ça barbant.

Il tourna les yeux vers Candy et retint un instant son souffle. Elle ne vint pas se poster assez près de lui pour qu'il puisse la serrer dans ses bras, aussi resta-t-il où il était.

— Et toi, Candy, comment s'est passée ta journée ?

— Cool, marmonna-t-elle en examinant toujours l'angle du jardin.

— Où est notre plante ? s'enquit Kendra, l'air plus curieux que contrarié, un peu comme sa grand-mère. On l'avait plantée là quand on a commencé l'école.

— Je sais, et je suis navré. Je n'avais pas compris… commença-t-il.

— Il aménage un terrain de basket, déclara d'une traite Candy, avec une nuance d'admiration dans la voix, avant de lever les yeux sur lui : C'est bien ça, n'est-ce pas ?

Il confirma d'un hochement de tête. L'expression qu'arborait Candy lui souffla qu'elle était contente, mais il attendit néanmoins une confirmation.

— Et maman… elle a dit que tu pouvais ?

— Maman l'a dit. Il sera prêt vendredi pour que tu l'étrennes.

Alors, et seulement alors, les yeux de sa fille s'éclairèrent et un immense sourire lui fendit le visage en deux. Le bonheur sans partage qui irradiait d'elle lui emplit le cœur, et il dut lutter pour ne pas la prendre dans ses bras.

Effort inutile, car elle se jeta sur lui et referma ses bras menus autour de lui.

— Merci ! souffla-t-elle dans sa chemise. Merci. J'adore.

La gorge nouée par l'émotion, il resta là un bon moment avec sa fille dans les bras. Tout n'avait pas démarré à la perfection entre eux deux, mais ça y était, il avait réussi à l'atteindre. Il venait d'accomplir un pas de géant.

Kendra se rapprocha et accepta un bisou de sa grand-mère, puis adressa un très joli sourire à son père alors qu'il tenait toujours Candy dans ses bras.

Ce fut un grand moment pour lui.

— C'est normal, tu sais, répondit-il dans les cheveux de Candy, éperdu de gratitude pour ce que la vie lui avait offert depuis son retour à Sugar Springs.

Il avait deux filles merveilleuses et une femme qu'il entendait bien reconquérir. Il les voulait. Toutes les trois.

— Ça ira si on installe la plante ailleurs ? demanda-t-il à Kendra.

— Ça ira.

Elle sourit, le visage aussi resplendissant que celui de sa sœur. C'était un peu comme si elle savait l'importance de ce à quoi elle assistait, remarqua-t-il. Désormais, il ne se laisserait plus désarçonner par aucune d'entre elles. Il avait un objectif précis : trois princesses à combler.

# 13

— Quand est-ce que papa va arriver ?

Candy laissa tomber sac à dos et sac de sport sur le sol de la cuisine avant de se diriger vers le cellier. Ahurie, Lee Ann la regarda disparaître dans la petite salle attenante. Depuis quand appelait-elle son père « papa » ? Seigneur, qu'avait-elle manqué toute cette semaine ?

En ce vendredi après-midi, les jumelles à peine rentrées de l'école, mère et filles attendaient Cody avec impatience. Le terrain de basket était censé être prêt, mais elles s'étaient mises d'accord pour ne pas s'en approcher tant qu'il ne serait pas allé vérifier par lui-même.

Lee Ann jeta un regard noir aux sacs qui gisaient par terre mais n'eut pas le cran de rappeler à sa fille qu'elle devait les ranger à leur juste place. Les jumelles allaient entrer dans l'adolescence une semaine plus tard. Autant s'habituer dès à présent à ce qu'elles ne fassent plus toujours ce qu'elles avaient à faire sur-le-champ.

Pas évident, mais probablement indispensable.

Tout comme elle devait se faire au fait que Cody perturbe son existence. Un seul regard par la fenêtre, vers ce carré de ciment dans son jardin, suffit à l'étonner une fois encore. Cet homme obtenait d'elle des choses qu'elle aurait juré ne jamais vouloir. Oui mais, en découvrant la mine réjouie de Candy à son retour le mardi précédent, elle avait admis que ce terrain était précisément ce qu'il fallait faire.

Elle se remit à vider le lave-vaisselle tout en répondant :

— Je n'ai pas entendu parler de lui aujourd'hui.

À part le matin-même, au snack. Tous les jours de cette semaine, il s'était fait un point d'honneur de s'installer dans sa zone de service et de lui poser question sur question, comme s'il cherchait des prétextes pour la garder près de lui. Tout le monde l'avait remarqué, évidemment. La somme de spéculations les concernant atteignait de nouveaux sommets, tout comme la rumeur selon laquelle Cody sortait en même temps avec Holly.

Lee Ann n'y croyait pas. Chaque fois qu'elle les voyait ensemble, ils discutaient comme le font de vieux amis. Même si elle s'était déjà laissé berner une fois en croyant qu'il l'aimait et qu'il ne ferait jamais rien pour la blesser.

Candy passa la tête par la porte du cellier, un paquet de biscuits à la main.

— S'il n'arrive pas bientôt, tu crois que je peux aller le chercher chez lui ?

— Bien sûr, répondit Lee Ann en regardant une nouvelle fois par la fenêtre : Où est ta sœur ?

— Elle parlait avec un garçon, alors j'ai pas voulu l'attendre, répondit Candy d'un ton neutre. Il s'appelle Derek.

— Ta sœur craque pour un garçon ?

— On dirait, fit Candy avec un haussement d'épaules. Elle a passé sa semaine à écrire son nom sur son cahier. Si tu veux mon avis, il en a plus après Jenna Hopkins. Jenna est d'accord avec moi.

— Oh, fit Lee Ann, le cœur battant.

Il était hors de question que Kendra se fasse des illusions et se retrouve avec un cœur brisé. Pas si tôt dans sa vie.

— Je vais lui dire deux mots, alors.

— Maman ! riposta Candy. Ça servira à rien. Elle est grave dedans.

On frappa à la porte d'entrée, et le paquet de biscuits atterrit sur le plan de travail.

— Voilà papa !

Elle disparut avant que Lee Ann ait eu le temps de lui signifier de remettre le paquet là où elle l'avait pris, mais, de guerre lasse, s'en chargea elle-même. Puis elle empoigna les deux sacs pour les accrocher à la boule de l'escalier et se dirigea vers la voix si sexy de Cody.

En voyant père et fille s'étreindre, elle resta en retrait et contempla deux des personnes les plus importantes de son univers tout en se demandant comment Cody lui était devenu aussi vital. Pourquoi ? Était-ce dû à ce baiser ?

Non. Il avait réussi à l'amadouer au point de revenir dans sa vie et dans son cœur. Il avait de nouveau de l'importance pour elle et, si elle ne faisait pas preuve de vigilance, il la détruirait une nouvelle fois en s'en allant. À ceci près que cette fois-ci, ce serait pire encore.

— Papa dit que je peux essayer. Tu veux bien, dis ? lui lança Candy en se retournant vers elle.

Elle croisa le regard de Cody et comprit, à la surprise qu'elle y déchiffra, que lui aussi n'en revenait pas qu'elle l'ait appelé ainsi, et l'émotion patente sur ses traits lui fit chaud au cœur. Il semblait réellement vouloir nouer un lien solide avec ses filles. Au moins quelque chose de positif sortirait-il de tout cela, en conclut-elle aussitôt. Il ne serait plus aussi présent à l'avenir, mais Candy et Kendra auraient un papa avec qui elles pourraient discuter et partager des choses.

— Bien sûr, ma chérie, répondit-elle avant de jeter un autre coup d'œil à Cody.

Ils étaient sur le point de se retrouver seuls, situation qu'elle avait soigneusement évitée depuis ce baiser époustouflant du mardi matin.

— Yes ! exulta Candy en partant au pas de course.

Quelques secondes plus tard, la porte arrière se referma dans un grand claquement, et Lee Ann et Cody se retrouvèrent face à face. La vieille bâtisse grinça, comme pour souligner que c'était une très mauvaise idée.

— Allons nous asseoir sur le porche pour la regarder.

Sur un hochement de tête, Cody lui emboîta le pas alors que résonnait déjà le bruit d'un ballon rebondissant sur le ciment. Lee Ann s'installa sur la balancelle en regrettant, mais trop tard, de n'avoir pas choisi un fauteuil. Car Cody vint évidemment s'asseoir à côté d'elle, lui donnant envie de se nicher contre lui comme elle l'avait si souvent fait naguère. Elle préféra cependant s'écarter le plus loin possible.

De retour de l'école, Kendra aperçut Boss, Candy, le ballon, poussa un cri de joie, laissa tomber ses affaires dans l'herbe et courut rejoindre sa jumelle.

— On dirait bien que tu as trouvé la clé, confia Lee Ann à Cody.

Il sourit, l'air à la fois détendu et heureux, et imprima un mouvement à la balancelle.

— Nous l'avons trouvée.

Elle observa son expression. Elle en avait remarqué une similaire chez lui ces quelques derniers jours.

— Tu nous as manqué cette semaine, lui dit-il d'une voix basse et tranquille qui lui fit passer un frisson sur la nuque.

— Tu m'as vue tous les soirs. Et tous les matins.

Il lui décocha un regard qui signifiait que ça n'avait largement pas été suffisant.

— Mouais, juste le temps de me renvoyer d'un grand coup de pied chez moi.

À cela elle ne put qu'éclater de rire. C'était si facile d'être ici avec lui.

— Ah, pardon, mon pied n'a jamais quitté la terre ferme, le taquina-t-elle.

— Mmm… tiens, c'est une idée, ça.

Il tendit les mains, lui empoigna les chevilles et lui posa les pieds sur ses genoux avant même qu'elle ait eu le temps de dire ouf.

— Le coup de pied était figuré, mais il était bien là, déclara-t-il en lui caressant les chevilles sous l'ourlet du jean. Tu m'as manqué. Ça m'a manqué de ne pas discuter avec toi.

Elle jeta un coup d'œil aux filles, avec l'envie de lui dire que lui aussi lui avait manqué. Mais, il vaut mieux qu'une femme garde certaines choses pour elle. Elle laissa ses chevilles sur ses genoux car, par contre, une femme doit profiter de certaines autres choses. Elle aimait bien être assise ainsi.

Au bout d'un moment, Kendra gagna l'extrémité de la pelouse et fit quelques mouvements de majorette, Candy dribblait et tirait en continu et Boss courait de l'une à l'autre, langue pendante, aussi heureux que toute la maisonnée.

Lee Ann vit sa mère les observer depuis la fenêtre de sa cuisine et lui fit un petit coucou de la main, mais elle lui sut gré de ne pas venir les rejoindre. Cette soirée lui semblait idéale pour la passer tous les quatre.

— C'est dommage que tu n'aies pas été là mardi après-midi, reprit Cody. J'avais une peur bleue de ne jamais réussir à me gagner Candy, mais quand elle a compris ce que faisaient les terrassiers et qu'elle a su que tu n'allais pas nous scalper pour avoir massacré ton jardin…

Il se tut un instant, comme encore sidéré, et il retourna les yeux vers ses filles.

— Je te jure, Lee, quand elle m'a pris dans ses bras à ce moment-là, j'ai cru n'avoir jamais vécu plus bel instant. En plus, aujourd'hui, elle m'a appelé « papa ».

— J'ai entendu, répondit-elle, les bras hérissés de chair de poule.

Non seulement elle l'avait entendu, mais elle avait aussi vu ce que cela signifiait pour lui. Elle s'en était réjouie.

— Souviens-toi quand même qu'il n'est pas nécessaire de leur donner des choses pour gagner leur amour. L'amour ne s'achète pas, Cody.

— J'ai encore été maladroit, à ton avis ? l'interrogea-t-il en retournant les yeux vers elle.

— Oh non, pas du tout, le rassura-t-elle en lui souriant gentiment. Le ciment, le terrain de basket, c'était parfait. Je dis seulement qu'il ne faut pas en faire une habitude, c'est tout. Sinon, ce sont des enfants, elles voudront en profiter. Comme tous les enfants du monde.

Le passé lui remonta sans prévenir en tête. Elle. Cody. Stephanie. Ils n'étaient eux-mêmes guère plus que des enfants, à l'époque.

On eût dit que les pensées de Cody avaient suivi le même cheminement, car une certaine tension les gagna. Il lui attrapa les mains et les tint entre les siennes.

— J'ai fait énormément d'erreurs dans le passé, Lee, et te faire souffrir…

Elle secoua négativement la tête et fit mine d'enlever ses chevilles de ses genoux, mais il les bloqua d'une main ferme.

— Ne bouge pas, la pressa-t-il. Nous ne pourrons pas avancer tant que nous n'aurons pas parlé de cela.

— Nous ne pouvons pas avancer, c'est tout.

Le regard de Cody se fit dur.

— Pourquoi ça ?

Pourquoi ? N'était-ce pas une évidence ?

— Nous sommes deux personnes différentes à présent, Cody. Tu as ta vie et j'ai la mienne. Il ne reste plus rien entre nous.

— Faux. Nous avons deux enfants. Des atomes crochus, et encore beaucoup plus. Un passé et un avenir, rétorqua-t-il en attrapant sa main menue pour la maintenir sur son torse sous lequel elle sentit les battements effrénés de son cœur : Et nous avons aussi cela. Mon cœur qui s'emballe quand tu es près de moi.

Son cerveau lui hurla de récupérer sa main, mais elle caressa le coton de sa chemise. Et secoua la tête.

— Cela ne veut rien dire.

— Le tien fait la même chose.

— Non, il ne…

Cody posa le doigt sur la veine qui palpitait à son cou, l'interrompant net, et murmura :

— Chaque fois, chérie.

— Nous sommes trop différents. Cela ne marcherait jamais, même si nous le voulions.

— Je le veux.

Ces quelques mots, il les énonça d'une voix urgente, pressante. Il reprit sa main dans la sienne, la referma dessus et lui embrassa le bout des doigts les uns après les autres. Elle se sentit entraînée vers le fond.

— Je ne…

— Ne mens pas, l'interrompit-il en se contractant de tout son corps. Ne mens pas à ce sujet. Tu sais que c'est toujours là. Après toutes ces années, nous serions fous de le laisser échapper encore une fois sans même savoir ce que c'est.

— Je ne l'ai pas laissé échapper la première fois.

Dieu, que sa voix geignarde lui déplut.

— Je sais, c'est moi qui l'ai fait, répondit-il en la forçant à le regarder. J'étais faible. J'étais bête. J'ai regretté mes actes tous les jours de ma vie jusqu'à celui où ces deux gamines ont fait irruption dans mon bureau, la semaine dernière.

— Tu ne regrettes donc plus, maintenant, de m'avoir blessée ?

Ces paroles, toutefois, n'eurent pas l'effet dévastateur qu'elles auraient eu auparavant, car elle savait que ce qui comptait désormais, c'étaient les enfants, pas le passé.

Il lui pressa un baiser dans la paume de la main.

— Je ne cesserai jamais de regretter le mal que je t'ai fait. Jamais. Tu méritais bien autre chose. Mais je ne peux pas regretter l'acte qui m'a fait cadeau de ces deux magnifiques gamines.

Cet aveu tranquille suffit à faire quasiment exploser le cœur de Lee Ann. L'amour de Cody pour ses filles était incontestable, il étincelait de mille feux. Elle hocha doucement la tête, avant de détourner les yeux.

— Il faut que je te demande quelque chose, Lee. Trois choses, en fait.

Elle eut peur de demander quoi. Tout était trop intense, soudain.

— Quoi ? demanda-t-elle quand même, le cœur battant.

— Les filles.

Il n'ajouta rien sur le moment, et elle lui jeta un coup d'œil, bientôt piégée par l'intensité de sa réflexion.

— Ne me laisse pas faire d'erreurs avec elles. D'erreurs irréparables. Je vais forcément en faire alors, arrête-moi avant. Veux-tu bien faire ça pour moi ?

Il allait finir par lui faire monter les larmes aux yeux à force de ne prononcer que de bonnes paroles.

— Tu te débrouilles déjà très bien sans mon aide mais, oui, je veillerai à ce que tu ne dérapes pas.

Elle se dégagea de son étreinte et se leva, pressée de mettre un peu d'espace entre eux. Il l'imita.

Ils finirent de l'autre côté du porche, près de la palissade sur laquelle son rosier avait superbement fleuri l'été précédent. Ils étaient à présent hors de vue de leurs enfants comme de sa mère, et une impression étrange la saisit. Elle aurait dû rester sur la balancelle, endroit finalement plus sûr que ce recoin pour rester seule avec lui.

Il appuya une épaule contre le mur de la maison et tourna les yeux vers le jardin.

— J'ai également besoin de ton pardon, prononça-t-il d'un ton dur.

Elle se contracta. Faisait-il référence au passé, à ses actes avec Stephanie, à autre chose ?

— J'ai réellement dit à Stephanie que les familles d'accueil existaient si elle tombait enceinte.

— Hein ?

Elle fit volte-face pour le dévisager, mais avait la vision aussi brouillée que l'esprit.

— Elle avait tout prémédité. Elle m'a demandé d'un ton triomphal si je prévoyais de l'épouser si je venais de la mettre enceinte, poursuivit-il.

Elle fit un pas en arrière mais ne put aller plus loin car il lui attrapa le bras. De quoi voulait-elle s'éloigner, au juste, de lui, du souvenir de ce qu'il avait fait, ou de la douleur en général ?

— Je n'ai pas la moindre excuse. J'ai mal agi, j'en suis conscient. Mais, ce jour-là, elle m'avait poussé à bout dans tous les domaines. Je ne l'ai pas crue une seconde quand elle a affirmé qu'elle ne prenait pas la pilule.

— L'aurais-tu dit ? l'interrogea Lee Ann, les yeux brûlants de larmes refoulées à grand-peine. Si tu avais su qu'elle était réellement enceinte, aurais-tu dit la même chose ?

— Si je l'avais su ? Jamais, sur ma vie, je n'aurais affirmé pareille énormité.

— Et elle ? L'aurais-tu épousée ?

Il fallait qu'elle sache. Même si, l'entendre lui répondre par l'affirmative serait encore plus douloureux que l'instant où elle les avait surpris ensemble.

Cody l'attira à lui et referma les bras autour d'elle pour l'empêcher de fuir quand elle voulut le repousser. Il pressa sa bouche sur sa tempe et elle se figea. La peur l'avait littéralement pétrifiée.

Finalement, il releva assez la tête pour parler :

— En toute honnêteté, je ne sais pas ce que j'aurais fait au sujet des filles. Il aurait été exclu de les mettre en familles d'accueil, mais, si je considère ce que j'étais à l'époque, je n'ai aucune idée de la façon dont j'aurais géré la situation. Une seule chose est sûre et certaine : jamais, au grand jamais, je n'aurais épousé Stephanie.

Elle avait le corps si contracté qu'il en était douloureux, et elle essaya de se détendre un peu. Cody n'était pas un sale type. Il lui en avait maintes fois apporté la preuve depuis son retour.

— Comment peux-tu en être si sûr ? demanda-t-elle tout de même.

Il garda le silence si longtemps qu'attendre sa réponse devint pénible. Finalement, il referma son autre bras sur elle, comme si le premier ne la maintenait pas assez en place.

— Je n'aurais pas pu, Lee. Je n'aurais pas pu te faire ça. Jamais.

Une voiture remonta la rue, et elle lui donna une violente poussée sur le torse.

— Lâche-moi. Les gens vont nous voir.

— Non.

Le mot, sec, éclata sans appel.

— Nous n'avons pas terminé. Me pardonneras-tu, Lee ? Et m'aideras-tu à être un bon père ? Je veux partager des choses avec elles, leur en apprendre d'autres, reprit-il avant de baisser la voix : Je veux qu'elles soient aussi fières de moi que je le suis d'elles.

Comment refuser cela ? s'interrogea-t-elle. Incapable de supporter le spectacle de sa franchise, elle braqua les yeux sur son torse et hocha la tête de haut en bas.

— Bien sûr. Pour les deux questions.

— Merci, chuchota-t-il avec émotion en lui posant un baiser sur la tempe.

Elle laissa aller sa tête, soudain trop pesante, contre sa poitrine et se coula contre lui.

— Il y avait aussi une autre chose que je voulais te demander, finit-il par lui dire.

— Quoi donc ? Les cadeaux d'anniversaire pour les filles ? s'enquit-elle avec l'espoir d'alléger l'atmosphère mais, bien au contraire, il se raidit contre elle et s'écria, l'air atterré :

— Bon sang, j'avais oublié ! Il ne m'est pas venu une seconde à l'esprit de me mettre en quête de cadeaux…

Ce fut plus fort qu'elle. Elle éclata de rire.

— Dieu, que j'aime entendre ton rire, murmura-t-il comme pour lui-même avant de baisser la tête, et les paroles qu'il prononça ensuite vibrèrent doucement : Laisse-nous une chance de voir ce qu'il y a vraiment entre nous, Lee.

Elle en eut les bras hérissés de chair de poule, pas tant à cause de ces quelques mots que par l'effleurement de ses lèvres sur son oreille.

— Ce n'est pas une bonne idée, tenta-t-elle de se défendre.

Mais uniquement pour la forme, et ils le savaient tous deux. Elle n'avait plus aucun réel argument à lui opposer.

— Je ne veux pas non plus que nous cachions nos sentiments aux filles.

— Ça, c'est autre chose, s'insurgea-t-elle aussitôt. Il est hors de question qu'elles mettent leurs espoirs dans quelque chose qui a si peu de chances de réussir.

— Pourquoi cela ne réussirait-il pas ? l'interrogea-t-il en glissant les doigts sur la courbe de son cou. Le courant passe indéniablement entre nous, Lee. Nous sommes attentifs l'un à l'autre. Nous avons des enfants en commun. Qu'est-ce qui pourrait ne pas marcher ?

Exprimé de la sorte, cela paraissait si facile.

Elle se concentra pour compter jusqu'à dix afin de combattre le besoin pressant de tourner la tête et plaquer la bouche contre ces lèvres qui frôlaient son oreille. Elle put alors reprendre une intonation normale pour tenter de briser le sort qu'il tissait autour d'elle :

— Nous vivons ici, les filles et moi. Alors que toi, tu ne vis nulle part.

— Ça, c'est de la logistique pure. Nous pouvons trouver une solution. Je vais être ici encore quatre semaines, et puis j'ai un contrat de trois mois en Floride. Quand j'y serai, on pourra se voir tous les week-ends ou à peu près. De toute façon, il faudra que je les voie. J'aimerais être sûr que tu seras là aussi pour moi. Si nous faisions un essai ?

— Mais, si ça ne marche pas ? Je ne veux pas leur faire du mal.

Ni à elle, d'ailleurs.

— Mais, si ça marche ?

Elle connaissait la réponse. Si cela marchait, elle aurait tout ce dont elle avait toujours rêvé.

Cependant, dans le cas contraire elle aurait de nouveau le cœur brisé. Un cœur adulte, cette fois-ci. La déchirure n'en serait que plus intense.

Elle s'efforça toutefois de garder la tête froide et opta pour un compromis :

— Ne nous faisons aucune promesse, ni à nous ni aux jumelles. Pas encore. La seule à l'ordre du jour est que tu ne disparaîtras plus jamais de leurs vies.

Il ne répondit pas immédiatement, puis se contenta d'un bref hochement de tête.

— D'accord.

Il l'embrassa. Elle lui répondit dans un gémissement et lui noua les bras autour du cou, avide de ce baiser, avide de voir si ses actes reflétaient les paroles qui ne l'avaient pas totalement convaincue. Il était attentif à elle. Énormément.

Il exhala un soupir devant sa réaction, l'étreignit fort contre lui avec une telle tendresse qu'elle en eut les larmes aux yeux. Il était parfait, assez fort pour la protéger pour toujours, si seulement elle pouvait être certaine qu'il le ferait.

Elle eut envie que ce baiser ne s'achève jamais tant l'instant était intense mais, bien trop tôt, Cody releva la tête sans toutefois cesser de la serrer contre lui. Elle ne put se résoudre à rouvrir les yeux et le laisser regarder en elle. Des larmes dévalèrent ses joues.

De ses doigts, il caressa le chemin suivi par chacune d'entre elles, lui brisant le cœur et le faisant chanter dans le même temps.

— Dis oui, Lee. Dis-moi que tu nous laisses une chance.

Elle rouvrit les yeux et étudia son visage si sérieux, pressée d'accepter tout ce qu'il semblait lui offrir. Elle avait si peur.

— La rumeur raconte que tu sors avec Holly, déclara-t-elle tout à trac.

Elle ne le croyait pas, mais elle ne pouvait pas non plus ignorer les racontars.

Il eut un petit sourire.

— La rumeur dit aussi que je t'ai déjà eue dans mon lit, et plus d'une fois. Tu sortirais en douce de chez toi le soir, bébé. Les gens d'ici aiment cancaner, tu le sais. Tu sais aussi que jamais je ne sortirais avec quelqu'un d'autre quand c'est ton cœur que je veux.

Déclaration hardie, vu son passé. Il planta un regard incandescent sur elle.

— Dis oui, murmura-t-il.

Elle prit un petit temps de réflexion.

— Nous sommes d'accord, rien sur le long terme ? Nous voyons où cela nous emmène et, le moment venu, nous réévaluons la situation ?

Le regard adouci, il lui posa un baiser sur le front.

— Tout ce que tu voudras, bébé. Je ne veux entendre qu'un oui.

Impossible d'ignorer qu'elle était toujours entre ses bras, qu'elle venait de l'embrasser à en perdre la tête et, surtout, qu'elle était plus heureuse et plus optimiste que jamais. Tout en étant terrifiée. Cependant, la vie vaut-elle la peine d'être vécue si on ne prend pas parfois des risques ?

Elle décida de courir ce risque.

— Oui, chuchota-t-elle, oui.

Elle se haussa sur la pointe des pieds et embrassa cet homme, qui avait à présent tout pouvoir pour lui briser le cœur en mille morceaux.

## 14

Deux sacs à la main, Cody gravit les marches de la maison de Lee Ann très tôt le lendemain matin et frappa à la porte. Elle ne l'attendait pas déjà, mais il était incapable d'attendre midi, heure à laquelle il était censé fermer la clinique. Ce jour-là, ils avaient prévu d'apprendre aux filles qu'ils étaient ensemble. Il allait aussi arracher à Lee Ann une promesse de rendez-vous galant. Il la voulait pour lui tout seul.

Devant le silence, il frappa de nouveau, plus fort, et jeta un coup d'œil à sa montre. Il n'était que 6 heures, mais il avait vraiment espéré la trouver debout, puisqu'elle commençait son travail à 6 h 30 tous les matins. Ou alors, son planning lui permettait-il de faire la grasse matinée le week-end ?

Devant l'absence tout aussi manifeste de réponse, il sortit la clé qui lui avait servi la semaine précédente et, tout en étant conscient de l'agacement probable de Lee Ann si elle le trouvait chez elle, il entra.

Tout était paisible et silencieux dans les premières lueurs du jour. Il fit signe à Boss d'aller se coucher près du canapé et de ne plus bouger. Inutile de réveiller la maisonnée. Il allait préparer le petit déjeuner, et ensuite carillonner son petit monde.

Il traversa la salle de séjour pour se rendre à la cuisine, mais ne put résister bien longtemps à un furtif coup d'œil vers la chambre de Lee Ann. Allait-il la trouver endormie, enfouie sous ses couvertures ? Non, la chambre était vide, le lit fait, et personne en vue.

Il allait poser les sacs du snack sur le plan de travail et revint vers la chambre. La salle de bains attenante était tout aussi nette, tout aussi déserte que la chambre. Les filles dormaient à l'étage, mais Lee Ann aurait-elle eu une raison quelconque de dormir elle aussi au premier ?

Et puis la lumière se fit en lui.

Bien évidemment, elle ne faisait jamais de grasse matinée. La chambre noire. Elle devait très certainement y être depuis une heure ou deux.

Le petit déjeuner allait attendre.

Naguère, ils avaient passé de bons moments dans sa chambre noire, et il fut pris de l'envie de savoir si c'était toujours d'actualité. Il retraversa la salle de séjour, referma derrière lui, se dirigea vers le studio et y entra. Bingo. La lumière était allumée et la porte de la chambre noire soigneusement close. Il gratta à cette même porte et attendit. Elle ne pourrait venir lui ouvrir si elle était en plein développement, mais il devait au moins tenter sa chance.

— J'arrive dans une minute, l'entendit-il crier. Rien de grave, j'espère ?

Si. Il voulait désespérément la toucher et revivre quelques minutes comme celles qu'ils avaient vécues la veille sur le porche.

— Puis-je entrer ? cria-t-il en retour.

Il entendit un grand silence de l'autre côté, puis :

— Cody ?

— Oui. Ouvre-moi. Je veux t'embrasser pour te souhaiter une bonne journée.

— Impossible pour le moment, mes photos trempent. T'es-tu servi de ta clé pour entrer chez moi ?

Ah, ah.

— Oui.

Un silence, puis :

— Mais j'ai apporté le petit déjeuner. Veux-tu que je m'en aille, à présent ?

Il pouvait l'entendre respirer, et il se demanda si elle avait les mêmes pensées illicites que lui.

— Ça va, là-dedans ? On dirait que tu es un peu essoufflée. Tu n'aurais pas des pensés coquines, dis-moi, Lee ?

Un rire clair filtra au travers de la porte, et il se détendit un peu. Apparemment, elle n'allait pas tout de suite le renvoyer dans ses buts.

— Pourquoi voudrais-tu que j'aie de telles pensées ? l'interrogea-t-elle.

Il colla l'oreille à la porte et l'imagina faisant de même de l'autre côté. Dieu, qu'il avait envie de la toucher.

— J'ai vu la façon dont tu me regardais l'autre jour chez moi, bébé. Je sais exactement quelles pensées coquines te courent dans la tête ces temps-ci.

Son rire résonna de nouveau, un peu plus contraint cependant.

— Laisse-moi une seconde et je sors.

— Je ne bouge pas.

Il ôta sa veste, la jeta sur le dos de la chaise de bureau et eut l'attention attirée par la photographie visible sur l'écran de l'ordinateur de Lee Ann.

— Hou là, murmura-t-il.

Il passait derrière la chaise pour mieux regarder alors que Lee Ann sortait de sa chambre noire. Il lui jeta un bref coup d'œil et désigna l'écran du doigt.

— Stupéfiante, cette photo.

— Merci, lui répondit-elle en venant se placer à côté de lui.

Le cliché représentait une chienne léchant la tête d'un chiot nouveau-né tout en gardant un œil sur l'objectif de l'appareil photo. Lee Ann avait su capter simultanément l'épuisement de la bête et l'instinct maternel inhérent à la plupart des femelles. Personne n'avait intérêt à s'approcher de ses petits.

— Celle-ci, il me la faut.

— Ah bon ? fit-elle, surprise, avant d'éluder d'un geste vague : Bien, je t'en ferai une copie.

Il se tourna vers elle et, comme toujours, elle lui coupa le souffle. D'un pas, il abolit la distance entre eux et fit glisser ses mains sur les joues de Lee Ann. Puis il se pencha et lui dit correctement bonjour. Comme elle ne trouva manifestement rien à y redire, il prolongea le baiser jusqu'à ce que tous deux fussent hors d'haleine, situation non permise pour deux personnes ayant des enfants dans la maison.

— Bonjour, chérie, lui dit-il d'une voix éraillée qui le fit rire.

Il adorait l'effet qu'elle avait sur lui. Et à quel point il allait aimer se lever chaque matin en se disant qu'il avait le droit de la prendre dans ses bras.

— Tu m'as manqué.

— Tu étais là hier soir, voulut-elle protester, mais en souriant.

— Tu m'as jeté dehors bien trop tôt, répondit-il en lui posant un autre baiser sur la bouche. Alors je suis revenu.

— J'ai remarqué, rétorqua-t-elle en riant avant de reprendre son sérieux : Dis-moi, je ne t'ai pas confié cette clé pour que tu entres quand je suis à la maison.

Il retint un instant son souffle. C'était une trop belle journée pour se disputer.

— J'ai commencé par frapper. Longtemps, se défendit-il.

Au bout de quelques interminables secondes et après un autre regard suspicieux, le visage de Lee ann s'éclaira d'un grand sourire. Qu'elle était belle.

— Je suis contente que tu sois venu.

Elle se mit sur la pointe des pieds et chercha sa bouche. Il pourrait l'embrasser toute la journée. Quand elle se recula, bien trop vite à son goût, il se souvint de ce qui avait précédemment attiré son attention et lui montra de nouveau l'écran.

— Sérieusement, cette photo est étonnante, Lee. Pourquoi ne vends-tu pas de tels clichés ? l'interrogea-t-il avant de se souvenir du site qu'il avait épluché avant de prendre la route pour Sugar Springs : À moins que tu ne le fasses déjà ? Y a-t-il une page de vente de photos sur ton site Web ?

— J'y ai mis quelques vieilles photos ; je n'ai pas eu le temps de vraiment m'occuper d'autre chose que la vente de mes portraits ces dernières années, répondit-elle en se penchant vers l'ordinateur pour attraper la souris : Je t'imprime une copie.

— Non, fit-il en posant une main sur la sienne. Je veux un tirage en trente sur quarante, encadré, et tu me diras combien je te dois. Je vais l'accrocher dans le bureau du Dr Wright.

— J'imagine que Keri a toutes les décorations qu'elle veut à la clinique.

— Celle-ci, elle va l'adorer, insista-t-il en lui caressant le poignet.

Savait-elle au moins à quel point elle était talentueuse ? Intelligente comme elle l'était, elle en avait certainement conscience. Était-ce uniquement par manque de temps, ainsi qu'elle venait de le souligner ? Il était aussi possible qu'en plus du manque de temps elle n'ait pas les relations nécessaires.

— J'ai une amie propriétaire d'une galerie à Nashville, lui apprit-il. Je ne doute pas un instant que ton travail pourrait l'intéresser.

Elle récupéra sa main et se redressa.

— Je ne suis pas ta bonne œuvre, Cody. Je vais te faire le tirage que tu m'as demandé mais sinon, laisse tomber, d'accord ? Un jour, quand j'aurai le temps, je m'occuperai de ces photos.

— Eh bien moi, je veux que tu t'en occupes tout de suite, persista-t-il en lui saisissant la main alors qu'elle repartait vers sa chambre noire. Tu peux le faire maintenant.

Elle fit volte-face, le regarda puis baissa les yeux sur sa bouche.

— C'est fini, le sermon ? Il me reste deux clichés à terminer ce matin, alors soit tu viens avec moi, soit tu t'en vas.

S'en aller ? Hors de question.

Lee Ann n'attendit pas de voir si Cody la suivait, persuadée qu'il allait le faire. Sa chambre noire devait forcément lui évoquer une foule de bons moments. Elle alluma la lumière rouge et retourna aux bacs emplis de produits chimiques sur lesquels elle travaillait avant son arrivée.

— C'était un des endroits où j'étais toujours certain de te trouver. Soit ici, soit au terrain de softball.

En parlant, il vint se placer à côté d'elle et elle perçut l'éclat de ses yeux dans la pièce faiblement éclairée. Elle le revit la regardant jouer depuis la clôture. Il ne grimpait pratiquement jamais sur les gradins.

— Peu de choses ont changé, tu sais, à part qu'en été, plutôt que sur le terrain de softball, on a plus de chances de me trouver en train de regarder une partie endiablée de street-hockey.

Cody éclata de rire.

— Mes filles seraient des dures à cuire ?

— Tu peux le dire, repartit-elle en lui souriant, finalement ravie qu'il fût venu chez elle ce matin.

Car il lui avait manqué aussi. La veille, il était resté dîner, ils avaient tous regardé un film, et puis il s'était attardé, le temps d'un bref baiser avant de rentrer chez lui.

Elle avait accepté de dire aux jumelles qu'ils allaient faire un essai mais avait renoncé à le faire dans la foulée. Elle se souvenait toutefois parfaitement avoir accepté qu'ils leur en parlent aujourd'hui. Ensuite ils passeraient du temps ensemble, uniquement tous les deux. Elle avait très envie de poser les mains sur lui. Très, très envie.

Il ne lui était pas passé par la tête, du moins jusqu'à ce qu'elle voie le beau visage de Cody en ouvrant sa porte, que sa chambre noire pourrait leur offrir un lieu où s'éclipser. C'était son sanctuaire, même si Candy venait parfois l'y rejoindre.

Avant de décider ce qu'elle désirait vraiment pour le petit déjeuner, elle avait quelques tirages à terminer. Elle lui donna un petit coup de coude.

— Pousse-toi, il faut que je termine ça.

Il fit un pas de côté, mais elle avait déjà reconnu la brûlure provoquée par cet infime contact à travers sa manche. Bon sang, elle était vraiment ferrée.

— Je perturbe ton planning, c'est ça ? la taquina-t-il.

— Il n'y a rien de mal à en respecter un, se défendit-elle.

Elle était cependant en train d'apprendre quelque chose : elle aimait qu'il perturbe son planning. Comme ce matin. Cela conférait une certaine excitation à son existence, une excitation qu'elle n'avait plus connue depuis bien longtemps.

Elle se remit au travail. Cody se plaça de manière à l'observer tremper un cliché dans le révélateur. Elle avait saisi les jumelles regardant en l'air, souriantes, alors que Cody levait la main pour leur montrer où aurait dû se trouver un oiseau durant un tour de magie.

— Ah, mais c'était au centre commercial !

— Eh oui.

Elle avait pris des quantités de clichés numériques mais aussi quelques-uns en noir et blanc avec son vieil appareil argentique.

— Elle est superbe, commenta-t-il en tendant la main vers le rectangle de papier.

Avant de s'arrêter net, se souvenant qu'il ne fallait pas toucher le cliché avant qu'il soit passé dans le fixateur.

— C'était Roy qui m'avait appris ce tour, ajouta-t-il.

Ses parents adoptifs étaient parmi des personnes les plus généreuses que Lee Ann ait jamais connues, et la façon dont Cody avait quitté la ville les avait blessés tout autant qu'elle. Elle fit tremper un autre cliché. Une fois le premier mis à sécher, elle commenta à mi-voix :

— Ils ont été malheureux, tu sais. Quand tu es parti.

— Sûrement pas.

Il avait rétorqué cela d'une voix nonchalante, mais son expression légèrement tendue n'échappa pas à Lee Ann.

— J'ai dû leur manqué pour les travaux de la ferme, mais je suis sûr qu'ils n'ont pas été mécontents de me voir disparaître, trop inquiets que je puisse encore traîner chez eux après le baccalauréat.

Elle se tourna vers lui, les mains sur les hanches, et attendit qu'il la regarde.

— Tu n'y crois pas une seconde. C'étaient les gens les plus adorables que j'aie jamais connus.

Il voulut détourner les yeux, mais elle l'arrêta d'une main sur la joue.

— Ils me faisaient trimer comme un esclave, argua-t-il d'une voix presque enfantine.

— Tu essayais déjà de prétendre cela à l'époque, mais même l'adolescent stupide que tu étais n'y croyait pas non plus, le contra-t-elle. Ils te faisaient travailler pour te donner le sens des responsabilités, et pour t'empêcher de faire des bêtises. En réponse, tu t'es atrocement mal conduit en partant comme tu l'as fait. Sans même leur dire adieu, ajouta-t-elle un ton plus bas.

De ses yeux tristes il parcourut son visage puis il lui saisit la main, presque désespéré, et lui posa un baiser dans la paume.

— Je me suis atrocement mal conduit vis-à-vis de vous tous.

Elle ferma brièvement les yeux alors que passé et douleur se mêlaient. Ils allaient devoir en parler encore avant qu'elle puisse tirer un trait, mais pas maintenant. Maintenant, elle voulait juste le sentir. Cela faisait trop longtemps.

— Embrasse-moi, Cody.

Il hésita, le temps de décider comment démarrer. Ses grandes mains se posèrent sur ses épaules et il baissa ses lèvres vers les siennes. Puis il posa un baiser léger de chaque côté de sa bouche, et un plaisir intense explosa en elle. Elle renouait avec elle-même.

Et ce fut de l'amour qu'elle éprouva.

*Oh, non...* se dit-elle aussitôt en voulant presque s'écarter de lui. Elle l'aimerait encore ? S'il partait une nouvelle fois, elle ne pourrait s'en remettre.

Un gémissement échappa à Cody et il inclina la tête. Alors, il l'embrassa, comme un homme qui ne peut plus se retenir et, pour une fois, ce ne fut pas le passé qui remonta en elle mais des visions d'avenir. Un avenir qu'elle voulait avec lui. Elle eut envie de s'éveiller chaque matin avec un baiser, de s'endormir près de lui chaque soir.

Elle aurait voulu qu'ils commencent tout de suite.

Elle s'étira vers lui et lui enroula les bras autour du cou alors qu'ils s'embrassaient passionnément et qu'il la mettait en feu en lui donnant une envie sauvage d'aller beaucoup plus loin.

— Cody, murmura-t-elle en enfouissant les doigts dans ses cheveux.

Il fit descendre ses mains sur ses reins et l'attira tout contre lui. Lui aussi la désirait, aucun doute sur ce point.

Il recula contre un des plans de travail de la chambre noire et releva la tête.

— Je t'ai toujours regrettée, Lee.

Non. Elle ne voulait pas revenir sur le passé maintenant. D'un vif mouvement de tête, elle ramena sa bouche sur la sienne.

— Embrasse-moi, le supplia-t-elle. On en parlera plus tard. Tout de suite, je veux que tu m'embrasses.

Le message était clair.

Dans la seconde, elle sentit ses mains partout sur elle, ainsi que sa bouche brûlante. Il parsema son cou et sa gorge de baisers incendiaires. Elle revivait entre ses bras.

Avide, elle tira sur sa chemise. Quand ses doigts atteignirent enfin sa peau, elle eut la brève tentation de repousser bacs et produits chimiques pour faire de la place sur le plan de travail. Il se débarrassa prestement de sa chemise, et ramena ainsi l'attention de la jeune femme sur son corps d'athlète. Elle était à présent totalement libre d'explorer ce qu'elle avait seulement aperçu un peu plus tôt dans la semaine. Quel homme, quelle carrure !

Elle entreprit de le caresser, ravie de découvrir une lueur embrasée dans son regard alors qu'il la regardait faire. En atteignant son épaule, un frisson la parcourut tandis qu'elle suivait du bout du doigt l'intégralité du tatouage imprimé sur sa peau. Elle le voyait enfin clairement ! C'était un profil d'aigle. Cela lui allait tellement bien. Solitaire, orgueilleux, et pourtant plein de force et de courage. Il avait eu une enfance épouvantable, il avait fait son lot d'erreurs, mais l'homme qu'il était devenu était assez fort pour surmonter tout cela. Assez fort pour être aujourd'hui l'homme en qui elle avait tellement cru.

Elle leva les yeux vers lui et vit la vulnérabilité qu'il s'efforçait tant de dissimuler aux autres. Il se demandait visiblement si elle avait capté le symbolisme du tatouage. Si elle avait compris qu'il avait eu besoin de ce rappel permanent pour continuer à avancer. Bien sûr qu'elle l'avait capté. Elle le connaissait !

Les doigts tremblants, elle se défit de son chemisier. Prise du désir de le rejoindre, de lui montrer aussi sa vulnérabilité, de le mettre en confiance.

Une fois torse nu, elle se planta devant lui, le cœur battant. Il avait vu ses seins quand ils étaient jeunes. Ils s'étaient alors caressés aussi loin que possible sans jamais aller au bout. Mais ils étaient adultes à présent. Elle devinait qu'il en avait vu, et fait, infiniment plus qu'elle au cours de toutes ces années. Debout devant lui avec son soutien-gorge de coton blanc, elle se demanda si elle pouvait soutenir la comparaison avec toutes les femmes qu'il avait dû connaître dans sa vie.

Tout comme elle regretta de n'avoir pas investi dans deux ou trois sous-vêtements plus affriolants.

De grandes mains fortes se refermèrent sur sa taille alors qu'il la contemplait.

— Tu es stupéfiante, bébé.

Elle sourit.

Quand elle tendit de nouveau les bras vers lui, un bruit résonna quelque part dans la maison. Elle se souvint soudain qu'ils se trouvaient dans sa maison, un samedi matin, et qu'une simple cloison les séparait de ses filles.

Qu'est-ce qui leur avait pris ?

Avant qu'elle réagisse, Cody avait prestement attrapé son chemisier et l'aidait à l'enfiler pour ensuite se rhabiller.

— Boss est à l'intérieur. Elles vont forcément savoir que je suis là, lui apprit-il d'une voix contrainte, et elle ne put retenir un sourire, ravie de constater qu'elle avait autant d'effet sur lui que lui sur elle.

— Cela ne va pas prendre longtemps, acquiesça-t-elle.

Elle n'avait pas terminé sa phrase que Kendra braillait depuis l'autre côté de la cloison :

— Maman ? Papa est avec toi ? Boss est là, et il y a du sirop sur la table de la cuisine.

— Du sirop ? fit-elle en le regardant.

— D'érable. J'ai apporté des pancakes, lui expliqua-t-il avec un sourire.

— Allons leur faire un sort, en ce cas.

Elle se plaqua un joyeux sourire sur les traits alors qu'elle n'avait en réalité qu'une seule envie, terminer ce qu'ils venaient de commencer. Elle jeta un regard nostalgique au comptoir contre lequel ils se tenaient une minute plus tôt, poussa un soupir, et répondit à Kendra :

— On arrive !

Elle voulut passer devant lui mais il lui attrapa la main. Il avait un regard incandescent.

— Il y aura d'autres occasions plus tard, chuchota-t-il avant de refermer la main sous son menton et de lui donner un autre baiser étourdissant.

Elle acquiesça, toute tourneboulée. Elle n'allait sûrement pas le contredire.

— Je vais demander à Joanie de garder les filles, ce soir.

— Et moi, je t'invite à sortir, répondit-il en pressant la bouche contre sa paume. On va quitter la ville. Je te veux pour moi tout seul sans un seul être vivant à dix kilomètres à la ronde.

— Tant qu'on atterrit sur une surface horizontale… l'approuva-t-elle en souriant.

Elle ouvrit la porte pour sortir, le laissant médusé. Il l'avait soupçonnée d'être prête à passer à un cran supérieur, mais en l'entendant le lui préciser sans ambages il eut un choc. Elle ne put retenir bien longtemps un éclat de rire. Tant d'émotions se disputaient en elle qu'elle devait bien en laisser s'échapper quelques-unes, sous peine d'autocombustion.

## 15

— Ils sont délicieux, ces pancakes, déclara Candy en souriant à Cody qui, debout près du micro-ondes, attendait que le sirop chauffe.

Les filles avaient déjà commencé à piocher dans le plat. Assise près d'elles, Lee Ann fixait sur lui un regard bleu intense. Elle le faisait depuis qu'ils s'étaient tous attroupés dans la cuisine, et il était bien certain qu'elle avait été aussi navrée que lui de cette interruption. S'il devait en juger par son dernier commentaire avant de sortir de la chambre noire, ils allaient remédier à cela très vite, probablement le soir même.

— Tu crois ? répondit-il.

Des yeux il fit le tour de la table, en s'efforçant de ne pas s'attarder sur celle qui accaparait ses pensées, puis il adressa un clin d'œil à Lee Ann.

— Ils ne sont quand même pas meilleurs que ceux de Supermaman ?

— Eh ! s'insurgea-t-elle aussitôt. Je ne fais rien de différent des autres mères de famille. À ceci près que je prépare mes propres pancakes plutôt que les rapporter du snack.

Il s'assit à côté d'elle en riant.

— Oh, ça, je ne sais pas faire.

En sortant de la chambre noire un peu plus tôt, ils avaient fait croire qu'ils y développaient des photos, mais les filles n'avaient pas été dupes. Elles lui décochaient à présent les mêmes regards suspicieux que leur mère ces dernières semaines. En revanche, les conclusions qu'elles en avaient tirées n'avaient pas l'air de les contrarier. Ce qui était bon signe pour la conversation qu'ils ne tarderaient plus à avoir.

— Voyons voir, reprit-il en embrochant trois pancakes pour les déposer sur son assiette. Que fais-tu de différent des autres mères de famille ? Tu assumes deux emplois, tu te portes volontaire chaque fois que tu le peux et, d'après ce qu'on raconte, tu es celle que tous appellent chaque fois qu'ils *ont besoin d'un conseil.* Il est grand temps que tu démissionnes du snack pour te consacrer intégralement à ta photographie, conclut-il en passant le bras sur le dos de la chaise de Lee Ann.

— C'est vrai, maman, l'approuva Candy, la bouche pleine.

Il ne put imaginer un meilleur samedi matin. La gamine glissa en douce un morceau de pancake à Boss, sous la table.

— Tu dis toujours que tu n'as pas assez de temps pour tes photos, poursuivit-elle. Je suis d'accord avec papa.

— Nous avons déjà eu cette discussion, rétorqua Lee Ann en faisant les gros yeux à Cody. Les photos ne payent pas les factures et ne nourrissent pas une famille.

Cody partit à l'assaut de son assiette en la regardant faire de même.

— Veux-tu que je te donne davantage d'argent ?

— Cet argent, c'est pour les filles, rétorqua-t-elle en relevant brusquement la tête. Je le mets sur un compte épargne.

— Si ce sont tes économies qui te préoccupent, j'augmenterai ce que je te donne.

— Je mets de côté pour leurs études.

Il fit de son mieux pour ne pas montrer son irritation. Elle avait toujours ce besoin de tout contrôler.

— Je te signale en passant que je serai toujours là quand elles commenceront leurs études. Cet argent, c'est pour aujourd'hui, pour vous trois.

— Je ne peux…

— Lâche ce boulot, Lee. Je m'occupe de tout. Concentre-toi sur ce que tu dois réellement faire.

Elle serra les dents.

— Élever mes filles est la seule chose que je doive réellement faire.

Du coin de l'œil, il vit les jumelles les suivre du regard à tour de rôle tandis qu'ils polémiquaient. Aucune n'avait émis le moindre mot, mais il était évident qu'elles avaient capté quelque chose de nouveau entre Lee Ann et lui. Il décida que le moment était venu de leur parler. En outre, changer de sujet permettrait d'éviter une vraie dispute.

Il énonça, en se tournant vers les filles :

— J'ai invité votre mère à sortir avec moi ce soir.

Il vit la stupéfaction se peindre sur le visage de Lee Ann tandis qu'elle se redressait sur son siège. Il n'aurait pas dû la prendre ainsi au dépourvu, mais tant pis, plus moyen de reculer à présent.

Kendra se tourna vers lui, l'air interrogateur.

— Vrai ? Un rendez-vous amoureux ?

— Absolument, répondit Cody en souriant, avant de prendre un morceau de saucisse.

— Bravo papa, lança Kendra en levant le pouce. Un petit ami, c'est ce qu'il faut à maman, ça fait trop longtemps qu'elle n'est pas sortie avec quelqu'un.

— Kendra Gayle ! jeta Lee Ann, courroucée, mais sa fille ne lui accorda pas un regard.

Bien, songea Cody. Sa fille était assez indépendante pour ne pas broncher quand sa mère tentait de lui imposer sa loi.

— Je te rappelle que tu as accepté, Lee Ann. On veut voir jusqu'où ça peut nous mener, tu te souviens ? déclara-t-il en lui faisant un clin d'œil. On veut vérifier si tu craques toujours autant pour moi que moi pour toi.

Elle le fusilla du regard tandis que les deux filles éclataient de rire.

— Tu étais d'accord également pour que l'on dise aux filles que nous avons des sentiments l'un pour l'autre, poursuivit-il d'une voix radoucie, presque émue, mais qu'il s'efforça de conserver légère.

Il ne voulait pas se montrer trop sentimental devant ses filles.

Kendra ricana, les joues de Lee Ann virèrent à l'écarlate, Candy eut pitié de sa mère et lui tapota la main.

Il reprit son sérieux et se concentra sur les jumelles :

— Qu'en dites-vous, toutes les deux ? De votre mère et moi ? Nous ne savons pas où cela va nous mener, mais nous en avons envie.

Cela les mènerait forcément quelque part, tant il y avait en jeu.

Une fois en Floride, il les ferait venir en avion de temps en temps, et lui reviendrait régulièrement. Selon les termes de son contrat là-bas, il serait libre du samedi midi au mardi matin. En prenant un des premiers vols de la journée, il pourrait arriver à l'heure à sa clinique en ayant profité d'un long week-end de deux jours et demi à Sugar Springs. Cela devrait suffire. Pour le moment.

S'il jouait bien sa partie, il pourrait démontrer qu'il était bien l'homme que Roy et Pearl avaient voulu faire de lui. Parce que Lee Ann avait dit vrai, un peu plus tôt. Les Monroe s'étaient pris d'affection pour lui, contrairement à ses autres parents adoptifs, et avaient fait de leur mieux pour lui inculquer le sens des responsabilités. En toute honnêteté, il pouvait leur attribuer le courage et l'énergie qui l'avaient poussé à faire des études. Avant d'apprendre qu'ils avaient tous deux disparu, il n'avait pas pris conscience qu'il avait envie de tomber sur eux au hasard des rues de Sugar Springs. C'était trop tard.

Il aurait aimé leur montrer qu'il avait fait quelque chose de lui-même. Leur prouver ainsi qu'ils avaient eu raison de croire en lui. Ils auraient mérité ses excuses après la façon dont il avait quitté Sugar Springs, et il allait devoir vivre à présent en sachant que c'était désormais impossible. Il revint au présent et affecta la nonchalance en attaquant son dernier pancake.

— Alors, qu'en dites-vous ? demanda-t-il à nouveau en regardant les filles tour à tour.

Kendra répondit la première :

— Vous nous promettez de ne plus vous embrasser en public ?

Les yeux lui sortirent de la tête, tout comme ceux de Lee Ann qu'il sentit aussi abasourdie que lui.

— Vous nous avez vus nous embrasser ?

— Beurk, non, rétorqua Kendra avec une affreuse grimace. C'est Sadie qui nous a envoyé un texto hier soir parce que sa mère avait appris de sa sœur, qui l'avait appris de Gina Gregory, que tous les deux vous étiez en train de vous bécoter sur le porche. Pas cool, papa.

Lee Ann se couvrit le visage d'une main, autant pour rire que pour dissimuler son embarras, devina-t-il.

— De qui Gina Gregory l'avait-elle appris ?

Kendra haussa les épaules.

— Probablement de grand-mère.

C'était en effet le plus probable !

— D'accord, plus de baisers en public.

Il avait constamment envie d'embrasser Lee Ann, mais il ne devait pas oublier qu'il était la cible de prédilection de Commérages City. Il tourna les yeux vers Candy, restée silencieuse durant tout cet échange.

— Cela te pose-t-il un problème que ta mère et moi sortions ensemble si nous promettons de ne plus nous embrasser en public ?

Elle regarda sa mère, puis lui.

— Est-ce que ça veut dire que tu ne partiras pas à la fin de l'année ? Ou qu'on va t'accompagner ?

— Nous n'irons nulle part, intervint Lee Ann en tapotant le dos de la main que Cody avait posée sur la table.

Il acquiesça d'un mouvement de tête et préféra ne pas aborder maintenant son idée de les faire venir en Floride. Chaque chose en son temps.

— Nous verrons le moment venu, déclara-t-il donc.

— Mais comment vous ferez, quand tu seras ailleurs ?

— On se parlera au téléphone, répondit Lee Ann. Quand il viendra vous voir, on se verra aussi.

Il lui jeta un coup d'œil à la dérobée et soudain, la pensée de tout le temps pendant lequel il ne les verrait pas le percuta. Il serait séparé d'elles des semaines entières et cela n'allait pas être facile à vivre.

Candy pinça les lèvres et réfléchit. Avant même que Cody puisse deviner ce qui lui passait par l'esprit, elle décocha un regard à sa sœur et répondit :

— On dirait bien que c'est comme quand on craque pour un garçon qui n'est pas dans la classe. On n'arrive pas souvent à le voir, mais on devient bête chaque fois qu'il est dans le coin. Surtout quand il vous a embrassée.

— Candy ! Tu avais promis ! glapit Kendra en bondissant sur ses pieds.

Elle était à mi-chemin de la porte quand elle s'immobilisa et bougonna :

— Puis-je sortir de table, maman ?

Candy dissimula un sourire derrière sa main.

— Je préférerais que tu reviennes à table pour nous parler de ce garçon. Il doit être bien spécial, si tu l'as laissé t'embrasser.

Cody se garda bien d'intervenir, mais le visage de plus en plus coloré de Kendra attestait qu'elle ne l'avait pas juste laissé faire.

— Je n'ai pas envie d'en parler, maman, répondit celle-ci, toujours au milieu de la pièce, tête baissée et les bras refermés autour d'elle. Puis-je m'en aller ?

— Dans quelques minutes, chérie, dit Lee Ann en tapotant la chaise qu'elle venait de déserter. Viens te rasseoir et parle-nous de lui.

Kendra revint à table et, en quelques mots quasiment inaudibles, leur apprit qu'il s'agissait d'un élève de quatrième qui jouait au basket et qui, même s'il lui avait donné un tout petit baiser, ne l'aimait pas tant que cela, d'après elle.

— C'est le garçon le plus sexy de tout le collège, précisa Candy.

Kendra lui darda un regard en forme de mitrailleuse lourde, que sa sœur éluda d'un geste.

— Ben quoi, c'est vrai.

Lee Ann frotta affectueusement le bras de Kendra.

— Je me souviens du premier garçon pour qui j'ai eu le béguin. James Christian. J'étais en troisième et lui en première.

Un léger soupir lui échappa, et un tout aussi léger accès de jalousie s'empara de Cody. S'il ne se trompait pas, James Christian était à présent un des deux médecins de la ville. Celui qui était célibataire.

— Mais même si je rêvais de lui dire ce que j'éprouvais pour lui, je savais que ça l'aurait fait fuir en courant.

Cody la regarda stupéfait. Un garçon de dix-sept ans n'aurait pu s'enfuir si une fille aussi canon que Lee Ann lui avait révélé qu'elle l'aimait !

— Pourquoi ? voulut savoir Kendra, dont le visage défait indiquait qu'elle redoutait avoir commis la plus belle boulette de sa vie.

— Parce que les garçons aiment faire le premier pas. Ça leur donne l'impression d'être responsables, même si nous, les filles, nous avons tout manigancé pour qu'ils le fassent. Bien sûr, ils ne le sauront jamais.

Quelle logique stupide ! se dit aussitôt Cody.

— Quel âge a-t-il, ce garçon ? Quatorze ans ? voulut-il savoir.

— Presque, acquiesça Kendra.

— Tu crois que les garçons de quatorze ans sont plus à l'aise pour faire le premier pas ? Pendant que les filles jouent à des jeux stupides pour attirer leur attention ? poursuivit-il à l'adresse de Lee Ann.

— Bien sûr, rétorqua-t-elle d'un ton assuré.

— Chérie, à quatorze ans, les garçons n'ont besoin de personne pour remarquer les filles qui leur plaisent, répondit-il avant de se retourner vers Kendra : Que tu t'en sois rendu compte ou pas, je te garantis qu'il t'a remarquée bien avant que toi, tu le remarques.

— Mais il ne m'avait jamais parlé, même pas les trois fois où j'ai attendu à côté des casiers des garçons.

Cody jeta un regard à Lee Ann.

— Ça, c'est parce que la dernière chose que veulent les garçons de cet âge, c'est faire le premier pas et risquer de se prendre une veste. Nous sommes plutôt fragiles, même si nous n'en donnons pas l'impression.

— Tu es bien trop âgé par rapport à eux, Cody, intervint Lee Ann avant de regarder sa fille : Fais-moi confiance, chérie. Sois sympa, souris-lui, parle-lui, mais ne te jette pas à son cou.

Cody secoua la tête et fit lui aussi face à Kendra :

— Si tu as foncé et si c'est toi qui l'as embrassé en premier, il est déjà dingue de toi. Fais-moi confiance.

Tu as attiré son attention, et il rêve en ce moment même d'avoir le courage de t'appeler pour t'inviter à sortir.

— Elle est trop jeune pour sortir ! hoqueta Lee Ann.

— Le problème n'est pas là, repartit Cody en sortant son portable. Appelle-le.

— Non. Il est bien trop tôt. Elle n'aurait aucune raison valable de téléphoner à ce garçon de si bonne heure un samedi matin.

— Elle lui téléphone ce matin parce qu'elle l'aime bien, rétorqua Cody en souriant à sa fille. Crois-en mon expérience. C'est une raison suffisante, et il va adorer ça.

Manifestement indécise, Kendra contempla le téléphone qu'il avait en main. Elle se mâchonna la joue et jeta un coup d'œil à sa sœur. Celle-ci regarda Cody, l'observa un instant, puis hocha la tête.

— Je crois que tu devrais le faire.

— Mais qu'est-ce que je vais pouvoir lui dire ? chuchota Kendra.

Il allait faire une suggestion quand il capta le regard de Lee Ann. Un regard non pas furieux, mais tendre. Elle secoua la tête en direction des filles comme pour lui dire de ne pas interrompre les jumelles au milieu de leur conversation sérieuse.

— Notre fête, c'est samedi prochain. Demande-lui s'il aurait envie de venir, conseilla Candy à sa sœur.

Kendra retint son souffle.

— Tu crois qu'il voudra venir ? lui demanda-t-elle avant de recommencer à se mâchouiller la joue : Tu crois que je devrais ?

— Il est top, Kendra. Et papa a raison. Quand tu l'as embrassé, j'ai vu la tête qu'il faisait après. Il t'aime bien, c'est sûr, répondit sa sœur, et son regard s'éclaira : Je parie qu'il voudra danser avec toi.

Il savait que Lee Ann appréhendait que ses filles grandissent, surtout en courant après un garçon, cependant, un fait frappa Cody : elle n'intervint nullement dans leur entretien, même quand Kendra tendit timidement la main pour prendre le téléphone.

Elle marmonna l'excuse d'avoir à aller vérifier le numéro, et Cody fit un clin d'œil à Lee Ann. Leurs bébés grandissaient. Kendra avait le béguin pour un garçon. Une larme au coin de l'œil de Lee Ann ne fut pas loin d'avoir raison de lui. Il n'avait pas l'impression de s'être montré maladroit sur l'affaire mais eut tout de même un doute. Il se leva et lui tendit la main.

— Laissons-lui un peu d'intimité.

Elle le suivit sans protester en lui prenant la main. Il y enroula les doigts et l'attira près de lui. Une fois dans la salle de séjour, il se pencha à son oreille.

— Est-ce que j'ai mal fait ?

Elle se colla contre lui pour lui répondre :

— Pas du tout. Tu avais raison. S'il lui plaît tant que cela, elle ne devrait pas rester en retrait et attendre. J'ai peur que la mère de ce garçon m'arrache les yeux pour lui avoir permis d'appeler aussi tôt.

— Elle s'en remettra, dit-il en lui levant le visage pour lui essuyer une larme. Pourquoi pleures-tu ? Aurais-je dépassé mes limites ?

— Non, tu as été parfait. Ce qui m'a émue, ça a été de constater que ma fille est assez grande pour avoir des chagrins d'amour, répondit-elle alors que d'autres larmes dévalaient de ses yeux. Oh, Cody. S'il lui brise le cœur ? Il n'est rien que je puisse faire pour l'en empêcher.

— Chérie, tu vas devoir les laisser se débrouiller seules, murmura-t-il en essuyant ses larmes de ses lèvres.

— Je sais bien, répondit-elle d'une voix mal assurée.

Il lui adressa un petit sourire, baissa la tête et posa sa bouche sur la sienne. Ce furent des lèvres chaudes qui tremblèrent sous les siennes, mouillées de larmes salées. Mais elle n'exigea pas plus et lui non plus. Ils se contentèrent de rester accrochés l'un à l'autre quand elle enfouit sa tête dans son cou.

— Beurk, fit Candy depuis le seuil, un sourire démentant son propos.

Lee Ann ne fit aucunement mine de vouloir s'écarter, aussi la serra-t-il brièvement contre lui.

— À propos, ta sœur et toi n'avez toujours pas répondu à ma question. Cela vous pose-t-il un problème que nous sortions ensemble ?

Kendra apparut aux côtés de sa sœur, le visage fendu d'un grand sourire.

— On pense que c'est trop swag, dit-elle alors.

« Swag » ? Cody n'eut aucune idée de ce que cela signifiait, mais à voir la tête des filles, ce devait être positif. Surtout que le moral de Kendra venait apparemment de remonter en flèche.

Lee Ann lui sourit.

— On est trop swag. C'est génial !

Très ému, il contempla son visage rayonnant.

— Je dirais même fantastique, lui murmura-t-il.

Désormais pressé de l'avoir pour lui seul.

Elle s'écarta quelque peu comme si elle avait perçu ses pensées mais ne quitta cependant pas le cercle de ses bras.

— Alors, Kendra Gayle, ce garçon. Comment s'appelle-t-il, et va-t-il danser avec toi ? entreprit-elle de demander à sa fille.

— Derek Johnston. Il a dit que ça lui plairait beaucoup, répondit Kendra. Je lui ai dit qu'on pourrait passer le prendre, c'est bon ?

— Pas de problème.

Les paroles et l'expression de Lee Ann étaient ce qu'elles devaient être, mais elle était contractée. Il ne lui était pas facile de laisser faire. Il resserra brièvement son étreinte en signe de soutien, et elle se détendit contre lui. Sans être enthousiaste à l'idée de laisser ses enfants commettre leurs propres erreurs, elle faisait absolument ce qu'il fallait.

— Maintenant, je ne veux plus entendre dire que tu t'es encore jetée à son cou, jeune demoiselle, déclara-t-il à sa fille.

Les trois femmes le regardèrent, estomaquées, mais il éluda d'un geste.

— C'est un adolescent. Je ne voudrais pas avoir à boxer ce gosse. D'autres baisers, et il pourrait croire que tu lui proposes plus que ça.

Kendra écarquilla les yeux, et puis hocha vigoureusement la tête.

— Je te promets, répondit-elle avant de rougir, de toussoter, et de reprendre : Est-ce que je peux lui tenir la main s'il ne le fait pas en premier ?

Seigneur Dieu, il n'était pas plus prêt que Lee Ann ! Et il eut envie de hurler « Tes mains, tu les gardes dans tes poches ! »

— Je suppose, répondit-il à la place. On ira le chercher ensemble, toi et moi. J'aimerais bien faire sa connaissance avant qu'il s'imagine qu'il peut danser avec toi.

Elle acquiesça d'un hochement de tête qui fit voleter ses longs cheveux.

Tout à coup, il prit conscience qu'il était passé du statut de célibataire sans attaches à celui de père de deux jeunes filles, qui allait sous peu sonder le garçon qui voulait danser avec l'une d'elle. Il en fut émerveillé.

# 16

Il n'était pas loin de 23 heures quand la voiture de Cody arriva dans la rue de Lee Ann et se dirigea vers la maison. Le silence régnait dans l'habitacle au même titre que sur la route du retour. Dans la ville la plus proche, à une trentaine de kilomètres de Sugar Springs, ils avaient déniché un petit bar-restaurant animé par un orchestre local au répertoire très éclectique, et Lee Ann s'était régalée. Si elle devait en juger au besoin constant de Cody de trouver des excuses pour la toucher, elle dirait que lui aussi avait passé une excellente soirée.

Si la soirée avait été idéale et la conversation nourrie, ils semblaient à présent à court de mots. Aucun des deux n'avait ouvert la bouche pendant les dix derniers kilomètres du retour.

Ou alors, c'était simplement les nerfs. Car Dieu sait qu'elle était nerveuse.

Devait-elle l'inviter à entrer ? Suggérer qu'ils aillent chez lui ? Allaient-ils réellement faire l'amour ?

Un coup d'œil jeté en biais sur le profil de Cody lui apporta la réponse à cette dernière interrogation. Bien sûr, ils allaient faire l'amour. Il était inimaginable que l'un des deux n'ait pas ce projet en tête. Elle était plus que prête, après quatorze ans d'attente.

Il alla faire demi-tour au bout de l'impasse et revint arrêter la voiture devant chez elle, passa au point mort, serra le frein à main et éteignit les phares. Sans arrêter le moteur.

Pourquoi eut-elle le sentiment d'avoir de nouveau dix-sept ans ?

— Tu entres, n'est-ce pas ?

Les doigts qu'il avait resserrés autour du volant se détendirent l'un après l'autre. Quand le dernier doigt lâcha le cuir du volant, il se tourna vers elle, et elle faillit fondre sur place en croisant son regard. Car elle y lut un mélange étourdissant de désir, de besoin et d'espoir fou.

— Oui.

Elle tendit la main vers la poignée de portière, mais les paroles de Cody l'arrêtèrent avant même qu'elle l'ait attrapée.

— Tu sais que si je rentre avec toi, tout le monde va le savoir. Cela te convient ?

La rue était paisible et toutes les lumières éteintes dans les maisons environnantes. Cela ne signifiait pas pour autant qu'un des voisins ne s'éveillerait pas en pleine nuit et remarquerait la voiture de Cody garée devant chez elle. De toute façon, tous la verraient en allant à l'église le lendemain matin.

Dans une ville de cette importance, s'il y avait pire que manquer la messe du dimanche matin, c'était d'y déroger pour cause de panne d'oreiller. Pourtant, elle s'y sentait autorisée car tous voulaient qu'elle se case avec un « type bien » et le consensus était que Cody avait évolué en « type bien ».

Mais, si toute la ville allait être au courant, les filles aussi. Or elle avait toujours veillé à maintenir une morale parfaite autour d'elles. Elle allait d'ailleurs devoir mettre un peu d'eau dans son vin à ce sujet. Il était pourtant hors de question qu'elle ne passe pas l'intégralité de cette fichue nuit avec Cody.

Elle se laissa retomber contre son dossier et le regarda.

— Que sommes-nous censés faire, alors ?

Le réverbère lui permit de capter son sourire alors qu'il se penchait et lui posait un rapide baiser sur les lèvres :

— Il faut de toute façon que je fasse un saut chez moi pour sortir Boss. Ce que je te propose, c'est de te laisser ici, d'aller chercher le chien et de revenir à pied avec lui. Je ne veux pas laisser la voiture devant ta maison. Ça pourrait gêner les filles quand le téléphone arabe se mettra en route.

— D'accord. Je vais rentrer et t'attendre…

Il fit courir les lèvres sur sa joue, y traçant un chemin de feu qui se répercuta vite dans le reste de son corps. Elle se plaqua contre lui et lui tendit la bouche pour un véritable baiser. Il ne la déçut pas et ils furent bientôt tous deux en ébullition.

Être surpris à s'embrasser dans la voiture pourrait s'avérer aussi négatif que laisser sa voiture garée toute la nuit devant chez elle, aussi interrompit-elle à regret ce baiser.

— Va, et dépêche-toi, chuchota-t-elle. Eh, oh, n'oublie pas ta brosse à dents. Je ne te laisse pas sortir d'ici avant demain.

Il lui décocha un sourire entendu et rétorqua :

— Et toi, ne prévois pas de dormir beaucoup.

Elle se sentit encore plus amoureuse quand il tendit le bras devant elle pour lui ouvrir la portière avant de tourner un visage très sérieux vers elle :

— Merci. De nous donner une chance.

Vingt minutes plus tard, en approchant de la maison de Lee Ann, Cody rit en réalisant à quel point il appréhendait. Bon sang, il avait trente-deux ans, il était sur le point de faire l'amour à la femme qu'il avait toujours aimée, et il était plus nerveux que pour sa première fois avec une fille.

Son état de nerfs n'était pas dû à un doute sur ses capacités. C'était plutôt qu'ils devaient avant toute chose parler du passé.

Boss sur les talons, il passa dans le plus grand silence la porte non verrouillée.

Une lueur venant de la chambre de Lee Ann éclairait le couloir, et après avoir indiqué d'un geste à Boss sa place dans le vestibule, il alla dans le salon où clignotaient les guirlandes du sapin de Noël. Debout près de l'arbre, Lee Ann l'attendait, et il eut le souffle coupé à sa vue.

Elle lui avait montré jusque-là des sous-vêtements en coton tout simple, mais le fin peignoir qu'elle avait passé ce soir modelait à la perfection son corps tout en courbes. S'il ne se trompait pas, elle était nue dessous.

Elle lui sembla nerveuse, se passant sans cesse les mains dans les cheveux. Elle lui désigna le canapé.

— Asseyons-nous et parlons un peu.

Il fut surpris de constater qu'elle avait pressenti son besoin de parler. Il entra dans la pièce et ils s'assirent tous deux sur le canapé. Il lui attrapa les pieds et les installa sur ses genoux, tout comme la veille sur la balancelle. Il savait qu'elle ne le jugerait pas mal quand il aurait achevé de raconter son histoire. Elle était trop noble pour penser que ce qui lui était arrivé relevait de sa faute. Tout au fond de lui, cependant, il redoutait qu'elle le regarde différemment par la suite. Qu'elle rejette ses côtés sombres.

Seule source de lumière, la guirlande sur le sapin conférait une atmosphère romantique à la pièce, mais tant qu'il n'aurait pas exprimé tout ce qu'il avait sur le cœur, cette ambiance n'existait pas.

— Tu sais que je suis fou de toi, n'est-ce pas ? commença-t-il.

Allons bon. Quel début lamentable. En percevant la contraction de ses jambes sous ses mains, il fut à deux doigts de s'en excuser, mais il lui caressa délicatement les mollets et poursuivit :

— Ce que je veux dire, c'est…

Il se tut. En fait, il voulait lui dire qu'il l'aimait, mais quelque chose le retenait. Il décida d'adopter une autre approche :

— Mon premier souvenir remonte à quand j'avais quatre ans. Je vivais chez un couple qui s'appelait Franklin avec six autres enfants dans la maison, dont quatre placés, comme moi. Un de leurs vrais enfants m'avait pris en grippe et il passait tellement de temps à me tourmenter qu'ils ont fini par être obligés de me renvoyer.

Elle se rapprocha et se nicha contre lui. Aussitôt il se sentit mieux et laissa aller sa tête contre le dossier.

— La situation dans ma deuxième famille n'a pas été meilleure. Ils avaient autant de chiens que de gosses et, cette fois-ci, c'était à un des chiens que ma tête ne revenait pas. En revanche, les autres chiens étaient gentils. Déjà à cet âge, j'adorais les animaux. Je passais mon temps avec eux, cela me permettait d'échapper à la solitude, mais chaque fois que je me trouvais dans la même pièce que cette saleté de clébard, il essayait de me mordre. Il avait sûrement de sérieux problèmes mentaux, car ce n'étaient pas ses seules bizarreries. Enfin, lui et moi, ça n'a jamais pu coller.

— Qu'ont-ils fait ?

Elle posa la question comme si elle ne pouvait le deviner. Il baissa la tête et la regarda.

— À ton avis ? Ils m'ont renvoyé aux services sociaux.

— Oh.

Il l'entoura d'un bras et reprit sa contemplation du plafond. C'était infiniment plus facile d'évoquer le passé sans voir la compassion dans les yeux de Lee Ann.

— Passons à la famille numéro 3. J'avais six ans, j'étais en cours préparatoire. Chez eux, je suis resté deux ans, avec un autre garçon, placé comme moi. Un jour, ils ont eu un enfant bien à eux.

Deux yeux bleus interrogateurs se levèrent vers lui.

— Oui, ils m'ont renvoyé. Ou plutôt ils nous ont renvoyés tous les deux.

— Cody, je suis tellement désolée.

— Non, tu n'as pas à l'être. Ça m'a enseigné de bonnes leçons, qui m'ont endurci. J'ai très vite appris à ne dépendre de personne. Ni à trop vouloir. Et cela m'a aidé à survivre.

— Mais cela a fait de toi quelqu'un qui, pour finir, partait de lui-même avant de se faire mettre dehors, n'est-ce pas ?

Oui, songea-t-il. C'était exactement ça.

— Ça a dû être terrible, insista-t-elle quand il ne répondit pas à sa question. Qu'ils te renvoient les uns après les autres. Je sais à quel point se sentir aimé lorsque l'on est enfant est primordial. Et à quel point manquer d'amour peut faire des dégâts dans une vie. Tout comme...

Elle s'interrompit net.

Il lui jeta un coup d'œil sans savoir ce qui l'avait poussée à se taire aussi brusquement, puis il comprit.

— Tout comme tu voulais, toi, que ton père t'aime assez pour revenir ?

— Oui, répondit-elle, mais sans s'étendre plus avant.

— Raconte-moi ce qui s'est passé, la pressa-t-il.

Il avait beaucoup encore à lui apprendre, mais il savait qu'elle aussi avait besoin de parler. C'était cela, le lien si particulier entre eux deux ; ils avaient toujours été totalement en phase avec les besoins de l'autre.

— Je sais seulement qu'il est parti quand tu avais quatre ans.

Elle garda si longtemps le silence qu'il commença à se dire qu'il avait eu tort, mais elle prit enfin la parole, et la tristesse de sa voix lui brisa le cœur :

— C'est à cause de moi qu'il est parti. Je l'ai entendu dire à maman que j'avais pleuré et fait un caprice dans la journée, et qu'il ne pouvait plus supporter les enfants qui crient. Une minute plus tard, il était parti. Sans même dire au revoir. Tout ça à cause de moi.

— Oh, Lee.

Cody s'empara d'elle et l'assit carrément sur ses genoux. Il posa des baisers sur ses joues et ses paupières, désireux de la réconforter, de lui montrer ce qu'il ne pouvait encore mettre en mots.

— C'est lui qui avait des problèmes, chérie, pas toi. Ça n'a jamais été toi.

Elle nicha sa tête dans son cou.

— Stephanie aussi l'a entendu. On écoutait toutes les deux par la bouche d'aération. C'est pour ça qu'elle n'a jamais cessé de me vouer une haine tenace. Je suis restée celle qui avait fait fuir notre père.

— Non, murmura-t-il en refermant son autre bras sur elle pour la serrer contre lui. Ce n'était pas toi.

À la façon dont sa voix mourut, Lee Ann comprit qu'il était reparti ailleurs, dans son propre passé. Elle n'avait pas voulu ramener le sujet à elle, mais elle était bouleversée qu'il la tienne ainsi alors qu'elle pensait à son père. Sa bienveillance rendait les souvenirs moins douloureux.

Il avait raison. C'était son père qui avait un problème. Ce qui n'avait pas empêché une petite fille de se demander des années durant ce qui ne tournait pas rond pas chez elle et pourquoi un père censé aimer sa fille avait pu d'une seconde à l'autre s'en aller sans jamais se retourner.

— Continue à me parler de toi, chuchota-t-elle en lui posant un baiser dans le cou, ravie d'être ainsi contre lui. Je me souviens de choses que tu m'as racontées sur ta jeunesse, et le fait que tu avais quitté tes dernières familles au cours de la première année. À l'époque, j'ai cru que tu réagissais trop vivement à certaines situations, que tu cherchais une raison de piquer une colère et de t'enfuir. Je vois à présent que c'était dû aux souffrances de tes premières années. J'avais vu juste, n'est-ce pas ?

Il arbora une expression des plus étranges avant de baisser les yeux sur elle.

— Je n'avais jamais envisagé les choses sous cet angle. J'ai toujours cru que j'avais d'excellents motifs pour disparaître mais, oui, maintenant que les années ont passé, j'admets volontiers que j'ai dû dramatiser certaines situations. J'aurais pu mieux les gérer. Tu as certainement raison.

Elle en était tout à fait sûre. Le récit qu'il venait de lui faire n'avait fait que le confirmer. Comme il continuait à voyager de ville en ville, elle se dit que, dans le fond, il avait gardé ses habitudes de jeunesse. À ceci près que, maintenant, ses futurs départs étaient prévus avant même qu'il ne commence ses missions. Ainsi, nul besoin de chercher des raisons de partir une fois installé.

— Parle-moi de ce jour avec Stephanie, Cody. J'ai besoin de savoir ce qui t'a poussé à faire cela, à me faire mal, à...

Elle soupira. *À t'en aller comme mon père l'a fait.*

— À te quitter ? termina-t-il pour elle. Mis à part le fait que je me sentais tellement coupable ? Que, de toute façon, tu n'aurais plus voulu m'accorder un regard ?

— Tu n'as même pas essayé de te justifier à mes yeux. Tu es parti comme si ça te soulageait. Je le sais, je t'ai vu depuis la fenêtre de ma chambre. Tu ne t'es pas retourné ; tu as passé la porte, grimpé dans ta camionnette et démarré. J'étais persuadée que tu reviendrais plus tard dans la journée. Que tu me téléphonerais, au minimum. Ensuite, on m'a appris ce que tu avais fait en ville, et j'ai compris. La dévastation que tu avais semée sur ton passage était telle qu'il t'était impossible de rester.

Pourquoi ? Avais-tu si peu envie d'être avec moi qu'il t'a fallu en arriver à de telles extrémités ?

— Non ! Seigneur, non. Je t'aimais.

— Ce n'est pas possible. Tu ne pouvais pas m'aimer et me déchirer comme tu l'as fait.

— Je t'aimais. Je te jure que je t'aimais.

Elle secoua la tête, envahie par le souvenir de toutes ces années de tristesse.

— Tu m'as brisé le cœur, Cody. Tu m'as détruite.

Il lui plaqua les lèvres sur la tempe et les y laissa. Quand il redressa finalement la tête, ce fut avec un masque sombre sur les traits.

— Je ne m'aimais pas beaucoup à l'époque. Encore moins ce jour-là. Je t'aimais autant que je le pouvais, mais il est sans doute impossible d'aimer assez quelqu'un quand, soi-même, on ne s'aime pas.

— Alors, raconte-moi ce qui s'est passé.

Ce n'était plus une question.

Il fit silence quelques instants, ferma brièvement les yeux, puis les rouvrit et les fixa résolument sur le sapin.

— Ce matin-là, j'ai trouvé des papiers que Roy et Pearl avaient obtenus je ne sais comment, et qui concernaient mes origines. Comment les avaient-ils en leur possession, je n'en ai toujours pas la moindre idée. Bref, j'ai commencé à les lire. Il faut d'abord que je te raconte l'histoire que j'avais toujours imaginée dans ma tête d'enfant : le jour où je retrouverais ma mère, elle m'expliquerait qu'elle n'avait pas eu d'autre choix que m'abandonner, malgré tout son désir de me garder. Les prétextes variaient selon mon imagination du moment. Problèmes d'argent insurmontables, grossesse bien trop précoce, famille rigide à l'excès, que sais-je encore. Dans ma tête, une chose était certaine : elle me dirait qu'elle regrettait le passé et qu'elle était éperdue de bonheur de me connaître enfin.

— J'en déduis que ces papiers révélaient tout autre chose ?

Il tourna un regard froid vers elle, et elle sut qu'il était mentalement à des kilomètres d'ici. Elle eut aussitôt envie de le réconforter mais il fallait qu'il parle. Ils ne pourraient jamais avancer s'il ne vidait pas enfin son sac une bonne fois pour toutes.

— Ce que j'ai lu, c'est que ma mère m'avait élevé jusqu'à ce que j'aie deux ans avant de m'abandonner. Temps nécessaire pour décider que je ne valais pas la peine qu'elle me garde.

— Oh, Cody.

Elle lui prit le visage à deux mains. Elle ne l'embrassa pas, mais le caressa en le gardant contre elle.

— Peut-être avait-elle de bonnes raisons, hasarda-t-elle sans y croire réellement mais en rêvant que ce fût vrai.

Il se contracta de tout son corps et fixa son regard sur le sapin lumineux.

— Les papiers disaient également autre chose. J'avais un frère, né le même jour que moi. Qu'elle a gardé.

Lee Ann garda le silence après cette dernière déclaration et il ne sut qu'en déduire. Était-elle horrifiée ? Sa propre mère n'avait pas voulu de lui mais avait gardé son autre fils, son jumeau. Qu'avait-il eu Cody de si rebutant à ses yeux ?

Et pourquoi Lee Ann ne réagissait-elle pas ?

Il détourna les yeux de l'arbre de Noël pour les porter sur elle. Son visage était dévasté par de grosses larmes qui inondaient ses joues.

— Chhh… murmura-t-il.

Il détestait la voir pleurer. Elle n'avait même pas pleuré en les découvrant, Stephanie et lui. Il la serra fort contre lui en imprimant un mouvement de balancier à son corps. Elle n'émit aucun son, mais ses larmes brûlantes continuèrent à dévaler contre son cou.

— Tout va bien, chérie. C'est du passé.

Elle réussit à parler entre deux sanglots.

— Comment a-t-elle pu te faire cela ?

— Aucune idée. Je n'ai jamais réussi à savoir.

— Tu ne l'as pas recherchée, après ça ? Pas même plus tard, après avoir digéré le choc ?

— Pourquoi ? s'exclama-t-il en s'écartant très légèrement d'elle pour la regarder. Pourquoi l'aurais-je recherchée ? Je n'avais pas été assez bien pour elle une fois, je n'allais pas aller lui tendre l'autre joue !

— Tu as pourtant un frère. Un frère jumeau. Ne voulais-tu pas en savoir plus sur lui ?

La question l'arrêta net. Il s'efforçait tant de ne pas penser à celui-là.

— D'accord, j'ai quelque part un frère biologique. Nous ne nous connaissons pas. À quoi bon vouloir tout changer ?

— À ceci près qu'il est ton frère jumeau.

— Toi, tu avais une sœur. Est-ce que ça t'a rendu la vie plus belle ?

Elle tressaillit, et il s'en voulut un peu, même si c'était la vérité.

— Non seulement elle ne t'aimait pas, mais elle t'a reproché tout ce qui n'allait pas dans sa vie jusqu'au jour de sa mort. Pour couronner le tout, elle t'a laissé ses gosses. Des enfants qu'elle avait eus avec *moi*, ton petit ami. Elle te les a refilés, insista-t-il.

Les frères et les sœurs ne sont pas des gens meilleurs que les autres, Lee.

Elle hocha machinalement la tête avant de lentement se redresser.

— Tu as certainement raison, mais je ne parviens pas à imaginer le manque qu'éprouverait chacune de mes filles si elle ne connaissait pas sa sœur. Le lien spécial qui existe entre elles est extraordinaire, bien que je sois incapable de le définir.

— Elles ont de la chance, déclara Cody en toute sincérité.

Il lui caressa la joue, et elle se nicha davantage contre lui.

— Non seulement elles existent l'une pour l'autre, mais elles t'ont aussi, toi. Elles ont une chance folle, Lee.

— Maintenant, toi aussi, tu fais partie de leur vie.

Elle réussit à lui sourire en affirmant cela, et il lui sut gré de l'effort.

— Oui, j'existe maintenant pour elles, acquiesça-t-il.

Épuisé par sa confession, il souleva Lee Ann, qui avait l'air aussi exténué que lui.

— Laisse-moi te mettre au lit.

— Non, fit-elle en levant le bras alors que lui-même se levait. Ne t'avise pas de me laisser seule ce soir !

— Tu ne tiens plus debout. Je te mets au lit. On aura tout le temps plus tard.

Aller la border était bien la dernière chose dont il avait envie, mais le moment ne lui sembla pas idéal pour demander plus. Ils avaient besoin de temps pour assimiler tout ce qui avait été dit ce soir.

En quelques pas, il la porta jusqu'à sa chambre et s'immobilisa sur le seuil en découvrant le lit ouvert, la couette repliée et le drap blanc se détachant sous la lumière tamisée de la lampe de chevet. À côté de la lampe, un petit bouquet de fleurs fraîches dans un vase. Toutes ces attentions étaient tellement typiques de la femme qu'il avait dans les bras…

Incapable de garder son émotion pour lui plus longtemps, il baissa les yeux vers elle.

— Je t'aime, tu sais. Cette fois-ci, comme il faut.

Un petit sourire et d'autres larmes accueillirent sa déclaration.

— Je sais. Moi aussi je t'aime.

— Même si n'importe qui d'autre au monde serait mieux que moi ?

— Absolument pas, fit-elle en secouant la tête. Tu as tes défauts, mais qui n'en a pas ? Je ne veux personne d'autre que toi. Je n'aimerai jamais personne d'autre que toi.

Ce fut à son tour de lutter contre les larmes. Sans un mot, il posa un genou sur le lit et la déposa délicatement au milieu. Puis il fit passer ses jambes nues sous la couette, la rabattit sur elle et voulut se redresser mais elle l'en empêcha d'un geste.

— Allonge-toi près de moi, lui ordonna-t-elle.

Ravi de lui obéir, il s'étendit à ses côtés. Sur la couette.

— Tu n'en peux plus, bébé. Je t'ai déjà fait veiller très tard, et ensuite je t'ai fait traverser toutes ces horreurs, lui dit-il en déposant un baiser sur sa tempe. Tu as besoin de dormir.

— C'est possible, répondit-elle alors que ses yeux se fermaient déjà, mais je veux que tu restes près de moi. Cette fois-ci, je ne te laisserai pas te sauver.

Le cœur plus léger que jamais, il rit doucement. Tout, dans sa vie, commençait à se mettre en place.

— Oh, mais je ne vais pas me sauver, belle dame. Il s'agit de toi et moi. On va rester ensemble.

Lee Ann exhala un son, mi-rire, mi-soupir, avant de sombrer au pays des rêves. Il resta plusieurs minutes où il était à répéter mentalement leur conversation de ce soir et, plus d'une fois, il fut empli de gratitude avec le mot « merci » dans le cœur. *Merci d'être tombée amoureuse de moi, merci de ta compassion.* Même s'il avait souffert que sa mère n'ait pas voulu de lui, méritait-il d'être pardonné comme venait de le faire Lee Ann ? Il ne pourrait probablement jamais être à la hauteur de sa bonté, mais il comptait tout faire pour s'en approcher le plus possible.

Quelques instants plus tard, il se leva, alla éteindre les guirlandes du sapin, regagna la chambre et éteignit la lampe de chevet. Puis il se mit torse nu avant de se recoucher près de Lee Ann. Sans y penser directement, il espérait qu'ils s'éveilleraient à temps pour enfin concrétiser leur amour avant l'heure du réveil.

Il pouvait se montrer chevaleresque, mais il la désirait aussi comme un fou.

## 17

Le soleil qui entrait dans la chambre apprit à Lee Ann qu'elle avait dormi plus tard que d'habitude. Elle roula sur le côté pour vérifier l'heure et tomba sur le visage assoupi de Cody. Tout lui revint à l'esprit. Elle se remit sur le dos.

Elle prit le temps de se remémorer la soirée précédente. Elle lui avait pardonné depuis longtemps, bien avant qu'il ne lui ait expliqué la veille les raisons de son attitude passée. Ce garçon qui avait passé sa jeunesse à fuir cherchait en fait à trouver sa place quelque part. Apprendre de sa bouche que sa propre mère l'avait rejeté tout petit avait littéralement déchiré le cœur de Lee Ann. Comment, sachant cela, aurait-elle encore pu lui en vouloir ?

Il était déjà bien mal en point à dix-sept ans, lors de son emménagement à Sugar Springs, mais ce fut un jeune homme brisé qui s'en enfuit. Elle s'était naguère imaginée à tort pouvoir obtenir de sa part un amour durable. Ayant découvert à présent l'homme qu'il était devenu, elle pouvait à nouveau y croire sans se tromper.

Il l'aimait. Et elle l'aimait.

Allaient-ils enfin pouvoir cheminer ensemble ?

Elle se remit sur le flanc et contempla la silhouette masculine étendue près d'elle. Il était couché sur le dos sur la couette, un bras jeté au-dessus de la tête, torse nu. Elle eut soudain très envie de savoir à quoi il ressemblerait sans le pantalon qu'il avait gardé.

Il n'était que 7 heures, lui apprirent les chiffres rouges de son réveil. Excellente nouvelle. Les filles allaient passer la journée chez Joanie avec le projet de réaliser une de ses nouvelles recettes de cupcakes. Cody et elle allaient disposer de plusieurs heures pour rattraper leur changement d'orientation de la veille au soir.

Elle se glissa hors du lit, rejoignit sa salle de bains et ouvrit des yeux ronds en se voyant dans le miroir. Elle avait les joues maculées de mascara. Il aurait pu au moins le lui dire avant qu'elle s'endorme ! Elle se démaquilla soigneusement, se brossa les dents et se regarda de nouveau. Elle ne put réprimer une grimace devant son reflet. Heureusement qu'elle s'était réveillée la première.

Elle fit de son mieux pour arranger ses cheveux ébouriffés avant de reculer d'un pas pour étudier le résultat. Ce n'était pas parfait, mais infiniment plus présentable qu'à son entrée dans la salle de bains. C'était du moins le mieux qu'elle pouvait faire en un court laps de temps. Les dimanches matin étaient faits pour flemmarder, pas pour se maquiller. Cody devrait s'en contenter.

Elle éteignit, rouvrit la porte sans bruit et admira le tableau d'un torse musclé orné d'un magnifique tatouage. Il avait à moitié ouvert les yeux, mais paraissait assez éveillé pour avoir la même chose qu'elle en tête.

— Bonjour, beauté, lui dit-il.

Le sang de Lee Ann ne fit qu'un tour. Enfin ! Elle n'en pouvait plus d'impatience.

Elle dénoua la ceinture de son peignoir, le laissa tomber à ses pieds et demeura où elle était, à côté du lit, seulement vêtue du seul sous-vêtement sexy qu'elle avait pu dénicher. Joanie lui avait offert ce string noir et blanc pour son anniversaire deux ans auparavant. Avec un message clair : il fallait qu'elle se trouve un homme. S'il ne lui avait jusque-là jamais servi, il sembla aujourd'hui beaucoup plaire à Cody. Qui entreprit lentement un examen détaillé de tout son corps. Plus il s'attardait, plus Lee Ann se sentait excitée.

— Tourne-toi.

Son ton impérieux la poussa à redresser les épaules et faire saillir ses seins. Un geste imperceptible, mais qu'il ne manqua pas de remarquer.

— Quoi ?

— Tourne-toi, répéta-t-il en dessinant un cercle du doigt. Je veux voir si l'arrière est aussi sexy que la face avant.

Elle était devant lui, les seins nus, et il voulait qu'elle se retourne ? N'importe quoi. Avait-il une prédilection pour les dos féminins ? Elle se tourna pourtant et attendit, un peu anxieuse.

— Oh, oui, l'entendit-elle prononcer tout bas. Elle se mordit les lèvres.

— Tout va bien ? l'interrogea-t-elle en lui jetant un coup d'œil par-dessus son épaule.

— Oh, bébé, tout va toujours bien pour moi quand il s'agit de toi, répondit-il, les yeux brillants.

Elle lui refit face.

— Alors dis-moi, s'il te plaît, pourquoi tu n'as pas encore posé les mains sur moi.

Il poussa un grognement, se leva, tendit les mains vers elle, les lui plaqua sur les reins et l'attira à lui. Il referma la bouche sur la sienne et elle se perdit dans son baiser.

Très vite, elle fit glisser son pantalon au sol.

— Mon peignoir s'ennuyait, tout seul par terre, murmura-t-elle avant de faire quelques pas en arrière.

Là, elle prit son temps pour observer son corps comme il venait de le faire du sien. Elle aurait pu passer des heures à le contempler, songea-t-elle un instant.

Il portait un caleçon bleu marine qui lui plut infiniment.

Un sourire coquin sur les traits, elle grimpa sur le lit.

Il y atterrit quasiment avant elle, nu comme un ver, et elle éclata de rire, comme saoule, avant de lui tomber dans les bras. Puis ils s'embrassèrent réellement et les mains de Cody la parcoururent en tous sens, achevant de la mettre en feu.

— C'est cela que je veux, Lee, lui confia-t-il d'une voix intense. C'est nous que je veux.

Elle hocha la tête.

— Je veux que ça marche, nous deux, répéta-t-il.

— Moi aussi, je le veux.

Elle le voulait tellement. Non seulement parce qu'il était un homme parfait à ses yeux, mais aussi parce qu'il était le seul homme pour elle. Aucun, jamais, n'avait pu l'égaler ni de loin ni de près. Elle avait toujours été attirée par sa solitude et sa vulnérabilité, mais aujourd'hui encore plus que naguère. Car elle savait maintenant comme il les dissimulait aux yeux de tous. Elle, cependant, avait toujours su les détecter. Elle les avait toujours vues. Parce qu'elle-même était solitaire et vulnérable, comme lui.

Certes, elle n'avait jamais été aussi seule que lui. Elle avait eu une mère, et le regard sympathisant de tout Sugar Springs. Mais elle avait passé le plus clair de sa jeunesse à regretter un père qui pourtant ne méritait pas ce titre. Cette souffrance les avait aimantés l'un à l'autre, Cody et elle.

Et cette attraction avait résisté aux années.

Elle le poussa gentiment à s'allonger, lui passa une jambe sur le ventre et s'assit à califourchon sur lui. Elle sourit en voyant le plaisir traverser son regard.

— J'ai beaucoup d'années à rattraper, précisa-t-elle tout bas avant de commencer à le caresser partout, des mains et de la bouche. Méticuleusement.

— J'adore ton tatouage, commenta-t-elle en y posant les lèvres.

Ce faisant, ses seins frôlèrent son torse. Ce lui fut si bon qu'elle en fut presque effrayée, mais elle ne s'arrêta pas. Elle ne voulait rien faire à moitié.

— Il te ressemble, ajouta-t-elle.

Elle en avait saisi tout le sens, sans qu'il ait besoin d'expliquer quoi que ce soit. Animal orgueilleux et solitaire, l'aigle lui convenait à merveille.

Quand ses lèvres descendirent vers ses hanches, elle en fut aussi excitée que lui. Elle était prête.

Elle baissa lentement la tête et vint refermer la bouche sur le sexe érigé de Cody qui poussa un gémissement. Infiniment sensuel. Il souleva les hanches au rythme de ses caresses, quand elle s'aperçut qu'il se dégageait d'elle imperceptiblement.

— Bébé, je raffole de tes attentions, mais il faut que je t'informe d'un petit secret, lui dit-il d'une voix tendue, le souffle court, en lui agrippant les épaules.

Elle releva les yeux vers lui, puis poussa un petit cri surpris quand il la retourna d'un geste. Elle se retrouva sur le dos, les mains coincées au-dessus de la tête tandis que de sa main libre il entreprenait de caresser son corps.

— Ce n'est pas toi qui as le contrôle, la taquina-t-il.

Et, sous sa main impérieuse, elle fut à deux doigts de perdre la tête.

— Bien sûr que si. Tu es exactement là où je veux que tu sois, souffla-t-elle.

Puis elle se tendit de tout son corps tandis qu'il amplifiait ses agaceries.

— Viens vite, l'implora-t-elle.

Il ne se dépêcha pas. Au contraire. Ses doigts continuèrent à voleter sur elle, à la frôler partout sans s'arrêter nulle part tandis que sa bouche se refermait sur un de ses seins durcis.

— Seigneur, cria-t-elle encore en se tendant vers lui et en faisant rouler la tête sur l'oreiller. Cody, s'il te plaît…

Elle ne parvenait plus à reprendre son souffle, avec cette bouche si insistante sur elle, si parfaite. Elle se sentait tellement prête pour lui.

— S'il te plaît. Maintenant.

Des yeux incandescents se plantèrent dans les siens, et il sourit.

— C'est moi qui ai le contrôle, bébé. À ce point, je pourrais te faire faire tout ce que je veux.

À cela, elle fut bien obligée de consentir. À cause de ses mains et de sa bouche si talentueuses, mais surtout parce qu'elle l'aimait tellement qu'elle aurait été incapable de lui dire non.

— Oui, haleta-t-elle. Oui, tu pourrais.

Il referma les mains sur son visage et l'embrassa. Ce fut un baiser si tendre, si empli d'amour qu'elle abandonna tous ses doutes : elle avait trouvé l'homme en qui elle pouvait mettre sa confiance. Cody était là pour elle. Il l'aimait.

Il s'étendit sur elle et la pénétra d'un mouvement fluide. Ils dansèrent ensemble en s'embrassant, si accordés, si connectés qu'elle en suffoquait de bonheur.

Il lui prit les mains, y entrelaça ses doigts et les maintint au-dessus de sa tête.

— Je t'aime, chuchota-t-il.

Incapable de parler, elle hocha la tête. Il lui reprit la bouche et, cette fois, ils ne cessèrent plus de s'embrasser jusqu'à ce qu'ils s'endorment, épuisés.

Lee Ann suçota un restant de crème au beurre sur le bout de ses doigts, posa son menton dans sa main et observa les jumelles qui se tenaient dans la pièce adjacente. Assises par terre, elles faisaient des guili-guili au bébé de Keri. Au lieu de leur massage-papotage rituel du lundi après-midi, Lee Ann et Joanie s'étaient invitées avec les jumelles chez Keri.

Elle retourna son attention vers ses amies pour répondre à la question que venait de lui poser Keri sur le déroulement de sa nuit avec Cody. Comment était-ce ? Un immense sourire lui illumina les traits tandis qu'elle exhalait avec un grand soupir :

— Spec-ta-cu-laire.

Les deux autres femmes soupirèrent à l'unisson.

— Mais c'était comme tu te l'étais imaginé ? insista Joanie en prenant un cupcake au chocolat. Le nirvana dont nous rêvons toutes ?

Elle posa sa question avec tant de ferveur que les joues de Lee Ann virèrent instantanément au pivoine. Elle fit oui de la tête. Avec insistance. Elle baissa les yeux, presque gênée, tandis que Keri et Joanie éclataient de rire comme des adolescentes déchaînées. Toutes trois éclatèrent de rire quand, depuis l'autre pièce, Candy les fusilla du regard, leur désigna le bébé et leur intima par gestes l'ordre de faire moins de bruit. Celle-ci, c'était une baby-sitter-née.

Kendra, par contre, se tourna vers elles et les dévisagea avec un intérêt certain. Elle arborait la même expression que sa grand-mère quand elle voulait recueillir des informations croustillantes.

Oh, oh, allait-elle reprendre le flambeau de l'usine à ragots familiale ?

— Puis-je changer le bébé ? demanda Candy, en regardant Keri avec un grand sérieux. J'ai vérifié et sa couche est mouillée.

Keri se leva sans plus attendre, mais se rassit aussi vite devant la mine déconfite de Candy.

— Bien sûr. Tu sais où est le matériel ?

— Oui, j'ai vu où tout se trouve quand tu nous as montré la chambre d'enfant, répondit Candy. Je peux l'y emmener et le faire toute seule ?

Lee Ann perçut la nervosité immédiate de la toute nouvelle mère à la pensée de devoir quitter son enfant des yeux, mais elle décela aussi du soulagement chez elle. Candy était une enfant responsable, et Keri savait qu'elle pouvait lui faire confiance.

— Pour une fois, ça me reposera un peu.

Le regard brillant, Candy leur fit face :

— Si maman me dépose, je peux venir t'aider quand tu veux.

— Tu vas avoir beaucoup à faire cette semaine, mais on essayera de trouver un ou deux créneaux, commenta Lee Ann.

Elle regarda sa fille se lever puis soulever précautionneusement l'enfant pour le lover dans ses bras et réfléchit qu'elle-même avait seulement cinq ans de plus que Candy quand elle avait dû s'occuper au quotidien de deux bébés à la fois. Comment elle y était parvenue ? Parfois, comme la veille par exemple, quand Cody lui avait fait si tendrement l'amour, elle se disait qu'elle aimerait recommencer. Cette fois, avec lui à ses côtés.

Elle interrompit ces pensées, redoutant qu'il choisisse finalement le retour à sa vie de nomade plutôt que l'option enterrement de première classe en restant à Sugar Springs flanqué d'une nouvelle famille. C'était d'ailleurs une conversation qu'ils devaient avoir, mais elle ne s'en préoccupait pas pour l'instant. Elle était amoureuse, et tout se passait à merveille. Elle décida de continuer sur cette lancée. Demain serait un autre jour.

Kendra bondit sur ses pieds et suivit sa sœur, non sans avoir jeté un ultime coup d'œil aux trois femmes. Sa grand-mère l'avait probablement chargée de lui rapporter tout détail « émoustillant » glané au cours de cet après-midi entre filles, supputa Lee Ann.

— Elle est parfaite avec les bébés, déclara Keri, manifestement exténuée.

Elle ne put dissimuler un bâillement.

— Je ne sais pas trop d'où elle tient cela, mais oui, c'est exact, répondit Lee Ann, gonflée de fierté.

— Comment ça, tu ne sais pas d'où elle tient ça ? intervint Joanie. Cette gamine est ta réplique exacte, chérie. Si je ne savais pas que tu n'es pas sa mère biologique, j'aurais juré qu'elle tenait ça de toi.

— Tu es vraiment sincère ? l'interrogea Lee Ann, stupéfaite.

Elle avait très souvent retrouvé sa mère, Cody ou Stephanie dans ses filles, mais jamais elle n'aurait imaginé qu'elles puissent lui ressembler. Cette pensée lui fit un plaisir immense.

Keri prit en riant un autre des cupcakes de Joanie.

— Si tu ne le vois pas, c'est que tu es aveugle, ma fille. Cela ne m'étonnerait pas non plus qu'elle se promène bientôt partout avec un appareil photo, renchérit-elle en jetant un regard appuyé au Nikon que Lee Ann avait posé sur la table.

Elle avait pris une foule de clichés dès leur arrivée, dans l'intention de tirer les meilleurs et de les offrir à Keri. Elle allait rarement quelque part sans au moins un de ses appareils photo.

— Pour tout vous dire, la photo l'intéresse déjà, répondit-elle en souriant. Je lui donne des tuyaux, quand on a un peu de temps à nous.

— Logique, enchaîna Keri en lui serrant le bras. Tu es une maman exceptionnelle, Lee Ann, et les jumelles sont toutes les deux fabuleuses. Si seulement j'arrivais à faire à moitié aussi bien que toi, je serais ravie, je te jure.

On eût dit que son amie avait décelé la crainte qui la taraudait depuis quelque temps. Être parent n'est pas chose aisée et, avec l'arrivée de Cody qui apprenait aux filles des choses différentes et leur procurait une vie plus équilibrée, elle se demandait à présent si elle avait réellement été à la hauteur.

— Merci, ça me fait vraiment plaisir, répondit-elle simplement.

Joanie fit mine de pousser un soupir emphatique et lui donna un petit coup de coude affectueux.

— S'il vous plaît, les filles, on pourrait revenir au sujet du jour ? Des détails, ma jolie. On veut des détails sur ton week-end. Allez, attise notre jalousie !

Lee Ann éclata de rire, presque étourdie de parler des dernières quarante-huit heures dont elle avait passé la plus grande partie seule avec Cody.

Alors qu'elle faisait à ses amies le récit de ce qu'elle pouvait leur révéler, une autre partie de son cerveau jouait avec l'idée qu'elle aimerait convaincre Cody de revenir à Sugar Springs après la Floride pour ne plus en repartir. Les filles et elle n'auraient jamais envie qu'il s'en aille.

S'il pouvait penser comme elles…

## 18

Cody enfonça machinalement sa fourchette dans sa salade, l'esprit obnubilé par un seul sujet. Lee Ann. Comment supporter d'être éloigné d'elle pendant trois mois ? Et que se passerait-il à la fin de ce trimestre ? Il savait ce qu'il voulait. Elle. Toujours. Ce mot était irrémédiablement associé à son prénom.

Il ne pouvait imaginer vivre sans elle. Ce qu'en revanche il ignorait, c'était comment procéder.

Elle refuserait probablement de s'en aller.

Il jeta un regard circulaire sur la clientèle du snack, et s'avoua que rester dans cette ville ne serait pas le bagne qu'il avait naguère imaginé. Même si on ne pouvait sortir de chez soi sans en entendre parler deux heures plus tard !

Le fait qu'il n'ait pas d'emploi stable, un emploi dont il soit fier, comme son mentor le lui avait inculqué, poserait forcément un problème. Pourtant, sa situation professionnelle n'était pas ce qui le préoccupait le plus. Il trouverait une solution. Il y avait d'autres cliniques vétérinaires dans la région de Sugar Springs et il lui suffirait d'être patient en guettant toutes les opportunités.

Ce ne serait pas l'idéal, mais c'était envisageable.

Non, le plus gros problème, finalement, était Sugar Springs en soi. Désirait-il vraiment s'impliquer dans la vie de cette bourgade ? Pour toujours ? Parce qu'il ne fallait pas se faire d'illusions, s'il restait, ce serait définitif. Cette ville était comme une personne avec qui on choisit de vivre. On ne pouvait décider de s'y installer si on n'était pas disposé à composer avec ses mauvais côtés.

Heureusement, il devait lui reconnaître quelques qualités. L'endroit n'était pas désagréable. Un tantinet fouineur.

Que se passerait-il si ses habitants révoquaient, pour une raison ou une autre, la trêve qu'ils semblaient avoir conclue avec lui ? Cette trêve avait pris effet à peu près au moment où il avait compris qu'il voulait un avenir avec Lee Ann. Il l'avait mesurée à l'affluence croissante de sa clientèle à la clinique.

Il n'aurait plus le droit de commettre la moindre erreur. Aucun citoyen ne prendrait sa défense. Il n'était pas né ici, n'y avait pas non plus grandi et devait garder cette donnée en tête. Il prit une bouchée de porc grillé afin de ne pas pester tout haut. La vie peut être si frustrante, parfois.

Il y avait toutefois une autre option. Pourrait-il convaincre Lee Ann de partir avec lui ? Et, si tel était le cas, pour aller où ?

Elle refuserait sans doute une vie itinérante à cause des enfants, à lui de lui en présenter les bénéfices. Du moment que leur scolarité n'en souffrait pas trop, ouvrir leur regard sur le pays leur ferait le plus grand bien. Sans compter que cela multiplierait les occasions de faire de la photo pour Lee Ann. Car, si elle clamait à qui voulait l'entendre que son studio suffisait à son bonheur, il savait que c'était faux. Elle méritait un autre accomplissement que celui-là.

L'idée avait du bon.

Une assiette de frites atterrit sur la table en face de lui et Holly se laissa choir sur la banquette opposée.

— C'est pas souvent qu'on te voit à l'heure du déjeuner, lança-t-elle.

— J'ai pris mon après-midi pour avoir quelques heures de liberté, répondit-il en lui chipant deux frites.

— Ah, oui ? Je croyais que tu étais surbooké, maintenant que Sam Jenkins chante tes louanges partout, commenta-t-elle en versant du ketchup sur un coin de son assiette. Il paraît que tes affaires ont repris après que tu as soigné son chien.

Il ne répondit rien, peu disposé à faire la conversation et, encore moins, à parler de Sam Jenkins. Le vieux l'avait littéralement épuisé le jour où il était venu à la clinique, mais il avait bel et bien dû lui plaire, car il avait entendu dire que Sam était à présent dithyrambique à son propos.

Il perdrait clairement sa clientèle dès l'instant où il contrarierait quelqu'un.

Il jeta un coup d'œil sous la table afin de voir quelles chaussures portait Holly ce jour-là. Des bottes de cow-boy éculées violettes complétaient sa tenue du jour, laquelle n'avait pas la moindre trace de violet. S'il ne fit aucun commentaire, il ne manqua pas de remarquer le sourire satisfait de Holly, qui avait vu son manège.

— J'ai des choses à faire aujourd'hui, commenta-t-il simplement avant de lui chiper une autre frite. Nous avons modifié le planning, mais, n'aie crainte, les traitements de tous les animaux sont à jour.

— Je ne doute pas un instant de ton éthique professionnelle, évidente pour tous depuis ton arrivée, lui dit-elle avant de faire disparaître la moitié de son soda light et de poursuivre : Non, ce que je me demande, c'est pourquoi tu fais une tête de trente-six pieds de long. Tu passes bien tes nuits avec Lee Ann maintenant. Tu devrais sourire, non ?

La moutarde lui monta au nez.

— Y a-t-il franchement une seule chose qui puisse être gardée secrète ici ?

Elle fit un geste vague, comme si elle en était elle-même agacée.

— J'ai peur que non, doc.

Oh, et puis après ? Aucune importance, il n'avait pas à rougir de ce qu'ils faisaient, Lee Ann et lui. Ce qui le dérangeait, en revanche, c'était que les gens en parlent. Cela ne regardait personne.

— Alors, qu'est-ce qui te tracasse ?

Holly avait changé d'intonation. Elle lui parlait en amie à présent. Elle aussi lui manquerait quand il s'en irait.

— Je réfléchissais à des choses…

Les yeux verts ne le lâchèrent pas une seconde.

— Elles t'ont embobiné, c'est ça ? Tu vas rester. Ce n'est pas moi qui m'en plaindrais, parce que Lee Ann et les filles avec toi, ce serait le top. Elles méritent un type comme toi. Tout de même, serais-je la seule à vouloir quitter cette ville ?

— Je n'ai pas dit cela.

En énonçant ces quelques mots, il remarqua qu'il s'était rembruni.

— Mais tu y penses, n'est-ce pas ?

Il lui jeta un regard noir, mais elle se mit à rire.

— Comment diable fais-tu pour toujours deviner ce que j'ai dans la tête ? maugréa-t-il.

Elle lui décocha un grand sourire, et il remarqua qu'elle ne portait pas son rouge à lèvres écarlate habituel. Elle était bien mieux ainsi.

— Je te l'ai dit, je me trompe rarement quand je déchiffre les gens. C'est un don.

— Mais alors, que fais-tu cachée ici ? Je croyais que tu voulais prendre la route, t'installer dans une grande ville et trouver plein de gens à déchiffrer.

— Je pourrais, rétorqua-t-elle. Je le ferai un jour, il faut que je trouve le bon moment. Cependant, je ne suis pas venue m'asseoir avec toi pour parler de moi.

Il ne releva pas sa phrase. Il n'était pas d'humeur à poser tous ses sentiments sur la table pour qu'elle y fasse le tri.

— Que vas-tu faire, doc ? Tu prévois de faire de notre Lee Ann une femme heureuse ? D'être un papa pour ces enfants ?

Il reporta les yeux sur elle, qui avait repris son sérieux. Elle craignait qu'il ne leur fasse du mal à toutes les trois. Il comprit alors qu'en ce cas, amie ou pas, Holly serait la première à le pousser hors de la ville.

— Je suis déjà un papa pour mes enfants, marmonna-t-il. Je vais aller danser avec elles à leur fête d'anniversaire, le week-end prochain. Ensuite, je continuerai à être le meilleur père possible, même si je n'ai pas le mode d'emploi. J'improvise, Holly et j'adore ça. Je suis leur papa, je le suis pour toujours.

Elle approuva d'un signe de tête et quelques instants plus tard, se pencha jusqu'à presque le toucher.

— Et Lee Ann ? Que vas-tu faire à son propos ?

Il secoua la tête. Il n'en avait pas la moindre idée.

— Je peux te promettre une chose qui devrait te rassurer, répondit-il finalement. Je souffrirai autant qu'elle si cela tourne mal entre nous. Moi aussi, je suis entre ses mains.

Elle s'adossa à sa banquette, plissa les yeux et le dévisagea avec attention, avant de hocher la tête.

— Oui, c'est bien ce que je pensais. Tu l'as vraiment dans la peau.

Comme satisfaite, elle se leva brusquement, lui envoya un baiser et repartit d'un pas vif vers sa cuisine.

Il picora machinalement une autre frite dans l'assiette délaissée. Bon sang, oui, il l'avait vraiment dans la peau, comme disait Holly. S'il ne trouvait pas une troisième solution, il allait soit devoir manger son chapeau et rester dans une ville qui l'avait déjà banni une fois, soit ramper devant Lee Ann pour la convaincre de partir avec lui.

Cody lâcha un juron quand la sauce tomate bouillante lui jaillit sur la main. En ce vendredi soir, après avoir passé l'après-midi devant un match de basket-ball que disputait l'équipe de Candy, il s'efforçait de concocter chez lui un dîner romantique rien que pour eux deux. Qui promettait d'être un désastre.

— Baisse le feu si tu ne veux pas que ça saute, lui suggéra-t-elle gentiment.

Elle était arrivée dans la cuisine quelques instants plus tôt alors qu'il tentait de faire rentrer l'intégralité des spaghettis dans une casserole d'eau bouillante trop petite. S'était-il jamais senti aussi empoté devant quelqu'un ? Non, pas qu'il s'en souvienne.

— Tu devrais le faire, toi, je m'y prends apparemment très mal.

— Nan, fit-elle en s'asseyant sur le canapé, sexy en diable dans son chemisier bouton d'or et sa jupe en jean. J'aime bien te regarder faire. C'est excitant.

Il vérifia la cuisson des pâtes et se remit en devoir de touiller les boulettes de viande dans leur sauce. Plop, encore une éclaboussure bouillante.

Il lança un juron exaspéré.

Cuillère à la main, il sursauta lorsqu'un bras menu entoura sa taille. Il n'avait pas entendu Lee Ann traverser la pièce. De la sauce tomba par terre.

— J'adore voir un homme cuisiner pour moi, murmura-t-elle en passant les mains sous sa chemise.

— Continue comme ça et le dîner ne sera même plus mangeable.

Il ne pouvait même pas faire croire qu'il en serait navré. Une relation amoureuse n'est pas évidente avec des enfants à la maison, et cela faisait à présent huit jours qu'ils ne s'étaient pas retrouvés seuls toute une soirée.

Il aurait aimé l'impressionner avec un dîner aux chandelles. Malheureusement, sa tentative culinaire était en passe de devenir un fiasco. Il aurait voulu un cadre digne pour lui exposer le plan qu'il avait élaboré et découvrir ses réactions. Esquivant les mains baladeuses de la jeune femme, il alla chercher la bouteille de vin qu'il avait déjà débouchée. Il en versa deux verres, la regarda boire le sien avant que, très vite, elle remette ses mains sous sa chemise.

Quel idiot. Elle avait déjà envie de lui en entrant chez lui, et il avait persisté dans son projet de discussion. Au diable les discussions ! Elle lui avait manqué, il la désirait. À cela, il n'y avait qu'une seule réponse possible.

Il mit la flamme au minimum sous la casserole alors qu'elle insérait sa main sous la ceinture de son jean.

— Tu veux vraiment dîner maintenant ? l'interrogea-t-elle avec une mine boudeuse qui lui ressemblait si peu qu'il éclata de rire.

— Bien sûr que non, répliqua-t-il en éteignant le gaz avant de refermer ses mains sur ses hanches pour l'attirer à lui. Tu as gagné, bébé, mais j'ai droit à un bon point pour avoir tenté de me montrer romantique.

Le sourire qu'elle lui adressa excita en lui une virilité sauvage et il dut se retenir pour ne pas rugir comme un fauve. Rien n'était plus excitant que cette expression dont elle lui réservait l'exclusivité.

— Réclame tous les bons points que tu veux, mais ne me fais plus attendre. La semaine a été interminable, ajouta-t-elle avec sensualité

— À qui le dis-tu.

Il la saisit, la souleva et la plaqua contre lui avant d'explorer la contrée magique de ses lèvres.

Ils mirent fin à leur profond baiser quelques instants plus tard, tous deux hors d'haleine, mais il ne la reposa pas par terre.

— Je n'ai rien sous ma jupe, lui confia alors Lee Ann sur un ton coquin.

— Oh, bon sang.

Il la posa le temps de remonter sa jupe, la souleva de nouveau, et elle lui enroula les jambes autour de la taille. Alors, il jeta un coup d'œil à la table de la cuisine.

— Hum, pas sûr qu'elle tienne le coup, marmonna-t-il.

— Contre le mur alors, souffla Lee Ann. Vite.

Il se tourna vers le mur.

Lee Ann enroula les spaghettis spongieux sur sa fourchette et leva les yeux vers Cody, installé de l'autre côté de la petite table ronde.

Il contemplait lui aussi ses pâtes d'un air dubitatif. Elle tendit la main vers le pain à l'ail.

— Excellent, ce pain, déclara-t-elle lorsqu'il porta sur elle un regard méfiant.

— J'ignorais qu'il fallait les égoutter aussitôt. Moi qui voulais te concocter un bon dîner, c'est totalement raté !

— Tu viens de m'offrir infiniment mieux, répondit-elle en lui prenant la main.

Il poussa un gros soupir et posa sa fourchette.

— Allez. On va dîner dehors.

Elle s'efforça de ne pas avoir l'air trop enthousiaste, mais ces spaghettis étaient effectivement immangeables.

— D'accord. Si tu insistes...

Un sourire éclaira le visage de Cody, qui se leva, ramassa sa jupe et la lui lança.

— Ne fais pas ta maligne ou je te fais payer la note !

— À vos ordres, m'sieur.

Elle enfila sa jupe, retrouva son chemisier et s'en revêtit tout en se demandant ce qu'il pouvait bien avoir en tête quant à leur avenir. Prévoyait-il de revenir après la Floride ?

Trop de rêves peuplaient son esprit et lui faisaient prendre ses désirs pour la réalité. Il fallait qu'elle sache où ils en étaient avant d'aller plus loin.

— Que faisons-nous, Cody ? demanda-t-elle, d'un ton qui indiquait que le temps des jeux avait expiré.

Il immobilisa ses mains qui nouaient un lacet pour la regarder, puis il se remit debout.

— Je voulais t'en parler ce soir.

*Bon*, songea-t-elle, soulagée. *Encore une fois, nous sommes sur la même longueur d'ondes.*

— Il y a quelques jours, j'ai eu une idée qui devrait te plaire, reprit-il avant même qu'elle ait eu le temps de répondre. J'ai déjà passé un coup de téléphone pour savoir si c'était possible, et ça l'est. Ils attendent le feu vert.

Elle retint son souffle en l'entendant dire que son idée allait lui plaire. Il avait déjà fait en sorte de la rendre réalisable.

— Il n'est pas trop tard pour annuler ton contrat ? Je ne voudrais surtout pas que tu laisses quelqu'un dans la panade, comme Keri avec le désistement de son type.

Elle acheva sa phrase plus lentement qu'elle ne l'avait commencée en surprenant l'expression qu'arborait Cody. Elle s'était illusionnée. La frayeur la saisit.

— Si ce n'est pas cela, alors qu'est ce que c'est ? poursuivit-elle en fixant sur lui des yeux méfiants.

Cody vint la rejoindre et lui prit les mains.

— Je peux prolonger de deux mois supplémentaires mon contrat en Floride. L'idée de faire des allers-retours constants m'est insupportable, aussi bien pour moi que pour vous. Je voudrais que vous veniez avec moi.

Sous le choc, elle en resta sans voix un moment avant de reprendre contenance.

— Mais pourquoi diable voudrais-tu le prolonger ?

— Eh bien, pour que les filles n'aient pas à changer d'école au bout de trois mois. Cinq mois, ça leur permettrait de terminer leur semestre. Le rectorat de là-bas me l'a confirmé.

— Mais alors, elles changeraient d'école tout de suite ?

— Est-ce que ça ne serait pas mieux de le faire maintenant plutôt qu'en janvier ou février ? Et puis, je veux aussi qu'elles sachent qu'entre toi et moi ce n'est pas qu'une passade. Je veux être un bon exemple pour elles.

Elle leva une main pour le faire taire tandis que son esprit s'efforçait d'assimiler ses dernières paroles. Il voulait les déraciner toutes les trois en les faisant déménager en Floride avec lui ?

— Je veux t'épouser, Lee, reprit-il très vite, conscient que son idée ne l'avait pas emballée. Je veux vivre avec toi pour toujours.

— Mais pas ici ?

— Non.

Il s'interrompit, puis reprit :

— Je suis sûr que tu te plairais énormément en Floride. J'y suis déjà allé, et il y a une foule de sites magnifiques à explorer le long de la côte. Tu pourrais te consacrer à la photographie et les filles auraient ainsi l'occasion de découvrir une autre partie du pays. Nous y serions heureux, j'en suis certain.

Elle secoua la tête, abasourdie.

— Pourquoi penses-tu que nous préférerions la Floride à notre vie ici ? Et que ferions-nous, selon toi, à la fin de ces cinq mois ?

— D'accord, attend, fit-il en levant une main, qu'elle eut envie d'écarter d'une claque.

Il était en train de tout gâcher.

— Allons-y plus doucement, je vais reprendre depuis le début.

— Non, je ne crois pas, rétorqua-t-elle sèchement. La réponse, je la connais déjà. Je ne veux pas sortir mes filles de leur école ni de leur foyer. Pourquoi leur ferais-je cela ?

La désolation qui traversa le visage de Cody lui aurait fait honte d'elle-même si elle n'avait déjà été si remontée.

— Tu ferais cela pour moi. Souviens-toi aussi qu'elles ne sont pas uniquement tes filles. J'ai mon mot à dire à présent.

— En l'occurrence, non.

Il prit une telle expression qu'elle se tut. Se pourrait-il qu'il la menace d'une action en justice si elle n'accédait pas à ses souhaits ?

— Ne me dis pas que tu veux me les enlever, gronda-t-elle.

— Cela n'a strictement rien à voir avec ce que j'ai dit ! la contra-t-il en élevant lui aussi la voix.

Je n'ai jamais ne fût-ce que sous-entendu une telle chose, et je n'ai aucune intention de le faire. Les filles ne seraient pas les mêmes sans toi. Ce serait impensable à mes yeux.

— Bien. Mais tu les déracinerais sans sourciller et ensuite tu voudrais qu'on te suive toutes les trois aux quatre coins du pays ?

— Je voudrais que tu m'épouses et qu'ensuite on voie comment faire. On a cinq mois devant nous pour ça.

— Je n'ai aucun besoin de cinq mois.

Le visage de Cody se fit dur.

— Ah oui ? Tu vas exiger le contrôle de la situation et te fermer comme une huître si tout ne marche pas comme tu l'entends ? s'insurgea-t-il avant de lâcher un rire sans joie : Tu n'as pas changé d'un iota.

— De quoi parles-tu ? cria-t-elle, exaspérée.

— Je parle du fait que tu n'écoutes jamais les opinions des autres, seules les tiennes sont bonnes. Tu décides quelque chose et tu fonces, sans réfléchir une seule seconde à ce qu'en pensent ceux que cela concerne.

— Ah, vraiment ? Et quand, précisément, suggères-tu que j'aurais agi ainsi par le passé ?

Elle criait à présent, aussi lui répondit-il sur le même ton :

— Quand tu faisais des projets pour nous au lycée ! Je n'avais pas idée de ce que je voulais faire plus tard, mais toi, tu avais déjà tout planifié pour moi, l'école vétérinaire, le mariage… Oh, je suis bien certain que des enfants figuraient aussi au programme, mais à ce stade-là, j'avais déjà cessé d'écouter.

Elle laissa échapper un rire sarcastique.

— Pourtant, à part le mariage, dont tu t'es assuré qu'il n'arriverait jamais en me trompant avec ma sœur, tu as fait exactement ce que j'avais soi-disant *planifié*.

Elle avait insisté sur ce dernier mot car, finalement, ses prévisions n'avaient pas été aussi mauvaises que cela. Elle ne lui avait jamais forcé la main. Il aurait pu lui dire à l'époque qu'il voulait autre chose si ça avait été le cas. Elle l'aurait bien sûr laissé libre de refuser.

Mais il n'avait jamais rien dit. Il avait juste couché avec sa sœur. Et de cela, elle n'y était pour rien, même si, ironie du sort, Stephanie l'avait accusée du contraire.

— Je suis navré, Lee, murmura Cody, reprenant le contrôle de lui-même. Effaçons ça. Je n'aurais jamais dû te parler ainsi, reprit-il.

— Mais tu penses vraiment ce que tu as dit ?

Son hochement de tête fut imperceptible, mais elle le décela.

— J'étais trop perdu pour envisager l'avenir comme tu le voulais. Je ne savais pas du tout comment te le faire comprendre.

— Est-ce pour cela que tu as couché avec Stephanie ? À cause de moi ?

Il tendit une main vers elle, mais, le souffle saccadé, elle s'écarta d'un pas. Sur un soupir, il la laissa retomber.

— J'ai accepté de tomber dans son piège car cela me prouvait que j'étais bien le minable que j'étais persuadé être. Cette vision de moi-même remontait à mes toutes premières années, ravivée par ce que je venais d'apprendre.

En cet instant, elle aurait été désolée pour lui si elle ne l'avait pas autant détesté.

Ayant enfin calmé sa respiration, elle se redressa au milieu de la cuisine de Cody, consciente d'être sur le point d'énoncer un ultimatum qui allait se retourner contre elle. Elle allait de nouveau le perdre.

— Cody, pourquoi m'as-tu laissée retomber amoureuse de toi alors que tu es toujours dans la fuite ? murmura-t-elle.

Il planta un regard dur dans le sien.

— Je n'ai vraiment fui qu'une seule fois dans ma vie, en partant d'ici.

— Faux. Tu n'as jamais cessé de décamper, rétorqua-t-elle en ramassant son sac et sa veste avant de se diriger vers la porte. Je ne peux pas accepter ce que tu proposes. Les filles et moi vivons à Sugar Springs. Nous adorerions t'avoir avec nous, mais si tu as trop peur de devoir affronter tes propres démons en restant ici, je trouverai une solution pour qu'elles puissent aller te voir de temps en temps. En tout cas, elles ne changeront pas de collège ni ne seront ballottées partout dans le pays simplement parce que tu te laisses submerger par ton passé. C'est l'homme que tu es aujourd'hui, et non l'enfant blessé que tu étais, qui doit décider de son avenir. Qu'il se déroule avec les filles et moi ou avec une autre femme, d'ailleurs. Enfin, si tu laisses un jour quelqu'un t'approcher assez pour cela.

À court de mots, elle se détourna pour s'en aller. Cody l'arrêta en tonnant :

— Tu ne sortiras pas d'ici sans me laisser l'occasion de te dire, moi aussi, ce que j'ai à dire !

La main sur la poignée, elle se tourna lentement vers lui et répondit d'une voix atone :

— Vas-y, en ce cas. Dis ce que tu as à dire.

— Bon sang, Lee Ann, cette ville est trop petite pour moi, à l'image de cet appartement, s'exclama-t-il en allant se planter au milieu de la pièce et en tournant sur lui-même, bras étendus. J'étouffe. Ce n'est pas moi, ça. Ne peux-tu pas l'admettre ? Cet endroit n'est pas pour moi.

— Pourquoi ?

Il aboya un bref éclat de rire.

— Mais je viens de te le dire. C'est trop petit !

— Tu veux te perdre dans un endroit où personne ne te connaît ou aurait l'idée de te juger. Parce que tu as peur de ne pas être à la hauteur.

— J'ai peur qu'ils aient raison !

Tous deux sursautèrent sous l'impact de cette phrase qu'il venait de hurler. Si elle permit à Cody de faire une découverte majeure sur lui-même, elle sonna le glas de leur avenir ensemble pour Lee Ann. Elle ne lâcherait rien. Elle avait dit ce qu'elle avait à dire et, à présent, voulait seulement rentrer chez elle avant de craquer.

Elle enfila sa veste.

— Je t'aime, Cody. Je ne pourrais le cacher même si je le voulais. Je t'ai aimé dès le premier jour où je t'ai vu. Mais, non, je ne me déracinerai pas, ni moi ni mes filles, sous prétexte que tu as peur de ne pas être à la hauteur.

Elle ouvrit la porte à la volée.

— Merci pour l'invitation à dîner, mais je préfère m'abstenir.

Le bruit de la porte qu'elle claqua derrière elle se répercuta dans la nuit. Elle venait de jeter le gant au seul homme qu'elle avait jamais aimé. Tu m'aimes ou tu me quittes. Elle avait bien peur de connaître l'issue, songea-t-elle, et ses mains se mirent à trembler. Elle allait hélas devoir réapprendre à vivre sans lui.

Elle était venue à pied et devait refaire tout le chemin inverse avant de pouvoir s'écrouler. Elle se concentra sur comment mettre un pied devant l'autre en ignorant ce qui se passait aux alentours.

Elle était fatiguée de le convaincre qu'il était devenu quelqu'un de bien. Elle contint durant tout le trajet un hurlement de rage qu'elle laissa enfin échapper une fois rentrée chez elle.

## 19

Dans le bâtiment où se trouvaient Lee Ann et Joanie, on n'entendait que le chuintement de l'air pressurisé entrant dans les ballons de latex qu'elles gonflaient à la chaîne. Ce soir était le grand soir, la fête d'anniversaire des filles. Cody y serait, assurant ainsi aux jumelles qu'elles auraient la plus belle fête de leur vie et elle, elle ferait comme si son cœur n'était pas tombé en morceaux en sortant de chez lui, la veille au soir.

Elle n'aurait pourtant pas dû être surprise par sa suggestion de partir tous les quatre. C'était un fuyard. Il était évident qu'il allait vouloir quitter la ville. Seulement, elle avait pensé qu'envisager de rester lui aurait au moins traversé l'esprit.

Il les aimait, mais s'il ne pouvait envisager de s'installer quelque part en permanence, comment pourrait-elle l'imaginer s'engager pleinement vis-à-vis d'elle ? Pour sa part, elle ne voulait pas le voir en pointillé. Mieux valait continuer seule qu'emprunter ce chemin. En plus d'un père absent et d'une sœur qui la haïssait, elle n'avait vraiment pas besoin d'un mari qui ne se donnerait qu'à moitié.

Le silence ambiant lui convenait à merveille et lui permettait de s'activer en évitant de parler à Joanie, mais à voir la mine de son amie, rien n'était gagné.

Nouant un ballon argenté au bouquet déjà conséquent de globes rose et argent, Joanie finit effectivement par exploser :

— Vas-tu, à la fin, me dire ce qu'il se passe ?

Dos tourné, Lee Ann resta concentrée sur sa tâche. Il était inutile de faire comme si elle ignorait de quoi voulait parler Joanie mais elle ne savait pas trop comment aborder le sujet. Elle aurait voulu par ailleurs garder un peu plus longtemps ce chagrin pour elle car il ne lui semblait pas juste de le déverser sur une amie, même bien intentionnée.

— Allez, Lee Ann, raconte-moi tout, la pressa Joanie en lui serrant l'épaule.

La seule tendresse de ce geste suffit à faire s'écrouler ses défenses.

Les yeux pleins de larmes, Lee Ann fit face à son amie.

— C'est fini.

Elle lâcha le ballon qu'elle était en train de gonfler. Il s'envola en tourbillonnant alors qu'elle se laissait choir sur le sol.

— Il voulait qu'on aille en Floride avec lui.

Joanie l'imita et s'assit par terre à côté d'elle.

— Mais c'est génial, ça ! Cela prouve qu'il ne veut pas que vous soyez séparés. Ça pourrait marcher. Vous y descendez régulièrement, tu prends des congés et tu laisses les filles passer leurs vacances de printemps avec lui. Ça pourrait marcher !

— Tu n'as pas compris, la reprit Lee Ann. Il voulait qu'on déménage là-bas.

— Oh. Tu veux dire en permanence ?

— Oui, mais en fait pas vraiment. Nous partirions tous les quatre à la fin de ce contrat pour ensuite, j'imagine, aller là où nous mènerait sa prochaine lubie.

— Mais vous ne pouvez pas lui courir après dans tout le pays, rétorqua Joanie, les yeux ronds.

— C'est bien mon avis, acquiesça Lee Ann. Alors je lui ai donné le choix. Moi à Sugar Springs, ou pas de moi du tout.

— Il a pris la mauvaise option ?

La douleur reprit Lee Ann.

— En fait, il n'a rien choisi. Enfin, pas vraiment. Il m'a seulement expliqué à quel point il n'était pas fait pour une ville comme Sugar Springs. Alors je me suis mise en rogne et je suis partie. Ce matin, je lui ai envoyé un texto pour lui dire que ce n'était pas la peine qu'il vienne chercher les filles et le garçon invité par Kendra. Je m'en chargerai moi-même. Il n'aura qu'à venir à la fête, sourire, charmer les invités de ses filles, et puis danser une fois ou deux. Pour ce que j'en ai à faire, il pourra dans la foulée prendre directement sa voiture pour la Floride.

— À ceci près que Keri a encore besoin de lui.

Oui et, très égoïstement, elle en était contrariée. Elle savait bien que cela n'avait aucun sens, qu'il avait signé un contrat dans cette clinique, mais la pensée qu'il pût rester pour quelqu'un d'autre qu'elle la mettait puérilement en colère. S'il ne comptait pas rester pour toujours, elle préférait qu'il s'en aille tout de suite.

Elle se leva et se remit en devoir de gonfler les ballons. Il fallait achever de préparer la fête et ce n'était pas en pleurant assise par terre qu'elle allait y arriver.

— Il faut qu'il admette que certaines choses méritent que l'on pose ses valises quelque part, conclut-elle.

Les mains tremblantes, elle reprit le travail en pensant à la douleur que ne tarderaient pas à éprouver les jumelles. Une douleur qu'elle ne pourrait en aucun cas leur éviter. Ce serait très dur de les soutenir en étant elle-même dévastée.

Cody gravit quatre à quatre l'escalier menant chez lui. La fête allait démarrer dans moins d'une demi-heure, et il avait pris du retard en terminant un travail entrepris la semaine précédente chez Buddy Sawyer. Il n'avait pas voulu le quitter avant que fût achevée la réparation de sa clôture.

En recevant le texto de Lee Ann dans la matinée, il avait commencé par voir rouge. Elle ne pouvait l'évacuer ainsi de leurs vies. Ensuite, il avait réussi à se calmer : elle ne lui demandait pas de manquer la fête, seulement de ne pas préoccuper les filles. Ça, il pouvait faire avec.

Par conséquent, une fois la clinique fermée pour le week-end, il avait consacré son après-midi au travail manuel avec l'espoir d'adoucir un peu le propriétaire de ladite clôture. Cela le dérangeait de sentir Buddy continuer à bouillir de colère chaque fois que leurs chemins se croisaient. Ce n'était pas salutaire et c'était de sa faute. Il lui fallait remédier à cela.

Il avait également eu besoin de s'occuper afin d'éviter de repenser sans cesse à sa dispute avec Lee Ann. Car sinon, c'était lui qui allait bouillir de colère à l'idée qu'elle n'avait même pas daigné réfléchir à sa suggestion. Avec elle, il fallait que les choses se fassent à sa manière ou ne se fassent pas. Cela le mettait en fureur.

Il se débarrassa de sa chemise et se dirigea vers la salle de bains, la tête basse. Comment, alors qu'il venait à peine de la retrouver, envisager une vie sans Lee Ann ? Il devait y avoir une solution. Oui, mais pour l'instant, il fallait surtout qu'il se presse. Les filles comptaient sur lui ce soir. Le moins qu'il puisse faire était de ne pas les décevoir, elles aussi.

Il était sur le point de tourner les robinets de la douche quand on frappa à sa porte. Son cœur se mit à battre plus vite. Lee Ann ? Était-elle revenue à de meilleurs sentiments ?

Personne d'autre n'étant jamais venu chez lui, il y avait très peu de chance que ce ne fût pas elle, réfléchit-il en attrapant un tee-shirt dans son placard avant de courir vers la porte. Cependant, quand il l'ouvrit, ce qu'il découvrit fit remonter en un éclair toutes les douleurs du passé.

Il était face à son jumeau.

# 20

La musique était tonitruante et les adolescents se bousculaient en riant dans le bâtiment loué par Lee Ann pour l'occasion. Quelques-uns s'aventuraient sur la piste de danse mais la plupart restaient en retrait. Même Kendra n'avait pas osé inviter Derek à danser avec elle. Ils avaient pourtant beaucoup discuté, beaucoup passé de temps ensemble au cours de la soirée, mais le garçon paraissait terrifié. Exactement comme l'avait prédit Cody, remarqua Lee Ann. Bizarre, qu'elle ne l'ait jamais remarqué quand elle avait leur âge.

Elle vérifia sa montre et s'efforça de ne pas afficher sa contrariété. Les filles auraient dû couper leur gâteau depuis vingt minutes mais elle n'avait pas voulu que Cody manque cet instant. Où diable était-il ? Elle régla son appareil et prit quelques clichés supplémentaires des jumelles qui, rayonnantes, inventoriaient leurs cadeaux. Elle leur avait permis de les ouvrir avant l'arrivée de leur père.

Quelqu'un vint se placer sans bruit près d'elle et son cœur battit la chamade. C'était sûrement lui. Elle baissa son appareil, mais c'était seulement Joanie qui, en plus, faisait la tête.

— Toujours pas là ? lui demanda Lee Ann.

Joanie lui fit signe que non, sans la regarder. Elle désigna plutôt du menton le poêle à bois installé au fond de la salle :

— Ne t'en fais pas pour le feu. Ta mère veille au grain.

Le feu ? C'était bien la dernière de ses préoccupations. D'accord, on était en décembre et elle n'avait pas voulu que les enfants aient froid durant la fête, mais leur énergie allait suffire à leur tenir chaud. Non, son problème, c'était de savoir où était Cody.

— Mais qu'est-ce qu'il fabrique ? Il faut couper ce gâteau à présent. Les parents ne vont plus tarder à venir chercher leurs enfants, et je ne peux pas les renvoyer chez eux sans qu'ils aient mangé leur part de gâteau ! bougonna-t-elle en consultant une énième fois sa montre.

Une malheureuse minute s'était écoulée depuis sa dernière vérification.

— Eh bien, allons-y alors ! s'écria Joanie en souriant, l'œil un peu trop brillant. Coupons le gâteau, prends des photos, et tu pourras enfin t'asseoir et te détendre un peu. Tu es sur le pont depuis ce matin. Quant à Cody, s'il arrive un jour, il n'aura que ses yeux pour pleurer d'avoir tout manqué.

Lee Ann se tourna vers la femme qu'elle connaissait depuis toujours ou presque. Joanie savait quelque chose, c'était évident. Pourquoi ne le disait-elle pas ?

Elle s'apprêtait à la houspiller quand elle la vit tourner rapidement le regard vers l'autre côté de la salle. Plusieurs couples dansaient à présent, et l'un d'entre eux outrepassait manifestement les limites de la décence. Étonnée, Lee Ann vit sa mère intervenir pour séparer les deux contrevenants et leur faire vertement savoir sa façon de penser. Elle n'aurait jamais cru Reba aussi attentive.

Ainsi libérée de ce problème, Lee Ann pressa le bras de Joanie alors que la panique montait en elle.

— Il ne viendra pas, c'est bien cela ? Que sais-tu ?

Joanie lui prit la main et la serra fort avant de finalement répondre :

— Il ne viendra pas.

Lee Ann en resta sans voix. Il n'allait pas venir. Même si Joanie ne lui avait encore pas précisé pourquoi, Lee Ann comprit qu'elle avait raison. Son amie ne lui avait jamais rien révélé qui pût la blesser sans être absolument sûre d'elle. Il avait fait aux filles exactement ce qu'elle avait redouté qu'il fasse. Il n'avait pas été là pour elles. Alors qu'elles comptaient sur lui.

Comment osait-il ? La prochaine fois qu'elle le verrait, elle le massacrerait. Sans hésiter.

— Que sais-tu ? interrogea-t-elle Joanie d'une voix atone.

Encore une fois, Joanie évita de la regarder.

— Je suis désolée, Lee Ann. Je voudrais ne pas avoir à te dire cela.

Jamais elle n'avait vu son amie répugner autant à déclarer quelque chose.

— Dis-moi maintenant ce qu'il a fait, prononça-t-elle d'une voix cassante.

Joanie passa un bras sous le sien et l'entraîna dans un angle où la musique était moins forte.

— Je viens de raccrocher d'avec Gina Gregory, lui apprit-elle l'air très embêté. À quoi ça servirait de coiffer la pire commère de la ville si on n'en tirait pas avantage à l'occasion, tu veux me dire ? tenta-t-elle de plaisanter pour alléger l'atmosphère.

Lee Ann opina comme si elle savait de quoi parlait Joanie. Que Gina venait-elle faire là-dedans ? Puis elle se rappela la femme qui s'était accrochée au cou de Cody alors qu'il passait la porte du salon et recula, horrifiée.

— Il est sorti avec Gina ? demanda-t-elle d'une voix blanche.

— Non, non, la rassura Joanie en lui tapotant le bras. Pas du tout… Enfin, je n'en sais rien… Mais ce n'est pas Gina. Ce qui n'est déjà pas mal, n'est-ce pas ?

Elle s'essaya à un sourire mais échoua lamentablement. Outragée, Lee Ann se redressa de toute sa hauteur. Cet homme sortait avec une autre femme ! Au lieu de venir à la fête d'anniversaire de ses propres filles !

Les mains prises de tremblements incoercibles, elle s'écarta de Joanie et fit un pas en arrière.

— Attends ! s'écria Joanie en tendant une main vers elle.

Pour la laisser retomber quand Lee Ann s'éloigna davantage, effondrée.

— Tu ne veux pas savoir le reste ?

Un bref hochement de tête.

— Oh que si. Ne me cache surtout rien, rétorqua Lee Ann d'une voix si dure qu'elle-même ne la reconnut pas. Je ne compte plus gâcher une seule minute de ma vie à cause de ce type, alors vas-y, déballe-moi tout.

Après un long silence, Joanie reprit la parole, tout bas :

— Gina prétend qu'elle vient de le voir au *Bungalow* avec Holly.

*Le Bungalow*, c'était le café du coin. Enfin, moitié café, moitié bar de nuit.

— Apparemment ils étaient très proches…

Lee Ann prit le temps d'assimiler avant de relever les yeux.

— Proches ?

— Une équation alcool, musique douce et slow très serré. En fait, Gina m'a dit qu'il avait ses deux mains glissées sous sa chemise.

Oui, ça ressemblait bien à Cody.

Un mélange de colère, de jalousie et d'humiliation s'empara d'elle et lui retourna l'estomac. Fourbe rebut de l'humanité. Comment avait-il osé revenir en ville et lui faire cela encore une fois ? Elle tourna les yeux vers la piste de danse sur laquelle évoluaient enfin les adolescents, et repéra les jumelles, qui discutaient avec un groupe d'amies. Elles parlaient avec animation tout en gardant un œil sur la porte d'entrée.

Ce que Cody lui faisait subir en ce moment même était déjà épouvantable, mais quand les filles apprendraient pourquoi il n'était pas venu à leur fête, elles allaient être anéanties.

Elle redressa le dos. Elle en avait terminé avec Cody Dalton, et elle ferait tout ce qui était en son pouvoir pour qu'il ne revoie jamais les filles. Filles qui choisirent cet instant précis pour la regarder. Elle leur décocha le sourire le plus encourageant qu'elle put.

La vie continuerait sans problèmes pour elles, foi de Lee Ann. Elle y veillerait, comme elle l'avait toujours fait. Dommage qu'elle ait cru un moment pouvoir s'appuyer sur quelqu'un.

Déterminée, elle adressa un signe de tête à Joanie.

— Allons couper ce gâteau, il est grand temps.

Une lumière vive transperça les paupières de Cody et l'obligea à quitter le lit sur lequel il s'était écroulé très tard dans la nuit. Une migraine lui battit les tempes alors qu'il roulait sur lui-même afin de consulter le réveil. 10 h 30. Oh, non. Les soirées prolongées et trop alcoolisées, ce n'était plus de son âge.

Lui revint alors le souvenir de ce qu'il avait fait la veille au soir, et la honte le submergea. Il avait laissé tomber ses enfants. Il avait laissé tomber Lee Ann. Il se leva, se traîna jusqu'à la salle de bains, s'aspergea le visage d'eau glacée et se redressa face au miroir. Où il ne vit que des yeux enfoncés et injectés de sang. Quel pauvre type.

Il empoigna sa brosse à dents afin de tenter d'améliorer son haleine, puis s'aspergea encore d'eau la figure. Pensant être assez stable sur ses jambes pour aller voir si son frère était rentré, ou s'il avait terminé la nuit chez Holly, il s'engagea dans le couloir. Il lui sembla plus étroit qu'à l'habitude mais il réussit à le longer à petits pas prudents, avant de contempler l'homme affalé sur le canapé. Il lutta alors contre un besoin pressant de boucler son sac et de partir bien loin d'ici. De s'enfuir avant de devoir affronter quiconque. Bizarrement toutefois, s'il avait paniqué hier soir en découvrant son frère sur son paillasson, il ne pouvait nier qu'une faible lueur d'espoir s'était réellement allumée en lui. Elle était toujours là, bien présente.

Il avait un frère jumeau.

Nick Dalton.

Un frère qui se souciait suffisamment de lui pour être parti à sa recherche.

Il se frotta le visage à deux mains et ouvrit la porte pour laisser Boss sortir. Il fallait qu'il téléphone à Lee Ann. Qu'il lui présente ses excuses. Comme si cela servirait à quelque chose… Cependant, il ne pouvait ignorer les filles, et reculer l'instant des explications ne ferait qu'aggraver les choses. Il localisa son portable par terre, et décida finalement de composer un autre numéro. Celui de Holly.

Pas de réponse.

Les yeux de nouveau posés sur son frère, il tenta de se remémorer précisément la nuit qui venait de s'écouler.

Une fois le choc initial absorbé, il avait emmené Nick au *Bungalow* afin qu'ils puissent discuter sans avoir à se regarder dans le blanc des yeux. Où jouer la grande scène des retrouvailles de deux frères perdus de vue ? Un bar lui avait semblé être le meilleur endroit. Ce fut du moins sa première idée. Il ne pouvait le nier, il avait été parfaitement conscient de ce qu'il faisait à ce moment précis. Indubitablement, son subconscient avait cherché une excuse pour laisser tomber Lee Ann, et il avait sauté à pieds joints sur la première occasion. Comme il l'avait toujours fait.

Il ne valait rien. Il l'avait toujours su, et l'arrivée de Nick n'avait fait qu'en apporter la confirmation. Connaître le frère que lui avaient préféré ses parents l'avait presque rendu fou. Nullité, douleur et rage s'étaient combinées en lui pour le ravager d'un désespoir sans fond. Après cette rencontre inattendue, il ne pouvait plus espérer que quelque chose de nouveau arrive un jour. *Ce jour était arrivé*, et lui avait asséné une réalité qui avait anéanti tous ses espoirs secrets.

Ils avaient rencontré Holly au *Bungalow*, une Holly qui faisait la tête car Tucker Brown dansait avec son institutrice sans se soucier d'elle. En apercevant Nick, elle l'avait examiné de la tête aux pieds, puis lui avait souhaité la bienvenue en ville.

Dans l'annuaire écorné qu'il dénicha dans un tiroir de la cuisine, Cody trouva le numéro du snack afin d'appeler Holly pour s'assurer qu'elle était bien rentrée chez elle la nuit précédente. Lui-même ne se rappelait de rien, même pas si Nick avait été en état de conduire. À la façon dont son frère avait enchaîné les tournées, c'était fort peu probable.

Tout en se persuadant qu'il avait une excellente raison de vouloir téléphoner à la jeune femme, il se douta toutefois que c'était surtout une manière de repousser l'autre appel.

— *Sugar Springs Diner*, en quoi puis-je vous être utile ?

Contrairement à lui et, selon toutes les apparences, à son frère, Holly lui sembla parfaitement réveillée et maîtresse d'elle-même. Tout en parlant, il ouvrit la porte à Boss qui voulait rentrer, lui grattouilla la tête et partit emplir sa gamelle à la cuisine.

— Holly ? C'est Cody.

Un court silence s'ensuivit, puis :

— Salut, Cody. Tout va bien ?

— Euh, oui, répondit-il en posant un verre sale dans l'évier. Je voulais seulement savoir si c'est toi qui nous avais ramenés, Nick et moi, hier soir ?

Elle rit de bon cœur.

— Oui, c'est moi. Ce type ne tient pas plus l'alcool que toi.

De nouveau, le silence. Inexplicablement, il comprit avec certitude qu'il y avait une chose dont elle ne voulait pas parler. Une chose, il en fut certain, qu'il ne voulait pas entendre.

— Bon, eh bien, j'appelais pour te remercier…

Pas de réponse. Puis, un long soupir s'étira à l'autre bout de la ligne.

— Cody, attends.

Il sentit son front se couvrir de sueur.

— Tu sais que tous les racontars passent par le restaurant, n'est-ce pas ?

Bien sûr qu'il le savait.

— Eh bien, commença-t-elle avant d'hésiter, puis de lâcher tout à trac : Il paraîtrait que ton absence à la fête des filles les a vraiment contrariées.

Il ferma les yeux.

— Ça a dû être aussi difficile à avaler pour Lee Ann, je suppose.

— Oui, ça aussi on le raconte.

— Je comptais l'appeler tout de suite après toi.

Il ne pourrait arranger les choses avec elle, il l'avait su alors même qu'il refermait la porte sur son frère et lui la veille au soir. Il lui devait toutefois des excuses et, avec un peu de chance, les filles accepteraient qu'il fasse encore partie de leurs vies. Occasionnellement.

— Oui, mais…

Un frisson désagréable lui parcourut la nuque.

— Oui, mais quoi ?

— Elles ont quitté la ville en pleine nuit.

— Quitté la ville ? Que veux-tu dire par là ? l'interrogea-t-il, pris d'une peur soudaine. C'est impossible… C'est ma…

Silence. C'était *sa* façon d'agir à lui.

— Elles vont revenir, n'est-ce pas ? Elles ne peuvent pas disparaître comme ça, tout de même ?

— Je présume, mais je n'en sais rien du tout. Elle m'a aussi envoyé un texto pour me donner sa démission du snack. D'après ce qu'on raconte, elles auraient chargé la voiture et pris la route dès la fin de la fête d'anniversaire.

— Elle doit revenir. Sa mère habite ici, insista-t-il encore.

Il était au désespoir, mais il n'en avait même pas le droit, puisqu'il venait de gâcher sa seule chance de bonheur.

— C'est ce qu'on pourrait penser, mais je ne sais vraiment pas ce qui se passe. Enfin, à part…

Elle marqua une pause.

— Il y a autre chose que la rumeur colporte et il faut que tu le saches.

Nick choisit cet instant pour s'asseoir sur le canapé et faire le tour de la pièce des yeux. De tous petits yeux. Boss leva la tête de sa gamelle, encore un peu méfiant vis-à-vis de cette nouvelle version de son maître, mais il avait d'ores et déjà accepté cette réalité la veille au soir. Aussi retourna-t-il son attention sur sa nourriture pour laisser Cody se débrouiller avec son double.

Quand le regard de Nick se posa finalement sur Cody, il sursauta, comme choqué de se retrouver dans la même pièce que son frère jumeau. Cody emplit un verre d'eau froide, sortit une boîte d'aspirine et lui tendit le tout.

— Cody ? Tu es encore là ? s'enquit Holly au bout du fil.

— Oui. Qu'est-ce que c'est, cette autre chose ?

— Ils pensent tous m'avoir vue avec toi hier soir.

Yeux clos, il tenta d'assimiler ces paroles. Quelqu'un avait pris son frère pour lui. Rien d'étonnant à cela. Puis la signification plus précise de la phrase lui apparut, et il ouvrit des yeux comme des soucoupes.

— Et bien sûr, quelqu'un est allé le lui dire ?

— Oui, lui répondit une toute petite voix. Je suis désolée, Cody. Je sais qu'on s'est un peu laissés emporter, Nick et moi, mais il ne m'est pas un seul instant passé par la tête qu'on pourrait croire qu'il s'agissait de toi.

De mieux en mieux… Ou plutôt de pire en pire ! Lee Ann devait maintenant être persuadée qu'il les avait abandonnées toutes les trois pour aller flirter avec Holly. Elle devait évidemment s'imaginer une fin de soirée tout autre que leurs sages retours au bercail.

— Je suis vraiment désolée, répéta Holly.

— Ce n'est pas de ta faute.

Quel crétin !

— C'est de la mienne et, pour commencer, je n'aurais jamais dû aller là-bas. J'avais bien mieux à faire ailleurs.

— Oui.

Un seul mot qui résumait tout.

Nick fit le tour de la table pour poser son verre dans l'évier puis, une hanche appuyée contre le plan de travail, il contempla Cody.

Dont le regard allait d'un mur à l'autre. La pièce devenait trop exiguë. Il fallait qu'il sorte de là. Ses yeux tombèrent alors sur une paire d'yeux identiques. L'homme qui le dévisageait avait eu son lot de douleurs. Ils n'en étaient pas encore arrivés à ce point dans leurs confidences, mais Cody l'avait perçu la veille au soir tout comme il le percevait en ce moment. La vie de son frère n'avait pas été le tableau idyllique qu'il s'était toujours imaginé. Cependant, il était venu pour lui. Cela ne laissait pas de l'étonner.

Il hocha la tête comme si Holly pouvait le voir.

— Merci de m'en avoir averti, Holly. Ne t'en fais pas pour cela, d'accord ?

À la mention du prénom de Holly, Nick avait levé un sourcil interrogateur.

— D'accord, répondit-elle en laissant échapper un autre soupir. Vous êtes faits l'un pour l'autre, Lee Ann et toi. Tes filles ont besoin de toi, Cody. Ne va pas faire un truc stupide, d'accord ?

*C'est déjà fait,* songea-t-il.

— Je ne voudrais pas que mon pourcentage de bonnes impressions baisse à cause de toi, reprit-elle dans une louable tentative d'alléger l'atmosphère.

— J'en déduis que tu as parié que je resterais, c'est cela ?

Au tout petit oui qui suivit, il adoucit le ton. Elle aurait mieux fait de ne pas prendre d'options sur ce pari-là, perdu d'avance.

— Prends soin de toi, Holly. Merci encore de m'avoir prévenu.

Cody referma lentement son téléphone portable et mit un peu d'espace entre Nick et lui. Cet appartement était bien trop petit pour deux hommes dépassant le mètre quatre-vingt-dix.

— C'était Holly ?

— Oui. Je te montrerai où elle travaille, si tu veux aller la retrouver plus tard.

— Non, répondit Nick en passant sa main sur son menton. J'ai juste lâché un peu la pression, hier soir. Mon comportement avec elle t'aurait-il valu des ennuis ?

C'était la litote de l'année.

— C'est mon propre comportement qui me vaut des ennuis. De toute façon, ça n'a pas d'importance, c'était déjà terminé.

— Pourquoi ça ?

Nick empoigna une chaise et l'enfourcha. Cody sortit deux sodas du réfrigérateur et en fit autant. Il vida la moitié de sa canette en réfléchissant à ce qu'il allait faire ensuite. Nick lui était un parfait inconnu, et pourtant, dès l'instant où ils avaient posé les yeux l'un sur l'autre, tout était devenu évident. Il avait un frère. Pour la première fois de sa vie, son désir de saisir une occasion surpassait son besoin de fuir. Il afficha néanmoins un petit sourire sarcastique.

— Pourquoi ? Parce que mon contrat ici s'achève dans deux semaines. Ensuite je rejoindrai ma prochaine affectation.

— Ah.

Ce seul mot lui parut lourd de sens.

— Donc, ce n'était qu'une passade ? enchaîna ce dernier.

La vision de Cody se brouilla. Elle était tellement plus qu'une passade qu'il préféra ignorer la question.

— Il n'y a pas qu'elle. Elle élève aussi mes deux filles jumelles.

L'attention éveillée, Nick haussa un sourcil, mais ne dit rien pendant plusieurs minutes. Finalement, il déclara la dernière chose à laquelle se fût attendu Cody :

— Après la mort de maman la semaine dernière, et après avoir trouvé des papiers m'apprenant ton existence…

Il marqua de nouveau un long moment de silence puis reprit :

— Quand j'ai découvert qu'elle t'avait donné à quelqu'un d'autre, j'ai été jaloux.

Il but une longue gorgée de soda et, quand il reposa la canette, il ajouta d'une voix à la froideur sidérante :

— J'aurais voulu être celui qui avait pu s'en aller.

Un instant à court de mots l'un et l'autre, les deux hommes se mesurèrent du regard un peu comme le font les garçons dans la cour d'école avant de lancer le premier coup de poing.

Cody ne comprenait plus rien à rien. Nick avait grandi avec leurs parents et il aurait voulu s'en aller ? C'était lui qui était censé avoir eu une belle vie, celle pour laquelle lui-même n'était pas assez bien.

— Menteur.

Nick secoua brièvement la tête.

— Non. J'étais furieux que tu aies pu t'échapper, se défendit-il avant de détourner le regard. Notre mère était une vipère. Une authentique pourriture, alcoolique de surcroît. Notre père a été tué dans une rixe d'ivrognes peu de temps après notre naissance et, d'après ce que j'ai su, elle a changé de comportement à ce moment-là. Ou, plus exactement, elle est redevenue ce qu'elle était vraiment. J'ai eu une vie épouvantable et, d'après ce que tu m'as raconté hier soir, la tienne n'a pas non plus été pavée de roses.

— Sur les papiers que j'ai trouvés, ils ont signé tous les deux pour m'abandonner.

Nick le regarda de nouveau en face.

— Impossible. Nous n'avions pas un an quand le vieux est mort. J'ai trouvé son certificat de décès et des photos de l'enterrement.

— Hein ?

Une erreur sur les papiers ? Comment était-ce possible ? s'interrogea-t-il. Alors, une autre pensée lui vint : les documents indiquaient également qu'il avait été abandonné parce qu'il était un enfant à problèmes.

Cody se repassa les dernières paroles de son frère et tenta de mettre en adéquation l'enfance douloureuse qu'il venait de lui décrire et celle qu'il lui avait toujours imaginée. Cela ne collait pas. Au travers de toute cette confusion, une question lui revenait sans cesse à l'esprit.

— Sais-tu pourquoi elle s'est débarrassée de moi ?

Par le regard qu'il lui jeta, Nick lui sembla aussi perdu que lui l'avait toujours été.

— Tu n'as pas été le premier à qui elle l'a fait. Tout a été légal, mais d'après ce que j'ai pu apprendre, elle t'a vendu au plus offrant. Sans doute pour se payer sa cocaïne.

— Elle m'a « vendu » ?

Aucun sens, cela n'avait plus aucun sens.

— Au système social ?

— Non. À une femme qui voulait t'adopter.

— Mais alors, comment se fait-il que j'aie fini pupille de l'État ?

Une colère sourde s'emparait peu à peu de lui alors qu'il tentait d'assimiler ces nouvelles informations. Sa mère l'aurait donné à une autre femme qui, finalement, n'aurait pas voulu de lui non plus ? Doux Jésus, sa vie avait-elle été maudite dès le départ ?

Nick éluda d'un geste vague.

— Aucune idée, mec. Ce n'est pas là-dessus que je me suis concentré. La seule chose qui m'intéressait, c'était de te retrouver.

Cody fit de son mieux pour respirer le plus lentement possible afin de repousser sa rage. Puis autre chose dans ce que venait de dire Nick lui revint à l'esprit.

— Attends ! s'écria-t-il en levant une main. Je n'étais pas le premier qu'elle vendait ?

Une fois encore, Nick releva les yeux et les planta dans les siens.

— On a un autre frère.

La canette glissa des doigts de Cody, mais il eut la présence d'esprit de la rattraper au vol avant qu'elle ne se répande sur la table. Il avait deux frères ? Cela non plus ne figurait pas dans les papiers qu'il avait trouvés chez les Monroe. Mais si Nick affirmait en avoir la preuve…

— On serait trois ?

Nick lui répondit par un hochement de tête.

— L'as-tu retrouvé, lui aussi ?

— Non.

Son frère se leva et fit quelques pas dans la pièce.

— Après sa mort, j'ai commencé par toi. En me disant qu'avec mon jumeau il existerait une connexion plus grande. Je n'ai même pas eu à recourir à un détective privé, puisque je t'ai tout de suite trouvé sur Internet. Pour notre autre frère, ça risque d'être plus compliqué. Il a été adopté et il y a de fortes chances pour qu'il ait changé de nom de famille. Je n'ai encore pas réussi à le localiser.

Deux frères. Une famille…

— C'est le même que nous ? Un triplé ?

— Non, il a un an de plus que nous presque jour pour jour. Selon les personnes que j'ai rencontrées, elle l'a vendu avant que notre père l'apprenne. Ils n'étaient pas ensemble à cette époque. Ensuite, ils ont décidé de vivre sous le même toit, et elle s'est tout de suite retrouvée enceinte. Une occasion pour elle de se faire encore un peu d'argent.

Une famille. Cody avait une famille. Une fois cela assimilé, il décida que Nick resterait dans sa vie et qu'il l'aiderait à retrouver leur troisième frère. La solitude, ça suffisait comme ça. Puis une réalité le frappa. Il avait déjà une famille, une femme avec qui il avait fini par renouer et deux merveilleuses filles dont il venait aussi d'apprendre l'existence. Pourquoi n'avait-il rien trouvé de mieux que les repousser ?

Il fallait impérativement qu'il arrange cela. Il avait besoin d'elles. Et surtout, de leur pardon.

Sans elles, rien n'avait plus d'importance.

# 21

Son appareil photo piqueté de blanc par la neige, Lee Ann s'étira sous une grosse branche parallèle au sol et corrigea le cadrage de la scène qu'elle attendait. Elle venait d'entendre un léger trot précipité dans l'arbre et se tenait prête.

— C'est beau, souffla Candy, émerveillée, accroupie à côté d'elle.

Grâce à une averse de neige dans la nuit, le torrent dont les filles et elle avaient exploré les alentours au cours des trois jours précédents étincelait sous un ciel teinté de pourpre et de bleu. Elle prit quelques clichés avant d'approuver sa fille.

— Tu crois que ces photos conviendront pour l'exposition que tu viens d'accepter ?

Emplie de fierté, Lee Ann songea au courriel reçu deux jours auparavant. Cody avait, selon toutes apparences, contacté la galerie de Nashville dont il lui avait parlé. Si ce courriel l'avait tout d'abord contrariée, elle avait ensuite posément réfléchi, évacué son trop-plein d'émotions et considéré cette offre sous l'angle d'une vraie perspective professionnelle. Si elle désirait vraiment percer dans la photographie, elle se devait de leur répondre. De toute façon, après sa démission du snack, elle n'avait guère d'autre choix.

Elle avait envoyé par retour quelques échantillons de son travail, et la galeriste lui avait aussitôt exprimé son intérêt en lui proposant une exposition, modeste pour commencer, ce qui lui avait tout à fait convenu. Fin janvier, son monde prendrait un nouveau virage. Elle caressa les cheveux soyeux de Candy.

— Je crois même qu'elles seront parfaites.

Peu attirée par les prises de vue, Kendra s'intéressait davantage à la vie sauvage et, ces derniers jours passés dans les Smoky Mountains, elle avait plus d'une fois repéré et désigné à sa mère des animaux de toutes sortes que Lee Ann s'était fait un plaisir de photographier.

— Maman, souffla Kendra derrière Lee Ann.

— Oui ?

Lee Ann se déplaça et positionna le trépied devant Candy afin de lui permettre de prendre elle aussi des clichés.

Assise sur une souche, le corps tendu en avant, Kendra tendit le bras vers l'autre rive du torrent.

— Je crois que j'ai vu quelque chose.

Lee Ann se concentra sur l'endroit désigné et vit ce qu'avait repéré sa fille. Impossible de deviner ce qui se cachait sous les feuilles recouvertes de neige, mais quelque chose bougeait, aucun doute là-dessus. Elle glissa un bras autour des épaules de Kendra.

— Tu as l'œil. Attendons quelques minutes afin de voir si un animal sort de là.

Sans bruit, Candy se redressa et suivit la direction de leurs regards avec l'appareil. Par nature moins patiente que sa sœur, elle murmura :

— Il va bientôt faire nuit. Si cette bête ne sort pas assez vite ? On devrait traverser et aller voir si on la trouve.

Kendra tourna une mine mécontente vers elle.

— T'as toujours rien compris ! Ça fait pourtant des années que maman nous apprend qu'il ne faut pas déranger la nature.

Elle se concentra de nouveau sur les feuilles et perdit son intonation condescendante :

— C'est si facile de nuire à la vie sauvage.

Lee Ann récupéra l'appareil dans l'espoir d'un autre bon cliché, mais elle pensait surtout à l'effet qu'avait eu sur elles trois ce temps passé ensemble, ailleurs qu'à la maison. Terriblement blessées par l'absence inexpliquée de Cody à leur fête, toutes trois avaient décidé de ne pas attendre qu'il vienne leur présenter des excuses. Elles avaient décrété que, cette fois, il avait pulvérisé son record d'attitudes impardonnables. Tout ce que les filles savaient pour l'instant, c'était que, contrairement à ses promesses, Cody n'était pas venu à leur anniversaire. Lee Ann avait décidé de passer sous silence aussi longtemps que possible l'incident Holly, afin qu'il n'influe pas sur leur décision de le revoir ou non.

Alors, en ce premier soir de congés scolaires, elles avaient fait leurs bagages pour s'absenter de Sugar Springs jusqu'au premier de l'an et fêteraient Noël dans les Smoky Mountains.

Elles avaient passé la première nuit dans un hôtel sur la route, mais dès le lendemain Lee Ann avait pu dénicher un chalet pour dix jours. Bien sûr, la location lui avait coûté plus cher que ce qu'elle avait prévu, mais à circonstances exceptionnelles… Une fois sa mère contactée, pour lui rappeler de vérifier ses messages professionnels et traiter les appels urgents, et le texto de démission envoyé à Holly, Lee Ann avait éteint son portable, bien décidée à se consacrer exclusivement à ses filles. Elle ne voulait ni apprendre les dernières rumeurs, ni, surtout, avoir à répondre à des appels inopportuns.

— Faudrait vraiment qu'on y aille, maman, chuchota Candy plus fort en consultant sa montre. Mamie doit nous attendre.

Après s'être opposée à leur départ inopiné, Reba avait proposé de les accompagner, mais Lee Ann lui avait opposé qu'elles avaient toutes les trois besoin de temps et d'espace pour panser leurs blessures. Au cours de leurs randonnées, les jumelles et elle avaient amplement discuté de Cody et de sa désertion. Si aucune décision majeure n'avait été prise, la cicatrisation était en bonne voie. Pour Candy et Kendra du moins, infiniment plus résistantes que leur mère.

Si Lee Ann avait refusé que Reba les accompagne, elle avait toutefois promis de lui laisser la clé sous le paillasson le jour du réveillon. Sa mère était probablement arrivée pendant leur promenade, avec une dinde à demi cuite dans ses bagages. Elles achèveraient de préparer ensemble les accompagnements pour le réveillon familial.

Devant reprendre le travail le 26, Reba les quitterait le lendemain. En effet, les bureaux de la mairie ne fermaient pas pendant les congés, car quelques personnes persistaient à vouloir se perdre dans les bois.

Lee Ann consulta sa montre. Il fallait regagner le chalet pour aider Reba à préparer le dîner. De toute façon, la nuit n'allait plus tarder à tomber. Elle tapota l'énorme souche qui leur servait de siège.

— Candy, viens t'asseoir une minute avec nous.

Une fois rejointe par l'adolescente, elle passa les bras autour de ses deux filles. Sa peine et sa douleur causées par la trahison de Cody avec Holly restaient intactes, aussi les serra-t-elle fort contre elle. Elles aussi avaient eu à souffrir de l'attitude de leur père. Candy et Kendra posèrent chacune la tête sur une épaule et un gros soupir leur échappa à toutes trois. Ce qui ne manqua pas de faire sourire Lee Ann. Elles étaient tellement à l'unisson. Elle aurait adoré être aussi proche de sa sœur, ne fût-ce que pour vivre de tels instants de connivence, mais certaines choses ne doivent manifestement jamais se produire. Tout comme une vraie relation entre Cody et elle.

— Il faut qu'on parle avant de rentrer retrouver votre mamie, lança-t-elle alors.

— Oui, on sait, marmonna Kendra.

— On doit décider de ce qu'on fait à propos de papa, termina naturellement Candy.

Le cœur de Lee Ann fit un bond. Elles étaient devenues si matures.

— Vous savez que mamie va vous demander comment vous allez ?

Kendra pesa contre le bras de Lee Ann, qui desserra un peu son étreinte sans les lâcher. Les jumelles se redressèrent et portèrent leur regard dans le lointain, de l'autre côté du torrent. Ce fut Candy qui commença :

— On en a parlé, et on se dit qu'il faudrait lui laisser encore une chance.

Lee Ann se contracta. Elle en avait assez de laisser des chances à cet homme.

— Mais il pourrait…

— Il pourrait nous faire encore du mal, l'interrompit gentiment Kendra. On le sait. Mais il est encore en train d'apprendre tout ce truc de paternité. Jusqu'à maintenant, il n'avait encore jamais vraiment cafouillé avec nous, alors ce serait vraiment sa deuxième chance.

— On lui doit cette chance, renchérit Candy.

Lee Ann ferma les yeux. Ses filles se montraient généreuses et attentionnées. Elles voulaient mettre en avant les qualités des autres. Cependant, Lee Ann avait peur qu'il ne leur brise encore le cœur.

— Vous êtes sûres de vous ?

Elles acquiescèrent toutes deux puis firent silence, et Lee Ann comprit qu'elles avaient autre chose à lui dire. En attendant, elle réfléchit à la façon de gérer au mieux les visites sporadiques de Cody à l'avenir. Les deuxièmes chances seraient sans elle désormais. Dès qu'elle aurait trouvé le moyen de l'extraire une bonne fois pour toutes de son cœur, elle reprendrait seule le cours de sa vie.

Candy lui attrapa la main et la serra fort entre les siennes.

— On se dit que tu devrais toi aussi lui laisser une autre chance.

— Non !

Impossible.

— S'te plaît, maman, on sait qu'il t'aime.

Candy tourna un regard implorant vers elle. Candy, celle-là même qui avait tant hésité à s'ouvrir à son père. L'ironie de la situation n'échappa pas à Lee Ann.

— On sait qu'il t'a brisé le cœur il y a bien longtemps et on comprendrait si tu pouvais pas, mais on se disait… P't'être que si tu lui pardonnais une nouvelle fois, il resterait à Sugar Springs avec nous.

L'espoir patent sur le visage de ses filles ravagea Lee Ann, qui leur posa à chacune une main sur la joue.

— Mes chéries, il ne restera pas.

— Mais... insista Candy, les yeux humides. Si tu lui dis que tu l'aimes et qu'il sait déjà que nous, on l'aime, il arrêtera de fuir.

Lee Ann en resta stupéfaite. Les filles avaient compris qu'il fuyait ?

— Cody a...

Comment l'expliquer ? Elle humecta ses lèvres et refit une tentative :

— Cody a des problèmes qui n'ont rien à voir avec aucune d'entre nous. Je pense qu'il ne saura jamais comment cesser de fuir.

— Alors, on va lui apprendre, décréta Candy en sautant sur ses pieds pour se planter avec détermination devant sa mère et sa sœur. C'est ça qu'il faut qu'on fasse. On va lui donner plus de temps, mais on va lui prouver qu'il n'a plus besoin de fuir maintenant. Que sa famille est ici.

Cela semblait si facile, exprimé ainsi. En apparence. Mais Lee Ann savait déjà à quoi s'en tenir.

Kendra se leva aussi et imita l'attitude de sa jumelle.

— On peut le faire, maman, mais ça serait plus facile si toi aussi tu lui laissais une autre chance. Tu l'aimes, n'est-ce pas ?

Elle le visualisa avec Stephanie puis avec Holly et son cœur se mit à saigner. Elle acquiesça d'un signe de tête, la mort dans l'âme.

— Bien sûr que je l'aime, mais ça n'est pas suffisant.

Un soupçon d'espoir colora les visages de ses filles.

— L'amour, ça doit être suffisant.

Ah, l'adolescence et ses rêves… Lee Ann décocha un sourire triste à ses filles et souhaita être capable de les empêcher de perdre un jour toutes leurs illusions sur l'amour.

— J'ai bien peur que cela ne soit pas aussi simple.

— Si tu lui disais que tu l'aimes ? objecta Kendra en rejetant ses cheveux par-dessus son épaule.

— Je lui ai dit, répondit Lee Ann d'une voix fêlée.

Dieu qu'elle détestait ce qu'elle était sur le point de faire, mais elles avaient le droit de savoir. Il n'avait pas seulement quitté ses filles, il l'avait quittée elle aussi.

— On a parlé de l'avenir la semaine dernière, je le lui ai dit une fois encore. Je l'ai supplié d'arrêter de fuir, mais…

Elle dut se taire un instant et tâcha de reprendre un ton de voix normal.

— Il a préféré sortir avec une autre femme.

Kendra écarquilla les yeux, abasourdie, tandis que ceux de Candy s'emplissaient de colère.

— Il ne t'aurait jamais fait ça ! s'exclama Kendra, incrédule alors que Candy fulminait. Qui était-ce ? Il s'agit sûrement d'une erreur.

— C'est difficile de ne pas y croire quand une chose pareille se passe en public.

— Toi, maman, l'as-tu vu de tes propres yeux ?

Lee Ann ne put retenir longtemps un petit sourire, qui contribua à lui remonter un peu le moral. Ses filles seraient toujours là pour prendre soin d'elle, mais elles ne la laisseraient jamais s'en sortir à bon compte.

— Non. J'ai passé toute la soirée à votre fête d'anniversaire. C'est Gina Gregory qui l'a vu et qui en a parlé à Joanie.

Un peu de sa colère déserta aussitôt Candy.

— Gina Gregory ? Même nous, on sait qu'elle court après papa ! Elle a sûrement tout inventé.

Lee Ann n'avait pas envisagé la situation sous cet angle, mais, à mieux y réfléchir, c'était une possibilité. Gina était toujours prête à toutes les bassesses pour obtenir ce qu'elle voulait.

— Qu'est-ce qu'elle a dit, exactement ? insista Kendra.

Lee Ann secoua la tête, se leva et leur fit signe d'avancer. Elles feraient tout aussi bien de parler en marchant, sinon elles risquaient fort de se retrouver dans la nuit noire.

— Ça n'a pas d'importance. Mentir sur une chose facilement vérifiable n'aurait aucun sens. Il me suffisait de demander.

— Oui, mais tu ne l'as pas fait, rétorqua Candy, sûre d'elle.

Lee Ann dut s'incliner devant la maturité d'une telle réflexion.

Non, en effet, elle n'avait pas vérifié. Mais il n'allait pas s'en sortir aussi facilement. Il n'était pas venu à la fête, il avait abandonné ses filles. C'était forcément à cause de Holly.

— Mais alors, biaisa-t-elle, pourquoi n'est-il pas venu ?

— La peur. Il s'est sauvé. Mais cette fois, il n'a pas quitté la région, hasarda Kendra avant de faire un geste d'incertitude. Peut-être qu'il a réussi à se dominer suffisamment pour rester en ville.

Lee Ann s'immobilisa net au milieu du chemin. Les deux filles se retournèrent vers elles, la mine interrogatrice.

— Comment se fait-il que vous en sachiez autant sur lui ?

Candy lui décocha un regard qui en disait long.

— Il suffit de connaître des choses de son passé pour savoir qu'il fuit quelque chose. Un truc qui lui fait peur.

Lee Ann la dévisagea, puis secoua la tête comme pour en chasser les doutes.

— Comment en savez-vous autant sur son passé ?

Cody et elle avaient résolu de ne pas leur en dire trop sur sa jeunesse chaotique, et s'étaient contentés de leur en faire un exposé succinct.

La lumière déclinante n'empêcha nullement Lee Ann de voir le rouge monter aux joues des jumelles.

Tout s'éclairait.

— Les bouches d'aération de la maison ?

Toutes deux hochèrent la tête, penaudes, avant d'énoncer en chœur un :

— Désolées.

Et, pour la première fois depuis le début de leur conversation, Lee Ann éclata de rire. À leur place, elle en aurait fait autant.

— Vous êtes pardonnées.

Elles reprirent leur marche en silence, puis Kendra l'interrogea :

— Mais alors, pourquoi s'enfuit-il tout le temps ?

Lee Ann resta quelques pas en retrait afin de prendre des photos des filles qui passaient sous les arbres en traînant les pieds dans des feuilles mortes que la neige n'avait pas dissimulées.

— Il est persuadé à tort que tous ceux dont il devient proche finiront un jour ou l'autre par vouloir le chasser.

— Tu te fiches de nous ? s'exclamèrent en chœur les jumelles, éberluées.

Clic. Sur la pellicule, leurs mines incrédules. Lee Ann remercia en passant sa sœur de lui avoir fait cadeau de filles aussi fabuleuses. Elle n'aurait pu les rêver aussi parfaites, combinant en elles les qualités de leur mère, de Reba, de Cody et, elle le savait maintenant, d'elle-même. Elle leur répondit alors :

— Pas du tout. C'est sa théorie. Il a réellement eu une enfance exécrable, vous savez. Je suppose qu'il doit avoir ses raisons de penser ainsi.

Kendra reprit sa marche tandis que Candy regardait sa mère en secouant la tête :

— Oui, eh bien, il va grandir quand ? On peut pas reprocher à son enfance tout ce qui va mal dans sa vie. Même nous, on le sait, alors…

— À qui le dis-tu, grommela Lee Ann en la rejoignant et en lui prenant le bras.

— Alors, on n'a qu'à lui prouver qu'il a tort, leur cria Kendra qui, plus rapide, avait déjà atteint la route goudronnée un peu plus loin. C'est ça, la solution, continua-t-elle. On lui colle aux basques le temps qu'il faudra et on lui prouve qu'il se trompe.

— Mais comment ? s'écria Candy en se grattant le menton. Il va partir.

Lee Ann ralentit un peu son allure en réfléchissant à la suggestion de sa fille. Elle était bonne, mais il y avait toujours le problème Holly. Elle arracha son bonnet de sa tête et passa les doigts dans ses cheveux aplatis.

— Keskya, maman ?

Oui, il fallait qu'elle le dise. C'était le moment.

— En fait, il a suggéré qu'on le suive en Floride le temps de son autre contrat. Pour la suite, on déciderait sur place. Vous pourriez ainsi le voir plus souvent.

Cela lui rajouterait quelques années de galère de plus, mais elle l'accepterait pour le bien des jumelles. Elle travaillerait dur pour se faire un nom dans la photographie et laisserait Cody payer les frais des filles. Certes, elle avait sa fierté quant à leur éducation, mais elle avait aussi compris un fait essentiel : Cody lui devait bel et bien une chance de réussir dans la vie. Une vie qu'elle avait mise de côté depuis trop longtemps.

— Plus souvent, répéta Candy, perplexe. Mais pas tout le temps ? Il ne veut pas être avec nous en permanence ?

Lee Ann lui adressa un geste d'impuissance.

— Pour ça, chérie, il faudrait que nous vivions ensemble, lui et moi, mais je suis désolée, cela n'est plus envisageable.

— Ça se tient, réfléchit Kendra. Surtout s'il t'a encore trompée.

— Oui, acquiesça Lee Ann. Surtout s'il m'a encore trompée. Je le ferai si vous y tenez, mais à certaines conditions. Vous serez proches de lui, mais je ne veux pas de lui dans ma maison.

Toutes trois gardèrent le silence un instant, pensives. Des regards furent échangés et, une fois encore, Lee Ann constata la connexion directe entre ses filles. Elle se réjouit de leur gémellité, même si s'occuper de deux bébés n'avait pas été de tout repos pour elle.

Finalement, Candy la regarda :

— J'aime vivre à Sugar Springs.

— Moi aussi, soupira Kendra.

— En ce cas, pourquoi ne pas chercher un autre compromis ? proposa Lee Ann. Quelque chose de temporaire ? Par exemple, nous installer où il sera, l'été prochain. Soit ça marche, et on reconsidère l'endroit où vous irez au collège l'année prochaine, soit ça ne marche pas et on rentre à Sugar Springs.

L'espoir traversa le visage de ses deux filles. Même si la perspective de voir Cody sans relations intimes entre eux était douloureuse pour Lee Ann, elle sentit que ça en valait la peine. Pour ses filles, qui avaient tant besoin d'un père.

L'espoir disparut des traits de Kendra aussi vite qu'il y était apparu.

— On peut pas le faire si tu n'as pas réglé ce qui s'est passé pendant notre fête.

— Oh, ma chérie, ça va aller pour moi, répondit Lee Ann en leur prenant le bras à toutes les deux pour gravir la dernière colline. C'est de vous qu'il faut s'inquiéter à présent.

— Non, elle a raison, la contredit Candy. S'il t'a vraiment fait ça, alors nous, on veut pas de lui. Tu mérites mieux et nous aussi. On veut pas de lui dans nos vies s'il est aussi pourri.

— D'ailleurs, avec qui il était supposé être ? s'enquit Kendra en faisant voler la neige sous ses pas.

— Holly.

Kendra se figea net au milieu de la route.

— Holly ? répéta-t-elle. Mais enfin maman, elle ne te ferait jamais ça !

Tiens, à ça non plus Lee Ann n'avait pas pensé une seule seconde. Pourtant, comment prétendre que rien ne s'était passé alors qu'ils dansaient étroitement enlacés ?

— Cette histoire ne tient pas debout, si tu veux mon avis. Il faut que tu demandes à Holly ce qui s'est vraiment passé, décréta Kendra en reprenant son ascension, déterminée. On devrait même rentrer demain.

— Comme ça, on pourrait voir papa le jour de Noël... renchérit Candy.

— Vous avez raison, les approuva Lee Ann. Il me faut des réponses et, vous deux, vous avez besoin de voir votre père.

En parvenant au sommet de la colline, elle remarqua aussitôt que la voiture de Reba n'était pas seule devant le chalet. Le 4 × 4 de Cody était garé à côté. Elle ne put contrôler immédiatement l'accélération de son rythme cardiaque, mais elle mit très vite un frein à son excitation. Il était probablement venu pour les filles. Elle en fut contente, certes, mais elle décida de ne jamais lui laisser deviner qu'elle aussi avait rêvé qu'il vienne. Rêvé qu'il lui affirme que Gina s'était trompée.

Puis elle le vit, debout sur la terrasse, éclairé par la lumière de la pièce. Immobile, il contemplait les bois au loin.

— Papa ! cria Kendra.

Il ne bougea pas. Il fallut que Candy s'y mette aussi pour que, finalement, il les regarde. Comme s'il ne les avait jamais vues. Puis il jeta un coup d'œil vers la porte du chalet et dit quelques mots, qu'elle ne put capter.

Elles parvinrent au pied des marches donnant sur la terrasse et les filles les gravirent en courant. Pour s'arrêter net. Cody ne bougeait toujours pas. Candy comme Kendra pivotèrent vers Lee Ann pour chuchoter :

— Qu'est-ce qui lui prend ?

Quelque chose n'allait pas, c'était une évidence. Lee Ann prit les mains de ses filles et se planta entre elles deux. Elles l'affronteraient toutes les trois. Elles commençaient à avancer vers lui quand la porte du chalet s'ouvrit et qu'un trait de lumière illumina les planches.

Et Cody sortit.

# 22

Le regard de Lee Ann courut de l'un à l'autre des deux hommes. Elle ne tarda pas à saisir que le véritable Cody était celui qui venait d'apparaître. Les filles le saisirent aussi, avec quelques secondes de décalage. Elles lui lâchèrent les mains et coururent à lui.

Son frère jumeau ? s'interrogea-t-elle alors que la chair de poule lui hérissait les bras. Quand était-ce arrivé ? Et comment ?

Elle continua néanmoins à les regarder tour à tour jusqu'à ce que le nouveau venu fasse un pas en avant pour se présenter.

— Bonsoir. Je m'appelle Nick Dalton, lui dit-il en lui tendant la main.

Elle ne put retenir longtemps ses larmes. Tandis qu'elle serrait la main solide de Nick, tout se mit en place dans sa tête. Les barbelés qu'elle avait soigneusement disposés autour de son cœur disparurent. C'était lui, et non Cody, qui avait ouvertement flirté avec Holly.

Elle en chercha la confirmation en tournant les yeux vers Cody. Ses deux filles serrées contre lui, il la regardait. Leurs yeux se rencontrèrent et il lui adressa un sourire contraint.

— Oui, semblait-il lui dire, je sais que j'ai fait des bêtises, mais bien moins graves que tu ne les imagines.

Reba choisit cet instant pour émerger de la maison.

— Allez zou, venez, les filles ! Votre père et votre oncle viennent de passer deux heures à m'aider en cuisine. Laissons-les souffler un peu pendant que vous m'aiderez à terminer le repas.

Aïe. Un repas de réveillon préparé par sa mère ? songea Lee Ann. Il serait sûrement aussi délectable que les spaghettis de Cody.

— Notre oncle ?

Deux paires d'yeux identiques se tournèrent vers Nick alors que les jumelles appréhendaient le sens de ce que venait de dire leur grand-mère. Eh oui, leur famille venait soudain de s'agrandir.

Nick se redressa de la rambarde à laquelle il s'était appuyé et donna une claque sur l'épaule de son frère en passant.

— C'est exact, répondit-il en souriant aux jumelles. Je suis même votre oncle préféré.

— Facile, t'es le seul ! s'esclaffèrent les filles avant de disparaître dans le chalet.

Quand la porte claqua derrière elles, la lumière diminua sur la terrasse et le silence se fit assourdissant. Cody vint à Lee Ann, qui lui abandonna ses mains. Bien incapable de l'en empêcher.

— Je suis désolé, Lee Ann.

— C'était Nick, n'est-ce pas ?

Il garda la tête baissée un instant avant de relever les yeux vers elle.

— Bien sûr que c'était Nick.

Avec le peu de lumière dans son dos, elle ne put déchiffrer son regard, et le fait qu'il pût lire dans le sien lui donna une pénible sensation de vulnérabilité. Elle recula dans un coin plus obscur.

— Je l'ai compris à l'instant où je l'ai vu.

En filigrane, elle lui disait qu'elle croyait en lui, qu'elle voulait que cela fonctionne entre eux

— Comment est-ce… Comment est-il arrivé ? C'est toi qui es allé le chercher ?

— Non. Je ne l'aurais probablement jamais fait. Mais lui n'a appris mon existence que la semaine dernière et s'est aussitôt lancé sur ma piste. C'est un type bien. Tu peux me croire si je te dis que j'ai eu les jambes coupées quand j'ai ouvert la porte et que je l'ai découvert sur mon paillasson.

— Oh, je m'en doute. Ça a même dû te faire un fameux choc.

— Fameux, oui.

— Comment gères-tu cela à présent ? lui demanda-t-elle en désignant la maison dans laquelle avait disparu Nick. Bien, je suppose, sinon tu ne serais pas venu ici avec lui. En es-tu heureux ?

Il fit très lentement oui de la tête et elle comprit qu'il avait été totalement bouleversé par la soudaine apparition de son frère.

— Tu sais, je n'aurais jamais provoqué cette rencontre, mais ces quelques jours passés avec lui, m'ont permis de comprendre ce qui relie les filles. Désormais, je ne perdrai plus le contact avec lui, Lee. C'est mon frère. Nous avons même un frère aîné que nous n'avons pas encore retrouvé.

Un frisson parcourut Lee Ann, provoqué non seulement par son émoi évident, mais aussi par le fait que, seul au monde à peine quelques semaines plus tôt, il se retrouvait à présent avec deux frères, deux enfants, et elle… S'il voulait toujours d'elle.

— Quand est-ce arrivé, exactement ?

Probablement samedi, calcula-t-elle. Ou vendredi soir après son départ de chez lui.

— Au moment où je me préparais pour partir à la fête, répondit-il en laissant échapper un gros soupir et en l'attirant à lui.

Elle le laissa faire, restant tout de même sur son quant-à-soi.

— Je suis tellement désolé de vous avoir laissé tomber toutes les trois. Je me rattraperai auprès des filles, je le jure. Je ne leur referai jamais une chose pareille, reprit-il avant de baisser les yeux sur elle. Ni à toi. Jamais.

— Je comprends que l'apparition de Nick à ta porte t'ait bouleversé. Pas forcément au point de sortir picoler et d'oublier de venir faire une apparition à la fête de tes filles, mais je comprends.

— Je n'avais pas oublié.

— Alors, tu t'es trouvé une excuse idéale pour ne pas venir, n'est-ce pas ? Je vais te dire le fond de ma pensée : je suis étonnée que tu n'aies pas quitté la ville cette nuit-là.

Dans la pénombre, Cody la serra un peu plus fort contre lui et posa le menton sur le sommet de sa tête. Ils restèrent ainsi quelques secondes, puis il lui fit lever le visage et posa un baiser sur ses lèvres. Avant de mettre un peu d'espace entre eux.

— J'adore ta façon de ne jamais déguiser la vérité, lui dit-il.

Elle décela son sourire dans sa voix.

— C'est probablement ce qui me plaît le plus chez toi, poursuivit-il.

— C'est agréable à entendre, mais ça ne répond pas à la question que je t'ai posée.

Il rit.

— Pas facile non plus de te faire dévier de ton idée, n'est-ce pas ? commenta-t-il en allant s'adosser à la balustrade : J'ai eu encore plus honte de moi pour mes actes de cette nuit-là que de ce qui s'est passé avec Stephanie.

Pétrifiée, Lee Ann décida qu'elle ne ferait plus un geste tant qu'elle n'aurait pas entendu la suite. Il avait affirmé que c'était Nick qui avait flirté avec Holly, mais si ce qu'il avait fait ce soir-là était encore pire que de l'avoir trompée avec sa sœur… Un poids pesa lourdement sur son cœur. Finalement, elle s'obligea à prononcer quelques mots :

— Tu m'as pourtant bien dit qu'il s'agissait de Nick ?

— Bien sûr que c'était lui, ce n'est pas de ça dont je parlais, répondit-il en tournant les yeux vers elle en arpentant la terrasse de long en large. J'ai laissé tomber ma famille. Mes filles. À leur treizième anniversaire. Et, oui, j'ai été à deux doigts de m'enfuir. Je ne sais pas ce qui m'en a empêché.

Lee Ann ne fit pas un geste. Elle avait la sensation qu'il se dirigeait vers quelque chose de très important, mais elle ne voulait pas se faire de vaines illusions.

— J'ai vu Nick, j'ai paniqué, et j'ai instantanément retrouvé un comportement puéril, avec l'excuse que j'étais ainsi fait, reprit-il avec un rire sans joie. Tu vois à quel homme tu t'es donnée.

Quand il parvint dans la lumière diffusée par les fenêtres du chalet, Lee Ann lui ordonna calmement.

— Ne bouge plus.

Il la contempla, et elle put enfin décrypter son regard. Elle avança de trois pas et le dévisagea pleinement. Pour la première fois, elle ne put déceler dans ses yeux le besoin pressant de courir se terrer quelque part. En fait, elle n'y vit qu'une chose, le désir de construire. Une famille. Une vie.

Enfin, il y arrivait !

Elle sourit. Quels que soient les problèmes qui pourraient désormais survenir, ils parviendraient à les résoudre ensemble. Il était à elle. Et elle à lui, comme elle l'avait toujours été.

— J'ai attendu très longtemps que cet homme fasse son apparition, déclara-t-elle tout simplement, à mi-voix.

Dans la demi-seconde, elle fut entre les bras de Cody.

— Je t'aime, Lee Ann, lui dit-il dans le creux du cou. Je t'aime tant que je ne pourrai plus jamais vivre sans toi. Et sans mes filles.

Elle lui noua les bras autour du cou, éperdue de béatitude.

— On a beaucoup parlé, les filles et moi.

— Et ?

Il commença à lui butiner le cou en la faisant reculer pas à pas.

— À propos de ce que tu m'avais proposé la dernière fois que nous…

Elle s'interrompit et sursauta entre ses bras quand il enserra ses hanches de ses mains brûlantes.

— Tu sais, la dernière fois que nous étions ensemble…

Il la souleva du sol, la plaqua contre le mur du chalet et entreprit de défaire les boutons du manteau qu'elle portait.

— Quoi que ce soit, je suis plus que désireux de te donner tout ce que tu voudras, susurra-t-il.

Un petit rire échappa à la jeune femme alors qu'il faisait courir ses doigts sous ses vêtements.

— Je ne parlais de rien de sexuel, chuchota-t-elle, certaine que ses filles avaient l'oreille plaquée avec anxiété de l'autre côté du mur.

Les doigts de Cody se figèrent sur son ventre et elle se tendit vers lui afin de l'encourager à poursuivre. Il ne mordit pas à l'hameçon et entreprit de rajuster ses vêtements tout en la laissant glisser jusqu'au sol.

— Tu voulais parler du déménagement ?

— Oui. Nous nous sommes dit avec les filles que nous pourrions te rejoindre cet été.

Cody se figea. Elles avaient exprimé le désir de le retrouver là où il serait ? Il ferma les yeux, éperdu d'amour. C'était plus que tout ce qu'il n'avait jamais espéré.

— Vous seriez d'accord pour quitter Sugar Springs ?

Il la vit hocher la tête et le dévisager avec attention.

— Je ferais n'importe quoi pour leur bien.

— Vous adorez Sugar Springs.

— Nous t'aimons.

Du doigt, elle suivit une ligne imaginaire le long de son tee-shirt. Il était sorti sans rien d'autre sur le dos, mais n'avait pas encore perçu le froid extérieur. Le doigt brûlant de Lee Ann qui lui incendia la peau au travers du coton le rappela à cette réalité.

— Nous voulons te donner une chance de t'habituer à nous. Avec cependant une limite dans le temps.

Un sourire éclaira le visage de Cody. Sa Lee Ann ne renonçait jamais sans un âpre combat. Ses filles avaient été à bonne école.

— Elles sont d'accord avec cette condition ?

Un bref hochement de tête, puis elle laissa retomber sa main et déclara d'un ton théâtral :

— Nous faisons bloc.

Il éclata de rire. C'était si bon de les avoir toutes les trois.

— Cela va sans dire. Maintenant, parle-moi de cette condition.

— Eh bien, nous te donnons l'été. Nous évaluerons la situation fin août et, si ça ne s'est pas bien passé, nous réintégrerons Sugar Springs pour la rentrée scolaire.

Il dévisagea la femme qu'il aimait, celle qu'il avait risqué de perdre à nouveau. Et il remercia Nick en silence. Grâce à lui, sa vie devenait celle dont tout le monde rêve.

— Je ne suis pas d'accord avec ces termes.

Lee Ann le dévisagea, interloquée. Il ne put déchiffrer ce qui passait dans ses yeux, mais il fut bien certain qu'elle était sur le point de lui dire d'aller au diable. Il mit un terme à son attaque verbale imminente en l'embrassant fougueusement.

Elle enroula ses jambes autour de lui et, quand il l'eut de nouveau plaquée contre le mur, ses mains trouvèrent finalement les deux rondeurs si douces qu'il avait été à un cheveu de caresser quelques instants auparavant. La pensée de son corps de rêve acheva de le rendre fou.

Il intensifia son baiser et elle en gémit, au risque que tout le monde l'entende de l'autre côté de la paroi.

— Cody, arrête, chuchota-t-elle. Il nous faut encore régler deux ou trois choses, et je suis sûre que les filles ont l'oreille collée au mur.

Il lui mordilla le cou et elle fondit un peu plus. Pas assez à son goût. Il lui passa les mains dans le dos et dégrafa son soutien-gorge.

— Tout est réglé entre nous, lui répondit-il.

— Tu viens de dire que tu n'étais pas d'accord avec nos termes.

— Et ? fit-il en lui frôlant les seins.

— Et nous avons besoin d'un engagement…

Il accentua ses caresses.

— Tu as déjà fait l'amour dans les bois, la nuit ? lui demanda-t-il.

Le cœur de Lee Ann battait le tambour contre sa main, tandis qu'une chaleur très douce l'envahissait. De son côté, Cody tenait la femme de sa vie entre les bras, et n'avait aucune intention de la laisser lui échapper. Elle émit encore un gémissement.

Un coup contre le mur les fit sursauter tous les deux. Cody fixa le mur, soudain horrifié :

— Elles écoutent vraiment !

Lee Ann hocha la tête en souriant.

— Désolé ! marmonna-t-il en la laissant redescendre sur ses pieds tout en l'aidant à rajuster sa tenue.

Puis il s'écarta d'elle et tâcha de se calmer. La dernière chose dont il avait besoin, c'était bien que les filles constatent l'effet qu'avait leur mère sur lui.

— Laisse-moi une minute, et on va rentrer.

Lee Ann l'étonna en refusant d'un signe de tête.

— Non, pas encore.

— Pourquoi ça ?

— On n'a pas tout réglé, Cody, rétorqua-t-elle après avoir poussé un soupir. Qu'as-tu voulu dire, en disant ne pas être d'accord avec nos termes ?

Cette femme et son corps superbe avaient l'art de lui faire oublier l'essentiel. Il se pencha et lui balaya les lèvres d'un baiser avant de les frôler d'un geste tendre.

— Je ne suis pas d'accord, parce que ça m'obligerait à aller dire au Dr Wright que je reviens sur ma parole d'investir dans la clinique.

— Comment ? bredouilla Lee Ann. Tu investirais dans la clinique de Keri ?

— Oui.

— Pour quelle raison ? Et la Floride dans tout cela ?

Cody sourit à la femme qu'il aimait et l'expression de son visage l'emplit d'espoir.

— Primo, parce qu'elle ne veut pas reprendre le travail à plein temps maintenant qu'elle a son bébé. Et avant que tu ne poses la question : j'ai déjà pris des arrangements pour qu'un autre vétérinaire assure mon intérim en Floride. J'en ai terminé avec les remplacements.

Elle le regarda fixement, n'en croyant pas ses oreilles.

— Deuzio… reprit-il en fouillant dans sa poche.

Il en sortit la bague de fiançailles achetée la veille au matin. Et s'agenouilla devant la femme avec qui, si la chance était avec lui, il passerait le restant de son existence.

— … Deuzio, disais-je, j'avais besoin d'un emploi permanent avant de pouvoir te demander ta main.

Un petit cri aigu échappa à Lee Ann.

— Vrai ?

Il sourit et lui passa la bague à l'annulaire.

— Vrai, répondit-il en lui baisant le dos de la main. Lee Ann London, voudrais-tu, je te prie, faire de moi l'homme le plus follement heureux du monde en m'épousant aussitôt que tu le voudras ?

Elle lui sourit, contempla la bague à son doigt, et il comprit ce qu'était le véritable bonheur. Avant même qu'elle ait pu lui répondre, la porte fut ouverte à la volée et Kendra et Candy jaillirent sur la terrasse.

— Nous oubliez pas !

Lee Ann se retrouva assise sur son genou et les filles leur tombèrent dessus pour les serrer entre leurs bras.

Cody leur rendit leur étreinte.

— Bien sûr qu'on ne vous oublie pas, mes filles.

Puis il se rendit compte que Lee Ann ne lui avait encore pas répondu et son cœur se mit à battre la chamade.

— Lee Ann ? Veux-tu bien m'épouser ?

Si elle n'avait pas répondu, c'était parce que de grosses larmes jaillissaient de ses yeux et dévalaient le long de ses joues. Les filles serrées contre eux et Reba et Nick plantés sur le seuil, elle lui sourit et prononça les trois mots les plus importants de sa vie :

— Je le veux.

# Épilogue

Entre les bras de Cody, Lee Ann contemplait sa famille en souriant. Une autre averse de neige avait salué le jour de Noël et ils avaient commencé la matinée en dégustant un chocolat chaud sur la terrasse tandis que des chants de Noël passaient en sourdine. Le froid les ayant obligés à regagner très vite la salle de séjour, tous avaient ouvert leurs cadeaux devant une belle flambée. Le sapin installé et décoré par les propriétaires avant leur arrivée lui donnait l'impression d'être chez elle.

— Maman, quand Joanie va-t-elle arriver ? s'enquit Candy sans détourner son attention de l'appareil photo digital que lui avait offert son père.

Nichée contre sa mère, Kendra jouait avec son nouvel ordinateur, également un cadeau paternel. Cody tendit la main pour lui ébouriffer affectueusement les cheveux.

— Elle ne devrait plus tarder. Pourquoi cette question ?

— Boss me manque, répondit nonchalamment son apprentie photographe de fille.

Lee Ann ferma les yeux et s'appuya davantage contre le torse de Cody.

— Ta mère m'avait appris que Joanie venait ici le 25, alors je me suis dit que ce serait moins de tracas si Boss n'arrivait qu'aujourd'hui avec elle, lui confia Cody.

Lee Ann rouvrit les yeux et sourit à sa mère qui, installée dans un fauteuil un peu plus loin, avait posé les pieds sur la table basse.

— Ma mère t'a appris ça et bien d'autres choses qu'elle n'était pas censée te révéler.

— J'ai toujours su que ça marcherait entre vous, rétorqua Reba en pointant un doigt vers elle. Alors, quand il est venu me voir en me promettant qu'il ne partirait plus jamais et qu'il m'a demandé où tu étais, que voulais-tu que je fasse ?

— Mais exactement ce que tu as fait, maman, répondit Lee Ann avant de tourner la tête vers Cody : D'ailleurs, il est étonnant que personne ne t'ait informé de l'endroit où nous étions avant hier. Ils le savaient tous, j'en suis persuadée. Maman n'a jamais su garder un secret, et qu'elle le fasse un jour serait une première mondiale à inscrire dans les annales.

— Tu remarqueras quand même que j'ai fait promettre à tout le monde de se taire. Je voulais l'en informer moi-même, après m'être assurée qu'il avait décidé de ne plus se conduire comme un imbécile, riposta Reba.

— Effectivement, j'ai posé la question à tout le monde, lui avoua Cody. Comme ils avaient tous très vite appris que c'était Nick qui dansait avec Holly au *Bungalow*, j'espérais bien faire craquer quelqu'un. Mme Grayson, par exemple. Mais cette femme est une tombe quand elle le veut. Ils savaient tous que je m'étais grillé en n'allant pas à la fête et personne n'a voulu prendre le risque de dévoiler le lieu où vous vous étiez réfugiées de peur que je ne recommence à vous faire souffrir. Ils t'aiment, Lee Ann. Ils vous aiment toutes les trois. La ville entière s'était liguée pour vous protéger. J'ai alors réfléchi : il est hors de question que je vous arrache à Sugar Springs. Tout comme il est impensable que je ne cherche pas à m'intégrer, moi aussi, à cette communauté. Elle est fichtrement spéciale, acheva-t-il d'une voix paisible.

Elle ne put qu'être d'accord, sa ville était spéciale. Mais lui aussi l'était. Elle se nicha plus profondément dans ses bras tandis que tintait la sonnette. Nick émergea de la cuisine, une cuillère en bois à la main et un tablier noué autour de la taille. C'était lui qui, Dieu merci, avait fait le plus gros de la cuisine la veille et ils avaient par conséquent divinement réveillonné.

— S'il y a des amateurs, je viens de sortir la première fournée de biscuits, déclara-t-il à la cantonade.

Lee Ann voulut se lever pour aller ouvrir, mais il agita sa cuillère dans sa direction :

— Ne bouge pas, j'y vais.

— Joanie ne connaît pas son existence, n'est-ce pas ? demanda-t-elle à Cody alors que Nick sortait de la pièce. Ça va être rigolo !

— Elle va remarquer. Ça crève les yeux que c'est pas papa, lança Candy qui, assise par terre, faisait un tour de magie à sa grand-mère.

— Ils sont pourtant identiques, objecta sa mère.

— Tu l'as deviné aussitôt, toi, murmura Cody à l'oreille de Lee Ann.

Son souffle brûlant lui rappela la nuit passée. Elle avait fini par accepter sa suggestion coquine et, une fois tout le monde au lit, ils étaient sortis en catimini pour aller faire l'amour dans les bois. Un souvenir inoubliable.

Les lèvres de Cody sur son cou lui arrachèrent un frisson délectable mais, même si elle répugnait à le quitter, une bonne hôtesse se doit d'accueillir ses invités. En parvenant dans le vestibule, le regard interrogateur que portait Joanie sur Nick fut la première chose qu'elle remarqua. Son amie lui jeta un coup d'œil, haussa un sourcil et regarda de nouveau Nick. Oui, elle avait, on ne sait comment, découvert qu'il ne s'agissait pas de Cody. Cela devait tenir aux arômes de chocolat qui émanaient de lui.

Nick annonça qu'il devait retourner à la cuisine vérifier la cuisson de la fournée suivante et Lee Ann regarda Joanie le suivre des yeux alors qu'il s'éloignait.

— J'ai comme l'impression que je devrais me sentir contrariée, chuchota-t-elle en se penchant vers Joanie.

— Pourquoi ? fit son amie en tournant vers elle un regard perplexe.

Avant de tendre le cou pour avoir un dernier aperçu de Nick qui s'éloignait.

— On dirait que tu lorgnes Cody.

— Pff, n'importe quoi !

Lee Ann prit le temps de regarder elle aussi Nick, qui sortait sa plaque du four, et ne trouva aucune différence notable entre les deux hommes, alors qu'il y en avait probablement des milliers. Quelles qu'elles soient, elles avaient l'air de séduire Joanie. Alors, elle pensa soudain à Holly.

— C'était lui, tu sais...

— Avec Holly ? l'interrompit Joanie tout en continuant à épier Nick.

— Oui.

— Je sais, répondit Joanie en baissant la voix. C'est bon, je fais juste un peu de lèche-vitrines.

Nick choisit cet instant pour se retourner vers elles. Il plissa les yeux en constatant qu'il était l'objet de leur attention à toutes deux.

— Seriez-vous en train de parler de moi ?

Joanie s'empourpra.

En découvrant ses joues écarlates, Nick éclata de rire.

— Ah, ah, je vous y prends ! s'exclama-t-il avant de poser sa cuillère et de sortir de la cuisine, un immense sourire aux lèvres. Dites-moi, mesdames, de quoi parliez-vous exactement ?

Lee Ann envisagea un instant de voler au secours de son amie, mais quand elle vit Joanie décocher un regard malicieux au frère de Cody, elle éclata de rire et décida de les laisser se débrouiller.

— Joanie pourra te le dire mieux que moi.

Et elle retourna dans la salle de séjour avant de s'immobiliser sur le seuil. Sur le canapé, de part et d'autre de Boss, les filles lui faisaient mille caresses ; Reba inventoriait ses cadeaux et comparait les différentes paires de boucles d'oreilles que Lee Ann avait achetées un peu plus tôt dans la semaine dans un magasin d'artisanat local, et Cody était planté devant le sapin de Noël avec sur le visage la plus belle expression de félicité qu'elle lui eût jamais vue.

Finalement, son monde s'était remis à l'endroit, même s'il avait fallu quatorze années pour cela, et elle allait enfin pouvoir avoir la vie qu'elle désirait. Ce n'était pas tout à fait ce dont elle avait rêvé naguère, mais c'était exactement ce qu'elle voulait aujourd'hui.

Elle alla rejoindre l'homme de sa vie, qui lui décocha un sourire coquin avant de brandir une branche de gui au-dessus de leurs deux têtes. Rien ne pourrait être plus parfait, songea-t-elle en lui souriant.

Elle se hissa sur la pointe des pieds pour lui déposer un baiser sur les lèvres.

# AVENTURES & PASSIONS

**7 novembre**

Loretta Chase

***Trois amis - Le preux chevalier***

*Inédit*

Pour des raisons qui lui échappent, Olympia doit épouser un duc à la réputation de débauché. Tout ses amis sont abasourdis. Sa famille ravie. Et Olympia ? Sa fuite par la fenêtre en dit long ! Ripley se lance sur ses traces, bien déterminé à la ramener auprès de son ami. Une action honorable rendue délicate par la belle promise...

✦

Judith McNaught

***Le royaume des rêves***

*Inédit*

Connu sous le nom du Loup, le duc de Claymore inspire la terreur chez ses ennemis. Pourtant, la fière Jennifer Merrick, qu'il retient prisonnière, n'a que faire de la réputation du guerrier anglais. Le défier se révèle d'ailleurs très agréable… et dangereux. Lors d'une nuit d'étreinte, le duc éveille en elle un désir brûlant. Sa prison prend alors une tout autre tournure…

✦

Eloisa James

***Les Wilde - La coqueluche de ces dames***

*Inédit*

Lord Alaric Wilde, est l'homme le plus célèbre d'Angleterre. De retour au château après plusieurs années d'aventures. Mais Alaric n'a que faire de cette notoriété qui lui nuit. D'autant plus que la très secrète et spirituelle lady Willa Ffynche ne le laisse pas indifférent pour ses voyages et son physique de rêve !

Lisa Kleypas

***Sous l'emprise du désir***

Auteure de romans à succès, Amanda Briars approche de sa trentième année. Si elle a depuis longtemps renoncé à trouver l'amour, elle est bien décidée à ne pas rester vierge. Elle s'offre donc les services d'un gigolo. L'homme qui sonne à sa porte ce soir-là est merveilleusement beau et d'une virilité irrésistible. Toutefois, sur le point d'accomplir son plus grand désir, il se dérobe. Quelque temps plus tard, lors d'une soirée, Amanda reconnaît Jack Devlin, le célèbre éditeur...

**28 novembre**

Kerrigan Byrne

***Sans foi ni loi - Le duc de Trenwyth***

*Inédit*

Puissant comme un Viking, beau comme Adonis, riche comme Midas, Collin Talmage, duc de Trenwyth, est l'incarnation même du héros. Mais le destin n'épargne pas toujours les nantis. Sa famille est assassinée, son meilleur ami le trahit sur le champ de bataille, le laissant gravement blessé... À l'hôpital, il rencontre la ravissante Imogen Pritchard. Si fou que cela puisse paraître, Collin n'a aucun souvenir d'avoir un jour partagé sa couche...

✦

Sabrina York

***Farouches Highlanders - Lana et le laird***

*Inédit*

Lachlan Sinclair ne peut échapper à la malédiction qui s'acharne sur son domaine des Highlands. Résigné à vivre sans héritier, sans femme – et sans amour –, comme l'ont fait ses ancêtres, il ne s'attendait pas à rencontrer la femme de ses rêves dans un moment de pure volupté. L'ensorcelante Lana Dounreay serait-elle la clé pour mettre fin au mauvais sort ?

Celeste Bradley

***Le club des menteurs - L'espion de la couronne***

Dans un moment d'exaspération, Agatha Cunnington s'est inventé un mari. Pour tout le monde, son bien-aimé est en déplacement. Jouissant d'une totale liberté, Agatha va pouvoir enquêter sur la disparition de son frère. Malheureusement, vanter les qualités et les exploits de son mari a éveillé les curiosités. Il lui faut trouver très vite un homme pour tenir ce rôle pendant quelques jours. Le ramoneur qui s'est introduit dans sa maison pourrait bien faire l'affaire !

# #exclusif

**7 novembre**

Jules Wake

***Un Noël à Covent Garden***

*Inédit*

Pleins d'amis, un job de maquilleuse de théâtre et un fiancé... Noël s'annonce sous les meilleurs auspices pour Tilly, avec marrons chauds et flocons de neige en bonus ! Enfin ça, c'était avant. Entre en scène le nouveau geek du service, Marcus Walker, aussi rigolo qu'un algorithme. Une plaie pour Tilly la technophobe. Pour couronner le tout, voilà qu'elle découvre que son fiancé n'est pas l'homme qu'elle imaginait. Y aura-t-il un miracle à Noël ?

# *illicit'*

**7 novembre**

Beth Kery

***Exaltantes retrouvailles* - Partie 1**

*Inédit*

À la suite d'une terrible découverte sur son passé, Alice Reed voit son univers tout entier s'effondrer. Si, dans l'ombre, un inconnu semble œuvrer pour lui faire du mal, Dylan Fall, lui, est déterminé à la protéger. Son amant, ce milliardaire aussi séduisant qu'énigmatique à la tête du Camp Durand, dont Alice s'est follement éprise… Et depuis peu, le désir qu'elle éprouve à sa vue et au moindre de ses contacts se transforme en amour. Mais malgré les sentiments profonds qu'elle éprouve à son égard, elle doute. Peut-elle vraiment lui faire confiance ? La passion charnelle qui les lie ne serait-elle pas pour Dylan un moyen de l'utiliser à des fins obscures ?

**28 novembre**

Beth Kery

***Exaltantes retrouvailles* - Partie 2**

*Inédit*

Alice doit faire face aux fantômes de son passé, qui resurgissent dans sa vie et bouleversent son univers. Comme si cela ne suffisait pas, un mystérieux adversaire s'ingénie à tout détruire. Peut-elle compter sur l'aide de Dylan, son patron et amant ? Pas le moindre doute. Mais alors que l'irrésistible attraction qu'Alice éprouve pour ce dernier se transforme irrémédiablement en amour, le doute l'assaille terriblement. Quelles sont les vraies raisons pour lesquelles Dylan a cherché à se rapprocher d'elle ? Et quels autres secrets lui dissimule-t-il, qu'elle devra tôt ou tard se résoudre à découvrir ?

# **LOVE** *ADDICTION*

**7 novembre**

Lauren Layne

***Stiletto - Serial fougueuse***

*Inédit*

À vingt-huit ans, Riley McKenna rédige la chronique sexo, aussi pimentée que scandaleuse, du journal *Stiletto*. Sexy en diable, elle a nombre d'hommes à ses pieds mais aucun ne trouve grâce à ses yeux. Hormis Sam Compton, le meilleur ami de son frère, sur lequel elle salive depuis dix ans. De la chamaillerie au flirt, il n'y a qu'un pas. De l'amitié à l'attirance, un minuscule autre. Pourtant, Riley désespère de voir poindre au loin un signe engageant venant de Sam. Et puis zut, si elle prend les devants, la passion l'attendra peut-être au tournant…

12246

*Composition*
FACOMPO

*Achevé d'imprimer en Italie*
*par* GRAFICA VENETA
*le* 17 septembre 2018.

Dépôt légal : octobre 2018.
EAN 9782290168806
OTP L21EPSN001983N001

ÉDITIONS J'AI LU
87, quai Panhard-et-Levassor, 75013 Paris

*Diffusion France et étranger : Flammarion*